의천도룡기 1

의천도룡기 1 – 무림지존 도룡도

1판 1쇄 발행 2007. 10. 8.
1판 19쇄 발행 2022. 5. 10.
2판 1쇄 인쇄 2023. 10. 16.
2판 1쇄 발행 2023. 10. 30.

지은이 김용
옮긴이 임홍빈
발행인 고세규
편집 임지숙 디자인 정윤수 마케팅 박인지 홍보 반재서
발행처 김영사
등록 1979년 5월 17일 (제406-2003-036호)
주소 경기도 파주시 문발로 197(문발동) 우편번호 10881
전화 마케팅부 031)955-3100, 편집부 031)955-3200 | 팩스 031)955-3111

값은 뒤표지에 있습니다.
ISBN 978-89-349-2071-7 04820
978-89-349-2079-3 (세트)

홈페이지 www.gimmyoung.com 블로그 blog.naver.com/gybook
인스타그램 instagram.com/gimmyoung 이메일 bestbook@gimmyoung.com

좋은 독자가 좋은 책을 만듭니다.
김영사는 독자 여러분의 의견에 항상 귀 기울이고 있습니다.

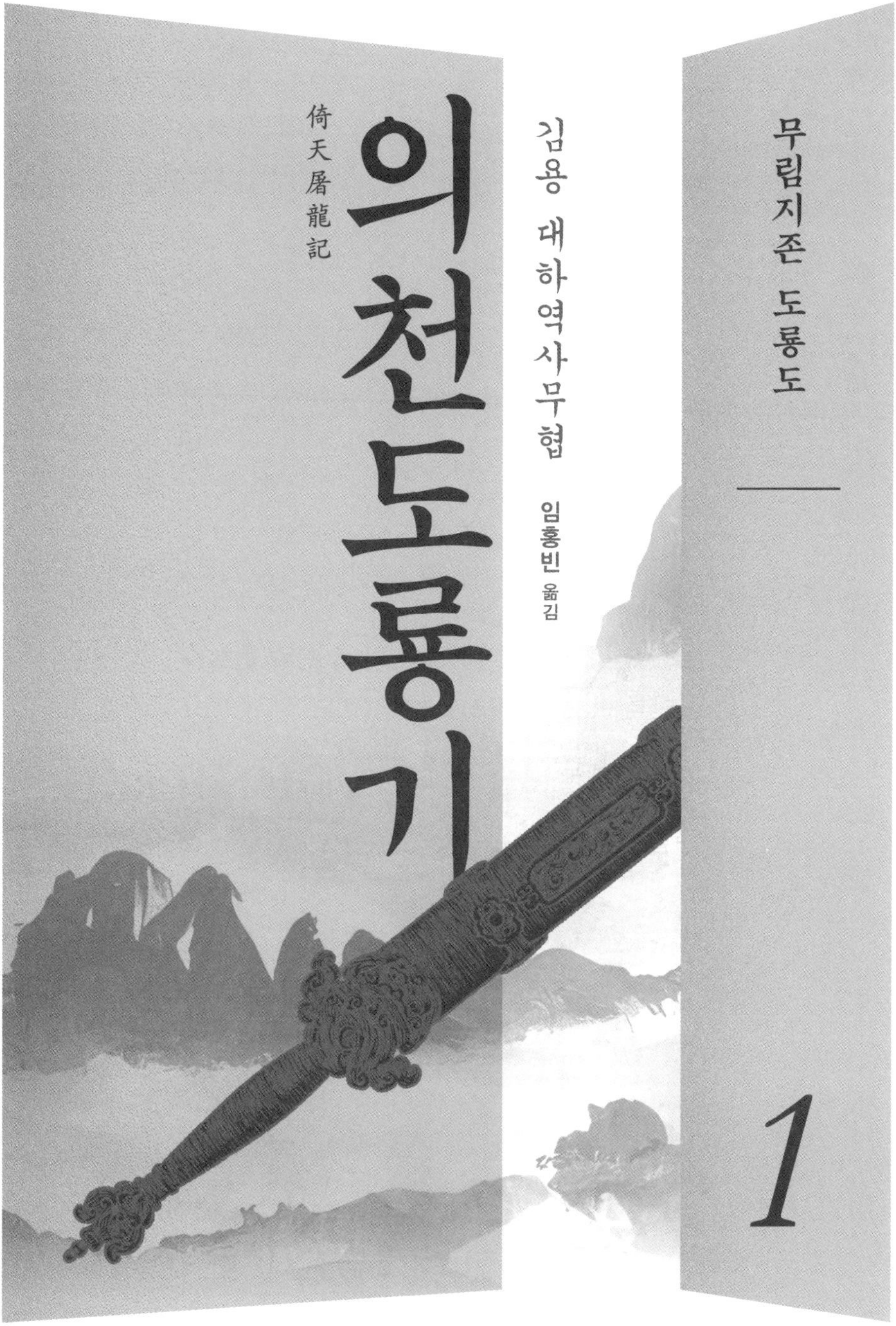

倚天屠龍記

의천도룡기

김용 대하역사무협

임홍빈 옮김

무림지존 도룡도

1

중국 문학의 원류 〈사조삼부곡〉의 완결판

오천 년 동양의 지혜와 문화를 꿰뚫는 역작

김영사

무림의 지존은 도룡보도라

武林至尊 寶刀屠龍

천하를 호령하니 감히 따르지 않을 자 없도다

號令天下 莫敢不從

의천검이 나타나지 않는다면 그 누가 예봉을 다투랴

倚天不出 誰與爭鋒

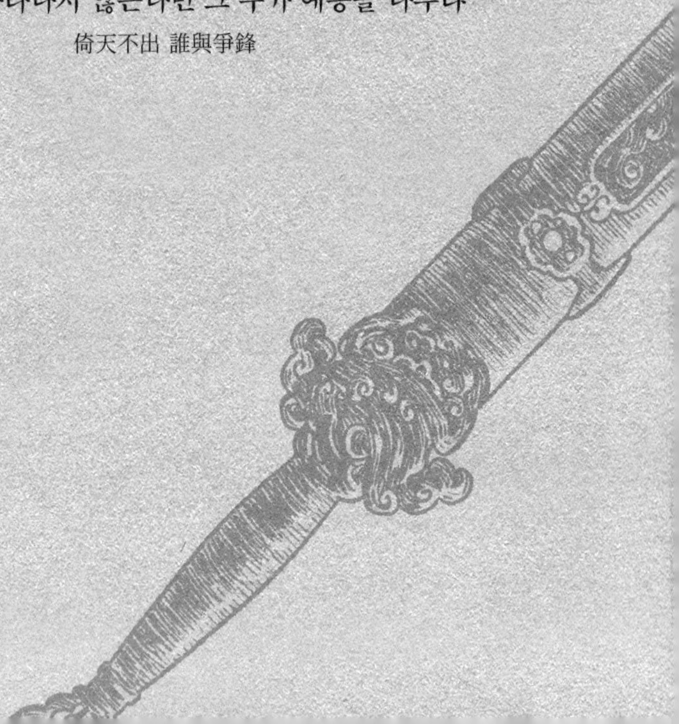

倚天屠龍記

1권

무림지존 도룡도

【1권】 무림지존 도룡도

【2권】 빙화도에서 보낸 10년

【3권】 접곡의선

【4권】 구양진경

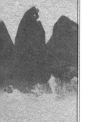

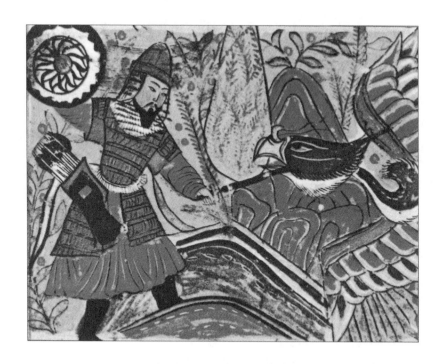

▲ 몽골 무사가 큰 수리와 싸우는 그림

터키 이스탄불 박물관 소장. 고대 페르시아 화가의 작품이다.

◀ 황공망 〈구주봉취도九珠峯翠圖〉

황공망黃公望(1269~1354)은 강소성江蘇省 상숙현常熟縣(또는 절강성浙江省 부양현富陽縣) 출신의 화가다. 필법이 웅건하고 간략한데, 산수화에는 주로 담흑색을 많이 썼다. 이 그림도 마찬가지다. 원나라 때 '사대 화가'로 황공망, 왕몽王蒙, 오진吳鎭, 예찬倪瓚을 꼽는데, 그중에서도 황공망이 으뜸이다. 사대 화가의 화법이 저마다 독창적이어서, 조맹부趙孟頫처럼 모사에 치중하지 않는다. 네 사람 모두 인품이 돈독하고 부지런한 데다 풍격이 매우 높다. 사대 화가들 모두 이 책의 주인공 장무기와 같은 시대 사람이지만 나이는 그보다 위다. 황공망과 오진이 세상을 떠났을 무렵 장무기는 서역 심산유곡에서 〈구양진경〉을 수련하고 있었을 것이다. 왕몽과 예찬 두 사람은 명나라 홍무洪武 연간에 세상을 떠났다. 이 그림의 원판은 타이베이 고궁박물원에 소장되어 있다.

至元
四年

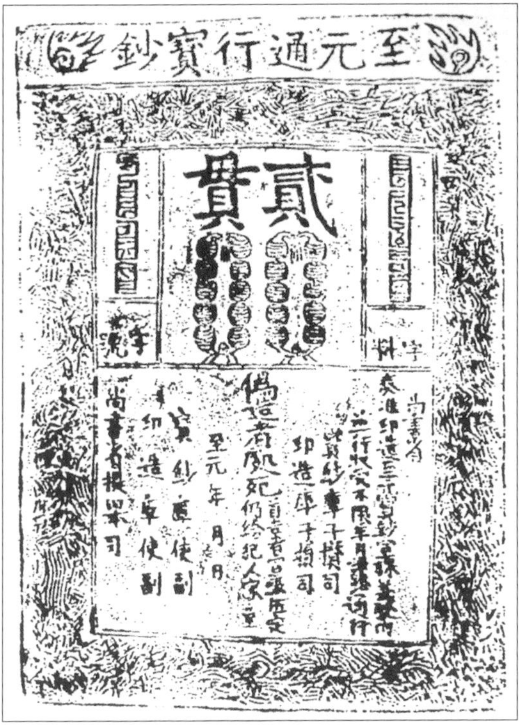

▲ **원나라 때의 지폐와 동전**

그림의 왼쪽은 원나라 때 통용되던 지폐. 원나라 때에는 지원至元이란 연호가 두 번 쓰였는데, 하나는 세조 쿠빌라이 시대 도합 31년(1264~1294)이었고 다른 하나는 마지막 임금 순제順帝 토곤테무르 시대 도합 6년(1335~1340)이었다.
오른쪽 그림은 지정至正 연간에 쓰이던 동전인데, 지정은 원 순제의 마지막 연호로 1341년부터 멸망하던 해인 1367년까지다. 이런 종류의 구리 돈은 장무기가 썼을 법한 동전이다.

◀ **원나라 때의 구리거울**

고대 사회의 구리거울은 모습을 비추는 데 쓰기도 하고, 사악한 귀신을 물리치는 역할로도 사용했다. 아래 거울은 한자와 범어梵語를 양면에 나눠 새긴 주술용 거울이다.

張三丰

◀ 장삼봉의 화상畵像

명나라 때 간행된 판화《열선전전列仙全傳》에 수록되었다. 명나라 때 장삼봉에 관한 전설이 매우 많았는데, 그가 장수를 누려 일부 사람들이 그를 선인仙人으로 신격화시켰기 때문이다.

▶ 무당산

▼ 무당산

명나라 때 간행된《천하명산승개기天下名山勝槪記》에 수록되었다.

惟酷甚號慕摧絕
痛貫心肝痛當奈何
奈何雖即修復未獲
奔馳哀毒益深奈何
奈何臨紙感哽不知
何言羲之頓首

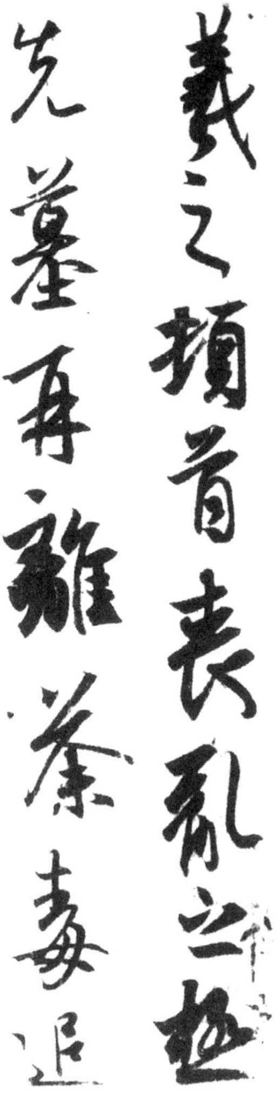

◀ **왕희지의 〈상란첩喪亂帖〉**

글 내용은 다음과 같다.

불초 자손 희지는 머리 숙여 절하나이다.
전란으로 인하여 그 지극한 화를 피해 달아났음에,
조상의 무덤이 거듭 참화를 입었사오니,
돌이켜 생각하옵건대 그 망극함이 더욱 심하여,
그리움에 사무쳐 불러보아도 꺾이고 부서진 마음에
고통이 가슴을 꿰뚫사옵니다.
이 가슴 아픈 마음 어찌 다하리까, 어찌 다하리까?
비록 이내 다시 고쳐 세웠다 하오나,
때맞춰 달려오지 못하였음에,
애통함만 더욱 깊어지니 어찌하리까, 어찌하리까!
종잇장 펼쳐놓고 흐느껴 울 뿐,
무슨 말씀 올려야 할지 모르오니,
불초 자손 희지는 거듭 머리 조아릴 따름이옵니다.

이 서첩書帖은 쌍구모본雙鉤摹本으로 세상에 전해진 모사본으로는 가장 정교한 작품이다. 현재 일본 황실에 소장되어 있다.

들어가기에 앞서 부치는 말

임홍빈

스물 몇 해 전, 우리나라에 한때 김용 선생의 무협소설 붐이 일었던 적이 있었다. 어떤 역자는 중국인 화교 한 분을 책상머리에 불러다 앉혀놓고 입으로 부르는 대로 받아써서 원고를 작성했다고 하니, 그 경쟁이 얼마나 심했는지 알 만할 것이다. 그만큼 원고 내용은 부실해서, 재미난 스토리만 간추려 풀로 척척 이어붙여서 냈다고 해도 지나친 말은 아니다.

저자 김용이 밝힌 것처럼, 《의천도룡기》는 《사조영웅전》과 《신조협려》에 잇따른 제3부작의 완결편이다. 그리고 초판이 발표된 1977년 이후 2004년에 이르기까지 세 차례에 걸쳐 내용을 여러 군데 뜯어고친 수정판이기도 하다. 그렇기 때문에 오래전 '영웅문' 제3부란 이름으로 이 작품을 보았던 독자 여러분께서도 새로운 감회로 다시 읽어보실 만하리라 생각된다.

김용 선생의 다른 작품은 몰라도 비록 시기적으로 100년 남짓한 차이가 있기는 하지만 이들 3부작은 그 뿌리를 같이하고 있다. 좀 더 엄밀히 말하자면 이 3부작 이외에 다시 100여 년 거슬러 북송 시대를 배경으로 써낸 대장편 《천룡팔부》까지 넣어서 도합 4부작이라고도 할 수 있을 것이다.

이 책을 우리말로 옮기는 과정에서 나는 두 가지 어려운 문제에 부딪혔다.

하나는 이웃나라 중국의 역사적 실존인물과 사건들, 그리고 한족 특유의 문화풍습과 고사故事와 관용어를 독자에게 어떻게 원만히 전달할 수 있느냐 하는 문제, 또 하나는 무협소설이면 으레 그렇듯 수없이 등장하는 인체의 경맥經脈과 혈도穴道를 어떤 형식으로 실감 있게 표현하느냐 하는 문제였다. 첫 번째 문제는 본문 아래 역주譯註를 붙여 독자들의 이해를 돕기로 하고, 두 번째 문제는 이 책에 인용된 경맥과 혈도에 관한 해설을 부록으로 만들어 그림과 함께 넣는 것으로 해결할 수 있었다(이 부록은 김영사 홈페이지 자료실에서 무료로 내려받을 수 있다). 역사적 실존인물에 관해서는 다행스럽게도 내가 지난 몇십 년 동안 중국의 전쟁사와 군사역사를 다소 넘본 덕택에 자료를 제법 확보하고 있어 그리 어렵지 않게 해결되었으나, 이 책의 주인공 장무기가 명의名醫로 성장하는 만큼 유달리 중의학에 관한 대목이 숱하게 나오는 바람에, 그 분야에 전혀 문외한인 역자로서는 적지 않게 곤혹을 치러야 했다. 아무튼 여기저기 부지런히 자료를 구해 나름대로 힘써 만들었으니 독자 여러분께서도 부족한 점은 널리 이해하시고 참조가 되었으면 고맙겠다.

여담이지만, 동기유발이라고나 할까. 이 책을 번역하는 도중에 오래전 잊고 있었던 사실을 일깨울 수 있어 정말 좋은 기분을 느꼈다. 앞서 언급한 것처럼 역자는 평생토록 우리나라와 중국의 역사를 깊이 파고든 사람이다. 그런데 《의천도룡기》에 등장하는 실존인물로 훗날 명나라를 건국한 태조 주원장의 이름을 보았을 때, 그리고 내용 후반부에서 그가 '원수元帥'라는 직함으로 다시 등장하였을 때, 1980년대 중반 《동국병감東國兵鑑》을 현대어로 국역하면서 1351년 고려를 침략했던 홍건적紅巾賊의 우두머리 가운데 하나로 '주 원수'라는 자가 있었다는 사실을 떠올리고 주원장과 결부시켜 많은 자료를 수집해놓고도 본업에 얽매여 한 곁에 제쳐놓았다는 사실을 새삼 깨달은 것이다.

《고려사》와 《동국병감》은 모두 조선시대 초기 학자들이 편찬한 정통역사서다. 당시 조선이 이른바 '역성혁명易姓革命'의 명분을 얻고자 명나라에 대한 사대주의 정책으로 태조 주원장의 이름을 밝히지 못하고 그저 '주 원수'라고만 기록할 수밖에 없었던 고충을 이해 못 할 바 아니었으나, 이제라도 그 자료를 종합 분석해서 주원장이 과연 홍건적의 수괴首魁로 고려를 침략한 당사자가 아닌지 규명해볼 생각이다. 《원사元史》와 《명사明史》 그리고 주원장에 관한 여러 자료들을 통하여 행적과 루트를 되밟아보면 그럴 가능성이 다분하기 때문이다. '주 원수'가 20만 명의 홍건적, 바꿔 말해서 명교 신도를 이끌고 원나라 승상 토크토의 진압군과 차칸테무르의 토벌군과 잇달아 조우하여 결국 황하 하류 결전에서 참패당하고 요동지방으로 쫓긴 끝에 고려까지 밀려들었다는 사실이야말로 역사가 입증한다.

번역 과정에서 이런 흥미로운 미스터리를 추적할 동기를 거듭 발견하게 된 것은 내겐 하나의 덤이었다.

커다란 세 그루 소나무 그늘 아래, 흰옷 입은 남자가 등을 지고 앉아 있었다. 무릎에는 초미금焦尾琴 한 틀 얹어놓고 바야흐로 혼자 탄주하고 있는 것이다. 주변 나무 가장귀에는 온통 참새, 꾀꼬리, 두견, 까치, 구관조, 그리고 또 이름도 모를 수많은 멧새들이 가득 앉은 채 거문고 소리에 어우러져 묻고 대답하고, 목소리를 함께 모아 합창하고 있었다.

한참을 정신 놓고 듣고 있으려니 거문고 소리가 점점 우렁차게 울리기 시작했다. 산새들도 더는 지저귀지 않았다. 그 대신 공중에서 날개 치는 소리가 크게 나더니, 동서남북 모든 방향에서 이루 헤아릴 수 없을 만큼 무수한 새 떼가 날아들어 나뭇가지에 내려앉거나 위아래로 푸드득거리며 날갯짓을 했다.

1.

아득한 저 하늘가, 그리운 임 잊지 못하니

봄놀이 한창,	春遊浩蕩
해마다 한식이면 배꽃 피는 시절일세.	是年年寒食 梨花時節
무늬 없는 흰 비단결, 향기만 무르익어	白錦無紋香爛漫
옥 같은 가장귀에 눈 더미 쌓였네.	玉樹瓊苞堆雪
고요한 밤 무겁게 드리운 정적 속에	靜夜沈沈
달빛 아련히 떠오르니,	浮光靄靄
차갑게 스미던 밤기운마저 그 빛 속에 녹아든다.	冷浸溶溶月
인간세계 천상에	人間天上
은빛 노을 구천하늘 꿰뚫어 흐르는구나.	爛銀霞照通徹
그대는 고야산姑射山•의 진인이런가,	渾似姑射眞人
타고난 성품 뛰어나고 빼어난 자태에	天姿靈秀
장한 뜻 기상은 더욱 고결하여라.	意氣殊高潔
꽃봉오리 한결같지 못하다고 누가 알아주랴.	萬蕊參差誰信道

• 전설 속의 신인神人들이 도를 닦는다는 산. 《산해경山海經》 〈동차삼경〉에는 "초목이 없으며 물과 바위가 많은 남·북 고야산이 있다"라고 했다. 《장자》 〈소요유逍遙遊〉 편에 나오는 '막고야산藐姑射山'이 바로 그곳이다. 현재 산시성山西省 린펀시臨汾市 서쪽에 있다.

온갖 꽃 향기롭다 한들 한자리에 모아 견줄 바 아니라네.
不與群芳同列

호방한 기백, 해말간 지혜, 浩氣淸英
신선의 자태 돋보이니, 仙才卓犖
아래 세상 진토塵土에서 분별하기 어렵구나. 下土亂分別
아름다운 천상 세계로 돌아가니, 瓊臺歸去
동천복지洞天福地가 비로소 청정한 모습 보인다네.
洞天方看淸色

이것은 남송 말엽 무학의 명가요, 도사의 한 분이던 구처기丘處機•가 읊은 〈무속념無俗念〉이란 시구다. 구처기의 도호는 장춘자長春子, 바로 전진칠자全眞七子 가운데 한 사람으로 전진교全眞敎 출신 중에서도 가장 뛰어난 인물이다.

원나라 때 비평가 함허자涵虛子는 자신이 엮은 《사품詞品》에서 이 시

• 구처기(1148~1227): 실존 인물. 19세 때 지금의 산둥 지방 영해寧海 곤륜산昆崙山에서 출가해 도를 닦았으며, 이듬해 전진도全眞道의 창시자 왕중양王重陽의 문하 제자로 들어가 훗날 '북칠진北七眞'의 한 사람이 되었다. 1219년 당시 중앙아시아를 정복 중이던 원나라 태조 칭기즈칸의 초청을 받아 서역 대설산大雪山(힌두쿠시산맥)까지 찾아갔으며, 칭기즈칸에게 천하를 다스리는 근본으로 '하늘을 공경하고 백성을 사랑할 것敬天愛民'과 '마음을 항상 맑게 비우며 욕심을 줄일 것淸心寡慾'을 권고해 찬사를 받고, 천하 도교를 관장하는 '대종사大宗師'의 칭호를 얻었다. 세상을 떠난 지 30여 년 후(1269), 원나라 세조 쿠빌라이가 그의 업적을 기려 '장춘진인長春眞人'이란 도호를 추존했으며, 저서로는 《섭생소식론攝生消息論》《반계집磻溪集》《명도집鳴道集》 등이 있는데, 그 제자 이지상李志常이 쓴 스승의 서역 여행기 《장춘진인서유기》가 명나라 때 소설 《서유기西遊記》(오승은 저)와 혼동되어 청나라 말엽에 이르기까지 《서유기》의 저자로 오인받기도 했다.

를 놓고 이렇게 논평했다.

"장춘, 그 이름 그대로 '늘봄'이다. 세상 사람들은 그를 '선인仙人'이라 일컬으나, 시정詩情은 이렇듯 맑게 탁 트였다."

구처기가 이 시구에서 읊은 대상이 배꽃인 것 같지만, 실은 꽃이 아니라 흰옷을 입은 아리따운 여인을 예찬한 것이다.

그대는 고야산의 진인이런가,
타고난 성품 뛰어나고 빼어난 자태에,
장한 뜻 기상은 더욱 고결하여라.
호방한 기백, 해말간 지혜, 신선의 자태 돋보이니
온갖 꽃 향기롭다 한들 한자리에 모아 견줄 바 아니라네.

시구 중에 찬사를 받은 절세미녀는 다름 아닌 고묘파古墓派의 전승자 소용녀小龍女로, 바로 그녀를 배꽃에 견주어 예찬한 것이었다.

소용녀는 평생토록 흰옷을 즐겨 입었다. 성품 역시 맑고 차가워 "무늬 없는 흰 비단결, 눈밭에 옥 같은 가장귀처럼 돋보이고, 차가운 밤기운이 달빛 속에 녹아든다"는 시구에 썩 어울리는 여인이었다.

'늘봄' 속에 살아오던 구처기는 그녀와 종남산終南山 기슭에 이웃하면서 어느 해엔가 인간세상 다시없을 그 절세미녀를 보게 되자 찬탄을 금치 못하고 이 애절한 〈무속념〉 시 한 수를 지어 읊었던 것이다.

이미 구처기도 세상을 떠난 지 오래되고, 소용녀 또한 신조대협神鵰大俠 양과楊過에게 시집가서 그의 아내가 되어 종남산 고묘 속에 은거한 지 오래였다.

그런데 지금 하남성河南省 소실산少室山 비탈길을 오르며 이 〈무속념〉의 시구를 흥얼흥얼 읊조리는 처녀가 하나 있었다.

나이는 어림잡아 열여덟, 열아홉쯤 되었을까. 옅은 황색 홑옷 차림새에 검정 나귀를 타고 천천히 산길을 따라 올라가며 한 구절 읊고 나서 묵묵히 생각에 잠겼다가 또 다음 구절로 넘어가고 있었다.

'아마 배꽃처럼 아리따운 소용녀 언니였기 때문에 그분의 배필이 될 수 있었을 거야.'

'그분'이란 다름 아닌 신조대협 양과를 일컫는 말이었다.

그녀는 고삐도 당기지 않고 나귀란 놈이 가자는 대로 몸을 맡긴 채 흔들흔들 산길을 오르는 중이었다. 한참을 묵묵히 나귀 등에 걸터앉은 채 흔들리던 처녀의 입에서 다시 중얼거리듯 시 한 구절이 흘러나왔다.

만남은 즐거운 것, 이별은 괴로운 것. 歡樂趣離別苦
그 속에 더구나 어리석은 계집아이 사랑에 미쳤다네. 就中更有痴兒女
그대여 말해주오. 君應有語
만 리 길 아득한 겹구름 속인가, 渺萬里層雲
천산의 석양 비친 만년설인가. 千山暮雪
외톨박이 그림자 뉘 따라갈꼬? 隻影向誰去

한 자루 단검을 허리춤에 매단 채 얼마나 긴 여행길을 헤매고 다녔는지 얼굴에는 지친 기색이 완연했으나, 처녀는 꽃처럼 화사한 자색을 잃지 않고 있었다. 기쁨과 즐거움밖에 모를 방년의 나이건만, 누군가

1. 아득한 저 하늘가, 그리운 임 잊지 못하니

를 그토록 애타게 그리워하는지 얼굴빛 한구석에 어렴풋하게나마 서글픈 기색이 감돌고, 두 눈썹 사이에 청승맞게 수심이 서렸다.

처녀의 성씨는 곽郭, 이름은 양襄, 바로 대협 곽정郭靖과 여협 황용黃蓉 사이에서 태어난 둘째 딸로, 외조부 동사東邪 황약사黃藥師의 별호를 따서 '소동사小東邪'란 별호를 얻고 있었다. 이제 그녀는 나귀 한 마리 단검 한 자루에 몸을 의탁하고 세상천지를 유람하는 중이었다.

애당초 소망은 가슴속에 그득 찬 수심을 떨쳐버리기 위한 것이었으나, 속담에 "걱정 근심 풀려고 마신 술이 오히려 걱정 근심을 더 보태준다"는 격으로, 이름난 산천경개를 홀로 떠돌아다녔으나 오히려 가슴속 울적함만 쌓일 뿐이었다.

하남 소실산은 산세가 꽤나 웅장하고 가파른데도 비탈진 산길에 펀펀한 돌계단이 줄지어 깔려 있어 나그네의 발길을 쉬지 않게 만들었다. 층계를 쌓아 올리기에도 적지 않은 공을 들였을 만큼 규모가 굉장했다. 이 공사는 당나라 고종高宗이 소림사에 행차했을 때 닦아놓은 길로, 돌계단의 길이만도 8리里(4km)에 다다랐다.

곽양이 나귀를 타고 돌계단 길을 접어 오르자, 맞은편 산허리에서 다섯 줄기 폭포가 구슬 같은 물보라를 뽀얗게 흩날리며 곧바로 쏟아져 내리는 장관이 펼쳐졌다. 발아래를 굽어보니 어느새 산줄기가 굽이굽이 감돌아 뻗어나가는데, 산모퉁이를 다시 한번 꺾어 돌고 보니 멀리 누른빛 담장에 푸른 기와를 올린 웅장한 사찰 건물이 한눈에 들어왔다.

그녀는 이마에 손을 얹은 채로, 줄줄이 늘어선 소림사 절간 건물들을 한참 동안 넋 빠지게 바라보았다. 그러고는 속으로 탄식을 금치 못했다.

'소림사라면 유사 이래 천하 무학武學의 발원지라더니, 과연 그 말이 틀림없구나. 한데 화산華山에서 두 차례씩이나 열렸던 논검대회論劍大會에서는 왜 무림오절武林五絶 가운데 소림사의 고승이 한 사람도 들지 못했을까? 설마 스님들이 1,000년 고찰의 명성에 흠집이 날까 봐 아예 참가하지 않았던 것은 아닐까? 그게 아니면 스님들께서 불도佛道에 정진하느라 공명심 따위는 모두 떨쳐버리고, 무공은 높아도 다른 사람과 승부를 겨루지 않겠다는 마음가짐이었을지도 모르지.'

그녀는 나귀 등에서 내려 한가로운 걸음걸이로 절간을 바라보고 나아갔다.

울창한 나무숲 그늘 밑에 비석이 줄지어 늘어서 있었다. 돌을 깎아 세운 비석들은 거지반 무너지고 부서졌고, 비면에 새겨놓은 글씨 흔적마저 흐릿해서 무슨 내용을 적어놓은 것인지 알아보기 어려웠다.

하나 그녀의 상념은 제 마음대로 치달았다.

'비석에 아로새긴 글자들이야 세월이 흐른 만큼 풍상風霜에 깎이고 닳아졌을 것이 당연한데, 어째서 내 마음에 새겨진 그것은 세월이 흐를수록 더 또렷해지기만 하는 것일까?'

흘낏 바라보니 커다란 비석에 새겨진 글자가 눈길을 끌었다. 이것은 바로 당 태종 이세민李世民이 소림사 승려들에게 손수 내린 어찰御札을 기록한 비석이었다. 거기에는 당나라 건국 초기에 이세민이 진왕秦王으로 있을 무렵, 군벌 왕세충王世充의 세력을 타도하고 아버지 이연李淵을 도와 새 나라의 기반을 잡았을 때 소림사 승려들이 종군해 전공을 세운 것을 찬양하는 내용이 새겨져 있었다. 가장 큰 공로를 세운 승려는 모두 열세 사람, 그중 담종曇宗 스님 한 분만이 대장군으로 책봉되었을 뿐 나머지 열두 스님은 벼슬을 원치 않았기 때문에 당 태종이 그들에게 자줏빛 비단 가사袈裟를 한 벌씩 내려주었다는 기록이었다.

비문을 살펴보면서 그녀는 또 상상의 나래를 펼쳤다.

'수나라 말엽, 당나라 건국 초기에도 이 소림사 무공이 천하에 명성을 떨쳤다면, 그로부터 수백 년 동안 정진精進에 정진을 거듭한 오늘날에는 글자 그대로 와호장룡臥虎藏龍이 되었을 터. 도대체 얼마나 많은 고수가 이곳에 도사려 있을까?'

곽양은 화산 절정봉에서 양과·소용녀 부부와 헤어진 후로 3년 동안 두 사람의 소식이 끊기자, 그들 부부에 대한 미련을 주체할 길이 없었다. 그래서 산수 좋은 명승지를 유람하겠다는 핑계로 부모님의 허락을 받아낸 뒤 양과의 소식을 알아보기 위해 여행길에 나선 터였다.

그녀는 양씨 부부가 여전히 종남산 고묘에 은거하고 있으려니 싶어 곧장 그리로 찾아갔다. 그러나 고묘 속에서 나온 사람은 몸종 둘뿐이었다. 그들은 양과 내외가 바깥세상으로 나가서 아직 돌아오지 않았다고 얘기하며, 그녀를 무덤 안으로 맞아들여 사흘 동안 기다리게 해주었다.

하지만 양과 부부가 딱히 언제 돌아온다는 말도 없던 터라, 그녀는 무료하게 마냥 기다리지 못하고 다시 무덤 바깥으로 나와서 마음 내키는 대로 떠돌아다니기 시작했다. 발길은 북쪽에서 남쪽으로, 다시 동쪽에서 서쪽으로, 중원 천지 온 바닥을 거의 절반 남짓이나 두루 수소문하고 다녔지만, 신조대협 양과의 근황을 일러주는 사람은 어디에서도 만날 수 없었다.

이날 그녀는 하남성에 도달했다. 소림사 스님 무색선사無色禪師가 양과의 절친한 벗이라는 걸 기억해낸 것이다. 무색선사는 곽양이 열여섯 살 되던 생일에 사람 편에 선물을 보내온 분이었다. 그 스님을 직접 만나본 적은 없으나 혹시 그에게서 양과의 종적을 알아낼 수도 있으니 한 번 만나보는 것도 괜찮으리라 싶어 곧바로 소림사를 찾아왔던 것이다.

곽양이 한동안 넋을 잃은 채로 생각에 잠겨 있을 때였다. 촘촘히 늘어 세운 비석들 한옆 숲속 뒤편에서 난데없이 "철커덕, 철커덕" 쇠사슬 끄는 소리와 함께 불경을 읊는 소리가 들려왔다.

"……이때 약차공왕藥叉共王• 께서 약속을 세우시고, 천백 억만이나 되는 무수한 중생들 앞에서 승묘가타勝妙伽他••를 노래로 설법하시니, '사랑이 있음으로 해서 근심이 생기고, 사랑이 있음으로 해서 두려움이 생겨나도다. 사랑에서 떠날 수만 있다면 걱정 근심도 두려움도 없으리니…….'"

이 네 마디 게송偈頌을 듣는 순간, 곽양은 저도 모르게 그 말에 이끌려 입으로 되뇌어보았다.

'사랑이 있음으로 해서 근심이 생기고, 사랑이 있음으로 해서 두려움이 생겨나도다. 사랑에서 떠날 수만 있다면 걱정 근심도 두려움도 없으리니…….'

가슴으로 묵묵히 외워보는 동안 쇠사슬 끌리는 소리와 염불 소리가 점점 멀어져갔다.

"가만있자, 어떻게 하면 사랑에서 벗어날 수 있고 근심도 두려움도 없어지게 되는지, 저 사람한테 물어봐야겠다."

• 불교의 신령, 야차夜叉, yaksa의 음역. 반인반신半人半神으로 비사문천毘沙門天의 북방을 지키며, 악인을 잡아먹고 선한 사람을 수호한다는 신령.

•• 불교 용어. '승묘'는 완전하고도 오묘하다는 뜻이고, '가타'는 gatha의 음역으로 게송 또는 운문韻文이라는 뜻이다. 곧 '오묘한 노래'를 가리킨다.

곽양은 문득 염불하는 목소리의 주인공을 만나보고 싶은 충동이 일어, 나귀란 놈의 고삐를 길옆 나뭇가지에 휙 돌려 매어놓고 수풀을 헤쳐가며 뒤쫓기 시작했다. 수풀 뒤편에는 산 위로 오르는 오솔길이 한 가닥 뻗어 있고, 웬 스님 하나가 큼지막한 물통 두 개를 멜대로 어깨에 걸머진 채 어슬렁어슬렁 산 위쪽으로 올라가고 있었다. 곽양은 빠른 걸음걸이로 따라붙었다.

스님에게서 70~80척쯤 되는 곳까지 단숨에 따라붙은 그녀는 저도 모르게 깜짝 놀라고 말았다. 스님이 어깨에 걸머진 것은 엄청나게 큰 철통 한 쌍이었는데, 여느 사람들이 쓰는 물통보다 두 배 남짓이나 컸던 것이다. 게다가 스님의 목덜미와 팔목, 두 다리에는 굵다란 쇠사슬이 얼기설기 휘감겨 있어 걸음을 옮겨 뗄 때마다 "철커덕, 철커덕" 땅바닥에 끌리는 소리가 쉴 새 없이 나고 있었다. 커다란 물통만 해도 무게가 줄잡아 200근 가까이 될 터인데, 통 속에 물이 가득 담겼으니 그 중량이야말로 사람을 놀라 자빠지게 할 지경이었던 것이다. 곽양은 두 눈을 휘둥그레 뜬 채 버럭 고함쳐 그를 불러 세웠다.

"대사님, 잠깐만! 소녀가 여쭤볼 말씀이 있습니다!"

느닷없이 부르는 소리에 승려가 후딱 고개를 돌려 바라보았다. 눈길이 서로 마주치는 순간, 두 사람은 모두 깜짝 놀랐다.

스님은 다름 아닌 각원대사覺遠大師였다. 3년 전 두 사람은 화산 절정봉에서 만난 인연이 있었다. 한데 이것이야말로 도무지 요령부득이 아닌가? 곽양은 이 스님의 타고난 성품이 어떤지 익히 알고 있었다. 비록 세상 물정에 어둡고 말투 역시 고지식하지만, 내공만큼은 당세의 어떤 고수들도 미칠 수 없을 만큼 심오했다. 이런 무공의 소유자가 사슬에 친친 얽매여 있으니 누가 믿어주겠는가.

곽양은 의아하게 여기면서도 반가움이 앞서 인사말을 건넸다.

"난 또 누구시라고, 각원대사님이셨군요! 그런데 대사님이 왜 이런 몰골을 하고 계세요? 무엇인가 수련을 하시나 보죠?"

그러나 각원은 고갯짓만 두어 번 끄덕끄덕하고, 보일 듯 말 듯 벙어리 웃음을 지으며 두 손 모아 합장할 뿐 묻는 말에는 대꾸도 하지 않았다. 그러곤 훌쩍 돌아서서 가던 길을 또 휘적휘적 걷기 시작했다.

곽양이 또 그를 불러 세웠다.

"각원대사님! 저를 모르시겠어요? 화산 절정봉에서 뵌 적 있던 곽양이에요!"

각원은 다시 뒤돌아보며 미소와 함께 고갯짓만 끄덕일 뿐 이번에는 걸음조차 멈추지 않았다.

곽양이 또 외쳐 불렀다.

"누가 대사님을 쇠사슬로 묶었죠? 누가 대사님 같은 분을 이렇듯 괴롭힌단 말이에요?"

각원이 왼손을 번쩍 들어 머리통 뒤로 몇 번 내저었다. 더는 묻지 말라는 시늉이었다.

그야말로 이상야릇한 노릇이라, 무슨 곡절인지 분명히 알지 않고는 배겨내지 못하는 것이 곽양의 천성이었다. 그녀는 발걸음을 재촉해서 쏜살같이 각원을 뒤쫓기 시작했다. 생각 같아서는 단숨에 앞질러 가로막을 심산이었다. 그러나 어찌 된 영문인지 각원은 비록 온몸에 굵다란 쇠사슬을 친친 감고 또 엄청나게 무거운 철통을 두 개씩이나 걸머졌는데도, 곽양이 아무리 줄달음질 쳐 뒤쫓았으나 끝내 그를 앞질러

나갈 수가 없었다.

곽양은 대번 장난기가 발동했다. 그래서 곽씨 집안의 비법으로 전해 내려오는 경공신법輕功身法을 한껏 펼쳐, 두 발끝으로 지면을 찍기가 무섭게 몸을 앞쪽으로 날리면서 손을 쭉 내뻗어 철통의 테두리부터 움켜잡으려 했다. 그러나 틀림없이 잡힐 만한 거리인데도 어찌 된 셈인지 번번이 두어 치 간격으로 아슬아슬하게 놓치고 말았다. 안달이 나다 못한 곽양이 버럭 악을 썼다.

"대사님! 아무리 기막힌 신법身法을 지니셨어도 난 꼭 따라잡고야 말 거예요!"

하나 각원은 빠르지도 느리지도 않게 그저 휘적휘적 걷기만 했다.

"철커덕, 철커덕…… 철커덕, 철커덕……."

땅바닥에 끌리는 쇠사슬 소리가 노랫가락에 장단 맞추듯 절도 있게 주인의 발걸음을 따라서 점점 가파르게 바뀌는 뒷산 쪽으로 곧장 올라갔다.

약이 오를 대로 오른 곽양은 숨이 턱에 차도록 씨근벌떡 뒤쫓았으나, 여전히 그와의 간격은 10여 척을 남겨둔 채 좁혀들지 않았다. 그녀는 속으로 탄복을 금치 못했다. '아버지 어머니가 화산에서 말씀하셨듯이, 과연 이분의 무공은 극치에 달했구나. 그때는 별로 미덥지 않게 들리더니만, 오늘에야 부모님의 말씀이 옳다는 것을 알겠다.'

각원은 자그만 오두막 뒤뜰로 돌아가더니, 철통 두 개에 그득 담긴 물을 하나씩 우물 속에 쏟아부었다. 곽양은 기가 막혀 빽 하고 소리를 질렀다.

"대사님, 무슨 짓을 하시는 거예요? 어쩌자고 물을 애써 길어다가 우물에 쏟아붓는 거예요?"

각원의 기색은 평온할 뿐 그저 두어 번 고개만 내저었다. 곽양이 뭔가 퍼뜩 짚이는 것이 있어 까르르 웃으며 또 말을 건넸다.

"아, 이제 알겠다! 대사님은 지금 아주 심오한 내공을 수련하고 계시는 거죠?"

실망스럽게도 각원은 또 한 차례 고개를 흔들었다. 이쯤 되자, 곽양도 슬그머니 부아가 치밀기 시작했다.

"방금 대사님이 염불하는 소리를 내가 분명 들었는데, 벙어리 흉내를 내실 건가요? 어째서 내가 여쭙는 말에는 대꾸를 안 하시는 거죠?"

각원은 미안하다는 듯이 합장만 할 뿐 말 한마디 없이 철통을 다시 걸머메고 휘적휘적 산 밑으로 내려갔다.

곽양은 우물 속에 머리통을 들이밀고 두리번두리번 살펴보았다. 우물 속은 그저 밑바닥이 들여다보일 정도로 맑은 물만 차 있을 뿐 유별나게 다른 점은 보이지 않았다. 산 밑으로 사라져가는 각원의 뒷모습을 멀뚱멀뚱 바라보는 동안, 그녀의 가슴속은 온통 의혹으로 가득 찼다. 방금 정신없이 가파른 산길을 한바탕 뒤쫓고 났더니, 다소 들뜬 가슴에 숨이 가빴다. 그녀는 둥그런 우물 난간에 걸터앉은 채 사방의 경치를 둘러보았다.

어느 결에 이 높은 꼭대기까지 올라왔을까. 소림사 건물이란 건물은 모두 발치 아래 놓여 있었다. 우러러보이는 것이라곤 소실산 층층 절벽이 하늘을 찌르고 병풍처럼 가로 늘어섰는데, 절벽 아래쪽은 바람결에 흩어지는 안개 연기가 아련히 감돌고, 이따금 바람 따라 들려오는 사원의 종소리가 나그네의 가슴속 번뇌와 속된 잡념을 상큼하게 덜어주었다.

한참 동안 구경하면서 상념에 잠기다 보니 퍼뜩 한 사람이 생각났다. '각원 스님이 끝내 말씀을 안 하시겠다? 그럼 좋다! 나도 그 소년을 찾아서 물어보면 그만이지! 한데 이 스님의 제자 녀석이 지금 어디 있는지 모르겠구나.'

그녀는 각원의 어린 제자 장군보張君寶를 찾아볼 생각에 발걸음 내키는 대로 터덜터덜 산길을 내려가기 시작했다.

얼마쯤 걷다 보니 또다시 쇠사슬 끌리는 소리가 들려왔다. 각원이 물을 길어 올라오는 모양이었다.

곽양은 재빨리 나무 뒤로 몸을 숨겼다. 도대체 무슨 꿍꿍이짓을 벌이는지 몰래 엿볼 심산이었다.

쇠사슬 끄는 소리가 점점 가까워지더니, 이윽고 각원이 먼젓번처럼 철통을 걸머진 채 나타났다. 그런데 이번에는 책 한 권을 손에 들고 흥얼흥얼 나지막한 소리로 읽느라 정신이 온통 다 팔려 있었다.

곽양은 그가 나무 곁을 지나치는 순간 득달같이 뛰쳐나가면서 고함을 쳤다.

"대사님! 무슨 책을 읽으시는 거죠?"

느닷없이 고함쳐 묻는 소리에, 각원은 제풀에 실성을 터뜨렸다.

"아이고, 깜짝이야! 난 또 누구라고, 아가씨였구먼!"

한창 독서삼매경에 빠져 있던 각원이 저도 모르게 대꾸를 하고 말았다.

곽양은 이겼다는 듯이 깔깔대며 웃음보를 터뜨렸다.

"이제 어떻게 하실래요? 더는 벙어리 흉내를 못 내시겠죠?"

그러자 각원은 놀라움인지 두려움인지 모를 야릇한 기색을 띠면서 좌우를 한 바퀴 돌아보더니 이내 손을 홰홰 내저었다.

"뭘 두려워하시는 거예요?"

각원이 미처 대꾸하기도 전에 돌연 숲속에서 잿빛 승복을 걸친 스님 두 명이 나타났다. 하나는 비쩍 마른 꺽다리, 다른 하나는 땅딸보 스님이었다. 그중 말라깽이 스님이 버럭 호통을 쳤다.

"각원! 계율을 어기고 함부로 입을 열었구나. 더구나 절간 바깥에서 생판 모르는 사람하고, 그것도 나이 젊은 여자와 노닥거리다니! 안 되겠다, 계율당戒律堂 수좌 어른께 가자!"

각원은 그 호통에 기가 꺾였는지 풀이 죽은 기색으로 고개를 끄덕이더니, 잠자코 스님 두 분을 뒤따라 나섰다. 곽양은 놀라다 못해 부아가 치밀어서 그 뒤통수에다 대고 악을 썼다.

"세상 천하에 남하고 말도 못 하게 막는 법이 어디 있담! 이 대사님은 나하고 아는 사이라 말 좀 나눴기로서니 당신네가 뭔데 참견하는 거예요?"

이 말을 듣고 말라깽이 승려가 눈을 하얗게 흘기면서 으름장을 놓았다.

"1,000년 이래 소림사에는 여자 따위가 함부로 들어서지 못하게 되어 있소. 아가씨, 괜한 봉변을 사서 당하지 말고 어서 썩 하산하시오!"

곽양은 부아가 들끓어 대거리로 맞섰다.

"여자 따위라니! 여자는 사람이 아니란 말인가요? 뭣 때문에 각원대사님을 괴롭히는 거죠? 쇠사슬로 묶은 것도 그렇지만, 남하고 말도 못하게 하다니!"

"우리 사찰은 나라 황제님도 건드리지 못하는 법, 나이 어린 아가씨가 웬 참견이 그리도 많소?"

앞서 각원에게 호통을 쳤던 승려가 칼로 끊듯 냉랭한 말투로 대꾸하자, 곽양은 그만 울화통이 불끈 치솟았다.

"이 스님처럼 독실하고 후덕한 분을 그저 착하다고 해서 이렇듯 업신여기고 괴롭히다니! 흐흥, 설마 천명선사天鳴禪師께서 시킨 일은 아니겠죠? 무색 스님, 무상無相 스님은 어디 계시죠? 그분들더러 이리 좀 나오시라고 해요. 내가 좀 따져볼 것이 있으니까요!"

각원을 끌고 가려던 두 스님은 곽양의 이 말투에 그만 기겁하고 말았다. 그도 그럴 것이 천명선사로 말하자면 이 소림사의 방장 스님이요, 무색선사는 본찰 나한당羅漢堂의 수좌 어른이며, 무상선사는 달마당達摩堂의 수좌 어른이었다. 이들 고승 세 분의 명망을 놓고 본다면, 소림사 승려들이 그 법명조차 감히 입에 올리지 못하고 그저 '방장 어르신' '나한당 좌사座師 어른' '달마당 좌사 어른'이라고만 높여 우러를 뿐이다. 그런데 한낱 어린 계집아이가 불쑥 나타나 겁도 없이 그 법명을 함부로 입에 올렸으니 이게 보통 놀랄 일이 아니었던 것이다.

두 스님은 본디 계율당 수좌 밑에 속한 제자들로서, 좌사 어른의 명을 받들어 각원의 행동거지를 감시하고 있던 참이었다. 그런데 곽양이 버르장머리 없게 소림사 원로 스님들의 법명을 함부로 불러댔으니, 그 소리를 듣고 그냥 넘겨버릴 턱이 있겠는가. 비쩍 마른 꺽다리 스님이 먼저 호통을 쳤다.

"여시주, 이 경건한 불문佛門 경내에서 계속 소란을 피울 거요? 그렇다면 소승이 무례를 범한다고 탓하지 마시오!"

"옳거니! 그런다고 내가 당신 같은 땡추에게 겁먹을 줄 아세요? 잔소리 말고 어서 각원대사님의 쇠사슬이나 풀어주시죠! 그럼 일이 잘 해결되겠지만, 그렇지 않았다가는 내 당장 천명화상을 찾아가서 끝까지 따지고야 말 거예요!"

겁도 없이 내뱉는 곽양의 말버릇을 듣고 있던 땅딸보 스님이 곽양의 허리춤에 매달린 단검을 보더니, 불쑥 손을 내밀면서 카랑카랑한 목소리로 말했다.

"아가씨, 그 단검일랑 이리 내놓으시오. 그럼 우리도 더 문제 삼지 않을 테니까. 그리고 얌전히 하산하도록 하시오. 어서!"

그러자 곽양은 단검을 칼집째 끌러 두 손으로 공손히 떠받들더니 싸늘한 웃음을 던지면서 대꾸했다.

"좋아요, 분부대로 따르죠."

이 땅딸보 스님은 어릴 적 소림사에 출가한 이래, 이날 이때껏 웃어른이나 선배들의 입을 통해 소림사가 천하 무학의 총본산이요 발원지라고 들어왔다. 그리고 제아무리 명망 높고 솜씨가 막강하다는 무림 고수라 할지라도 병기를 휴대하고 소림사의 산문山門에 들어서지 못한다는 얘기만 듣고 살아왔다. 그러니 이 젊은 아가씨가 비록 절간 문턱을 넘어서지는 않았어도 소림사 관할 구역에 발을 들여놓은 것은 사실이니 무기를 내어줄 것을 요구했고, 또 그녀가 진짜 두려워서 고분고분 단검을 넘겨주는 줄로만 알았다. 고지식한 땅딸보 스님은 덥석 그녀의 칼집에 손을 얹었다.

그런데 손가락이 칼집에 막 닿았을 때 갑자기 팔뚝에 감전이라도 된 것처럼 찌르르 하는 느낌과 더불어 극심한 통증이 일더니, 칼집에서 한 줄기 세찬 힘이 전해오면서 그를 확 떠다미는 것이 아닌가! 방심하고 있던 스님은 몸을 가누지 못하고 비틀거리다 그만 뒤로 벌렁 나자빠졌다. 공교롭게도 그 뒤편은 경사진 비탈이라 한번 나가떨어진 몸뚱이는 아래쪽으로 몇 바퀴나 떼굴떼굴 구른 다음에야 가까스로 버텨 설 수가 있었다. 이 놀라운 광경을 본 꺽다리 스님이 불끈 성을 내며 호통 쳤다.

"요런 발칙한 것! 감히 소림사에 와서 행패를 부리다니, 네가 호랑이 간이라도 씹어 먹은 모양이구나!"

다음 순간, 그는 돌아서기가 무섭게 한 걸음 내딛더니 오른손을 주먹으로 움켜 후려침과 동시에 왼 손바닥을 그 주먹에 얹어 쌍장雙掌으로 내리찍어왔다. 바로 '틈소림闖少林'의 스물여덟 번째 번신벽격翻身劈擊 자세로, 몸을 뒤채어 도끼질하듯 후려 찍는 공격 수법이었다.

칼자루를 쥔 곽양은 단검을 뽑지도 않고 칼집째로 그 어깨를 내리찍어갔다. 꺽다리 스님은 어깨를 기우뚱 낮추더니 거꾸로 칼집을 움키려 들었다. 곁에서 지켜보고 있던 각원이 다급하게 소리쳤다.

"안 돼! 싸우지 말아요! 말로 해결하면 될 거 아니오?"

그러나 이미 때는 늦었다. 곽양의 칼집을 움킨 꺽다리 스님이 힘주어 빼앗으려는 찰나, 갑자기 손바닥에 찌릿하는 느낌이 들면서 양 팔뚝 전체가 마비되어 도무지 힘을 쓸 수가 없게 된 것이다.

"아뿔싸!"

외마디 소리를 지르는 순간, 암팡진 곽양의 왼쪽 발길질이 가로치기로 하반신을 호되게 후렸다. 느닷없는 발길질에 걷어차인 꺽다리 스님은 중심을 잃고 산비탈 아래로 벌렁 나가떨어졌다. 이 일초의 타격은 방금 땅딸보 스님이 받았던 것보다 훨씬 무거워, 가파른 비탈길을 정신없이 떼굴떼굴 구르다가 겨우 몸을 추스르고 일어났을 때에는 머리통과 얼굴에 적지 않게 피가 흘러내렸다.

하나 이 무렵, 곽양의 심사도 난감하기 짝이 없었다. 애당초 소림사를 찾아온 목적은 양과 오라버니의 소식을 알아보기 위해서였는데, 공연히 평지풍파를 일으켜 소림사 문턱에는 들어서보지도 못하고 스님들과 대판 싸움만 벌여놓았으니 이 노릇을 어쩌면 좋단 말인가?

각원 역시 우거지상으로 얼굴을 잔뜩 찌푸린 채 한옆에 멍하니 서 있었다. 그것을 본 곽양은 단검을 뽑아 손발에 휘감긴 쇠사슬부터 끊어주었다. 단검이 희세의 진기한 보검은 아니더라도 칼날만큼은 예리해서 "철그렁, 철그렁" 소리 몇 번 만에 쇠사슬은 세 토막으로 간단히 끊겨나갔다. 그녀가 칼질하는 동안 각원은 당황한 기색으로 연거푸 소리를 질렀다.

"안 돼요, 안 돼! 이걸 끊으면 안 돼!"

"뭐가 안 된다는 거예요?"

곽양은 들은 척도 않고 한마디 쏘아붙였다. 그러고는 이제 막 절간으로 달려가는 꺽다리와 땅딸보 스님들을 가리키면서 재촉했다.

"저걸 봐요! 저 못된 땡추들이 절간으로 돌아가서 고자질할 게 분명한데, 시끄러운 일이 더 벌어지기 전에 우리 어서 떠나요. 아, 참! 그 장씨 성을 가진 꼬마 제자는 어디 있죠? 같이 데려가야 하는데……."

그러나 각원은 연신 손사래만 칠 뿐, 움직일 기척도 보이지 않았다. 그때 등 뒤에서 누군가가 조용한 어투로 말을 건네왔다.

"걱정해주셔서 고맙습니다. 아가씨, 저는 여기 있습니다."

곽양이 흘끗 돌아보니, 언제 나타났는지 등 뒤에 열대여섯 살쯤 들어 보이는 소년이 하나 서 있었다. 굵다란 두 눈썹에 부리부리한 눈망울, 체구는 우람하게 자랐어도 아직껏 앳된 티를 벗어버리지 못한 소년, 바로 3년 전 화산 절정봉에서 처음 만났던 장군보였다. 몸집이야 그때보다 훤칠하게 커졌으나, 얼굴 모습은 예나 제나 별로 달라진 게 없었다. 곽양은 반색을 하며 소년의 소맷자락을 잡아끌었다.

"아, 마침 잘 왔네! 여기 못된 땡추들이 그대 사부님을 업신여기고 들볶았어. 그러니 우리 함께 여길 떠나요."

그러나 장군보 소년은 절레절레 고개를 내저었다.

"안 됩니다, 아가씨. 사부님을 괴롭히는 사람은 여기 없습니다."

이 말에 곽양은 기가 막혀 각원을 가리키면서 따져 물었다.

"아니, 그대 스승을 저렇게 쇠사슬로 묶어놓고 말 한마디 벙끗 못 하게 했는데 괴롭힌 게 아니란 말이야?"

곁에서 각원이 쓰디쓴 웃음을 지으며 고개를 설레설레 내둘렀다. 그러고는 손짓으로 산 아래 길게 뻗은 길을 가리켰다. 곽양더러 일이 더 커지기 전에 어서 빨리 이곳을 떠나라는 시늉이었다.

곽양도 이 소림사 안에 자기보다 무공이 뛰어나게 높은 고수들이 헤아리기 어려울 정도로 많다는 것쯤은 잘 알고 있었다. 하지만 자기 눈으로 불공평한 일을 뻔히 봤는데 혼자서만 도망칠 수는 없었다. 그러나 당장에라도 절간에서 숱한 고수들이 몰려나와 길을 가로막을까 봐 조바심이 났다. 그녀는 한 손으로는 각원을 또 한 손으로는 장군보 소년을 잡아당기면서 발을 동동 굴렀다.

"어서 빨리 가자니까! 할 말이 있거든 산을 내려가서 천천히 해도 되잖아요!"

그래도 두 사람은 꼼짝하지 않았다.

아니나 다를까, 갑자기 절간 곁문이 활짝 열리더니 한꺼번에 일고여덟 명이나 되는 승려들이 제미곤齊眉棍을 한 자루씩 들고 우르르 몰려나왔다.

"어디서 굴러온 망나니 같은 계집이 간 덩어리도 크게 이 소림사에서 행패를 부리는 게냐!"

고래고래 악을 쓰는 스님들의 손에 들린 제미곤에서 번들번들 윤기가 났다. 제미곤은 길이가 사람의 눈썹에 닿을 만큼 길고 굵다란 나무 몽둥이를 말한다.

그것을 본 장군보가 얼른 목청을 드높여 외쳤다.

"여러 사형師兄님들, 진정하시고 무례하게 굴지 마십시오! 이분은……."

"안 돼!"

장군보가 말끝을 다 맺기도 전에 곽양이 먼저 입막음을 했다.

"내 이름을 대지 말아요!"

그녀는 오늘 벌어진 이 사태가 적지 않게 커질까 봐 두려웠다. 이 일이 수습하지 못할 정도로 발전해서 아버지 곽정과 어머니 황용에게 누를 끼치기라도 한다면 보통 큰일이 아닌 것이다. 그래서 다시 한번 당부했다.

"어서 빨리 산 너머로 도망쳐요! 우리 아버지나 어머니, 친구분들의 이름을 들먹이면 절대로 안 돼요!"

그때 절간 뒷산 봉우리 쪽에서도 왁자지껄 고함 소리가 터져 나오더니 또다시 일고여덟 명이나 되는 승려 한 패거리가 쏟아져 나왔다.

삽시간에 앞뒤로 길이 막히자, 곽양은 이맛살을 잔뜩 찌푸리면서 각원과 장군보를 향해 다급하게 소리쳤다.

"도대체 뭘 꾸물대는 거예요! 사내대장부답지 못하게……. 같이 갈 거예요, 말 거예요?"

입장이 난처해진 장군보가 스승을 돌아보았다.

"사부님, 곽 소저께서 호의적으로 권하시는데……."

그 말이 미처 끝나기도 전에 아래쪽 곁문에서 또 누른빛 가사를 걸친 승려 넷이 나타나더니 비탈길을 쏜살같이 치달려 올라왔다. 손에는 병기 한 자루 들지 않았으나 무공이 대단한 고수들임이 분명했다. 사세가 이쯤 되니, 곽양은 이제 혼자 몸으로도 빠져나갈 가망이 없음을 직감했다. 그래서 달아날 생각은 일찌감치 떨쳐버리고 아예 몸을 꼿꼿이 세운 채 남몰래 혼신의 기력을 끌어올렸다. 형편이 돌아가는 대로 대응할 작정이었다. 이윽고 앞장서 들이닥친 한 스님이 그녀에게서 40척 거리를 두고 우뚝 멈춰 서더니 카랑카랑한 목소리로 말했다.

"나한당 수좌 어른께서 전하는 분부시오! 방문객은 병기를 내려놓고 산 아래 일위정一葦亭으로 내려가 일을 저지른 까닭을 상세히 진술하고, 수좌 어른의 법유法諭에 따르시오!"

이 말을 듣자, 곽양은 싸느랗게 비웃으면서 대답했다.

"엄포도 곧잘 놓으시는 걸 보니 소림사 대화상님이 관가에서 나온 포졸이신가? 말투가 영락없는 벼슬아치 나리랑 똑같네! 이것 보세요, 대사님들! 당신들은 송나라 황제의 신하들인가요, 아니면 몽골 황제의 끄나풀이신가요? 그것도 아니라면 혹시 금나라 황제 밑에서 벼슬아치 노릇을 하고 계시나요?"

알미울 정도로 남의 아픈 가슴을 콕콕 찌르는 조롱이었다.

이 무렵 송나라는 회수淮水 강줄기를 중심으로 그 북방 영토는 이미 몽골군에게 송두리째 빼앗기고 남부 지역에서 근근이 명맥을 유지하고 있었다. 실상 잃어버린 그 북방 영토도 오래전 금나라 세력에 점령되었다가 금이 몽골에 멸망하면서 지금은 몽골의 사냥터가 되어버렸다.

소림사 터는 회수 북방에 자리 잡고 있었다. 그런 만큼 벌써 오래전부터 몽골의 관할에 속한 셈이었으나, 몽골군이 해를 거듭하며 남송의 마지막 보루인 양양성襄陽城 공략전에 주력부대를 투입하고도 함락시키지 못한 채 후속 병력을 조달하느라 정신이 팔린 나머지, 산중 깊숙이 들어앉은 사찰 따위에 신경 쓸 겨를이 없었다. 그래서 소림사는 적중敵中에 있으면서도 아무런 영향을 받지 않고 여느 때나 다름없이 한창 시절의 기세를 떨치면서 명망을 유지해올 수 있었던 것이다.

그런데 이제 와서 한낱 어린 처녀에게 가시 돋친 조롱을 받고 아픈 데를 찔렸으니, 소림사 스님들은 너 나 할 것 없이 낯 뜨거워 얼굴이 붉어졌다. 더구나 절간 승려도 아닌 외부 사람에게 분부를 내렸다는 것이 어딘지 모르게 타당치 못하다는 생각마저 들어 그 스님은 두 손 모아 합장하며 부드럽게 말했다.

"여시주께서 무슨 일로 저희 사찰에 왕림하셨는지는 모르겠으나, 우선 그 병기부터 내려놓으시고 산 아래 정자로 가셔서 차나 한잔 드시며 말씀하시지요."

상대방의 말투가 부드럽게 나오니, 곽양도 이쯤에서 일을 매듭짓는 것이 좋겠다고 생각했다.

"나를 끝내 절간에 들어서지 못하게 하실 모양인데, 그게 뭐 대수로

운가요? 설마 이 소림사에 무슨 보물이라도 감춰놓아서 내가 눈독 들일까 봐 겁나 그러시는 건 아닌지 모르겠군요."

그러고는 장군보에게 눈짓을 보내면서 낮은 목소리로 채근했다.

"도대체 갈 거야, 말 거야?"

장군보는 고개를 내저으면서 입술을 비죽 내밀며 각원 쪽을 가리켰다. 스승이 안 떠나니 자기도 가지 못한다는 뜻이었다.

곽양은 마침내 울화통이 터져 목청을 높이고 버럭 고함쳤다.

"좋아, 그럼 나도 더 이상은 몰라! 참견하지 않을 테니 마음대로 해요! 나 혼자서라도 떠날 거야!"

그러고는 이제 막 산비탈 아래로 걸음을 옮겨 떼려 했다. 내리막길을 가로막고 서 있던 네 명의 스님 가운데 한 명은 길을 비켜주었으나 다른 세 명이 앞길을 막아선 채 동시에 손을 내밀었다.

"잠깐, 그 병기를 내놓으시오!"

곽양은 눈썹을 곤두세우고 본능적으로 칼자루를 거머잡았다. 그러자 앞서 길을 비켜주었던 승려가 부드러운 말씨로 이렇게 달랬다.

"우리가 여시주의 병기를 빼앗겠다는 게 아니외다. 일단 하산하거든 즉시 돌려드릴 것이오. 이건 소림사의 규칙이니 양해해주십시오."

상대방이 깍듯이 예의를 갖추어 정중하게 나오니, 곽양도 망설이지 않을 수 없었다. 만약 단검을 내놓지 않았다가는 한바탕 큰 싸움이 벌어질 것이 분명해 보였다. 더군다나 혼자 몸으로 이 많은 스님을 무슨 수로 당해내겠는가. 그렇다고 순순히 단검을 내려놓는다면 외할아버지 황약사나 아버지 어머니는 물론이요, 양과 오빠와 소용녀 언니의 체면까지 송두리째 깎아내리는 짓이 아니고 뭐겠는가?

그녀가 이러지도 저러지도 못한 채 망설이는 찰나, 느닷없이 황색 그림자 하나가 눈앞에 번뜩이더니 버럭 호통을 질렀다.

"소림사에 칼을 차고 와서 사람까지 다치게 하다니, 세상에 이런 법이 어디 있는가!"

뒤미처 거센 바람이 확 끼치면서 활짝 벌린 다섯 손가락이 한꺼번에 칼집을 움키며 들어왔다.

만약 이 스님이 무턱대고 공격해오지 않았다면 곽양은 잠시 머뭇거리다가 결국에는 단검을 내놓았을지도 모른다. 그녀는 친언니 곽부郭芙와는 성격이 전혀 딴판이라, 비록 호방한 기질은 있지만 그렇다고 무작정 거칠게 굴거나 함부로 설쳐대는 난폭한 성깔은 아니었다. 지금같이 상황이 극도로 불리할 때에는 잠시 꾹 참고 물러났다가, 훗날 외할아버지나 아버지 어머니와 상의한 다음 다시 찾아가 일을 결말짓는 것이 그녀의 성미였다.

그러나 상대방이 이렇듯 불시에 강습으로 나온다면, 꺽달진 성깔에 두 눈 멀뚱멀뚱 뜨고 호신용 단검을 빼앗길 그녀가 아니었다.

스님의 금나수법擒拿手法은 매섭고도 교묘했다. 칼집을 움켜쥐었을 때, 그는 상대방이 본능적으로 되잡아 당겨 빼앗으리라 지레짐작했다. 그럴 경우, 자신이 점잖지 못하게 한낱 어린 여자와 밀고 당기는 승강이를 벌이게 될 테니 그야말로 볼썽사나운 꼴이 될 게 뻔한 노릇이었다. 그는 칼집을 움켜쥔 손아귀에 힘을 주어 왼쪽으로 비스듬히 밀었다가 재빨리 오른쪽으로 끌어당겼다. 아니나 다를까, 상대방은 자신의 의도에 따라 좌우로 밀리고 이끌리면서 금방이라도 칼자루를 놓칠 기미가 보였다.

곽양은 단검을 빼앗길 위기에 놓이자 더 생각해볼 것도 없이 칼자루를 움켜잡은 채 힘주어 뽑아냈다. "쏴악!" 하는 소리에 이어 차가운 빛 한 줄기가 칼집을 벗어나더니 눈 깜짝할 사이에 칼집의 결을 따라 아래쪽으로 쭉 훑어 내려갔다.

"어이쿠!"

외마디 소리가 허공에 쩌렁쩌렁 울렸다. 스님은 오른손으로 거머쥐었던 칼집을 엉겁결에 놓쳐버리고 말았다. 그러나 그 손등에 겹쳐 잡았던 왼 손가락 다섯 개 중 두 개는 이미 칼집을 따라 내리훑은 칼날에 싹둑 잘려나간 뒤였다. 방심하고 있다가 상처를 입었으니 그 극심한 아픔을 무슨 수로 견뎌내랴. 그는 자신도 모르게 비명을 내지르며 아예 칼집을 내던지고 펄쩍 뛰어 한 곁으로 물러났다.

동문이 상처를 입고 피를 흘리자, 경악한 동료 스님들은 아연실색했다. 너 나 할 것 없이 노성을 지르고 선장禪杖과 제미곤을 춤추어가며 여기저기서 한꺼번에 달려들었다.

사세가 이쯤 되면 이미 엎질러진 물이었다. 어차피 곱게 끝날 일이 아닌 바에야 곽양 자신도 이판사판으로 나갈 수밖에 없었다. 그녀는 가문의 비전절기인 낙영검법落英劍法을 펼치면서 산 아래 길 쪽에 세 겹으로 포진한 승려들을 향해 무섭게 부딪쳐 내려갔다.

낙영검법은 그녀의 외조부 황약사가 도화도桃花島에서 자신의 절기인 낙영장법落英掌法의 정수를 변화시켜 만들어낸 검법이었다. 비록 옥소검법玉簫劍法만큼 절묘하지는 않아도 역시 도화도의 일절一絶로 손꼽히는 터라 서슬 푸른 검광이 격렬하게 일렁거리는 동안 칼끝은 마치 꽃잎이 어지러이 흩날리듯 매서운 검화劍花를 사면팔방으로 정신 못

차리게 퉁겨내더니, 삽시간에 승려 두 사람에게 또 상처를 입혔다.

그러나 뒤미처 곽양의 배후로 또 서너 명의 스님이 내리 닥치면서 아래쪽에 있는 그녀에게 협공을 퍼붓기 시작했다.

이치로 따져본다면 곽양은 벌써 오래전에 감당 못 할 처지였다. 그러나 소림사 승려들은 자비를 근본으로 삼는 데다 계율 또한 워낙 엄격한 터라, 그녀의 목숨을 다치게 하고 싶지 않아 모두 공격 방식에 살초殺招를 쓰지 않고 단지 제압만 해서 한바탕 훈계나 해준 다음 병기를 압수하고 산 밑으로 쫓아 보낼 심산이었다. 그런데 곽양의 칼부림이 위아래 앞뒤로 정신없이 엇갈려 떨어지는 바람에 공격자들도 더는 접근할 수가 없었다.

애당초 스님들의 생각은 한낱 묘령의 여자쯤이야 손쉽게 다룰 수 있으리라 싶었다. 그런데 막상 그녀의 정교하고도 기기묘묘한 검법을 대하고 보니, 아무래도 명문 세가의 딸이거나 유명한 스승의 제자가 분명한 터라 선불리 무례를 범할 수가 없어 공격의 기세를 다소 낮추는 한편, 나한당 수좌 무색선사에게 한 사람을 달려 보내 급보를 전했다.

한창 정신없이 싸우고 있는데, 언제 나타났는지 비쩍 마른 꺽다리 노승이 어슬렁어슬렁 다가왔다. 걸음걸이가 무척 여유 만만했다. 그는 두 손을 맞잡아 소매 춤에 꾹 질러 넣은 채 웃음 띤 얼굴로 싸움판을 구경하고 있었다. 그를 발견한 승려 두 사람이 냉큼 그리로 다가가서 귓속말로 사태를 보고했다.

얼마나 정신 놓고 싸웠는지, 곽양은 진작부터 숨이 턱에 차서 헐떡거리며 검법마저 제멋대로 흐트러진 상태였다. 그래도 성깔은 여전히 남아서 목청을 한껏 돋우어 고래고래 악을 써댔다.

"이게 무슨 놈의 천하 무학의 근원지야? 기껏 해봤자 땡추들이 수십 명씩이나 한꺼번에 덤벼들어 일개 아녀자를 에워싸고 들이치는 법밖에 모르잖아!"

싸움판을 구경하던 노승은 바로 나한당의 수좌 어른 무색선사였다. 그는 곽양이 하는 소리를 듣고 이내 공격자들에게 호통을 쳤다.

"모두 손을 멈추어라!"

곽양을 에워싼 채 돌아가며 수레바퀴 공격을 퍼붓던 승려들이 그 호령 한마디에 손찌검을 그치고 제 위치에서 훌쩍 뛰어 뒤로 물러났다. 무색선사가 그녀 쪽으로 돌아서서 물었다.

"아가씨는 성씨가 뭐며 함자는 어찌 되는가? 춘부장과 스승 되시는 분은 또 뉘신가? 무슨 일로 우리 소림사에 왕림했는지 말씀해주시겠소?"

한꺼번에 서너 가지 질문이 잇달아 떨어지자, 곽양은 속으로 궁리를 해보았다. '부모님의 성함을 일러줄 수는 없지. 나 또한 양과 오라버니의 소식을 좀 알아보고 싶어서 이 절간에 오긴 했지만, 그걸 남부끄럽게 이 많은 사람들 앞에서 털어놓을 수야 있나? 일이 이 지경으로 엉망진창이 된 것을 훗날 부모님이나 양과 오라버니가 아셨다가는 보나 마나 내 탓이라고 꾸지람을 할 거야. 차라리 아무 소리 말고 얼렁뚱땅 슬그머니 빠져나가는 게 상책이겠다.'

생각이 정해졌으니 이제는 시치미 뚝 떼고 삼십육계 줄행랑을 칠 궁리나 할밖에. 그녀는 잠시 뜸을 들였다가 대답했다.

"내 성씨하고 이름은 대사님께 말씀드릴 수가 없습니다. 난 그저 이곳 경치가 하도 좋다기에 구경 삼아 놀러 왔을 뿐이에요. 그런데 소림사란 데는 황제님이 계신 궁궐 안채보다 더 지독스러워 불문곡직하고 남의 병기나 빼앗으려 들다니, 세상천지에 이럴 수가 있나요?"

노승은 잠자코 웃음 띤 채 듣고만 있었다. 곽양은 내친김에 공세적으로 반문했다.

"대사님께 여쭤보겠어요. 내가 이 절간 문턱에 발을 들여놓았나요, 안 들여놓았나요? 이 소실산을 소림사가 통째로 사들였나요, 안 사들였나요? 당초 달마조사達摩祖師께서 무예를 전해 내리셨을 때는 여러 스님이 신체를 튼튼히 다져서 참선이나 성불하는 데 유익하라고 가르치신 게 아닌가요? 그런데 소림사의 명성이나 기세가 갈수록 커지고 무공이 높아지니까, 다수의 강한 힘만 믿고 으스대는 꼬락서니가 이 정도까지 대단할 줄은 미처 몰랐군요. 흥, 좋아요! 내 단검을 정 몰수하시겠다면 여기 두고 가죠! 하지만 당신네들이 날 죽여서 입막음을 하지 못하는 한, 오늘 이 사건은 강호에 두루 소문이 나서 모르는 사람이 없게 될 거예요!"

사실 따져보자면, 이번 사태가 전적으로 그녀의 잘못이라고만 할 수도 없었다. 게다가 곽양은 워낙 말주변이 영악스러운 처녀라 숨 돌릴 틈도 주지 않고 한바탕 쏟아져 나온 말이 무색선사를 대꾸 한마디 못 하게 꿀 먹은 벙어리로 만들었다.

늙은 스님을 상대로 한바탕 퍼붓고 나서, 곽양은 힐끔힐끔 눈치를 살피며 속으로 계산을 해보았다. '공연히 덤벙대고 남의 일에 참견하다 엉망진창으로 일만 벌여놓았으니 부모님이 알까 두렵군. 하지만 정작 소림사 측도 나이 어린 처녀 한 사람에게 10여 명씩이나 덤벼들어 싸움판을 벌였으니 이 사실이 강호에 소문나기는 더욱 바라지 않을

것이다. 진짜 그랬다가 무슨 좋은 소리를 들으려고? 흐흠!'

곽양은 코웃음 한 번 치고 단검을 땅바닥에 툭 던졌다. 그러고는 미련 없이 발걸음을 돌려 휘적휘적 걷기 시작했다.

무색선사가 비스듬히 앞질러 나서더니, 소맷자락을 한 번 휘둘러 땅바닥에 떨어진 단검을 휘감아 올렸다. 그러고는 쌍수로 칼날을 떠받든 채 이렇게 말했다.

"아가씨가 정 사문의 내력을 밝히고 싶지 않으시다면 좋소, 이 보검일랑 거두어 넣고 가시오. 이 늙다리 땡추가 산 아래까지 배웅해드리리다."

곽양의 얼굴에 비로소 웃음꽃이 활짝 피었다.

"역시 노스님은 세상 물정에 통달하신 분이로군요. 아무렴, 그러셔야지 명가의 풍도라고 할 수 있죠!"

환한 함박웃음을 지으며 입에서 나오는 대로 무색선사를 치켜세운 다음, 그녀는 단검을 받아 들려고 손을 내밀었다. 그러나 막상 칼자루를 잡는 순간, 깜짝 놀라고 말았다. 칼날이 얹힌 상대방의 손바닥에서 한 줄기 흡인력이 뻗어나와 아무리 칼자루를 힘껏 당겨도 옴짝달싹하지 않는 것이었다. 두세 번이나 연거푸 용을 써보았어도 단검은 그 손바닥에 달라붙은 채 도무지 빼앗을 수가 없었다.

"좋아요! 대사님께서 공력을 뽐내보시겠다, 그거죠?"

입으로는 종알대면서 느닷없이 비스듬하게 후려나간 왼손은 이미 무색선사의 왼쪽 목덜미 천정혈天井穴과 거골혈巨骨穴 두 군데를 가볍게 찍고 있었다.

"이크!"

흠칫 놀란 무색선사가 번뜻 몸을 기울여 피했다. 그 바람에 공력이 풀어지는가 싶더니 곽양은 어느새 단검을 집어 들고 있었다.

"호오! 기막힌 난화불혈수법爛花拂穴手法이군! 그럼 아가씨는 도화도 주인을 어떻게 부르시는가?"

곽양은 까르르 웃으면서 한마디로 대꾸했다.

"도화도 주인 말씀인가요? 난 그를 '늙은 동사老東邪'라고 부른답니다."

도화도주 동사 황약사는 곽양의 외조부였다. 성격이 워낙 괴팍스러운 데다 평생토록 예법을 지킬 줄 모르는 괴인이라, 외손녀에게도 자신의 별호를 따서 '꼬마 동사小東邪'라는 별명으로 곧잘 부르곤 했다. 그리고 개구쟁이로 자란 곽양 역시 외할아버지를 거리낌 없이 '늙은 동사'라 불렀지만, 황약사는 노염을 타기는커녕 오히려 즐거워하기만 했다.

무색선사는 청년 시절 한때 녹림綠林(산적) 패거리에 가담한 적도 있었다. 지금은 비록 불문 선종禪宗에 몸을 담고 몇십 년간 수양해 불교 학문에 정통한 고승이 되었으나, 지난날의 호방한 기백만큼은 줄어들지 않았다. 그런 호연지기浩然之氣가 아니고서야 어떻게 외팔이 대협 양과 같은 인물과 망년지교忘年之交를 맺을 수 있었겠는가? 그는 어린 처녀가 끝내 사승師承 내력을 밝히려 들지 않는 것을 보고, 고승답지 않게 짓궂은 생각이 들어 어떻게든지 실토하게 만들고 싶었다. 그래서 목청을 드높여 껄껄대면서 이런 제안을 했다.

"꼬마 아가씨, 내가 지금부터 10초를 공격할 테니 받아보시겠소? 이 늙다리 땡추의 눈썰미가 그대 사문 내력을 알아맞힐 수 있는지 없는지 어디 두고 봅시다."

"10초 공격에서 알아내지 못할 때는 어떻게 하시겠어요?"

곽양이 다그쳐 묻자, 무색선사는 목젖이 드러나도록 껄껄 웃었다.

"아가씨가 이 늙다리의 10초를 받아내기만 한다면야 더 말할 게 뭐 있나? 분부대로 따르는 수밖에."

그러자 곽양이 대뜸 각원 스님을 가리켰다.

"이 대사님은 나하고 왕년에 한 번 만나본 연분이 있죠. 만약 10초를 겨루는 동안 노스님께서 제 스승이 뉘신지 알아맞히지 못할 때는 저한테 언약하신 대로 이 대사님을 더는 괴롭히시면 안 되는 겁니다. 아시겠죠?"

얘기를 듣고 보니 무색선사는 사뭇 얄궂은 느낌이 들었다. 각원은 천성이 어수룩하고 융통성이라곤 손톱만큼도 없는 위인이라, 지난 수십 년 동안 장경각藏經閣 먼지 구덩이에 틀어박혀 서책이나 간수해왔을 뿐이다. 지금까지 바깥세상 사람들과는 왕래를 해본 적이 없는데, 언제 어디서 이런 아리따운 처녀와 어울려 정분을 나누었단 말인가? 하나 지금 이 자리에서 그런 것을 따질 때가 아닌 터라 우선 급한 대로 해명부터 했다.

"우리 역시 당최 이 사람을 괴롭히겠다는 뜻으로 그런 것은 아니오. 이 사찰에 소속된 승려라면 누구든지 계율을 범할 때는 똑같은 벌을 받게 되어 있소."

그러자 곽양이 앙증맞은 입술을 비죽거리며 툭 쏘아붙였다.

"흥! 이러쿵저러쿵 둘러대는 걸 보니, 대사님도 어물쩍어물쩍 넘겨버릴 모양이시군요!"

점잖은 노스님이 이렇듯 빈정대는 소리를 들었으니, 더는 버틸 재간이 없었다. 무색선사는 두 손바닥에서 철썩 소리가 나도록 맞장구를 치면서 호기 있게 다짐했다.

"됐소, 됐어! 그대 말대로 하지! 만약 이 늙다리 땡추가 질 경우에는 각원 사제 대신에 3,000하고도 열여덟 번 더 물통을 져 나르면 될 것 아닌가? 자아, 그럼 아가씨, 내가 공격할 테니 조심하시구려!"

한데 곽양은 무색선사와 입씨름을 벌일 때부터 이미 계략을 세워놓고 있었다. '노스님은 기력이 태산처럼 굳센 데다 무공 역시 대단한 고수이다. 이제 만약 이 사람이 하겠다는 대로 공격하게 내버려두었다가는 내가 전력을 다해 저항해봤자 결국 부모님의 무공을 드러내지 않고는 배겨나지 못할 것이다. 그렇다면 차라리 이편에서 기선을 잡아 연속으로 10초 공격을 퍼붓는 게 더 낫지 않을까?'

그래서 곽양은 상대방의 입에서 "조심하라"는 말끝이 떨어지기가 무섭게 선제 공격으로 나갔다. 공격 초식은 다름 아닌 도화도 낙영검법 가운데 일초 만자천홍萬紫千紅. 글자 그대로 늦가을 울긋불긋한 낙엽들이 세찬 바람결에 우수수 떨어지듯 칼끝이 찔러드는 순간 그칠 새 없이 흔들려, 상대방으로 하여금 도대체 공격 목표가 어느 부위인지 가늠할 수 없게 만드는 검초劍招였다.

과연 무색선사도 이 검초의 지독스러움을 알아차렸는지, 선불리 맞받아칠 엄두를 내지 못하고 선뜻 몸을 뒤채어 피해냈다.

상대방에게서 기선을 빼앗는 데 성공하자, 곽양이 호기 있게 호통을 쳤다.

"두 번째 공격 나갑니다!"

단검 끝이 빙그르르 돌아나가는가 싶더니 하단에서 거꾸로 찔러 올라갔다. 이번에는 전진파 검법 가운데 일초인 천신도현天紳倒懸이었다.

무색선사의 입에서도 탄성이 흘러나왔다.

"옳거니, 전진검법이군!"

"꼭 그런 것만은 아니죠!"

곽양이 야무지게 대꾸했으나, 칼끝은 이미 허공을 찌르고 빗나갔다. 두 번째 공격이 실패하는 동안, 무색선사는 재빨리 수비에서 공세로 바꾸더니 길게 내뻗은 다섯 손가락으로 한꺼번에 그녀의 팔뚝을 낚아채왔다. 그러고는 잇따라 정면을 공격했다.

곽양은 속으로 흠칫 놀랐다.

'노스님의 솜씨가 과연 대단하구나! 이렇듯 위험천만한 검초 아래 적수공권赤手空拳으로도 어엿이 반격할 수 있다니.'

역습으로 나온 무색선사의 손가락이 면상을 찍으려 내뻗어오자, 그녀는 잽싸게 단검을 몇 차례 휘둘러 교란작전을 펼쳤다. 기막히게도 그것은 개방丐幇의 비전절기인 타구봉법打狗棒法 가운데 악견난로惡犬攔路였다. 이름 그대로 그것은 길 앞을 가로막는 사나운 개를 거지가 몽둥이로 때려 쫓아 보낸다는 '봉棒' 자결 초식이었다.

그녀는 어려서부터 개방의 전임 방주 노유각魯有脚과 교분이 두터워 술만 마셨다 하는 날이면 가위바위보 따위로 내기를 걸어 이기거나, 틈만 나면 억지떼로 무예 시합을 하자고 졸라대어 개방의 비전절기를 수박 겉 핥기로나마 배웠다. 개방은 규율이 워낙 엄격한 데다 18초에 달하는 타구봉법 자체가 개방의 근본을 지켜주는 신성한 것이라, 방주로 선출된 사람이 아니면 절대로 배울 수가 없었다. 그러나 노유각이 타구봉법을 시늉으로만 보여줄 때에도, 눈썰미가 뛰어난 곽양은 끝내 그 초식 동작을 꿰뚫어보고 일초 반식이나마 훔쳐 배울 수가 있었다. 게다가 노유각의 전임 방주 황용은 그녀의 어머니요, 현임 방주 야율제野律齊는 그녀의 형부였다. 주변 환경이 이러하니 그녀에게 이 타구봉법을 훔쳐볼 기회가 실로 적지 않았고, 비록 오묘한 구결을 훤히 꿰뚫어보지는 못했어도 어깨너머로나마 흉내는 낼 수 있었던 것이다.

이래서 느닷없이 개방의 타구봉법을 시늉으로나마 펼쳤으니, 무색선사야 자세만 보고서 그것이 수박 겉 핥기인지 진짜 실력인지 꿈에도 알 도리가 없었다. 그저 다섯 손가락으로 그녀의 팔뚝을 막 움켜쥐려는 찰나, 서릿발이 번뜩하더니 무색선사의 눈을 한순간 하얗게 장님으로 만들어버렸다. 곽양의 칼끝이 뻗어나오는 방향도 종잡을 수 없거니와 또 어느 부위를 공격하는지 알 길도 없어 그는 하마터면 다섯 손가락이 한꺼번에 싹둑 끊겨나갈 뻔한 것을 가까스로 피해냈다. 그는 역시 탁월한 무공의 소유자인지라 그 바쁜 와중에도 급히 두 걸음 뒤로 물러나기는 했으나, 그와 동시에 "찌익!" 하고 듣기 거북한 소리가 들리더니 왼쪽 소맷자락을 단검에 길게 찢기고 말았다. 다음 순간, 무색선사의 얼굴빛이 싹 바뀌었다. 곁눈질로 흘겨보는 동안 등줄기에는 식은땀이 불끈 돋아나고 있었다. 그야말로 의기양양해진 곽양이 깔깔대면서 노스님을 향해 소리쳐 물었다.

"대사님! 이건 또 무슨 검법이죠?"

사실 천하 무학의 근본은 누가 뭐래도 검술이었다. 방금 그녀가 쓴 검법은 타구봉법 가운데 한 초식을 융화시켜 만든 검법일 뿐 특출한 것은 아니었다. 하지만 이 타구봉법은 지나칠 정도로 오묘해서 겉모양새만 그럴듯하게 흉내 낸 것인데도 명성이 쟁쟁한 이 소림사 고승 어흔을 놀라 자빠지게 하고, 배 속 그득히 의문 덩어리로 채워 두 눈 멀뚱멀뚱 뜬 채 어찌할 바를 모르게 만들었으니 실로 엄청난 무공이 아닐 수 없었다.

그러나 곽양에게도 말 못 할 고충은 있었다. 앞으로 타구봉법을 몇 초식 더 쓸 수만 있다면 이 노스님을 참담하게 패배시킬 수 있겠는데, 안타깝게도 이 정도밖에 쓸 줄 몰랐던 것이다.

결국 곽양은 방법을 바꾸기로 작심했다. 결단을 내리면 망설이는 법이 없는 터, 무색선사가 한숨 돌리기 직전에 그녀는 단검을 가볍게 휘두르면서 몸을 앞쪽으로 날렸다. 칼끝이 무색선사의 하반신을 노리고 연달아 몇 번 찍어대는 동안 그녀의 자태는 마치 하늘에서 춤추며 강림하는 선녀처럼 날렵하고 우아했다. 검초는 고묘파의 계승자 소용녀에게서 배운 옥녀검법玉女劍法, 그중에서도 소원예국小園藝菊이었다. '작은 꽃밭에서 국화 가꾸기'라니, 과연 고묘파 전인다운 명칭이었다.

이 옥녀검법은 당년의 여협 임조영林朝英이 고묘파를 처음 세우면서 창안해낸 것으로 강호에 그 진면목을 드러낸 적이 결코 없었다. 검초가 매섭기도 하려니와 검법을 구사할 때 동작까지 고려해서 속된 맛을 모조리 떨쳐버렸기 때문에 자세가 무척 고상하고 얌전하기 그지없었다. 그래서 소림파의 달마검법達摩劍法이라든가 나한검법羅漢劍法처럼 강맹强猛 일변도로 쓰는 방식과는 전혀 딴판이었다. 물론 검법 내용으로 따진다면, 옥녀검법이 소림파의 여러 검술을 진정으로 능가할 수 있을지는 미지수였다. 아무튼 옥녀검법이 급작스레 눈앞에서 펼쳐지는 순간, 소림사 승려들은 아름다움의 극치를 이룬 자태에 매료되어 감동하지 않을 수 없었다.

부처님의 경전 대목에 이런 구절이 있다.

"……용모와 의태意態가 온유하고 아리따우며, 장엄하고도 우아하다. 단정한 그 모습 저절로 기쁨을 안겨주니, 마주 대하는 사람마다 싫증을 느끼지 않으리."

소림사 승려들 가운데 어느 누구도 이런 검법을 본 적이 없었으니 한결같이 놀라움과 희열을 느끼지 않을 수 없었다.

무색선사 역시 양과와 절친하게 교분을 나누던 사이였어도, 그가 옥녀검법을 쓴 경우를 당최 본 적이 없었다. 이러니 곽양이 청초하고도 아리따운 자태로 검초를 구사할 때마다 그저 일초 일식이라도 더 보고 싶다는 생각만 들 뿐, 반격이나 역습은커녕 몸뚱이를 뒤채어 피해가는 와중서도 그녀의 검초가 이어지기만을 기다렸다.

곽양의 검초가 급작스레 바뀌더니 동편으로 뒤쫓는가 하면 어느새 서쪽으로 치닫고, 칼부림 또한 연속 두세 차례나 베어내고 있었다.

곁에서 넋 빠지게 바라보던 장군보가 저도 모르게 외마디 실성을 터뜨렸다.

"이크!"

그도 그럴밖에. 곽양이 구사한 초식은 사통팔달四通八達, 바로 3년 전 화산 절정봉에서 신조대협 양과가 장군보 소년에게 가르쳐준 것으로, 곽양은 그저 한옆에서 어깨너머로 눈여겨보았을 뿐이었다. 그런데 이제 와서 이것 보라는 듯이 구사하고 있으니 장군보가 놀란 것도 무리는 아니었다. 당시 양과가 전수한 것은 장법掌法이었으나, 지금 곽양은 그것을 검법으로 변화시켰고, 그래서인지 위력이 적지 않게 줄어든 상태였다. 그러나 검법의 기기묘묘함은 무색선사 같은 고승조차 속이 뜨끔하게 만들기에 충분했다.

손가락을 꼽아보니, 곽양이 구사한 것은 이미 5초. 그런데 그녀의 출신 내력을 알아내야 할 무색선사는 끝내 털끝만 한 실마리도 잡아내지 못한 상태였다. 그는 한창 시절 강호를 종횡무진으로 넘나들어 경험도 아주 풍부할 뿐 아니라 지난 10여 년 전부터 나한당 수좌 직분을 맡은 이래, 모든 문파의 무공에 대해서도 깊이 연구해온 몸이었다. 그래서 다른 문파의 것을 소림사 자체 무공과 비교 검토해 장점은 받아들이고 취약한 부분은 과감히 잘라내어 장단점을 서로 보완하는 일에 몰두해왔다. 이렇듯 소림파의 무공 실력을 갈고닦는 동안 상대방의 약점을 효과적으로 공략할 수 있게 되었고, 따라서 소림파가 강호 무학의 태산북두泰山北斗라는 영예로운 명칭을 유지할 수 있었던 것이다. 하는 일이 늘 이렇다 보니 무색선사는 상대방의 솜씨가 제아무리 대단하더라도 몇 초 내에 그 신분 내력을 간파해낼 자신이 있었고, 나이 어린 처녀와 겨루면서 10초를 약속한 것만도 사실은 아주 크게 양보해준 셈이었다.

그런데 곽양의 부모, 스승, 친구들이 모조리 당대 일류 고수들일 줄이야 꿈에나 생각했겠는가! 이 재간 덩어리 처녀는 그들의 무공절학 중에서 배운 것을 한 토막씩 끌어내어 뒤죽박죽으로 섞는가 하면 초식마저 이리 잡아당기고 저리 갖다 붙이고 제멋대로 헝클어뜨리는 판국이니, 무색선사 같은 무학의 대종사로서도 명분을 따지기는커녕 눈알이 핑핑 돌고 어찔어찔 현기증을 일으키지 않을 수 없었던 것이다.

사통팔달의 괴상야릇한 4검四劍 8식八式이 다 끝났을 무렵, 무색선사는 퍼뜩 영감이 떠올랐다. '이대로 계속 공격하게 내버려두었다가는

10초가 아니라 100초가 지나도 이 아가씨의 사문 내력은커녕 본인의 이름조차 알아내기 어렵겠다. 그렇다면 나도 강공으로 맞설 수밖에. 반드시 본문의 무공을 써서 내 공격을 막아내지 않으면 안 될 것이다!'

생각을 고쳐먹기가 무섭게 그는 상반신을 왼쪽으로 뒤틀면서 쌍관이雙貫耳의 일초를 구사했다. 두 주먹 아귀가 마주 보는 형태로 타원형을 그리더니 급작스레 엇갈리면서 상대방의 정면으로 확 밀어내는 것이었다.

두 주먹에서 쏟아져 나온 거센 권풍拳風이 곽양의 얼굴을 모래바람처럼 따갑게 휩쓸었다. 그녀는 노스님의 공력이 상상을 초월할 정도로 강하게 다가오는 것을 느끼자, 감히 맞받아칠 엄두를 내지 못하고 자세를 비틀어 두 주먹 바람 사이로 미꾸라지처럼 빠져나갔다. 매끄러우면서도 교묘한 몸놀림, 그것은 당년에 양과를 따라 영고瑛姑와 만났을 때 보았던 니추공泥鰍功을 그대로 흉내 낸 것이었다. '진흙탕 속의 미꾸라지', 무공 초식 이름 그대로 늪지대 수렁에서 나뭇가지 한 토막에 몸을 싣고 미끄럼 타면서 그 한복판에 자리 잡은 섬까지 일사천리로 달려간 기억이 아직도 생생하게 남아 있었다. 영고는 이것이 약자가 강적과 마주쳤을 때 쓸 수 있는 도피법이라고 말했다. 그래서 곽양이 배우려 하자, 친절하게 몇 군데 신법을 고쳐주면서 비상시에 탈출하는 데 쓰라고 당부한 것인데, 지금 이 자리에서 엉겁결에 생각나는 대로 흉내 내어 써보았더니 기막힌 효과를 본 것이다. 물론 곽양의 신법이나 공력이 영고보다 훨씬 못 미친 것은 사실이었다. 그러나 무색선사 역시 살수殺手를 쓰지 않고 그녀가 자기 주먹 사이로 슬쩍 빠져나가도록 그냥 내버려두었다. 그러고는 갈채를 보냈다.

"호오! 기막힌 신법이군. 자, 그럼 내 일초를 한 번 더 받으시게!"

왼 손바닥이 꽃잎 펼치듯 벌어지면서 불쑥 치솟더니, 팔꿈치를 구부려 앞가슴에 닿게 하고 엄지와 검지 사이의 아귀를 하늘 쪽으로 향했다. 바로 소림권 가운데 황앵낙가黃鶯落架, 노랑꾀꼬리가 시렁 위에 내려앉는 자세였다. 그가 구사하는 일초 일식 모두가 본문 정통의 순수한 무공이었다. 겉으로 봐서는 그저 평범하고 기이한 맛은 없어 보였지만, 심오한 수준에 이르기까지 단련했을 때 그 위력은 실로 무궁무진하게 나타날 수 있는 것이었다.

이제 그가 쓴 왼 손바닥 일초만으로도 곽양은 그저 상반신이 송두리째 그의 장력 아래 갇혀버렸다는 사실을 느낌으로 알아챌 수 있었다. 그녀는 재빨리 칼자루를 되돌려 단검을 손가락 삼아 반격에 들어갔다. 그녀가 쓴 초식은 무수문武修文에게서 배운 일양지一陽指였다. 길이로 곧추 뻗은 칼끝이 무색선사의 손목 위 완골腕骨, 양곡陽谷, 양로養老 세 군데 혈도를 곧바로 찍어갔다. 점혈수법은 수박 겉 핥기로 배워 그저 그랬지만, 손가락 하나로 세 군데 요혈을 한꺼번에 찍는 수법만큼은 일양지 무공의 요체要諦요, 정수精髓였다.

중원 남방 대리국大理國 왕족 출신이며 천룡사天龍寺 원로 스님인 일등대사의 일양지로 말하자면, 강호 천하에 명성을 떨치는 무공절기였다. 따라서 무색선사도 물론 익히 알고 있었으나, 곽양의 손에서 느닷없이 그 일초가 나오자 저도 모르게 흠칫 놀라고 말았다. 그는 황급히 손을 움츠리고 공격 초식을 바꾸었다. 사실 그가 손을 움츠리지 않고 곽양이 하겠다는 대로 세 군데 혈도를 찍혔다면 그 일양지가 진짜가 아닌 가짜 무공이라는 사실을 이내 간파했을 것이다. 그러나 쌍방이 전심

전력으로 육박전을 벌이고 있는 마당에 무색선사 같은 고수가 일세의 명성을 도외시하고 위험을 무릅써가며 경솔하게 시험할 리 없었다. 더구나 상대방이 일양지까지 구사하는 실력이라면 그 내력 또한 심상치 않을 터, 그저 안전하게 마무리 짓는 것이 제일 타당하지 않겠는가?

곽양이 방그레 웃으면서 고승에게 찬사를 던졌다.

"대사님의 식견이 정말 대단하시네요!"

듣는 사람의 기분에 따라 칭찬도 될 수 있고 비아냥거림도 될 수 있는 말이었다. 무색선사는 후자로 알아들었는지 "흥!" 하고 콧방귀를 한 번 내뱉고 대뜸 단봉조양單鳳朝陽 초식으로 역습에 나섰다. 외로운 봉황새 한 마리가 하늘의 태양을 우러르는 자세로 양손을 크게 활짝 벌리자 너르게 높게 치켜든 양 손바닥에서 무서운 경력勁力이 쏟아져 나왔다. 그 힘이 도달하는 순간, 곽양의 수중에 잡혀 있던 단검이 몸부림치면서 주인의 손아귀를 벗어나 땅바닥에 툭 떨어졌다.

곽양은 순식간에 병기를 잃어버리고 맨주먹만 남았다. 하나 그녀는 상대방이 모질게 살수를 쓰지 않으리라는 것을 뻔히 아는 터라, 놀라지도 당황하는 기색도 보이지 않고 즉각 쌍권을 가슴 앞에 엇갈리게 교차시켰다. 그러고는 있는 듯 마는 듯 부드럽게 전면으로 내질렀다.

그것은 '장난꾸러기 애늙은이'란 별명을 지닌 노완동老頑童 주백통周伯通이 만들어낸 회심의 걸작, 일흔두 갈래의 공명권空明拳 중 쉰네 번째 묘수공공妙手空空이었다.

이 공명권법은 천하의 괴짜 주백통이 혼자서 창안해낸 것으로, 강호에 전해 내린 적이 없었다. 따라서 무학에 해박한 지식을 지닌 무색선사도 이런 괴상야릇한 권법은 알지 못했다.

그의 쌍장이 둥그렇게 타원형을 그리더니 편화칠성偏花七星의 일초를 쏟아냈다. 두 손바닥에서 뿜어나온 경력이 번개 벼락 치듯 들이닥쳐 곽양의 손바닥을 한꺼번에 베어갔다. 만약 그녀가 내력內力으로 맞서지 않을 경우, 손바닥이 뒤로 꺾이거나 끊겨나갈 터였다.

편화칠성 일초는 소림파 기본 무공의 하나로서, 얼른 보기에는 느린 듯하지만 실속은 무척 빨랐다. 가볍게 내지르는 듯하면서도 실속은 무겁기 이를 데 없었다. 자세는 단순한 기본기 틈소림이지만, 응축된 내공력은 신화소림神化少林으로, 소림파 권법 가운데서도 최고 경지에 속했다.

순식간에 손바닥이 제압당하자, 곽양은 재빨리 머리를 굴렸다. '설마 이 고승이 진짜 내 손목뼈를 부러뜨리기야 하려고?' 그녀는 내친김에 휘두른 양손을 곧바로 뻗으면서 철포선수鐵蒲扇手 일초를 구사했다. 손바닥을 손바닥으로 반격해나갔던 것이다.

이 초식은 그녀가 무수문의 아내 완안평完顔萍에게서 배운 것으로, 당년에 철장수상표鐵掌水上飄 구천인裘千仞에게서 전해 내린 심법이었다. 철장공鐵掌功은 무학을 개발한 여러 문파 장법 중에서도 굳세고 강력한 것으로 으뜸가는 절기였다. 그러니만큼 무색선사처럼 장법에 조예가 깊은 이가 철장방鐵掌幇의 밑천이 되는 장법을 모를 까닭이 없었다. 그러나 이 맹랑한 아가씨의 손에서 느닷없이 그토록 사나운 장법이 펼쳐지는 것을 보자, 저도 모르게 속이 뜨끔하지 않을 수 없었다. 장력 하나만 가지고 죽기 살기로 맞선다면, 그녀는 물론 자신의 상대가 되지 못했다. 그러나 그는 자제력을 발휘했다. 지금 이런 자리에서 그녀를 다치게 하고 싶지도 않거니와 또 그렇다고 상대방의 손에 자신이 다치는 것도 싫었다.

장력 대 장력으로 대결하는 자리에서 그는 한순간 망설였다. 타고난 천성이 워낙 후덕하고 호매한 기풍을 지닌 그는 곽양이 무슨 초식이든 전개할 때마다 모양새가 그럴듯해 보이는 터라, 그 숱한 문파의 무공을 언제 그토록 해박하게 터득했을까 도무지 이해할 길이 없었다. 한데 이 스무 살도 안 되는 처녀가 그것을 실제로 펼쳐내니 정말 꿈만 같았던 것이다. 그는 상대방의 내공력에 한계가 있음을 뻔히 알면서도 급히 손을 거두어들이고 5척쯤 뒤로 물러났다.

곽양이 또 한 번 방그레 웃었다.

"열 번째 공격 들어갑니다! 내 문파가 어디인지 맞혀보시죠!"

의기양양하게 치켜든 왼손이 몸뚱이와 함께 비스듬히 달려드는가 싶더니, 뒤미처 오른손을 쭉 내밀어 무색선사의 아래턱을 떠받들었다.

"아앗!"

무색선사는 물론이고 곁에서 지켜보던 승려들의 입에서도 놀라운 외마디 소리가 터져 나왔다.

그 일초는 고해회두苦海回頭, 곧 소림파 정종권법인 나한권의 하나였으니 경악에 찬 비명이 절로 나올 수밖에. '번뇌의 고통스러운 바다에서 뒤돌아보고 참회한다'는 이름 그대로 불문의 특기일 뿐, 다른 문파에서는 결코 따라 하지 못할 무공이었던 것이다.

무색선사는 한순간 놀라움에 차서 외마디 소리를 질렀으나, 그렇다고 당황한 것은 아니었다. 방금 그녀가 시도한 이 초식의 목적은 왼손으로 적의 정수리를 감싸 안고 오른손으로 아래턱을 떠받들 듯이 치받아 단번에 머리통을 비틀어 꺾는 수법으로, 손속이 무거울 경우 목뼈가 부러져 나가고 가벼울 경우에도 관절이 벗겨나갈 정도의 지독하기 비할 데 없는 치명적인 살초였다.

무색선사는 적지 않게 성이 나면서도 한편으로는 웃음이 나왔다. 나이 어린 처녀가 언감생심 소림파 정통 무공인 나한권의 초식을 구사하다니, 이야말로 공자님 앞에서 《논어》를 읽는 격이요, 노반魯班• 어른 댁 정문 앞에서 도끼 자랑하는 격이 아닌가?

이 권법으로 말하자면, 그가 지난 수십 년 동안 갈고닦고 머릿속에서 곤죽이 되도록 익혀온 기본 무공이었다. 그러니 저편에서 부딪쳐오기가 무섭게 두 번 생각해볼 것도 없이 손길 나가는 대로 척척 대응했다. 설사 잠이 들었다 하더라도 꿈속에서조차 이런 초식쯤이야 거뜬히 막아낼 수 있으리라. 그는 그 자리에서 몸뚱이가 기우뚱하면서 한 걸음 성큼 내디뎠다. 그러고는 왼손으로 상대방의 정면을 가로 후리는가 싶더니 재빨리 손바닥을 뒤집어 그녀의 오른쪽 어깻죽지를 거머쥐었다. 오른손은 벌써 번개 벼락 치듯 뻗어나가 뒷덜미에 닿아 있었다.

협산초해挾山超海, 이 초식은 고해회두를 풀어버리는 데 둘도 없는 법문이었다. 이제 두 손을 치켜들기만 하면 적의 몸뚱이를 지면에서 떨어뜨려 가로 번쩍 쳐들 수 있었다.

사실 곽양은 고해회두에 이어 반주盤肘 초식을 써서 반대로 그의 팔

• 중국 고대 건축공학가의 시조로 일컫는 인물. 본명은 공수반公輸般(班), 춘추시대 노魯나라 출신이어서 '노반'이라 불렸다. 공성용攻城用 무기 장비를 만들어 국보급 존재로 이름났으며, 목공예 솜씨가 뛰어나 일상생활 도구를 많이 고안·제작했다고 한다. 어느 풋내기 목공이 도끼 한 자루를 만들어 제 분수도 모르고 자랑한다는 것이 하필이면 노반의 대문 앞이어서 창피를 당했다 해서 '반문농부班門弄斧', 즉 '전문가 앞에서 보잘것없는 솜씨를 자랑하는 격'이란 고사성어가 생겨났다.

꿈치를 찍어 누를 심산이었다. 곤경에서 벗어날 수도 있으려니와 반대로 적을 제압할 수도 있는 초식이었다. 그런데 무색선사의 일초가 실로 너무나 빠르게 들이닥쳐 눈 깜짝할 사이에 몸뚱이가 이미 쳐 들린 상태였다. 신체가 적의 손에 붙잡히고 두 발마저 땅바닥에서 떨어졌으니 이건 누가 뭐래도 꼼짝없이 진 셈이었다.

무색선사는 손길 가는 대로 내뻗어 곽양을 거뜬히 제압했다. 그러나 다음 순간, 그는 속이 철렁했다. '맙소사! 그저 이길 궁리만 하느라 이 처녀의 사문 내력을 알아낼 생각은 못 했구나. 이 처녀는 10초를 겨루는 데 열 가지 다른 문파의 무공을 썼다. 마지막으로는 본문 권법인 고해회두까지 구사했는데, 이걸 무슨 수로 설명한단 말인가? 그렇다고 이 처녀가 소림파 제자라고 인정할 수야 없는 노릇 아닌가?'

남의 손에 치켜 들린 채, 곽양은 허공에서 몸부림치고 발버둥을 쳐 가며 고래고래 악을 써댔다.

"내려놔! 날 내려놓지 못해!"

그때 갑자기 "딸그랑!" 하는 소리가 나며 그녀의 몸뚱이 어딘가에서 물건 하나가 뚝 떨어졌다. 쇠붙이로 만들었는지 돌바닥에서 상큼한 쇳소리가 났다.

"이 늙다리 땡추 영감! 날 안 내려놓을 거야?"

곽양은 이제 막말로 발악을 해댔다.

무색선사의 눈에는 모든 중생이 평등했다. 남녀 간의 구별이 없는 것은 물론이고 설령 말이나 소, 개, 돼지 같은 짐승들조차 그에게는 자비의 대상이요, 차별 없이 사랑을 나눠줄 수 있는 대상이었다. 그러니 곽양 같은 묘령의 처녀도 그에게는 소나 말, 돼지나 개와 다를 바 없이 똑같은 중생일 따름이었다.

그의 입에서 껄껄껄 웃음소리가 흘러나왔다.

"아무렴, 겁낼 것 없네. 이 늙다리 땡추 영감이 놓아주고말고!"

그러고는 쌍수를 가볍게 밀어 그녀의 몸뚱이를 20척 바깥으로 던져놓았다.

곽양이 공중제비 한 바퀴로 지상에 사뿐 내려앉는 동안 무색선사의 입에서는 한숨이 절로 나왔다. 결국 이 싸움은 어린 처녀의 승리로 끝난 셈이 아닌가. 비록 처녀를 제압했지만, 자신은 약정된 10초 안에 그녀의 사문 내력을 끝끝내 간파하지 못했다.

한숨을 쉬며 패배를 인정하려고 입을 막 열려는 순간, 의기소침해서 고개 숙인 채 땅바닥을 굽어보는 눈길에 시커먼 쇳덩어리 하나가 들어왔다.

강철을 녹여 만든 자그만 나한상 한 쌍이었다.

한편 곽양은 두 다리를 땅에 딛고 착실히 선 뒤 곧바로 무색선사를 향해 다짐을 두었다.

"어때요, 대사님이 졌죠? 인정하세요."

무색선사가 슬며시 고개를 들었다. 어인 일인가, 패배자의 얼굴에 희색이 가득 서리고 입가에 미소가 얹혀 있었다.

"어째 내가 졌단 말인고? 아가씨의 춘부장은 대협 곽정, 자당께서는 여협 황용, 외조부님은 도화도 주인 황약사 어른…… 아가씨는 곽대협 내외분의 둘째 따님이시겠지? 꽃다운 이름은 곽양, 몽골군의 침입에 마지막 보루였던 양양성의 첫 글자를 따서 이름을 지어주셨으렷다? 춘부장께선 강남칠괴江南七怪 일곱 분, 장인어른 되시는 도화도주 황약사, 손가락 아홉 개만으로 절기를 펼치는 개방 원로 구지신개九指神丐, 그리고 전진파 등 여러 가문의 정화만 골라 배워 지금과 같은 위명을 떨치는 대협객이 되셨고……. 곽씨 댁 둘째 아가씨의 사문 내력이 이러하니 그 솜씨가 비범한 것도 무리는 아니지."

무색선사는 숨 돌릴 틈도 없이 주저리주저리 엮어댔다. 그 한마디 한마디가 나올 때마다 가뜩이나 부리부리한 곽양의 두 눈망울이 휘둥그레지고 입이 딱 벌어지더니, 마침내 혓바닥까지 얼어붙어 한마디는커녕 반 마디도 내지 못했다. 아무리 생각해도 이거야말로 귀신이 곡할 노릇 아닌가? 정말 이 늙다리 땡추 영감한테 귀신이 씌었나 보다. 그 10초 공격을 뒤죽박죽 정신 못 차리게 섞어 썼는데, 이 능구렁이 화상은 여봐란듯이 척척 알아냈으니 말이다.

흡사 도깨비에 홀린 듯 넋을 잃고 자기 입만 쳐다보는 그녀를 보고 무색선사는 실눈이 되도록 얼굴을 허물어뜨려가며 빙그레 웃더니, 땅바닥에 떨어진 문제의 자그마한 쇳덩어리 나한상 한 쌍을 주워 들고 말했다.

"곽씨 댁 둘째 아가씨, 꼼짝없이 속아 넘어갔구먼! 하나 이 쭈그렁바가지 늙은이가 그대처럼 어린것을 속일 수야 있나! 하하, 내가 그대 신분 내력을 알아보게 된 열쇠는 순전히 이 철 나한 한 쌍 덕분이었네."

이 말에 곽양은 일순 멍한 기색을 짓더니, 이내 영문을 깨닫고 반가운 나머지 입이 함박만 해졌다.

"아, 그럼 노스님이 무색선사 어른이셨군요! 그 철 나한 한 쌍은 대사님께서 제 생일 선물로 보내주신 것이니까 금방 알아보셨겠네요. 이제껏 무례하게 굴었던 죄, 부디 용서해주세요."

그러고는 다소곳이 허리를 구부려 사죄의 예를 올렸다. 무색선사도 덩달아 미소를 머금은 채 답례하며 점잖게 한두 마디 겸사했다.

"됐소, 됐어. 그게 무슨 대수라고 이러시나."

바라던 장본인을 만나고 인사치레도 끝냈으니, 이제야 용건을 밝힐 수 있게 되었다. 곽양은 무색선사 앞에 단도직입으로 물었다.

"대사님, 제 오라버니하고 용 언니를 만나보셨나요? 제가 이 보찰寶刹에 온 것은 대사님을 뵙고 그 두 사람의 행방을 아시는지 여쭤보고 싶어서였어요. 아, 참! 대사님은 모르시겠군요. 제가 말씀드린 오라버니와 용 언니는 양과 대협, 소용녀 언니예요. 두 분이 혼인해서 부부가 되었거든요."

이 물음에 무색선사는 어리둥절한 기색을 지었다.

"2~3년 전, 양 대협이 우리 절간을 찾아왔기에 한 사나흘쯤 묵으면서 이 늙은이와 좋은 얘기를 나눈 적이 있네. 나중에 그 친구가 양양성으로 옮겨가 몽골군의 침공을 막았지. 거기서 이 늙은 것을 부르기에 나도 그 친구 소집령을 받들고 달려가 손톱만큼밖에 안 되지만 도와주었는데, 지금은 어디 있는지 모르겠군. 혹시 곽 소저도 모르는가?"

두 사람 모두 양과의 소식을 알고 싶어 너도나도 한마디씩 서로 묻다 보니, 그 어느 쪽도 상대방의 물음에 속 시원한 대답을 해주지 못했다. 끝에 가서, 낙담한 곽양은 한참 동안 하늘만 멍하니 쳐다보며 혼잣말로 중얼거렸다.

"이분도 오라버니가 어디 계신지 모르는구나. 그럼 도대체 누가 알고 있을까?"

그러고는 이내 정신을 가다듬고 무색선사 쪽으로 돌아섰다.

"대사님은 오라버니의 좋은 벗이시니 무공도 그만큼 고명하셨군요. 그리고 또 으음…… 대사님이 주신 생일 선물, 정말 고맙고 존경스러워 이날 이때껏 소중히 지니고 다녔어요. 오늘에야 뵙게 되었으니 정식으로 감사드립니다."

인사치레는 깍듯이 차리면서도, 마음 한구석은 텅 비어 허전하기만 했다. 무색선사도 그 심사를 알아차렸는지 자애로운 웃음을 지으면서 우스갯소리로 농을 쳐왔다.

"우리 한번 되게 싸웠지? 속담에 '싸워보지 않고는 친구가 되지 못한다' 했는데, 이제는 곽 소저와 벗이 될 수 있겠는걸? 하하, 나중에 양과 오라버니를 만나게 되거든, 이 늙다리 땡추가 어른답지 못하게 어린것을 구박했다고 제발 고자질하지는 말게나."

노스님의 우스갯소리를 귓결에 흘리면서, 곽양은 먼 산봉우리 끝에 눈길을 던진 채 혼잣말로 중얼거렸다.

"언제 어느 때에야 그분을 만날 수 있을까?"

곽양이 열여섯 살 되던 해 생일상을 받던 그날, 양과는 불현듯 기상천외한 생각이 떠올라 강호 친구들에게 초청장을 띄워 보냈다. 양양성에 모여 그녀의 생일을 축하해달라는 내용이었다. 당시 흑백 양도黑白兩道 구별하지 않고 이루 헤아릴 수 없을 만큼 숱한 무림 고수들이 신조대협 양과의 체면을 생각해서 거의 다 초대를 받아들여 축하를 해주었는데, 몸소 양양성까지 왕림한 사람들도 있었고 부득이한 사정으로 직접 참석하지 못하고 진귀한 선물을 마련해 인편에 보낸 이들도 적지 않았다.

무색선사는 후자의 경우였다. 그는 양과의 초청에 따라 두 가지 축하 예물을 준비했다. 그는 남양성南陽城을 공격하려는 몽골군의 집결지에 잠입해 기병대의 필수품인 마초를 쌓아놓은 초료장草料場과 군량미 창고를 불태워 없애고, 포대의 화약고를 폭파해 공세를 지연시켰다. 무색선사는 두 가지 임무를 성공적으로 완수했다. 하나 공적인 일만 해서는 뭔가 모자라다는 생각이 들어 따로 생일 선물을 마련해 인편에 보냈는데, 그것이 바로 순수한 강철을 녹여서 만든 한 쌍의 나한상이었다. 이 철 나한의 배 속에는 정교한 기관 장치가 들어 있어 용수철을 누르기만 하면 강철 조각 한 쌍이 저절로 마주 보고 서서 소림사 나한권 10초를 처음부터 끝까지 공격과 방어의 대련 동작을 교대로 연출해냈다. 그 철 나한은 100여 년 전 소림사의 어느 기발한 스님 한 분이 심혈을 숱하게 기울여서야 겨우 만들어낸 것으로 기계장치가 정교하기 이를 데 없었다.

곽양은 이 선물이 무척 마음에 들어 늘 품속에 지니고 다녔다. 그러다가 오늘 생각지도 않은 장소에서 생각지도 못한 싸움판을 벌이던 끝에 떨어뜨려 결국은 주인의 눈길을 끌었고, 그것을 발견한 무색선사가 마침내 그녀의 출신 내력을 알아맞히게 된 것이다.

방금 그녀가 마지막으로 써먹은 소림권법도 바로 이 한 쌍의 철 나한이 연출한 대련 동작을 보고 따라 배운 것이었다. 이렇게 해서 사연과 내막이 모두 밝혀진 다음, 무색선사는 곽양에게 멋쩍은 웃음을 지어 보이면서 이런 말을 했다.

"우리 소림사에는 대대로 전해오는 별난 규칙이 하나 있소. 그래서 곽 소저를 절간에 모셔 들이지 못한다오. 아무쪼록 양해해주시구려."

"그건 아무래도 좋습니다. 어쨌거나 알고 싶은 것은 다 안 셈이니까요."

잔뜩 풀이 죽어 울적한 목소리였다. 바라던 목적을 이루지 못했으니 심사가 좋을 리 없었다. 그녀는 건성으로 공치사를 한 다음 또 허전한 눈망울로 하늘을 쳐다보았다.

무색선사가 각원 사제를 가리키며 말했다.

"여기 이 사제 일은 내가 천천히 설명해드리면 되겠고. 우리 이렇게 합시다. 이 늙다리 땡추 영감이 곽 소저를 산 아래까지 모시고 내려가리다. 그럴듯한 밥집 하나 찾아서 내 한턱 단단히 쓰겠소. 우리 둘이서 배가 터지게 먹고 마셔봅시다. 곽 소저 어떻소?"

이 말을 듣고 깜짝 놀란 것은 곽양이 아니라 그 자리에서 구경하고 있던 승려들이었다. 그도 그럴 것이 무색선사로 말하자면 소림사 원로들 가운데서도 항렬이 아주 높은 고승의 신분이었다. 그런 지위에 있는 분이 묘령의 아가씨를 이렇듯 떠받들고 몸소 산 밑에까지 배웅할 뿐 아니라 푸짐하게 대접하겠다니, 정말 세상에 별 희한한 일도 다 있구나 싶었던 것이다.

그러나 당사자인 곽양은 고개를 내저었다.

"대사님, 그렇게까지 하실 것은 없습니다. 소녀가 철딱서니 없이 날뛰어 여러 스님께 폐를 끼쳤으니 정말 송구스럽기 이를 데 없습니다. 부디 용서해주시기 바랍니다. 대사님께 훗날을 기약하고, 이만 떠나겠습니다."

말을 마치고 그녀는 허리 굽혀 정중하게 사죄의 예를 올렸다. 여러 승려들도 일제히 답례했다. 각원대사에게도 눈짓으로나마 작별 인사를 했다. 그중에서도 특별히 자기와 싸움판을 벌였던 스님 몇 분에게는 더욱 미안한 기색으로 두 손 모아 사과했다. 그러고는 미련 없이 발길을 돌려 터벅터벅 비탈길을 내려가기 시작했다.

등 뒤에서 무색선사의 호탕한 웃음소리가 들려왔다.

"그대가 아무리 사양해도 난 꼭 배웅을 해야겠소! 곽 소저가 생일 잔칫상을 받던 그날, 이 늙다리 땡추는 양 대협의 분부를 받들고 남양성 교외에 주둔하고 있던 몽골군 진영의 군량미와 화약고를 불태우고 나서 곧바로 이 절간에 돌아왔소. 그 뒤로 아가씨의 생일 잔칫상에서 한턱 얻어먹지 못한 것이 늘 마음에 걸렸는데, 오늘 또 아가씨를 그냥 보낸다면 내게 천추의 한이 되지 않겠소? 또 모처럼 귀한 손님을 만나서 이 늙다리 땡추가 적어도 30리쯤 배웅해드리지 않으면 나중에 소홀히 대접했다는 그 핀잔을 어떻게 들으란 말이오?"

얘기가 이쯤 되니 곽양은 차마 그 성의를 무시할 수가 없었다. 더구나 그 호탕한 말씨, 연세가 수십 년이나 윗길이면서도 나이 어린 자신을 정중히 대해주는 그 너그러운 태도가 마음에 들어 차라리 양과 오라버니처럼 이 노승과 망년지교를 맺고 싶어졌다. 그래서 보일 듯 말 듯 웃음을 띤 채 한마디로 그 제안을 받아들였다.

"좋아요. 가시죠!"

두 사람은 어깨를 나란히 하고 비탈진 산길을 내려갔다. 그들이 일위정을 막 지나쳤을 때 뒤에서 발걸음 소리가 들려왔다. 흘끗 돌아보니 장군보였다. 감히 다가설 엄두는 내지 못하고 멀찌감치 떨어져서 따라오고 있었다.

곽양이 웃으면서 소리쳐 물었다.

"아니, 장씨 동생도 손님 배웅하러 내려가는 거야?"

가까이 다가선 장군보의 얼굴이 한순간 붉어졌다. 그러나 대꾸 하나만큼은 단호했다.

"예!"

바로 그때 산문 앞에 승려 한 사람이 엄청나게 큰 걸음걸이로 달려 나왔다. 전력을 다해 경공신법으로 치닫는 기세를 보니 보통 다급한 게 아닌 듯싶었다. 무색선사가 이맛살을 찌푸렸다.

"무슨 일인데, 저토록 호들갑을 떠는지 모르겠군."

이윽고 승려가 그 앞에 들이닥쳤다. 절 한 번 꾸벅하고 소곤소곤 몇 마디 귓속말을 건넸다. 잠시 후 무색선사의 얼굴빛이 싹 바뀌더니 냅다 호통을 쳐댔다.

"뭣이! 어찌 그럴 수가 있단 말인가!"

급보를 전한 승려가 송구스러운 듯이 한마디 더 말했다.

"방장 스님께서 수좌 어른을 모셔오랍니다. 상의하실 일이 있다고……."

곽양은 무색선사가 난처한 기색을 짓는 것을 보고 필시 절간에 무언가 긴요한 일이 생겼음을 눈치챘다.

"노스님, 벗을 사귀는 데 가장 소중히 여기는 것은 마음을 알아주는 데 있다고 했습니다. 굳이 배웅이니 접대니 하는 속된 예절을 따져야 할 필요가 어디 있겠습니까? 일이 있으신 듯한데 어서 돌아가시지요. 훗날 강호에서 연분이 있으면 다시 만나 대사님과 서로 한잔 술에 흉금 탁 털어놓고 무학을 토론하는 것도 좋지 않겠습니까?"

나이답지 않게 상대방의 입장을 배려해주는 대범한 말씨를 듣고 보니 무색선사도 마음이 몹시 흐뭇했다.

1. 아득한 저 하늘가, 그리운 임 잊지 못하니

"어째서 양 대협이 그대를 높이 사는가 했더니 그럴 만도 하구먼! 과연 인중영걸人中英傑이요, 여장부女丈夫 협객일세. 좋아, 이 늙다리 땡추가 그대하고 벗을 맺기로 하지!"

곽양은 웃음을 띠며 한술 더 떴다.

"대사님은 오라버니의 친구분이시니, 진작 저하고도 벗이 되신 셈 아니겠어요?"

두 사람은 흔연히 그 자리에서 작별 인사를 나누고 헤어졌다.

무색선사는 산문 쪽으로 달려가고, 곽양은 산길을 내려갔다.

장군보는 여전히 그녀의 뒤를 따라왔다. 5~6보 거리를 두고 쫓아오는 품을 보아하니 무색선사처럼 그녀와 어깨를 나란히 하고 걸어갈 엄두는 나지 않는 모양이었다. 곽양이 흘끗 뒤돌아보고 일부러 물었다.

"이것 봐, 동생. 저 스님들이 어째서 사부님을 못살게 구는 거야? 동생 사부님은 일신에 깊은 내공을 지닌 분이신데, 왜 저따위 사람들을 겁내는지 모르겠네."

얘깃거리를 만들어주니 장군보의 걸음이 냉큼 두어 발짝 좁혀들었다.

"사찰의 계율이 워낙 엄격해서 어느 스님이든 어기면 벌을 받게 되어 있어요. 일부러 사부님을 괴롭히는 건 아닙니다."

"거참 이상한 노릇이군. 그대 사부님은 정인군자요, 세상천지에 그토록 착한 분도 없을 터인데, 무슨 일로 벌을 받는단 말이야? 혹시 남 대신에 벌을 받으시는 거 아닌가? 그게 아니면 무슨 일인가 잘못하셨거나."

곽양이 뜨악하게 묻자, 장군보는 한숨을 푹푹 내리쉬었다.

"그 사건이 벌어진 까닭은 실상 아가씨도 아실 겁니다.《능가경楞伽經》때문이니까요."

"아, 이제 생각났다! 소상자瀟湘子하고 윤극서尹克西 그 두 도적놈이 훔쳐간 경전 말인가?"

"맞습니다. 그날 화산 절정봉에서 소인이 양과 대협께서 일러주신 대로 그들 두 사람의 전신을 샅샅이 뒤져봤습니다만, 어느 구석에도 없더군요. 그 뒤로 화산에서 내려와보니 두 사람은 벌써 어디론가 종적을 감추어 두 번 다시 찾을 수가 없었습니다. 스승님과 저는 할 수 없이 본사本寺로 돌아와 방장 어른께 사실대로 여쭈었죠. 그《능가경》은 달마조사께서 동녘 땅으로 오실 때 가져오신《패엽경貝葉經》•을 베껴 쓴 것이라, 계율당 수좌 어른께서는 우리 스승과 제자 두 사람이 조심스럽게 간수하지 못해서 값을 매길 수 없을 만큼 소중한 보물을 잃어버리게 했다고 호되게 꾸짖으시고 중벌을 내리신 겁니다. 그러니까 애당초 벌받을 짓을 한 셈이죠."

말문이 열리니, 과묵한 줄로만 알았던 장군보 소년의 입에서 사설이 줄줄 흘러나왔다. 스승의 처지가 안쓰럽기도 하려니와, 또 은근히 좋아하는 아가씨 곁이라 저도 모르게 하소연을 하고 싶었던 모양이다.

사연을 다 듣고 나자, 곽양이 한 모금 탄식을 섞어 핀잔을 주었다.

"그런 걸 가지고 운이 나쁘다는 거야. 그게 왜 벌받을 짓인지 모르

• 고대 인도에서는 책을 만들 때 패다라엽貝多羅葉, 즉 종려나무 잎사귀를 장방형으로 잘라 편평하게 해서 그 위에 문자를 새기고 기름을 발라 검게 만드는 수법을 썼는데, 이 패다라엽에 불교 경문을 기록해 묶은 것이《패엽경》이다.

겠군."

그녀는 장군보보다 나이가 고작 여섯 살 위였다. 그런데도 어엿이 큰누나 같은 말투로 다시 물었다.

"그 일 때문에 네 사부님더러 한마디 말도 못 하게 하는 벌까지 내린 거야?"

"그건 우리 사찰에 대대로 전해 내리는 계율입니다. 쇠사슬에 매여 물을 긷고 말 한마디도 해선 안 된다는 벌칙이죠. 절간 원로 선사님들의 말씀을 들어보면, 비록 처벌이기는 해도 벌받는 사람한테는 아주 이롭다는 겁니다. 누구든지 말을 하지 않으면 수도하는 데 정진할 수가 있고, 굵다란 쇠사슬에 얽매여 물 긷기에 힘쓰는 동안 오히려 몸이 튼튼해지고 정신도 맑아진다니까요."

곽양은 어처구니가 없었다.

"그럼 네 사부님은 벌을 받는 게 아니라 도리어 무공을 연마하고 계신 셈이었네? 그것참…… 내가 공연히 참견했군!"

장군보가 당황한 기색으로 얼른 해명을 했다.

"아닙니다. 아가씨가 베풀어주신 호의에 저희 사부님과 저는 아주 고마워하고 있습니다. 아마 영영 잊지 못할 겁니다."

장군보가 변명을 하는 사이, 곽양의 상념은 이미 다른 데로 향하고 있었다.

'여기 사람들은 날 영영 잊지 못한다는데, 그분은 벌써 나를 잊어버렸어…….'

문득 숲속에서 나귀란 놈이 투레질하는 소리가 들려왔다. 남의 속도 모르고 검둥이란 놈은 숲속에서 여린 풀을 뜯느라 흥겨운 모양이었다.

그녀는 걸음을 멈추고 장군보에게 작별을 고했다.

"더 배웅 나올 것 없어. 이만 헤어지자."

휘파람 소리 한 번에 검정 나귀가 어슬렁어슬렁 다가왔다. 미련이 남은 장군보는 아쉬운 기색으로 쭈뼛거리며 그 자리에 서 있었다. 무어라 한마디 건넸으면 오죽이나 좋으련만, 무슨 말을 해야 할지 몰라 벙어리가 되었다.

곽양이 아직껏 손에 쥐고 있던 철 나한 한 쌍을 장군보에게 넘겨주었다.

"이거 줄게. 자, 받아."

장군보는 영문을 모르고 어리둥절한 채 선불리 손을 내밀지 못했다.

"그건…… 그건……."

"뭐가 그거 그거야? 내가 주는 것이니까 받아둬!"

"전…… 저는……."

"준다면 주는 거야. 어서 받기나 해!"

곽양은 철 나한 한 쌍을 그의 손에 억지로 쥐여주더니 훌쩍 몸을 솟구쳐 나귀 등에 올라탔다.

그때였다. 갑자기 비탈진 산길 돌계단 위쪽에서 누군가 외쳐 부르는 소리가 들려왔다.

"곽씨 댁 둘째 아가씨! 잠깐만!"

귀에 익은 목소리, 바로 무색선사가 절간 문을 박차고 다급하게 뛰쳐나오고 있었다.

곽양은 떨떠름하게 입맛을 다셨다.

'저 스님은 정말 예절을 어지간히 차리는군. 그쯤 하셨으면 됐지, 기

어코 날 배웅해줘야 직성이 풀리려나?'

남이야 뭐라 생각하든 무색선사의 걸음걸이는 무척 빨랐다. 순식간에 그녀 앞에 들이닥치기가 무섭게, 장군보를 먼저 돌아보고 호통 쳐 분부를 내렸다.

"너는 절간으로 돌아가거라. 산속에 함부로 쏘다니지 말고!"

"예에!"

장군보는 한마디로 응답하며 원로 스님 앞에 꾸벅 절하고는 곽양을 잠깐 응시하더니 이내 돌아서서 산길 따라 오르기 시작했다.

무색선사는 그 모습이 안 보일 때까지 기다렸다가, 소매 춤에서 종이 한 장을 꺼내 곽양에게 건넸다.

"곽씨 댁 둘째 아가씨, 이것을 누가 쓴 것인지 아시겠는가?"

곽양은 나귀 등에서 내려섰다. 건네주는 것을 받아 들고 보니, 고운 무늬로 물들인 종잇장은 시인들이 곧잘 쓰는 값비싼 전지箋紙였다. 먹물도 채 마르지 않은 글월 두 줄이 종잇장에 가지런히 적혀 있었다.

> 소림의 무공이 중원에 패자로 일컬으니 그 소문이 서역 땅에 전해진 지 여러 해. 열흘 후, 곤륜삼성崑崙三聖이 몸소 찾아뵙고 한꺼번에 가르침을 받으리다.

곽양은 의아스러운 기색으로 되물었다.

"곤륜삼성이 누구죠? 그것참, 세 사람 입심 한번 대단하네요."

"그러고 보니 곽 소저도 모르는 사람들이로군."

무색선사가 실망한 듯 중얼거리는데, 곽양은 딱 부러지게 고개를 내저었다.

"전 몰라요. 곤륜삼성이란 이름조차 아버지 어머니한테 들어본 적이 없거든요."

"그거참 이상하다."

"뭐가 이상하다는 거예요?"

"곽 소저는 오늘 초면이긴 하지만 오랜 친구나 다름없으니, 내 툭 털어놓고 얘기하리다. 이 편지를 어디서 발견했는지 아시오?"

"그야 곤륜삼성이 보내온 것 아닌가요?"

"사람을 시켜 보냈다면 이상할 게 뭐 있겠소."

"그럼 어떻게 그 편지를 받으신 건가요? 종잇장이 제 발로 걸어서 왔을 리는 없을 테고……."

곽양이 되묻는 말에 무색선사는 딴소리부터 늘어놓았다.

"옛말에 '나무가 크게 자라면 거센 바람 맞는다' 했듯이, 우리 소림사는 수백 년 이래 천하무학의 정종으로 일컬어왔소. 그 때문에 절간에 찾아와서 도전하는 강호 무림 고수들이 끊이질 않았소. 무림계 인사들이 찾아올 때마다 우리는 그저 좋게 좋게 대접해서 돌려보냈소. 막상 무공을 겨뤄보자고 도전할 때에 일일이 상대해줄 수도 없는 노릇이라, 이 핑계 저 핑계 대고 좋은 말로 달래 보내곤 했던 거요. 우리네 출가인은 성내고 노여워하는 짓을 삼가느라 도를 닦는 몸이오. 위세를 부리거나 남과 싸워 이기는 행위를 계율로 일절 금하고 있는데, 날이면 날마다 도전자와 맞붙어 싸우기만 해서야 어디 불도를 닦는 부처님의 제자라 할 수 있겠소?"

"딴은 그렇군요."

곽양도 수긍이 가는 얘기라 고개를 끄덕여 보였다.

"한데 문제는 도전자들이 불복하고 떼를 쓴다는 데 있소. 무술 사범들이 한판 붙어보기로 각오를 단단히 하고 찾아온 이상, 이쪽에서도 한 수 보여주지 않고는 도무지 기꺼운 마음으로 굴복하고 돌아가려는 이가 없으니 이 노릇을 어쩌겠소? 그래서 하는 수 없이 대책을 세웠는데, 소림사 나한당이 바로 외부에서 찾아오는 무술 사범들을 접대하는 일을 도맡아 하고 있다오."

빙빙 에둘러서 하는 말에, 곽양이 잠시 생각해보다가 이내 까르르 웃음보를 터뜨렸다.

"그러고 보니 무색선사란 분은 나한당 수좌 어른이시죠? 하면 대사님의 본업이 전문적인 싸움꾼이라, 그 말씀이군요."

무색선사도 겸연쩍었는지, 씁쓰레하니 웃으며 변명을 늘어놓았다.

"보통 무예 사범들이야 무공이 제아무리 강하다 해도 우리 나한당 제자들 솜씨로 너끈히 대접해드릴 수 있지. 구태여 이 늙다리 땡추까지 나설 필요가 어디 있겠나? 한데 오늘만큼은 곽 소저의 솜씨가 워낙 비범하기에 나도 내 솜씨를 시험해보느라 직접 나섰던 거요. 하지만 이건 극히 예외라오."

"그 말씀 듣고 보니 제 칭찬으로 들리는군요. 아무튼 고맙습니다."

"가만있거라. 내 말이 어디로 새나가는 거야? 이제 숨기지 않고 솔직히 말하리다. 이 편지를 발견한 곳은…… 나한당 건물 안, 바로 항룡나한불상降龍羅漢佛像 손바닥 위에서 집어온 거라오."

뜻밖의 사연에 곽양은 그만 두 눈이 휘둥그레졌다.

"아니, 누가 나한불상 손바닥에 놓았단 말이에요?"

무색선사도 부끄러움을 타는지, 뒤통수를 긁적거렸다.

"그걸 모르겠다는 거 아니오. 우리 소림사에 승려가 1,000여 명이나 되는데, 누구든 섞여 들어오면 그 숱한 사람들 눈에 띄지 않을 리 있겠소? 더구나 우리 나한당 건물은 제자 여덟 명이 밤낮으로 끊임없이 번갈아 당직을 서고 있소. 방금 누군가 이 편지를 발견하고 방장 어른께 달려가 아뢰었소만, 방장 어른께서도 이 해괴한 일이 전혀 믿기지 않아 곧바로 날 불러들여 상의했던 거요."

여기까지 듣고 났을 때, 곽양은 그가 다시 쫓아 내려온 의도를 이내 알아차릴 수 있었다.

"대사님, 제가 그 곤륜삼성인지 뭔지 하는 패거리와 내통하지 않았나 의심해서 쫓아오셨군요? 제가 그 녀석들과 미리 짜고 절간 바깥에서 소란을 부리는 틈에 그 세 녀석이 슬쩍 섞여 들어가서 나한당 부처님 손바닥에 편지를 놓았다, 그런 말씀이죠?"

무색선사는 얼른 변명을 했다.

"나야 곽 소저와 줄곧 얼굴을 마주 대하고 있었으니까, 의심할 건더기도 없지. 하나 일이 공교롭게 되느라고, 아가씨가 막 절간을 떠나자마자 이 편지가 나한당에 나타났으니 방장 어른이나 무상 사제가 곽 소저를 의심한다고 탓할 수야 없는 노릇 아니오?"

"저는 정말이지 그 세 녀석을 모릅니다. 대사님, 겁이 나세요? 그 녀석들이 호랑이 간 덩어리라도 씹어 먹고 쳐들어오거든 그놈들 솜씨가 진짜 어떤지 한번 맞붙어보시면 될 거 아니에요?"

"나더러 겁이 나다니, 말도 안 되는 소리! 아무튼 곽 소저가 그들하고 상관없다니 이 늙은이도 한시름 놓았소."

곽양은 그 말에서 진정 호의를 느낄 수 있었다. 지금 무색선사는 곤륜삼성이 자기와 일면식이라도 있어서 막상 싸움판이 벌어졌을 때 이것저것 꺼릴 것이 많아 모처럼 망년지교를 맺은 벗에게 실례되는 일이 생기지 않을까 두려워하는 것이다. 그렇다면 그 우려마저 말끔히 씻어줄 필요가 있었다.

"대사님, 저쪽에서 예절 바르게 정중히 무예를 겨뤄보자고 나온다면 그뿐이겠지만, 그게 아닐 때는 아예 호된 솜씨로 뜨거운 맛을 보여주세요. 이 종잇장에 적힌 것 좀 보세요. 뭐 '한꺼번에 가르침을 받으시겠다' 하니……. 설마 고작 셋이서 소림파 일흔두 가지 무공절기를 '한꺼번에 맛보겠다'는 얘기는 아니겠죠?"

말이 이렇게까지 나왔을 때 문득 한 가지 일이 생각났다.

"어쩌면 사찰 내부에서 누군가 그들과 내통했는지도 모르죠. 그렇다면 아무도 모르게 종잇장 하나 올려놓는 것쯤이야 별로 희한할 것도 없으니까요."

"우리도 그 생각을 안 해본 것은 아니지만, 절대로 그럴 리 없소. 항룡나한불상의 손가락은 지면에서 30여 척이나 높게 있어서, 여느 때 부처님상에 쌓인 먼지를 떨어내려면 사다리를 놓고 올라가야 한다오. 아무튼 경계가 삼엄한 속에서 쥐도 새도 모르게 그 높은 데까지 뛰어오를 수 있는 사람이라면 세상에 보기 드문 경공신법을 지녀야 하는데, 그건 불가능한 일이오. 또 설령 사찰 내부에 반역도가 있다 한들 그토록 뛰어난 경공신법을 수련한 자는 없다고 보오."

얘기가 이쯤 되니 곽양도 슬그머니 호기심이 일었다. 곤륜삼성이란 자들이 도대체 어떻게 생겨먹은 인물인지 보고 싶기도 하려니와 소림사 승려들과 한판 싸우는 장면도 구경하고 싶고, 그 결과 누가 이기고 질 것인지 궁금증이 나서 견딜 수가 없었다. 그러나 소림사에는 대대로 여자 손님을 받아들이지 않는다는 규칙이 있다니, 이 흥미진진한 구경거리를 현장에서 두 눈으로 보기는 다 틀린 일 아닌가?

무색선사는 그녀가 고개를 갸우뚱하니 깊은 상념에 잠겨 있는 것을 보고, 그저 소림사를 위해 무엇인가 대책을 궁리하고 있으려니 싶었다. 그래서 걱정하지 말라는 듯이 큰 소리로 호언장담을 했다.

"소림사 1,000년 이래 얼마나 많은 풍파를 겪어왔는지 모르는데, 지금까지 이렇듯 멀쩡하게 서 있지 않은가? 곤륜삼성이란 자들이 만약 우리한테 결례를 범하기로 작심했다면, 소림사도 그들을 끝까지 상대해줄 거요! 곽 소저, 보름 후쯤이면 강호에 소문이 파다하게 날 터이니 들어보시겠소? 곤륜삼성이 과연 소림사를 뒤엎었는지 아니면 혼찌검이 나서 삼십육계 줄행랑을 놓았는지 알 수 있을 거요!"

곽양이 피식 웃으며 말했다.

"대사님, 출가인은 '성내거나 노염을 타지 않는다' 하셨죠? 그런데 방금 하시는 말씀을 듣고 보니 대사님이 과연 부처님의 제자라고 할 수 있는지 모르겠네요."

"어흠! 그건……."

공연히 객기를 부리다가 아픈 데를 찔린 무색선사는 그저 헛기침으로 자신의 말을 뭉뚱그렸다.

곽양은 곧바로 한마디 던져 그를 난처한 지경에서 끌어냈다.

"좋아요. 보름 후 희소식을 기다리죠!"

말을 마치고 곽양은 훌쩍 몸을 뒤채어 나귀 등에 올라탔다.

두 사람은 마주 보고 웃었다.

곽양은 검정 나귀를 재촉해 산 밑으로 내려갔다. 속셈은 이미 분명하게 서 있었다. 어떻게 해서든지 이 흥미진진한 구경거리를 놓치고 싶지 않았다.

'열흘 후 소림사에 어떻게 섞여 들어가지? 무슨 좋은 방법이 없을까? 어쩌면 그 곤륜삼성 패거리가 진짜 실력이라곤 눈곱만큼도 없는 어중이떠중이들이라, 대사님들 손에 일격도 당해내지 못하고 쫓겨날지 몰라. 그럼 재미가 하나도 없지! 그자들이 우리 외할아버지나 아버지, 아니면 오라버니 수완의 절반만이라도 지니고 있다면, 곤륜삼성이 소림사를 크게 뒤집어엎다라는 한판 연극이 벌어질 텐데.'

생각이 신조대협 양과에게 미치고 보니 또 마음이 울적해졌다.

지난 3년 동안 양과의 체취가 남아 있는 곳이라면 세상 천하 구석구석 안 찾아본 데가 없었지만, 얻은 것이라곤 그저 좌절감뿐이었다.

소용녀가 은거하던 종남산 고묘의 출입문은 굳게 닫혔고, 백화요百花坳 후미진 골짜기에는 꽃잎만 소리 없이 떨어졌다. 비련의 절정곡絶情谷은 주인 없이 적막강산으로 변한 지 오래였고, 풍릉도風陵渡 나루터에는 차가운 달빛만이 아득했었다.

마음은 벌써 오래전부터 골백번 같은 생각을 해왔다.

'사실 말이지, 그분을 찾았다고 한들 또 어쩔 것인가? 공연히 그리움만 거듭 쌓이고 번뇌만 헛되이 늘어날 뿐 아닌가? 그분이 멀리 자취를 감춰버린 것도 혹시 나를 위해서가 아닐까? 내 그리움이 한낱 거울에 비친 꽃이요, 물속에 떠오른 달빛처럼 부질없는 것인 줄 뻔히 안다만, 나는 그래도 그리워하지 않을 수 없고 그분을 찾아내지 않고서는

견딜 수가 없구나.'

곽양은 검정 나귀가 가자는 대로 몸을 맡긴 채 소실산 깊은 골짜기를 이곳저곳 정처없이 떠돌았다.

나귀란 놈의 발길이 서쪽으로 향하다 보니 어느덧 소실산을 벗어나 숭산嵩山 경내에 들어섰다. 흘끗 뒤돌아보았을 때 울창한 나무숲 속에 소실산 동쪽 봉우리가 우뚝 서서 마주 바라보는데, 큰길 곁 산천의 절경은 아무리 보고 또 보아도 끝 간 데가 없었다.

이렇듯 며칠을 떠돌다가 이날은 삼휴대三休臺 위에 올랐다. '삼휴, 삼휴라! 삼휴란 게 도대체 뭔지 모르겠군. 사람이 한평생 살아가는 동안 좌절하고, 단념하고, 포기하는 일이 수천 가지가 있을 텐데, 어째서 세 번에 그친단 말인가?'

북향으로 꺾어들어 고개 하나 넘어섰더니 해묵은 잣나무 300여 그루가 하늘 끝을 떠받치고, 나무초리에는 운도雲荼 종류의 이끼처럼 형형색색으로 바뀌는 뭉게구름이 감돌아 찬란한 빛을 쏟아내고 있었다.

곽양이 넋 놓고 감상에 빠져 있을 때였다. 홀연히 산골짜기 후미진 구석에서 거문고 타는 소리가 어렴풋이 들려왔다. 난데없는 산중의 거문고 소리에 그녀는 의아스러움을 금치 못했다. '이 황량하고 궁벽한 구석에도 거문고를 다룰 줄 아는 고명하신 풍류 선비가 살고 있다니 정말 뜻밖이구나.'

그녀도 어릴 적부터 어머니 황용에게 거문고 타기, 바둑 두기, 붓글씨 쓰기, 묵화墨畫 치기를 배워 못 하는 것이 없었다. 비록 배운 것이 수박 겉 핥기에 지나지 않았어도 천성이 워낙 지혜롭고 총명한 데다 또 기상천외한 발상을 곧잘 해내는 터라 어머니와 거문고 이론을 따지거나 책 내용을 놓고 이야기할 때에도 이따금 그 나름대로 독창적인 견해를 내놓아 어머니를 기쁘게 하고, 틈만 나면 이 둘째 딸과 토론을 즐기게 만들었다.

풍류에도 제법 도가 튼 규수가 거문고 타는 소리를 들었으니 호기심이 날밖에. 그녀는 검정 나귀를 풀어주고 두 번 생각해볼 것도 없이 거문고 소리를 따라나섰다.

수풀을 헤쳐가며 한 100여 척쯤 걸었을까, 문득 거문고 소리에 섞여 무수한 새들이 지저귀는 소리까지 들려오기 시작했다. 처음에는 무심결에 흘려보냈으나, 귀 기울여 자세히 들어보니 거문고 소리가 마치 새소리와 서로 부르고 화답하는 듯, 이편에서 딩동딩동 거문고가 울면 저편에서 산새들이 짹짹 우짖어 한바탕 기막히게 아름다운 화음을 이루고 있는 게 아닌가!

곽양은 가던 걸음을 멈추고 꽃나무 뒤에 몸을 숨긴 채 거문고 소리가 나는 곳을 바라보았다.

커다란 세 그루 소나무 그늘 아래 흰옷 입은 남자가 등을 지고 앉아 있었다. 무릎에는 초미금焦尾琴 한 틀 얹어놓고 바야흐로 혼자 탄주하고 있는 것이었다. 주변 나무 가장귀에는 온통 참새, 꾀꼬리, 두견, 까치, 구관조, 그리고 또 이름도 모를 수많은 멧새가 가득 앉은 채 거문고 소리에 어우러져 묻고 대답하고, 목소리를 함께 모아 합창하고 있었다.

곽양은 갑자기 마음이 들뜨고 가슴속 고동이 두방망이질 치기 시작했다. '음률로 날짐승과 얘기를 나누다니. 어머니 말씀이, 거문고 가락 중에 〈공산조어空山鳥語〉란 명곡이 있는데, 오래전에 실전되어 전하지 않는다고 했다. 혹시 저 곡이 〈공산조어〉가 아닐까?'

한참을 정신 놓고 듣고 있으려니 거문고 소리가 점점 우렁차게 울리기 시작했다. 우렁차기는 하지만 그럴수록 온화하고도 순수한 맛이 더해졌다. 산새들도 더는 지저귀지 않았다. 그 대신 공중에서 날개 치는 소리가 크게 나더니 동서남북 모든 방향에서 이루 헤아릴 수 없을 만큼 무수한 새 떼가 날아들어 나뭇가지에 내려앉거나 위아래로 푸드득거리며 날갯짓을 했다. 그러자 깃털이 눈발처럼 흩날려 일대 장관을 이루는 것이 아닌가!

거문고 소리는 평온하고 중정中正의 조화를 이룬 것이 은연중 왕자王者다운 기풍을 드러내고 있었다.

곽양은 문득 놀랍고도 기이한 느낌이 들었다. '거문고 소리로 새 떼를 모아들일 수 있다니, 이 곡조가 설마 〈백조조봉百鳥朝鳳〉은 아닐까 모르겠구나. 그렇다. 이 세상 온갖 새들은 날짐승의 왕자 봉황鳳凰에게 모여든다 하지 않았던가? 참으로 아쉬운 일이다. 외할아버지가 여기 계셨던들 천하에 둘도 없는 옥퉁소로 저 사람의 거문고 탄주와 어우러져 금소 쌍절琴簫雙絶을 이루었을 텐데.'

정체 모를 사내의 탄주는 막바지에 이른 듯 거문고 소리가 차츰 낮아졌다. 나뭇가지에 앉아 쉬고 있던 참새들이 일제히 날아오르더니 허공을 맴돌면서 춤을 추기 시작했다. 하나 그것도 잠시뿐, 거문고가 '쩡!' 하고 울다가 급작스레 뚝 그쳤다. 허공에서 춤추던 새 떼가 한바탕 더 날다가는 차마 아쉬운 듯 슬금슬금 흩어져 가버렸다.

사내는 손길 닿는 대로 거문고 줄을 퉁겨 한두 차례 여운을 남기더니 하늘을 우러르며 길게 탄식했다.

장검을 어루만지며 대장부 기백 떨치려니, 撫長劍一揚眉
맑은 물 흰 바윗돌 산천 어이 작별하려오? 清水白石何離離
세상에 음률을 아는 이 없으니 괴로워라, 世間苦無知音
천년을 산들 그 또한 무슨 소용 있으리? 縱活千載亦復何益

나지막한 목소리로 부르는 노랫가락 끝에, 느닷없이 거문고 밑머리에서 장검 한 자루를 뽑아냈다. 서슬 푸른 칼 빛이 번뜩번뜩 수풀 사이로 비치는데, 곽양은 섬뜩한 느낌에 가슴이 두방망이질 쳤다.

'아, 이 사람은 문무를 겸비한 인재로구나! 한데 검법은 어떤지 모르겠다.'

장검을 뽑아 든 사내가 꿈지럭거리며 일어서서 해묵은 소나무 앞 빈터로 걸음을 옮기더니 칼끝으로 땅바닥에 금을 긋기 시작했다. 한 줄, 또 한 줄 자꾸만 그어나갔다.

곽양은 이것 봐라 싶어 두 눈이 휘둥그레졌다. '세상에 이런 괴상망측한 검법이 다 있다니! 설마 칼끝으로 땅바닥을 마구 그어대는 것도 적을 거꾸러뜨려 이기는 방법이란 말인가? 정말 이상야릇한 사람이로구나. 이런 검법을 무슨 수로 헤아릴 수 있겠는가?'

묵묵히 검초를 세어보니, 가로 긋기 19초식에 이어 검초가 세로 긋기로 바뀌더니 역시 19초식으로 땅을 그었다. 울퉁불퉁한 돌바닥인데도 검초는 시종 바뀌지 않고 가로 긋기든 세로 긋기든 가지런하게 일직선으로 뻗어 있었다.

곽양도 그 검세에 따라 손가락으로 땅바닥에 금 긋기를 흉내 내보았다. 가로 19줄, 세로 19줄. 다 긋고 나서야 그녀는 하마터면 실소를

터뜨릴 뻔했다. '이게 무슨 괴상망측한 검법이란 말인가? 이제 봤더니 기껏 바둑판을 그어놓은 게 아닌가?'

바둑판을 완성한 사내가 이번에는 또 칼끝으로 좌상左上, 우하右下 모퉁이를 따라서 동그라미를 하나씩 그리고, 다시 우상右上, 좌하左下 모퉁이에는 가새표를 하나씩 그려 넣었다.

곽양은 그가 바둑판을 다 그어놓았을 때 넉 점 포석 위치를 잡아놓을 줄 짐작하고 있었다. 동그라미는 흑점黑點 가새표는 백점白點이란 표시일 것이다. 이어서 그는 우상변右上邊 세 칸 아래 동그라미를 하나 긋고, 또 그 동그라미 두 칸 밑에 가새표를 하나 그었다. 이윽고 스물아홉 점까지 놓았을 때 그는 장검을 지팡이 삼아 짚고 고개 숙인 채로 깊은 생각에 잠겼다. 집을 버리고 세勢를 취할 것이냐, 아니면 변두리 공격에 주력할 것이냐. 그는 결정을 내리지 못하고 망설이는 기색이 완연했다.

그러나 곽양은 다른 생각을 하고 있었다. '이 사람도 나처럼 쓸쓸한 모양이다. 주인 없는 텅 빈 산중에 거문고를 어루만지며 멧새들을 지음知音으로 삼고 있으니. 어디 그뿐이랴 바둑을 두는 데도 적수가 없어 혼자서 자신과 대국하고 있으니 참으로 외로운 인생이로구나.'

한참 동안 심사숙고하던 그가 백점을 포기할 수 없는지 좌상변에서 흑과 격렬한 전투를 벌이기 시작했다. 순식간에 묘수가 백출하면서 북에서 남으로, 한 걸음 한 걸음씩 중원 복지腹地를 점령하려고 내려왔다.

바야흐로 흑과 백은 호각지세互角之勢, 곽양은 그 판에 정신이 팔려 자기도 모르게 전쟁터로 한 걸음 한 걸음씩 다가가기 시작했다.

어느덧 백의 형국은 한 수를 지고 나서부터 시종 열세에 빠졌다. 그것도 아흔석 점째가 되었을 때 연환겁連環劫에 걸려들어 바람 앞에 촛불처럼 절대 위기에 처하고 말았다. 그러나 그는 한 가닥 통로에 희망을 걸고 사투를 벌이면서 흑세를 파헤치려 애를 썼다.

속담에 "바둑을 두는 자는 미혹에 빠지게 마련이고, 훈수꾼은 맑은 정신으로 대세를 볼 수 있다當局者迷傍觀者淸"• 고 했다. 곽양의 바둑 수준은 그저 그럴 정도로 평범했지만, 백이 대마를 포기하고 다른 지역으로 눈을 돌리지 않으면 중복中腹에서 전멸당하고, 그 결과 흑의 집을 굳혀주게 된다는 것쯤은 내다볼 수 있었다. 보다 못한 그녀는 저도 모르게 한마디 훈수를 두고 말았다.

"어째서 중원을 버리고 서역을 취하지 않는 거죠?"

그 말을 듣고 사내가 흠칫했다. 정신을 가다듬고 바둑판을 가만 살펴보니 과연 서쪽 변두리에 아직 커다란 공터가 남아 있었다. 만약 흑세가 포위 공격에 몰두해 있는 것을 틈타 백이 잇달아 두 점을 그곳에 놓아버릴 경우, 중앙을 포기하는 대신에 서쪽 요해지를 선점先占할 수 있어 흑과 백의 세력은 결국 불승불패의 형국을 이루어 빅수(무승부)로 마무리되는 것이다. 등 뒤에서 들려온 불청객의 훈수 한마디가 결국은 미혹에 빠져 헤매던 당국자를 깨우쳐놓았다. 사내는 하늘을 우러러 기나긴 웃음을 터뜨렸다.

• 원전 출처는 《신당서新唐書》 〈원행충전元行沖傳〉의 "바둑을 두는 사람은 미혹에 빠지나, 곁에서 바둑판을 보는 사람은 대세를 반드시 살펴본다當局者迷傍觀必審"고 한 데서 나왔는데, 《노잔유기老殘遊記》 제13회에서 "……훈수꾼은 대국을 분명히 알아볼 수 있다傍觀者淸"로 바뀌어 지금까지 통용된다.

"옳거니, 바로 그거야! 으하하하!"

그러고는 몇 점을 더 두어 내려가다가 그제야 비로소 누군가 뒤에 있다는 것을 깨달았는지, 들고 있던 장검을 내던지며 후딱 돌아섰다.

"어느 고인이신지는 모르나, 가르침을 주셔서 고맙소이다."

인사말을 건네면서 상대방이 누군지 알아볼 생각도 않고, 그는 우선 두 손 모아 정중히 읍례부터 올렸다.

나이는 어림잡아 서른 살 안팎쯤 되었을까. 갸름한 얼굴, 움푹 파인 눈매, 비쩍 마른 골격에 광대뼈가 툭 튀어나온 것이 보기에도 무척 차가운 인상이었다.

그녀는 워낙 소탈한 성격이라 남녀지간의 피혐避嫌에 구애받지 않았다. 그렇기 때문에 꽃나무 숲을 벗어나 얼굴에 웃음꽃을 피운 채 스스럼없이 생면부지의 남자 앞으로 걸어갔다.

"방금 선생께서 탄주하신 곡을 엿들었습니다. 〈공산조어〉〈백조조봉〉. 주인 없는 텅 빈 산에 새들과 이야기하고 온갖 뭇새가 선생 앞에 모여드는 것을 보고 실로 감복했습니다. 게다가 선생께서 땅바닥에 금을 그어 바둑을 두시니 흑백 겨룸이 불청객을 입승入勝의 경지로 끌어들여 흥분한 나머지 처신없게 한마디 참견한 점, 아무쪼록 양해해주시기 바랍니다."

정중한 인사말에 자신이 탄주한 거문고 가락의 곡명까지 알아맞히는 묘령의 여인을 보고 사내는 기쁘고 반가운 마음에 경계하던 눈초리가 저절로 풀렸다.

"소저께서 거문고의 이치에 깊이 통달하고 계시는군요. 초면이긴 하오나, 무례하다 여기지 않으시거든 청음清音을 한 곡 들려주시지 않겠습니까?"

곽양은 수줍게 고개를 끄덕였다.

"어머님이 제게 탄금법彈琴法을 가르쳐주시기는 했으나, 선생의 불가사의한 신기에 견주면 아직도 한참 멀었습니다. 하지만 제가 선생의 절묘한 가락을 훔쳐 들은 마당에 비록 모자라는 솜씨이기는 해도 화답 한 수를 안 할 수가 없겠군요. 한 곡조 타 보일 터이니 귀에 거슬리시더라도 웃지나 마십시오."

"소생이 어찌 감히……!"

사내는 요금瑤琴 한 틀을 두 손으로 떠받들어 곽양 앞으로 내밀었다. 곽양은 거문고를 받아 들고 일곱 줄을 고르기 시작했다. 오랜 세월 누구의 손때가 묻었는지 나뭇결 따라 고풍스러운 무늬가 알록달록 빛나는 것이 희대의 명기名器가 분명해 보였다. 줄 고르기가 끝나자, 그녀는 이내 탄주를 시작했다. 곡명은 《시경詩經》의 〈위풍衛風〉 중 〈고반考槃〉• 이었다.

그녀의 솜씨는 별로 뛰어날 것도 신기할 것도 없었지만, 사내의 얼굴에는 자못 놀랍고 기꺼워하는 기색이 떠올랐다. 그는 거문고 가락에 맞춰 시 한 구절을 읊어나갔다.

곡을 듣는 동안 저도 모르게 입속에서 흘러나온 시구가 탄주하는 사람의 귀에 들릴 듯 말 듯 미약하게 흘러들었다.

• 《시경》은 중국 춘추시대 민요집으로, 오경 가운데 하나. 원래 3,000여 수나 되던 것을 공자가 정리해 305편으로 집대성했다. 〈위풍〉은 여러 제후국들 가운데 위衛나라 민요라는 뜻이며, 〈고반〉은 '은거하는 현자賢者의 즐거움'이란 뜻이다.

즐겁도다, 산골짜기 시냇가에 숨어 사는 삶은	考槃在澗
큰 사람의 너그러운 모습이라.	碩人之寬
홀로 잠자고 홀로 깨어 말하니,	獨寐寤言
이제는 이 뜻 길이 잊지 않으리.	永失勿諼

이 시구는 어느 은둔한 선비의 노래로 대장부가 산골짜기 냇가를 정처없이 떠돌면서 홀로 오락가락하는 장면을 그린 것이었다. 비록 반려자가 없어 적막하고 용색은 초췌하지만, 가슴에 품은 고결한 뜻만큼은 영원히 바꾸지 않겠다는 내용이었다.

사내는 곽양이 탄주하는 거문고 가락에 자기 심사가 담긴 것을 보고 격한 감동을 금치 못해 저도 모르게 시구를 읊조렸으나, 어느새 거문고 가락은 끝이 나고 있었다. 고요한 숲속, 더 이상 청아한 가락은 울리지 않았으나 사내는 여전히 제자리에 서 있었다.

곽양이 거문고 틀을 슬그머니 내려놓았다. 그러고는 돌아서서 소나무숲 우거진 골짜기로 향하면서 목청을 돋우어 노래를 부르기 시작했다.

즐겁도다, 들에 숨어 사는 삶은	考槃在陸
큰 사람의 너그러운 모습이라.	碩人之軸
홀로 잠자고 홀로 일어나 밤새우니,	獨寐寤宿
이 경지 아예 임께 알리지 않으리.	永失勿告

곽양은 검정 나귀를 손짓해 불러 타고, 또다시 깊은 산 우거진 숲속으로 터벅터벅 나아갔다.

곽양은 지난 3년 동안 강호를 떠돌아다니면서 보고 듣고 겪어온 기이한 일이 무척 많았지만, 그 사내처럼 거문고 가락으로 날짐승을 불러들이고 땅바닥에 금을 그어 혼자서 바둑을 즐기는 경우는 본 적이 없었다. 하나 그게 무슨 대수로운 일이랴. 그녀에게는 한낱 눈앞에 스쳐가는 뜬구름이요, 물 위에 부평초가 바람결을 따라 모였다 흩어지듯 그녀의 심중에는 아무런 흔적도 남기지 못했다.

또 며칠이 지났다. 손가락으로 꼽아보니 소림사에서 일대 소동을 일으키고 나온 지 벌써 열흘째. 바로 오늘이 곤륜삼성이 소림사 승려들과 무예를 겨루기로 약정한 날짜였다.

그녀는 어떻게 하면 절간에 섞여 들어가 이 흥미진진한 구경거리를 볼까 곰곰이 생각해보았으나 도무지 방법이 생각나지 않았다. 어머니 황용 같았으면 무슨 일이든지 단번에 열일곱 가지쯤 묘책을 짜냈겠지만, 어쩌자고 자기는 단 한 가지 계책도 낼 수가 없는지 그저 원망스럽기만 했다.

그녀는 결단을 내렸다. '좋다! 우선 절간 밖에서 눈치를 보자. 어쩌면 스님들이 외부의 강적과 맞닥뜨렸을 때, 사태가 긴박해지면 불청객이 하나쯤 숨어들더라도 신경 쓸 겨를이 없을지 누가 알겠어?'

휴대용 마른 음식을 꺼내 되는대로 요기를 하고 나서, 그녀는 소림사 쪽으로 나귀를 몰고 나아갔다.

사찰에서 약 10리쯤 떨어진 곳에 이르렀을 때였다. 갑자기 말발굽 소리가 요란하게 들리더니 왼쪽으로 뻗은 산길을 따라 세 필의 말이 기수를 태운 채 무서운 속도로 달려왔다. 치닫는 기세가 무척 빨라 눈 깜짝할 사이에 검정 나귀가 엉거주춤 서 있는 곁을 스치고 곧바로 소림사를 향해 달려갔다.

마상의 기수들은 모두 쉰 살가량 들어 보이는 중년의 늙은이들이었다. 청색 소매가 짧은 적삼 차림에 안장 위에는 하나같이 병기를 담은 자루가 매달려 있었다.

곽양은 속으로 흠칫했다. 세 사람 모두 일신에 무공을 익힌 것이 분명한 데다 이제 병기까지 휴대하고 소림사로 올라가는 것을 보건대, 지레짐작으로 곤륜삼성 패거리가 아닐까 싶었던 것이다. 그녀는 가슴을 쓸어내리면서 검정 나귀의 볼기를 손바닥으로 철썩 때렸다. 한발 늦었더라면 이 좋은 구경거리를 놓칠 뻔하지 않았는가.

나귀란 놈이 "끼르르!" 우짖더니 네 발굽을 모으고 제법 빠른 걸음걸이로 열심히 세 기수를 뒤쫓기 시작했다.

마상의 기수들이 채찍질로 재촉하자, 세 필의 준마는 산상을 향해 무섭게 치달았다. 다리 힘도 어지간히 세서 순식간에 검정 나귀를 멀찌감치 떨어뜨려놓았다.

기수들 셋 중 하나가 후딱 뒤를 돌아보았다. 사뭇 의아스러운 기색이 역력했다.

곽양은 나귀의 고삐를 다 풀어주고 열심히 뒤쫓았다. 그러나 2~3리쯤 달려갔을 때 세 기수는 이미 뒷모습은커녕 그림자조차 보이지 않았다. 검정 나귀도 제 딴에는 한바탕 쾌속으로 질주했다 싶었는지, 이제는 버티지 못할 지경에 이른 모양으로 허연 콧김을 연거푸 내뿜기 시작했다. 여주인이 짐승을 꾸짖었다.

"몹쓸 것 같으니! 여느 때는 성깔만 살아서 투정 부리고 고집스레 굴더니만, 이 아가씨께서 모처럼 한번 써먹겠다는데, 남을 따라잡지도 못하고 벌써 숨이 차서 헐떡거린단 말이냐?"

하나 말 못 하는 짐승을 더 채근해봤자 소용없는 일이라, 아예 길 한 곁에 자리 잡은 돌 정자가 눈에 뜨이기에 잠깐 쉬기로 했다. 검정 나귀는 정자 근처 개울가에 풀어놓아 물을 마시게 했다.

한데 얼마 안 있어 또다시 말발굽 소리가 요란하게 나더니, 세 명의 기수가 산골짜기 모퉁이를 돌아서 힘차게 되돌아왔다.

곽양은 이것 봐라 싶어 두 눈이 휘둥그레졌다. '어째서 저들이 올라가기가 무섭게 도로 내려오는 걸까? 설마 소림사 승려들의 일격도 감당하지 못하고 쫓겨 내려오는 것은 아닐까?'

세 필의 준마가 갈기를 휘날리면서 네 발굽을 모아 치닫더니 곧바로 정자 앞 빈터까지 뛰어들었다. 이윽고 기수 셋이 한꺼번에 몸을 뒤채어 마상에서 훌쩍 뛰어내렸다.

곽양은 곁눈질로 남몰래 저들을 눈여겨보았다. 하나는 키가 작달막한 땅딸보 늙은이인데 얼굴이 주사朱砂로 물들인 듯 시뻘겋고, 술독에 빠졌다 나온 주정뱅이처럼 새빨간 딸기코였다. 게다가 실눈을 가늘게 뜬 채 상글상글 웃는 모습이 사뭇 온화하고 친근감마저 들었다. 또 하나 키가 장대 같은 꺽다리 영감은 얼굴빛이 시퍼렇다 못해 창백한 기운을 띠고 어렴풋이나마 초록빛마저 배어나오고 있는 것이 1년 내내 햇볕 한 번 구경도 못 해본 듯싶었다. 이들 두 사람의 체격이나 모습이 어느 구석을 뜯어봐도 전혀 반대라, 우연치고는 정말 보기 드문 인상들이었다. 세 번째 늙은이는 그저 평범했는데, 얼굴빛 하나만큼은 밀랍蜜蠟으로 빚어놓은 듯 누리끼리한 것이 어딘가 모르게 병색이 완연했다.

곽양은 그 나이답게 호기심을 참지 못하고 한마디 물었다.

"세 분 어르신네들! 소림사에 다녀오시는 길인가요? 어째서 올라가셨다 금방 내려오시나요?"

곽양이 공연히 허튼소리를 지껄인다 싶었는지, 셋 가운데 얼굴 시퍼런 늙은이가 꾸짖는 듯 눈을 흘겼다. 그러자 딸기코 주정뱅이 영감이 상글상글 웃으면서 질문을 던져왔다.

"아가씨, 우리가 소림사에 가는 줄 어떻게 알았나?"

빤한 일을 가지고 물으니, 곽양도 되물을 수밖에 없었다.

"여기서 곧장 올라가면 소림사 말고 또 어딜 가겠어요?"

딸기코 영감도 수긍이 가는지 고개를 주억거렸다.

"딴은, 틀린 말이 아니로군. 한데 아가씨는 어딜 가시는 길인가?"

"저도 소림사에 가는 길이에요."

이 대답을 듣고 얼굴 시퍼런 늙은이가 호통 쳐 일깨웠다.

"소림사는 예로부터 이날 이때까지 여자 따위를 산문 안에 들여놓은 적이 없어! 또 외부 사람이 병기를 지니고 절간에 들어서지 못하게 한다는 걸 모르는가?"

키가 엄청난 꺽다리는 말투가 오만하기 이를 데 없었다. 눈초리가 그녀의 위아래를 훑더니 두 번 다시 거들떠보지 않았다.

곽양은 속으로 은근히 부아가 났다.

"그럼 당신들은 왜 병기를 지니고 있죠? 저기 말안장 포대 자루 속에 든 것은 병기가 아닌가요?"

"너 따위가 우리하고 같은 줄 아느냐?"

얼굴 시퍼런 늙은이가 냉랭하게 면박을 주었다.

슬그머니 약이 오른 곽양도 싸느랗게 웃더니 한마디 한마디씩 비꼬며 말했다.

"당신들은 또 어떻다고 그래요? 뭘 믿고 이렇듯 사납게 구는 거죠? 여봐요, 당신들이 곤륜삼성이죠? 그래, 소림사 늙다리 땡추들과 겨뤄 보기는 했나요? 흥, 누가 이기고 누가 졌는지 안 봐도 뻔하군요!"

다음 순간, 세 늙은이의 안색이 싹 변했다. 뒤미처 딸기코 영감이 물었다.

"어린 아가씨, 자네가 곤륜삼성을 어떻게 알지?"

"그야 물론 다 아는 수가 있죠!"

톡 쏘아붙이는 대꾸에, 얼굴 시퍼런 늙은이가 느닷없이 한 걸음 내딛더니 다시 매섭게 물었다.

"네 이름이 뭐냐? 누구의 문하 제자냐? 소림사에는 뭘 하러 왔지?"

아무리 나이 지긋한 어른이라도 험악하게 나오니, 곽양 역시 턱을 바짝 쳐들고 대거리를 했다.

"별꼴이야. 그건 알아 뭐 하게요?"

얼굴 시퍼런 늙은이는 성미가 어지간히 거칠고 조급한지, 그 말을 듣기가 무섭게 손바닥을 번쩍 치켜들었다. 마음 같아서는 따귀를 한 대 올려붙이고 싶었지만, 나잇값도 못 하고 어린것에게, 그것도 남자가 연약한 여자에게 손찌검을 했다는 소리를 듣기 십상이라 거기서 뚝 멈추었다.

손을 거두어들이려던 그의 눈길에 한 가지 물건이 뜨였다. 다음 순간, 꺽다리의 신형이 번뜩하는가 싶더니 불쑥 내민 손아귀가 곽양의 허리춤에 달려 있던 단검을 뚝 떼어서 가져가버렸다. 그야말로 필설筆舌로는 어떻게 형용하기 어려울 만큼 재빠른 손길에, 곽양은 그저 휑하니 써늘한 바람이 스쳐 지나가고 사람의 그림자가 꿈틀하는 것만 느꼈을 뿐 삽시간에 호신용 단검을 빼앗기고 말았다.

곽양은 미처 막아볼 엄두도 내지 못했다. 그녀가 강호에 발을 들여놓은 이래 처음 겪는 수치였다. 사실 그녀의 무공 실력이라든가 경험으로 따진다면 강호를 떠돌아다니기에 아주 모자란 점이 많기는 했다. 그러나 무림계에 몸을 담은 인물 가운데 십중팔구는 그녀가 곽정, 황용의 딸이란 사실을 알고 있었다. 더구나 신조대협 양과가 그녀의 생일을 축하하기 위해 청첩장을 돌린 이후, 좌도방문左道旁門에 속한 인사들조차 모르는 이가 거의 없었으며, 설령 곽정과 황용의 체면을 보지 않는다 하더라도 신조대협에게 미움을 사면서까지 그녀를 어떻게 해볼 엄두는 내지 못했던 것이다.

그런데 문제는 그 숱한 흑백양도 인사들이 그녀의 이름만 들었을 뿐 장본인을 알아보지 못한다는 데 있었다. 곽 소저는 빼어나게 아름답고 영리한 규수라는 점, 또 호방한 성격에 남들과 사귀기를 즐겨 장터에 수레를 끌고 다니는 간장 장수부터 개를 잡아 등짐 지고 팔러 다니는 장돌뱅이 개고기 장사꾼에 이르기까지, 차별하지 않고 똑같이 대우하며, 이따금 술을 받아다가 그 천민들과 함께 똑같은 잔으로 마시면서 즐긴다는 사실만 소문으로 들어 알고 있었던 것이다. 이렇듯 빈부귀천을 가리지 않고 사귀어온 덕분에 그녀 역시 강호의 풍파가 제아무리 험악하더라도 평지 걷듯 순조롭게 고비를 넘길 수 있었고, 위태로운 지경에 빠져서도 전화위복으로 헤쳐나가 크게 곤욕을 치러본 적이 단 한 번도 없었다.

그런데 오늘 와서 낯짝 시퍼런 초면의 늙은이한테 느닷없이 단검을 빼앗겼으니, 실로 기가 막혀서 어떻게 해야 좋을지 알 수 없었다. 곽양은 이러지도 저러지도 못하고 망설였다. 막상 달려들어 도로 빼앗자니 아무리 생각해도 무공 실력이 한참 뒤떨어지고, 이대로 포기하고 가만 있으려니 자존심이 허락하지 않았다.

얼굴 시퍼런 꺽다리 영감이 왼손 가운뎃손가락과 검지 사이에 단검 칼집을 낀 채 싸느란 말투로 또 한마디 던졌다.

"이 칼은 내 잠시 맡아두마. 간 덩어리도 크게 우리한테 이렇듯 무례하게 구는 걸 보면 네 부모님이나 스승이 예의범절을 덜 가르친 모양이구나. 이제 어쩔 테냐? 네 부모님, 사부님더러 이 칼을 도로 찾아 달라고 조르고 싶겠지? 오냐, 좋다. 그분들이 찾아오거든 딸년 버릇 좀 잘 가르치라고 내 따끔하게 충고해주마. 정신 번쩍 들게 말이다!"

이번만큼은 곽양도 화가 머리끝까지 뻗쳐 얼굴이 온통 새빨개졌다. 그도 그럴 것이, 말하는 투가 자기를 아예 집안 교육도 받아보지 못한 개구쟁이 말썽꾸러기로 취급했기 때문이다. 그녀는 속으로 이를 갈았다.

'좋다, 날 꾸짖는 거야 그렇다 쳐도 우리 외할아버지와 부모님한테까지 욕을 하다니! 이 늙은이가 하늘에 오르는 신통력을 지녔다 한들 이렇듯 세상천지 두려운 줄 모르고 함부로 날뛰다니!'

그녀는 흥분을 가라앉히고 터져 나오려는 노기를 억누른 채 한마디 물었다.

"당신 이름이 뭐죠?"

당돌한 질문을 받은 늙은이가 콧방귀를 뀌면서 점잖게 타이르는 투로 말했다.

"아직도 버릇이 없구나. 이 어르신더러 '당신 이름이 뭐냐'고? 아무래도 내가 좀 가르쳐줘야겠군. 그렇게 쌍말을 쓰는 게 아니라, '노선배님 존함이 어찌 되시는지 감히 여쭙겠습니다'라고 말씀드려야 할 게 아니냐?"

하나 곽양의 귀에 그따위 훈계가 들어올 리 없었다. 악에 받친 그녀는 마구잡이로 대들었다.

"난 당신 이름이 뭐냐고 물었어요! 일러주기 싫거든 그만둬요. 자기가 뭐 대단한 인물이랍시고! 나잇값도 못 하고 남의 물건이나 빼앗고 훔치는 주제에……. 나도 필요 없으니까 그냥 가지시구려. 흥!"

한바탕 악을 쓰고 돌아서서 정자 바깥으로 나오려는데, 눈앞에서 붉은빛이 번뜩하더니 이번에는 딸기코 영감이 가로막고 나섰다. 가늘게 뜬 실눈에 상글상글 웃는 표정은 여전했다.

"쯧쯧, 계집아이 성미 한번 거칠구먼. 시집가서도 고년의 성깔대로 살 테냐? 그래가지고서야 남의 집 며느리 노릇을 어떻게 하려고? 좋다, 네가 정 알고 싶은 모양이니 내 일러주마. 우리 셋은 사형 사제 간이다. 저 수천만 리 머나먼 서역 땅에서 방금 이 중원에 들어왔지."

그러자 곽양이 입술을 비쭉대고 툭 쏘아붙이며 말했다.

"얘기하지 않아도 다 알아요! 우리 중원 천지에는 당신네 이름 석 자를 들이밀 데가 없으니까!"

이 말에 세 늙은이도 어지간히 놀랐는지 서로 눈짓을 교환하더니 딸기코 영감이 다시 물었다.

"아가씨 사부님은 뉘신가?"

곽양은 열흘 전 소림사에서 부모를 밝히지 않으려다 결국 무색선사의 입을 통해 이름이 알려졌다. 그러나 이번에는 진짜 오기가 발동해 곧이곧대로 이름을 밝히고 말았다.

"내 아버님 성함은 곽정, 어머니 함자는 황용! 사부님은 아예 없고, 집안 어른들한테 되는대로 주워 배웠을 뿐이죠!"

세 늙은이가 또 한 차례 눈짓을 주고받았다. 서로 아느냐고 묻는 눈치였다. 얼굴 시퍼런 꺽다리 영감이 고개를 갸우뚱하면서 중얼거렸다.

"곽정이라? 황용……. 그 사람들, 어느 문파며 누구의 제자들인가?"

얘기가 이쯤 되니 곽양은 화가 나다 못해 복통이 터져 죽을 노릇이었다. 그녀의 부모는 이 중원 천지에 명성을 떨치는 인물이다. 무림계 인사들이야 더 말할 것도 없고, 일반 백성들 가운데 몽골 황제의 대군 앞에서 양양성을 사수하는 곽 대협의 이름을 모르는 이가 과연 몇이나 되겠는가? 한데 이들 세 늙은이의 기색을 가만 보니 일부러 무시하느라 모른 척하는 것 같지도 않았다.

곽양은 울화통을 억누르고 가만 생각해보았다. '도대체 우리 부모님의 함자도 모르다니, 어떻게 이럴 수 있단 말인가?' 그때 퍼뜩 생각나는 것이 있었다. 왜 그런지 그 까닭을 확연히 알 수 있었던 것이다.

'이들 곤륜삼성은 머나먼 서역 땅에서 살아왔을 뿐, 중원 땅에는 발을 들여놓은 적이 없었으리라. 무공 실력이 저 정도라면 부모님이 저들의 이름을 분명 말해주었을 것이다. 그러니까 이 사람들이 우리 부모님의 이름을 모른다고 해서 이상하게 여길 것도 없다. 이들은 서역 땅 곤륜산맥 어느 깊은 구석에 은거하면서 부지런히 무공 단련에만 몰두하느라 세상 바깥일을 남한테 물어본 적도 들어본 적도 없었을 것이다.'

생각이 여기까지 미치자, 치밀어 오르던 노기가 슬그머니 가셨다.

그녀는 애당초 무턱대고 발끈하는 성미도 아니요, 남의 처지를 함부로 무시해버릴 만큼 속 좁은 아가씨도 아니었다.

그녀는 목청을 가다듬고 정중히 말했다.

"내 성은 곽씨, 이름은 외자로 '양'이에요. 양양성에서 따온 이름이죠. 자, 이제 여러분 앞에 내 이름을 밝혔으니 다시 묻죠. 세 노선배님의 함자는 어찌 되시는지 감히 여쭙겠습니다."

곽양은 방금 얼굴 시퍼런 꺽다리가 훈계조로 한 말을 그대로 써서 다시 물었다. 아니나 다를까, 딸기코 영감에게서 즉각 반응이 나왔다. 얼굴이 벌건 이 늙은이는 예의 실눈을 가늘게 뜨고서 싱글벙글 웃어가며 칭찬부터 늘어놓았다.

"고것 참 귀엽게 노는군. 한번 가르쳐줬더니 금방 배웠지 않나! 암 그래야 선배 어른을 존경하는 도리지!"

그러고는 얼굴에 병색을 띤 늙은이를 먼저 가리켰다.

"이분은 우리 대사형, 반천경潘天耕 어른이시고, 나는 둘째 사형으로 방천로方天勞라고 하지. 여기 얼굴이 시퍼런 친구는 셋째 아우님이신데, 위천망衛天望이라고 불러. 세 형제가 하나같이 우리 사문에서 '천天' 자 항렬에 속하거든."

"흐음, 그러시군요."

곽양은 건성으로 대꾸하면서도 속으로 그 이름들을 단단히 기억해두었다. 그러고는 다시 물었다.

"그런데 도대체 소림사에는 올라가신 거예요, 안 가신 거예요? 그곳 스님들하고 무공을 겨뤄보셨나요? 어느 쪽 무공이 세던가요?"

이 질문에 세 형제 가운데 막내 위천망이 먼저 "이잇?" 하고 놀라더니, 이내 매섭게 호통쳐 물었다.

"그걸 네가 어찌 아느냐? 우리가 소림사 승려들과 무예를 겨룬다는 사실은 세상 천하에 아는 자가 몇 안 되는데, 네가 어떻게 알고 묻는 거냐? 빨리 말하지 못할까! 어서 썩 대라!"

그는 불호령을 내리면서 곧바로 곽양 앞으로 달려들었다. 그러고는 주먹을 불끈 쥐고 당장 한 대 후려칠 것처럼 곽양을 사납게 노려보았다.

그러나 곽양은 끄떡도 하지 않았다. '내가 그따위 협박에 넘어갈 줄 아는가? 얘기해줄 수도 있지만, 그쪽에서 험상궂게 나오면 나올수록 내 입을 꼭 봉하고 하나도 일러주지 않을 테다!'

속으로 그럴 각오였으니 두 눈 동그랗게 뜨고 상대방을 마주 노려보았다.

"당신의 '천망'이란 그 이름자는 썩 어울리지 않는군요. 왜 '천악天惡'이라 고치지 않았는지 모르겠어요!"

곽양은 싸늘한 말투로 종알종알 비꼬았다. 그러나 이 사납기만 하고 우직한 늙은이는 얼른 그 말뜻을 알아듣지 못했다.

"뭐라고?"

"생각해보세요. 당신 같은 흉신악살凶神惡煞은 난생처음 보거든요. 내 물건을 빼앗은 것만으로도 모자라 이렇듯 사납게 행패까지 부리니, 이거야말로 하늘의 '천악성天惡星'이 아래 세상에 강림하신 게 아니면 뭔가요?"

그제야 위천망은 말귀를 알아들었다. 그의 목구멍에서 으르렁대는 소리가 새어나오더니 급기야 들짐승의 포효로 바뀌었다. 그와 동시에 가슴팍이 돌연 갑절로 부풀어 오르면서 머리카락과 두 눈썹이 한꺼번에 곤두섰다.

당차기로 이름난 곽양도 이런 끔찍스러운 꼴을 보자, 저도 모르게 슬그머니 겁이 나기 시작했다.

딸기코 영감 방천로가 다급하게 외쳐 말렸다.

"이봐, 셋째! 그만해둬! 어린것한테 성을 내면 쓰나!"

호통을 치면서도 그 손길은 어느새 곽양의 팔뚝을 뒤로 잡아끌고 있었다. 자기 등 뒤 2~3척까지 끌어다놓고 자신이 두 사람 사이에 끼어든 형국이 되었다.

위천망은 단검을 칼집에서 쓱 뽑아 들더니 아무 소리도 내지 않은 채 왼손 두 손가락 사이에 칼날을 뉘어 끼워놓고 손가락 마디에 공력을 쏟아부었다.

"쩔꺽!"

힘을 한 번 주는 순간, 단검 칼날이 뚝 부러져 두 토막이 났다. 남의 칼을 부러뜨린 불한당이 반 토막 난 칼을 도로 꽂으면서 어깨를 으쓱댔다.

"누가 이따위 쓸모없는 칼을 달랬나?"

곽양의 얼굴빛이 해쓱하게 질렸다. 호신용으로 아끼던 단검이 고철 조각이 되어 그렇다기보다는 위천망의 손가락 힘이 이렇듯 무서울 줄 몰랐던 것이다. 곽양이 아연실색하는 꼴을 보자, 의기양양해진 위천망은 고개를 치켜들고 목청껏 웃음보를 터뜨렸다.

"우하하하! 으하하하핫!"

고막을 찌르는 웃음소리가 곧바로 정자 지붕 위 기왓장까지 뒤흔들어 덜커덕거리는 소리가 나기 시작했다.

갑자기 우지끈하는 소리와 함께 정자 지붕 꼭대기가 와르르 무너져 내리더니 묵직하고 커다란 물건 하나가 툭 떨어졌다.

정자 안에서 승강이를 벌이던 사람들은 너 나 할 것 없이 깜짝 놀라 뒷걸음질 쳤다. 의기양양하던 위천망도 너무나 뜻밖의 일이라 웃음을 뚝 그치고 멍하니 서 있었다.

사실 그가 놀란 까닭은 딴 사람들과 달리 갑작스레 물체가 코앞에 떨어져서가 아니었다. 방금만 해도 그는 내력을 끌어올려 웃음소리를 내고 그 웃음소리로 기왓장을 진동시킬 수 있었다. 또 실상 그 웃음은 기뻐서 낸 것이 아니었다. 그저 공력을 끌어올려 몇 번 "으하하하!" 하고 소리를 냈을 뿐인데, 그것이 생각지도 않게 건물 지붕 꼭대기까지 진동시켜 무너뜨렸으니 자신의 공력이 근래 들어 대폭 증진된 줄로만 알고 저도 모르게 놀라움과 기쁨이 엇갈려 어리둥절했던 것이다.

네 사람은 이내 정신을 가다듬었다. 그러고는 지붕에서 떨어진 문제의 덩어리를 다시 굽어보다, 이번에는 놀라 자빠질 정도가 아니라 아예 기절초풍하고 말았다. 돌바닥에 떨어진 물체는 일순 꿈지럭거리는가 싶더니 이내 움츠러든 채 꼼짝도 하지 않았다.

하얀 옷을 입은 사내가 두 손으로 거문고 한 틀을 품에 안은 채 땅바닥에 누워 있었다. 어처구니없게도 두 눈을 감고서 느긋이 깊은 잠에 빠져 있었던 것이다.

누구보다 먼저 정체를 알아본 곽양이 반색을 하며 소리쳤다.

"여봐요, 당신 여기 있었군요!"

이는 누구인가? 바로 며칠 전 소나무 숲 우거진 골짜기에서 우연히 만났던 그 사내, 거문고 가락으로 뭇 산새들을 불러 모으고 혼자서 바둑을 두던 바로 그 사람이었다.

사내가 곽양의 목소리를 듣고 벌떡 일어났다.

"아가씨, 내 당신을 찾아 얼마나 헤매고 다녔는지, 원…… 한데 여기서 다시 만날 줄은 몰랐소이다."

시치미 뚝 떼고 건네는 말에 곽양은 웬일인지 반갑다기보다는 오히려 야릇한 생각이 들어 톡 쏘아붙였다.

"날 찾아서 뭘 어쩌시려고요?"

"아가씨 함자를 감히 여쭙는다는 걸 그만 깜빡 잊어서 그랬소이다."

능청스레 위천망의 말투를 흉내 내어 대꾸하는 사내의 말에, 곽양은 기가 막혀 또 한마디 쏘아붙였다.

"함자를 감히 여쭙다니, 흥! 중언부언 시큼털털. 딸깍발이 샌님의 그 말투가 참 유식도 하시네. 난 그런 말투 정말 싫어요!"

느닷없이 면박을 당한 사내가 흠칫하더니 이내 너털웃음을 지은 다음 말을 이었다.

"옳거니, 골백번 지당하신 말씀! 공자 왈, 맹자 왈, 허튼소리나 주절거리고 거드름 피울수록 진짜 실력 하나도 없는 골통 빈 사기꾼들이라, 촌뜨기 영감이나 속여먹기 딱 알맞습지요!"

대꾸는 하면서도 딱 부릅뜬 두 눈초리로 매섭게 위천망을 흘겨보았다. 이어서 "헤헤헤!" 비웃는 소리를 냈다.

곽양은 10년 묵은 체증이 가신 듯 그동안 치밀었던 분통이 한꺼번에 사그라들었다. 이 사내가 이토록 눈치 빠르게 응원군으로 나타날 줄이야 생각도 못했던 것이다.

한창 젊은 녀석에게 눈꼴사납게 지목을 당하자, 위천망은 가뜩이나 시퍼런 얼굴빛이 아예 죽은 잿빛으로 바뀌었다.

"귀하는 뉘신가?"

얼음장보다 더 차가운 질문에, 그는 못 들은 척 거들떠보지도 않고 되레 곽양을 돌아보고 물었다.

"아가씨 이름은 뭐지요?"

상대방이 허물없이 물어오니 곽양도 스스럼없이 대답했다.

"제 성은 곽씨, 이름은 외자로 양, 곽양이에요."

그러자 사내가 짐짓 호들갑스레 손뼉을 치며 기꺼워했다.

"옳거니! 소생이 정말 눈은 달렸어도 태산을 알아뵙지 못했군요! 이제 보니 바로 사해에 명성을 떨치시는 곽 대소저셨군요. 춘부장 어른이 곽정 대협, 자당 되시는 분이 황용 여협. 무지몽매한 시골뜨기 녀석이나 사리분별도 못 하는 불한당 패거리나 못 알아뵙지, 강호 무림계 사람들치고 어느 누가 이분들의 이름을 모른단 말입니까? 그 두 분이야말로 문무겸전文武兼全하신 분들이고, 도창검극刀槍劍戟• 못 쓰는 병기가 없으실 뿐 아니라, 권법에 장법, 기공氣功은 물론이요, 거문고, 바둑, 서예, 그림, 시와 노래, 어느 것 하나 고금을 능가하지 못하는 게 없어 당대에 으뜸으로 손꼽히고 계시지 않소? 하하! 이 세상에서 제 잘난 맛에 발광 떠는 몇몇 잡배들이야 그분들의 쟁쟁하신 명성을 못 들어봤을 거요. 하하, 하하하!"

• 도刀는 칼날을 한쪽만 세우고 볼이 넓은 곡선 형태의 칼로, 주로 베는 데 쓰며 통상 '단도單刀'라고 부른다. 창槍은 자루가 길게 달려 주로 찌르는 데 쓰는 것으로 '장창長槍'이라 부른다. 검劍은 볼이 가늘고 기다란 양날이 달린 직선 형태의 칼로, 주로 찌르는 데 쓰며 통상 '장검長劍'이라 부른다. 극戟은 자루가 짧은 창으로 '단극短戟'이라 일컫는데, 양손에 한 자루씩 잡고 찌르거나 베는 경우가 많아 '쌍극雙戟'이라 부르기도 한다.

입담을 한번 열어놓으니 이 미치광이 선비의 입에서 염치없는 장광설이 단숨에 줄줄이 쏟아져 나왔다. '그러고 보니 이 사내는 정자 꼭대기에 숨어서 내가 이 세 늙은이하고 실랑이 벌이는 소리를 진작부터 엿듣고 있었구나. 한데 말투를 보니, 우리 부모님이 어떤 분인 줄 모르는 모양이다. 또 나더러 '곽 대소저'라니, 난 항렬이 둘째인데 어째서 '맏이'라는 거지? 게다가 우리 아빠 같은 먹통더러 뭐 거문고, 바둑, 서예, 그림에 시와 노래까지 다 하실 줄 안다니 정말 세상 살다 보니 별 희한한 소릴 다 듣겠구나.'

아무튼 기분이 좋으면서도 웃음보가 터질 지경이었다.

"그럼 당신 이름은 뭐죠?"

"소생의 성은 하何씨, 이름은 족도足道라 하오."

이번에는 웃음을 참지 못하고 까르르 웃음보를 터뜨렸다.

"하족도라니, 자기더러 '얘깃거리도 못 된다'는 거예요? 세상에, 이런 겸손한 이름자는 난생처음 들어보네요."

"하늘 높은 줄 모르고 땅 너른 줄 모르고, 큰소리나 뻥뻥 치면서도 부끄러운 줄 모르는 작자들이나 이름자에 '천天'이니 '지地'니 그런 항렬을 붙이지요. 거기에 비하면 소생이야 워낙 '입에 담을 값어치조차 없을 만큼' 변변치 못한 위인이라 그런 이름을 써서 남들이 구역질 나지 않게 해드리는 겁니다."

하족도, 이 미치광이 선비는 처음부터 위천망을 비롯한 세 늙은이들을 빗대어놓고 잠시도 쉴 새 없이 말끝마다 날카로운 조소를 퍼붓고 있었다.

'천' 자 항렬을 뽐내던 세 늙은이는 그가 지붕 꼭대기를 깨뜨려 부수고 나타났을 때 이미 범상치 않은 인물이라는 사실을 간파하고 있던 터라, 처음에는 그래도 제법 참고 기다려주었다. 이 흰옷 입은 괴짜가 도대체 무슨 내력의 인물인지 정체부터 알아볼 요량에서였다. 한데 자기들을 빗대놓고 하는 말투가 점점 험악해지고 있으니 세 형제 가운데 성질이 불같은 막내는 더 참지 못했다.

위천망은 두말 않고 손바닥을 뒤채더니 하족도의 왼쪽 뺨부터 후려쳐갔다. 그러나 하족도는 흠칫 고개를 숙여 그 팔뚝 밑으로 슬쩍 빠져나갔다. 다음 순간, 위천망은 왼쪽 손목에 찌릿하는 느낌이 들었다. 어느 틈엔가 이때껏 손아귀에 쥐고 있던 단검은 벌써 하족도의 손가락 사이에 끼인 채 빼앗긴 뒤였다.

위천망이 곽양에게서 단검을 낚아챘을 때의 신법은 도저히 눈으로 보지 못할 정도로 빠르고 민첩했다. 당시 곽양은 전혀 예상치 못한 무방비 상태에서 고스란히 병기를 빼앗겼다. 그런데 하족도는 상대방의 기습 공격을 받으면서도 마치 바람결에 나부끼듯 아주 자연스러운 동작으로 슬쩍 빠져나갔을뿐더러 그저 건성건성 손길 나가는 대로 상대방이 알아채지 못하는 사이에 단검을 채뜨린 것이다. 그렇다고 신법이나 손놀림에 별로 특이한 점을 보인 것도 아니었다.

위천망은 흠칫 놀랐다. 그러나 다음 순간 어쩌다 그랬으려니 싶어 한 발짝 성큼 앞질러 나가더니 다섯 손가락을 갈고리처럼 구부려 그의 어깻죽지부터 움켜갔다. 하족도가 선뜻 몸을 기울여 보기 좋게 피했다. 어깨를 움키려던 손길은 한 곁으로 아슬아슬하게 스쳐 지나갔다. 그와 동시에 반천경과 방천로 두 사람이 돌연 뒷걸음질 도약 자세로 훌쩍 정자 바깥으로 뛰쳐나갔다. 막내에게 싸움터를 넓게 열어주고 상대방이 도망치지 못하게 퇴로를 미리 차단할 심산이었다.

싸움터가 넓어지자, 위천망의 왼손 주먹 오른 손바닥이 마음 놓고 바람 소리를 휙휙 내면서 눈 깜짝할 사이에 7~8초나 공격을 퍼부었다. 하족도는 좌로 우로 미꾸라지처럼 빠져나갔다. 기막히도록 절묘한 회피 동작에 권격拳擊과 장격掌擊은 옷자락 한구석도 건드려보지 못한 채 번번이 빗나갔다. 그는 여전히 상대방에게 빼앗은 단검을 두 손바닥에 얹어놓고 있었다. 그럼에도 흡사 폭풍에 소나기처럼 숨 돌릴 틈도 없이 퍼붓는 공격을 막아내지도 않으면서 그저 몸짓만 슬쩍슬쩍 비틀어 상대방의 연속 공격을 하나하나씩 모조리 빗나가게 했다.

곽양은 나이가 어려서 무공 실력에 깊이는 없었지만, 그 날카로운 눈썰미로 상대방의 수준을 꿰뚫어보는 식견 하나만큼은 최고라 할 수 있었다. 그녀가 사귄 벗들 중에는 당대 일류급에 속하는 무림 고수들이 적지 않았기 때문이다. 하나 지금 하족도가 연출하고 있는 이 신법은 전혀 본 적도 들어본 적도 없는 신기한 것이었다. 마치 무거운 물체를 힘들이지 않고 거뜬히 들어 올리듯 날렵한 몸짓, 강맹하기 이를 데 없는 적의 공격 초식을 선뜻선뜻 피해내는 신법이 한마디로 절묘의 극치였다.

곽양은 뜯어보면 볼수록 신비감을 느꼈다. 이런 무공 신법은 중원의 명문 대파名門大派들이 자랑하는 무학과 전혀 다르긴 했지만 나름대로 일가를 이루고 있었다.

위천망은 연속 20여 초의 공격을 일방적으로 퍼부었으면서도 여전히 상대방의 반격이나 역공을 이끌어내지 못했다. 조급한 성격에 초조감이 들끓자, 그는 다시 들짐승처럼 으르렁거리면서 권법을 변화시켰다. 눈코 뜰 새 없이 퍼붓던 쾌속 공격이 돌연 물먹은 솜뭉치처럼 느릿느릿 펼쳐지기 시작했다. 그러나 주먹 힘은 여전히 응축되어 강하고 굳센 내공력이 담겨 있었다.

정자 한복판에 엉거주춤 서 있던 곽양은 그 무서운 주먹 바람이 점차 자기 몸뚱이까지 압박해오는 느낌을 받고 한 걸음씩 뒷걸음질 쳐서 정자 바깥쪽으로 밀려나갔다. 이때가 되어서야 하족도 역시 회피 동작만으로는 더 이상 안 되겠다 싶었는지, 단검을 허리띠에 꾹 질러 넣더니 두 다리로 우뚝 버티고 서서 냅다 호통을 쳤다.

"그쪽만 손이 있고 내 손은 없는 줄 아는가! 좋소, 강공으로 계속 나오시겠다면 소생도 뚝심을 쓰지!"

위천망의 쌍장이 밀어닥치자 기다리고 있던 왼 손바닥 일장이 반격으로 나갔다. 글자 그대로 뚝심으로 맞붙는 강공 대 강공이었다.

"뻥!"

흡사 바람 주머니가 터져 나가듯 요란한 굉음이 울렸다. 일순, 위천망의 몸뚱이가 휘청하는 듯싶더니 주춤주춤 뒤로 두 발짝 밀려났다. 하족도는 제자리에 꿈쩍도 않고 서 있었다.

위천망은 외문경공外門勁功으로는 당대에 적수가 별로 없노라고 자부하던 위인이었다. 그런데 오늘 이 자리에서 상대방의 단 한 차례 반격에 자신이 밀려 뒷걸음질 치게 될 줄이야. 그것도 상대방이 자신의 공세를 교묘하게 역이용한 것이 아니라 뚝심 하나만 가지고 정면으로 맞선 충격에 밀려났으니 보통 놀랄 문제가 아니었다. 이 정도로 승복할 수 없다고 다짐한 그는 숨을 한 모금 깊숙이 들이쉬더니 대갈일성을 터뜨리면서 다시 한번 쌍장을 쪼개 쳤다.

"이야압!"

칼날처럼 곧추세운 손바닥이 날아들자, 하족도 역시 대갈일성 기합으로 응수하면서 반격 일장을 마주쳐 보냈다.

"이얍!"

뒤미처 "우지끈" 하는 소리가 들렸다. 구멍이 뻥 뚫린 정자 건물 지붕에서 모래 섞인 흙먼지가 와르르 쏟아져 내렸다.

위천망은 다시 네 걸음이나 더 뒷걸음질 치고 나서야 겨우 말뚝박기로 중심을 잡을 수 있었었다. 두 차례 격돌이 끝난 뒤, 그의 몰골은 가관이었다. 띠가 풀어진 머리카락은 봉두난발, 까마귀 둥지처럼 헝클어지고 두 눈망울이 금방이라도 튀어나올 듯 험악하게 불거졌다. 양손으로 배꼽 아래 단전丹田을 감싸 안은 채 씨근벌떡 가쁜 숨을 몇 모금 토해내는데, 앞가슴은 움푹 들어가고 대신 아랫배가 큰북처럼 부풀어 나왔다. 숨 고르기를 할 때마다 전신의 뼈마디가 우두둑우두둑 소리를 내면서 또다시 한 발짝 한 발짝 천천히 하족도 앞으로 다가서기 시작했다. 이런 기세를 보자, 하족도 역시 만만히 볼 상대가 아니라 생각하고 자신도 숨 고르기로 진기眞氣를 끌어올리면서 차분히 적의 공세를 기다렸다.

이윽고 위천망이 뚜벅뚜벅 적의 정면 4~5보 앞까지 걸어 나왔다. 공격 초식을 발동하기 딱 알맞은 거리였으나, 어찌 된 셈인지 걸음은 멈추지 않고 다시 두 발짝 더 나온 뒤에야 멈춰 섰다. 결국 두 사람은 숨결이 맞닿을 정도로 가까워졌다. 그제야 위천망은 번개 벼락 치듯 쌍장으로 기습을 가했다. 일장은 상단으로 적의 면상을 후려치고, 다른 일장은 하단으로 상대방의 아랫배를 들이쳤다. 쌍장이 엇갈린 채 동시 공격으로 나온 의도는 오직 하나뿐, 적의 힘을 상하 양면으로 분산시키려는 데 있었다. 공격 초식의 기세나 장력 모두 맹렬의 극치를 이루었다.

하족도 역시 쌍장을 한꺼번에 밀어쳤다. 양팔이 엇갈린 자세로 왼 손바닥은 정면으로 상대방의 왼 손바닥과 맞부딪치고, 하단으로 비스듬히 뻗어나간 오른 손바닥은 아랫배를 노린 상대방의 오른 손바닥과 맞부딪쳤다. 그러나 장력은 한쪽은 강력하게 다른 한쪽은 부드럽게 힘을 안배했다.

위천망은 먼저 상대방의 아랫배를 공격하던 일장이 마치 허공을 때린 것처럼 허탈하고, 이어서 적의 면상을 후려치던 오른 손바닥이 흡사 철벽鐵壁에 부닥친 것처럼 꽉 막혀버린 느낌을 받았다. 그러고는 느닷없이 거대한 힘줄기가 부딪쳐오더니 그의 몸뚱이를 곧바로 정자 바깥까지 밀어 보냈다.

"우와앗!"

공중에 붕 뜬 채, 위천망의 입에서 경악에 찬 외마디가 여운을 길게 끌면서 주인 따라 정자 밖으로 뒤쫓아 나갔다.

강공 대 강공, 뚝심 대 뚝심 대결에서는 약자가 다치는 법. 중간에 돌이킬 여지는 실로 털끝만큼도 없었다. 이제 위천망이 말뚝박기로 버티고 서든지 아니면 곤두박질치든지, 자신이 쏟아낸 장력은 반탄력으로 돌아오게 마련이었다. 게다가 하족도의 장력까지 보태졌으니 피를 토하고 나가떨어져야 마땅했다.

"손으로 잡아!"

반천경과 방천로가 이구동성으로 고함치더니 일제히 도약해서 막내의 양 팔뚝을 하나씩 나눠 잡고 황급히 위쪽으로 끌어올렸다. 그러고 나서야 하족도의 강하고 굳센 장력을 가까스로 풀어버릴 수 있었다.

비록 겉으로는 상처를 입지 않았어도 위천망은 오장육부가 훌떡 뒤집히고 뼈마디 구석구석이 으스러질 듯 아파 숨 한 모금도 돌리지 못한 채 물먹은 소금 자루처럼 축 늘어졌다. 두 사형이 양 팔뚝을 부축해 주지 않았던들 그 자리에 맥없이 주저앉고 말았을 것이다.

딸기코 방천로는 사제가 이렇듯 크게 당하자, 속으로 놀라움과 분노가 한꺼번에 치밀었다. 그러면서도 불콰한 주정뱅이 얼굴에는 여전히 싱글벙글 웃음꽃을 피운 채 하족도를 향해 찬사를 던졌다.

"귀하의 장력이 실로 세상에 보기 드물게 막강하구려. 내 탄복했소! 진정 탄복해마지않소!"

한 곁에서 그 소리를 듣던 곽양은 속으로 도리질하면서 남이 알아듣지 못하게 입속으로 종알거렸다.

"장력이 웅후하고 강맹하기로 따진다면, 누가 우리 아빠의 항룡십팔장降龍十八掌에 미칠 수 있단 말인가? 별 볼일 없는 곤륜삼성 따위야 황량한 심산궁곡 외진 구석에 틀어박혀 우물 안 개구리가 하늘 쳐다보는 격으로 이불 속에서나 활개칠 줄 알 뿐이지! 언젠가는 당신네한테 중원 무림계 인물의 따끔한 맛을 보여주게 될 날이 있을 거야."

여기까지 종알거리고 났을 때, 그녀는 저도 모르게 흠칫 놀라고 갑자기 가슴이 찌르르해졌다. 방금 언젠가 방천로 같은 자들에게 호된 맛을 보여주어야 할 중원 무림계 인물로 아버지 곽정이 아니라 자신도 모르게 양과를 떠올렸던 것이다.

딸기코 방천로의 목소리가 들려왔다.

"이 늙은이가 재주는 없으나, 귀하께 검법으로 한 수 가르침을 받고 싶은데…….”

하족도가 내처 대꾸했다.

“방형은 곽 소저를 친절하게 대해주셨으니 소생도 원수 질 건더기가 없소이다. 우리 겨루지 맙시다.”

이 말에 곽양은 흠칫 놀랐다. ‘그렇다면 방금 천 자 항렬의 막내에게 혼뜨검을 내준 이유가 나한테 불친절하게 대했기 때문이란 말인가?’

상대방이 사양을 했는데도, 방천로는 두말없이 자기가 타고 온 애마 곁으로 걸어가더니 포대 자루에서 장검 한 자루를 꺼내 들었다. “쏴악!” 하고 장검이 칼집에서 거칠게 뽑혀나오는 소리가 들렸다. 손가락으로 칼날을 퉁기니 “위잉 윙!” 하는 용울음이 여운을 길게 끌면서 오랫동안 그치지 않았다.

방천로는 한 손으로 칼자루를 잡고 왼손으로 검결劍訣을 맺었다. 어느덧 웃음기는 싹 가시고 수평으로 밀어낸 손가락 검결이 위쪽을 가리키더니, 오른손의 칼끝도 하늘로 향한 채 꼼짝달싹도 하지 않았다. 바로 선인지로仙人指路 기수식이었다.

하족도가 입맛을 쩝쩝 다시며 고개를 주억거렸다.

“방형께서 정 손을 쓰시겠다니 하는 수 없군요. 그럼 나도 곽 소저의 단검으로 몇 초 시험해보리다.”

중얼거리면서 뽑아낸 단검은 반 토막짜리였다. 곽양이 호신용으로 지니고 다니던 이 단검은 애당초 칼날 길이가 1척(약 30.3cm)에 지나지 않았다. 그것을 위천망이 손가락으로 부러뜨린 뒤에는 겨우 7~8치만 남았을 뿐이었다. 게다가 예리한 칼끝 부분마저 몽땅 날아가버려 뭉툭해진 비수만도 못한 병기가 되고 말았다.

왼손에 칼집을, 오른손에 반 토막짜리 단검을 쥐고 잠시 칼날을 들여다보는 척하던 하족도가 느닷없이 선제공격으로 나갔다. 번개 벼락 치듯 순식간에 들이닥친 기습, 그것은 한마디로 쾌속 공격의 극치였다. 방천로는 그저 눈앞에 허연 그림자가 번뜩하는 것만 느꼈을 뿐인데, 하족도의 연속 공격은 벌써 3초를 끝낸 뒤였다. 부러진 칼날이 너무 짧은 탓으로 상처를 입히지는 못했지만 방천로의 놀라움은 이만저만 큰 것이 아니었다. '너무나 재빠른 쾌속 공격, 이걸 정말 무슨 수로 막아낸단 말인가? 도대체 이게 무슨 검법이지? 저 녀석 손아귀에 부러진 칼이 아니라 장검이 들렸다면, 지금쯤 나는 당장 피를 뿌리고 쓰러졌을 게 아닌가?'

3초 공격이 끝난 후, 하족도는 재빨리 한 곁으로 물러나더니 우뚝 선 자세로 숨을 죽인 채 꼼짝달싹도 하지 않았다.

이윽고 방천로의 반격이 개시되었다. 펼쳐지는 검법은 일면 수비, 일면 공격이었다. 원숭이보다 더 잽싼 몸놀림으로 육박해 들어가자, 하족도는 번뜻 몸을 뒤채어 맞대결을 피했다. 공세가 진정 걷잡을 수 없게 나올 때마다 반격하는 대신 그저 쾌속 3초를 소나기처럼 퍼부어 상대방의 팔다리가 허둥거리도록 몰아붙이고 갈피를 잡지 못하게 했을 뿐, 상대방이 정신을 가다듬었을 때는 벌써 도약 자세로 멀찌감치 피해나가고 있었다.

그러나 방천로 역시 검법의 대가였다. 하족도가 쾌속 3초를 끝내고 물러나 다음 공격을 기다리면, 그 역시 적수가 숨 돌릴 틈을 주지 않고 즉각 공세를 펼쳤다. 비좁은 정자 안에 서슬 푸른 검광이 번갯불처럼 난무했다. 전후좌우, 동서남북을 가리지 않고 쉴 새 없이 내뻗는 손길이 눈에 뜨이지 않을 정도로 민첩하기 짝이 없었다.

곽양은 그 검법을 유심히 눈여겨보았다. 초식을 쓰는 품이 매섭고 강맹 일변도로 나가는 점은 위천망의 권법, 장법과 동일했다. 그보다 다소 기민성이 앞섰을 뿐이나, 잔인하고 지독스럽기는 훨씬 더했던 것이다. 바야흐로 생각이 여기까지 이르렀을 때였다. 별안간 하족도가 냅다 호통을 쳤다.

"조심하시오!"

"……하시오!" 끝마디가 막 입에서 뛰쳐나오는 것과 동시에 왼손의 칼집이 번쩍 들리더니 전광석화보다 더 빠르게 앞쪽으로 내질렀다. 이어서 가볍게 "푹!" 하는 소리와 함께 칼집은 어느새 방천로가 내찌른 장검의 칼끝을 덮어씌웠고, 그와 때를 같이해서 오른손에 쥐어 있던 부러진 단검을 넘겨주듯 불쑥 내밀면서 칼날은 이미 상대방의 목젖에 닿아 있었다.

장검이 단검의 칼집에 꽂혀 자유를 잃은 마당에 어떻게 돌려막을 재간이 있겠는가. 방천로는 두 눈 멀뚱멀뚱 뜬 채로 자기 목젖에 닿아 있는 단검의 날을 굽어보고만 있을 따름이었다.

"에잇!"

순간적으로 결단을 내린 방천로가 장검을 포기하고 땅바닥에 뒹굴어 가까스로 그 일초를 피해냈다.

그가 미처 몸뚱이를 추슬러 일어나기도 전에 또 하나의 그림자가 번뜩 움직이는가 싶더니, 이번에는 대사형 반천경이 둘째 사제 대신 그 장검의 칼자루를 잡았다. 손잡이를 거머쥐자마자 이리 떨치고 저리 비틀다가 그대로 잡아 뽑으니 짧은 단검 칼집에 끼워져 있던 칼날이

쑥 빠져나왔다.

"와아, 기막힌 신법이군!"

하족도와 곽양 두 사람의 입에서 동시에 탄성이 터졌다.

누렇게 뜬 얼굴빛, 어딘가 모르게 병색을 띤 이 늙은이는 적수의 찬탄에도 시종 말 한마디 하지 않았다. 그러나 무공 실력은 사형제 셋 중 으뜸인 것은 분명했다.

하족도가 진정 어린 말투로 다시 한번 고개 숙여 찬사를 보냈다.

"귀하의 그 놀라운 솜씨, 소생은 감복해마지않소이다."

그러고는 고개를 돌려 곽양을 바라보았다.

"곽 소저, 일전에 소저의 탄주를 경청한 이래 감흥이 새로워져 소생도 한 곡 지어보았는데, 품평을 좀 해주셨으면 고맙겠습니다."

신곡을 지어 들려준다니 곽양도 귀가 솔깃해졌다.

"무슨 곡인가요?"

하족도는 대답 대신 즉석에서 땅바닥에 똬리를 틀고 앉더니, 거문고를 꺼내 무릎에 올려놓고 줄을 고르기 시작했다. 이제 곧 신곡을 탄주할 참이었다.

이때 반천경이 그 무거운 입을 열었다.

"귀하께서 내 사제 둘을 연패시켰으니 나도 한 수 가르침을 받아야겠소."

그러나 하족도는 등진 채 앉아서 뒤로 손사래를 쳤다.

"무공을 겨뤄보았는데 별 재미가 없더군요. 난 이제 곽 소저한테 거문고 한 가락 들려드려야겠소. 이건 새로 지은 곡인데, 여러분도 듣고 싶으시거든 앉아서 들으시지요. 흥미가 없거든 그만들 떠나시고……."

그러고는 왼손으로 일곱 줄을 이리저리 누르면서 오른손으로 퉁기기 시작했다.

곽양은 처음 몇 소절을 듣는 순간, 자기도 모르는 사이에 놀라움과 반가움이 솟구쳤다. 실로 놀랍게도, 그 신곡의 한 대목은 자신이 연주했던 《시경》 가운데 〈고반〉, 다른 대목은 역시 똑같은 《시경》이기는 하지만 엉뚱하게도 〈진풍秦風〉 가운데 〈겸가蒹葭〉•가 아닌가! 두 곡은 가락이 전혀 딴판인데도 그가 심혈을 기울여 한 대목으로 뒤섞어 변주한 것이다.

〈고반〉과 〈겸가〉 두 악곡은 이쪽에서 부르면 저쪽에서 응답하고 서로 그리워하며 화답하는 정경이 이루 말로 표현하지 못할 정도로 감동적이었다.

거문고 줄을 퉁기면서 나지막하게 읊조리는 소리, 그 역시 〈고반〉과 〈겸가〉가 서로 어우러져 엮어나갔다.

즐겁도다, 산골짜기에 숨어 사는 삶은	考槃在澗
큰 사람의 너그러운 모습이라.	碩人之寬
-〈고반〉	

갈대와 달빛 어우러지더니,	蒹葭蒼蒼
아침 이슬 어느덧 서리 되었네.	白露爲霜
이른바 저 사람은	所謂伊人

• 〈진풍〉은 《시경》 가운데 진秦나라 민요. 〈겸가〉의 '겸蒹'은 갈대, '가葭'는 달, 즉 '갈대와 달의 노래'라는 뜻이다.

저 강물 한 켠에 산다네. 在水一方
-〈겸가〉

큰 사람의 너그러운 모습이여, 碩人之寬
큰 사람의 너그러운 모습이여, 碩人之寬
-〈고반〉

강물 거슬러 올라가 만나자니, 溯洄從之
물길이 하도 험하고 멀어. 道阻且長
물결 따라 내려가보자니, 溯游從之
그 임은 물 한가운데 있는 듯. 宛在水中央
-〈겸가〉

홀로 잠자고 홀로 깨어 말하니, 獨寐寤言
아예 이 뜻 길이 잊지 않으리, 永失勿諼
아예 이 뜻 길이 잊지 않으리. 永失勿諼
-〈고반〉

갑작스레 곽양의 가슴이 두근거리더니 이어서 건잡을 수 없이 요동치기 시작했다. '혹시 저 거문고 가락 중에 '저 사람伊人'이 바로 나를 두고 하는 말은 아닐까? 운율의 가락이 어째서 저토록 서로 뒤얽혀 사모의 정으로 가득 찼을까?' 생각이 여기에 미치는 순간, 저도 모르게 얼굴이 화끈 달아오르고 발갛게 상기되었다.

1. 아득한 저 하늘가, 그리운 임 잊지 못하니

하족도가 새로 지은 이 곡은 실로 교묘하게 짜여 있어 〈고반〉과 〈겸가〉 두 수의 시와 가락이 지닌 원뜻을 털끝만큼도 다치지 않은 채, 서로 들쑥날쑥하면서 부르고 응답했다. 그 조화로운 화창和唱이야말로 아득히 멀리 떨어져 있는 '저 사람'을 저절로 연상시킬 만큼 풍부하고도 애틋한 감정을 잃지 않고 있었다.

곽양이 받은 감동은 그녀 자신을 노랫가락 속의 주인공으로 바꿔놓고 그리움에 몸부림치는 한 많은 처녀로 변화시켰다. 지금까지 20년 세월도 못 살아본 그녀였지만, 그 시절 중에서나마 이런 악곡을 들어본 적이 한 번도 없었던 것이다.

반천경 패거리 세 사람은 거문고 가락이 "딩둥딩둥" 울리는 소리를 귀로 들으면서도 이해하기는커녕 반 톨도 알아듣지 못했다. 하족도란 위인이 다소 광기를 띠고 딸깍발이 샌님들처럼 한군데 미쳐서 빠져들면 헤어나지 못하는 기질의 소유자라는 것도 알아채지 못했다. 또 새로운 곡을 만든 이상 어떻게 해서든지 곽양에게 들려주고 싶어 허위단심 뒤쫓아왔다는 사실도 물론 알지 못했다. 하물며 이 편곡이 오로지 그녀만을 위해 지은 것인 만큼 그 밖의 다른 일일랑은 아예 뒷전으로 던져놓고 신곡 연주에만 몰두해 있다는 사실도 알 턱이 없었다.

그들은 그저 하족도가 거문고 탄주에만 정신이 팔린 채, 자기네 세 사람은 안중에도 두지 않는 것을 보자 극도의 모멸감을 느꼈다. 이러니 제아무리 참고 싶어도 참을 도리가 있겠는가.

멸시를 당했다고 오해한 세 사람 가운데 맏이 격인 반천경이 장검으로 하족도의 왼쪽 어깨를 두어 번 꾹꾹 찔러대면서 버럭 호통을 쳤다.

"어서 썩 일어서지 못하겠느냐! 나하고 한번 겨뤄보자니까!"

그러나 하족도의 온 신경은 자신이 탄주하는 거문고 가락 운율에만 깊숙이 빠져 있을 따름이었다. 지금 그의 눈앞에는 어느 성질 급한 미치광이 선비 하나가 산골짜기 냇가를 기분 내키는 대로 떠돌아다니고 있었다. 멀리 내다보니 강물 한복판, 아니 강 건너 아담하게 작은 섬 물가에 온화하고 부드러운 처녀가 손짓하며 부르고 있었다. 이리하여 산등성이 가리고 강물이 가로막힌 길을 한달음에 고개 너머 강을 건너 달려가 그녀를 만나볼 생각뿐인데 갑자기 왼편 어깻죽지가 뜨끔해졌다. 운율 속에 빠져 헤매던 하족도가 깜짝 놀라 깨어났다.

흠칫 고개를 들고 바라보니 반천경의 장검 끝이 자기 어깻죽지에 닿아 있었다. 가볍게 찔려 살갗만 조금 찢겼을 뿐이지만, 이제 막아내지 않을 경우에는 기다란 칼날이 통째로 찔러들 참이었다. 그러나 우아한 거문고 탄주는 아직도 끝을 맺지 못한 상태였다. 그런데 속된 잡것들이 곁에서 시끄럽게 훼방을 놓다니 그야말로 살풍경이 아니고 뭐란 말인가?

그는 벌컥 신경질이 났다. 왼손이 당장 반 토막짜리 단검을 뽑아내더니 "땅!" 소리가 나도록 거세게 반천경의 장검을 쳐서 밀어냈다. 오른손은 여전히 거문고 줄을 멈추지 않고 뜯고 있었다.

하족도는 마침내 평생 동안 갈고닦은 절기를 혼신의 기력을 다해 드러냈다. 오른손으로는 거문고 탄주를, 왼손으로는 검법을 구사하고 있는 것이다. 하지만 가락을 맞추려면 왼손으로 줄을 누르고 퉁겨야 하는데, 그 손이 칼부림을 하다 보니 거문고 줄을 어루만질 도리가 없었다. 그는 기상천외한 방법으로 공력을 응축시켜 다섯 번째 줄에 쏟아부었다. 숨결을 토해내자, 무형의 힘을 받은 거문고 줄이 손가락으로 누른 것처럼 움푹 들어가, 결국은 손가락으로 누른 것이나 다름없게 되었다. 한 손으로만 퉁기는 거문고 탄주였으나, 장단 가락 높낮이가 천연덕스레 이어져서 듣는 이에게 전달하고 싶은 뜻을 아낌없이 전할 수 있었다.

"쨍그랑, 쨍, 쨍!"

반천경의 급속 공격이 2~3초 잇따랐으나 하족도는 손길 나가는 대로 척척 막아 쳐냈다. 부릅뜬 두 눈망울은 거문고 줄을 응시한 채, 혹시라도 쏟아붓는 숨결 한 모금 한 모금이 자리를 제대로 맞추지 못해 장단 가락이 흐트러질까 봐 두려워하는 듯했다.

공격이 막히면 막힐수록 반천경의 분노도 불길처럼 번지고 검초 역시 급박해졌다. 하나 장검이 어느 방향으로 찔러들든 하족도의 왼손에 잡힌 단검이 여지없이 막아내곤 했다.

거문고 소리를 들으면서 곽양의 가슴속에는 어느덧 음악이 냇물처럼 흐르고 있었다. 반천경이 장검을 휘둘러 질풍노도같이 퍼붓는 공세 따위가 눈에 들어올 리 없었다. 다만 귀에 거슬리는 것은 쌍검이 엇갈릴 때마다 빚어내는 쇳소리가 거문고의 음률을 어지럽히고 있다는 점이었다. 그녀는 손뼉을 가볍게 쳐서 장단 박자를 맞추기 시작했다. 그러곤 이맛살을 찌푸리고 반천경에게 악을 썼다.

"당신, 그 공격이 너무 느려빠졌어! 박자도 맞지 않고……. 혹시 음률이란 걸 반 톨도 모르는 음치 아냐? 젠장! 이 장단 박자가 안 들리나 보네? 한 박자에 한 칼씩만 거문고 가락에 끼어들면 좋잖아요!"

반천경은 그녀가 무슨 소리를 지껄이는지 알아들을 수 없었다. 눈앞의 적수는 땅바닥에 주저앉아서 그저 한 손으로 부러진 단검을 잡은 채 눈빛은 거문고 줄만 뚫어져라 응시하고 있는데, 자기는 이런 적수를 어쩌지 못하고 있으니 더욱 초조해졌다. 또 한차례 공세가 좌절되자, 검법이 순식간에 바뀌어 이번에는 수레바퀴 돌아가듯 정신없이 쾌속 공격을 퍼붓기 시작했다.

"쨍그랑, 쨍그랑! 쨍! 쨍! 쨍!"

병기들끼리 맞부딪치는 날카로운 쇳소리가 한바탕 폭우로 변해 숨막힐 듯 메아리쳤다. 거문고를 촉박하게 마구 뜯어대는 것처럼 시끄럽고 난잡한 쇳소리, 그것은 이때껏 부드럽고 따뜻하게 면면히 이어지던 운율과 부조화를 이루었다. 일순, 하족도의 양 눈썹이 꿈틀하더니 부러진 칼에 공력을 주입시켰다.

"쩡!"

반천경의 수중에서 미쳐 날뛰던 장검이 두 토막으로 뚝 부러졌다. 그와 동시에 거문고 일곱 줄 가운데 다섯 번째 줄도 "쨍!" 하는 소리와 함께 툭 끊기고 말았다.

반천경의 안색이 죽은 잿빛으로 변했다. 애당초 말이 없던 사람이라 역시 한마디도 없이 돌아서서 정자 바깥으로 걸어 나갔다. 세 사람은 말안장에 올라타고 산 위를 향해 급속도로 치닫기 시작했다.

"어? 이상하네요. 저들은 싸움에 지고 내려왔을 텐데 어째서 다시 소림사로 올라가지? 정말 죽으려고 환장했나 봐."

곽양이 뜨악한 기색으로 중얼거리면서 고개를 돌려보니, 하족도의 얼굴이 온통 수심으로 가득 차 있었다. 손으로 거문고를 어루만지면서 뭐라 말 못 할 서글픔에 잠겨 있는 것이다.

곽양은 거문고 줄이 끊어져서 그러려니 싶었다. '그게 뭐 대수로운 일이라고 저렇게 상심하는지 모르겠군.' 그래서 대뜸 그 무릎에서 거문고 틀을 끌어다가 반 동강 난 줄을 풀고 예비로 감아놓았던 줄을 당겨 제자리에 이어놓았다.

"딩동딩동."

조율까지 마치고 퉁겨보니 원래 소리가 났다. 곽양은 되었다는 듯이 하족도를 돌아보았다. 그런데 어인 일인지 하족도는 고개를 절레절레 내두르면서 땅이 꺼져라 하고 깊은 탄식을 내뱉었다.

"여러 해를 두고 닦아온 보람이 헛것이었어. 마음의 평정을 끝내 지키지 못하다니……. 그자의 칼을 부러뜨리느라 왼손에 공력을 쏟아부었는데, 오른손에까지 힘이 들어가 거문고 줄마저 끊어뜨리고 말았네!"

곽양더러 들으라는 것인지 혼잣말인지 알 수는 없었으나, 아무튼 왜 의기소침한 기색인지 알 만했다. 이 사내는 지금 자신의 무공이 순수한 경지에 오르지 못해 번민하고 있는 것이었다. 곽양은 일부러 웃음을 터뜨렸다.

"당신은 왼손으로 저 사나운 적에게 급속 공격을 퍼붓고, 오른손으로는 마음 편하게 느긋이 거문고를 뜯었죠? 그게 바로 분심이용법分心二用法이란 거예요. 현세에 딱 세 사람만이 할 수 있는 절기죠. 그 경지에 이르도록 수련하지 못한 바에야 섭섭하게 여길 것도 없잖아요?"

이 말에 하족도가 흠칫 놀라 되물었다.

"세 사람이라니?"

곽양은 손가락을 꼽아 보이면서 하나씩 일러주었다.

"첫째 분은 노완동 주백통이고, 그다음은 우리 아버님이시고, 셋째 분은 양과 오라버니의 부인 되시는 소용녀지요. 그 세 분을 제외하고는 우리 외할아버지 도화도 주인이나 어머니, 하다못해 신조대협 양과 오라버니 같은 분들조차 무공이 아무리 높다 해도 분심이용법을 쓰실 줄 몰라요."

하족도가 혀를 내둘렀다.

"세상에, 그런 기인들이 다 있다니! 언제 나한테 소개해주지 않겠소?"

이 요구에 곽양은 또 마음이 울적해졌다.

"제 아버님을 만나뵙기는 어렵지 않아요. 하지만 나머지 두 분은 어디 가서 찾아야 할지…… 저도 몰라요."

그러나 하족도가 방금 제 손으로 거문고 줄을 끊고 자신의 부족한 공력이 부끄러워 넋 잃은 표정으로 있는 걸 보니, 공연히 안쓰러운 마음이 들어 위로 겸해서 화두를 딴 데로 돌렸다.

"그래도 당신은 일거에 곤륜삼성을 이겼잖아요? 그만 해도 당세에 손꼽힐 만한 실력자이신데, 거문고 줄 하나 끊어진 걸 가지고 뭘 그리 언짢아하시는 거예요?"

다음 순간, 하족도가 깜짝 놀라더니 내처 반문했다.

"아니, 곤륜삼성? 지금 뭐라고 했소? 곽 소저, 당신이 곤륜삼성을 어떻게 알고 있소?"

곽양은 피식 웃으면서 심드렁하게 대꾸했다.

"방금 저 세 늙은이가 서역 땅에서 왔다고 하지 않았어요? 그러니 바로 곤륜삼성일밖에. 저자들의 무공 수준에 비범한 점은 있지만, 그래도 소림사에 도전하기에는 너무 실력이 모자라 보이더군요. 제 분수들도 모르고……."

말끝을 맺으려다 흘끗 돌아보니, 하족도의 표정이 점점 놀랍고 의아스러운 표정으로 바뀌었다.

"아니, 뭐가 잘못되었어요? 이상야릇한 표정이시니……."

그녀가 의아해하며 묻자, 하족도는 혼잣말하듯 같은 말을 되뇌었다.

"곤륜삼성이라, 곤륜삼성……."

그러고는 한참 침묵 끝에 불쑥 한마디 던졌다.

"그건 바로 나요."

이번에는 곽양이 깜짝 놀랐다.

"뭐라고요? 당신이 곤륜삼성? 그럼 나머지 두 분은 어디 있죠?"

"곤륜삼성은 애당초 나 한 사람뿐이지, 세 사람이 아니오. 내가 서역 땅에서 천둥벌거숭이로 날뛰다 보니 그런 보잘것없는 별명이 따라붙은 거요. 내가 거문고, 검술, 바둑에 미쳐 있으니까 그곳 친구들이 나더러 세 가지 절기에 통달했다고 해서 '삼절三絶'로 일컫고, 내게 '금성琴聖' '검성劍聖' '기성棋聖'이란 이름을 붙여주었소. 또 내가 곤륜산맥 산중에서 오랜 세월 기거했더니 아예 곤륜삼성이란 별명으로 바뀌어 버린 거요. 하지만 내 가만 생각해보니, 그놈의 '거룩할 성聖' 자가 어디 강아지 이름처럼 쉽사리 붙일 수 있는 거요? 남들이야 날 떠받들고 미화시키느라 그런 별명을 달아주었겠지만, 나 스스로 부르기에는 자격이 없다고 생각했소. 그래서 이름을 바꿔버렸지. '족도足道'라고……. 본래 성이 '하何'씨였으니까, 곽 소저도 그것들을 붙여서 읽어보시구려. '곤륜삼성 하족도'라! 이쯤 되면 알 만하시겠지? '곤륜삼성이라니, 말도 안 되는 소리'란 뜻이니까. 남들이 들으면 내가 자존망대自尊妄大

하는 미치광이가 아니란 걸 알아줄 거요!"

곽양이 손뼉까지 쳐가며 까르르 웃었다.

"그랬군요, 그랬어! 난 또 곤륜삼성이라기에 세 사람인 줄 알았죠. 그럼 조금 전 그 세 늙은이는 누굴까요?"

하족도는 한마디로 궁금증을 풀어주었다.

"그 사람들 말이오? 그들은 소림파 사람들이지."

이쯤 되면 곽양이 더욱 놀랄 수밖에 없었다.

"그 세 늙다리들이 소림파 제자란 말인가요? 어쩐지 무공이 강맹 일변도로 나가는가 싶더니 역시 그랬군요! 얼굴 벌건 딸기코 영감이 쓴 검법은 달마검법達摩劍法? 옳아, 맞아! 그리고 병색을 띤 영감이 마지막으로 쓴 급속 공격은 위타복마검법韋陀伏魔劍法 아닌가? 여러 가지로 변화를 많이 보태서 내 금방 알아보지 못했던 거야. 한데 소림파 제자들이 어째서 서역 땅에서 왔는지 모르겠군요."

고개를 갸우뚱하며 혼잣말로 주저리주저리 온갖 의문을 풀어나가다 그만 여기서 딱 막히고 말았다.

해답은 즉시 하족도의 입에서 나왔다.

"이번 일은 사연이 좀 있소. 지난해 봄이었던가, 나는 곤륜산 경신봉驚神峰 정상에서 초막을 짓고 들어앉아 거문고 탄주법을 수련하고 있었소. 그런데 어느 날 초막 바깥에서 격투하는 소리가 들리기에 나가 보았더니 웬 낯모를 사람 둘이서 한 덩어리로 뒤엉켜 싸우고 있지 않겠소? 어디서 다쳤는지 모르겠으나, 저마다 치명상을 입은 몸이면서도 사력을 다해 서로 상대방을 죽이려 했소. 내 아무리 싸움을 그치라고 악을 썼지만 막무가내로 들은 척도 않기에 내가 들어서서 떼어 말렸소. 그랬더니 한 사람은 곧장 눈이 뒤집혀 숨이 끊겼고, 또 한 사람은 그나마 숨결이 붙어 있기에 초막으로 데려다가 소양단少陽丹을 한 알 먹여놓고 반나절 동안 치료해주었소. 하나 잠시 제정신이 드는 듯싶더니 끝내 죽어버리고 말았소. 상처가 워낙 중해서 기사회생시킨다는 영단靈丹으로도 살려낼 도리가 없었던 거요. 숨이 끊기기 전에 자기 이름을 밝히더군요. 윤극서라던가…….”

“아……!”

끝말을 듣는 순간, 곽양의 입에서 가볍게나마 놀라운 외마디가 터져 나왔다.

“그렇다면 그 사람과 싸우다 먼저 죽은 사람이 혹시 소상자라고 하지 않던가요? 깡마른 몸집에 키가 훌쩍 크고 얼굴 생김새는 강시처럼 뻣뻣하게 굳었을 텐데……. 그렇죠?”

이번에는 하족도가 두 눈이 휘둥그레졌다.

“그렇소. 한데 곽 소저가 어떻게 그자들을 다 아시오?”

“나도 그 애물 덩어리들을 본 적이 있거든요. 둘이서 늘 붙어다니더니 끝내는 서로 싸우다 죽을 줄이야 생각도 못 했군요.”

하족도는 다시 설명을 계속했다.

“그 윤극서는 임종 때가 되어서야 평생을 두고 악한 짓만 저지른 것이 후회막급인 모양이었소. 때는 늦었지만 말이오. 그래서 나한테 유언을 남겼소.”

윤극서와 소상자는 3년 전 소림사에서 경전 한 권을 훔쳐냈다고 했다. 하족도의 설명에는 언급되지 않았으나, 곽양은 그것이 《능가경》이란 사실을 알고 있었다.

아무튼 두 사람은 경전을 훔쳐낸 이후부터 서로 상대방을 믿지 못하고 경계하기 시작했다. 상대가 먼저 그 불경 안에 감춰진 무공비급을 읽고 자기보다 강한 고수가 되어 해칠까 봐 겁이 났기 때문이다. 그래서 서로 상대방이 자기를 처치해버리고 불경을 독차지하지 않을까 전전긍긍하면서, 한 식탁에 앉아 밥 먹고 한 침상에 누워 잠자며 한 치 걸음도 곁에서 떠나지 않았다. 조금이라도 방심했다가는 언제 어느 때 상대방에게 독살당할지, 암습을 당해 죽을지 모르는 일이라, 밥 먹을 때에나 잠을 자면서도 가슴이 철렁철렁 내려앉고 꿈자리마저 사나웠다. 게다가 소림사 승려들에게 추격까지 당하자, 멀리 서역 지방으로 도망쳐가기 시작했다.

그러나 두 사람이 곤륜산 경신봉에 이르렀을 때쯤에는 모두 심신이 탈진 상태에 빠졌다. 이렇게 마냥 달아나다가는 지쳐서 멀쩡하게 객사를 면치 못하리라 생각하고, 각자 나름대로 상대방의 암습과 감시에서 벗어나 마음 편하게 혼자 탈주할 궁리를 세웠다. 문제의 《능가경》도 물론 제것으로 만들어 홀가분하게 도망칠 심산이었다.

마침내 곤륜산 경신봉 정상에서 두 사람 사이에 목숨을 건 결투가 벌어졌다. 윤극서 말로는 소상자의 무공 수준이 자기보다 한 수 윗길이라고 했으나, 윤극서가 요행으로 먼저 기회를 잡아 상대방에게 일격을 가할 수 있었다. 뜻밖에 선제공격을 당한 소상자는 예상을 뒤엎고 반격력이 무뎌져 있었다. 나중에 깨달은 사실이지만, 그는 3년 전 화산 절정봉에서부터 추격해온 각원대사를 역습했다가 도리어 각원의 반격에 중상을 입은 뒤로, 시종 원기를 회복하지 못했던 것이다.

그 결과, 윤극서는 다소나마 우세를 차지할 수 있었고 피차 양패구상兩敗俱傷을 당한 상태에서도 소상자보다 숨이 끊기는 시각이 늦었던 것이다.

"아무튼 두 사람은 완전 탈진 상태에서 그 추운 곤륜산 절정까지 기어 올라왔소. 몸들이 성하고 피차 거리끼고 경계할 일만 없었다면, 눈과 얼음으로 뒤덮여 험난하기 짝이 없는 곤륜산 꼭대기까지 허우적대며 오르지도 않았겠지요."

하족도의 얘기를 들으면서 곽양은 그들 두 친구가 원수지간이 되어 서로 목숨을 노리고 몇 날 며칠 밤을 전전긍긍 가슴살이 떨리고, 밤마다 꿈속에서 가위에 눌려 소스라치며 함께 도망치는 여정을 머릿속에 떠올려보았다. 서로 견제하고 암습할 기회를 노리고, 하루 세끼 먹는 음식에 독약을 타지 않았을까 겁이 나서 젓가락을 먼저 대지 못한 채 상대방의 눈치를 살피고, 죽는 그 순간까지도 서로 떨어지지 않으려 몸부림쳤을 두 사람을 생각하니 저도 모르게 연민의 정이 우러나 탄식을 금치 못했다.

"책 한 권 때문에 그토록 모질었어야 했을까? 도대체 무슨 값어치가 있기에 그 지경으로 비참하게 죽는단 말인가?"

곽양이 깊은 상념에 빠져드는 것을 보고 하족도는 잠시 기다려주었다가 뒷얘기를 계속했다.

"윤극서는 여기까지 말한 뒤 이미 기력이 모두 소진되어 숨을 쉬지 못하는 상태에 이르자, 마지막 유언으로 나더러 자기 대신 소림사를 찾아가달라고 애걸했소."

"뭐라고 했는데요?"

곽양은 궁금증을 이기지 못해 안달이 나서 채근했다.

"소림사 각원대사란 승려를 만나 이런 말을 전해달라는 것이었소. '경전은 기름……에 싸서, 원……'이라고 말이오. 내가 이상해서 무슨 경전이 '기름…… 원……'에 들어 있느냐고 물으려는 순간, 그는 기절하고 말았소. 나는 그가 깨어나면 다시 자세히 물어보려고 했는데, 결국 그는 깨어나지 않았소. 혼절한 상태에서 그대로 숨이 끊겨 죽어버린 거요. 나는 그가 말한 경전이 '기름' 먹인 보자기에 들어 있는 것은 아닐까 싶어 두 시신을 샅샅이 뒤져보았지만, 경전은커녕 그 유언의 단서가 될 만한 것조차 나오지 않았소. 하지만 죽어가는 사람의 마지막 부탁이라 인정상 그냥 저버릴 수가 없어, 그 말 몇 마디 전해줄 요량으로 여행길에 올랐소. 게다가 난 이 세상에 태어난 이래 지금까지 한 번도 중원 땅을 밟아본 적이 없기에, 유람 삼아 소림사를 찾아왔던 거요."

"그렇다면 소림사에는 왜 도전장을 내고, 그들과 무예 시합을 요구하셨죠?"

"그건 방금 여기서 떠난 세 사람과 관련된 일이오. 그들은 서역 소림파 속가 제자들인데, 서역 무림계 인사 얘기로는 모두 '천' 자 항렬에 속한다고 했소. 그러니까 여기 소림사 방장 스님인 천명선사와는 동배同輩인 셈이지요. 서역 소림파를 창건한 사조師祖는 본래 이곳 숭산 소림사 승려였는데, 어떤 일로 서로 의견 충돌을 일으키고 한때 분노를 이기지 못해 서역 땅으로 가서 그곳에 또 다른 소림의 지파支派를 세웠다고 합디다. 사실 따져보면 소림파 무공은 서역 천축天竺에서 달마조사가 중원 땅에 전한 것이니까, 그것이 다시 서역에 전해졌다고 해서 뭐 이상할 것도 없겠지요."

하족도는 여기서 말을 끊고 잠시 기억을 더듬더니 설명을 계속해나갔다.

"조금 전 떠난 그들 세 사람은 서역 땅에 있을 때 곤륜삼성이란 내 별명을 전해 듣고 나와 한번 겨뤄볼 심산으로 서역 일대에 악선전을 퍼뜨려 나를 도발했소. 그러니까 하족도가 거문고, 바둑에 대해 '금성' '기성'이란 명칭을 갖는 것은 상관하지 않겠으나, '검성'이란 명칭만큼은 용납할 수 없다, 그러니 그 명칭을 떼고 그저 '곤륜이성'으로 행세하는 건 무방하지만 곤륜삼성은 절대 안 된다, 이 말이었소. 때마침 나는 윤극서의 마지막 부탁도 있고 해서 어차피 소림사를 찾아갈 작정이었는데 이들의 도전을 받게 되자, 두 가지 일을 한꺼번에 처리할 속셈으로 인편에 그들더러 이곳 소림사에서 만나자는 전갈을 보냈던 거요. 그리고 곧바로 중원 땅에 들어왔는데, 저들 세 분 형씨께서도 나하고 앞서거니 뒤서거니 사이좋게 도착했지 뭐요."

그제야 곽양은 모든 의문이 풀리는 기분이 들었다. 그녀는 멋쩍게 웃으면서 감회를 얼버무렸다.

"역시 그랬던 것을……. 내 추측이 모두 빗나간 셈이군요. 그 세 늙은이가 지금쯤 소림사에 돌아가서 뭐라고 말장난을 하고 있을지 모르겠네……."

하족도가 단언을 했다.

"나는 소림사 승려들과 일면식도 없거니와 또 무슨 알력이 있는 것도 아니오. 소림사 측에 '열흘 후'라고 약정한 것은 이들 세 사람이 뒤쫓아올 시간적 여유를 주기 위해서였소. 그런데 이제 저들과 겨뤄보았으니 그들이 뭐라고 하든지 간에 일 하나는 끝낸 셈 아니오? 자, 우리 함께 소림사에 올라가서 전할 말이나 전해주고 곧바로 이 산을 내려 갑시다."

이 말에, 곽양은 고개를 흔들었다.

"저는 안 돼요. 소림사 승려들은 규칙이 몹시 까다로워서 여자는 절간에 들어서지 못하게 한다네요."

곽양은 새삼 열흘 전의 사건을 떠올리고 이맛살을 찌푸렸다. 그러나 하족도는 그 말을 바로 무시해버렸다.

"흠, 무슨 얼어 죽을 놈의 규칙이 그리도 까다롭단 말이오? 그렇다면 우리가 더욱 들어가야지! 우격다짐으로 쳐들어간다고 해서 설마 사람을 죽이기야 하겠소?"

곽양은 아무리 남의 일에 참견하기 좋아하고 제멋대로 일을 저지르는 말괄량이라 하더라도 무색선사와 교분을 맺은 데다 또 소림사에 대해선 아무런 적대감도 품지 않은 터라 하족도의 권유에 고개를 흔들어 보였다.

"난 그저 산문 바깥에서 기다리고 있겠어요. 혼자 들어가셔서 말씀이나 잘 전하고 나오세요. 공연히 시끄러운 일이 벌어지지 않게 말이죠."

하족도 역시 굳이 강권하지 않고 선선히 고개를 끄덕였다.

"좋소, 그리합시다! 조금 전에 탄주하던 새 곡을 다 끝내지 못했으니, 내 곧 돌아와서 마저 들려드리리다."

각원이 양손으로 멜대 줄을 붙잡은 채 훌쩍 떨치자, 철통 속에 가득 담겼던 맑은 물이 모조리 쏟아져 나왔다. 그는 여전히 빙글빙글 맴돌면서 철통 두 개를 지면 쪽으로 기울였다. 그러고는 앞에 서 있던 곽양을 덥석 움켜다 왼쪽 철통에 집어넣었다. 그다음에는 장군보를 움켜 오른쪽 철통에 담았다. 연거푸 일고여덟 차례 맴도는 동안, 거대한 철통 한 쌍이 그의 웅후하기 비할 데 없는 내공력을 받아 허공에 "위잉 윙! 위잉 윙!" 거센 바람 소리를 일으키면서 거의 수평으로 돌아갔다. 전후좌우로 에워싸고 다가들던 달마당 열여덟 제자들은 더는 견디지 못하고 뿔뿔이 흩어지면서 이리저리 피하느라 정신이 없었다.

2. 무당산 최고봉에 송백은 길이 푸르네

두 사람은 느긋하게 산길을 따라 올라갔다.

곧바로 절간 산문 앞에 다다랐으나, 어찌 된 일인지 사람이라고는 그림자 하나 비치지 않았다.

산문에서 으레 손님을 접대하는 지객승知客僧조차 얼굴을 내밀지 않으니 하족도 역시 마음이 바뀌었다.

"나도 들어가지 않으리다. 어느 분이신지 그 각원 스님이나 불러내 말 한마디 전하면 그만이니까."

이어서 목청을 돋우어 절간 안을 향해 큰 소리로 외쳐 불렀다.

"곤륜산 하족도가 한 말씀 드릴 것이 있어 소림사를 방문했소!"

말끝이 막 떨어지자 절간 안 10여 군데 종루에서 거대한 동종銅鐘이 한꺼번에 울리기 시작했다.

"뎅, 뎅, 뎅…… 뎅! 뎅! 뎅!"

요란한 종소리가 적막강산 뭇 봉우리들을 진동시켜 일제히 메아리쳤다.

돌연, 절간의 산문이 활짝 열리면서 잿빛 승포僧袍를 걸친 스님들이 좌우 양편에 두 줄로 늘어서서 나타나기 시작했다. 왼편에 쉰넷, 오른편에 쉰넷, 모두 합쳐 108명이었다. 그들은 나한당 제자들로서 백팔나한百八羅漢의 숫자에 맞춘 것이었다.

그 뒤를 따라서 18명의 승려가 나타났다. 나한당 제자들보다 나이가 윗길이라 잿빛 승포 위에 옅은 황색 가사를 걸쳤다.

잠시 뒤 승포에 격자무늬 가사를 걸친 노승 일곱 명이 나타났다. 하나같이 얼굴에 온통 주름살이 잡힌 것이 연세가 적어도 일흔 살, 많게는 아흔 살 고령인 듯싶은데, 바로 심선당心禪堂 일곱 원로였다.

그런 다음에야 소림사 방장 스님 천명선사가 느린 걸음걸이로 천천히 나타났다. 왼쪽 첫머리에는 달마당 수좌 무상선사 어른, 오른쪽 첫머리에는 나한당 수좌 무색선사가 서 있었다. 반천경, 방천로, 위천망 세 사람이 뒤따르고 마지막으로 70~80명쯤 되어 보이는 소림파 속가 제자들이 따라나섰다.

그날, 하족도가 나한당에 잠입해서 항룡나한 부처님의 손바닥에 도전장을 남겨놓았을 때 보인 무공 실력은 방장 스님을 비롯해 나한당 수좌 무색과 달마당 수좌 무상의 가슴을 놀라움과 분노로 뒤흔들어놓았다. 그리고 다시 2~3일 뒤에 반천경 일행 셋이 서역 땅에서 허둥지둥 쫓아와 곤륜삼성과 소림사에서 무공을 겨루기로 약속했다는 말을 전했을 때 절간 승려들의 경계심은 더욱 높아졌다.

서역 소림 지파는 길이 워낙 아득히 먼 까닭에 지난 몇십 년 이래 중원 소림사와 왕래하는 일이 거의 없었다. 그러나 중원 소림사 고승들은 오래전 머나먼 서역 땅으로 건너가서 그곳에 지파를 세운 사숙조師叔祖 고혜선사苦慧禪師의 무공 실력이 초인적 경지에 이르렀다는 사실, 따라서 그에게 무공을 전해 받은 도제徒弟나 도손徒孫들 역시 대를 이어 비범한 무공의 소유자라는 사실을 잘 알고 있었다.

반천경 일행에게서 곤륜삼성에 대한 얘기를 들었을 때, 소림사 측은 털끝만큼이나마 얕잡아볼 생각이 싹 가셔 사찰 안팎의 경계 태세를 한층 더 굳혀놓고 이 골치 아픈 불청객이 왕림하기만을 기다렸다. 속담에 "착한 사람은 오지 않고, 오는 작자들마다 못된 녀석善者不來 來者不善"이라더니, 지금 이때 소림사의 경우가 바로 그런 격이었다. 방장 스님은 법지法旨를 내려 소림사 500리 이내에 거처하는 속가 제자들까지 모조리 불러들여 절간에 대기시켰다.

당초 스님들 역시 곤륜삼성이 세 사람인 줄로만 알고 있다가, 나중에 반천경 일행의 말을 듣고서야 고작 한 사람뿐이라는 사실을 알게 되었다. 생김새가 어떤지 나이는 또 얼마나 들었는지, 반천경 일행도 별로 아는 바가 없었다. 그저 그 사람이 거문고와 검술, 바둑 '삼절'로 자처한다는 것밖에 아는 것이 없었다.

거문고와 바둑, 이 두 가지 기예로 말하자면 불문 선종에서 마음을 쏠리게 하고 성품을 게을리한다 해서 크게 꺼리는 잡기였다. 따라서 소림사 승려들 가운데 이런 잡기에 전념하는 이는 극소수였고, 하족도가 금도琴道에 빠졌든 기도棋道에 미쳤든 전혀 관심이 없었다. 다만 검술에 정통한 소림사 고수들만이 평소 끊임없이 검을 단련해온 터라 제멋대로 '검성'이란 칭호를 쓰는 이 미치광이 작자와 어떻게 해서든지 한번 겨뤄보고 싶어 단단히 벼르고 있었다.

반천경을 비롯한 사형 사제 셋은 이 사태가 애당초 자신들이 도발한 탓으로 야기된 것이기에, 그 해결 또한 자기네 손으로 마무리 지어야겠다고 생각했다. 그래서 중원 소림사에 당도한 그날부터 날마다 말을 타고 달려 나가 소실산 앞뒤를 구석구석 뒤져가며 감시해왔다. 우선 금도, 검도, 기도의 '삼성'이라 자칭하는 이 미치광이 작자가 소실산에 모습을 드러내기 전에 발견해서 중도에 미리 붙잡아 소림사 문턱에는 발도 들여놓지 못하게 거꾸러뜨려서 돌려보낸 후, 다시 절간으로 돌아가 소림사 승려들과 무공 실력을 겨뤄볼 속셈이었다. 그렇게 해서 서역 소림 지파가 진정한 실력으로 중원 소림파의 기세를 압도해 이들이 강호 무림계에 고개를 들지 못하게 만들 작정이었던 것이다.

그런데 돌 정자 앞마당 일전에서 하족도가 힘을 절반도 쓰지 않았는데도 자기네 일행 셋은 보기 좋게 일패도지一敗塗地를 당하고 꽁무니가 빠져라 도망치고 말았으니, 결국 지금은 날갯죽지 꺾인 까마귀 떼 신세라 당초 두 가지 속셈은 구만리 하늘 바깥으로 훨훨 날려보낸 채 허둥지둥 소림사로 올라가 구원을 요청하기에 이르렀던 것이다. 그러나 소림사로 쫓겨 올라가는 도중에 곰곰이 생각해본 결과, 방금 맞서 싸웠던 그 젊은이가 바로 자기네들이 목 빠지게 찾아 헤매고 기다렸던 곤륜삼성이란 사실을 깨달을 수 있었다.

이들 셋은 소림사 측에 자신의 치부를 감출 생각으로 곤륜삼성의 무공 실력을 한껏 부풀려 선전하고, "오늘에야말로 소림사를 쑥대밭으로 만들어놓겠노라"고 호언장담했다는 거짓말까지 곁들여놓았다.

이 놀라운 소식을 듣자, 천명선사는 오늘이 소림사의 빛나는 1,000년 역사의 영예를 유지할 것이냐 치욕을 받을 것이냐, 흥할 것이냐 망할 것이냐를 결판 짓는 중대한 갈림길에 섰다고 판단했다.

그는 자신과 무상, 무색의 무공 실력 자체가 서역 소림파 출신의 반천경 일행보다 얼마나 강할 것인지 따져본 결과 확신이 서지 않아, 심선당 일곱 원로 스님들까지 끌어내어 뒷감당을 해달라고 요청했다. 심선당 원로들로 말하자면 현임 방장인 천명 스님보다 한 배 높은 항렬이었다. 그러나 이런 원로들을 막상 초빙해놓고도 이들의 무공 수준이 어느 경지에 이르렀는지 전혀 확신이 서지 않았다. 과연 소림사의 흥망성쇠를 가름하는 이 막중한 고비에서 일곱 원로가 손을 써서 곤륜삼성이란 미치광이를 제압할 수 있을지 없을지, 방장 스님이나 무상, 무색의 머릿속에는 그저 나름대로 추측만 난무할 따름이었다.

마침내 곤륜삼성이 나타났다.

하족도가 곽양이란 처녀와 함께 산문 안으로 들어서자, 소림사 방장 스님 천명선사는 두 손 모아 합장하며 한마디 인사치레부터 건넸다.

"시주께서 바로 금도, 검도, 기도의 '삼성'이라 일컬으시는 하 거사何居士님이셨군요. 노승이 멀리 영접 나가지 못한 죄, 부디 용서하시기 바랍니다."

"후생 하족도에게 '곤륜삼성'이란 가당치 않은 별호가 붙었사오나, 제 이름 그대로 '어찌 입에 담을 거리'나 되겠습니까. 신성한 사찰에 소동을 일으켜 그저 마음이 불안할 따름이온데, 더구나 지체 높으신 스님들까지 놀라 거동하시게 했으니, 후생이 그 죄를 어찌 감당하겠습니까?"

천명선사는 하족도가 도전장을 던졌을 때와는 달리, 이렇듯 겸손하게 나오는 것을 보고 속으로 의혹이 떠올랐다.

'이자가 미치광이 선비라더니 말투 하나만큼은 미치광이가 아니로구나. 보아하니 나이도 고작 서른 남짓밖에 안 되는데, 이렇듯 새파란 젊은이가 어떻게 반천경 일행 셋을 단 몇 초 만에 물리칠 수 있었단 말인가?'

이런 생각을 하면서 이 두 불청객을 가만히 살펴보았다.

"호오, 하 거사께서 겸손이 지나치시군요! 자, 어서 안으로 들어갑시다. 차나 한잔 올리지요. 한데 이분 여시주께선……."

방장 스님은 여기서 말끝을 흐렸다. 그다음 말을 잇기가 난처한 기색이었다.

하족도는 그 한마디 속에 곽 소저를 절간에 받아들이지 않겠다는 뜻이 담겨 있음을 알아차리고 급작스레 미치광이 선비의 작태가 발동했는지, 하늘을 우러러 껄껄대고 웃음보를 터뜨리면서 방장 스님에게 삿대질을 했다.

"방장 어른, 소생이 이 보배 같은 사찰을 방문한 뜻은 본디 어떤 사람에게서 부탁을 받고 한마디 말씀을 전해드리기 위해서였습니다. 그 말 한마디만 전하고 홀가분히 떠날까 했는데, 이 절간에는 남자만 손님으로 받아들이시고 여자를 천덕꾸러기로 여기는 아주 알쏭달쏭한 것이 있더군요. 그것이 소림사 계율인지 규칙인지 모르겠으나 아무튼 너무 심한 게 아닌가 싶어 눈에 거슬리는데, 이래서야 어디 '불법무변佛法無邊 중생일여衆生一如'라는 부처님의 말씀대로, 모든 중생을 한결같은 눈으로 보고 아끼신다 하실 수 있겠습니까? 망령되이 남녀를 차별하시는 처사에 소생의 마음이 몹시 안쓰럽소이다."

천명 방장은 도가 높은 고승이요, 선심禪心이 물처럼 맑아 남을 포용하는 마음이 너그러운 불제자라, 하족도의 가시 박힌 얘기를 듣고도 눈썹 하나 찡그리지 않은 채 미소로 응답했다.

"거사님께서 지적해주신 점 고맙소이다. 우리 소림사가 억지로 남녀 손님을 구별하는 것은 어떻게 보면 속 좁은 처사라 핀잔받을 수도 있지요. 정 그러시다면 곽 소저도 함께 들어가셔서 차 한잔 드시지요."

곽양이 입술을 비죽 내밀며 하족도를 돌아보고 피식 웃음 지었다.

"입담 한번 좋으시네요. 교묘한 말솜씨로 대번에 노스님을 설복시켰으니 말이에요."

방장 스님이 곁으로 물러서서 한 손을 내밀었다. 손님들을 정중히 안으로 모시겠다는 시늉이었다.

나그네들이 주인 따라 절간 안으로 들어가려 발걸음을 옮기기 시작했을 때 갑자기 천명선사 곁에 있던 깡마른 노승이 먼저 한 발짝 성큼 나섰다.

"하 거사의 말씀 한마디로 우리 소림사가 1,000년을 두고 지켜 내려온 규칙을 한순간에 깨뜨리다니, 물론 안 될 것은 없겠습니다만, 그렇게 말씀하신 분께서 과연 그럴 만한 실력의 소유자이신지, 아니면 별것 아닌 솜씨가 헛된 명성으로 부풀어져 와전된 것인지 모르겠군요. 하 거사께서 한 수 보여주셔서 우리 화상들의 안목을 넓혀주신다면 이 소림사 전체가 진심으로 승복할 수 있겠고…… 또 본 사찰이 시행해오던 1,000년 규칙이 과연 누구 손에 폐지되는지 알 수 있겠소이다."

점잖게 에둘러서 도전장을 낸 사람은 바로 달마당 수좌 무상선사였다. 목소리도 우렁찬 것이, 중기中氣가 차고 흘러넘쳐 깊고 두터운 내공을 여실히 드러내고 있었다.

반천경을 비롯한 세 사람은 이 말을 듣자 안색이 싹 바뀌었다. 무상선사의 그 몇 마디 속에 은연중 자기네 서역 소림파를 얕잡아보는 뜻이 담겨 있었기 때문이다. 그러니까 곤륜삼성이 자기네 세 사람을 단번에 격패시켰다고 해서 중원 소림사 누구나 능가할 만한 실력의 소유자는 아닐 수도 있다는 말이 아닌가?

한편에서 곽양은 얼핏 무색선사의 얼굴에 걱정스러운 그늘이 드리우는 것을 발견하고 생각을 달리했다. 이 스님은 사람도 좋은 데다 양과 오라버니의 절친한 벗이기도 했다. 이제 만약 하족도가 자기 한 사람 때문에 소림사 승려들과 싸움이라도 벌이게 된다면, 그 결과 어느 편이 지더라도 송구스러운 일이 아니겠는가? 그녀는 즉석에서 결단을 내렸다.

"하씨 오라버니! 저까지 꼭 소림사에 들어갈 필요가 있나요? 혼자 들어가셔서 전할 말씀이나 전하면 그만인데……."

낭랑한 목청으로 이렇게 던져놓고 이내 무색선사를 가리켰다.

"여기 이 무색선사님은 제 친구분이십니다. 소림사 스님들이나 하씨 오라버니나 모처럼 만나셨는데 살벌한 대결로 양쪽이 화목한 분위기를 해쳐서는 안 되죠."

이 말에 하족도가 어깨를 으쓱했다.

"아하, 그런 사이였군요!"

그러고는 방장 스님 쪽을 돌아보고 물었다.

"방장 어른, 이 사찰에 각원선사란 분이 계시다는데 어느 분이신지요? 소생이 어떤 사람의 부탁을 받고 그분께 몇 마디 말씀만 전할까 합니다."

천명선사가 어리둥절한 기색을 하며 눈썹을 흠칫 추어올렸다.

"각원선사? 각원선사라?"

각원 스님은 이 소림사에서 지위나 항렬이 낮아 지난 수십 년 동안 장경각 한구석에 파묻혀 숨어 살듯 지내고 있던 터라 항렬이 높고 지체 높으신 고승들은 절간에 그런 인물이 있는지조차 알지 못했다. 게다가 각원이란 법명에 '선사'란 존칭까지 얹어 불렀으니, 방장 스님이 금방 기억해내지 못하는 것도 무리는 아니었다. 방장은 나지막이 두어 번 '각원선사'를 되뇌어보다가 이내 알아차리고 고개를 주억거렸다.

"옳거니 《능가경》을 잘못 간수해 직분을 잃어버린 그 사람 말이군요! 하 거사께서 그를 지목해 찾으시는 걸 보면 혹시 《능가경》과 관련된 일 때문이 아니신지?"

하족도는 애당초 윤극서에게서 그런 책 이름을 들어본 적이 없는 터라 고개를 가로저었다.

"그건 저도 모릅니다."

천명선사는 제자 하나를 손짓해 불렀다.

"가서 각원더러 손님을 뵈러 나오라고 일러라."

명을 받은 제자가 총총걸음으로 자리를 뜨자, 무상선사가 다시 하족도에게 시비를 걸었다.

"거사께선 거문고, 검법, 바둑 이 세 가지 도에 달통하셔서 '삼성'이란 칭호를 쓰신다 하는데, '거룩할 성' 자야 범부들이 제멋대로 붙일 수 없는 이름이지요. 거사님이 그 세 가지 면에서 빼어난 조예를 지니신 데다, 일전에 저희 사찰에 글월을 남기셨을 때에는 무공을 과시할 의도가 있으셨던 게 아닙니까? 기왕 이렇게 왕림하셨으니 저희에게 한 수 가르침을 내려주시는 것이 어떻겠습니까?"

하족도는 여전히 고개를 가로저었다.

"여기 이 아가씨가 그리 간청했는데, 우리가 화목을 해쳐서는 안 되지요."

말뜻을 새겨보면 듣는 사람에 따라서 '실력은 있는데 말리는 사람이 있어 안 되겠다'는 얄미운 소리로 받아들일 수도 있었다.

무상선사는 두 번째로 거절당하자 그만 노기가 불끈 치밀었다. 앞서 도전장을 던져 온 절간을 벌집같이 들쑤셔놓고는 이제 와서 말 한마디로 간단히 도전을 취소하겠다니, 이런 망발이 어디 또 있겠는가? 이날 이때껏 소림사에 대해 이토록 무례하고 오만방자하게 굴었던 자는 일찍이 없었다. 게다가 소림의 지파이기도 한 반천경 일행 셋이 모조리 이자의 손에 일패도지를 당했다니, 만약 강호 무림계에 이런 소문이 퍼지는 날에는 이자의 명성은 빛을 발할 테고, 반대로 소림의 평판은 그만큼 더 나빠질 게 아닌가?

한데 가만 보니, 일반 제자들 솜씨로 그의 적수가 못될 것이 빤한 터라 무상선사는 자기가 직접 나서서 대적할 수밖에 없다고 생각을 굳혔다. 그래서 그는 하족도 앞으로 두어 걸음 더 나섰다.

"무예를 좀 겨룬다고 해서 화목한 분위기가 상할 리 있겠소이까?"

그러고는 달마당 제자에게 분부를 내렸다.

"냉큼 가서 장검 몇 자루 가져오너라. '검성'이란 분의 검술이 도대체 어느 경지에 이르렀는지, 우리도 몇 수 가르침을 받아봐야겠다."

절간에 온갖 병기들은 벌써부터 준비되어 있었다. 단지 승려들이 줄지어 서서 손님맞이를 하는 자리에서 무장을 갖추고 나간다는 게 어색하거니와 또 공연히 속 좁아 보일 수도 있기 때문에 다른 곳에 모아두고 맨몸으로 나섰던 것이다.

달마당 수좌 어른의 분부를 받든 제자가 휭하니 절간으로 들어가더니 장검 일고여덟 자루를 꺼내가지고 나왔다. 그러고는 그것들을 두 손으로 떠받든 채 하족도 앞에 내밀었다.

"하 거사께선 지니고 계신 보검을 쓰시겠습니까, 아니면 보잘것없으나마 저희 절간에서 쓰던 병기를 빌려드릴까요?"

하족도는 가타부타 대꾸하지 않았다. 그는 허리 굽혀 땅바닥에 굴러다니는 뾰족하게 모난 돌멩이를 한 개 주워 들었다. 그러고는 허리를 구부린 채 느닷없이 절간 앞마당에 깔린 청석판青石板에다 금을 죽죽 긋기 시작했다. 가로 한 줄, 모로 한 줄씩 차례차례 엇갈리게 그어나가더니 잠깐 사이에 가로세로 각각 열아홉 줄씩 그어진 커다란 바둑판을 하나 완성했다. 놀랍게도 가로 그은 것이든 모로 그은 것이든, 줄은 붓끝처럼 곧게 일직선으로 나 있어서 마치 자로 잰 듯 길이도 똑같을뿐더러, 깊이 또한 돌판에 반 치 남짓하게 똑같이 파여 있었다. 이 돌판은 소실산에서 캐낸 것들로, 굳기가 무쇠처럼 단단해서 지난 수백 년 동안 무수한 사람의 발길이 오락가락 딛고 지나쳤는데도 별로 닳아빠진 흔적이 없었다. 그런데 하족도는 그저 끝이 뾰족한 돌멩이 하나로 이 단단한 포석鋪石에 거의 한 치에 가까운 깊이로 힘들이는 기색도 없이 가지런히 금을 죽죽 그어놓았으니, 이런 내공 실력이야말로 세상 천하에 보기 드문 솜씨라 할 수 있었다.

주변에서 지켜보고 있던 사람들이 입을 딱 벌리는 동안, 바둑판을 완성한 장본인은 그저 껄껄대고 너털웃음을 터뜨리면서 스님들을 한 바퀴 빙 둘러보았다.

"검술 대련은 너무 패도적霸道的이라 살벌해서 안 되겠고, 거문고 음률로는 당최 겨룰 방법이 없고……. 이것 보십시오, 대사님들! 흥이 나시거든 우리 바둑 한판 겨뤄보는 게 어떠신지요?"

그가 이렇듯 놀라운 절기를 드러내자 천명 방장, 무색선사, 무상선사를 비롯해 소림사 모든 제자가 아연실색한 것은 물론, 심선당 일곱 원로들까지 속이 뜨끔해졌는지 벙어리가 된 채 서로 얼굴만 멀뚱멀뚱 바라보았다.

방장 스님은 속셈을 해보았다. '방금 이자가 보여준 내공으로 말하자면, 소림사 절간 승려들 중에 원로 스님이든 말단 제자든 그 어느 누구도 미치지 못할 만큼 웅혼雄渾하다. 그렇다면 과연 누가 이런 자와 맞서 싸울 수 있을 것인가?' 그는 고승답게 심지心地가 청풍명월처럼 맑고 순수할뿐더러 심경心境 또한 탁 트인 사람이었다. 어떤 경우에라도 승부 따위에 집착하는 법이 없었다. 그래서 솔직히 패배를 인정하기로 결심했다.

방장 스님이 이제 막 입을 열려는 때였다. 갑자기 "철커덕, 철커덕" 하고 무거운 쇠사슬이 돌바닥에 질질 끌리는 소리가 들려왔다. 각원이 그 육중한 철통 한 쌍을 어깨 짐으로 멜대 양끝에 매단 채 나타났다. 등 뒤에는 키가 훤칠하게 큰 소년 하나가 따라붙었다. 각원은 왼손으로 멜대를 부여잡은 채 오른손을 앞가슴에 곧추세워 천명 방장에게 예를 올렸다.

"방장 어른의 분부 받잡고 나왔습니다."

천명선사가 곧바로 하족도를 가리켰다.

"여기 계신 하 거사께서 그대한테 전할 말씀이 있다고 하셨네."

각원이 고개를 돌려 바라보았으나, 누군지 한 번도 만나본 적이 없는 사람이었다. 그는 뜨악한 기색으로 '하 거사'란 손님에게 말을 건넸다.

"소승이 각원이온데, 거사께서 무슨 분부라도 있으신지요?"

한데 이 미치광이 선비는 절간 마당에 바둑판을 하나 큼지막하게 그려놓고 흥이 날 대로 난 터라, 각원의 말 따위가 귀에 들어오지 않았다. 그는 그쪽을 거들떠보지도 않고 한마디로 대꾸했다.

"지금 바쁘니까 그 얘기는 나중에 천천히 합시다."

그러고는 좌우를 둘러보며 큰 소리로 외쳤다.

"대사님들 중에 소생하고 대국하실 분이 안 계십니까?"

그는 결코 자신의 무공 실력을 뽐낼 의도는 없었다. 단지 평생을 두고 거문고 타기, 검법, 바둑 두기에 미쳐서 살아왔기 때문에 흥만 나면 설령 하늘이 무너져 내린다 해도 아예 한쪽으로 제쳐놓고 그 일에만 몰두하는 성격이었다. 그래서 지금 이 자리에서도 바둑에 흥이 뻗치자 그저 대국할 상대만 찾을 뿐, 약속한 무공 시합 따위는 벌써 까맣게 잊어버린 지 오래였던 것이다.

각원이 영문을 모른 채, 이게 무슨 뚱딴지 같은 소리인가 싶어 방장 스님의 눈치를 살폈다.

천명선사는 신중하게 말을 고르면서 이렇게 대꾸했다.

"하 거사께서 돌바닥에 바둑판 삼아 금을 그어놓으신 신공神功이야말로 노납老衲은 평생토록 본 적이 없었소이다. 저희 절간 승려들 모두 진심으로 탄복했습니다. 이것으로 패배를 인정하리다."

각원은 방장 스님의 말을 듣고 나서 새삼스레 청석판이 깔린 돌바닥을 내려다보았다. 과연 그 말대로 커다란 바둑판이 하나 새겨져 있었다.

그제야 각원은 이 손님이 무공을 과시하려고 찾아온 불청객임을 알아차렸다. 그는 당장 철통을 걸머지고 있던 어깨를 들썩 추스르더니 숨 한 모금 깊숙이 들여마신 다음, 평생토록 단련해온 내력을 한 방울도 남김없이 몽땅 두 다리에 끌어내렸다. 그러고는 신발 바닥으로 쇠사슬을 디딘 채 바둑판이 그어진 선을 따라 한 걸음 한 걸음씩 천천히 옮겨 떼기 시작했다.

"철커덕, 철커덕…… 철커덕, 철커덕……."

그다음에 놀라운 일이 벌어졌다. 쇠사슬이 신발 바닥 밑에서 천천히 끌려나가는 대로, 돌바닥 위에는 어림잡아 5치 너비의 발자국이 드러나고 하족도가 그어놓았던 바둑 선이 감쪽같이 뭉개져 나가는 것이 아닌가!

"아앗! 와아아!"

경악에 찬 함성이 동료 스님들의 입에서 터져 나오고, 이어서 박수갈채가 쏟아졌다. 제자들이 지르는 환호성에 사찰 건물까지 들썩이는 가운데 천명 방장과 무색선사, 무상선사 같은 중견 원로들은 기쁨과 놀라움이 뒤섞여 어찌할 바를 몰랐다. 이 멍청하기 짝이 없고 아둔한 노승에게 이토록 깊고 두터운 내공이 있을 줄이야 어디 꿈에나 생각했으랴! 이 노승과 수십 년 동안 한 절간 지붕 아래에서 살아왔으면서도 각원의 내력을 손톱만큼도 눈치를 못 채고 있었다니, 생각할수록 놀랍고 반가웠던 것이다.

천명선사를 비롯해 모든 중견 원로들이 내색은 하지 않았으나 저마다 속셈을 굴려보고 있었다. 돌바닥에 발자국을 찍어내기란 자기네 내공이 제아무리 막강하다 해도 절대로 불가능한 일이었다. 각원은 지금 어마어마하게 무거운 철통을 걸머지고 있었다. 게다가 철통에 물이 가득 담겨 있으니 그 무게가 줄잡아 400근은 넘을 터, 이 몇백 근에 달하는 엄청난 무게가 어깻죽지에서 발바닥이 딛고 있는 쇠사슬까지 전해 내린 채 앞으로 끌어나가고 있으니, 마치 석공이 거대한 끌로 돌바닥을 쪼아대듯 하족도가 그어놓은 바둑판 선을 한 줄 한 줄씩 파낼 수 있었던 것이다. 만약 각원 역시 쇠사슬에 얽매이지 않고 철통을 걸머지지 않은 빈 몸이었다면 이런 일은 절대로 불가능했을 테지만, 비록 철통과 물의 무게를 빌려 쓴 힘이라 해도 각원이 드러내 보인 것이 세상에 보기 드문 신공임은 틀림없었다.

하족도는 그가 바둑판의 가로세로 서른여덟 줄을 다 지워버릴 때까지 기다릴 만큼 멍청하지는 않았다. 그는 목청을 드높여 다급하게 외쳤다.

"대사님, 그만 됐습니다! 당신의 그 심후한 내공에는 소생도 미치지 못할 듯합니다!"

사실 내색은 하지 않았지만, 각원의 처지도 어렵기는 마찬가지였다. 여기까지 왔을 때에는 비록 단전의 진기가 갈수록 팽창하고는 있었으나, 두 다리는 역시 피와 살로 뭉쳐진 근육이라 진작부터 참기 어려울 정도로 저려오고 쑤셔대는 느낌에 은근히 신경이 쓰이던 참이었다. 그는 상대방의 고함 소리가 들리자마자 그 자리에 우뚝 섰다. 그러고는 손님에게 미소를 섞어 한마디 던졌다.

"한판의 바둑, 손길 따라 두면 그만인 것을 구태여 흑백은 가려서 무얼 하겠습니까?"

"훌륭하신 말씀! 이 대국은 더 둘 필요가 없겠습니다. 내가 진 셈이니까……. 그럼 이번에는 대사님께 검법이나 한 수 가르침을 받아봐야겠습니다."

하족도는 뒷손질로 등에 지고 있던 거문고 밑바닥을 더듬더니 이내 장검을 한 자루 뽑아 들었다. 그러고는 칼끝으로 자신의 앞가슴을 겨냥하고 칼자루는 비스듬히 바깥쪽으로 내밀었다. 자세로 보아 검법의 기수식起手式인 것만은 틀림없으나, 흡사 칼끝을 되돌려 자결하는 사람이나 쓸 법한 괴상망칙하기 짝이 없는 초식이라, 구경꾼 처지가 되어버린 소림사 승려들은 또 한 번 입이 딱 벌어졌다. 세상천지 검법 중에 이렇듯 꽉 막혀버린 일초는 종래 본 적도 들은 적도 없었던 것이다.

각원은 그걸 아는지 모르는지, 설레설레 고개를 흔들었다.

"노승은 그저 염불이나 하고 가부좌 틀고 앉아 참선하거나, 책을 꺼내다 햇볕에 쬐는 일이나 할 줄 알 뿐 무공은 깜깜절벽이니 거사께서는 양해해 주십시오."

하지만 하족도는 그런 말이 믿기지 않았다. 그는 "흐흐흐!" 하고 두세 차례 냉소를 터뜨리더니, 훌쩍 몸뚱이를 솟구치기가 무섭게 앞으로 달려들었다. 제 앞가슴을 겨누고 있던 장검의 칼끝이 느닷없이 사납게 퉁겨지면서 어느새 각원의 앞가슴을 곧바로 찔러들고 있었다.

허공을 찢는 날카로운 쇳소리가 뒤따랐다. 공격 초식의 빠르기가 세상천지 어떤 검법도 따르지 못할 정도로 민첩하고 신속했다. 애당초부터 이 초식은 그저 곧바로 힘주어 찌르는 것이 아니라, 우선 내력을 응축시켜 장검의 칼날에 쏟아부은 다음 잔뜩 포물선 형태로 휘어진 강철의 탄력을 최대한 이용해서 벼락 치듯 한꺼번에 퉁겨낸 것이었다.

그러나 각원의 내공은 이미 수심소욕隨心所欲 수발자여收發自如, 글자 그대로 마음먹는 대로 따라 하고 싶은 동작을 무엇이든 해낼 수 있는 경지에 이르러 초식을 거두어들이든 쏟아내든 자유자재로 할 수 있었다. 하족도가 찔러드는 칼끝이 비록 빠르다 하나, 각원의 마음의 움직임은 더욱 빨랐고 뜻하는 대로 손이 나가는, 이른바 신의합일身意合一로 몸과 의지가 하나로 융화되어 있었던 것이다. 그가 우선 급한 대로 오른손부터 거둬들이자, 멜대에 매달려 있던 커다란 철통 한 개가 급작스레 빙그르르 돌더니 주인의 몸뚱이 앞을 딱 가로막았다.

"텅!"

둔탁한 쇳소리가 물로 가득 찬 철통 안에까지 울리더니, 물통을 찌른 장검 끝부터 칼날에 이르기까지 반달처럼 둥그렇게 휘어들었다. 워낙 탄력이 좋고 질긴 강철로 두드려 만든 칼날이라 부러지지 않고 힘 들어가는 대로 휘어버렸던 것이다. 하족도는 급히 장검을 거둬들이더니 손길 나가는 대로 다시 한번 휘둘러 쳤다.

각원의 왼손도 마음 가는 대로 또 하나의 철통마저 앞으로 돌려놓았다. 칼날과 그것을 가로막은 철통 겉면이 또 한 번 맞부딪치면서 이번에는 날카로운 쇳소리를 냈다.

"쩡!"

두 번째 공격마저 수포로 돌아가자, 하족도는 생각을 달리했다. '오냐, 네 무공이 제아무리 높다 해도 그 둔탁하고 무겁기 짝이 없는 철통 두 개만으로 내 쾌속 공격을 언제까지 막아낼 수 있을 듯싶으냐? 만약 네가 맨주먹만 가지고 맞선다면 거추장스러운 쇳덩어리를 지고 있는 이상, 내 민첩한 쾌검을 끝까지 막아내지는 못할 거다.'

그는 일부러 손가락으로 칼날을 퉁겼다. 칼날이 "위잉!" 하고 용음을 토하면서 파르르 떨렸다. 그와 때를 같이해서 그의 입에서 벼락같은 호통이 터져 나왔다.

"대사님, 조심하시오!"

부르르 떨리던 검신劍身이 전후좌우 상단 하단으로 '사사는 십육', 순식간에 16초의 공격을 숨 돌릴 겨를도 주지 않고 연속적으로 펼쳐졌다.

"텅! 텅! 텅텅! 텅텅텅텅……!"

강철과 무쇠끼리 격돌하는 시끄러운 쇳소리가 잇따라 열여섯 차례 울렸다. 하족도의 신뢰검迅雷劍 열여섯 수는 하나도 빗나감 없이 모조리 철통 벽을 찌르고 후려 베었다.

멀찌감치 떨어져 구경하던 관전자들은 각원이 손발을 허우적거리면서 좌우로 비틀거리며 낭패스럽기 짝이 없는 꼬락서니를 연출하자, 비로소 그가 진정 무공이라곤 어림 반 푼어치도 배워보지 못한 문외한이라는 사실을 깨달았다.

그러나 하족도가 평생 심혈을 기울여 갈고닦은 그 신기하고도 절묘한 검초가 번개 벼락 치듯 공격해 들어갈 때마다 보기만 해도 우스꽝스러운 그 엉거주춤한 자세로 마구 휘둘러대는 육중한 철통에 번번이 퉁겨 빗나가고 있었으니, 구경꾼들에게는 그것이 오히려 가소롭기 그지없는 장면이 아닐 수 없었다.

무색선사와 무상선사를 비롯한 검법의 대가들은 아무리 우스꽝스런 장면이라도 웃고 있을 수만은 없었다. 오히려 모두 걱정스러운 심사를 금할 길 없어 위급한 순간순간이 전개될 때마다 여기저기서 한마디씩 이구동성으로 고함을 질러야 했다.

"하 거사! 검 끝에 사정을 보아주시오!"

어느덧 곽양도 하족도를 향해 악을 쓰고 있었다.

"안 돼! 살수는 쓰지 말아요!"

사람들은 각원이 무공에 전혀 먹통이란 사실을 간파하고 있었다. 그러나 정신없이 급변하는 싸움터 한복판에서 하족도가 전력을 다해 그 무시무시한 쾌속 공세를 펼치면서도 끝내 상대방을 쓰러뜨리기는 커녕 털끝 하나 건드리지 못하는 것을 보고 사뭇 이상야릇한 느낌이 들었다. 하지만 그것이 모두 각원이 부지불식간에 상승 내공을 연마한

데서 비롯된 결과임을 저들은 꿈에도 상상하지 못했다.

하족도는 16초식의 쾌속 공격마저 끝내 무위로 돌아가자, 또 한 차례 대갈일성을 터뜨렸다.

"이야압!"

느닷없이 터뜨린 기합 소리 가운데 서릿발보다 더 차가운 검광이 번뜩 비치더니, 칼끝은 이미 철통과 철통 사이 각원의 하복부를 노리고 곧바로 찔러들고 있었다.

"어이쿠!"

각원이 외마디 소리를 내질렀다. 본능적인 방어 동작으로 멜대 끈을 거머잡고 있던 두 손바닥이 "철썩!" 마주쳤다. 이어서 손뼉 따라 거대한 철통 두 개가 "땅!" 소리를 내면서 합쳐졌다. 꼭 다물린 조개 입처럼 맞붙은 두 개의 철통 틈새에는 어느덧 방금 상대방이 찔러 넣었던 장검의 칼날이 꽉 끼어 있었다.

"아뿔싸!"

하족도는 안간힘을 다 써가며 칼날을 잡아 뽑으려 애썼다. 하나 아까운 기력만 허비했을 뿐 아무 소용이 없었다.

곤륜삼성의 임기응변은 기막히게 빨랐다. 칼자루를 거머잡고 있던 오른손이 장검을 포기하고 확 풀리면서 왼손과 나란히 쌍장을 이루더니, 그대로 한꺼번에 상단으로 밀어 쳐냈다. 산이라도 무너뜨리고 바다라도 뒤엎을 듯 거세기 이를 데 없는 엄청난 장력이 곧바로 각원의 면상을 엄습했다.

이 순간 각원은 혼신의 기력을 철통에 쏟아붓고 있던 터라, 도무지 손을 빼어 막아낼 도리가 없었다. 상황은 극도로 위험했다.

장군보 소년은 스승의 처지가 위급해진 것을 보자, 이것저것 생각해볼 것도 없이 훌쩍 몸을 솟구쳐 달려들었다. 자기가 끼어들 자리는 아니었으나, 스승과 제자 간의 깊은 정리가 본능적으로 행동을 취하게 만든 것이다. 불쑥 내민 손바닥이 펼친 것은 3년 전 신조대협 양과에게서 배운 사통팔달 초식, 허공에서 두어 차례 휘두르던 손바닥이 하족도의 어깻죽지를 비스듬히 후려쳐갔다.

그와 때를 같이해서 각원의 내력은 이미 철통 속에 전해지고 있었다. 두 줄기 물기둥이 좌우 양편 철통 속에서 쏜살같이 날아오르더니, 곧바로 하족도의 면상을 덮어씌워갔다.

"퍽!"

물기둥과 장력이 맞부딪는 순간, 물보라가 사면팔방으로 흩뿌려지면서 두 사람을 온통 물에 빠진 생쥐 꼬락서니로 만들었다. 하족도가 혼신의 내공을 다 쏟아부어 후려쳐낸 장력도 맥없이 풀려 한낱 물거품으로 돌아가고 말았다.

하족도는 바야흐로 전신 전력을 다 쏟아부어 각원 한 사람과 대결하고 있던 참이라 다시 장군보의 일장을 막아낼 겨를이 없었다. 장군보의 손바닥은 여지없이 어깻죽지를 강타했다. 어린 소년의 장법이 기기묘묘하거니와 내력 또한 예상 밖으로 깊고 두터워 하족도는 그 자리에서 있지 못하고 좌측방으로 세 발짝이나 밀려나고 말았다. 각원이 소맷자락으로 흠뻑 젖은 얼굴의 물기를 닦아내면서 고함을 질렀다.

"나무아미타불! 하 거사, 노승을 그만 용서해주시오! 나무아미타불! 방금 몇 번 찔러대신 칼부림 때문에 얼이 다 빠져서 지금도 가슴이 떨리고 있습니다. 아이고, 나무아미타불!"

각원은 또다시 그 무서운 칼부림이 날아들까 두려웠는지 허겁지겁 한 걸음으로 피해 달아났다.

하족도의 입에서 노성이 터져 나왔다.

"소림사가 와호장룡의 소굴이라더니, 과연 보통이 아니로군! 하다못해 요런 꼬마 녀석까지 이렇듯 비범한 솜씨를 지니고 있을 줄이야! 좋다, 요 녀석! 우리 한번 겨뤄보자. 네놈이 내 10초 공격을 받아내기만 한다면 내 평생토록 중원 땅에는 발도 들여놓지 않겠다!"

한편, 무색선사나 무상선사는 방금 눈앞에서 펼쳐진 장면을 도무지 이해할 수가 없었다. 그들도 물론 장군보를 알고 있었다. 장경각 안에서 그저 잔심부름이나 하고 잡일이나 하던 꼬마 녀석이라 무공이라곤 눈곱만치도 익혀본 적이 없었을 텐데, 어떻게 저런 솜씨를 보일 수 있는지 도대체 요령부득이었던 것이다. 혹시 제 스승이 다칠까 봐 엉겁결에 덤벼든 것이 요행으로 그런 효과를 보인 것은 아니었을까?

이때 하족도가 상대를 바꿔 장군보 소년에게 도전하는 소리가 들리자, 그들은 또 한 번 가슴이 철렁했다. 생각해보라, 곤륜삼성 하족도는 1,000년 고찰 소림사에 도전장을 낸 무서운 강적이다. 만약 장군보가 이런 자와 진짜 실력으로 겨루는 날에는 10초는 고사하고 단 일초 만에 그 장력 아래 목숨이 날아갈 것은 불 보듯 빤한 노릇 아닌가!

무상선사가 버럭 고함치며 한 발 앞으로 나섰다. 달마당 수좌 어른답게 의젓한 기백이 철철 흘러넘쳤다.

"하 거사, 그 말씀 당치 않소! 곤륜삼성이라 일컬을 만큼 고금에 무학이 혁혁하신 귀하께서 한낱 절간 한구석에서 차나 달이고 마당이나 쓰는 심부름꾼 아이 녀석에게 손찌검을 하다니, 어찌 그러실 수가 있소? 괜찮으시다면 노승이 그 10초 공격을 받아보리다!"

그러나 하족도는 딱 부러지게 고개를 내저었다.

"이 일장의 치욕을 내 어찌 그냥 넘겨버릴 수 있단 말인가! 너, 요 녀석, 일초 나갈 테니 받아봐라!"

말끝이 떨어지기가 무섭게 "훅!" 하고 내지르는 주먹질이 어느새 장군보 소년의 앞가슴으로 들이쳐가고 있었다. 주먹질의 위세가 엄청나게 빠른 데다 그와 장군보의 사이의 거리가 너무 가까워, 무상선사나 무색선사가 구원하고 싶어도 어떻게 손을 써볼 여지가 없었다.

뭇 사람들은 속으로 비명을 지르면서 가슴만 죄고 있었다.

한데 장군보는 두 다리가 뿌리박은 듯 우뚝 버텨 서 있는 듯하더니, 슬그머니 내민 발끝이 왼쪽 땅바닥을 비비면서 몸뚱이가 오른쪽으로 슬쩍 돌아갔다. 이른바 우인좌전보右引左箭步였다. 그다음 순간, 왼발을 잽싸게 끌어들여 하족도의 일권을 아슬아슬하게 피해냈다. 가볍고도 날렵한 몸놀림이 실로 교묘하기 짝이 없는데, 이어서 왼 손바닥이 주먹으로 바뀌면서 허리 부분을 보호하는 동시에 칼날처럼 곧추세운 오른 손바닥이 상대방의 주먹을 그대로 베어나갔다. 바로 소림파의 기본 권법 가운데 일초인 우천화수右穿花手였다. 일초에 응축된 기세가 태산같이 무겁고 쏟아낸 장력의 기세는 마치 도도하게 흐르는 장강대하 물결처럼 막힘없이 상대방을 밀어붙였다.

곤륜삼성 장본인이나 관전자들은 그만 아연실색했다. 이 패기만만한 자세야말로 명가 기숙名家耆宿의 풍채라 할 것이지, 어느 누가 한창 어린 소년의 솜씨라 하겠는가?

앞서 어깻죽지에 일장을 얻어맞는 순간, 하족도는 이 소년의 내공력이 반천경 일행 셋보다 한참 윗길임을 깨달았다. 하나 자기는 10초 이내에 반드시 쳐서 쓰러뜨릴 자신이 있었다. 그런데 방금 소년이 구사한 우천화수 일초는 비록 소림파의 기초 입문에 지나지 않는 것이면서도, 장력을 쏟아내고 돌아서는 순간에 보여준 그 웅혼한 내력과 동작의 침착성은 어느 한구석 반격당할 만큼 허술한 곳도, 약점 잡힐 만한 것도 없었으니 저도 모르게 갈채를 터뜨리고 말았다.

"호오! 기막힌 권법일세!"

한편 무상선사는 뭔가 퍼뜩 감이 잡혔는지 무색선사를 향해 빙그레 웃었다.

"사형, 축하하오. 언제 저렇듯 훌륭한 제자를 받아들이셨소? 아무도 눈치 못 챘는데 말이오."

"그게 아닌데……."

무색선사가 고개를 절레절레 내둘렀다. 눈길은 여전히 싸움판에 꽂혀 있었다.

이 무렵, 장군보는 요보랍궁拗步拉弓 두 다리로 버티고 활시위 당기기, 단봉조양丹鳳朝陽 봉황새 하늘의 태양 우러르기, 이랑담삼二郎擔衫 곧 이랑진군二郎眞君•이 어깨에 저고리 걸치기 등 연속 3초를 펼쳐내고 있었다. 법도의 근엄함이라든가 공력의 강맹함이 실로 소림파 일류 고수급 솜씨에 뒤지지 않았다.

• 도교 옥황상제의 조카로 알려진 강물의 신령 관구현성 이랑신灌口顯聖二郎神. 72종의 변화 술법을 쓰는 신령으로, 《봉신연의封神演義》에서는 강태공을 도와 은殷나라의 폭군 주왕紂王을 멸망시켰으며, 《서유기》에서는 하늘의 대소동을 일으킨 손오공을 사로잡은 무서운 신령으로 등장한다.

열흘 전, 곽양은 소림권법을 맞겨루기로 연출하는 철 나한 한 쌍을 그에게 선물로 주었다. 장군보는 교묘하게 설치된 조각의 기관 장치를 작동시켜 철 나한이 구사하는 공격 방어 초식을 열심히 배웠던 것이다.

소림파 사람들이 제자에게 권법을 전수할 경우, 스승의 권법 기예가 제아무리 정통하다 하더라도 첫 번째 시범을 보인 다음 두 번 세 번 거듭해서 가르칠 때에는 상하좌우로 내지르는 주먹질에 아무래도 편차가 나지 않을 수 없고, 제자 역시 초식에 따라 배우면서 조금씩이나마 정확도가 떨어져 스승의 시범 동작과 일치하지 못하는 것은 당연한 일이었다. 물론 스승이 그것을 바로잡아주기는 하지만 제자는 능력과 자질에 따라 그대로 배우지 못하는 경우가 허다했다. 한데 이 철 나한 조각상은 처음 만들 때부터 법도가 근엄하게 짜여 있어 일단 기관 장치를 작동시켰다 하면 상하좌우로 내지르는 주먹질과 발길질이 아예 처음부터 끝까지 털끝만 한 오차도 보이는 법이 없었다. 비록 쇳덩어리로 뭉쳐진 '스승'이기는 하지만 시범 동작으로 보일 때마다 편차가 없으니, 배우는 '제자' 또한 그대로 따라 익힐 수밖에 없었다.

장군보는 지난 열흘 동안 철 나한이 보여주는 초식에 따라 배워왔다. 초식 수에 한계가 있었기 때문에 일초를 연마할 때마다 급소만 정확히 겨누는 자세와 수법을 거듭 반복해서 익혔다. 어떻게 보면 장군보가 권법을 단련해가는 과정은 철 나한 조각상을 그대로 본떠 만든 것이나 다를 바 없었다. 동작에 비록 기민하고도 생기발랄한 맛은 모자랐으나, 법도의 정확성 하나만큼은 실로 인간 능력으로 미칠 수 있는 것이 아니었다.

또 본디 나한권법은 민첩성보다 우직하고도 딱딱해 활기를 띠지 못하는 권법이라 일류급 상승 무공에 들지 않는 것이지만, 장군보는 스승인 각원에게서 구양신공九陽神功을 전수받은 덕분에 내공력이 깊고 두터워졌을 뿐 아니라 쇳덩어리 '스승'에게 배운 탓으로 권법 초식마저 겨냥이 정확했으니, 소림파의 일반 제자들은 물론 천명선사, 무색선사, 무상선사, 심선당 일곱 원로 같은 고수들조차 속으로 혀를 내두르고 경탄을 금치 못한 것은 당연한 일이었다.

그들에게는 똑같이 한 가지 의문이 있었다. 권법이 저토록 근엄하다는 것은 고사하고, 강맹하기 이를 데 없는 저 내공력은 도대체 어디서 우러나오는 것일까?

관전자들이 쑥덕거리고 있는 사이, 하족도는 이미 여섯 번째 공격을 마치고 있었다. 하나 일방적으로 공격을 퍼붓고 있으면서도 속은 벌써 까맣게 타들어간 상태였다. '곤륜삼성이란 자가 이런 젖비린내도 가시지 않은 녀석 하나 이기지 못하면서 감히 소림사에 도전장을 던졌다니, 천하 영웅들의 웃음거리가 되지 않겠는가!'

생각이 여기까지 미쳤을 때 그는 미꾸라지처럼 매끄럽게 몸뚱이를 회전시키면서 자신이 자부하는 절초 천산설표天山雪飄를 전개했다. 이름 그대로 천산산맥 온 하늘에 눈보라가 흩날리듯, 손바닥 그림자가 환영幻影으로 바뀌더니 어지러이 춤추면서 삽시간에 장군보의 사면팔방을 한꺼번에 덮어씌웠다.

장군보는 화산 절정봉에서 신조대협 양과에게 사통팔달 네 초식을 지도받았을 뿐 그 밖에는 그 누구에게도 강호 천하의 무공에 대해 한마디 설명조차 들어본 적이 없었다. 그런데 이렇듯 기환백출奇幻百出하고도 변화막측한 상승 장법과 맞닥뜨렸으니 도대체 이를 무슨 수로 풀어낼 수 있으랴?

그는 위급한 가운데 허리를 왼쪽으로 뒤틀어 한계독립寒鷄獨立 자세부터 취했다. 글자 그대로 한겨울 추위 속에 수탉이 외발로 우뚝 선 자세였다. 그러고는 양 손바닥을 이마 높이까지 올린 다음, 왼 손아귀와 오른 손아귀가 좌우 양쪽 관자놀이 부위에서 마주 보게 만들었다. 소림권법 가운데 쌍권수雙圈手였다. 이 방어 초식은 거대한 산악이 버티고 좌정하듯 웅혼한 기백과 내력을 응집시킨 채 부동자세를 취함으로써 어느 방향에서 공격을 받든 변화무쌍하게 대응할 수 있는 것이라, 굳이 적의 공격 초식을 깨뜨리지 않아도 저절로 풀어지게 되어 있었다.

하족도는 두 눈알이 빙글빙글 돌아가도록 현란한 장법을 펼치고 있으면서도 이미 진퇴양난, 어느 방향으로 기습을 가하더라도 성공하기는커녕 오히려 그 쌍권수의 세력 아래 꼼짝없이 파묻히게 되었다.

"와아아!"

느닷없이 달마당, 나한당 제자들의 박수갈채가 우레같이 메아리쳤다. 그것은 오로지 장군보가 펼친 그 일초에 충심으로 탄복했다는 의미였고, 소림사의 가장 평범하고도 무미건조한 권법 초식으로 상대방의 가장 복잡하고도 오묘한 공격 초식을 간단히 풀어버릴 수 있다는 데 대한 찬사요, 자랑이기도 했다.

그 와중에 하족도의 해맑은 휘파람 소리가 한바탕 뒤섞여 울려나왔다. 뒤미처 "훅!" 하는 바람 소리와 함께 내지른 주먹질이 장군보의 가슴을 맹렬한 기세로 강타해갔다. 이 일권은 상대방의 쌍권수에 대응해 똑같이 우둔하고 평범하게 변화시킨 것이었으나, 공력만큼은 범상을 초월한 것이었다.

장군보는 즉각 편화칠성偏花七星 일초로 쌍절장雙切掌을 동시에 밀어냈다. 주먹질과 장력이 서로 엇갈리는 듯하더니 "빵!" 하는 소리와 함께 하족도의 몸뚱이가 그 자리에서 휘청거렸다. 장군보는 세 걸음이나 뒤로 밀려난 상태였다.

"흐흠!"

외마디 콧방귀를 뀌었으나 권법은 바뀌지 않았다. 하족도는 오히려 두 걸음 선뜻 다가들기 무섭게 맹렬하고도 사나운 기세로 들이쳐왔다.

장군보의 방어 초식은 여전히 편화칠성 하나만으로 응수할 뿐이었다. 쌍절장을 겹쳐서 앞으로 가지런하게 쭉 밀어내자, 또 한 차례 바람주머니가 한꺼번에 터져 나가는 굉음이 울렸다.

"빵!"

이번만큼 장군보는 다섯 걸음이나 밀렸다.

하족도는 앞으로 밀어붙이려던 공세가 또 한 번 저지당하자 얼굴빛까지 싹 바뀌었다. 그는 장군보를 향해 크게 소리쳤다.

"이제 마지막 한 수 남았다! 전력을 다 기울여 받아내야 할 거다!"

성큼성큼 내딛는 세 걸음, 이어서 단단하게 기마 자세를 취하고 나서 일권을 천천히 내질렀다.

소림사 앞뜰은 물 뿌린 듯 고요했다. 수백 명의 관전자는 숨소리를 죽인 채 지켜보고 있었다. 이 일권이야말로 하족도가 평생 쌓아 올린 명예가 걸려 있는 만큼 혼신의 기력을 다 쏟아부었으리라는 것쯤은 알고도 남음이 있었던 것이다.

장군보는 이번에도 편화칠성, 벌써 세 번째나 똑같은 초식이었다. 주먹과 장력이 또다시 엇갈리듯 마주쳤으나, 어떻게 된 일인지 바람

주머니 터지는 소리는커녕 숨소리마저 들리지 않았다.

두 사람 모두 멈칫하는 듯싶더니 이내 각자 내공력을 총동원해 저항하기 시작했다. 무공 수준으로 따진다면야 하족도가 어린 소년 장군보 따위보다 어찌 백배만 능가하겠는가만, 순전히 내력으로 겨루는 마당에선 얘기가 좀 달랐다. 장군보는 〈구양진경〉에서 심법을 터득한 이래 그 내력이 마치 솜뭉치에서 실 가닥 풀려나오듯 끊임없이 그것도 촘촘하게 솟구칠 뿐 아니라, 내력의 원천 또한 질박하면서도 중후한 무게가 있었다. 결국 지금 상대방은 장군보의 금성철벽金城鐵壁에다 대고 주먹질을 퍼붓는 격이나 다를 바 없었다.

숨 막히는 시각이 얼마나 흘렀을까. 하족도는 자신에게 승산이 없음을 깨닫고 이내 도약 자세로 몸뚱이를 솟구쳐 장군보의 철벽 장력을 모조리 흩어놓더니, 홀떡 뒤집힌 주먹질이 손바닥으로 바뀌면서 그의 등줄기를 툭 떠밀었다.

가벼운 손찌검이었으나, 하족도는 그 힘에 순간적으로 탄력을 받아 허공 높이 떠오르고, 목표를 잃어버린 장군보는 슬쩍 떠민 손길에 그만 앞으로 털썩 고꾸라진 채 한동안 일어나지 못했다.

그 위로 공중제비를 돌아 가볍게 내려선 하족도가 오른손을 홰홰 내두르면서 떨떠름하게 웃었다.

"하족도, 하족도! 우물 안 개구리라더니, 이름 그대로 '입에 담지도 못할 재주'만 지녔구나……. 정말 미쳐도 유분수였어……."

그러고는 천명선사 앞에 코가 땅에 닿도록 큰절을 드렸다.

"소림사 무공이 1,000년에 걸쳐 명성을 떨쳤다더니 과연 함부로 넘볼 것이 아니었습니다. 오늘 이 미치광이 선비의 안목을 크게 넓혀주셨으니 불초 소생은 이제야 그 명성 아래 헛된 선비 없다는 것을 분명히 알았습니다. 진정 탄복하고 탄복해마지않습니다!"

사과의 말을 끝내고 돌아선 곤륜삼성이 발끝으로 지면을 툭 찍었을 때, 그 몸뚱이는 벌써 20~30척 바깥으로 표연히 날아가고 있었다. 처연한 기색으로 자리를 뜨려던 발길이 우뚝 멈춰 서더니 각원을 돌아보고 한마디 던졌다.

"각원대사님, 그 친구가 대사님께 전해달라는 말씀이 있었습니다. '경전은 기름…… 원……' 속에 있노라고……."

말끝이 떨어지기 무섭게 툭툭 지면을 몇 번 찍어대는가 싶더니, 곤륜삼성 하족도의 뒷모습은 이미 까마득하게 사라져 보이지 않았다. 신법의 쾌속하기가 실로 세상 천하에 보기 드문 것이었다.

장군보가 꿈지럭꿈지럭 몸을 추스르고 일어섰다. 이마하고 머리통하며 얼굴까지 온통 흙먼지투성이였다. 하족도의 손찌검에 비록 쓰러지기는 했어도 소림사 고수들은 그가 교묘한 탈출 수법으로 빠져나가기 위한 방편이었음을 다 알고 있었다.

무서운 적수는 표연히 떠나면서 제 입으로 소림사의 신공에 대적하지 못한다는 점을 분명히 고백했다.

뜻밖의 상황 반전에 소림사 앞마당은 한동안 깊은 침묵이 흘렀다.

그러나 정적은 깨졌다. 돌연 심선당 일곱 원로 가운데 깡마른 노승 한 분이 물었다.

"이 소년 제자의 무공은 누가 전수한 것이냐?"

목소리가 날카로운 것이, 흡사 한겨울 밤중에 올빼미의 울음소리처럼 듣는 이들을 소름 끼치게 했다. 천명이나 무색, 무상 같은 이들 역시 그러잖아도 그 점에 의문을 품고 있던 터라 일제히 각원과 장군보 쪽으로 눈길이 쏠렸다.

각원이나 장군보 두 사람은 멍하니 그 자리에 서 있기만 할 뿐 원로 선배들의 질문이나 눈길에 아무런 대꾸도 하지 못했다.

이윽고 천명 방장이 모두를 대신해서 다시 물었다.

"각원은 비록 내공에는 정통하나 권법을 배운 적이 없는데, 이 어린 애가 방금 쓴 소림권법은 어떤 사람이 전수한 것인가?"

달마당, 나한당 제자들은 하나같이 딴생각에 빠져 있었다. 오늘 1,000년 고찰 소림사가 어려운 위기에 봉착했을 때 한낱 잔심부름이나 하던 어린 녀석이 나서서 강적을 물리칠 줄이야 어느 누군들 꿈에나 상상했으랴? 이제 방장 스님 어른께서 큰 상을 내리시고, 이 녀석에게 권법과 내공을 가르쳐준 스승이 누군지는 몰라도 필시 두터운 영예를 입혀주시리라 믿어 의심치 않았다.

장군보가 멍하니 서 있기만 하자, 올빼미 목소리의 주인이 느닷없이 양 눈썹을 곤두세우더니 얼굴에 온통 살기를 띤 채 매섭게 다그쳐 물었다.

"너한테 묻겠다! 방금 네가 쓴 나한권법은 누가 가르쳐준 것이냐?"

절간에서 제일 높은 원로 스님이 하문하셨으니 대답하지 않을 도리가 없었다. 장군보는 품속에서 곽양이 선물로 주었던 철 나한 한 쌍을 꺼내 들었다.

"불초 제자, 삼가 아뢥니다. 이 철 나한 한 쌍이 대련하는 초식에 따라서 저 혼자 몇 수 배웠을 뿐, 실제로 무공을 가르쳐주신 분은 없습니다."

노승이 한 발짝 성큼 내디디면서 목소리를 낮추어 다시 물었다.

"다시 한번 명명백백하게 말해라. 네가 쓴 나한권법이 너 혼자 배운 것이요, 이 절간 어느 스승도 가르쳐준 것이 아니라고 했으렷다?"

목청은 비록 낮아졌어도 말투 속에 위협하는 기미는 훨씬 강해졌다. 장군보는 마음에 거리낄 것도 없으려니와 숨겨야 할 잘못도 없는 터라, 노승이 윽박지르는 태도를 보고도 거리낌 없이 떳떳이 대답할 수 있었다.

"불초 제자는 그저 장경각에서 마당이나 쓸고 차나 달여 각원 사부님을 모셔왔을 뿐이라, 그 어느 사부님도 제게 무공을 가르쳐주신 적이 없습니다. 그 나한권법은 저 혼자 철 나한 조각상이 작동하는 대로 따라서 배웠을 따름입니다. 철 나한이 보여준 권법은 본문의 정통 무공이니 제자가 배운 행위도 문중 계율을 범한 것이 아닐까 합니다. 스님께서 꾸지람을 내리신 뜻은 제자가 잘못 배워 그러하신 줄 아오니, 부디 노사부님께서 지도해주십시오."

그러고는 문제의 철 나한을 두 손으로 떠받들어 올렸다.

노승은 결코 철 나한을 받지 않았다. 그저 매서운 눈초리를 불꽃이라도 뿜어낼 것처럼 이글거리며 장군보에게 향한 채 아주 오래도록 움직이지 않았다.

한편, 장군보의 스승 각원은 사뭇 난처한 기색으로 엉거주춤 서 있기만 했다. 심선당 일곱 원로 중 한 분이신 이 노승의 항렬이 무척 높고 방장 스님 천명선사의 사숙師叔 어른이라는 사실을 익히 알고 있었기 때문이다. 하나 그가 지금 장군보를 대하는 태도와 질문하는 목소리가 무슨 까닭으로 이렇듯 사납고 매서워졌는지 도대체 이해할 수가 없었다.

한데 다음 순간, 원한과 독기가 철철 흘러넘치는 노승의 눈초리와 마주치는 찰나, 그의 뇌리에 번쩍하고 전광석화처럼 스쳐 지나가는 것이 하나 있었다.

'아뿔싸! 어쩌면 그 일 때문일지도 모르겠구나…….'

각원은 어느 해인가 장경각에서 우연히 들춰보았던 조그만 책자 한 권을 기억해냈다. 그것은 얄팍한 필사본 한 권에 지나지 않았으나, 그 책자에는 소림사 1,000년 역사 이래 볼 수 없었던 끔찍한 일대 사건이 기록되어 있었다.

지금으로부터 70여 년 전, 소림사의 방장은 고승선사苦乘禪師, 바로 천명선사의 사조 되는 사람이었다.

그해 중추절, 사찰에서는 해마다 한 차례씩 연례행사로 열리는 달마당 대교達摩堂大校가 성황리에 개최되었다. 이 대회는 방장을 비롯해 달마당, 나한당 수좌 어른들이 사찰 안 모든 제자의 무공 실력이 지난 1년 동안 얼마나 진전을 보았는지 시험해보는 행사였다. 제자들이 그동안 갈고닦은 무예 솜씨를 그대로 드러내 보인 후에는 달마당 수좌 고지선사苦智禪師가 수석 시험관 자리에 올라 강평을 하는 것이었다.

행사가 순조롭게 끝나고 나서 고지선사의 강평이 한창 진행되고 있을 때였다. 돌연 뭇 제자들 가운데서 머리를 길게 기른 두타頭陀 하나가 군중을 헤치고 뛰쳐나오더니 큰 소리로 수석 시험관의 강평을 욕하기 시작했다.

"그것도 강평이라고 하는 거요? 개방귀만도 못한 소리를 지껄여대는군! 무공이 뭔지도 모르는 주제에 달마당 수좌랍시고 건방지게 제일 높은 자리에 앉아서 꺼떡대고 있다니……. 고지선사! 부끄럽지도 않소?"

승려 제자들이 깜짝 놀라 바라보니, 그는 절간 주방에서 막일하는 화공두타火工頭陀, 한마디로 미천한 불목하니였다. 다른 이들도 물론 그랬으나, 누구보다 분개한 것은 달마당 제자들이었다. 그들은 스승인 고지선사가 입을 열기도 전에 흥분한 나머지 이구동성으로 나서서 망발을 하는 화공두타를 질책했다.

욕설과 꾸지람을 한 몸에 뒤집어쓴 화공두타가 버럭 호통쳐 대거리를 했다.

"닥쳐라, 이 형편없는 것들아! 사부란 자가 개방귀만도 못하니 제자 녀석들까지 하나같이 한심하구나!"

얘기를 마쳤을 때 그는 벌써 연무장 한복판에 훌쩍 뛰어나와 오만방자한 기색으로 우뚝 서 있었다. 뒤미처 불같이 성난 달마당 제자들이 팔뚝을 걷어붙이고 앞다투어 달려 나와 그자와 한판씩 맞붙기 시작했다.

그런데 어찌 된 노릇인지, 한낱 주방에서 잡일이나 하던 불목하니와 맞붙은 제자들은 발길질과 주먹질 두세 번 만에 영락없이 결정타를 얻어맞고 줄줄이 참패당하는 것이 아닌가!

원래 달마당 제자들이 동문과 무공 대련을 할 때에는 아무리 격렬하게 맞붙어 싸우더라도 손속에 사정을 두어 상대방의 몸에 주먹이나 손바닥, 발길질이 닿는 순간에 딱 그치는 것이 관례였다. 그런데 이 화공두타는 손매가 악랄하기 짝이 없어 그의 손에 잇따라 참패당한 달마당 아홉 제자는 하나같이 팔다리가 부러지거나 몸뚱이 어느 구석에든 중상을 입고 쫓겨났다.

뜻밖에 너무나 끔찍스러운 사태가 벌어지자 고지선사는 놀라움과 분노에 몸이 떨렸으나, 그래도 이 화공두타가 구사하는 무공 초식이 순전히 소림파 정통 권법이요, 다른 문파의 고수가 절간에 잠입해 소동을 부리는 것이 아닌 줄 깨닫고, 노기를 억누른 채 그에게 "누구한테 무공을 배웠느냐?"고 물었다.

화공두타의 대답은 간단했다.

"내게 무공을 전수해준 사람은 없었소. 나 혼자 배운 거요!"

고지선사는 이 두타가 절간에서 무슨 일을 했으며 또 어떻게 모질게 학대받고 있었는지 몰랐다. 그저 주방에서 잡일이나 하고 진종일 가마솥 아궁이 앞에 쭈그려 앉아 불이나 지피는 불목하니란 사실밖에 아는 것이 없었다.

그런데 이곳 주방 감독 일을 맡은 승려는 성질이 조급한 데다 포악해서 걸핏하면 부하 스님들을 두들겨 패기 일쑤였다. 게다가 무공을 익힌 몸이라 성질만큼이나 손매도 무척 지독스러웠다.

화공두타도 소림사에 입문한 지 3년 동안 예외 없이 잇따라 피를 세 차례나 토할 정도로 호되게 맞았다. 원한이 쌓일 대로 쌓인 그는 독하게 마음먹고 남몰래 무공을 훔쳐 배우기 시작했다. 소림사 정식 제자들은 누구나 무공을 익히고 있었으므로 마음만 먹으면 훔쳐 배울 기회는 얼마든지 있었다. 앙심을 품은 데다 온갖 심혈을 다 기울이고 또 지혜마저 남달리 뛰어난 터라, 그는 20여 년 동안에 마침내 소림파의 최고 상승 무공을 단련해내는 데 성공했다.

그러나 실력을 드러내지 않고 깊이 감춘 채 예나 다름없이 불평불만 하나 터뜨리지 않고 묵묵히 가마솥 아궁이 앞에 쭈그려 앉아 불 때기에만 열중했다. 주방 감독 스님은 제 버릇 개 못 주고 여전히 주먹질에 욕설과 구타를 일삼았지만, 그는 엄청난 무공의 보유자가 되었으면서도 결코 반항하지 않았다. 내력은 이미 두텁게 쌓인 몸이라 더는 상처를 입지 않았다.

본래 천성이 음험한 데다 앙심까지 품고 있던 화공두타는 언젠가 소림사 모든 승려에게 통쾌한 복수극을 해주리라 단단히 벼르고 있었다. 은인자중隱忍自重 복수의 기회만을 엿보던 그는 바로 그해 중추절 연례행사에서 마침내 본색을 드러내고 달마당 수좌 어른과 제자들 앞에 감히 도전장을 던졌던 것이다. 20여 년 동안 쌓이고 쌓인 울분과 증오가 담겼으니, 그 손속에 인정사정을 둘 턱이 없었다.

화공두타의 입에서 이렇듯 기막힌 사연을 다 듣고 나자, 고지선사는 연신 차갑게 웃으면서 빈정거렸다.

"흠흠, 네가 그토록 고심참담하게 20년 동안이나 무공 연마에 몰두한 심경을 생각하니 존경심이 다 우러나는구나!"

그는 자리를 박차고 벌떡 일어나 연무장 한복판에서 화공두타와 직접 겨루기 시작했다.

고지선사로 말하자면 소림사의 원로 고수였다. 하지만 나이가 워낙 고령인 데다 손속에 사정을 두는 그가, 장년의 한창 나이에 패기만만하고 초식마다 살수를 쓰는 화공두타를 손쉽게 다룰 수는 없었다. 고지선사는 결국 500초 안팎에 이르러서야 가까스로 승세를 장악할 수 있었다.

두 사람은 바야흐로 대전사大纏絲 초식에 얽매여 마치 실꾸리 엉키듯 쌍방 간의 네 팔뚝이 한 덩어리로 뒤죽박죽 얼크러진 채 서로 상대방의 몸뚱이에 손길이 닿으려고 안간힘을 쓰고 있었다. 그리고 마침내 고지선사의 양 손바닥이 가지런히 상대방의 치명적인 앞가슴 사혈死穴에 닿는 데 성공했다. 이제 쌍장에 내력을 쏟아붓기만 하면 화공두타는 그 자리에서 목숨이 끊길 수밖에 없었다. 어떻게 달리 그 치명적 일격을 풀어낼 도리가 없었다. 그야말로 절체절명의 순간을 맞이한 것이다.

그러나 고지선사는 역시 평생토록 자비를 실천해온 고승이었다. 지난 20여 년간 아무도 모르게 홀로 무공을 익혀온 화공두타의 고심참담한 노력을 생각하니 안쓰럽기도 하려니와, 또 그 무공 수준이 이런 경지에까지 도달했다는 사실이 대견스러워 차마 목숨까지 다치게 할 수는 없었다. 그는 사혈을 짚고 있던 쌍장을 좌우로 활짝 벌리면서 고함쳐 꾸짖었다.

"물러나거라!"

그런데 화공두타는 이것을 착각했다. 고지선사가 양손을 옆으로 벌린 행동은 자신의 목숨을 살려주기 위한 분해장分解掌이었는데, 이 자세를 신장팔타神掌八打 가운데 열심장裂心掌으로 그만 오인하고 말았던 것이다.

신장팔타로 말하자면 소림파 무공 중에서도 절학의 하나로 손꼽혔다. 그는 달마당 8대 제자 가운데 한 사람이 이 절기를 구사하는 장면을 훔쳐본 적이 있었다. 좌우로 벌렸던 쌍장이 나란히 모이면서 후려치자, 한 아름이나 되는 굵다란 말뚝이 단번에 쪼개져 나가는 것을 목격했던 것이다. 타격 초식도 무서울뿐더러 쌍장에 실린 내공력 또한 그냥 넘겨버릴 것이 아니었다.

화공두타는 무공이 비록 강력하다고는 하나, 역시 어깨너머로 훔쳐 배운 것이요, 애당초 훌륭한 스승 밑에서 정식으로 지도를 받아본 적이 없었다. 그러니 제아무리 오랜 세월 고심참담 노력했다 하더라도, 소림파의 너르고 체계적인 무공에 대해서는 그저 남몰래 엿보기만 한 것일 뿐이라, 그 정수를 온전히 다 익힐 도리가 없었던 것이다.

고지선사가 펼친 분해장 일초는 사실 상대방의 힘을 빌려 이쪽 힘을 분산시키고 쌍방이 동시에 뒤로 물러나 휴전 상태로 매듭짓자는 의도가 담긴 것이었다.

그런데 화공두타는 이 일초를 신장팔타의 여섯 번째 열심장으로 착각했다. 열심장이라면 이름 그대로 양손으로 적의 앞가슴 심장부를 갈가리 찢어놓는 치명적인 독수였다. 착각을 했으니 절호의 기회를 놓칠 턱이 없었다. '오냐, 네가 정 내 목숨을 빼앗으려 한다만, 그게 어디 쉬울 줄 아느냐!' 번뜩 몸을 솟구쳐 날린 화공두타는 상대방의 활짝 벌어진 앞가슴을 쌍권으로 한꺼번에 들이쳤다.

쌍권의 위력은 그야말로 산을 무너뜨리고 바닷물을 밀어낼 만큼 막강했다. 깜짝 놀란 고지선사가 황급히 손바닥으로 되돌려 맞서려고 했으나, 한번 벌려놓은 기세를 그 짧은 순간에 다시 회복할 길이 없었다. 뒤미처 들리는 "우지직, 우지직!" 소리가 두세 차례 나더니 고지선사의 왼쪽 어깨뼈와 앞가슴 갈비뼈 넉 대가 고스란히 부러져 나갔다.

곁에서 지켜보던 제자들이 대경실색하고 앞다투어 달려 나와 구호의 손길을 뻗쳤으나, 부상자는 실낱같은 숨결 한 가닥만 붙은 채 말 한마디 내지 못했다. 무서운 권격拳擊의 충격에 오장육부가 뒤흔들려 제자리를 벗어나는 심각한 내상을 입은 것이다.

다시 화공두타를 찾으려고 무수한 눈길이 전후좌우를 두리번거렸으나, 그는 벌써 혼란의 와중에 빠져나가 어디로 사라졌는지 알 길이 없었다.

그날 밤, 고지선사는 중상을 입은 몸으로 이승을 떠났다.

절간이 온통 비통과 분노에 휩싸여 있을 때, 화공두타는 다시 숨어 들어와 주방 감독 스님과 평소 사이가 나빴던 동료 스님 다섯 명까지 살수를 써서 하나씩 죽여버렸다.

결국 소림사는 발칵 뒤집혔다. 수십 명의 고수가 사면팔방으로 나가 뒤쫓고, 대강大江 남북을 샅샅이 뒤졌어도 그 종적은 하늘로 날아갔는지 찾아낼 길이 없었다.

사찰의 항렬 높은 원로 스님들은 이 사태를 놓고 한바탕 격론을 벌였다. 서로 책망하고 서로 탓하고 옳거니 그르거니 다투던 끝에 분노를 이기지 못한 나한당 수좌 고혜선사는 소림사를 박차고 훌쩍 떠나 그길로 머나먼 서역 땅으로 들어가 서역 소림 지파를 창건했다. 반천경을 비롯한 방천로, 위천망 이들 세 사람이 바로 고혜선사의 무공을 내리받은 제2대 제자들이었다.

이 엄청난 일을 겪고 나서부터 소림사 무학은 끝내 수십 년 동안 쇠퇴일로를 걷게 되었다. 그리고 이로부터 소림사에는 무릇 스승을 정식으로 모시지 않고는 어느 누구도 무학을 스스로 터득하거나 훔쳐 배우지 못한다는 엄격한 규율이 정해졌다. 이 규율을 어기고 혼자 수련하거나 훔쳐 배우다 발각되었을 때, 정상情狀이 무거운 자에게는 즉결처분으로 죽음을, 정상이 가볍다 하더라도 전신의 근맥筋脈을 끊어 폐인으로 만들었다.

이 규율은 수십 년 이래 엄격히 지켜져왔고, 또 사찰 내부의 경계와 대비책도 엄밀해진 덕분에 두 번 다시는 무공을 훔쳐 배우는 자가 없었다. 따라서 이 무서운 규율 역시 소림사 승려들의 머릿속에서 점차 흐릿하게 기억되다가 끝내 지워지고 말았던 것이다.

심선당 노승이 바로 70여 년 전 고지선사의 어린 제자였다. 그의 가슴속에는 비참하게 죽은 스승의 처참한 모습이 몇십 년 세월이 흐른 지금까지도 사라지지 않고 있었다.

그런데 이제 장군보가 또다시 스승에게 정식으로 무공을 전수받지 않고 혼자 배웠다는 사실을 알게 되자, 과거의 아픈 상처가 되살아나 자기도 모르게 새삼 비분이 우러나는 것을 억제할 수 없었던 것이다.

각원은 장경각에서 전적과 서책을 관리하는 직분이라 읽어보지 않은 책이 없었다. 따라서 필사본에 기록된 그 사건을 떠올리는 순간, 등줄기에서 식은땀이 배어나왔다. 그는 서둘러 방장 스님 앞으로 나아갔다.

"방장 어르신, 그 일은…… 그 일은 군보 책임이 아닙니다!"

무색선사도 그 역사적 참사를 익히 알고 있었다. 그는 황급히 심선당 노승 앞에 합장하고 예를 올린 다음, 차근차근 해명하기 시작했다.

"사숙조 어른께 아룁니다. 문제의 철 나한 한 쌍은 본 사찰의 어느 선배 고승께서 만드신 것이며, 철 나한이 연출하는 소림권법 또한 본 사찰 선배 고승께서 전해 내린 무공입니다. 그러므로 장군보가 익힌 소림권법은 사실 혼자서 익힌 것이 아니라, 바로 본 사찰의 선배 고승께서 전수하신 셈이오며, 단지 그분께서 몸소 가르침을 내리지 않았을 따름입니다."

그러자 심선당 노승이 매섭게 따져 물었다.

"하면 이 녀석에게 소림권법을 전수해주셨다는 그 선배 고승은 뉘신가?"

"하도 오래된 일이라, 그분이 뉘신지 제자는 알지 못합니다. 하오나 문제의 철 나한이 불초 제자의 손에서 나간 것만은 확실합니다."

"그렇다면 그대의 손으로 직접 가르쳤다, 그 말씀인가!"

노승의 목소리가 갈수록 꾸짖는 투로 바뀌어갔다. 그래도 무색선사는 조용히 응대할 따름이었다.

"꼭 그런 것은 아닙니다. 하오나 불초 제자가 이 녀석에게 철 나한을 작동시켜 배워서는 안 된다고 미리 말해주지 못한 불찰은 있습니다."

"어찌 되었든 장군보가 스승을 모시지 않고 혼자 소림 무공을 배운 것은 사실 아닌가!"

원로 선배가 단정을 내렸으니 무색선사로서도 더는 항변할 말이 없었다. 그는 다시 천명 방장 앞으로 건너가 허리를 구부렸다.

"불초 제자는 앞서 본 사찰에 오래전부터 전해온 철 나한 한 쌍을 곽정 대협의 둘째 따님에게 선물로 주었으며, 곽 소저는 그것을 본 사찰의 어린 제자 장군보에게 선사했습니다. 우리 사찰의 규율이 엄격해 스승을 모시지 않고 스스로 본파 무공을 익히지 못하도록 규정했사온데, 장군보는 철 나한에서 단 10초밖에 안 되는 나한권법을 터득했으니 사전에 일러주지 못한 것은 사실이오나, 규율을 알지 못했을 뿐 고의적으로 어긴 것은 아니라 생각됩니다. 이 모든 죄업이 불초 제자에게서 비롯된 것이므로 중한 책망을 기꺼이 받고자 하오니 방장 대사께서는 벌을 내려주십시오. 그리고 장군보, 이 어린 녀석이 모르고 저지른 죄를 부디 용서해주시기 바랍니다."

천명선사는 한참 동안 생각에 잠기더니 마침내 무거운 입을 열었다.

"이 사태의 책임은 확실히 무색에게 있소. 하나 그대 역시 뻔히 알고도 일부러 저지른 잘못이 아니므로 달마당 회의 석상에서 의논해본 다음 처분을 내릴 것이오. 장군보는 웃어른에게 아뢰지 않고 스스로 무공을 익혔으니, 그 스승 되는 각원과 더불어 잘못이 있으므로 마땅히 처벌을 받아야 할 것이다. 모두 달마당 의사청議事廳으로 건너가 처분을 기다리도록 하라."

이어서 달마당 수좌 무상선사가 호통을 쳤다.

"방장 대사께서 법지를 내리셨다! 무색, 각원, 장군보 세 사람은 달마당 의사청으로 건너가 대령할 것을 명하노라!"

"예에!"

무색선사가 한마디로 응답하자, 무상선사는 다시 한번 호통쳐 분부를 내렸다.

"달마당 제자들은 듣거라! 일제히 앞으로 나서서 각원과 장군보를 잡아 꿇려라!"

명령이 떨어지기가 무섭게 달마당 열여덟 명의 수제자가 즉각 앞으로 나서더니 각원과 장군보 두 사람을 사면팔방으로 에워싸기 시작했다. 열여덟 제자가 둘러싼 범위가 무척 넓어 손님으로 들어온 곽양조차 포위망 한복판에 갇히고 말았다.

이때, 삼선당 노승이 매섭게 고함쳐 꾸짖었다.

"나한당 제자들은 뭣들 하고 있느냐! 어찌하여 힘써 달려들지 않는가!"

"예에!"

나한당 소속 108명의 제자가 입을 맞춰 응답하더니, 부처님의 법호를 외면서 한꺼번에 우르르 달려 나왔다.

"나무아미타불! 나무아미타불!"

108명의 나한당 제자들은 사면팔방으로 늘어선 달마당 열여덟 제자들이 에워싼 외곽에 다시 포위망을 짜기 시작했다. 한 겹 또 한 겹…… 그리고 또 한 겹…… 과연 물샐틈없는 삼중 포위망이었다.

"사부님! 저는…… 저는……."

장군보가 손발을 어디다 둘지 모른 채 허둥거리며 덜덜 떨리는 목소리로 스승을 불렀다.

각원은 측은한 눈길로 어린 제자를 바라보았다. 지난 10년 이래 이 제자와 서로 한 목숨처럼 의지하고 살아오는 동안 부자지간처럼 깊은 정이 들었다. 이제 장군보가 스님들의 억센 손에 붙잡히는 날에는 죽음을 모면한다 하더라도 전신의 근맥이 끊겨 폐인이 된 채 평생토록 불구자로 살아야 할 게 뻔했다.

서글픈 상념에 사로잡혀 있는 동안 달마당 수좌의 호통치는 소리가 귀청을 때렸다.

"어서 손을 쓰지 않고 뭣들 하는 거냐!"

그 한마디가 결국 괴로움에 망설이고 있던 각원을 깨우쳐놓았다. 동시에 달마당 열여덟 제자가 일제히 불호를 외우면서 행동을 개시했다.

"나무아미타불! 나무아미타불!"

장엄한 염불 소리와 더불어 이들 스승과 제자 앞으로 성큼성큼 다가드는 승려들의 발걸음이 무거운데, 포위망은 점점 갈수록 좁혀들었다.

각원은 더 생각해볼 것도 없이 그 자리에 선 채로 급작스레 맴을 돌기 시작했다. 어깨에 떠메고 있던 물통 두 개가 덩달아 빙글빙글 춤추듯 돌아가면서 처음에는 작게, 그다음에는 차츰 크게 원을 그리기 시작했다. 한 줄기 거대한 힘이 원심력에 따라 사면팔방으로 뻗쳐나가더니 포위망을 좁혀들던 승려들을 압박해 다가서지 못하게 만들었다.

뒤미처 각원이 양손으로 멜대 줄을 붙잡은 채 훌쩍 떨치자, 철통 속에 가득 담겼던 맑은 물이 모조리 쏟아져 나왔다. 그는 여전히 빙글빙글 맴돌면서 철통 두 개를 지면 쪽으로 기울였다. 그러고는 앞에 서 있던 곽양을 덥석 움켜다 왼쪽 철통에 집어넣었다. 그다음에는 장군보를 움켜 오른쪽 철통에 담았다.

연거푸 일고여덟 차례 맴도는 동안 거대한 철통 한 쌍이 그의 웅후하기 비할 데 없는 내공력을 받아 허공에 "위잉 윙! 위잉 윙!" 거센 바람 소리를 일으키면서 거의 수평으로 돌아갔다. 그것은 한 쌍의 유성추流星鎚였다. 날카로운 못이 박힌 쇳덩어리가 사슬에 매달린 채 원심력을 받아 무섭게 적을 덮쳐가듯 육중한 철통이 갈수록 속도를 붙이면서 코앞에 날아드니, 1,000근 무게가 실린 철통의 힘을 세상 천하에 어느 누가 막아낼 수 있으랴?

전후좌우로 에워싸고 다가들던 달마당 열여덟 제자는 더는 견디지 못하고 뿔뿔이 흩어지면서 이리저리 피하느라 정신이 없었다. 대열은 뒤죽박죽 흐트러지고 삼엄한 포위망이 삽시간에 풀어졌다.

각원의 튼튼한 두 다리가 날 듯이 움직이면서 철통 속의 장군보와 곽양을 떠멘 채로 휘적휘적 비탈진 산길을 내려갔다.

"잡아라!"

승려들이 함성을 지르며 뒤쫓았으나, 들리는 것은 "철커덕, 철커덕" 땅바닥에 끌리면서 점점 멀어져 가는 쇠사슬 소리뿐이었다. 추격이 7~8리 남짓 계속되었을 때 쇠사슬 소리는 이미 반 톨도 들려오지 않았다.

소림사의 그 엄격하기 이를 데 없는 규율이 마침내 발동했다. 달마당 수좌 무상선사의 입에서 장군보를 추적해 체포하라는 명령이 떨어졌다. 수좌 어른의 명령이 떨어진 이상 어느 누구도 감히 거역할 수 없었다. 제자들은 각원을 따라잡지 못할 것이라는 사실을 뻔히 알면서도 용기를 북돋아 무섭게 추격했다.

그러나 시간이 길어지면서 승려들의 다리에 힘이 빠지기 시작했다. 경공에 자신이 없는 자들은 점차 뒤처지면서도 추격은 멈추지 않았다. 하나 땅거미가 깔리고 밤이 되도록 뒤쫓고 났을 때, 열여덟 명의 달마당 수제자들 가운데 고작 다섯 명이 남았을 뿐이다. 게다가 앞길에 대여섯 갈래의 교차로가 나타나자, 그들은 각원 일행이 어느 방향으로 달아났는지 갈피를 잡을 수가 없었다. 또 설령 각원 일행을 따라잡았다손 치더라도 뒤쫓기에 지칠 대로 지쳐버린 다섯 사람만으로는 각원과 장군보의 적수가 되지 못한다는 판단을 내렸다. 결국 추격을 단념한 이들은 할 수 없이 수좌 어른께 복명하러 의기소침하게 절간 쪽으로 발길을 되돌렸다.

각원은 두 사람을 떠멘 채 곧바로 수십 리 길을 정신없이 달리고 나서야 발걸음을 멈췄다. 다다른 곳은 어느 깊은 산속이었다. 저녁 안개가 사방에 희부연 장막을 드리우고, 둥지로 돌아가는 까마귀 떼가 까악, 까악 우짖는 황혼 무렵이었다.

그는 비록 내력이 강한 몸이었으나 이렇듯 목숨 건 뜀박질로 수십 리 길이나 쉬지 않고 치달렸으니 근육은 지칠 대로 지치고 체력 또한 고갈되었다. 이윽고 어깨에 떠멘 철통마저 내려놓을 기력조차 없었다. 그것을 본 장군보와 곽양이 통 속에서 뛰쳐나오더니 저마다 하나씩 떠받들어 그의 어깨에서 내려놓았다.

"사부님, 여기서 쉬십시오. 제가 먹을 것을 좀 찾아오겠습니다."

하지만 이렇듯 황량한 벌판 외진 산골짜기 구석에 먹을 것이 어디 있겠는가. 장군보는 반나절을 헤맨 끝에 산딸기를 한 아름 따가지고 돌아왔다. 세 사람은 그것으로 요기를 한 다음, 바윗돌에 기대어 휴식을 취했다.

그제야 곽양도 마음이 한갓져서 각원을 돌아보며 말을 건넸다.

"대사님, 소림사 스님들 말이에요, 제가 보기에 대사님과 무색선사 두 분 말고는 성격이나 행동거지가 하나같이 괴팍스럽더군요."

"으응……."

각원은 그 소리 한마디뿐, 더 대꾸하지 않았다.

곽양이 계속 얘깃거리를 늘어놓았다.

"생각해보세요. 그 곤륜삼성 하족도가 소림사에 들이닥쳤을 때, 절간 승려들치고 어느 누가 제대로 맞서 겨루기나 했나요? 순전히 대사님과 제자 둘이서 그 사람을 물리칠 수 있었고, 그 덕분에 소림사의 명예를 보전할 수 있었죠. 그런데 고마워하기는커녕 오히려 장씨 동생을 잡아 꿇리려 하다니, 세상에 이런 법이 어디 또 있어요? 저렇듯 뭐가 옳고 그른지 분별도 못 하는 사람들은 난생처음 봤어요. 정말 어째서 그토록 경우가 없는지 모르겠군요."

각원은 한숨을 푸욱 내리쉴 뿐이었다.

"이번 일은 방장 어른이나 무상 사형을 탓할 일이 아니라오. 그분들의 입장으로도 어쩔 수 없었으니까……. 우리 소림사에 엄한 규율이 하나 있는데……."

비로소 말문을 열던 각원이 급작스레 기침을 토해내기 시작했다. 탈진 상태에서 숨 한 모금 제대로 돌리지 못한 탓인지 한번 시작된 기침은 그칠 줄 몰랐다.

곽양이 그의 등을 가볍게 쓸어주었다.

"지치셨군요. 잠깐 눈을 붙이세요. 내일 아침에 얘기해도 늦지 않으니까."

기침 끝에 각원이 또 한숨을 푸욱 내리쉬었다.

"그래야겠소. 나도 정말 지쳤어……."

장군보가 마른 나뭇가지를 주어다 불을 지펴놓고 곽양과 자신의 옷을 입은 채로 불에 쬐여 말렸다. 세 사람은 큰 나무 그루터기에 기대앉은 채 잠이 들었다.

한밤중에 곽양은 각원이 혼잣말로 중얼거리는 소리에 잠이 깨었다. 염불인지 책을 읽는지 어렴풋하게 들려오는 소리에 그녀는 잠이 다 달아나고 말았다.

"……상대방의 힘이 내 살갗 터럭에 가로막혔을 때, 내 의지는 이미 상대방의 뼛속 깊이 들어가 있도다. 두 손으로 지탱하면 단숨에 관통하는도다. 왼쪽에 치중하면 왼쪽이 허해지니 오른쪽 힘은 이미 스러지고, 오른쪽에 치중하면 오른쪽이 허해지니 왼쪽 힘이 스러지느니라……."

곽양은 속이 찔끔했다. '저분이 지금 뭘 외우시는 거야? 공즉시색空卽是色이니 색즉시공色卽是空이니 하는 부처님 말씀은 아닌 듯싶은데……. 왼쪽에 치중하면 왼쪽이 허해지고, 오른쪽에 치중하면 오른쪽이 허해진다니, 아무래도 무학의 권법 경전인 것 같은데, 도대체 뭘까?'

각원이 잠시 숨을 고르다가 또 읊조리기 시작했다.

"기氣는 수레바퀴 같은 것이니, 온몸이 그것에 상응해 따라야 하며, 기에 상응하지 않을 때 그 몸은 어지러이 흐트러지느니, 그 병폐의 근원을 허리와 넓적다리 사이에서 찾아야 하느니라……."

곽양은 긴장했다. "그 병폐의 근원을 허리와 넓적다리 사이에서 찾아야 한다"는 구절을 듣는 순간, 그녀는 각원 스님이 바로 무학의 요체를 암송하고 있다는 사실을 확연히 깨달았다.

그렇다. 각원은 무공을 전혀 할 줄 모른 채 그저 독서에만 파묻혀 미친 듯이 읽고 외웠다. 이 세상 어떤 책이든 사물의 조화를 천지의 경륜과 섭리로 다져 만고불변의 진리를 구명한다고 기록되어 있다. 3년 전 화산 절정봉에서 처음 만났을 때 각원은 옛날부터 전해 내려온《능가경》범문梵文(고대 인도 산스크리트어) 행간에 누군가 한문으로 적어 넣은 〈구양진경〉을 읽어보았다고 했다. 당시 각원은 그것이 몸을 튼튼하게 해주는 체력 단련 방법으로만 생각하고, 경전이 지시한 대로 열심히 따라 익혔다고 했다. 그래서 스승과 제자 두 사람은 남이 가르쳐주지 않았어도 부지불식간에 내공이 천하 일류 고수의 경지에 오를 수 있었던 것이다.

'그날 소상자가 일장을 후려쳤을 때, 이분은 우뚝 선 자세로 그 일초를 받았다. 그리고 오히려 자신의 반탄력으로 상대방에게 중상을 입히지 않았던가? 이처럼 놀라운 신공은 아버님이나 양과 오라버니의 재간으로도 불가능할 터, 오늘 이들 스승과 제자 두 사람이 하족도를 보기 좋게 패배시켜 조용히 물러가게 만든 것도 그 〈구양진경〉 덕분이리라. 그렇다면 지금 이분이 중얼중얼 읊조리는 것이 혹시 〈구양진경〉은 아닐까?'

생각이 여기에 미치자, 곽양은 각원의 집중된 정신을 흐트러놓을까봐 살그머니 일어나 앉아서 그가 읊조리는 경문을 귀담아듣기 시작했다. 그리고 마음속으로 되뇌어 차근차근 기억에 담아두었다. 만약 각원이 읊는 게 진짜 〈구양진경〉이라면, 그 오묘하고도 정밀한 뜻을 당장 깨칠 수야 없는 노릇이니, 우선 단단히 기억해두었다가 내일 아침 해가 뜨는 대로 다시 간청해서 지도를 받아도 늦지 않으리라 생각했다.

각원의 암송은 줄줄이 이어졌다.

"……먼저 마음으로 육신을 부릴 것이니, 상대방의 뜻을 따르되 내 뜻을 따르지 않게 되고 나서야 몸이 마음을 따를 수 있느니라. 자신의 뜻에서 비롯하되 상대방의 움직임에 따를 것이로다. 내 뜻대로 움직이면 막히고 상대방의 움직임에 따르면 트이느니라. 상대방의 움직임에 따를 수 있게 되면, 손가락 한 푼 한 치의 힘만으로도 상대방 힘의 크기를 저울질할 수 있으며, 여기에는 한 푼 한 리厘(1푼分의 10분지 1)도 오차가 없게 될 것이니, 상대방의 장점과 단점을 가늠하되 털끝만

한 차이도 없어야 하느니라. 전진과 후퇴, 어느 방향으로 움직이든 절묘하게 맞아떨어질 것이니, 오랜 노력 오랜 수행 끝에야 그 기량技倆이 정수를 터득하게 될 것이니라……."

여기까지 듣고 났을 때 곽양은 저도 모르게 고개를 흔들었다. '아니, 아니야! 틀린 얘기야! 아버지 어머니가 늘 말씀하시지 않았던가? 적과 맞설 때에는 모름지기 적을 먼저 제압하되 상대방에게 제압당해서는 안 된다고……. 지금 이 스님은 잘못 말하고 있는 거야.'

귓전에 각원이 읊는 소리가 또 들려왔다.

"적이 움직이지 않을 때는 나도 움직이지 않으리로다. 적이 미동微動할 때 나는 이미 행동에 들어가 있으리라. 경력勁力을 너르게 펼치되 성글지 않아야 하며, 공세는 펼칠 듯 말 듯 보이고, 힘줄기는 끊겨도 의지는 끊이지 않아야 하느니……."

곽양은 들으면 들을수록 미망迷妄에 사로잡혔다. 어릴 적부터 익혀온 무공의 요체는 온전히 선발제인先發制人, 후발제어인後發制於人 원칙만 강조하는 것이었다. 그러니까 '적보다 앞서 움직여 상대방을 제압할 것이지, 상대방보다 뒤늦게 움직여 제압당해서는 안 된다'는 것이 그 원칙이었다. 다시 말하자면, 기습적인 속도로 적이 의도하는 바를 구석구석 차단하고, 공격 초식 한 수 한 수마다 철두철미하게 기선을 다투는 것이 되어야 한다는 것이다. 그런데 지금 각원이 암송하는 권경拳經의 비결은 '내 뜻대로 움직이면 막히고 상대방의 움직임에 따르면 트인다'고 하니, 그녀가 평생 배운 것과 전혀 딴 길로 새어나가는 얘기가 아니고 무엇이랴? 그렇다면 적과 맞서 싸울 때 쌍방이 서로 목숨 걸고 육박전을 벌이고 있는 마당에 내가 자기 뜻을 버리고 상대방의 움직임에 따르기만 한다면 결국 어쩌란 말인가? 적이 나더러 동쪽으로 가라 하면 동쪽으로 가고, 서쪽으로 가라 하면 서쪽으로 가야 한다니, 진짜 그랬다가는 처음부터 끝까지 일방적으로 얻어맞는 꼬락서니가 되고 말 게 아닌가?

각원이 또 중얼중얼 읊었다.

"음기가 극도로 왕성한 후엔 점차 쇠퇴하고 양기가 조금씩 생겨나며, 음기가 점차 쇠퇴하는 대로 양기가 점차 왕성해지느니 음과 양이 서로 보완하고 상생하며 서로 도우리라. 젊은 양기는 노숙한 음기에서 생겨나며, 젊은 음기는 노숙한 양기에서 생겨나느니라. 무릇 만사는 극도에 다다라서는 안 될 것이니, 극도에 다다르면 바뀌게 되느니라. 무거움에서 가벼움으로 돌아가고, 가벼움에서 무거움으로 돌아가는 것이 그 이치이니……."

여기서 곽양은 퍼뜩 깨닫는 것이 있었다. 옳은 말이었다. 내가 일권을 격출擊出하고 난 다음에 주먹 힘은 이미 소진되어 단 한 푼의 힘을 더 보태고 싶어도 그것은 불가능하다. 그러나 각원 스님의 말대로 한다면 주먹 힘이 소진되어버린 다음에도 홀연히 다시 생겨날 수 있고 또 생겨날수록 강해질 수 있다니, 그것 참말 신기한 노릇이다. 각원의 내공이 그토록 대단한 것도, 설마 이런 도리에서 생겨난 것은 아닐까?

이렇듯 잠깐 망설이는 사이, 각원이 읊조리는 내용은 귓전으로 흘러나가 결국 듣고도 못 들은 격이 되어버렸다.

흘끗 돌아보니, 어느새 잠이 깨었는지 달빛 아래 장군보가 조용히 똬리를 틀고 앉은 채 정신을 집중시켜 스승의 말을 경청하고 있었다. 그것을 본 곽양은 저도 모르게 경쟁심이 일었다. '이분의 말씀이 맞든 틀리든, 난 그저 단단히 기억해두기만 하면 그만이다. 혹시 누가 알랴? 이 스님께서 반탄력으로 소상자에게 중상을 입혔고, 진기로 하족도마저 쫓아버리는 걸 내 눈으로 직접 목격하지 않았던가? 그렇다면 이분이 말씀하시는 무공 법문에 나름대로 반드시 큰 도리가 담겨 있을 것이다.'

그녀는 정신을 가다듬고 속으로 열심히 외우기 시작했다.

《능가경》이 처음 천축 땅에서 흘러나올 당시, 천축에는 아직 종이를 만드는 기술이 없었다. 그래서 경문을 패다라엽이란 일종의 종려나무 잎사귀에 뾰족한 바늘로 새겨서 기록해 넣었다. 중국 선종의 시조 달마조사가 남북조시대 양梁나라 무제武帝 때(502~549) 패엽으로 엮은 불경을 가지고 중원으로 들어와 소림사에 전했는데, 이 종려나무 잎사귀는 바싹 마르면 쉽게 부스러지기 때문에 간수하기도 어렵거니와 읽기에도 적잖이 불편했다.

소림사 승려들은 이 다루기 까다로운 패엽경을 다시 백지에 옮겨 베껴서 못을 박아 종이 책으로 만들었다. 범문梵文으로 된 경문을 베껴 쓰다 보니 행간이 무척 넓어져서 언제인지는 모르나 어느 고승 한 분이 행간의 빈틈에 한문으로 된 〈구양진경〉을 따로 옮겨 써놓았다. 아무도 몰랐지만, 이 경전에는 내공을 단련하는 절묘하고도 심오한 고도의 무학 비결이 담겨 있었다.

1,000년의 장구한 세월이 흐르는 동안 소림사 승려들이 대대로 읽어온《능가경》은 하나같이 한문으로 쉽게 번역된 판본이었고, 판독하기 까다로운 범어로 된 원본을 읽어보려는 이가 없었다. 따라서 그 행간에 감춰진 〈구양진경〉 역시 소림사 장경각에 1,000년의 오랜 세월 동안 소중히 간직되어왔으나, 그것을 뒤적여 읽어본 이는 시종 한 사

람도 없었던 것이다.

각원은 성격이 오활한 데다 사물을 깊이 생각하는 기질도 아니어서 장경각에 수십 년 동안 들어박힌 채 소장된 서적을 닥치는 대로 읽어보았고 들춰보지 않은 경전이 없었다. 읽은 후엔 아무런 의심 없이 그저 암송해 기억에 담아두는 동안 자기도 느끼지 못한 사이에 깊고도 오묘한 내공을 습득하게 되었던 것이다.

아무도 몰랐으나 〈구양진경〉을 편찬한 이 고승은 불문에 귀의하기 이전 도사 출신이어서, 도교의 경전에 두루 정통해 있었다. 그가 엮은 《무경武經》은 굳셈과 부드러움을 아울러서 중시하는 이른바 강유병중剛柔並重, 음과 양이 서로 돕고 보완하는 음양호제陰陽互濟, 상대방의 낌새에 따라 공격과 수비를 전개하는 수기이시隨機而施, 상대방보다 뒤늦게 움직여 상대방을 제압하는 후발제인後發制人, 이 네 가지 요체가 주된 내용을 이루었다. 이것은 양강 일변도에 치중하는 소림의 전통 무학과는 사뭇 다른 것일 뿐 아니라, 음유 일변도에 치중하는 순수한 도가道家의 〈구음진경九陰眞經〉과도 차이를 보이는 것이었다.

그 고승은 어느 해엔가 이 무학의 심오한 원리를 깨쳤으나, 감히 소림사 동문 승려들과 함께 연구·토론하거나 발전시켜볼 엄두를 내지 못한 채 그저 손길 가는 대로 《능가경》 행간에 베껴 써넣는 것으로 만족했다. 각원 스님이 이 〈구양진경〉 내공의 비결을 습득하게 된 것은 무엇보다 그의 천성이 워낙 긍정적인 데다 눈으로 보고 읽은 것이라면 그 어떤 사물이든 자연스럽게 받아들일 줄 알았기 때문에 그런 행운이 따랐던 것이고, 어쩌면 그것이 숙명이었는지도 모를 일이었다.

하루 종일 진력眞力을 소모하고 나서 또 한밤중까지 암송을 계속하다 보니 각원 스님은 정신이 고르지 못해 입놀림이 흐트러지고 순서가 뒤바뀌는가 하면 이따금 무학 비결에 《능가경》 몇 구절이 섞여 나오기도 했다. 〈구양진경〉 자체가 《능가경》 원본 행간에 적혀 있었기 때문에 각원 스님은 두 가지 내용을 함께 암기했던 것이다. 그러나 다행히도 곽양은 천성이 워낙 총명한 터라 그것들을 제대로 걸러내고 고쳐서 열심히 기억에 담아둘 수 있었다. 비록 스님이 구술하는 전체의 2~3할에 지나지 않는 분량이었지만 말이다.

얼음같이 차가운 보름달이 서녘으로 기울고 인간과 사물의 그림자가 길게 드리워질 무렵, 경문을 암송하던 각원 스님의 목소리가 차츰 낮아지더니 입술의 움직임조차 알아보기 어려울 정도로 흐리멍덩해졌다.

"대사님, 진종일 너무 지치셨어요. 한잠 더 주무세요."

곽양이 보다 못해 한마디 권했으나, 각원은 알아듣지 못한 듯 여전히 몽롱한 의식 속에서 암송을 계속해나갔다.

"……힘은 상대방에게서 빌려오고 진기는 척추에서 발출되느니라. 어찌하여 기가 척추에서 발출되는가? 진기가 상단에서 아래로 가라앉으니, 양어깨로부터 척추뼈에 거두어져 허리 부위에 주입되도다. 이렇듯 진기가 상단에서 하단으로 내려가는 것을 '합合'이라 일컫느니라. 허리 부위에서 척추뼈로 펼쳐지고, 양 팔뚝에 고루 분포되었다가 손가락에서 베풀어지느니라. 이렇듯 진기가 하단에서 상단으로 떠오르는 것을 '개開'라 일컫느니라. '합'은 곧 거두어들임이요, '개'는 곧 풀어내는 것이니, 개와 합의 조화를 터득하면 음양을 안다 할 것이니라……."

읊조릴수록 목소리가 낮아지다가, 끝내 아무 소리도 나지 않았다.

갑자기 주변이 적막해졌다. 각원 스님은 이제 혼곤히 깊은 잠에 빠져들었다.

곽양과 장군보는 여전히 그 자리에 앉아 있었다. 스님이 놀라 깰까 두려워 모두 옴짝달싹도 않고 앉은 자세 그대로 스님이 읊었던 경문을 묵묵히 암기하는 일에만 열중했다.

어느덧 별자리가 옮겨가고 달은 서산에 떨어졌다. 급작스레 먹구름이 사방에서 몰려들더니 하늘과 땅은 이내 칠흑 같은 어둠으로 뒤덮였다. 그리고 다시 밥 한 끼 먹을 시각쯤 지나자, 비로소 어둠이 걷히면서 동녘이 훤히 밝아오기 시작했다.

각원 스님은 두 눈을 내리감은 채 허옇게 센 눈썹을 늘어뜨리고 조용히 앉아 있었다. 움직이는 기색은 없으나 얼굴에 보일 듯 말 듯 웃음을 머금고 있었다.

장군보가 무심코 흘끗 뒤돌아보다 깜짝 놀랐다. 커다란 나무 뒤에 사람의 그림자 하나가 번뜩 스치는 것을 발견한 것이다.

"누구요?"

어렴풋이 누른빛 가사 한 자락을 본 그는 당장 머리카락이 곤두섰다. 소림사 스님이 분명했다.

이윽고 나무 뒤에서 키가 훤칠한 말라깽이 노승 한 분이 돌아나왔다. 바로 나한당 수좌 무색선사였다.

"아, 대사님이셨군요……."

곽양은 놀라움 속에 반가운 생각이 앞서 외쳤으나, 이내 원망의 감정이 섞여들었다.

"어째서 그냥 놓아 보내지 않고 끝내 뒤쫓아오셨어요? 각원 스님과 어린 제자를 꼭 붙잡아 데려가셔야 하나요?"

무색선사가 고개를 끄덕이며 대꾸했다.

"으음, 좋은 말씀이로다, 좋은 말씀이야! 이 늙다리 땡추가 시비만큼은 아직 가릴 줄 아는데, 그따위 케케묵은 옛 법규에 얽매일 사람 같은가? 노승이 여기 도착한 지는 자정도 되기 전이었지. 만약 손을 쓰기로 마음먹었다면 여태까지 기다려줄 턱이 있었겠는가?"

그러고는 각원 쪽을 바라보며 이렇게 채근했다.

"각원 사제와 군보 두 사람은 어서 속히 달아나게. 무상 사제가 지금 달마당 제자들을 이끌고 동쪽으로 추격하고 있으니, 자네들은 서쪽으로 빨리 도망치게. 난 이제 달마당으로 가서 문책을 받아야 하니 여기서 더는 도와줄 수 없겠네."

각원 스님은 두 눈을 내리감은 채 여전히 깨어날 줄 몰랐다.

장군보가 스승 앞으로 다가섰다.

"사부님, 이제 그만 일어나세요. 나한당 수좌 어른께서 말씀하고 계십니다."

그러나 각원은 여전히 꼼짝달싹도 하지 않았다.

장군보는 뭔가 섬뜩한 느낌이 들어 스승의 이마를 손으로 짚어보았다. 손가락 끝에 닿는 것은 얼음같이 차가운 감촉뿐 따뜻한 체온이라곤 한 점도 없었다. 각원 스님은 이미 원적圓寂한 지 오래였다.

"사부님! 사부님!"

장군보 소년은 설움이 한꺼번에 복받쳐 그 자리에 털썩 엎드린 채 목 놓아 대성통곡하기 시작했다. 그러나 어린 제자가 아무리 소리쳐 불러도 스승은 깨어날 줄 몰랐다. 앉은 자세 그대로 좌화坐化했으나,

미소 띤 얼굴을 보면 열반涅槃에 든 것이 분명해 보였다.

무색선사가 두 손 모아 합장하고 그 앞에 깊숙이 허리를 굽혔다. 입에서는 어느덧 게송偈頌•이 흘러나왔다.

부처님의 시방세계	十方世界
구름 한 점 가린 데 없으니,	諸方無雲翳
사면이 모두 맑고 밝아라.	四面皆淸明
미풍에 향기 불어오니,	微風吹香氣
뭇 산은 소리 없이 고요하네.	衆山靜無聲
오늘에야 대환희지大歡喜地••에 들었으니,	今日大歡喜
부서지기 쉬운 그 나약한 몸 버려 얻은 것이라네.	捨身危脆身
노여움도 근심 걱정도 이제 없으리니,	無嗔亦無憂
이 어찌 기뻐하여 경축할 일이 아니랴?	寧不當欣慶

네 구절, 여덟 마디 게송이 노승의 발길 따라 여운을 길게 끌면서 돌아갔다. 이윽고 무색선사는 표연히 그 자리를 떠나갔다.

장군보는 한바탕 목을 놓아 통곡했다. 곽양 역시 적지 않게 눈물을 흘렸다.

소림사 승려들이 원적하면 다비식茶毘式으로 화장을 했다. 두 사람은

• '게偈'와 '송頌'은 모두 불교의 가르침을 노래나 시구로 나타낸 것이다. '가타伽陀, gatha'와 같은 말.

•• 환희지: 종교적으로 깨달음을 얻은 기쁨의 경지. 불교에서 몸과 마음을 온전히 바쳐 깨치는 '보살십지菩薩十地' 가운데 첫 번째 환희의 경지.

마른 나무 가장귀를 주어다 쌓아놓고 각원의 법신을 불살랐다.

일을 다 치른 뒤에 곽양이 장군보에게 말했다.

"이것 봐, 동생. 소림사 승려들이 동생을 그냥 놓아 보내지 않을 테니 여러모로 조심해야 할 거야. 훗날을 기약하고 우리 여기서 이만 헤어지는 게 좋겠어. 언젠가 다시 만날 때가 있겠지."

장군보의 눈에 글썽글썽 맺혀 있던 눈물이 뚝뚝 떨어졌다.

"아가씨는…… 어디로 가시렵니까? 저는 또 어디로 가야 하고?"

어디로 가야 하느냐고 자신에게 물어오니, 곽양은 그만 가슴이 쓰라렸다.

"나는 발길 닿는 대로 정처 없이 갈 뿐이야. 아득히 먼 하늘가, 바다 모퉁이까지. 어디로 갈 것인지 나도 모르겠어. 동생은 아직 어리고 강호에 나다닌 경험도 전혀 없는데, 소림사 승려들은 지금 사면팔방 곳곳마다 동생을 잡지 못해 혈안이 되어 헤매고 있을 테니, 그 추적을 어떻게 피해야 좋을지 모르겠군……. 우리 이렇게 하면 어떨까?"

그녀는 팔뚝에 차고 있던 금실 팔찌를 풀어 장군보에게 건넸다.

"이 팔찌를 가지고 양양성으로 가서 우리 부모님을 만나봐. 그분들이 잘 대해주실 테니까. 우리 부모님과 함께 있기만 하면, 소림사 승려들이 제아무리 사납더라도 동생을 어쩌지 못할 거야."

장군보가 눈물을 글썽이며 팔찌를 건네받자, 그녀는 한마디 당부의 말을 더 보탰다.

"우리 부모님을 만나뵙거든 안부 좀 전해줘. 나 몸 성히 잘 있으니 걱정하실 것 없다고……. 우리 아버님은 소년 영웅을 무척 아끼고 사랑하시는 분이니까 동생 같은 인재를 보면 제자로 받아주실지 몰라.

내 남동생은 타고난 성격이 착실하고 순박해서 장씨 동생과 얘기가 잘 통하겠지만, 언니는 성미가 고약해서 수가 틀렸다 하는 날이면 남의 체면 따위는 생각해주지도 않고 제멋대로 마구 대하는 게 탈이야. 하지만 비위를 맞춰 순순히 따라준다면 별일은 없을 거야."

그녀는 부모님이 처한 형편을 낱낱이 설명해주었다. 또 양양성으로 가서 어떻게 그분들을 만날 수 있는지 그 방법까지 시시콜콜 다 일러주고 나서야 마음이 놓여 홀가분하게 발길을 돌려 떠나갔다.

졸지에 외톨이가 된 장군보는 그만 눈앞이 캄캄해졌다. 하늘과 땅 어디를 돌아보나 그저 막막하기만 할 뿐, 이 너른 세상천지 어디에도 편히 몸 붙일 데가 없었다.

그는 불태워버린 스승의 잿더미 앞에서 멍청하니 반나절이나 서 있다가 겨우 돌아서서 발걸음을 떼기 시작했다. 10여 장丈쯤 걸어 나오던 그는 갑자기 무슨 생각에서였는지 후딱 몸을 돌이키더니 스승이 남기고 간 그 육중한 철통 두 개를 어깨에 걸머메고 비틀거리는 걸음걸이로 천천히 그 자리를 떠났다.

황량한 산중, 거친 들판 고갯길을 넘어서 하염없이 남쪽으로 향하는 깡마른 체구의 소년…… 그 뒷모습이 말로 다할 수 없으리만치 외롭고 쓸쓸하고 처량해 보였다.

보름쯤 지나서 그는 호북성湖北省 경내에 들어섰다. 이제 양양성까지 남은 길도 그리 멀지 않았다.

소림사 승려들의 추격은 시종 그를 따라잡지 못했다. 장군보는 몰랐으나 무색선사가 암암리에 돌봐주어 추격대를 북방으로 이끌어간 덕분에 결국은 승려들의 집요한 추적을 따돌리고, 반대로 길을 잡아 날이 갈수록 멀어졌기 때문이다.

그날 오후, 장군보는 어느 거대한 산기슭 밑에 이르렀다. 울창한 나무숲이 빽빽하게 들어차고 산세가 몹시 웅장한 것에 저도 모르게 마음이 끌려 지나가던 시골 사람에게 물어보았더니 바로 무당산武當山이라고 했다.

산자락 아래 바윗돌에 기대앉아 쉬고 있으려니, 홀연히 시골 농부인 듯싶은 차림새의 남녀 한 쌍이 산길을 따라 다가오는 모습이 눈에 들어왔다. 친근하게 어깨를 나란히 하고 걷는 탯거리가 한창 젊은 부부인 것이 분명한데, 무슨 일인지 아내가 재잘재잘 그칠 새 없이 남편을 윽박지르고 있었다. 사내는 고개를 숙인 채 아무 말도 못 하고 가만히 듣고만 있었다.

앞을 지나치면서 아낙네의 목소리가 들려왔다.

"명색이 사내대장부라면서 스스로 독립할 생각은 못 하고 누님과 자형에게만 의지해 살아갈래요? 그러니까 그런 수모를 당해도 싸요! 우리 둘이서 손발이 모자란 것도 아닌데, 뭐든지 일을 해서 제 밥벌이는 할 수 있지 않아요? 무 배추 반찬에 멀건 차를 마시고 맨밥을 먹는 한이 있더라도 그게 얼마나 마음 편하겠어요? 그저 야무진 구석 하나 없이 되는대로 빈둥빈둥 놀려고만 하니 도대체 남부끄럽지도 않아요?"

아내에게 한바탕 구박을 당하고도 사내는 그저 "응, 응" 하고 몇 번 응대만 할 뿐, 얼굴이 벌겋게 상기된 채 말대꾸 한마디 제대로 하지 못했다. 아내가 그 꼴을 보고 더욱 속이 상했는지 또 한차례 윽박질렀다.

"어이구, 이 무골충無骨虫아! 세상에 죽는 일 말고 더한 일 없다던데,

당신은 꼭 그렇게 남한테 빌붙어 살아야만 해요?"

수다스러운 아낙네의 잔소리가 구구절절 장군보의 가슴속으로 비수의 칼날처럼 예리하게 파고들었다. '그렇다. 이는 바로 내게 하는 말이나 다를 바 없다! 명색이 사내대장부라면서 스스로 독립하지는 못하고 남에게 빌붙어 살아갈 생각이나 하다니. 그러니까 아무 까닭 없이 수모를 당하는 게 아닌가? 속담에 죽는 일 말고 더한 일 없다 했는데, 설마 이 장군보가 남한테 한 몸 의탁하지 않고는 못 살아간단 말이냐?'

장군보는 한참 동안 넋을 잃은 채 이들 시골뜨기 부부의 뒷모습을 멍하니 바라만 보고 있었다. 가슴속이 온통 뒤죽박죽 소용돌이치기 시작했다. 절간 속담에 '당두봉갈當頭棒喝'이라더니, 과연 한낱 시골 농사꾼 아낙네가 무심코 흘린 몇 마디 말이 정수리를 내리치는 몽둥이가 되어 그의 안일한 상념을 한꺼번에 뒤흔들어놓았다.

젊은 부부의 뒷모습이 차츰 멀어져가는 듯싶더니 산모퉁이로 접어들기 직전에 남편이 급작스레 허리를 쭉 펴면서 아내에게 뭐라고 몇 마디 건네는 듯했다. 이어서 두 남녀가 큰 소리로 웃음보를 터뜨리며 장군보의 시야에서 사라졌다. 아마도 사내가 제 힘으로 꿋꿋이 독립하기로 다짐을 두었는지, 기꺼움에 들뜬 부부의 유쾌한 웃음소리가 사뭇 길게 여운을 끌었다.

장군보는 고개 숙인 채 깊은 생각에 빠져들었다. 곽 소저의 말이, 자기 언니는 성미가 고약해서 말투도 각박하고 남의 체면 같은 것을 보아주지 않는다고 했다. 그러니 비위를 잘 맞춰 그녀가 시키는 대로 순순히 따르라고 했다. '나도 떳떳한 사내대장부인데 어찌 남 앞에 굽실대며 한평생을 구차스레 살아가야 한단 말인가? 하물며 저 시골 농사꾼 부부도 심기일전으로 분발해 자립할 결심을 하는데, 이 장군보가 어찌 남의 집 울타리 밑에 빌붙어 한평생 눈칫밥이나 얻어먹으며 살아갈 궁리를 한단 말인가?'

상념이 여기에 미쳤을 때 장군보는 결심을 굳건히 했다.

그는 철통을 걸머메고 곧바로 무당산에 오르기 시작했다. 그리고 기거할 만한 동굴을 하나 찾아 들어앉았다. 목마르면 산골짜기 샘물 떠 마시고 배고프면 야생 과일로 연명하면서 부지런히 각원 스승이 전수한 〈구양진경〉을 수련했다.

각원 스님에게서 가르침을 오랫동안 전수받은 그는 〈구양진경〉의 내용을 절반 이상 기억하고 있었다. 처음 배운 지 10여 년 세월이 흐르는 동안 내력이 크게 증진했다. 이후 또다시 도가의 경전을 집대성한《도장道藏》에서 많은 지식을 습득한 끝에 드디어 연기지술鍊氣之術의 깊숙한 경지에까지 들어갈 수 있었다.

어느 날, 한가로이 산골짜기를 거닐면서 하늘에 뜬 구름을 우러러보고 계곡에 굽이쳐 흘러가는 냇물을 굽어보다가, 그는 불현듯 노자老子의 가르침을 머릿속에 떠올렸다.

> 부드럽고 약해 보이는 것이 굳세고 강한 것을 이겨낸다柔弱勝剛强. 사물이 극도에 다다르면 필연적으로 쇠퇴한다物極必反. 정규적인 방식이 다시 변칙적인 것으로 바뀌고, 최선의 방책을 추구하면 불가사의한 것으로 바뀔 수 있다正復爲奇 善復爲妖.
>
> 구부러지면 오히려 온전할 수 있고, 굽히면 오히려 곧아질 수 있다曲則全 枉則直. 움푹 파인 곳에는 사물이 가득 차게 마련이요, 낡은 것은 반드시

> 새롭게 되고, 모자라면 얻기를 추구하게 되며, 지나치게 많이 얻으면 미혹에 빠져 잃어버릴 수 있다窪則盈 褸則新 少則得多則惑.•

장군보의 상념은 노자 말씀에서 떠나지 않고 꼬리에 꼬리를 물고 이어졌다.

> 세상에서 가장 부드러운 것으로 가장 견고한 것을 극복한다以天下之柔 馳騁天下之堅. 세상에 물보다 더 부드러운 것은 없다天下以柔莫過於水. 그러므로 가장 굳세고 강한 것을 공격하는 데 물처럼 부드러운 것보다 더 나은 방법은 없다而攻堅强者莫之能勝. 사물은 잃은 가운데 얻는 바가 있으며物或損之而益, 얻으려고만 하다가 잃는 수도 있다或益之而損. 올바른 말은 반대처럼 들릴 수가 있다正言若反. 신비스러운 덕은 깊고도 원대해 사물과 더불어 되돌아온다玄德深矣遠矣 與物反矣. 되돌아오는 오묘한 덕이야말로 대자연의 질서에 순응하는 것이다然後乃至大順.••

그는 이 평범한 철리哲理의 대목들 가운데서 부드러움으로 굳센 것을 이겨내는 '이유극강以柔克剛'의 권법 원리를 터득할 수 있었다. 노자가 뭐라 했던가?

• 도가道家의 경전《노자》제22장 '자기 자신을 온전히 자연에 귀일歸一하게 만든다'에서 인용(김경탁 역본, 이하 같음).

•• 《노자》제43장 '무위無爲의 이로움', 제78장 '부드러움이 강함을 이긴다', 제42장 '모든 사물은 잃음으로써 얻음이 있고 얻음으로써 잃는 수가 있다. 이것이 현상계의 법칙이다', 제65장 '지식에만 치우치면 질서를 어지럽힌다'에서 각각 인용.

하류급에 속하는 사람들은 진리를 들으면 우스꽝스럽게 여기지만, 사실 우스꽝스럽게 여겨지지 않는 진리는 참된 진리가 아니다下士聞道大笑之 不笑不足以爲道.•

바로 이 말과 같은 경우였다.

그는 다시 동굴 속에 틀어박혀 노자의 《도덕경道德經》 가운데 아래 구절을 놓고 무학의 도리에 응용하는 데 꼬박 이레 낮과 이레 밤을 골똘히 생각했다.

물건을 접으려거든 먼저 펼쳐놓아야 하듯, 상대방을 약하게 만들려거든 반드시 먼저 강하게 해준다將欲翕之 必固張之 將欲弱之 必固强之. 상대방을 피폐하게 만들려거든, 먼저 흥청망청 모두 낭비하게 만들며, 상대방의 것을 빼앗고 싶거든 반드시 내 것부터 먼저 주어라將欲廢之 必固興之 將欲奪之 必固與之. 이것이 도의 미묘한 섭리다是爲微明. 이러한 섭리가 있기 때문에 부드러움으로 굳센 것을 이기고, 약한 것으로 강한 것을 극복할 수 있는 것이다柔勝剛 弱勝强.••

이레 낮밤을 보내고 났을 때 장군보는 돌연 머릿속이 탁 트여 무학 중에 음양이 서로 돕는 지고무상至高無上한 이치를 깨칠 수 있었다.

그는 기쁨을 이기지 못하고 하늘을 우러러 길게 웃음을 터뜨렸다.

• 《노자》 제41장 '최상의 사람은 도를 들으면 부지런히 행하고, 중류 인간은 도를 들으면 있는 듯 없는 듯 넘겨버리며, 하류 인간은 도를 들으면 크게 웃는다'에서 인용.

•• 《노자》 제36장 '빼앗고 싶거든 먼저 주어라'에서 인용.

"으하하하! 으하하하하!"

이 한바탕 앙천대소야말로 선인先人의 뜻을 이어받아 후대에 발전시키고, 지난날의 업적을 계승해 앞길을 개척해나갈 무학 대종사의 탄생을 세상에 알리는 고고성呱呱聲이었다.

그는 스스로 깨친 권법의 원리로 도가의 충허원통沖虛圓通 사상과 〈구양진경〉에 기재된 상생상극相生相剋의 내공 원리를 융화시켜 후세에 길이 빛날 절세 무공, 천고에 두루 비치는 무당파武當派 고유의 무학을 창출해내는 데 성공했다.

장군보는 도가의 학문에 전념한 탓으로 무당산 정상에 진무대제眞武大帝의 도관道觀을 세우고 마침내 도사가 되었다.

훗날 북방을 유람하던 중 보명寶鳴에 이르러 산봉우리 셋이 빼어난 자태로 구름바다 한가운데 우뚝 솟구친 기상을 보고 무학의 또 다른 깨달음을 얻은 나머지 스스로 '삼봉三丰'이란 호를 쓰기 시작했다. 이 사람이 바로 중국 무학 사상 불세출의 기인이요, 태극권의 창시자인 장삼봉張三丰•이다.

• 몽골 통치 시기부터 원·명 초엽에 걸쳐 활동한 전설적 도사. 요동遼東 의주懿州 출신으로 이름은 전일全一 또는 군보君寶, 군실君實, 도호는 원원자元元子. 한평생 신변 정리를 않고 겉치레를 한 적이 없어 '칠칠치 못하고 지저분한 너털 도사'란 뜻에서 '장랍탑張邋遢'이란 별명을 얻었다. 역사서에는 키가 훤칠하게 크고 다부진 몸매, 학처럼 미끈한 등허리에 커다란 귀, 부리부리한 눈매를 지니고 수염이 창끝처럼 돋아났다고 한다. 전진칠자 가운데 하나인 구처기와 벗을 맺고 도학에 조예가 깊을 뿐 아니라 독창적 권법과 무학을 만들어 당세 격투기의 명수로 이름을 떨쳤다. 역사적인 실존 인물로 장삼봉의 행적에 관해서는 별책 부록을 참고할 것.

갑자기 눈앞이 환해지더니 느닷없이 뜨거운 열기가 얼굴에 확 끼쳐왔다. 눈부시기도 하려니와 무엇보다 숨이 막힐 듯 뜨거운 열기에 질려 유대암은 즉시 걸음을 멈추었다.
대청 벽돌 바닥 한복판에는 단단한 암석을 반듯반듯하게 잘라서 쌓아 올린 거대한 화덕이 하나 있었다. 화덕에는 거센 불꽃이 길길이 솟구쳐 오르고, 화덕 양 곁에는 세 사람이 갈라서서 엄청나게 큰 풀무 손잡이를 하나씩 잡고 아궁이에 열심히 바람을 불어넣고 있었다. 화덕 위 불길이 치솟는 한가운데 길이 3척 남짓한 대도大刀 한 자루가 시커먼 몸뚱이를 맹렬한 불길 속에 내맡긴 채 말없이 누워 있었다.

3. 백번 담금질하나 도룡도는 검은빛 광채만 빛나고

해마다 꽃은 피고 지고 또 피고 지고 세월은 흘러갔다. 한때 어렸던 소년도 강호에서 늙어가는가 하면, 홍안의 수줍은 처녀의 귀밑머리에도 어느덧 서리가 내렸다.

올해는 원나라 순제順帝 토곤테무르妥懽帖睦爾•가 황제 자리에 오른 지 2년째 되던 해(1342)요, 동쪽 이웃 나라 고려에서는 충혜왕忠惠王이 즉위한 지 3년째 되는 해였다. 남송南宋이 멸망한 지는 벌써 50여 년 세월이 흘렀다.

때는 바야흐로 늦은 봄 3월 하순, 강남 땅 바닷가에 연한 대로상을 바쁜 걸음걸이로 휘적휘적 걸어가는 장사壯士가 하나 있었다. 나이는 채 서른이 안 되어 보이지만, 우람한 체격에 쪽빛 장삼을 걸치고 짚신을 꿰어 찬 두 다리를 시원스럽게 성큼성큼 떼어 옮기면서 북쪽으로 가는 중이었다. 굵다란 양 눈썹이 비스듬히 치켜올랐고 그 아래 부리부리한 두 눈망울에는 형형한 기백이 철철 흐르는데, 우뚝 솟은 콧날까지 어느 구석으로 보나 무척 다부지고 영걸스러운 기품이 돋보였다.

해는 뉘엿뉘엿 저물어가고, 길가에 붉게 만발한 복사꽃하며 연두색

• 원나라 마지막 황제. 나라가 쇠망하자 1364년 주원장 군대에 쫓겨 북방 몽골 지역으로 도망치던 도중 1370년 탈리부유르達里泊 서남쪽 기슭에서 병사했다. 그 황후가 고려인 출신의 기황후奇皇后다.

으로 물든 버드나무 잎사귀에 감도는 따사로운 봄빛이 한창 무르익고 있었다. 하지만 사내는 감상해볼 마음의 여유가 없는지 눈길 한 번 주지 않고 그저 길 재촉만 하면서 묵묵히 손꼽아 날짜를 헤아릴 따름이었다.

'오늘이 3월 스무나흗날, 이제 4월 초아흐레까지는 겨우 열나흘밖에 남지 않았다. 가는 도중에 조금이라도 지체했다가는 때맞춰 무당산에 도달하지 못하겠구나. 사부님의 90세 생신 축하 잔치에 나 혼자만 빠질 수야 없지…….'

사내의 이름은 유대암兪岱巖, 바로 무당파 조사 장삼봉이 가장 아끼는 일곱 제자 가운데 셋째였다.

이해 연초에 장삼봉은 양민 학살과 약탈을 마구 저지르는 극악무도한 도적 떼가 강남 복건성福建省 일대를 휩쓸고 다닌다는 소식을 듣고 유대암에게 현지로 달려가 그 도적 떼의 괴수를 처단하라는 명령을 내렸다. 그런데 이 소문을 전해 들은 괴수가 미리 종적을 감춰버려 유대암은 2개월 넘게 복건 지방을 샅샅이 뒤지고 다녀야 했다. 그리고 겨우 저들의 비밀 소굴을 찾아내어 정식으로 도전한 끝에, 스승이 가르쳐준 현허도법玄虛刀法 제11초 만에 그 괴수를 죽일 수 있었다.

당초 무당산을 떠날 때 예상하기로는 열흘이면 그 정도 일쯤은 너끈히 매듭지을 줄 알았는데, 두 달 남짓이나 허비하고 보니 아무리 손가락을 꼽아보아도 스승의 90세 생신에 맞춰 가기에는 날짜가 너무 촉박했다. 그래서 총총히 복건 지방을 떠나 오늘에야 절강성浙江省 동쪽 전당강錢塘江 남안에 다다랐던 것이다.

다급한 마음에 큰 걸음걸이로 시원스레 걷다 보니, 길 폭이 점점 좁아지면서 오른쪽으로 바닷가를 끼고 거울처럼 매끄러운 평지가 훤히 트이기 시작했다. 평지는 이따금 너비가 70~80척쯤 되어 보이는 규모로 네모 반듯반듯하게 나뉘어 있는데 흡사 물걸레로 닦아낸 탁자 표면처럼 고르고 매끄러웠다.

유대암은 대강남북大江南北을 두루 섭렵하면서 듣고 본 견문이 적지 않았으나, 이렇듯 기이하게 생긴 논밭은 본 적이 없는 터라 바쁜 길 도중에도 지나가는 토박이 한 사람을 붙잡고 물어보았다. 그러고는 이내 어처구니가 없어 실소를 터뜨리고 말았다.

반듯반듯하게 구획 지은 평지는 다름 아니라 염전이었다. 이곳 바닷가 주민들은 이 염전에 바닷물을 끌어들여 햇볕으로 말린 다음, 소금기가 함유된 개펄을 그러모아 간수로 만들고, 다시 한 차례 한 차례씩 건조 과정을 거쳐 소금을 만들어냈다. 그러니 자신의 무지함에 그저 벙어리 웃음이나 터뜨릴밖에……, 30 평생을 살아오는 동안 숱하게 많은 소금을 먹어왔으면서도, 그 소금이란 게 이토록 힘들고 어렵게 만들어지는 것인 줄은 단 한 번도 생각해본 적이 없었던 것이다.

이런저런 생각에 잠기면서 갈 길을 재촉하는데, 불현듯 서쪽 샛길을 타고 20여 명쯤 되는 일행이 나타났다. 어깨마다 멜대에 꿴 대나무 광주리를 앞뒤로 두 개씩 걸머지고 무슨 일이 그렇게나 바쁜지 급한 걸음걸이로 휘적휘적 달려오는 것이었다.

한 번 흘끗 바라본 눈길이었으나, 성격이 워낙 세심한 유대암은 이들의 차림새를 주의 깊게 살펴보고 있었다. 스무 남짓한 사람들 모두 소매 짧은 청색 무명 적삼에 반바지 차림 일색이었다. 머리에는 삿갓을 쓰고 대나무 광주리에 담긴 것은 하나같이 소금이었다.

당시 국가에서는 폭정으로 말미암아 찻잎과 함께 전매품인 소금에 극도로 무거운 세금을 매겼기 때문에 일반 주민들은 바닷가에 살면서도 국가에서 판매하는 관염官鹽을 사 먹지 못하고 암시장을 통해 사사로이 밀조된 소금을 불법으로 구입해 썼다. 당시 국법 형률에 따르면 소금 밀매상은 곤장 100대를 맞고 강제 노동 3년형에 처해졌으며, 발각되었을 때 관헌의 체포에 항거하는 자는 용서 없이 참수형을 당하는 세상이었다.

더구나 중원 천지가 북방 이민족인 몽골의 압제하에 있는 만큼 통치자의 수탈 행위는 이루 말할 수 없이 극한 상황에 이르렀다. 이에 소금 밀매 상인들은 발각될 경우를 대비해 항상 무기를 휴대하고 다녔으며, 지역마다 비밀결사를 조직해 세력 판도 유지에 힘썼다. 그리고 늘 야간을 이용해 상거래를 했기 때문에 올빼미를 닮았다고 해서 '염효鹽梟'란 별명이 붙었다.

유대암이 짐작하건대, 이들 20명의 장정들 역시 소금 밀매 조직의 하나인 염효가 분명했다. 걷는 모습에서도 날쌔고 강인한 인상을 풍기거니와 소금 광주리를 앞뒤로 달아맨 멜대도 일반 대나무나 박달나무가 아닌 것이 이상했다. 겉으로 보기에도 시커먼 빛깔에다 휘청휘청 늘어지는 탄력마저 없어 여차하면 비상시 무기로 쓸 수 있도록 무쇠로 만든 것 같았다.

이들 염효 패거리는 저마다 200근에 가까운 육중한 물건을 떠메고도 걸음걸이가 무척 날렵하고 재빨랐다. 하나같이 무공 실력이 만만치 않다는 증거였다. 유대암은 오래전부터 강남 지역의 소금 밀매업자 방회幫會로 해사파海沙派가 있다는 소문을 들어 알고 있었다. 악명도 어지간히 높거니와 세력 또한 막강해서 그들 중 무학의 명가도 적지 않다는 소문까지 퍼져 있었다. 그런데 20여 명씩이나 되는 수준급 고수들이 한꺼번에 떼 지어 소금 광주리를 떠메고 몰려가다니, 이게 보통 심상치 않은 일이 아니고 뭐란 말인가?

여느 때 같았으면 이들을 뒤쫓아 무슨 일이 벌어질지 끝까지 정탐해보았을 것이나, 지금은 스승의 생신 날짜가 박두한 터라 그쯤에서 참견해볼 욕심을 접어두고 다시 발걸음을 재촉해 길 따라 휘적휘적 걸어가기 시작했다.

저녁 무렵 도착한 곳은 여요현餘姚縣 암동진庵東鎭. 여기서 전당강을 건너면 염관현鹽官縣 임안부臨安府, 다시 서북쪽으로 꺾어 올라가 강서성江西省과 호남성湖南省을 지나야 호북성 무당현武當縣에 다다른다. 밤중에는 강을 건네줄 나룻배가 없다기에 하는 수 없이 암동진에서 초라한 객점을 하나 찾아들었다.

저녁밥을 먹고 일찌감치 침상에 누우려는데, 갑자기 왁자지껄 소란스레 객점 안마당으로 들어서는 패거리가 있었다. 귀를 기울여보니 투숙객들은 억센 절강 지방 사투리에 기력이 철철 넘치는 것이 모두 한가락 솜씨를 지닌 사람들이었다. 문밖으로 머리를 내밀고 두리번거리니, 바로 여기 오는 도중에 마주쳤던 염효 패거리였다.

흥미를 잃어버린 유대암은 침대 위에 가부좌를 틀고 앉아서 날마다 해온 것처럼 세 차례 운기 조식을 끝낸 다음 이내 베개를 베고 잠들었다.

한밤중 옆방에서 무엇인가 부스럭거리는 소리가 들렸다. 옅은 잠에 빠졌던 유대암은 그 소리에 정신이 번쩍 들어 깨어났다. 이어서 한 사람이 동료한테 수군대는 소리를 듣고는 잠이 확 달아나고 말았다.

"곁방 손님이 깨지 않도록 우리 조용히 빠져나가세. 자칫 잘못하면 귀찮은 일이 생길지도 모르니까."

이윽고 사람들이 살그머니 방문을 열고 안마당으로 나가는 소리가 들렸다.

유대암도 슬그머니 일어나 창문 틈에 눈을 붙이고 바깥을 내다보았다. 옆방 투숙객들은 역시 소금 밀매꾼 염효 패거리였다. 그들이 저마다 소금 광주리를 어깨에 걸머메고 하나씩 조용히 객점 문 바깥으로 빠져나가고 있었다.

그들의 뒷모습을 지켜보면서, 유대암은 잠시 생각에 잠겼다.

'저 올빼미 녀석들이 한밤중에 무슨 도깨비장난을 치려는지 모르겠다. 단순히 소금이나 팔러 나서는 길이라면, 그야 불법이든 아니든 내가 상관할 일은 아니다. 하나 만약 무엇인가 못된 짓을 저지를 모양이라면 기왕 나하고 맞닥뜨린 바에야 내가 참견하지 않을 수 없지! 저것들이 천리에 어긋나는 짓을 저지르지 못하게 막아서 한두 사람이라도 애꿎은 목숨을 구할 수만 있다면 사부님 생신날에 닿지 못하더라도 그 어르신께서는 분명 기꺼워하실 거다.'

생각이 정해지자, 유대암은 병기와 암기暗器 보따리를 등에 메고 소리 없이 창문으로 빠져나가 담장을 훌쩍 뛰어넘었다.

귀를 기울여 들어보니, 발걸음 소리가 동북쪽으로 달려가고 있었다. 그는 곧바로 경공신법을 펼쳐 살그머니 뒤쫓기 시작했다.

천지는 온통 먹구름이 뒤덮인 듯 하늘에는 별빛, 달빛도 비치지 않았다. 그 어둠 속에서 20여 명의 올빼미들이 소금 광주리를 떠메고 논두렁길을 익숙한 걸음걸이로 치달리는 윤곽이 어렴풋이 보였다.

물론 밀매업자들이 법망을 피하느라 어두운 밤을 이용하는 것은 예사로운 일이다. 그러나 저렇듯 신수가 범상치 않은 녀석들이 20여 명씩이나 작당해서 몰려다니고 있으니 보통 일이 아니었다. 저들이 만에 하나 불법적인 행위를 저지르기로 마음먹었다면 부잣집 털기는 둘째로 치고 관아의 창고를 습격한다 하더라도 한낱 지방의 관군 실력으로는 막아낼 엄두조차 내지 못할 것이다. 그런데 한밤중 어둠 속에서 소금 광주리를 떠메고 도둑고양이들처럼 살금살금 떼 지어 몰려가다니, 소금을 팔아서 얻는 이익이 몇 푼이나 된다고 그럴까? 유대암은 아무리 좋게 생각해주고 싶어도 그럴 수가 없었다. 여기에는 반드시 무슨 곡절이 있는 게 분명했다.

반 시진時辰(약 1시간)도 못 되어 올빼미들은 벌써 20여 리 길을 치달려 나가고 있었다. 유대암은 워낙 경공신법이 대단한 솜씨라 발걸음 소리도 들리지 않게 뒤쫓았다. 올빼미들 역시 무슨 일이 그토록 다급한지 열심히 앞길만 재촉하느라 끝내 뒤 한 번 돌아보지 않았다. 그 덕분에 추격자는 시종 발각되지 않았다.

어느새 바닷가에 이르렀는지, 암벽에 거센 파도 부딪치는 소리가 끊이지 않고 들려왔다.

한참 정신없이 달려가던 중 선두로 가던 누군가가 나지막하게 휘파람을 불었다.

"휘익!"

그것을 신호로 뒤따르던 올빼미들이 걸음을 멈추고 그 자리에 우뚝 섰다. 이어서 선두가 앞길 어둠 속을 향해 낮게 호통 쳐 물었다.

"누구냐?"

캄캄한 어둠 속에서 목이 쉰 듯 기분 나쁘게 갈라진 음성이 들려왔다.

"삼수변 친구들이신가?"

"그렇긴 하네만, 귀하는 뉘신가?"

선두에서 우두머리가 대답 겸해서 되물었다.

몰래 뒤쫓아오던 유대암은 요령부득이라 고개를 갸우뚱했다. 삼수변 친구들이라니, 이게 무슨 얘긴가? 하나 이내 그 의미를 깨닫고 고개를 끄덕였다. '흐흠, 역시 해사파 녀석들이었군. 해海, 사沙, 파派 세 글자에 모두 삼수 변(氵)이 들어가 있으니까!'

그가 궁리하는 동안에도 저들의 수작은 계속되었다.

갈라진 목소리가 말했다.

"내 권고하겠는데, 자네들, 도룡도屠龍刀 건엔 끼어들지 않는 게 신상에 유리할 걸세."

"으음…… 그렇다면 귀하 역시 도룡도 건 때문에 왔는가?"

우두머리의 목소리에 놀라움과 분노가 적지 않게 섞여 나왔다. 그러나 어둠 속에서 목쉰 자의 반응은 두세 번 차갑게 코웃음만 칠 뿐 더는 대꾸가 없었다.

유대암은 바닷가 암벽 뒤에 몸을 숨긴 채 슬그머니 돌아서 앞쪽으로 다가들고 있었다. 흥미로운 장면을 좀 더 가까운 데서 엿볼 생각이었다.

갈 길 바쁜 해사파 올빼미들의 앞을 가로막고 시비를 건 훼방꾼은 키가 훤칠하게 큰 꺽다리 사내였다. 어둠 속이라 얼굴 모습은 뚜렷하지 않았으나, 온몸에 하얀 장포長袍를 치렁치렁 걸쳐 입은 것만큼은 분명하게 볼 수 있었다. 무림계 인사들이 야간에 활동할 때는 적의 눈에 쉽사리 띄지 않도록 검정 옷을 입는 것이 상례인데, 버젓이 흰옷을 돋보이게 걸치고 나타났다면 자신의 무공 실력에 무척 자부심을 갖고 있을 터였다.

해사파 우두머리의 으르렁대는 소리가 들려왔다.

"도룡도는 벌써부터 우리 해사파의 것이었는데 좀도둑이 훔쳐갔으니 되찾으러 나서는 게 당연하지 않은가?"

"흐흐흐흐!"

흰옷의 사나이는 여전히 코웃음으로 응수할 따름이었다.

우두머리 뒤에 서 있던 올빼미 하나가 울화통이 터졌는지 사납게 호통을 쳐왔다.

"어서 썩 길을 비키지 못할까! 못된 강아지가 길을 가로막고 있으면 매나 맞을 수밖에! 네놈이 죽고 싶지 않거든 어서 썩……."

말끝이 다 떨어지기도 전에 하얀 옷자락이 펄럭이는가 싶더니 어느새 앞으로 들이닥쳐 길게 뻗은 손이 그자를 움켜왔다.

"으와앗!"

호통치던 올빼미가 돌연 처절한 비명을 지르면서 뒤로 벌렁 나자빠졌다. 깜짝 놀란 동료들이 붙잡으려 했을 땐 어둠 속에서 흰 옷자락만 두세 차례 펄럭일 뿐, 앞길을 가로막고 시비를 걸던 불청객은 벌써 어디로 사라졌는지 그림자도 찾아볼 수 없었다.

20여 명의 올빼미가 쓰러진 동료 앞으로 우르르 몰려들었다. 기세 좋게 으름장을 놓던 동료는 몸뚱이가 바짝 오그라든 채 이미 숨이 끊긴 뒤였다.

"어엉? 이게 어떻게 된 노릇이야?"

"으으으! 이 육시처참을 할 놈, 어디로 도망쳤어?"

놀라움과 분노로 뒤죽박죽된 목소리들이 여기저기서 마구 터져 나왔다. 올빼미 몇몇이서 소금 광주리를 털썩털썩 내려놓더니 흰옷 입은 괴한이 사라진 쪽을 향해 허겁지겁 뒤쫓아 달려갔다. 그러나 괴한은 날개라도 달려 하늘 위로 솟았는지 순식간에 종적을 감춘 뒤라, 사면팔방 캄캄한 어둠 속에서 사람은커녕 그림자조차 찾을 길이 없었다.

한편, 유대암은 의혹에 싸여 있었다. 흰옷의 괴한이 방금 쓴 그 빠른 솜씨는 어둠 속이라 자세히 알아볼 수는 없었지만 아무래도 소림파 대력금강조大力金剛爪와 비슷했다. 그런데 말씨를 들어보니 저 머나먼 서북방 새외塞外에서 온 사람이 분명했다. 강남 지방에서 설쳐대는 해사파 친구들과 원수지간이 되기에는 거리가 너무 멀지 않은가?

그는 암벽 뒤에 몸을 찰싹 붙인 채 꼼짝달싹도 하지 않았다. 공연히 한창 독이 오를 대로 오른 해사파 올빼미 녀석들한테 들켰다가는 터무니없이 원한을 살지도 모른다는 우려에서였다.

올빼미 우두머리가 명령을 내렸다.

"우린 갈 길이 바쁘니, 넷째 아우 시신일랑 우선 저 한편에 놓아두게. 돌아오는 길에 수습하기로 하지. 그놈의 정체도 언젠가는 밝혀질 때가 있겠지!"

"예에, 알겠습니다!"

부하 올빼미들이 응답하더니 동료의 시신을 한쪽에다 옮겨놓고 다시 소금 광주리를 걸머메었다. 그러고는 계속 빠른 걸음걸이로 달려가기 시작했다.

유대암은 저들이 멀리 사라질 때까지 기다렸다가 돌아나와서 죽어 자빠진 시체를 살펴보았다. 목젖 부위에 조그만 구멍이 두 개 뚫려 있는데, 거기선 아직도 선혈이 그치지 않고 흘러나왔다. 상처는 분명 손가락으로 움켜 찌른 자국이었다. 그는 직감적으로 이번 일에 무슨 수작이 크게 있음을 깨닫고 발걸음에 속도를 붙여 다시 올빼미들을 부지런히 뒤쫓았다.

또 2~3리쯤 달려갔을까, 올빼미들의 우두머리가 짧게 휘파람을 불자 20여 명의 부하가 사방으로 쫙 흩어지더니 동북방을 향해 살금살금 접근해나갔다. 그곳에는 거대한 가옥 한 채가 있었다. 그 저택이 올빼미들의 목표였던 것이다.

멀찌감치 뒤따라 붙은 유대암의 눈길 역시 그 단층 건물에 머물렀다. '저자들이 얘기한 도룡도인지 뭔지 하는 게 바로 저 집 안에 있단 말인가?'

캄캄한 어둠 속, 저택 안에서는 이 밤중에 무슨 일을 하고 있는지 우중충한 굴뚝에서 시꺼멓게 짙은 연기가 뭉게뭉게 피어오르고 있었다. 굴뚝에서 빠져나온 연기는 마치 하늘을 떠받든 기둥처럼 곧바로 솟구쳐 오르더니 바람이 없는 탓인지 허공 끝에 한 덩어리로 엉겨 붙은 채 한동안 흩어질 줄 몰랐다.

이윽고 염효들이 대나무 광주리를 내려놓았다. 그러고는 저마다 나무 주걱을 하나씩 꺼내 들고 광주리 속에서 무엇인가를 퍼내어 주변에 흩뿌리기 시작했다. 맨땅에 뿌리는 물체는 눈처럼 새하얗고 뽀얀 가루 같았다. 어둠 속에서도 반짝반짝 빛을 발하는 걸 보아하니 소금이 분명했다.

유대암은 이상한 생각이 들었다. '흙바닥에 저 귀한 소금을 마구 뿌려 없애다니 정말 고얀 일도 다 있구나. 훗날 형님 아우들한테 얘기해봤자 믿어주지도 않겠군.'

소금을 뿌리는 그들의 솜씨는 익숙하면서도 완만했다. 혹시라도 소금 낱알이 제 몸뚱이에 튈까 봐 무척 조심하는 눈치였다.

그제야 유대암은 정신이 번쩍 들었다. 소금에 극독을 섞어 구워낸 것이 틀림없었다. '지금 이 작자들이 독 소금으로 가옥을 포위해놓고 집 안에 있는 누군가를 해치려는 것이군.' 그는 속으로 생각했다. '쌍방 간에 누가 옳고 그른지 알 수는 없다만, 이 작자들이 하는 짓거리가 너무 비열하다. 어떻게 해서든지 집 안에 있는 사람에게 이 사실을 알려주는 게 좋을 듯싶다. 경위야 어찌 되었든 싸움이란 공평해야 하니까.'

해사파 올빼미들은 여전히 저택 앞쪽에 독 소금을 뿌리는 데 정신이 팔려 있었다. 유대암은 슬그머니 몸을 일으킨 다음 멀찌감치 저택 뒤쪽으로 한 바퀴 돌아나갔다. 그러고는 빙 둘러친 담장을 가볍게 뛰어넘었다.

저택의 규모는 굉장했다. 건물 네 채로 이루어진 합원合院 공간이 연속 다섯 군데나 배치되어 있는 이른바 오진五進 형태의 대저택이라, 너비만도 30~40칸이나 되었다. 한데 이상하게 건물마다 어두컴컴한 것이, 등잔불을 밝혀놓은 곳이 단 한 군데도 없었다. 유대암은 경계심을 바짝 돋우었다. '굴뚝에서 시커먼 연기가 무럭무럭 피어오르는 걸 보면 이 집 안 어느 구석에 사람이 있는 게 틀림없는데, 도대체 어느 건물에 숨어 있는 것일까?' 그는 고개를 쳐들고 연기 나는 굴뚝부터 가늠해본 다음, 재빨리 그쪽으로 옮겨갔다.

이윽고 저택 한복판쯤 되어 보이는 대청 쪽에서 "툭탁! 툭탁!" 하는 맹렬한 불길에 장작 타들어가는 소리가 요란하게 울려왔다. 안채 앞마당을 가리느라 세워놓은 '영벽影壁'이란 담장 안쪽으로 돌아선 그는 재빨리 앞마당을 가로질러 대청 안으로 한 걸음 내디뎠다. 그 순간, 갑자기 눈앞이 환해지더니 느닷없이 뜨거운 열기가 얼굴에 확 끼쳐왔다. 눈부시기도 하려니와 무엇보다 숨이 막힐 듯 뜨거운 열기에 질려 유대암은 즉시 걸음을 멈추었다.

대청 벽돌 바닥 한복판에는 단단한 암석을 반듯반듯하게 잘라서 쌓아 올린 거대한 화덕이 하나 있었다. 화덕에는 거센 불꽃이 길길이 솟구쳐 오르고, 화덕 양 곁에는 세 사람이 갈라서서 엄청나게 큰 풀무 손잡이를 하나씩 잡고 아궁이에 열심히 바람을 불어넣고 있었다. 화덕 위 불길이 치솟는 한가운데 길이 3척 남짓한 대도大刀 한 자루가 시커먼 몸뚱이를 맹렬한 불길 속에 떠맡겨둔 채 말없이 누워 있었다.

풀무질을 하느라 정신이 팔린 세 사람은 모두 예순 살에 가까운 늙은이였다. 하나같이 청색 장삼長衫 차림인데 머리통과 얼굴은 온통 재를 흠뻑 뒤집어쓰고, 몸에 걸친 옷자락 군데군데 화덕에서 걷잡을 수 없이 튕겨나온 장작 불티에 구멍이 숭숭 뚫려 있었다. 그들 셋이서 풀무질로 바람을 한차례씩 불어넣을 때마다 맹렬한 화염이 무려 5척 높이로 치솟으면서 그 뜨거운 불꽃 혓바닥으로 큰 칼의 도신刀身을 단번에 삼켜버릴 듯이 휘감았다. 그러나 이 거대한 단도單刀는 불길에 녹기는커녕 그저 그 거센 화염을 비웃기라도 하듯 "치치짓! 치익, 치익!" 이상야릇한 소리만 낼 뿐 시종 꿈쩍도 하지 않았다.

유대암이 서 있는 위치는 화덕에서 20~30척이나 떨어진 곳이었는데도 그 뜨거운 열기에 숨이 턱턱 막혀왔다. 그러니 화덕의 불길이 얼마나 치열한 것인지 미루어 알 수 있으리라. 화염은 붉은 빛깔에서 차츰 새파란 빛으로 변색하더니 마침내는 푸른 빛깔마저 벗어나 새하얀 백열의 빛깔로 바뀌었다. 그래도 백열에 휘말린 이 거대한 칼날은 여전히 거무튀튀할 뿐 끝내 한 점이나마 암홍색을 띨 기미가 보이지 않았다.

바로 그때 느닷없이 지붕 위에서 누군가 호통을 쳤다.

"희세의 보도寶刀를 훼손하다니, 천리에 어긋나는 짓을 하는구나! 어서 썩 그 손질을 멈추지 못할까!"

기분 나쁘게 쉰 목소리. 유대암은 그 목소리만 듣고도 여기 오는 도중에 만났던 흰옷의 괴한이 나타났음을 단번에 알아차릴 수 있었다.

그러나 풀무질에 정신없는 세 노인은 귀머거리가 된 듯 전혀 아랑곳하지 않고 풀무질하는 손길만 더 급박해졌다.

"흐흐흐!"

지붕 꼭대기에서 외마디 비웃음 소리가 들렸다. 뒤미처 지붕 끝 처마 앞에서 "휙!" 하는 바람 소리가 나는 듯싶더니, 흰옷의 불청객이 이미 대청 안에 들어서고 있었다.

화덕의 불길이 활활 타오르고 있는 만큼 유대암도 이 유령 같은 괴한을 똑똑히 살펴볼 수 있었다. 나이는 마흔 살가량, 얼굴빛이 창백하다 못해 푸른 기운마저 띠고 있었다. 그는 맨주먹 한 쌍을 뒷짐 진 채 앞으로 슬금슬금 다가오면서 얼음장같이 차가운 목소리로 세 늙은이에게 수작부터 건넸다.

"여어, 장백삼금長白三禽 어르신들이었군! 늙다리 날짐승 세 마리가 도룡도를 훔쳐 손에 넣었으면 그만이지, 어째서 그 보물을 화덕 불에 달구어 못 쓰게 만드시는지 모르겠군!"

셋 가운데 서편에서 풀무질을 하던 늙은이가 대꾸 한마디 없이 불청객 앞으로 다가들더니 왼손을 번뜻 내밀기가 무섭게 상대방의 면상부터 움켜갔다. 흰옷의 괴한은 머리통을 옆으로 슬쩍 비켜 피하면서도 여전히 한 발짝 앞서 나왔다.

동쪽 늙은이는 상대방이 자기 앞으로 접근하자, 화덕 곁에 세워두었던 커다란 철추鐵鎚를 번쩍 들더니 "휙!" 소리가 나도록 사납게 그의 정수리를 내리쳤다. 그러나 흰 옷자락이 움찔하고 기울자, 육중한 철추는 그만 대청 바닥을 내리치고 말았다.

"텅……!"

대청 건물 안에서 요란한 굉음이 메아리치는 가운데 불티가 사방으로 튀었다. 바닥에 깔아놓은 것이 보통 여염집에서 쓰는 청석 벽돌이 아니라 비상할 정도로 단단한 화강암이었던 것이다.

일조一爪로 괴한을 움키려다 실패한 서편의 늙은이가 말없이 화덕 곁을 떠나 동료와 함께 협공을 퍼붓기 시작했다. 수탉의 발톱처럼 쫙 벌린 열 손가락이 위아래로 어지러이 춤을 추면서 달려드는데, 그 공세가 화덕의 불길만큼이나 치열했다.

1 대 2로 맞서 싸우는 흰옷의 불청객은 당황하는 기색도 자세가 흐트러지는 기미도 없이 그저 여유만만해 보였다.

유대암의 눈길은 오직 흰옷 입은 괴한에만 가 있었다. 이 불청객의 기초 무공은 소림 일파에서 나온 것이 틀림없었다. 그러나 공격하는 손속이 너무 음험하고 지독스럽다는 점에서 소림사 승려들처럼 굳세고 강한 면은 있어도 광명정대하게 맞서 대결하는 명문 정파의 수법과는 전혀 딴판이라는 것을 확연히 느낄 수가 있었다.

순식간에 서너 합을 교환하고 났을 때, 철추를 든 늙은이가 상대방에게 큰 소리로 외쳐 물었다.

"귀하는 뉘신가? 이 도룡도에 눈독을 들였거든 인사쯤은 차려야지!"

"흐흐흐!"

차가운 비웃음 소리가 대꾸인 줄 알았더니, 괴한은 느닷없이 한 바퀴 빙그르르 맴돌면서 방향을 바꾸기가 무섭게 쌍수를 한꺼번에 내뻗었다. 그다음 순간 언제 두 늙은이를 움켜잡았는지, "우지직, 우지직!" 하는 소리 두 번에 서편에서 협공하던 늙은이의 양 손목뼈가 동시에 부러졌다. 동쪽 늙은이의 손아귀에서도 철추 자루가 벗겨져 나가면서 허공으로 붕 뜨더니 지붕을 뚫고 솟구치다가 곧바로 대청 앞마당 한복판에 떨어졌다.

"꽈당!"

육중한 강철 쇳덩어리가 돌바닥에 부딪쳐 내는 충돌음도 요란하거니와 단단하기 이를 데 없는 화강암 벽돌이 산산조각으로 부서져 튕겨나가는 기세 또한 무시무시할 정도였다.

철추를 놓쳐버린 늙은이가 이번에는 허리를 구부려 불집게를 찾아 들더니 이글이글 타오르는 화덕 불길 속에 가로놓인 대도를 꽉 물어 끄집어내기 시작했다.

남쪽에 서 있던 마지막 늙은이는 수중에 암기를 거머쥐고 있었다. 기회를 엿보아 적에게 상처를 입힐 작정이었으나, 흰옷 입은 괴한의 동작이 너무 빨라 여태껏 빈틈을 찾아내지 못하고 서성거리고만 있었다. 그런데 이제 철추 대신 불집게를 집어 든 동료가 불길 속에서 대도를 끄집어내는 것을 발견하자 대뜸 수중의 암기를 내버리고 한발 앞서 그 손을 화덕 속에 집어넣더니 아예 칼자루를 덥석 부여잡고 바깥으로 번쩍 들어 올렸다.

손아귀가 칼자루를 움켜잡는 순간, "뿌지직!" 하는 소리와 함께 새하얀 연기가 풀썩 일더니, 그 자리에 있던 모든 사람의 코에 누린내가 확 끼쳤다. 시퍼렇다 못해 하얗게 바뀌어버린 백열의 화염 속에서 거무튀튀한 빛깔은 여전했으나, 불길에 달구어질 대로 달구어진 쇳덩어리를 맨손으로 거머잡았으니 그 손바닥이 성할 리가 없었다. 대도를 채뜨린 늙은이의 오른 손바닥은 그 즉시 불덩어리 칼자루에 쩍 눌어붙고 말았다.

그래도 늙은이는 대도를 놓지 않고 번쩍 치켜든 채 뒤쪽으로 훌쩍 도약해 물러나는가 싶더니, 일순 몸뚱이가 앞으로 고꾸라질 듯이 휘청했다. 그는 본능적으로 재빨리 쭉 뻗은 왼손바닥으로 칼등을 떠받치고 나서야 겨우 중심을 잡고 바로 설 수 있었다. 칼의 무게가 얼마나 육중한지 알 수는 없으나, 한 손만으로는 쳐들지 못할 정도로 무거운 것은 사실이었다. 하나 이렇게 되니, 칼등을 떠받친 왼 손바닥마저 "치직, 치직!" 소리를 내면서 눌어붙고 말았다.

이윽고 흰옷의 사나이가 싸느랗게 비웃으면서 그 뒤를 쫓았다.

"어디 그리 쉽게 되나!"

비웃음 속에 길게 뻗쳐나간 팔뚝이 어느새 그 늙은이의 뒷덜미를 덥석 움키고 있었다. 느닷없이 덜미를 잡힌 늙은이가 손길 나가는 대로 떠받들고 있던 대도를 뒤쪽으로 휘둘렀다. "푸르릇!" 하고 바람 끊는 소리가 울렸다. 칼날이 미처 닿기도 전에 숨 막힐 듯이 펄펄 끓는 열기가 먼저 면상에 확 끼쳐왔다. 흰옷 입은 괴한의 머리카락과 두 눈썹이 순식간에 눌어붙으면서 도르르 말렸다.

"이크!"

흰옷의 괴한은 선불리 막아설 엄두를 내지 못하고 덜미 잡은 손길에 불끈 힘을 주어 늙은이와 칼을 한꺼번에 이글이글 타오르는 화덕으로 냅다 던져버렸다.

그때였다. 유대암이 몸을 허공으로 높이 솟구쳐 올리더니 홀떡 뒤채어 공중제비를 한 바퀴 돌았다. 그러고는 허공에서 손길을 쭉 뻗쳐 이제 막 불구덩이 속으로 추락하는 늙은이의 상투를 움켜잡고 나머지 기세로 화덕 한 곁에 사뿐히 내려섰다. 애당초 남의 일에 참견하고 싶은 생각은 없었으나 생사람이 불지옥에 떨어져 숯덩이가 되는 것을 차마 두고 볼 수 없어 무의식중에 몸을 날려 이 늙은이의 목숨부터 구해낸 것이었다. 시비야 옳든 그르든, 사람의 목숨을 먼저 구해내고 보는 것이 무당파 제자로서 당연히 해야 할 일이라고 생각한 것이다.

흰옷의 사나이와 장백삼금도 진작부터 그의 존재를 알아차리고 있었다. 그러나 도룡도를 다투는 일에 급급한 나머지 신경 쓸 겨를이 없었던 것인데, 이제 그가 느닷없이 상승 무공을 드러내자 모두 소스라치게 놀랐다. 그중에서도 흰옷의 괴한은 너무나 예상 밖이었는지 두두룩한 눈썹마저 꿈틀하고 치솟았다.

"호오! 방금 그 솜씨, 천하에 명성 높은 제운종梯雲縱이 아닌가?"

제운종, 이름 그대로 구름을 사다리 삼아 딛고 오르듯 진기를 조절해 공중에 솟구쳐 오르는 절묘한 기술이었다. 유대암은 상대방이 자신의 경공신법 이름을 알아맞히자 속으로 흠칫 놀랐다. 또 한편으로는 무당파의 무공이 이미 천하에 위명을 두루 떨치고 있다는 사실이 자랑스럽기도 했다. 그는 비로소 무거운 입을 열었다.

"소생의 보잘것없는 재주 따위야 어디 입에 담을 값어치나 있겠소이까. 귀하의 존함을 여쭤보고 싶은데 어떠하신지?"

이름을 물었는데 흰옷 입은 괴한은 딴청을 부렸다.

"훌륭해! 과연 무당파 경공신법에 한두 가락쯤 쓸 만한 게 있군!"

입으로는 찬사를 보내면서도 말씨와 태도는 오만하기 짝이 없었다.

유대암은 슬그머니 부아가 치밀었으나 꾹 눌러 참고 응수했다.

"귀하께서도 여기 오시는 도중 단번에 해사파 고수를 살해한 솜씨야말로 신출귀몰이라, 소생은 그 높고 깊음을 헤아릴 길이 없었소이다."

이 한두 마디 대꾸에 괴한 역시 속이 뜨끔한지 눈썹이 움찔했다. '그 일까지 목격했다는데 이 친구의 존재를 까맣게 모르고 있었다니 이럴 수가 있는가? 도대체 이 녀석은 그때 어디 숨어 있었을까?'

그러나 말투는 침착성을 잃지 않고 그저 무덤덤하기만 했다.

"그건 귀하의 말씀대로 사실이오. 우리 문파의 무공은 아무나 알아볼 수 있는 게 아니니까. 그대는 말할 것도 없고 무당파의 장삼봉 늙은이라 할지라도 알아보지 못할 거외다."

흰옷 입은 괴한이 자기 스승에게까지 모욕을 가하자, 유대암은 그만 노기가 불끈 치밀어 올랐다. 하나 무당파 제자들은 평소 무예뿐만 아니라 심성을 수양하는 데도 무척 신경을 써온 터라 이내 마음을 돌려 평정을 유지할 수 있었다. 단지 의혹이 깊게 들었을 따름이다. '방금 이자는 마음먹고 내게 도발해왔다. 도대체 의도가 뭘까? 이 사람의 무공은 괴상야릇하기 짝이 없는데, 내가 몇 마디 무례한 소리를 들었다고 해서 구태여 우리 무당파에 강적을 만들 필요는 없지 않겠는가?'

유대암은 성미를 드러내는 대신 미소 띤 기색으로 대꾸했다.

"천하무학의 문파는 무궁무진하고 정파正派와 사도邪道 역시 천차만별이니, 그중에서 무당파가 익힌 무공 따위야 바닷속에 떨어진 좁쌀 한 알에 불과하겠지요. 더구나 귀하의 무공 솜씨는 소림파에 속한 듯하면서도 소림파의 것이 아니니, 아마 우리 사부님 같은 분도 절반밖에 모르실 거외다."

어투는 제법 겸손하고 예의 바른 것이었으나, 실은 뼈가 담긴 말이었다. 즉 무당파가 그따위 좌도방문左道旁門의 떳떳치 못하고 비열한 무공을 모르는 게 당연하다는 의미가 담겨 있었던 것이다.

사나이는 그 말 중에 "소림파에 속한 듯하면서도 소림파의 것이 아니니"라는 대목에 충격을 받은 듯 얼굴빛이 대번에 싹 바뀌었다.

두 사람이 가시 박힌 대화를 주고받는 동안, 불지옥에서 구사일생으로 목숨을 건져 살아나온 늙은이는 여전히 맨손으로 펄펄 달아오른 칼을 움켜잡은 채 좌우 사방을 두리번거리고 있었다. 칼자루와 칼등을 거머쥔 양손바닥은 살갗과 근육이 눌어붙다 못해 문드러져 거의 뼈마디까지 드러난 상태였다. 그러나 어금니를 악물어 고통을 참아가면서도 꽉 움켜쥔 칼자루는 좀처럼 놓을 기세가 아니었다.

사방을 두리번거리던 그는 동서 양편에서 두 동료가 허리를 구부정하게 굽힌 자세로 양어깨에 잔뜩 힘을 주면서 슬금슬금 다가드는 것을 발견했다. 그들의 눈길이 자신의 손에 들려 있는 대도에 못 박힌 채 심상치 않은 빛을 발하자, 그는 동료들이 자기 보물을 빼앗기 위해 호시탐탐 기회만 엿보고 있음을 깨달았다.

늙은이는 즉각 결단을 내렸다. 그다음 순간, "훅!" 하고 바람 가르는 소리가 나더니 양손에 움켜잡은 대도를 마구잡이로 휘두르면서 대청 바깥쪽을 향해 무서운 기세로 돌진해나가기 시작했다. 동료든 적이든 가릴 것 없이 자기 앞에 얼씬거리는 그림자만 보이면 무작정 칼을 휘둘러 접근을 막으면서 뛰쳐나간 것이다.

제일 먼저 위기를 맞이한 사람은 그의 목숨을 구해준 유대암이었다. 바로 장본인 곁에 가장 가까이 서 있다가 무턱대고 휘두르는 칼바람에 하마터면 첫 번째로 당할 뻔했던 것이다. 황급히 몸을 빼어 칼부림에서 피해나오기는 했으나, 생명을 구해준 사람에게 어처구니없는 꼴을 당하고 보니 저도 모르게 속에서 화가 불끈 치밀었다.

늙은이는 양손으로 칼자루를 움켜잡은 채 선불 맞은 호랑이처럼 미쳐 날뛰면서 눈앞에 닥치는 대로 마구 후려 찍고 휘둘러댔다. 두 다리는 여전히 대청 바깥으로 뛰쳐나가고 있었다. 흰옷 입은 사나이와 두 동료 늙은이는 그 무시무시한 칼바람에 다칠까 두려운 나머지 감히 막아서지 못하고 일단 한 곁으로 비켜섰다가 고래고래 함성을 지르며 한꺼번에 뒤쫓기 시작했다.

이윽고 대청 문턱을 벗어난 늙은이가 앞마당을 가로질러 비틀거리며 대문 밖까지 돌진하는 데 성공했다. 그러나 대문 밖으로 나선 두 다리가 급작스레 휘청하더니, 갑자기 돌발적으로 중상이라도 입은 것처럼 앞으로 털썩 고꾸라지면서 처절하게 비명을 질러대기 시작했다.

"으아악!"

허겁지겁 뒤쫓아 나간 백의의 괴한과 두 늙은이가 동시에 몸을 날려 덮치더니 누가 먼저랄 것도 없이 칼부터 빼앗으려고 한꺼번에 손길을 내뻗었다. 그러고는 어찌 된 영문인지 약속이라도 한 듯 이구동성으로 처절한 비명을 토해냈다.

"우와앗!"

"으악!"

다음 순간, 그들 셋도 마치 독사나 맹수에게 물린 듯 차례차례 땅바닥에 털썩털썩 거꾸러지면서 데굴데굴 정신없이 구르기 시작했다. 그러나 백의의 사나이는 쓰러지자마자 재빨리 몸을 일으키더니 미친 듯이 어둠 속을 허우적거리며 황급히 저택 외곽으로 치달려 사라졌다.

이제 남은 것은 장백삼금 세 늙은이였다. 그들은 질펀한 흙바닥에 몸뚱이를 이리저리 뒤채고 정신없이 뒹굴면서 신음 소리만 애처롭게 토해낼 뿐 좀처럼 일어서지 못했다.

이런 끔찍스러운 참상을 목격한 유대암이 도약 자세로 뛰쳐나가 그들을 구하려다, 무슨 생각에서인지 돌연 흠칫 놀라면서 발걸음을 도로 끌어들였다. 기억에 불쑥 떠오른 것은 조금 전 해사파 올빼미들이 저택 바깥에 소금을 뿌리던 광경이었다. 그러니까 지금 이 저택을 중심으로 사면팔방이 온통 독 소금으로 포위되어 있는 상태였다. 제아무리 경공 신법 솜씨가 뛰어나다 하더라도, 한 발짝이나마 땅을 딛지 않고서는 남을 구하기는커녕 유대암 자신도 빠져나갈 도리가 없게 된 것이다.

대문 안으로 일단 들어선 그는 사면을 두리번거리다 대문 안쪽 구석에 좌우로 기다란 걸상 두 개가 놓인 것을 발견했다. 그는 두 번 생각해볼 것도 없이 걸상 두 개를 나란히 곧추세워놓은 다음 그 위로 훌쩍 뛰어올랐다. 그러고는 양 발목으로 걸상 다리를 하나씩 교묘하게 옭아 잡고 뻗정다리처럼 성큼성큼 내디뎌가며 대문 바깥으로 다시 걸어 나가기 시작했다. 그것은 마치 꼭두각시 광대가 기다란 장대 중턱에 디딜판을 박아놓고 그 위에 올라서서 두 손으로 장대 끄트머리를 붙잡은 채 뒤뚱뒤뚱 걷는 이른바 '지게다리 놀음踩高蹻'•과 같은 이치였다.

유대암이 뻗정다리로 뒤뚱뒤뚱 걸어 나갈 때, 세 늙은이는 여전히 고래고래 비명을 지르면서 쉴 새 없이 땅바닥에서 몸부림치며 뒹굴고 있었다. 그는 우선 옷자락 한 조각을 찢어 손바닥에 둘둘 감았다. 그런 뒤 팔뚝을 길게 내뻗어 아직도 대도를 부둥켜안은 채 발버둥치는 늙은이의 뒷덜미를 덥석 움켜잡은 다음, 뻗정다리 걸음으로 동편을 향해 급히 내뛰기 시작했다. 늙은이는 불덩어리처럼 달아오른 칼을 품고서도 끝내 손을 풀지 않았다. 그 바람에 앞가슴 옷자락이 시커멓게 타들어간 것은 물론, 칼날이 닿은 가슴살까지 눌어붙고 말았다.

사세가 이쯤 되고 보니, 저택 외곽을 에워싸고 지켜보던 해사파야말로 꿈에도 생각지 못한 일이 벌어진 셈이었다. 목적했던 보도가 이제 막 손아귀에 굴러드는 마당에 난데없이 엉뚱한 자가 나타나서 가로챈 것이다. 그렇다고 두 눈 멀뚱멀뚱 뜬 채 당하고만 있을 그들이 아니었다. 저택 정문 맞은편에 적당한 간격으로 흩어진 채 잠복해 있던 올빼미들이 예서 제서 벌 떼같이 우르르 몰려나오더니 고래고래 악을 쓰면서 저마다 암기를 쏘아 날리기 시작했다.

"저놈 잡아라!"

• 원래 이름은 '차이까오챠오'. 중국 민속무용의 일종. 높다란 나무다리를 타는 키다리 춤. 우리말로 적합한 명칭이 없어 '지게다리 놀음'으로 번역했다.

"어딜 도망치려고! 게 섰거라!"

질타하는 고함 소리에 뒤섞여 강철 표창, 비황석飛蝗石, 수리전袖裏箭 같은 암기 10여 종류가 유대암의 등 쪽 심장 부위를 노리고 한꺼번에 날아갔다.

유대암은 두 발목에 힘주어 걸상 다리로 땅바닥을 쿵 찍었다. 그 바람에 뻗정다리 걸음이 단번에 10여 척 남짓이나 앞으로 뛰쳐나가면서, 뒤따라 들이닥치던 암기들은 모조리 허방을 때리고 맥없이 떨어졌다.

기다란 걸상을 곧추세워놓고 올라탔으니 두 다리의 길이는 급작스레 4척이나 늘어나고 내딛는 보폭 역시 단번에 보통 사람의 네댓 걸음을 뛰어넘었으니, 그저 뒤뚱뒤뚱 몇 걸음 내딛고 났을 때는 벌써 해사파 올빼미들을 멀찌감치 따돌려놓은 뒤였다. 이제 들리는 것이라곤 올빼미 무리들이 저마다 악을 쓰면서 쫓아오는 소리뿐이었다.

추격자들이 바싹 뒤쫓는 기미가 보이자, 유대암은 손아귀에 움켜쥔 늙은이의 덜미를 번쩍 치켜들고 허공으로 훌쩍 솟구쳐 오르면서 두 다리 발길질로 걸상 두 개를 뒤쪽으로 냅다 걷어차 날려 보냈다. 곧이어 "우당탕, 퉁탕!" 하는 소리와 함께 올빼미 서넛이 아우성치는 소리가 들려왔다. 느닷없이 날아든 걸상에 정통으로 얻어맞은 게 분명했다.

저들이 장애물에 가로막히는 순간, 유대암은 벌써 100여 척 바깥으로 쏜살같이 달음박질치고 있었다. 사람의 몸뚱이를 하나 치켜들고 있으면서도 거리가 갈수록 벌어져, 올빼미들은 더 이상 따라잡을 엄두도 못 낸 채 그저 뒤쫓아올 뿐이었다.

한바탕 급히 뛰다 보니 귓결에 바닷물 밀려드는 소리가 들려왔다.

뒤에는 더 이상 쫓아오는 자가 없었다. 내친김에 늙은이에게 한마디 물었다.

"좀 어떠신가요?"

늙은이는 "흥!" 하며 코웃음을 치고는 이어서 끙끙 앓는 신음 소리를 내기 시작했다.

유대암은 곰곰이 생각해보았다. '이 사람의 몸뚱이에는 온통 독 소금이 묻어 있을 터, 우선 소금기부터 씻어내는 게 좋겠구나.' 그는 해변으로 발길을 돌려 물이 얕은 곳에 그 몸뚱이를 담갔다. 수중에 껴안고 있는 뜨거운 칼날에 바닷물이 닿자 "치지직, 치직!" 하는 소리와 함께 하얀 연기가 풀썩 일었다. 늙은이는 혼수상태에서 절반쯤 깨어났으나 바닷물에 잠겨서도 정신을 차리지 못하고 일어날 줄 몰랐다. 유대암이 그를 끌어내려고 팔을 뻗는 순간, 느닷없이 들이닥친 큰 파도가 후려쳐서 늙은이의 몸뚱이를 모래톱까지 밀어 올렸다.

"자, 이젠 위험에서 벗어난 셈이오. 소인은 바쁜 몸이라 더는 모시지 못하겠으니 우리 여기서 이만 헤어지기로 합시다."

유대암이 정중하게 작별을 고하자, 늙은이는 몸뚱이를 가까스로 버티고 일어서더니, 대뜸 엉뚱한 소리를 내뱉었다.

"자네…… 어째서 이 칼을 빼앗지 않는 건가?"

유대암은 기가 막혀 웃음이 절로 나왔다.

"그 칼이 아무리 보배기로서니 내 물건도 아닌데 어떻게 함부로 빼앗는단 말이오?"

늙은이가 두 눈을 휘둥그레 뜨고 또 엉뚱한 얘기를 끄집어냈다.

"도대체 무슨 음흉한 계략을 꾸미고 있는 거야? 어떻게 하면 날 골탕 먹일까, 그걸 생각하고 있는 거지?"

"내 당신하고 원수지간도 아닌데 골탕은 먹여 무얼 하겠소? 오늘 밤 나는 이곳을 지나가다 우연히 당신이 중독되어 상처를 입은 걸 보고 구해주었을 뿐이오."

그러나 늙은이는 믿지 못하겠다는 듯 단호하게 고개를 내저었다.

"내 목숨은 네 손아귀에 달려 있으니까 죽이려거든 죽여봐! 네가 아무리 혹독하고 악랄한 수단으로 날 해쳐봐라! 내 죽더라도 귀신이 되어 네놈을 따라다니면서 못 살게 들볶을 테니까!"

터무니없는 오해로 발악하는 늙은이를 보니 유대암은 어처구니가 없어 실소를 내뱉었다.

유대암이 절레절레 고개를 내저으면서 그 자리를 떠나려고 발걸음을 옮기기 시작할 때였다. 갑자기 바다 쪽에서 엄청나게 큰 물결이 밀어닥치더니 바닷가 모래톱을 후려치고 다시 빠지기 시작했다. 파도가 할퀴고 지나간 모래톱에서 늙은이의 몸뚱이가 거센 물결에 휩쓸려 맥없이 바닷속으로 빨려 들어갔다.

유대암은 사뭇 측은한 눈길로 늙은이를 바라보았다. 바닷물 속에 엎드린 자세로 둥둥 뜬 채 이따금 몸뚱이를 뒤척일 때마다 노인은 끙끙 앓는 소리를 냈다. 와들와들 떨리는 팔다리가 그렇게 애처로울 수 없었다.

그는 이내 생각을 바꿔먹었다. 사람의 목숨을 구하려면 끝까지 책임을 져야 하는 법, 중독된 사람을 이대로 내버려두고 떠났다가는 필경 파도에 휩쓸려 죽고 말 것이다.

유대암은 첨벙첨벙 물속으로 걸어 들어갔다. 그러고는 늙은이의 등을 덥석 움켜들고 돌아나와 작은 모래언덕으로 올라갔다. 사방을 둘러보니 동북방 모퉁이에 불쑥 튀어나온 암벽 위의 집 한 채가 눈길에 잡혔다. 얼핏 보기에 사당 건물인 듯싶었다. 그는 더 생각해볼 것도 없이 늙은이를 치켜든 채 그리로 달려갔다. 지붕 끝 처마 아래 편액이 한 개 걸렸는데, 어렴풋이나마 '해신당海神堂' 세 글자는 알아볼 수 있었다. 주민들이 바다의 신령에게 제사 지내는 사당이었던 것이다.

문을 열고 들어서니, 오랫동안 사당지기도 없었는지 온통 흙먼지투성이로 지저분하기 짝이 없었다.

유대암은 늙은이를 신상神像 아래 제단에 뉘어놓고 제물을 간수하는 탁자 서랍부터 뒤졌다. 품속에 넣고 다니던 화접자火摺子(불 켜는 도구)는 바닷물에 젖어 못 쓰게 되었기에, 사당에 으레 있을 법한 부싯돌과 부싯깃을 더듬어 찾아서 반 토막짜리 초에 불을 붙였다. 희부연 촛불 아래 비친 늙은이의 얼굴은 온통 보랏빛 일색이었다. 중독 증세가 깊어졌다는 증거였다. 그는 품속에서 천심해독단天心解毒丹을 한 알 꺼냈다.

"이 환약을 드시오. 해독약이니까."

죽은 듯이 두 눈을 질끈 감고 있던 늙은이가 이 말을 듣자 눈을 딱 부릅뜨고 사납게 고개를 내저었다.

"난 독약은 먹지 않겠다. 누굴 죽이려고?"

얘기가 이쯤 되니 제아무리 성미가 부드러운 유대암이라도 더는 참을 수가 없어 굵다란 두 눈썹을 꿈틀하고 치켜올렸다.

"당신, 내가 누군지 아시오? 무당파 문하 제자가 누굴 해치는 것을 본 적이라도 있소? 이 해독약은 그 독성을 다 풀어주지는 못하지만,

적어도 사흘쯤 목숨은 연장시켜줄 수 있을 거요. 그사이에 그 칼을 해사파에 넘겨주고 독 소금을 풀어주는 해독제와 바꿔 목숨이나 구하시라는 거요!"

중상을 입은 늙은이가 무슨 힘이 솟구쳤는지 느닷없이 벌떡 일어나면서 이를 갈아붙이며 악을 써댔다.

"어느 놈이든 내 도룡도에 손만 대봐라! 내 가만둘 줄 아느냐? 어림도 없다!"

"쓸데없는 소리! 목숨이 날아갈 판에 그 도룡도는 가져다 뭣에 쓰실 거요?"

유대암이 짜증스레 핀잔을 주었으나, 늙은이는 목소리마저 떨어가며 단호하게 대꾸했다.

"내 차라리 목숨은 버릴망정 이 도룡도는 끝까지 내 것이다!"

악을 쓰면서도 칼을 단단히 품어 안은 채, 노인은 진정 말도 못 하게 아끼고 사랑한다는 듯 칼날에 뺨을 대고 비벼대기 시작했다. 그러면서도 한편으로 유대암이 건네준 천심해독단을 재빨리 입에 툭 털어 넣고 꿀꺽 삼켰다.

이쯤 되니 유대암도 슬그머니 호기심이 일었다. 도대체 그 칼에 좋은 점이 뭐 있느냐고 물으려다 늙은이의 두 눈에 굶주린 맹수가 사람이라도 잡아먹을 듯 탐욕스럽고도 흉포한 기색이 떠오르는 것을 보자, 저도 모르게 그만 역겨운 생각이 들어 입을 다물고 말았다. 말도 못 하게 혐오감이 치밀어 오른 유대암은 조용히 돌아서서 사당 문 쪽으로 걸어 나갔다.

"거기 서! 지금 어딜 가는 거야?"

등 뒤에서 늙은이가 날카롭게 호통쳤다. 유대암은 어이가 없어 그냥 웃고 말았다.

"내가 어딜 가든 당신이 무슨 상관이오?"

그러고는 홀가분해진 마음으로 휘적휘적 걸어 나가기 시작했다. 그러나 몇 걸음 못 가서 늙은이가 느닷없이 목 놓아 대성통곡하는 소리를 듣고 되돌아섰다.

"뭣 때문에 우는 거요?"

유대암이 묻는 말에 늙은이는 여전히 꺼이꺼이 울며 이렇게 대꾸했다.

"천신만고 끝에 도룡도를 손에 넣었는데, 이제 곧 죽어야 하다니……. 죽은 다음에야 이 보도를 어디다 쓰랴? 어이구, 원통해라!"

"흐흠, 이제야 그걸 아셨군. 그러니 그 칼을 해사파에 넘기고 독문해약獨門解藥과 맞바꾸기 전에는 별도리가 없을 거요."

유대암이 고개를 끄덕이면서 다시 한번 권유했으나, 이 고집불통 늙은이는 여전히 통곡하며 거세게 고개를 흔들었다.

"안 돼! 난 죽어도 못 내놓겠어! 이 아까운 걸 어떻게 내놓으란 말이야!"

유대암은 욕망이 가득한 그 얼굴을 내려다보면서 측은한 생각이 들었다. 한참 만에 그는 나이 지긋한 노인을 조용히 타일렀다.

"무학에 뜻을 둔 선비는 혈혈단신 혼자 쌓은 무공으로 적을 제압하고 승리를 얻으며, 의로운 길을 걸어 천하 후세에 길이 명성을 남겨야 하는 법이오. 보도나 보검 따위는 내 몸 밖의 물건에 지나지 않을 뿐이라, 얻었다고 기뻐할 것도 없고 잃었다고 슬퍼할 것도 없소. 노인장께서도 이 도리를 모르지 않으실 텐데 어찌 그리 집착하시는 거요?"

이 말을 듣고 늙은이가 성이 났는지 으르렁대며 되물어왔다.

"자네! '무림의 지존은 도룡보도라, 천하를 호령하니 감히 따르지 않을 자 없도다武林至尊 寶刀屠龍 號令天下 莫敢不從.' 이런 말 들어봤는가?"

유대암은 어처구니가 없어 소리 없이 실소를 터뜨렸다.

"그 말이야 저도 들어본 적이 있소이다. 그다음 대목은 '의천검이 나타나지 않는다면 그 누가 예봉을 다투랴倚天不出 誰與爭鋒'가 아니오? 한데 이 말은 수십 년 전 무림계를 뒤흔들었던 일대 사건을 두고 지어낸 것이지, 실제로 무슨 보도나 보검 따위를 가리켜 한 말은 아닐 겁니다."

"흐흠, 무림계를 뒤흔들었던 일대 사건이라…… 그게 뭔데?"

늙은이가 뭔지 빤히 알면서도 묻는 듯싶었으나, 천성이 고지식한 유대암은 자기가 아는 대로 일러주었다.

"수십 년 전에 신조대협 양과라는 어른이 중원의 마지막 보루인 양양성을 공격하던 몽골 황제 몽케蒙哥를 쳐 죽여 우리 한족의 원한을 속시원히 풀어주셨던 그 사건 말입니다. 그때부터 천하에 영웅호걸치고 양 대협이 무슨 호령을 하든 따르지 않는 이가 없었다고 하니, 그 용龍이란 곧 몽골 황제요, '도룡屠龍'이라고 한 것도 몽골 황제를 도륙했다는 뜻이겠지요. 설마 이 세상에 정말 용이란 동물이 있기나 하겠소?"

유대암이 나름대로 성심성의껏 설명했으나, 늙은이는 코웃음을 섞어가며 다시 물었다.

"흐흥! 그럼 내 한마디 더 물음세. 양과 대협이 생전에 무슨 병기를 썼다던가?"

이 물음에 유대암은 잠시 할 말을 잊고 멍해졌다. 신조대협이 과연 무슨 병기를 썼는지 당사자 곁에서 보지 않은 바에야 어찌 그걸 알겠는가? 하지만 그는 자신이 듣고 아는 대로 말할 수밖에 없었다.

"저희 사부님 말씀이, '양 대협은 팔뚝 하나가 끊긴 외팔이라 평소 병기를 쓰지 않았다'고 하셨습니다."

"호오, 그랬군! 하면 양 대협은 몽골 황제를 어떻게 죽였을까?"

"돌을 던져서 몽케를 죽였다는 것은 만천하가 다 아는 사실 아니오?"

"양 대협이 평소 병기를 쓰지 않았고, 또 몽골 황제를 죽인 것도 돌멩이라…… 그렇다면 '도룡보도'란 말은 어디서 생겼겠나?"

유대암은 또 말문이 막혔다. 한참 생각한 끝에 그는 다시 군색한 답변을 내놓았다.

"그야 후세 사람들이 지어낸 말이겠지요. 양 대협이 돌로 몽골 황제를 쳐 죽였다고 해서 '석두도룡石頭屠龍'이라고 말할 수는 없지 않겠소? 듣기에도 거북스럽고……."

"자네, 그 말이야말로 가당치도 않군! 씨알도 먹히지 않는 소리로 억지를 부려서야 되나! 그럼 내 다시 묻겠네. '의천이 나타나지 않는다면 그 누가 예봉을 다투랴?' 이 두 대목은 또 어떻게 설명할 텐가?"

이 물음에 유대암은 잠시 주저하다 절레절레 고개를 내저었다.

"난 모르겠소. '의천'이란 게 혹시 어떤 사람의 이름은 아닐까요? 전해오는 얘길 듣자니 양 대협의 무공은 그 아내 되는 분에게 배웠다던데, 어쩌면 그 아내의 이름일지도 모르겠소. 아니면 양양성을 사수하던 곽정 대협을 하늘에 비겨서 붙인 별호가 아닐까요?"

"그래? 모르면 솔직히 모른다고 할 것이지, 잘도 주워섬기는군! 내가 말해주지. '도룡'이란 한 자루의 칼, 바로 내 손에 쥐어 있는 이 도룡도일세. '의천'은 한 자루 장검, 바로 의천검倚天劍이란 말일세. 그러니까 방금 얘기한 여섯 마디 뜻은 이렇게 풀이되는 거야. '무림의 지존은 도룡도라, 누구나 이 칼을 소유하면 무슨 호령을 내리든지 천하의 영웅호걸이 그 명령대로 따라야 한다. 다만 의천검이 세상에 나타나기 전에는 이 도룡도가 가장 무서운 신병이기神兵利器라.' 바로 이 뜻이지!"

늙은이가 젊은이의 무식함을 나무라면서 자신 있게 한바탕 설명을 늘어놓았으나, 정작 유대암의 표정은 믿는 둥 마는 둥 시큰둥하기만 했다. 유대암은 늙은이 앞에 손을 내밀었다.

"어디 그 칼 좀 보여주시지요. 도대체 어떤 점에서 그게 신병이기라고 하는지 한번 구경이나 해봅시다."

"흥! 내가 세 살 먹은 어린앤 줄 아느냐? 그렇게 얼렁뚱땅 속여서 이 칼을 빼앗으려고? 어림도 없다!"

고집불통 늙은이가 큰 칼을 더욱 단단히 부여안고서 코웃음을 쳤다. 중독을 당한 후 심신이 극도로 쇠약해진 상태라 유대암이 건네준 해독단 한 알의 약효에 의지해 버티고는 있으나, 젊은이와 한바탕 입씨름을 하고 또 있는 힘껏 그 거대한 칼을 부여잡고 있으려니 신음 소리가 그치지 않았다.

터무니없이 오해를 산 유대암은 씁쓰레하게 웃으면서 손을 거두었다.

"보여주기 싫으면 그만두시죠. 그래, 이제 그 도룡도를 얻었으니 누구한테 호령하실 건가요? 설마 당신이 그 칼을 가지고 있으니 나더러 당신 분부대로 따르라고 하실 건 아니겠지요? 그따위 황당무계한 소리를 믿고 헛되이 목숨을 버리려 하다니 정말 어리석기 짝이 없는 분이십니다. 나 한 사람조차 부려먹지 못하시는 걸 보니 그 칼은 아무 짝에도 쓸모없는 거 아닙니까?"

유대암이 비웃음을 섞어 타이르자 늙은이는 입을 다물고 한참 동안 묵묵히 생각에 잠기더니, 이윽고 결심이 섰다는 듯 딱 부러지게 말했다.

"좋아! 여보게, 우리 약속 하나 하세."

"약속이라뇨?"

"자네가 내 목숨을 구해주면, 내 이 보도에 감춰진 비밀을 절반 나눠 줌세!"

"으하하하!"

유대암이 앙천대소를 터뜨렸다.

"이것 보시오, 노인장. 우리 무당파 제자들을 너무 얕잡아보셨군요. 위기에 빠진 사람을 구해주고 곤경에 처한 이를 건져주되, 대가를 바라지 않는 것이 우리 본분입니다. 그런 내가 무슨 보답을 바라고 일할 사람 같소? 당신 몸에 묻어 있는 독 소금의 성분이 무엇인지 난 모르니까 어서 빨리 해사파를 찾아가서 목숨이나 구해달라고 사정하시구려."

"이 도룡도는 해사파 수중에서 훔쳐낸 것이라 내게 원한이 골수에 사무쳤을 텐데, 그 작자들이 날 해독시켜줄 것 같나?"

"그 칼만 넘겨주면 원한이야 풀릴 테고, 저들이 탓할 건더기가 없을 텐데 구태여 노인장 목숨을 해칠 까닭이 있겠소?"

"내 가만 보니 자네 무공이 대단하던데, 그 좋은 솜씨로 해사파에 가서 해독약을 훔쳐다 날 좀 구해주게나."

낯 두꺼운 뻔뻔스러운 요구에 유대암은 고개를 설레설레 내둘렀다.

"난 급한 일이 있어 더는 지체할 수 없는 몸입니다. 또 이 모두가 남의 보물을 훔친 당신 잘못 아니오? 시간도 없는 데다 명분조차 없는 일을 내가 어떻게 할 수 있단 말이오? 노인장, 딴생각 말고 어서 해사파나 찾아가시구려. 이렇게 자꾸 망설이다가는 독성이 온몸에 퍼져서 후회해도 때가 늦을 거요."

늙은이는 그가 당장 떠날 기미를 보이자 다급하게 소리쳤다.

"좋아, 그럼 내 한마디만 더 묻겠네. 아까 내 몸뚱이를 쳐들고 이리로 왔을 때 뭔가 좀 색다른 느낌이 안 들던가?"

유대암도 비로소 생각나는 바가 있어 고개를 끄덕였다.

"좀 이상하기는 했소. 노인장의 체구가 왜소하고 비쩍 말랐는데 몸무게는 200여 근이나 넘게 무거워서 나도 이게 웬일인가 싶었소. 또 노인장이 별로 무거운 물건도 지니고 있지 않던데……."

그러자 늙은이는 도룡도를 땅바닥에 내려놓고 일어섰다.

"그럼 날 다시 한번 들어보게."

유대암은 시키는 대로 그의 양어깨를 붙잡고 번쩍 들어 올렸다. 손아귀의 감촉이 거뜬한 게 미처 80근도 안 되는 듯싶었다. 그제야 유대암은 그 칼의 무게가 100여 근이 된다는 사실을 깨닫고 속으로 혀를 내둘렀다. 기껏해야 단도 한 자루에 지나지 않는 것의 무게가 100여 근씩이나 되다니 정말 해괴한 노릇이었다. 하나 워낙 과묵한 그는 상대방을 도로 내려놓으면서 딱 한마디만 했다.

"칼의 무게가 대단하군요."

늙은이는 땅바닥에 내려서기가 무섭게 재빨리 도룡도를 다시 집어서 단단히 끌어안았다.

"이게 어디 무게만 나가는 줄 아는가? 여보게, 자네 성이 유俞씨인가 아니면 장張씨인가?"

뜻밖의 물음에 유대암은 두 눈이 휘둥그레졌다.

"소생은 유씨입니다. 이름자는 대암이고요. 한데 노인장께선 그걸 어떻게 아셨습니까?"

"흐흠, 다 아는 수가 있네. 무당파 장 진인張眞人께선 일곱 제자를 두셨지. '무당칠협武當七俠' 가운데 송宋 대협은 연세가 마흔에 가까우신 분이요, 여섯째 은殷씨와 일곱째 막莫씨 두 분은 아직 스무 살도 안 되실 테고…… 나머지 둘째, 셋째 두 대협은 똑같이 유씨, 넷째와 다섯째 두 대협은 똑같이 장씨라는 걸 강호 무림계 사람치고 누가 모르겠나? 이제 봤더니 유 삼협兪三俠이셨군! 그러니 무공이 그토록 뛰어나신 것도 무리가 아니지. 무당칠협의 명성이 천하에 떨친다더니, 오늘 보고서야 과연 명불허전名不虛傳이었음을 알겠네."

유대암은 비록 나이는 그리 많지 않으나, 그래도 강호에서 산전수전 다 겪어본 사람이었다. 따라서 나이도 어지간하게 먹은 늙은이가 맞대놓고 아첨 떠는 수작이 뭔가 자신에게 바라는 것이 있어서 그러는 줄 뻔히 아는 터라, 흐뭇하기는커녕 오히려 역겨운 생각마저 들었다. 그는 비웃음을 섞어 되물었다.

"노인장의 존함은 어찌 되시는지요?"

"이 늙은 것은 덕성德成이라고 하네. 요동 지방 친구들이 내게 별명을 하나 붙여줬는데, 해동청海東青이라고 하지."

해동청이라면 요동遼東 일대에서만 나는 몸집이 큰 새매를 말했다. 성질이 흉포하고 사납기 이를 데 없는 맹금이라 주로 작은 들짐승을 잡아먹고 살았다. 산해관山海關 밖 동북 지방에 무리 지어 살고 있는데,

고려 사람들은 이놈을 보라매라 부르고, 잡아 길들여서 사냥하는 데 쓰곤 했다.

"만나 뵙게 되어 영광입니다."

유대암은 두 손 모아 공손히 인사를 건넸다. 탐욕스러운 위인이었으나 연장자를 뵙는 예의만큼은 깍듯이 차려 대접해주었다. 그러고는 고개를 들어 사당 바깥 하늘빛을 살펴보았다.

'해동청 보라매'란 늙은이는 그가 급히 떠나려는 기미를 보이자 마음이 초조해졌다. 이제 아주 좋은 조건으로 유대암의 마음을 움직이지 못했다가는 그가 결코 구명의 손길을 내밀어주지 않으리란 것을 깨달았다. 그래서 얼른 입을 열어 얘깃거리를 더 끄집어내기 시작했다.

"자네, 그 여덟 마디 가운데 말일세, '천하를 호령하니 감히 따르지 않을 자 없다'라는 그 두 마디를 어떻게 설명했지? 그저 누구든지 도룡도를 손에 넣은 자가 호령만 내리면 사람마다 순순히 따라야 한다는 뜻이라고 했으렷다? 그게 아니야, 틀렸네! 전혀 잘못 생각한 거야. 그 속뜻을 풀이하면……."

그가 여기까지 주저리주저리 엮어댔을 때 유대암의 안색이 흠칫 바뀌더니 손길을 내뻗어 가볍게 휘둘렀다. "훅!" 하고 손바닥 바람으로 제단 위에 놓인 촛불을 꺼버린 그는 입술에 손가락을 대고 나지막이 속삭였다.

"쉿! 누가 이리 오고 있소."

덕성 늙은이는 깜짝 놀랐다. 그러나 유대암보다 내공 수준이 한참 뒤떨어지는 터라 별다른 기척을 느끼지 못하고 의아스레 되물으려는데, 사당 바깥 멀리서 어렴풋이나마 휘파람 소리가 들려왔다. 그 소리는 누군가 여럿에게 신호를 전하는 것이 분명했다.

잠시 후, 해신당 쪽으로 달려오는 발걸음 소리마저 또렷이 들려왔다. 그제야 늙은이도 깜짝 놀라 유대암을 재촉했다.

"놈들이 쫓아왔네. 우리 어서 사당 뒤쪽으로 피신하세."

그러나 유대암은 절레절레 고개를 흔들었다.

"뒤쪽에도 사람이 오고 있소."

"그럴 리가……."

해동청 영감이 믿든 말든 유대암은 발걸음 소리에만 귀를 기울였다. 날렵하면서도 기우뚱기우뚱 귀에 익은 발걸음 소리. 그것은 해사파 올빼미들이 어깨에 소금 광주리를 걸머지고 달려오는 걸음걸이가 분명했다.

"노인장, 지금 이리로 오는 자들은 해사파 패거리이니 마침 잘되었소. 저 친구들에게 칼을 넘겨주고 해독제나 얻어 잡수시오. 소생은 더 이상 이런 일에 말려들고 싶지 않소. 그럼 이만……."

"유 삼협! 제발…… 날 버리고 가면 안 돼. 절대로!"

중독을 당한 늙은이에게 어떻게 그런 힘이 솟구쳤는지, 왼손으로 유대암의 팔목을 꽉 움켜잡고 놓지 않았다. 얼음보다 더 차가운 다섯 손가락이 집게처럼 팔목을 꽉 물고 살 속을 파고들었다. 그는 당장 손목을 홀떡 뒤집어 구전단성九轉丹成 반 초식만으로 가볍게 그 다섯 손가락을 떨쳐버렸다.

이윽고 발걸음 소리가 사당 밖에 어지러이 들리더니, "꽈당!" 하는 소리와 함께 누군가 발길질로 문짝을 걷어차 열었다. 이어서 "쐐르르!" 하고 공기를 찢는 소리가 들리더니 부스러기 같은 물체가 어둠 속을 뚫고 한꺼번에 억수같이 쏟아져 들어왔다.

유대암은 몸을 움츠린 자세로 재빨리 해신보살 신상 뒤쪽으로 돌아가 숨었다.

"으흑!"

덕성 늙은이가 나지막하게 신음 소리를 터뜨렸다. 뒤미처 "후두둑, 후두둑!" 예리한 암기들이 그의 몸뚱이에 들어맞는 소리, 또다시 "쏴르르르!" 하고 미세한 낱알이 우박처럼 땅바닥에 떨어지는 소리가 정신없이 들려왔다. 한바탕 또 한바탕, 누군가 잠시도 그칠 새 없이 잇따라 쏟아 퍼붓는 소리가 이어졌다.

'해사파 독 소금이구나!'

유대암이 암기의 실체를 깨닫는 순간, 이번에는 지붕 위에서 기왓장 뜯어내는 소리가 들리더니 곧바로 사당 안에 독 소금을 투척하기 시작했다.

유대암은 두 번 생각해볼 겨를도 없이 재빨리 주먹질로 신상의 등짝을 후려쳤다. 앞서 흰옷 입은 괴한과 장백삼금 일행이 독 소금을 뒤집어쓰고 어떻게 되었는지 두 눈으로 똑똑히 보았기 때문에 잠시도 망설일 수가 없었다. 그들은 독 소금이 몸뚱이에 닿자마자 처절한 비명을 지르고 쓰러지거나 겨우 한 목숨 건지려고 허둥지둥 달아나지 않았던가? 그것만 보더라도 이 독물이 얼마나 무서운 것인지 알 만했다.

이제 독 소금은 비좁은 사당 안에 앞이 보이지 않을 정도로 자욱하게 흩날리고 있었다. 다급한 주먹질 몇 번에 마침내 해신상의 등에는 구멍이 뻥 뚫리고, 유대암은 몸을 잔뜩 움츠린 채 신상의 배 속으로 쑤시고 들어갔다. 운신도 못할 지경으로 옹색한 공간이기는 하나 그 안에 들어앉고 보니, 흡사 두툼한 진흙 외투를 걸친 격이나 다를 바 없었다. 그 무서운 독 소금이 제아무리 우박같이 쏟아지더라도 그를 어쩌지는 못했다.

사당 밖에서는 해사파 올빼미들이 왁자지껄 큰 소리로 의논하고 있었다.

"쥐새끼가 찍소리도 않는데, 까무러친 모양일세."

"그럼 당장 쳐들어가자고!"

"아냐, 좀 더 기다려보게. 그 젊은 생쥐 녀석 솜씨가 보통 아니던데 성급하게 굴 것 뭐 있나?"

"혹시 딴 데로 빠져나갔을까 봐 그러네. 이 사당 안에 없으면 안 되는데……."

이어서 누군가 냅다 호통 치는 소리가 들렸다.

"어이, 거기 안에 있는 친구들! 그만큼 당했으면 얌전히 나와서 항복하시지!"

올빼미들이 와글와글 떠드는데, 갑자기 멀리서 말발굽 소리가 요란하게 들려왔다. 적어도 준마 10여 필이 급속도로 치달려오는 소리였다. 말발굽 소리에 섞여 어떤 사람이 목청도 낭랑하게 외쳐댔다.

"해가 빛나고 달이 비추니 천응天鷹이 나래를 펼치도다!"

그 외침이 들려오자 해사파 올빼미들은 즉시 쥐 죽은 듯이 조용해졌다. 잠시 후, 누군가 덜덜 떨리는 목소리로 고함을 질렀다.

"천응교…… 천응교다! 어서 빨리 도망치자!"

하나 말끝이 미처 끝나기도 전에 말발굽 소리는 이미 사당 밖에 들이닥쳤다. 해사파 올빼미들 가운데 하나가 속삭였다.

"글렀네. 도망치기엔 늦었어!"

이어서 낯선 목소리가 대갈일성 호통을 쳤다.

"모두 두 손 높이 쳐들어라! 어떤 놈이든 죽기가 두렵지 않거든 독 소금을 뿌려도 좋다. 어이, 너희 몇 놈! 사당 안에 뿌려놓은 독 소금을 말끔히 치워라! 어서 썩 움직이지 못할 테냐!"

호통을 친 자는 물론 해사파 올빼미들과는 다른 패거리가 분명해 보였다. 얼마 안 있어 몇몇이 사당 안으로 들어서는 기척이 들려왔다.

유대암은 신상의 배 속에서 숨을 죽이고 있었다. 희뿌연 불빛이 신상 뒷벽에 반사되어 일렁거리는 걸 보니, 침입자들이 횃불과 등롱 따위를 미리 준비해온 듯싶었다.

한참 동안 정적이 흘렀다. 이윽고 누군가 무거운 침묵을 깨뜨렸다.

"모두 머리 위에 두 손을 번쩍 들고 있거라! 어느 놈이든 독 소금을 뿌렸다간 내 화살 맛 좀 보게 될 거다. 우리가 누군지 다들 잘 알고 있으렷다?"

그러자 해사파 올빼미들 가운데 몇몇이 응답했다.

"예에, 예! 알구말굽쇼! 천응교 친구분들 아니십니까?"

엄포를 놓았던 목소리가 다시 사당 안에 쩌렁쩌렁 울렸다.

"여기 이분께선 우리 천응교 천시당天市堂 이李 당주 어른이시다. 이 어르신께서는 하릴없이 나다니실 분이 아닌데, 오늘 너희 놈들 운수가 좋아 한 번 뵙게 된 줄이나 알아라! 이 당주께서 너희에게 이르셨다. 도룡도를 얌전히 갖다 바치면 어르신께서 자비를 베푸셔서 네놈들의 목숨을 용서해주시겠노라고. 다들 알아들었느냐?"

해사파 올빼미들 중 하나가 떠듬거리며 말했다.

"저…… 저자가, 훔쳐갔습니다……. 저희도 지금 그걸 찾으려고 뒤쫓아왔는데…… 이 당주께서……."

뒤미처 또 한 사람이 그 말을 뚝 끊고 물어왔다.

"이봐, 도룡도는 어디 있나?"

말투를 들어보니 올빼미들에게 하는 말이 아니라, 해동청 보라매 덕성 늙은이에게 묻는 말이었다. 늙은이의 대꾸는 들리지 않았다. 하나 그다음 순간, "푹!" 하는 소리가 나더니 누군가 땅바닥에 털썩 쓰러지는 기척이 들려왔다. 이어서 몇몇이 놀라 외치는 소리가 뒤따랐다.

"어이쿠!"

"이런!"

천응교 패거리 중에 우두머리인 듯싶은 사내의 목소리가 울렸다.

"흠, 죽었군. 몸을 뒤져봐라!"

부스럭부스럭 옷자락을 뒤적이는 소리, 다시 몸뚱이를 뒤채는 소리가 들렸다. 이윽고 몸수색을 하던 자가 보고했다.

"당주님께 아뢰오. 이자의 몸에는 별다른 게 없습니다."

그 뒤를 이어 해사파 우두머리가 와들와들 떨리는 목소리로 변명을 했다.

"이 당…… 이 당주님, 도룡도는 분명…… 이 늙은이가…… 훔쳐갔습니다. 저희는 절대로…… 속이지 않습니다……."

목소리를 들어보니, 이 당주란 자의 위협적인 눈초리에 질려 간담이 써늘해진 게 틀림없었다.

신상 배 속에서 유대암은 사뭇 이상한 생각이 들었다. '그 칼은 분명 영감 손에 있었는데, 어째서 갑자기 보이지 않는단 말인가?'

앞서 엄포를 놓았던 자가 다시 올빼미들을 다그치기 시작했다.

"네놈들 말대로 이 늙은이가 훔쳐갔다면 어째서 안 보이느냐? 아무래도 네놈들이 몰래 감춰버린 게 분명하구나! 우리 이렇게 하자! 누구든지 먼저 진상을 자백하는 놈은 이 당주께서 죽이지 않고 용서해주실 것이다. 너희 가운데 딱 한 사람만 죽지 않을 것이니, 먼저 입을 여는 놈은 목숨이 살아날 테고 나머지는 모조리 죽을 각오나 해둬라!"

사당 안은 물을 뿌린 듯 고요했다. 신상 앞에 감도는 정적이 숨 막힐 지경으로 무거웠다. 이윽고 해사파 우두머리가 입을 열었다.

"이 당주님, 저희는 정말 모르는 일입니다. 천응교 측에서 요구하는 물건을 저희가 언제 숨겨둔 적이 있습니까? 저희는……."

"흐흥!"

이 당주란 자가 코웃음으로 말을 가로막았다. 그렇다고 대꾸하는 것도 아니었다. 그 부하 중에 한 사람이 대신 말을 꺼냈다.

"누구든지 먼저 내막을 아뢰는 자만 목숨이 살아남을 줄 알아라!"

또 한참이 지났으나, 올빼미들 가운데 입을 여는 자는 없었다.

곧이어 올빼미 하나가 중압감에 못 이겨 발악적으로 고함쳤다.

"우리가 칼을 되찾으러 오긴 했지만, 사당 안에 발을 들여놓기 직전에 당신네들이 몰려오지 않았소? 당신네 천응교가 먼저 해신당에 들어섰는데, 우리가 어떻게 칼을 손에 넣을 수 있단 말이오! 정 믿어주지 않겠다면 하는 수 없지! 이래 죽으나 저래 죽으나 죽기는 마찬가지 아닌가? 오늘 당신네들과 목숨을 걸고 싸울 수밖에! 천응교가 도대체 뭐 말라비틀어진 것이기에 이렇듯 행패가 막심한 거야? 당신들 하는 꼬락서니를 보건대……."

말이 미처 끝나기도 전에 갑작스레 뚝 그쳤다. 보나마나 애꿎은 목숨을 날려 보낸 게 틀림없었다. 또 다른 올빼미가 덜덜 떨리는 음성으로 아는 대로 대답했다.

"아까 한 서른 살쯤 들어 보이는 사내놈이 이 늙은이를 구해서 이리로 도망쳐왔습니다. 경공신법이 대단한 놈이라 지금쯤 어디로 달아났는지 모르겠으나, 도룡도는 분명 그자가 채뜨려갔을 겁니다."

이 당주가 분부를 내렸다.

"하나씩 몸을 뒤져봐라!"

"예에!"

서너 명이 이구동성으로 응답하더니, 곧바로 사당 안에 부스럭부스럭 소리가 들리기 시작했다. 천응교 패거리가 올빼미들의 몸을 수색하는 것 같았다. 몸을 뒤지던 기척이 그치고 또 정적이 감돌았다. 이 당주의 명령이 다시 떨어졌다.

"아무래도 그 사내놈이 낚아채간 모양이군……. 가자!"

발걸음 소리가 부산하게 울렸다. 천응교 패거리가 사당 문을 나서더니 이어서 동북방으로 치닫는 말발굽 소리가 점점 멀어져갔다.

유대암은 까닭 모를 사건에 휘말려들고 싶지 않아 해사파 올빼미들이 물러갈 때까지 기다렸다가 나가기로 작정했다. 그런데 한참을 기다려도 사당 안에 인기척이 들리지 않았다. 올빼미들이 갑자기 하늘로 날아갔는지 땅속으로 꺼졌는지 도대체 숨 쉬는 기척마저 들리지 않았다. 눈으로 보지 못했으니 그들마저 천응교 패거리가 떠날 때 같이 묻어서 나간 것은 아닐까 싶어, 유대암은 슬며시 신상 뒤에서 머리통을 내밀어보았다.

신상 제단 앞에는 올빼미들 20여 명이 단정한 자세로 나란히 서 있었다. 꼼짝달싹도 않는 것으로 보아 모두 혈도를 찍힌 듯싶었다.

그제야 유대암은 마음 놓고 신상의 배 속에서 기어나왔다. 땅바닥에는 천응교 무리들이 내던져놓고 간 횃불이 여전히 꺼지지 않은 채 사당 안을 제법 환히 밝혀주고 있었다. 불빛에 비친 올빼미들은 깎아놓은 말뚝처럼 움쭉달싹도 하지 않았다. 얼굴빛이 하나같이 음침한 것이 공포에 질린 기색으로 가득 찼다. 어떤 자는 나무 주걱을 들고, 주걱에는 미처 뿌리지 못한 독 소금이 그득 담겨 있었다.

유대암은 남다른 감회에 잠겼다. 소문에 듣기로, 천응교는 얼마 전부터 강남 일대에 모습을 드러낸 신흥 교파라고 했다. 이 해사파 올빼미들도 당최 악랄하기로 평판이 자자한 패거리라 남한테 호락호락 넘어갈 녀석들이 아닌데, 천응교 무리와 맞닥뜨리자 고양이 앞에 쥐새끼들처럼 맥없이 손발 묶여 꼼짝달싹도 못 하게 되다니, 정말 뛰는 놈 위에 나는 놈 있다는 격이 아닐 수 없었다.

아무튼 혈도나 풀어주고 보자는 생각으로, 제일 가까이에 서 있는 올빼미의 화개혈華蓋穴에 손을 얹고 슬슬 주물러주기 시작했다. 그런데 어찌 된 노릇인지 아무리 추나수법推拿手法을 써도 화개혈은 여전히 딱딱하게 굳은 채 풀릴 기미가 보이지 않았다. 손끝에 닿는 감촉이 마치 강시의 몸뚱이를 만진 것처럼 그저 차디차기만 했다. 그는 천응교 무리가 지독한 수법을 썼구나 싶어 속으로 혀를 내두르면서, 이번에는 코끝에 손을 대보았다. 들숨도 날숨도 느껴지지 않는 것이 호흡이 끊긴 지 오래였다. 치명적인 사혈死穴을 찍혀 죽어버린 것이다.

깜짝 놀란 유대암은 한 사람 한 사람씩 살펴보았으나, 멀쩡하게 살아서 펄펄 뛰던 20여 명이 그 짧은 시각 안에 모조리 숨이 끊어져 있었다.

유대암은 놀라움과 당혹스러움이 한꺼번에 일었다. 천응교 무리가 독수를 쓸 때 어떻게 아무런 기척도 나지 않았을까? 또 이 많은 사람이 죽어가면서 하나도 반항하지 못했다니, 정말 음독하기 짝이 없는 괴이한 수법 아닌가?

사당 안에는 눈이 쌓이듯 독 소금이 하얗게 깔려 있었다. 이대로 두었다가는 선량한 주민들이 멋모르고 여기에 들어왔다가 애매하게 횡액을 당하기 십상이었다. 독 소금과 시체들을 한꺼번에 다 처리하기도 어렵거니와 또 그럴 시간마저 없었다. 생각다 못한 유대암은 차라리 사당에 불을 놓아 독 소금과 시체들을 깨끗이 태워버려 후환을 없애는 것이 낫겠다고 결단을 내렸다.

20여 구의 시체들이 신상 제단 앞에 뻿뻿이 서 있는 모양새가 사뭇 기괴한 분위기를 자아냈다. 한데 딱 한 구만이 제단 곁에 엎드린 자세로 쓰러져 있었다. 이상하게도 이 시체는 다른 동료들처럼 사혈을 찍혀 죽은 게 아니라, 칼부림에 맞은 듯 펑퍼짐한 등줄기에 핏자국이 큼지막하게 엉겨 붙어 있었다. 유대암은 이상하다 싶어 자세히 살펴볼 생각으로 뒷덜미를 잡아 번쩍 들었다. 그다음 순간, 그는 자신도 모르게 몸뚱이가 앞으로 휘청 기울었다. 시체가 유별나게 무거워 손쉽게 들어 올리려던 것이 오히려 그 무게에 이끌려 앞으로 넘어질 뻔했던 것이다.

흠칫 놀란 유대암이 손을 놓고 가만 살펴보았다. 그런데 아무리 보아도 평범한 체구에 살이 찐 것도 아닌데 어째서 이렇듯 무거운지 도통 이해할 수가 없었다. 그는 다시 손목에 힘을 주어 시체를 번쩍 치켜

들었다. 두 번째로 자세히 살펴보니, 등줄기를 따라 상처 자국 하나가 수직으로 길게 나 있는 것이 아닌가? 그는 퍼뜩 떠오르는 것이 있어 상처 속에 손을 집어넣고 더듬어보았다. 과연 손끝에 얼음같이 차가운 감촉이 와닿았다. 그리고 한 자루의 칼을 끄집어냈다.

비록 핏자국이 얼룩졌으나 거무튀튀한 빛깔에 묵직한 것이 줄잡아도 100근에 가까운 육중한 칼이었다. 적지 않은 사람들이 목숨을 걸고 빼앗으려 아귀다툼을 벌였던 바로 그 도룡도였다.

문제의 이 칼이 어떻게 사람의 몸뚱이 속에 들어갔을까? 유대암은 곰곰이 생각해본 끝에 그 경위를 추리해낼 수 있었다. 해동청 보라매라 일컫던 그 노인은 죽음이 임박하자 도룡도와 함께 육탄으로 적에게 부딪쳐갔을 것이다. 칼날을 앞으로 향한 채 달려드는 바람에 그것이 해사파 올빼미 한 사람의 등줄기를 찍고 그대로 파묻혀 들어간 게 분명했다. 칼 자체 무게가 워낙 육중한 데다 칼날 또한 예리하기 그지없어 사람의 몸뚱이에 닿기 무섭게 그대로 베고 통째로 파묻힌 것이다. 천응교 무리는 성한 사람의 혈도를 찍어놓고 몸수색만 하느라 순식간에 죽어 넘어진 시체 따위는 거들떠보지도 않았다. 따라서 문제의 도룡도는 끝내 발각되지 않았던 것이다.

유대암은 제단 앞 휘장을 한 조각 뜯어 칼날에 묻은 핏자국을 닦아냈다. 칼을 곧추세워 이리저리 둘러보니 막막한 느낌이 들었다. 이 칼이 진짜 무림의 지극한 보물인지 아닌지는 판단하기 어려웠으나, 아무튼 상서롭지 못한 물건임은 틀림없었다. 해동청 보라매 영감이나 해사파의 그 숱한 올빼미가 모두 이 칼 때문에 목숨을 잃지 않았던가? '이런 불길한 물건이 내 손에 들어왔으니 어쩐다? 하는 수 없지, 사부님

께 갖다 바쳐서 그 어르신더러 처분해달라고 여쭙는 수밖에.'

그는 땅바닥에 떨어진 횃불을 주워 들고 신상 주변에 치렁치렁 늘어뜨린 휘장에 불을 당겼다. 불길이 번지자 재빨리 사당을 나섰다.

거센 바닷바람을 맞아 무섭게 타오르는 불길 한 곁에서 그는 다시 한번 불빛에 도룡도를 비춰가며 세밀히 살펴보기 시작했다. 하나 거무튀튀한 빛깔, 강철도 무쇠도 아닌 것이 도대체 무슨 물질로 만들었는지 알 수 없었다. 앞서 장백삼금이 풀무질을 해서 화덕의 불길이 푸르다 못해 하얗게 바뀐 백열 속에서도 이 칼은 털끝만 한 손상도 입지 않았으니 실로 기이하다고밖에 달리 할 말이 없었다. 칼의 무게가 이토록 육중한데 적과 맞서 싸울 때 도법을 어떻게 펼칠 수 있겠는가? 삼국시대 관운장關雲長 어른도 신력神力이 보통을 뛰어넘는다지만, 그 분의 청룡언월도青龍偃月刀는 무게가 고작 81근에 지나지 않았다. 게다가 두 손으로 칼자루를 길게 잡고 휘두르지 않았던가?

칼을 보따리에 싸서 간직한 다음, 그는 해동청 보라매 영감의 시신이 불타고 있을 만한 쪽을 향해 서서 묵념을 올렸다.

"노인장, 제가 이 칼을 탐내어 가지고 나온 것은 결코 아닙니다. 하지만 이 칼은 천하에 기이한 물건이라, 만약 못된 자의 수중에 떨어졌다가는 필경 인간 세상에 재앙을 끼치게 될 것입니다. 저희 스승께선 공명정대하신 분이니 그 어르신께서 반드시 선처하시리라 믿습니다."

갈 길이 바빠진 그는 보따리를 등에 지고 성큼성큼 큰 걸음걸이로 곧장 북쪽을 향해 나아갔다. 그리고 반 시진도 안 되어 전당강 기슭에 이르렀다. 희뿌연 달빛 별빛이 일렁이는 수면에 비쳐 점점이 번쩍거리는 광경이 흡사 강물 전체가 별자리로 가득 찬 듯싶었다.

이리저리 둘러보아도 나룻배 한 척 없기에, 그는 강변을 따라 동편으로 내려갔다. 밥 한 끼니 먹을 시간쯤 지나서야 겨우 앞쪽에 반짝이는 등불 빛을 발견할 수 있었다. 어선 한 척이 강변에서 20~30척 떨어진 곳에 닻을 내리고 어화漁火로 유인해 고기를 잡고 있었다.

"여보시오, 고기잡이 노형! 사례는 할 테니까 수고스럽지만 강을 건너게 해주시오!"

고기잡이배가 너무 멀리 떨어져 있는 탓인지, 아니면 어부가 귀머거리인지 알 수 없으나, 그가 외쳐 부르는 소리를 듣지 못한 듯 그는 이쪽은 거들떠보지도 않았다. 유대암은 숨을 한 모금 크게 들이쉬고 다시 한번 목청껏 외쳐 불렀다.

"여보시오! 고기잡이 양반! 날 좀 건네주시오!"

내공을 담아 외쳐 부르는 목소리가 멀리멀리 퍼져나갔다.

얼마 안 있어 상류 쪽에서 작은 배 한 척이 물결을 따라 내려오더니 강변 기슭으로 방향을 돌렸다. 곧 선상의 사공이 외쳐 부르는 소리가 들렸다.

"손님, 강을 건너가시려오?"

유대암은 반가워 마주 소리쳤다.

"그렇소. 번거롭겠지만 편의 좀 보아주시오."

사공이 삐걱삐걱 노를 저어 다가왔다.

"자, 오르시구려."

유대암이 선뜻 몸을 솟구쳐 배에 오르는데, 뱃머리가 기우뚱하며 철썩 내려앉았다. 이것을 본 사공은 깜짝 놀랐다.

"어이구, 굉장히 무거우시군! 손님, 뭘 지니셨소?"

"별것 아니오. 내 몸이 좀 무거운 편이오. 어서 배나 띄우시구려."

사공은 두말없이 돛을 올리더니, 바람과 물결을 타고 비스듬히 동북쪽을 향해 노를 저었다. 배는 무척 빨리 미끄러져 나갔다. 한데 1리 남짓 건너갔을까, 갑자기 먼 하늘가에서 천둥소리가 들려오기 시작했다.

"여보, 사공! 비가 쏟아지려는 거 아니오?"

유대암이 한마디 건네자, 사공이 껄껄대고 웃었다.

"허허허! 이건 전당강에 밤마다 조수가 밀려드는 소리라오. 이 밀물을 타면 잠깐 사이에 강 건너편에 닿을 거요. 아마 이것보다 빠른 건 없을 거외다."

유대암은 눈길을 동편 하구 쪽으로 한껏 펼쳐 바라보았다. 멀리 수평선에서 거대한 물줄기가 하얗게 전당강을 가로질러 다가오는 것이 보였다. 마치 천군만마가 일제히 치닫듯 강물이 용솟음치며 물의 장벽을 이루고 도도하게 밀려들고 있는 것이 과연 일대 장관이었다. 이 기막힌 광경을 바라보며 유대암은 가슴이 탁 트이는 듯한 느낌을 받으며 속으로 생각했다. '천지간에 이런 장관이 다 있다니! 내 오늘 안목 한번 크게 열었구나. 이제껏 겪어온 고생도 헛고생이 아니었어.'

넋 빠지게 밤물결 장벽을 바라보고 있노라니 저쪽에서 또 다른 범선 한 척이 물결을 타고 질풍같이 다가오고 있었다. 새하얀 돛폭에는 한 마리 거대한 검은빛 독수리가 그려져 있는데, 독수리가 양 날개를 활짝 펼치고 흡사 먹잇감을 덮쳐오듯 사나운 형상으로 달려들고 있었다. 독수리의 표지를 보는 순간, 유대암은 즉각 천응교를 떠올리고 남몰래 경계심을 북돋았다. 바로 그때였다.

"풍덩!"

돌연 사공이 뱃전을 박차고 강물로 뛰어들더니 물보라를 남겨둔 채 삽시간에 종적도 없이 사라졌다. 키잡이를 잃어버린 작은 배가 조수에 부딪는 순간, 방향을 잃고 한 바퀴 빙그르르 맴돌았다. 유대암이 깜짝 놀라 고물 쪽으로 허둥지둥 달려가 키를 잡으려 할 때였다. 검정 독수리 표지를 단 범선이 뱃머리를 이쪽으로 돌리고 미끄러져 오기가 무섭게 "쿵!" 소리가 나도록 거세게 들이받았다. 범선의 뱃머리에는 단단한 철갑이 씌워져 있어 단 한 번 충돌에도 작은 배는 옆구리가 뻥 뚫리고 강물이 세차게 용솟음쳐 들어오기 시작했다.

그제야 사태의 심각성을 알아차린 유대암은 놀라움과 분노가 한꺼번에 치밀어 올랐다. '천응교, 이 간사한 놈들! 진작부터 계략을 치밀하게 꾸며놓고, 사공 녀석까지 한 패거리가 되어 나를 이리로 유인해 오다니, 정말 교활하기 짝이 없는 놈들 아닌가!'

뱃전까지 물에 잠겨 발목이 젖어들자, 더는 배에 타고 있을 수가 없었다. 그는 범선의 뱃머리를 가늠해본 다음 그대로 몸을 솟구쳐 높이 뛰어올랐다.

한데 공교롭게도 이때 큰 파도가 밀어닥치면서 범선을 허공에 내던지듯 단번에 10척 남짓 띄워 올렸다. 유대암이 허공에서 뱃머리로 낙하하는 찰나 범선이 파도에 떠밀려 두둥실 솟구쳐 오르니, 결국 눈어림한 뱃머리의 높이가 바뀌고 말았다. 그대로 물속에 곤두박질하는 순간, 그는 진기를 한 모금 끌어올리면서 왼 손바닥으로 뱃전을 후려치고 그 반탄력을 타고 양팔로 날갯짓하듯 급히 떨쳐냈다. 뱃전에 퉁겨진 힘을 이용해 짧은 순간에 다시 10여 척 정도 솟구쳐 오른 그는 마침내 범선의 뱃머리에 무사히 내려설 수 있었다. 그가 펼친 수법이 바로 제운종이었다.

갑판에서 선실로 통하는 문은 굳게 닫힌 채 인기척이 없었다.

"천응교 친구 있는가!"

성난 유대암이 거세게 소리쳤으나, 응답하는 사람은 아무도 없었다. 선실 문을 힘껏 밀어보았으나 요지부동이었다. 손바닥에 와닿는 감촉이 얼음장같이 싸늘했다. 목재가 아니라 강철로 주조해서 만든 문짝이었다. 화가 머리끝까지 뻗친 유대암은 양 팔뚝에 내력을 집중시키고 대갈일성을 터뜨리면서 쌍장을 동시에 밀어쳤다.

"이야압!"

"으지직!"

무엇인가 비틀리는 소리가 났으나, 강철 문짝은 열리지 않고 그 대신 문짝과 선실 벽이 맞붙은 문쩌귀 장식만 떨어져 나갔다. 다시 한번 일격을 가하자 강철 문짝이 서너 번 흔들리다가 바깥쪽으로 넘어오기 시작했다. 재빨리 한 발로 문짝을 버텨준 덕분에 결국 문짝은 절반쯤 열리다 만 어정쩡한 형태가 되고 말았다.

이윽고 선실 안에서 남자의 목소리가 흘러나왔다.

"무당파의 제운종 경신술, 진산장震山掌 장력이 과연 명불허전이로군. 유 삼협! 귀하의 등에 걸머진 도룡도를 내려놓으시지. 그럼 우리가 강을 건너게 해드리리다."

말투는 제법 겸손했다. 그러면서도 어딘가 모르게 명령하는 자의 오만함이 억양에 섞여 있었다.

유대암은 속으로 흠칫 놀랐다. '이자가 어떻게 내 이름을 알았을까?'

그 속셈까지 꿰뚫어보았는지, 선실 안에서 또 목소리가 흘러나왔다.

"유 삼협! 우리가 어떻게 존함을 알고 있는지 이상하실 거요. 안 그렇소? 하나 사실은 털끝만치도 이상할 게 없지. 경공신법 제운종과 진산장의 장력을 무당파 고수들이 아니고서야 또 누가 그 정도로 출신입화出神入化의 경지에 이르기까지 수련했겠소? 유 삼협께서 모처럼 강남 땅에 내려오셨는데, 우리 천응교가 터줏대감으로서 행차하시는 곳마다 접대해드리지 못하고 오히려 여러모로 걱정을 끼쳐드려 송구스럽소."

상대방의 수작이 이렇게 나오니 유대암 쪽에서 반대로 대꾸하기가 어렵게 되었다. 그는 입에서 나오는 대로 소리쳐 응수했다.

"귀하의 존함은 어찌 되시는지? 이리 나오셔서 상면이나 합시다."

선실 안의 목소리가 이죽이죽 딴청을 부렸다.

"우리 천응교는 귀하의 문파와 친교를 맺은 적도 원한을 맺은 적도 없는 남남지간이니 굳이 얼굴을 맞대지 않는 게 좋을 듯싶소이다. 유 대협께선 도룡도를 뱃머리에 내려놓으시고, 우리는 무사히 강을 건너게 해드리면 그뿐이오."

여전히 정중하나 명령하는 말투, 유대암은 화가 머리끝까지 치솟아 버럭 고함을 쳤다.

"이 도룡도가 천응교의 물건이라도 된단 말인가!"

"꼭 그런 건 아니지요. 그러나 천하의 무학지사武學之士 가운데 그것을 소유하고 싶지 않은 자가 어디 있겠소?"

선실 안의 인물이 담담한 말투로 응수했다. 그러자 유대암 역시 딱 부러지게 자기 소신을 밝혔다.

"그럼 됐소. 이 칼은 내 수중에 들어왔으니, 무당산으로 돌아가 사부님께 넘겨 그 어른의 처분에 맡기겠소. 내 마음대로 할 생각은 없으니까."

이때 선실 안에서 또 몇 마디 대꾸를 하는데 모기 소리처럼 가늘고 하도 낮아서 무슨 말인지 알아들을 수가 없었다.

"지금 뭐라고 했소?"

유대암이 되물었으나, 선실 안 목소리는 점점 더 가늘어졌다.

"유…… 삼협…… 도룡도……."

"무슨 소릴 하는 거요?"

제대로 알아듣지 못한 유대암이 귀를 기울이면서 두어 걸음 다가섰다. 다음 순간, 거대한 파도가 밀려와 범선이 기우뚱 흔들리는가 싶더니, 유대암은 명치 끝과 넓적다리에 모기한테 물린 것처럼 따끔한 통증을 느꼈다. 시절이 한창 늦봄이라 모기 따위가 있을 리 없었다. 그는 개의치 않고 선실 안쪽에만 신경을 썼다.

"천응교는 이 칼 한 자루 때문에 너무나 많은 인명을 살상했소! 해신 사당에 버려진 주검만도 수십 구나 되는데, 그 수법이 너무 악랄하다고 생각지 않으시오?"

그러자 이번에는 선실 안의 목소리가 다시 또렷하게 들려나왔다.

"천응교는 손을 쓸 때 경중輕重을 가려 사용해왔소. 악한 자에게는 무겁게, 착한 이에게는 가볍게 손을 썼소. 유 삼협은 강호에 의로움을 행하시는 협객이시니 우리 또한 그대의 목숨을 다치게 할 수는 없소. 그 도룡도만 내려놓고 가신다면 소생이 즉시 문수침蚊鬚針의 해독약을 드리리다."

유대암은 문수침이란 말에 정신이 번쩍 들었다. 방금 명치 끝이 모기란 놈에게 물린 것처럼 따끔한 느낌이 들지 않았던가? 글자 그대로 '모기 수염'은 아니지만 쇠털처럼 가느다란 바늘 형태의 암기라 어둠 속에서는 도저히 판별해낼 수 없었다. 황급히 명치 끝을 문질러보니 과연 가벼운 통증이 밀려들었다. '아뿔싸! 방금 저자가 목소리를 죽여 말끝을 흐린 것은 날 자기 쪽으로 접근시켜놓고 암기를 쏘기 위한 유인 술책이었구나.'

후회 속에 생각을 돌이켜보니, 해사파 염효들이 어째서 천응교 패거리를 보고 그토록 두려워했는지 이제 그 이유를 알 만했다. '그렇다면 방금 내가 맞은 문수침 역시 지독하기 짝이 없는 암기일 것이다. 자, 어떻게 해야 좋을까? 오냐, 한시바삐 저자를 제압해 꿇려놓고 해독제를 빼앗아야겠다!'

결심이 서자 유대암은 나지막하게 기합을 터뜨리면서 왼 손바닥으로는 얼굴을, 오른 손바닥으로는 가슴 부위를 보호한 채 냅다 발길질을 날려 강철 문짝을 걷어차더니 곧바로 몸을 던져 선실 안으로 돌진했다.

그러나 두 발이 선실 바닥에 미처 닿기도 전에 캄캄절벽 어둠 속에서 거센 바람이 정면으로 몰아쳐왔다. 유대암은 앞가슴을 보호하던 오른 손바닥으로 그 장력을 맞받아쳤다. 격노한 뒤끝이라 그 일장에 혼신의 공력을 담아 인정사정없이 후려친 것이다.

"펑!"

두 장력이 맞부딪는 굉음이 공기를 찢고 강철 선실 벽에 부닥쳐 우르릉하니 메아리쳤다. 선실 안의 괴한은 뒤편으로 날아가 벽에 부딪쳐 나뒹굴었다. 한순간에 탁자와 기물이 요란한 소리를 내면서 산산조각

났다.

그와 동시에 유대암은 장력을 후려쳐냈던 손바닥이 쪼개지는 듯 극심한 통증을 느꼈다. '아차! 또 간계에 당했구나.' 방금 선실 안의 적은 장심掌心에 끝이 날카로운 암기를 감춰놓고 있다가 유대암의 손바닥과 마주치는 순간, 그 송곳날 같은 암기로 그의 손바닥을 찌른 것이다.

유대암은 재빨리 두뇌를 회전시켰다. 상대방은 비록 무거운 장력 아래 중상을 입었으나 어둠 속에 또 얼마나 많은 적이 매복해 있는지 모르는데, 위험을 무릅써가며 상대방을 붙잡으러 들어갈 수야 없는 노릇 아닌가? 그는 즉시 뒷걸음질 도약으로 선실 밖으로 뛰쳐나와 곧바로 뱃머리까지 퇴각했다.

팽팽한 긴장 속에 정적이 흘렀다. 잠시 후, 선실 안에서 쿨럭쿨럭 잦은 기침 소리가 들려나오더니, 뱃머리에 우뚝 선 유대암을 향해 괴한이 기침 섞인 목소리로 또 이죽거렸다.

"유 삼협, 장력이 놀랄 만하구려……. 쿨럭쿨럭……! 과연 비범한 솜씨야……. 정말 탄복했소, 탄복했어! 하지만 소생의 장심에 감춰두었던 칠성정七星釘도 제 몫을 했으니 우리 승부는 피장파장으로 결국 양패구상을 당한 셈이로군."

유대암이 황급히 천심해독단 몇 알을 꺼내 삼켰다. 그러고는 보따리에서 도룡도를 꺼내 두 손으로 잡기가 무섭게 재차 선실 쪽으로 돌진하면서 가로 후리기로 냅다 휩쓸어 쳤다. "휙!" 하는 바람 소리, 이어서 "으석!" 하고 가볍게 사과를 베어 무는 소리가 나더니 강철 문짝이 삽시간에 두 조각으로 끊겨나갔다. 도룡도는 과연 무림의 지존답게 예리하기 그지없는 명도名刀였다.

그는 상대방에게 숨 돌릴 틈도 주지 않고 가로 후리기 일곱 차례, 모로 후려 찍기 여덟 차례 연속 공격을 퍼부었다. 강철로 주조된 선실 네 벽이 도룡도 앞에서 종잇장처럼 맥없이 갈라져 산산조각 났다. 무시무시한 칼바람이 들이닥치자, 선실 안의 괴한은 급히 몸뚱이를 솟구쳐 고물 쪽으로 날아갔다. 허겁지겁 후퇴하면서도 능청맞게 이죽거리는 걸 잊지 않았다.

"하하! 두 가지 극독에 연거푸 당하고서도 아직껏 날뛸 기력이 남았는가!"

칼춤을 추어가며 뒤쫓은 유대암이 두말없이 그 허리를 겨누고 가로 후려쳤다. 날아드는 도룡도의 기세가 사나운 것을 본 괴한이 엉겁결에 무쇠로 주조된 닻을 집어 들고 막아섰다.

"철썩!"

단칼에 배추 포기 가르듯 상큼한 소리와 함께 그 육중한 닻이 중턱부터 뭉텅 쪼개져 두 토막이 났다.

유대암이 자세를 고쳐 잡고 재차 공격을 가하기 직전, 괴한은 벌떡 몸을 솟구쳐 선실 벽을 끼고 재빨리 뱃전 쪽으로 피했다.

"그 칼과 소중한 목숨을 바꾸려는가!"

"좋다! 해독약을 다오. 그럼 이 칼을 주마!"

유대암은 단 두 마디로 선선히 수락했다. 이때쯤 되어서 내색은 하지 않았으나 문수침에 맞은 넓적다리 근육이 점점 마비되어 견디지 못할 지경에 이르렀다. 비상 구급약 천심해독단에 해독 효과가 없었던 것이다. 그는 미련 없이 도룡도를 선실 쪽 갑판 위에 내던졌다. 무심결에 우연히 얻은 것이라 애당초 아껴 간직할 생각도 없었으려니와, 제

아무리 지극한 보물이라도 소중한 목숨과 바꿔야 할 값어치는 없다고 판단한 것이다.

괴한은 좋아라고 펄쩍 뛰며 다가들더니 도룡도를 집어 들고 사랑스러워 죽겠다는 듯이 연신 어루만졌다. 달빛을 등지고 서 있어서 괴한의 얼굴 표정은 또렷하지 않았으나, 칼날만 뒤적거리느라 정신 팔린 것이 좀처럼 해독제를 꺼낼 기미를 보이지 않았다.

유대암은 지그시 기다려주었다. 그러나 칠성정에 찔린 손바닥 통증마저 차츰 견디기 힘들 정도가 되자 마침내 입을 열어 재촉했다.

"해독제는?"

그랬더니 괴한은 별소릴 다 듣겠다는 듯이 껄껄대고 웃었다. 놀림을 당했다고 생각한 유대암이 불끈 성을 내면서 고함쳐 꾸짖었다.

"해독제를 달라는데, 뭐가 우스운가?"

괴한은 손가락으로 그의 면상을 삿대질하면서 여전히 껄껄댔다.

"하하! 하하하! 세상에 이렇게 어수룩한 사람을 봤나. 내가 해독제를 내어줄 때까지 기다리지도 않고 먼저 이 칼을 나한테 선뜻 넘겨주었으니 말이야. 하하!"

"남아일언은 중천금이라 했다. 그 칼과 해독제를 맞바꾸기로 언약한 나더러 딴청을 부리란 말인가? 먼저 주나 나중에 주나 결국 마찬가지 아닌가?"

"하하! 당신 손아귀에 도룡도가 잡혀 있을 때에는 내가 좀 낭패를 당했지. 당신이 날 이기지 못하고 이 칼을 강물 속에 던져버릴까 봐 내 얼마나 간이 콩알만 해졌는지 아시오? 그걸 건져내지 못하면 진짜 큰 일이거든! 한데 이젠 사정이 달라졌소. 당신도 생각해보시오. 칼이 내 손에 들어온 이상 내가 해독제를 넘겨줘야 할 까닭이 어디 있겠소?"

이 말을 듣자, 유대암은 가슴속 밑바닥으로부터 써늘한 기운이 치밀어 올랐다. 무당파는 천응교와 아무런 원혐도 없는 데다 이 작자가 교파 내부에서 지위나 신분 역시 제법 높은 만큼 신의를 지키리라 믿고 별다른 의심 없이 도룡도를 넘겨준 터였다. 그런데 지금 와서 마음이 바뀌어 딴소리를 늘어놓을 줄이야 어찌 알았겠는가?

유대암도 알고 보면 생각과 행동거지가 신중한 터라 남의 꼼수에 쉽사리 넘어가는 사람은 아니다. 그런데 이번만큼은 어수룩하게 선제 공격 기회를 잃어버리고 홀로 적진에 빠져 부상까지 당했다. 그로서는 일찍이 겪어보지 못한 일대 치욕이 아닐 수 없었다. 게다가 두 가지씩이나 극독을 맞고 해독약과 맞바꿀 다급한 욕심에 담보물까지 적의 교활한 수작에 넘어가 고스란히 빼앗긴 채 빈손으로 서 있을 수밖에 없었다. 그야말로 생각만 해도 등골이 오싹해질 노릇이었다. 그는 상대방의 야비하고도 교활한 성격을 낮게 평가했던 자신을 원망하면서, 착 가라앉은 목소리로 다시 한번 물었다.

"귀하의 존함은 어찌 되시는가?"

유대암은 적의 정체부터 알아놓아야 훗날 이 치욕을 갚을 수 있으리라는 속셈에서 물은 것인데, 상대방도 여간내기가 아니어서 호락호락 넘어가지 않았다.

"하하! 소생은 우리 천응교 안에서 별 볼일 없는 무명 졸개라, 유 대협께 아뢸 만한 이름 석 자도 없소이다. 무당파 측에서 우리 천응교를 찾아와 보복하시겠다면 우리 교주님과 당주 여러분께서 기꺼이 맞아들이실 거요. 더구나 유 삼협께선 오늘 밤 쥐도 새도 모르게 돌아가실 테니 귀교의 장삼봉 조사가 제아무리 천지를 꿰뚫어보는 재간을 지니셨더라도 셋째 제자가 누구 손에 그런 꼴을 당했는지 알아내지 못할 거외다."

말투를 듣고 보니 자기를 아예 죽은 사람으로 취급하고 있었다.

유대암은 이제 수천수만 마리 개미 떼가 한꺼번에 물어뜯는 듯, 넓적다리와 손바닥이 저리고 쑤셔대어 도무지 견딜 수가 없었다. 그는 내친김에 그 손바닥으로 갑판에 나뒹구는 반 동강짜리 닻을 집어 들었다. 부르르르 떨리는 손아귀, 어금니를 뿌드득 소리가 나도록 갈아붙이면서 마음속으로 단단히 각오를 했다. '오냐, 좋다! 내 오늘 밤 어차피 죽을 몸이라면 네놈과 동귀어진同歸於盡이나 하리라!'

괴한은 도룡도를 손에 넣은 기쁨에 들떠 주절주절 혼잣말로 중얼거리느라 정신이 없었다. 유대암은 느닷없이 대갈일성을 터뜨리면서 몸뚱이를 날려 적에게 덮쳐갔다.

"이야압! 이거나 받아라!"

왼손으로 반 동강 난 닻이 매달린 쇠사슬을 움켜잡고, 오른손으로 일장을 떨쳐내면서 상대방의 면상과 가슴팍을 동시에 휘둘러 쳤다.

"으와앗!"

괴한이 외마디 소리를 질렀다. 한창 제 흥에 겨워 경계심이 풀린 그는 느닷없이 유대암에게 양면 공격을 당하자, 엉겁결에 쓰다듬고 있던 도룡도를 휘둘러 막아내려 했다. 그런데 너무 다급한 나머지 100근에 가까운 칼의 무게를 염두에 두지 않고 보통 칼부림하듯 휘두른 것이 잘못이었다. 본능적으로 칼자루를 거머쥐고 휘두르는 찰나, 칼날이 미처 한 자의 절반도 뻗어나가지 못하고 팔목이 먼저 툭 꺾이고 말았다.

그의 내력으로 도룡도 한 자루쯤 구사하기는 별로 어려운 일이 아니었으나, 얼떨결에 칼 무게를 가늠하지 못한 것이 불찰이었다. 칼자루를 잡은 손목에 힘이 빠지자 도룡도는 자체 무게에 가속도가 붙어 그 무시무시한 칼끝을 수직으로 떨어뜨리면서 주인의 무릎을 찍어갔다.

뜻밖의 사태에 대경실색한 그가 팔뚝에 힘을 주어 다시 도룡도를 치켜드는 순간, 세차게 몰아쳐오는 유대암의 장력이 아랫배로 들이닥치는 것과 동시에 육중한 무쇠 닻이 곧바로 면상을 후려쳐왔다.

상단과 하단 양면 공격을 한꺼번에 당할 수 없다고 판단한 그는 두 발에 힘을 주어 뒤로 훌떡 재주넘기를 하더니 뱃전 아래 강물 속으로 몸을 던졌다.

재빠른 몸놀림으로 육중한 닻의 가로 후리기는 피할 수 있었어도, 유대암의 오른 손바닥 일장만큼은 피할 수가 없었다. 분노 끝에 후려친 일격 필살의 장력은 곧바로 괴한의 아랫배에 정통으로 들어맞았다. 그는 그저 오장육부가 훌떡 뒤집혀 제자리에서 벗어나는 느낌만 들었을 뿐, 이내 인사불성이 된 채 강물 속으로 풍덩 빠져들고 말았다.

"휴우!"

유대암의 입에서 한숨이 길게 흘러나왔다. 치명적인 장력에 맞고서도 수중의 도룡도를 꽉 부여잡은 채 죽어가는 꼴을 보고 있으려니 우습다 못해 측은하다는 생각마저 들었다. 소원대로 도룡도는 얻었지만, 결국 제 한 몸 강물 밑바닥에 장사 지내 물귀신 노릇밖에 더 할 일이 없게 된 것이다.

바로 그때였다. 범선 돛대 근처 허공에서 흰 그림자 하나가 번뜩하더니, 은빛 사슬 한 가닥이 강물 속으로 쭉 뻗쳐 들어가 방금 물에 빠진 괴한을 도룡도까지 한꺼번에 휘말아 갑판 위로 끌어 올리기 시작했다.

깜짝 놀란 유대암의 눈길이 은빛 사슬을 따라가보니 언제 나타났는지 뱃머리에 검정 옷차림을 한 사내가 두 손으로 번갈아 사슬을 잡아당겨 열심히 끌어 올리고 있는 것이 아닌가.

유대암은 또 하나의 적을 공격하려고 뱃머리 쪽으로 몸을 덮쳐갔다. 그러나 그것은 마음뿐, 어인 노릇인지 몸뚱이가 움직여주지 않았다. 진기를 북돋우려 힘쓰려는 찰나, 갑작스레 눈앞이 캄캄해지면서 정신을 잃고 두 다리가 맥없이 꺾이면서 그대로 털석 엎어지고 말았다.

드디어 온몸에 퍼진 독성이 발작을 일으킨 것이다.

시간이 얼마나 흘렀을까, 눈이 번쩍 뜨였을 때 제일 먼저 보인 것은 금빛 잉어 한 마리가 수놓인 표기医旗였다. 유대암이 눈을 감았다 다시 떴을 때 그 자그만 깃발은 여전히 청화자기青華瓷器 꽃병에 금빛 수실을 반짝거리며 꽂혀 있었다. 깃폭의 잉어가 파도 속에서 펄떡펄떡 뛰어오르는 모습이 무척 생동감 있어 보였다.

'금빛 잉어 깃발이라? 저건 임안부 용문표국龍門医局의 표기인데, 내가 도대체 어떻게 된 거지?'

갑자기 머릿속이 띵하니 울리고 어지러워졌다. 흐리멍덩한 혼미 상태에서 가까스로 정신을 가다듬고 다시 살펴보니, 자신은 들것 위에 누워 있었다. 앞머리 쪽과 발치 아래에 두 사람이 들것을 떠메고 서 있는데, 장소가 뉘 집 대청인 듯싶었다.

고개를 돌려 주위를 살펴보려 했다. 그런데 어찌 된 노릇인지 목이 뻣뻣하게 굳어져 돌아가지 않았다.

유대암은 깜짝 놀라 들것에서 몸을 벌떡 일으키려 했다. 그러나 손발이 남의 것인 양 도무지 움직여지지 않았다. 아무리 용을 써도 손가락 하나 꼼짝할 수가 없었다. 그제야 비로소 기억이 되살아났다.

'그렇구나. 내가 전당강에서 칠성정과 문수침에 찔려 중독되었지.'

귓결에 두 사람의 대화가 들려왔다. 고개를 돌리지 못하니 누가 누구인지 알아볼 길이 없었다.

"도대체 귀하는 뉘시오?"

우렁찬 목소리가 대청 안을 쩌렁쩌렁 울렸다. 이어서 응답하는 소리가 들렸다.

"내 이름은 알 것 없고, 다시 한마디만 묻겠어요. 이 화물 탁송을 맡겠습니까, 아니면 거절하시겠습니까?"

응답하고 되묻는 목소리가 가냘픈 것이 여자인 듯싶었다.

"우리 용문표국이 설마하니 일감이 없겠소? 귀하가 성명을 밝히지 않으시겠다니, 그럼 다른 표국이나 찾아가 보시지요."

"임안부 용문표국 정도의 실력을 갖춘 곳이 어디 또 있을까요? 당신이 결정 내리기 어렵다면, 어서 총표두總鏢頭더러 나오시라고 하세요."

요구하는 여성의 목소리가 사뭇 무례했다. 그러자 우렁찬 목소리 역시 무척 불쾌한지 대꾸하는 억양이 높아졌다.

"내가 바로 총표두요! 다른 일이 있어 더 모시지 못하겠으니 이만 물러가시오!"

"아하! 당신이 바로 다비웅多臂熊이라 일컫는 도대금都大錦……."

그러고는 잠깐 멈칫하다가 말을 바꾸어 이었다.

"도都 총표두님이셨군요! 그 높으신 명성 오래전부터 익히 들어왔습니다. 처음 뵙겠습니다. 저는 성이 은殷씨라고 합니다."

상대가 정중히 예의를 갖춰 신분을 밝히자, 도대금도 기분이 다소 풀렸는지 말투가 누그러졌다.

"손님께선 무슨 일을 맡기시려는지?"

"제가 내놓는 조건부터 들어보시고 일을 맡든 안 맡든 결정하세요. 이 화물은 보통 중요한 것이 아니어서, 조금이라도 운송에 차질이 생겨서는 안 되니까요."

이 말투에 도대금은 또 노기가 치밀었으나, 꾹 눌러 참고 퉁명스레 내뱉었다.

"우리 용문표국은 개업한 지 20년이 되도록 나라의 화물官貨, 소금 운송鹽貨, 금은보화 운송, 아니 그보다 더 중한 것들도 많이 맡아왔지만 이날 이때껏 단 한 번도 운송에 차질이 생겨본 적이 없었소!"

들것 위에 누워 있는 유대암 역시 도대금의 명성을 익히 들어 알고 있었다. 그는 소림파 속가 제자 출신으로 권법과 장법, 도법에 상당한 조예를 지닌 데다 연주강표連珠鋼鏢를 발사하는 절기는 남이 뒤따를 수 없는 독특한 자랑거리였다. 그것은 단숨에 49자루의 강철 표창을 잇따라 발사해 상대방을 숨 한 모금 돌릴 틈도 없이 제압하는 수법으로 강호 무림계에서 도대금의 이름을 드날리게 만든 장기 중의 장기였다. 그래서 강호 친구들이 도대금에게 '팔뚝 여럿 달린 곰'이란 뜻으로 '다비웅'이란 별호를 붙여준 것이다.

방금 여자 손님이 말한 것처럼, 그가 경영하는 이 표국이 물산 풍부한 강남 일대에서 가장 믿을 만한 화물 탁송업체로 사뭇 명성을 떨치게 된 내력은 모두가 이 총표두의 무공 실력에 바탕을 둔 것이었다. 다만 무당과 소림 양대 문파 제자들이 과거 어떤 일로 말미암아 서로 왕래하거나 친근하게 사귀어온 사례가 없었기에 유대암은 비록 도대금의 이름은 들어봤으나 단 한 번도 만나보지 못했던 것이다.

은씨라는 여인이 미소를 띠었는지, 가녀린 음성이 가볍게 떨려나왔다.

"용문표국의 명성이 보잘것없는 것이었다면, 제가 뭣 하러 찾아왔겠어요? 도 총표두님, 제가 맡길 화물은 딱 한 가지입니다. 하나 조건이 세 가지 있어요."

이 말에 도대금은 울화통이 치밀었는지 내처 응수했다.

"세 가지 조건이라? 그럼 우리 표국의 조건부터 말씀드려야겠군! 우리는 말썽 많은 화물, 내력이 분명치 않은 화물, 그리고 은화로 따져서 5만 냥 정도의 값어치가 안 되는 화물은 일절 맡지 않소! 이게 용문표국의 세 가지 조건이오!"

까다롭게 조건을 붙이겠다는 고객의 주문에 화가 난 도대금이 상대방의 말은 듣지도 않고 자신이 먼저 세 가지 조건을 붙인 것이다.

그러자 은씨 성을 가진 여인이 유대암에게는 보이지 않았으나 고개를 갸우뚱하는 기색으로 차근차근 대거리를 했다.

"제가 맡겨드릴 이 화물은 대단히 죄송스럽지만 좀 말썽이 있는 거예요. 게다가 내력도 분명치 않고…… 화물의 값어치요? 그걸 은화로 따지면 얼마나 될까…… 말씀드리기가 좀 곤란하군요. 하나 제가 제시하는 조건도 쉬운 것은 아니죠."

"그럼 얘기는 다 됐군!"

통명스레 쏘아붙이는 총표두의 말에, 여인은 성을 내는 대신 차분한 말씨로 자기네 조건을 하나씩 끄집어내기 시작했다.

"첫째, 당신 총표두님께서 직접 화물 호송대를 지휘하실 것. 둘째, 이곳 임안부에서 호북성 양양부까지 밤낮을 쉬지 않고 달려 열흘 이내에 목적지에 도착하실 것. 셋째, 만약 호송 도중 기한이나 화물에 반 푼이라도 차질이 생길 경우…… 호호, 총표두님 자신의 생명을 부지할 수 없는 것은 물론, 당신네 용문표국 일가족은 말할 것도 없고 하다못해 개나 닭 한 마리까지도 살려두지 않을 겁니다."

"꽝!"

듣다 못한 도대금이 주먹으로 탁자를 내리친 모양이었다. 이어서 엄하게 호통치는 소리가 뒤따랐다.

"네가 하릴없어 사람 붙잡고 희롱할 셈이냐! 여기가 어디라고 감히 허튼수작을 부리는 거야? 만일 네가 말라빠진 계집아이가 아니었다면 오늘 내 손에 당장 혼뜨검이 났을 거다! 고얀 것 같으니……."

"호호호!"

여인은 개의치 않는 듯 천연덕스레 웃음보를 터뜨렸다. 곧이어 "철커덕, 철커덕!" 하는 금속성과 함께 탁자 위에 묵직한 물건을 연달아 쏟아내는 기척이 들렸다.

"여기, 황금으로 2,000냥이 있어요. 화물 탁송비로 드리는 선금이니 받아두세요."

들것에 누워 듣고만 있던 유대암은 깜짝 놀랐다. 황금 2,000냥이라니! 은화로 따지면 몇만 냥이나 되는 액수 아닌가? 그것도 운송할 화물 자체가 아니라 탁송 비용이라니, 제아무리 신용 있고 영업이 번창하기로 이름난 용문표국이라 할지라도 은화 몇만 냥을 손에 넣으려면 수년 동안 뼈 빠지게 고생해야 벌어들일 수 있는 거액이 아닌가?

유대암은 고개 한 번 돌려보지 못하고 그저 두 눈만 휘둥그레 뜬 채 화병에 꽂혀 있는 금빛 잉어 깃발만 바라볼 따름이었다. 대청 안에는 사람이 적지 않았으나 쥐죽은 듯 정적이 감돌았다. 파리 한 마리가 그의 코끝을 스쳐 날아갔다.

용문표국 총표두의 숨결 소리가 점점 거칠어졌다. 표정은 볼 수 없었지만, 틀림없이 입만 딱 벌린 채 탁자 위에 번쩍거리는 2,000냥의 황금 덩어리를 멍하니 바라보고 있을 터였다. 아마도 지금쯤 가슴속에서 온갖 궁리와 갈등, 욕심이 뒤범벅이 되어 싸우고 있으리라.

도대금은 용문표국을 개설한 이래 화물로 위탁받은 금은보화를 적지 않게 보아왔다. 하나 그것들은 그저 자기 손을 거쳐 오가는 남의 것일 뿐이었다. 그런데 이제 눈앞에 송두리째 자기 몫이 될 황금 덩어리가 2,000냥씩이나 놓여 있다는 게 꿈만 같았다. 그것도 이제 고개 한 번 끄덕이기만 하면 간단히 손에 넣을 수 있다니, 이만한 거액에 마음 동하지 않을 군자가 어디 있겠는가?

한동안 무거운 침묵이 흐른 끝에, 도대금이 입을 열어 묻는 소리가 들려왔다.

"은씨 나리, 무슨 화물을 탁송하시렵니까?"

그러자 여인의 목소리가 기다렸다는 듯 내처 다짐을 두고 나왔다.

"먼저 묻죠! 내가 제시한 세 가지 조건을 이행하실 수 있겠어요?"

도대금은 잠시 한 번 더 망설이는가 싶더니, 손바닥으로 제 무릎을 철썩 소리가 나도록 내리쳤다.

"좋소! 나리께서 이만한 거금을 보수로 내놓으셨으니, 이 도대금도 나리께 목숨 한번 걸면 되겠군요! 한데 화물은 언제 보내주시겠습니까?"

은씨란 여인이 조용히 대답했다.

"당신이 맡을 화물은 바로 여기, 들것에 누워 계신 이분이에요."

"어엉?"

간단한 대꾸 한마디에 도대금이 외마디 소리를 내질렀다. 놀랍고도 의아스러운 기색으로 숨소리가 도로 거칠어지기 시작했다. 하나 그보다 더 기절초풍한 사람은 유대암이었다. 놀라다 못한 그는 자신도 모르게 버럭 고함을 질렀다.

"나…… 나는…… 아아……!"

뜻밖에도 딱 벌어진 입에선 목소리가 나오지 않았다. 마치 악몽을 꾸다 가위에 눌려 아무리 발버둥 쳐도 온 몸뚱이가 구석구석 말을 듣지 않고 뻣뻣하게 굳어져 있는 것처럼, 도무지 말 한마디조차 외쳐댈 수가 없었다. 그도 그럴 것이 지금 유대암은 전신마비 상태가 된 폐인이나 다름없었다. 겨우 남은 감각이라곤 두 눈의 시력과 두 귀의 청각만 살아 있을 뿐이었다.

도대금의 떨리는 목소리가 들려왔다.

"이분…… 이 어르신 말입니까?"

"그래요. 당신이 직접 호송하되, 도중에 마차와 말을 바꾸더라도 호송원을 교체해서는 안 됩니다. 밤낮으로 쉬지 말고 치달려서 열흘 안에 호북성 양양부 관할 무당산에 올라가셔서 무당파의 장문 조사 어른 장삼봉 진인께 이분을 어김없이 인계하셔야만 합니다."

들것 위의 유대암은 이 말을 듣고 안도의 한숨을 내쉬었다. 한데 도대금은 무엇이 언짢은지 쭈뼛쭈뼛 망설이는 기색이었다.

"무당파라……? 우리 소림 제자들은 비록 무당파 측과 아무런 원혐도 없소만…… 종래 별달리 왕래를 해오지 않은 터라…… 이게 좀……."

그러자 은씨 성을 가진 여인의 목소리가 대뜸 차가워졌다.

"이분은 부상을 당하신 몸이에요. 일각이라도 지체했다가는 몇 만 금을 주어도 회복시키지 못합니다. 자, 결정하세요! 이 화물 탁송을 받겠다면 받고 말겠다면 말아요. 사내대장부가 한마디로 결단을 내렸으면 그대로 시행할 것이지, 뭘 그리 꾸물대는지 모르겠군!"

"좋소이다! 은씨 나리의 체면을 봐서 우리 용문표국이 맡기로 하리다."

은씨 여인이 또 빙그레하니 웃는 기척이 들렸다.

"그럼 됐군요! 오늘이 3월 스무아흐레니까 열흘이면 4월 초아흐렛날입니다. 그 날짜까지 이분을 안전하게 무당산으로 호송하지 못할 때에는 당신네 용문표국은 끝장나는 줄 아세요. 일가족은 물론 개 한 마리 닭 한 마리도 살려두지 않을 테니까!"

말끝이 떨어지기가 무섭게 "휘익! 휙! 휙!" 하고 바람 가르는 소리가 들려오더니 10여 개의 가느다란 은침이 날아와 유대암의 눈앞에서 표기가 꽂힌 도자기 화병을 산산조각 내버렸다. 도자기 파편이 사방으로 튀어 날았다. 보는 사람의 간담을 써늘하게 만드는 암기 발사 수법이었다.

"이크!"

도대금이 저도 모르게 외마디 소리를 내질렀다. 들것에 누운 유대암 역시 가슴이 철렁 내려앉았다.

"자, 이제 돌아가자!"

은씨 여인이 아랫것들에게 호통쳐 분부했다. 명령이 떨어지자 들것을 떠메고 있던 장정 두 사람이 바닥에 유대암을 들것째 내려놓고 동료들과 함께 우르르 몰려나갔다. 그들이 떠난 지 한참 만에 도대금은 겨우 정신을 가다듬고 유대암 앞으로 걸어 나왔다.

"존함은 어찌 되시는지? 무당파 분이십니까?"

유대암은 대꾸할 도리가 없어 그저 물끄러미 묻는 사람을 올려다보기만 했다. 용문표국 총표두, 나이는 줄잡아 50세쯤 되어 보였다. 우람한 체구에 울퉁불퉁 돋아나온 팔뚝, 어깨 근육과 위엄 있는 얼굴 모습을 보아하니, 내공보다는 외공으로 단련된 외가 고수가 분명했다.

상대방에게서 아무런 대꾸를 듣지 못한 도대금이 또 말을 건넸다.

"방금 그 은씨 나리는 생김새도 준수하고 점잖으신 선비 같지만, 아무래도 묘령의 여인이 변장을 한 것 같더군요. 무슨 까닭으로 남장을 했는지 모르겠으나, 여자분의 무공이 그토록 대단한 줄은 정말 뜻밖이었소이다. 어느 문파 분이신지 혹 아십니까?"

똑같은 질문을 연거푸 두세 차례 받았을 때 유대암은 아예 두 눈을 질끈 감아버리고 거들떠보지도 않았다. 말도 못 하겠거니와 설령 말문이 열렸다 한들 그 여인에 대해서 아는 바가 전혀 없었기 때문이다.

결국 상대방에게서 신통한 대답을 끌어내지 못한 도대금은 속으로 투덜거리며 돌아섰으나, 웬일인지 가슴속 한편으로 초조감이 들기 시작했다. 자기로 말하자면 암기 발사의 명수로서, 다비웅이란 별호 역시 그냥 얻은 게 아니었다. 한꺼번에 49발의 강철 표창을 잇따라 쏘아 맞히는 연주강표 솜씨 하나만으로도 강호 무림계에 자못 위세를 떨쳐온 고수인데, 그 은씨란 여인은 그저 소맷자락 한 번 떨치는 동작만으로 쇠털같이 가느다란 은침 수십 개를 발사해 커다란 도자기 화병을 박살 내지 않았던가. 이렇듯 정확한 가늠과 발사 위력은 자기 실력으로선 도저히 미치지 못할 솜씨였다. '만약 화물 운송에 차질이라도 생긴다면 과연 저 무서운 솜씨로 꽃병이 아니라 우리 용문표국 사람들에게 무슨 짓인들 못하랴?' 그 점이 도대금에게 일말의 불안감을 안겨주었다.

하지만 그는 이내 불길한 상념을 떨쳐버렸다. 기껏해야 열흘, 목적지까지 거리가 그리 먼 것도 아니다. 도중에 험악한 곳도, 우려할 만한 도적 떼나 산적 패거리도 별로 없다. 또 화물이란 게 무슨 금은보화나 값진 물건이 아니라, 한낱 상처 입고 누워 있는 환자에 지나지 않으니 약탈당할 리도 만무하다. 누가 다 죽어가는 사람을 빼앗으려 들겠는가?

도대금은 지난 20여 년 동안 용문표국을 경영해오면서 온갖 해괴한 거래를 다 겪어본 몸이었다. 또 이상야릇한 일도 얼마나 많이 목격했는지 모른다. 하지만 2,000냥씩이나 되는 황금을 탁송비로 걸고 멀쩡하게 살아 있는 사람을 호송하는 거래만큼은 받아본 적이 없거니와, 중원 천하 각처에 흩어져 있는 동업자 표행鏢行(화물 탁송업자)들에게서조차 듣도 보도 못 한 일이었다. 지금 눈앞에 누워 있는 '화물'에 대해 의심이 들기는 하지만, 탁송 수수료도 두둑할뿐더러 호송하는 과정에서 될 수 있는 대로 공연히 긁어 부스럼을 만들지 않는 것이 상책이라 여겨 더 이상 쓸데없는 내막을 묻지 않기로 결심했다. 그는 당장 2,000냥의 황금을 거두어 간직한 다음, 아랫것들에게 분부해서 '화물'

을 방으로 떠메다 쉬게 하고, 좋은 음식으로 정성껏 대접하도록 했다.

'화물'에 대한 배려가 끝나자, 그는 즉시 표국 안에서 제법 이름깨나 있는 표두鏢頭(표행 소두목) 몇몇을 소집했다. 그리고 마차 한 대를 꾸미게 한 다음, 일행이 타고 갈 마필을 손질해서 언제든지 길 떠날 채비를 차렸다.

호송대에 선발된 표사鏢士들은 출발에 앞서 배불리 먹고 몸단속을 마치자, 그 즉시 용문표국 대문을 나섰다. 선두를 맡은 길잡이가 첫 번째로 문턱을 넘어서더니, 금빛 잉어가 펄떡 뛰는 용문표국의 상징 깃발을 활짝 펼치면서 대뜸 큰 소리로 기세 좋게 출발 신호를 외쳤다.

"용문의 잉어가 약동하니, 물고기가 용으로 화하도다!"

널찍한 마차 안에 편안히 누운 환자는 감개가 무량했다.

유대암이 강호를 종횡무진으로 넘나드는 동안, 평생 표국들의 화물 운송 따위는 안중에도 두지 않았건만 이제 육신이 한낱 화물 신세가 되어 이들의 호송을 받아가며 무당산으로 귀환하게 될 줄이야 꿈에도 생각 못 했다. '한데 날 구해준 그 은씨란 친구는 도대체 누굴까? 총표두 도대금의 얘기로는 용모가 준수하고 점잖은 선비 차림이지만 역시 남장한 여인이라고 했다. 그런 여자의 몸으로 무공이 탁월한 데다 하는 짓거리마다 남의 의표를 곧잘 찔러 꼼짝 못 하게 만드니 도무지 종잡을 길이 없지 않았던가? 과연 누굴까?' 안타깝게도 얼굴 한 번 보지 못했으니, 고맙다는 인사말조차 건넬 수가 없었다. '이 유대암이 죽지 않고 살아 있는 한 이 은혜는 언젠가 기필코 갚아주리라!'

일행은 잠시도 쉬지 않고 서쪽으로 말발굽을 치달려갔다. 호송대에는 총표두 도대금을 비롯해 중견급 우두머리 표두 축祝씨와 사史씨 두 사람 말고도 나이 젊고 체력이 다부진 청년 표사 넷이 별도로 따라붙었다. 이들 일행은 각자 발 빠른 준마를 골라 타고 은씨란 고객이 당부한 대로, 가는 도중 마차와 말은 바꿨어도 호송대 인원은 교체하는 법 없이 밤낮으로 쉬지 않고 예정된 길을 따라 치달렸다.

임안부 서쪽 성문을 나설 때만 해도 총표두 도씨 일행은 긴장과 초조, 그리고 불안감에 싸여 있었다. 이번 여행길이 황금 2,000냥 값어치가 나가는 만큼 도중에 얼마나 많은 함정과 악전고투가 기다리고 있을지 전혀 종잡을 수 없었기 때문이다. 그러나 천만다행히도 일행이 절강성, 안휘성 일대를 차례차례 통과해 호북성 경내에 들어선 그 며칠 동안 끝내 아무런 불상사도 일어나지 않았다.

이날도 번성樊城을 지나 태평점太平店, 선인도仙人渡, 광화현光化縣을 차례로 거쳐 한수漢水 건너 노하구老河口에 무사히 다다랐다. 무당산까지 이제 하룻길 여정밖에 남지 않았다.

이튿날 정오가 채 못 되어 일행은 쌍정자雙井子에 도착했다. 그곳에서 무당산 기슭까지의 거리는 불과 20~30리 길이라 도대금을 비롯한 호송대 표사들은 겨우 마음이 놓였다. 여기까지 오는 동안 정신없이 길 재촉만 하느라 죽을 고생을 했으나, 결국 은씨란 고객과 약정한 기한에 어김없이 꼭 4월 초아흐렛날 무당산 아래 도착한 것이다. 혹시라도 날짜에 대지 못할까 말갈기 터럭에 머리통을 파묻고 화창한 봄날 경치에 눈길 한 번 던져보지 못한 채 줄곧 극도로 긴장한 가운데 달려온 표사들은 그제야 마음이 느긋하게 풀어졌다.

절기는 바야흐로 봄도 늦은 여름철에 접어들 무렵이라, 무당산 오르는 산길에 온갖 꽃이 활짝 피어 길손들을 맞아들였다. 기분이 한껏 좋아진 도대금은 여유 있게 말을 천천히 몰아가면서 채찍 끝으로 구름장 위에 우뚝 솟은 천주봉天柱峰을 가리켰다.

"여보게, 셋째 아우님. 무당파의 기세가 비록 우리 소림파에는 못 미치지만 근년에 들어 크게 확장된 것은 무당칠협이 강호에서 자못 괄목할 만한 활약을 보이고 있기 때문일세. 저기 저 구름 속으로 뚫고 들어가 우뚝 솟은 봉우리를 좀 보게. 속담에 '지세가 영험하면 인걸이 난다' 하지 않았던가? 오늘날 무당파가 크게 번창하게 된 까닭을 내 이제야 알 수 있을 듯싶네."

'셋째 아우님'이라 불린 사람은 축 표두였다. 용문표국 중견급 우두머리 가운데 사 표두보다 항렬이 하나 아래인 그는 총표두의 채찍 끝이 가리킨 무당산 주봉主峰을 일부러 흘끗 바라보고 나서 시큰둥한 반응을 보였다.

"큰형님, 무당파가 불과 몇 년 만에 명성이 높아졌다고는 하지만, 그 뿌리는 아주 얕습니다. 소림파 1,000여 년 전통에 비하면 별로 볼 것도 없습지요. 아무렴, 천만의 말씀이지요! 더구나 큰형님의 그 항마장降魔掌 48초와 연주강표 49발을 쏘아대는 솜씨에 비교하자면, 제아무리 날고 긴다는 무당칠협이라 할지라도 결코 그만큼 정교하고 순수한 경지에 이르지는 못할 겁니다."

갑작스레 의기소침해진 총표두를 셋째 아우가 부추기자, 사 표두 역시 질세라 얼른 한마디 끼어들었다.

"아무렴, 그렇다마다! 강호에 떠도는 소문이란 게 대부분 믿을 만한 것이 못 되지요. 저들이 비록 명성을 떨친다고는 하지만 과연 그 실력이 얼마나 대단한지 누가 본 적이 있습니까? 아마도 강호에 얼굴 한번 내밀어보지도 못한 촌뜨기 녀석들이 기름 치고 간장 섞고, 갖은양념으로 얼버무려 꾸며낸 허풍일 겁니다."

도대금은 그저 미소만 짓고 있었다. 그는 자신의 경험과 식견이 축 표두나 사 표두보다 월등하기 때문에 무당칠협의 명성이 두 아우들 얘기처럼 결코 과장되거나 요행으로 얻은 것이 아니라는 사실을 익히 알고 있었다. 누가 뭐래도 그들은 실제로 훌륭한 스승의 지도 아래 피땀 흘려 수련을 쌓은 끝에 초인적인 무공의 조예를 터득했음이 분명했다. 그리고 현재도 상승의 목표를 향해 정진하고 있을 것이었다. 그렇지만 도대금 자신도 20여 년 성상星霜을 거쳐 화물 전문 탁송업자로 살아오는 동안 상대할 적수가 드물 정도로 실력을 쌓아온 고수였다. 그런 만큼 자기 무공 실력에 자신만만한 터라 이제 그가 동생처럼 대해주는 부하들로부터 장단 박자 맞춰가며 아첨 떠는 소리를 벌써 몇 번째나 듣고도 여전히 당연한 말씀으로 여기고 흐뭇함을 금치 못하는 것이다.

한 마장쯤 더 달리고 보니 산길이 점점 좁아져 말 세 필이 나란히 달릴 수 없게 되었다. 사 표두가 고삐를 낚아채 뒤로 몇 걸음 빠졌다.

"큰형님, 무당파 장삼봉 노인을 만나시면 어떻게 인사를 차리시렵니까?"

축 표두가 묻는 말에 도대금은 잠시 생각하더니 대수롭지 않게 받아넘겼다.

"피차 문파가 다르니까 동배同輩의 예우로 대해야겠지. 하나 장 진인은 이제 곧 아흔 살이 되는 무림의 최고령자인 만큼 선배를 존중하는 뜻에서 몇 번 고두례叩頭禮를 올리는 것쯤이야 어떻겠나?"

"저라면 이렇게 하렵니다. 우리가 장 진인 앞에 허리를 구부리면서 '장 진인 어른, 후배들이 고두례를 올리겠습니다!' 하면, 그 노인장은 틀림없이 손을 내저으며 '먼 데서 오신 손님들이니 번거로운 예절일랑 그만두시게!' 하지 않겠습니까? 그럼 우리도 구태여 땅바닥에 이마를 조아리는 고두례를 생략할 수 있겠지요. 하하하!"

도대금은 빙그레 미소만 지었다. 그의 생각은 지금 마차 안에 누워 있는 사내에게 쏠려 있었다. '도대체 저자는 어떤 내력을 지닌 사람일까? 지난 열흘 동안 저 환자는 말 한마디 없었고 누운 자리에서 꼼짝달싹도 하지 않았다. 먹고 마시는 일부터 대소변까지 모두 호송대 아랫것들의 손으로 일일이 떠먹이고 해결해주었다. 여러 표사들과 벌써 몇 차례나 의논해보았지만, 과연 이 사람이 무당파 제자인지 친구인지, 그게 아니면 무당파의 원수라서 남의 손에 붙잡혀 보내지는 것인지 도대체 알 길이 없었다. 과연 이 사람의 정체는 무엇일까?'

무당산에 한 걸음 한 걸음 가까워질수록 가슴속 의문도 한층 깊어만 갔다. 이제 머지않아 장삼봉을 만나게 되면 이 의혹은 즉석에서 풀릴 터였다. 그러나 의혹이 풀림으로 해서 장차 자신에게 화가 될 것인지 복이 될 것인지, 그게 마냥 불안하기만 했다.

이렇듯 곰곰이 깊은 상념에 빠져 있을 때였다. 갑자기 서쪽 산길에서 말발굽 소리가 요란하게 울리더니 몇 필의 말이 치달려 나타났다. 눈치 빠른 축 표두가 고삐를 다 풀어주고 앞으로 달려 나가 살펴보았다.

얼마 안 있어 산모퉁이에서 여섯 필의 기마가 비스듬히 돌아나오더니 호송대 일행 앞 100여 척 거리를 두고 우뚝 멈춰 섰다. 세 필은 앞쪽, 또 세 필은 뒤쪽, 이렇듯 셋씩 2열 횡대로 늘어선 채 길 한복판을 딱 가로막은 것이다.

도대금은 웬일인지 불안한 예감이 들었다. 이거야말로 무당산 아래까지 다 와가지고 일이 벌어지는 게 아닌가? 그는 사 표두에게 귓속말로 속삭였다.

"가서 마차를 보호하게. 조심해서!"

그러고는 말을 채찍질해 그들 앞으로 마주 달려 나갔다. 길잡이가 잉어 뛰는 표기를 한 번 감았다 도로 활짝 펼치면서 외쳐 알렸다.

"강남 용문표국이 귀하의 경내를 통과하오. 인사를 두루 차리지 못한 점, 여러 친구분들께선 양해하시기 바라오."

표국 깃발을 감았다가 다시 펼치는 것은 화물 탁송업자들이 객지에서 터줏대감 세력과 마주쳤을 때 통상 존경의 뜻으로 보이는 강호 사람들 간의 예절이었다.

길잡이가 수작을 건네는 사이, 도대금은 앞길을 가로막고 늘어선 여섯 기수를 살펴보았다. 두 사람은 황관 도사黃冠道士, 나머지 네 명은 속가 차림새였다. 여섯 모두 신변에 도검刀劍을 차고 하나같이 영걸스러운 기품이 넘치는 데다 원기가 왕성해 보였다.

그들을 보는 순간, 도대금의 뇌리에 퍼뜩 떠오르는 것이 하나 있었다. '혹시 이들이 바로 무당칠협 가운데 여섯은 아닐는지?'

생각이 여기에 미치자, 그는 고삐를 다 풀어놓고 앞으로 다가들면서 두 주먹을 맞잡아 정중히 예를 차렸다.

"소인은 임안부 용문표국 도대금이외다. 감히 여쭙건대, 여러분의 높으신 존함은 어찌 되시는지?"

그러자 앞줄에 가로막아 선 셋 가운데 키가 훤칠하고 왼뺨에 큼지막한 검정 사마귀 달린 사내가 냉랭하게 단도직입으로 되물어왔다.

"도형께서 이 무당산에는 무슨 일로 왕림하셨소?"

도대금은 그 뺨에 돋은 사마귀에 유별나게 기다란 터럭 세 가닥이 삐쳐나온 것을 눈여겨보면서 조심스레 용건을 밝혔다.

"저희 표국에서 고객의 위탁을 받아 부상당한 손님 한 분을 무당산에 올려보내려고 이렇게 찾아왔소이다. 이제 곧 귀파의 장문이신 장진인을 만나 뵙고자 하니 이 뜻을 전해주시기 바라오."

"부상자를 보내오다니, 그게 누구요?"

"은씨 성을 가진 고객으로부터 중상을 입은 분을 호송해 무당산으로 보내드리라는 부탁을 받았소이다. 저분이 누구인지 또 어떻게 해서 상처를 입었는지 그 연유와 사정은 일체 모르오. 용문표국은 위탁받은 일을 충실히 이행만 할 뿐, 손님의 개인적인 문제에 관해선 일절 묻지 않는 것을 관례로 지켜오고 있소."

사마귀 달린 사내가 좌우 곁의 동료와 눈짓을 주고받더니, 다시 도대금을 향해 물어왔다.

"은씨 성을 가진 손님이라? 어떻게 생긴 인물이오?"

"용모가 준수하고 아리땁게 생긴 젊은 고객이었소. 암기를 발사하는 솜씨가 아주 대단하던데……."

"당신, 그 사람과 싸워보았소?"

내처 묻는 사마귀의 힐문에 도대금은 당황한 기색으로 얼른 대답했다.

"아, 아니오. 그분이 혼자 솜씨를……."

한마디 말이 끝나기도 전에 사마귀 곁에 서 있던 대머리가 말끝을 낚아채고 물었다.

"도룡도는? 그 도룡도가 누구 손에 있소?"

급작스레 말끝을 빼앗겨버린 도대금이 뜨악한 기색으로 되물었다.

"도룡도라니, 그게 무슨 말이오? 아니, 그럼 소문으로만 전해오던 '무림지존, 도룡보도'가 정말 나타났단 말씀이오?"

하나 대머리는 성미가 어지간히 급한지라 더 얘기할 것도 없다는 듯 별안간 마상에서 몸을 솟구치더니 지면으로 훌쩍 뛰어내리기가 무섭게 마차 앞에 들이닥쳐 휘장을 걷어 젖히고 안쪽을 두리번거렸다.

날쌔고도 힘찬 몸놀림, 허공에 훌쩍 솟구치는 듯싶더니 지면에 거뜬히 내려서는 자세가 도대금에게는 어딘가 모르게 눈에 익었다. 그는 고개를 갸우뚱하다가 이내 끄덕였다.

'무당파 개창 조사 장삼봉은 일찍이 우리 소림사에 머무른 적이 있었다고 하더니, 과연 무당파의 무공은 아직 우리 소림파 테두리를 벗어나지 못했구나. 소문에는 장삼봉의 무공이 독창적이라던데, 꼭 그렇지만도 않구먼.'

누구든 생각이야 자유이겠지만, 아무튼 도대금은 그 자리에서 더 의심을 품지 않았다.

"여러분이 바로 강호에 두루 명성을 떨치는 무당칠협이셨군요? 그럼 어느 분이 송 대협이신지……? 소생도 그분의 뛰어난 명성을 오래전부터 익히 들어왔기에 자못 흠모해왔습지요."

그러자 사마귀가 대뜸 그 말을 받았다.

"구차스러운 헛된 명성, 입에 담을 거리나 되겠소이까? 도 형께선 너무 겸사하지 마시구려."

뒤미처 대머리가 돌아서더니 안장 위에 훌쩍 올라타면서 동료 사마귀에게 한마디 건넸다.

"저자의 상처가 매우 위중하니 지체할 수 없겠네. 우리가 인수하세."

이 말을 듣자 흑사마귀는 일순 당황한 기색을 비치더니, 이내 시치미를 뚝 떼고 도대금에게 두 주먹 맞잡고 인사를 건넸다.

"도 형께서 먼 길 오시느라 노고가 많으셨소이다. 소생이 여기서 감사를 드리는 바이오."

"무슨 말씀을! 고맙소이다."

"저 손님의 상처가 가볍지 않으므로 우리가 먼저 인수해서 산으로 데려가 치료해야겠는데……."

흑사마귀는 도대금의 눈치를 살피면서 조심스레 말꼬리를 흐렸다.

도대금의 입장으로선 한시바삐 이 일에서 손을 떼고 그 꺼림칙스러운 세 가지 조건에서 벗어나고 싶던 터라 더 깊이 생각해볼 것도 없이 얼른 수락했다.

"그렇다면 좋습니다만, 무당파 측에 증빙이 될 만한 것을 요청해도 될는지요? 저희가 돌아가서 고객 되시는 분께 보고드릴 수 있게 말입니다."

그러자 흑사마귀가 등에 메고 있던 장검을 선뜻 끄르더니 두 손으로 떠받들어 넘겨주었다.

"이건 소생이 애용하는 패검佩劍이외다. 강호의 격언에 '칼이 있는 한 그 주인 목숨 살아 있고, 칼을 잃으면 주인의 목숨도 없다劍在人在 劍亡人亡'고 했으니, 이것으로 증거를 삼으셔도 충분하리라 믿소이다."

도대금은 송구스러워 어쩔 바를 몰랐다.

"어이구, 무슨 말씀을!"

그러고는 허리 굽혀 두 손으로 장검을 받았다. 상대방의 말투가 워낙 심각한 데다 그 명성 또한 높은 무당칠협인데, 자기는 배짱이 작아서 너무 겁을 먹은 것처럼 보일까 두려운 생각이 들었다. 하물며 무당산의 터줏대감이 겸손하게 애용하는 장검마저 선뜻 풀어 내어준 마당에, 남의 패검을 손에 들고 무당산까지 올라가 직접 장삼봉을 만나지 않고는 '화물'을 넘겨주지 못하겠노라 고집을 부렸다간 쓸데없이 망신을 당하고 쫓겨 내려올지 누가 알겠는가? 어쩌면 패검마저 도로 빼앗길지 모르는데, 빈손 털고 돌아가서 고객 되는 분에게 무엇으로 증거를 내밀 수 있겠는가 말이다. 이리하여 도대금은 잠시 주저하던 끝에 시원스레 응낙하고 말았던 것이다.

"좋소이다! 그럼 우리 용문표국은 여기서 틀림없이 이분을 무당파 측에 인계했습니다!"

흑사마귀의 얼굴에 일순 희색이 감돌았다.

"됐소이다, 도 형! 그런데 호송비는 청산되었습니까?"

"벌써 받았지요. 충분히……."

그러자 흑사마귀는 품속에서 금원보金元寶 한 덩어리를 꺼내 불쑥 내밀었다. 어림잡아 20냥이 넘는 관제官製 금화였다.

"모두 수고하셨는데, 약소하지만 이것으로 여러 아우분들께 상급으로 나눠주시지요."

도대금은 사양하고 받지 않았다.

"아, 아니올시다. 황금 2,000냥이면 이미 호송 비용으로 충분하니까요. 이 도 아무개가 그렇게 염치없는 위인은 아닙니다."

"흐흠…… 황금 2,000냥씩이나 주셨다?"

흑사마귀의 입에서 의미심장한 신음 소리가 흘러나왔다. 곁에 서 있던 두 동료가 말을 휘몰아 앞으로 나가더니, 그중 한 사람이 마부석에 훌쩍 올라탔다. 그러고는 마부에게서 고삐를 넘겨받아 천천히 마차를 몰고 앞서 나가기 시작했다. 나머지 네 사람은 마차 뒤에서 호위 역할을 맡았다. 이윽고 흑사마귀도 떠날 때가 되자, 가볍게 손을 휘둘러 쥐고 있던 금원보를 도대금 앞에 던져주며 껄껄 웃었다.

"도 형, 사양하실 것 없소이다. 이걸 받고 그만 임안부로 돌아가시지요. 하하하! 으하하하!"

금덩어리가 번쩍 날아드니 안 받을 수도 없어 도대금은 덥석 잡기는 했다. 그런 뒤 다시 돌려주려 했으나 흑사마귀는 벌써 말고삐를 낚아채어 등을 보이고 멀찌감치 달려가고 있었다.

이윽고 다섯 명의 기수는 마차를 에워싼 채 산모퉁이를 감돌아 순식간에 사라졌다. 그 뒤를 쫓아간 흑사마귀 역시 어느새 그림자도 보이지 않았다.

하릴없이 닭 쫓던 개 지붕 쳐다보는 격으로 멀뚱멀뚱 서 있던 도대금은 무심코 손바닥에 얹힌 금원보를 내려다보았다. 다음 순간, 입이 딱 벌어졌다.

두툼한 금화 표면에는 다섯 손가락 자국이 선명하게, 그것도 깊이가 몇 푼이나 되게 찍혀 있는 게 아닌가! 순금이 아무리 구리나 무쇠보다 무르다고는 하나, 이렇듯 겉면에 아로새겨진 금액 표시와 무늬를 지워버리고 손가락 자국을 남기려면 보통내기의 지력指力으로는 꿈도 꾸지 못할 엄청난 내공이 있어야 했다.

도대금은 벌어진 입을 다물지 못한 채 얼굴빛마저 핼쑥해졌다. 그는 여섯 기수가 사라진 쪽을 바라보면서 깊은 생각에 잠겼다.

'무당칠협의 명성이 과연 요행으로 얻은 게 아니었어. 우리 소림파에도 금강지력金剛指力을 세심정혼洗心精魂으로 단련하신 사백師伯, 사숙師叔 몇 분만이 이만한 공력을 지니고 계실 뿐인데…….'

"총표두님! 저 무당파 제자들이란 녀석들, 참말 무례하기 짝이 없군요. 초면에 통성명도 하지 않다니 말입니다. 우리가 천 리 길을 마다않고 무당산 턱밑까지 찾아왔는데, 밥 한 끼 대접은커녕 하룻밤 묵어가라 권하지도 않는 걸 보면 그놈의 소갈머리가 얼마나 좁은지 알 만하지 않습니까? 도대체 친구로 사귈 작자들이 못 되는 것 같군요."

언제 다가왔는지, 축 표두가 넋 빠진 기색으로 손바닥의 금화만 멍하니 굽어보고 있는 총표두에게 투덜댔다.

그제야 도대금도 정신이 번쩍 들었다. 물론 그로서도 불만이 없는 것은 아니었다. 하나 기왕지사 다 지나간 일을 지금 와서 어쩌겠는가? 씁쓰레한 생각이 들긴 했지만 부하들 앞에서 내색은 않고 덤덤하게 웃어 보였다.

"우리 고생길에 몇 걸음이나마 다리품을 덜었으니 그것만으로도 차라리 잘됐지 뭔가? 소림의 제자가 된 몸으로 무당파 도관道觀에 발을 들이미는 것도 사실 어색하고 얄궂은 일이라 걱정하던 판이었네. 자, 우리 어서 고향으로 돌아가세!"

이번에 맡은 화물 탁송은 사실 처음부터 끝까지 아무런 차질 없이 무사히 끝낸 셈이었다. 그런데 아무리 생각해도 사사건건 뭔가 아리송한 느낌이 드는 것은 어쩔 수가 없었다. 일이 너무 쉽게 풀렸다는 것 자체가 오히려 개운치 않았다. '화물'이 말썽을 부리지도 않았고 일을 착수하기 전에 엄청난 탁송 수수료도 선금으로 받았다. 호송 도중에 사고도 없었고 계약된 날짜도 지켰다. 우연히 만나기는 했지만 무당칠협이 산 밑에까지 내려와 순조롭게 '화물'을 인수해갔다. 너무나 손발이 척척 들어맞았다. 그런데 어째서 이리 불안할까?

또 의도적이든 아니든, 도처에서 남한테 모멸을 당한 것도 분했다. 은씨란 성을 가진 여인에게 모욕적인 언사를 들었고, 막판에는 모처럼 만난 무당칠협에게까지 멸시를 당했다. 그 작자들은 초면에 이름 석 자조차 밝히려 들지 않았다. 용문표국 총표두 도대금 자신을 털끝만치나마 안중에도 두지 않겠다는 태도를 분명히 보였으니까. 그는 생각할수록 화가 치밀었다. 어떻게 앙갚음을 해야 이 분노가 풀릴지 아무리 머리통을 쥐어짜내도 좀처럼 가닥이 잡히지 않았다.

호송대 일행을 이끌고 왔던 길을 되돌아가면서 도대금은 앙앙불락했지만, 표사들과 길잡이는 저마다 신바람이 났다. 지난 열흘 밤낮을 쉬지도 못하고 치달려오느라 지칠 대로 지치고 피로가 쌓였지만, 단 한 사람도 그 흔한 상처 하나 입지 않고 무사히 돌아가게 되었을 뿐 아니라, 열흘 고생과 맞바꾼 황금 2,000냥이 고스란히 손에 들어오지 않았는가? 총표두는 워낙 손 씀씀이가 크니, 이제 표국에 돌아가면 형제들에게 푸짐한 상여금을 내려 노고를 위로해줄 터였다.

어둑어둑 땅거미가 질 무렵, 쌍정자까지는 10여 리 길밖에 남지 않았다. 축 표두는 도대금의 신색이 아직도 울적한 것을 보고 위로의 말을 건넸다.

"총표두님, 오늘 낮일 가지고 너무 마음 쓰실 것 없습니다. 언젠가는 무당칠협과 강호에서 마주칠 때가 있겠지요. 그때 가서 무당칠협의 명성이나 실력이 여전한지 두고 봅시다."

그러자 도대금은 고개를 내저으면서 탄식을 토해냈다.

"그런 게 아닐세. 내가 지금 후회되는 일이 떠올라서 그렇다네."

"무슨 일인데요?"

그때였다. 뒤편에서 말발굽 소리가 들리더니 말 한 필에 기수 한 사람이 뒤따라오고 있었다. 떨꺼덕떨꺼덕 네 발굽을 내딛는 품이 무척 한가롭고 여유만만한데, 이상한 노릇은 뒤쫓아올수록 말발굽 소리가 점점 더 가까이 들린다는 점이었다. 어째서 이토록 빠른가 싶어 모두 뒤돌아보니 따라오는 마필의 네 다리가 유별나게 긴 데다 몸통 역시 보통 말보다 한 자 남짓이나 높은 거구였다. 다리가 기니 보폭 또한 넓고, 따라서 남달리 속도가 빠를 수밖에 없었던 것이다. 짐승은 청총마靑驄馬, 온몸의 터럭에 검은빛 윤기가 반질반질 도는 보기 드문 준마였다.

"호오, 기막힌 준마로군!"

축 표두가 한마디 탄성을 지르더니, 다시 몸을 바로 하고 총표두에게 대답을 재촉했다.

"총표두님, 우리가 뭐 잘못한 게 있습니까?"

"아닐세. 내 개인적인 일 때문에 그런 걸세. 25년 전 나는 소림사에서 무예를 익히고 있었네. 그해 나는 이제 무공에 자신이 붙었다고 자부하며 하산하려 했는데, 은사께서 나더러 5년만 더 있으라고 붙잡았다네. 그럼 위타장대법韋陀掌大法을 완전히 익힐 수 있다는 말씀이었지.

하지만 나는 한창 젊은 혈기에 이만한 무공 실력이면 강호에 충분히 나설 만하다고 판단했네. 절간에서 그 지겨운 고생을 하느라 넌덜머리가 나기도 했고. 그래서 은사님의 권유를 마다하고 산에서 내려오고 말았네. 만약 그때 꾹 참고 5년 동안 더 고생해서 위타장대법을 완전히 익혔더라면 오늘 우리가 어찌 저 무당칠협이란 작자들에게 수모를 당했겠는가 말일세. 이게 새삼스레 자꾸 후회가 되는구먼……."

도대금의 아쉬운 넋두리가 여기까지 나왔을 때, 마침 공교롭게도 뒤쫓아오던 껑다리 청총마가 표사 일행 곁을 스치고 지나갔다. 마상의 기수는 나이가 스물한둘쯤 되어 보이는 청년이었다. 용모가 준수하고 청순해 보이면서도 쾌활한 성품이 엿보이는 가운데 날씬한 몸매에 어딘지 모르게 민첩하고도 강인한 인상을 풍겼다.

"실례합니다. 길 좀 비켜주시지요."

청년은 인사말 한마디에 껑다리 청총마의 배를 한 번 걷어차더니, 시원스럽게 말을 휘몰아 도대금 일행을 앞질러서 곧바로 치달려나갔다.

도대금은 물끄러미 그 뒷모습을 바라보다가 축 표두에게 물었다.

"여보게, 아우. 저 젊은이가 어떤 인물 같은가?"

"무당산 쪽에서 내려온 걸 보니 무당파 제자가 아닐까요? 하지만 병기도 지니지 않았고, 몸매가 수척하고 나약해 보이는 게 무공을 수련하는 자 같지는 않군요."

축 표두는 느낀 대로 소감을 피력했다.

그때 일행을 앞질러 저만치 달려가던 청년 기수가 돌연 말 머리를 되돌리더니 다시 이편으로 돌아왔다. 젊은이는 멀리서부터 두 주먹을 맞잡아 포권의 예를 차리면서 일행에게 말을 걸어왔다.

"수고들 하십니다! 제가 한 말씀 여쭤봐도 되겠는지요?"

제 주인이 인사를 차리는 동안 꺽다리 청총마는 벌써 일행 앞에 다가들었다.

도대금은 젊은이의 태도가 사뭇 은근하게 나오는 것을 보고 말고삐를 낚아채어 그 자리에 멈춰 섰다.

"뭘 물으시겠다는 거요?"

젊은이는 길잡이 손에 높이 들린 잉어 표기를 흘끗 바라보더니 빙그레 웃었다.

"강남 임안부 용문표국 분들이시군요."

"바로 그렇소."

축 표두가 응답하자, 그는 무척 조심스러운 말씨로 다시 물었다.

"여러분의 존함은 어찌 되시는가요? 귀 표국 도 총표두님께선 평안하십니까?"

상대방이 예의 바르게 깍듯이 인사를 차리고 나오니 축 표두도 마음이 적지 않게 움직였다. 그러나 강호 인심이란 헤아리기 어려운 터라 혹시나 해서 초면의 인물 앞에 맞대놓고 신분을 다 드러낼 생각이 없어 슬쩍 연막을 쳤다.

"소인은 성이 축씨외다만, 귀하는 존함이 어찌 되시는지? 또 우리 표국의 도 총표두님과는 만나보신 적이 있으시오?"

그러자 젊은이는 선뜻 안장에서 뛰어내리더니 고삐를 끌고 천천히 다가왔다.

"소생의 성은 장張, 보잘것없는 이름은 취산翠山이라 부릅니다. 평소 용문표국 도 총표두님의 크신 명성을 흠모해왔으나 아직 뵈올 인연은 없었지요."

스스로 '장취산'이라 신분을 밝히는 청년의 말에 도대금과 축 표두, 사 표두 세 사람은 너 나 할 것 없이 깜짝 놀랐다. 그도 그럴 것이 장취산이라면 무당칠협 가운데 다섯 번째로, 지난 몇 해 동안 강호 무림계 인사들의 칭송을 통해 그 무공 실력이 어떠한지 세 사람 모두 익히 들어 알고 있었기 때문이다. 그 유명한 인물이 바로 눈앞에 서 있는 젊은이라니! 바람 한 번 불면 날아갈 것처럼 호리호리한 체구에 문약해 보이는 이 청년이 장취산일 줄이야 누가 알았겠는가? 도대금은 믿을 수가 없다는 듯이 의심에 찬 눈초리로 응시하면서 천천히 말을 몰아 그 젊은이 앞으로 나섰다.

"소인이 바로 도대금이외다. 귀하께서 강호에 은구철획銀鉤鐵劃이라 일컫는 장 오협張五俠이시오?"

"저한테 당치도 않게 무슨 '협俠' 자를 붙이십니까. 도 총표두님의 말씀이 과하십니다. 한데 여러분이 무당산에 오셨으면서도 어찌 들어오지 않고 저희 문 앞을 그냥 지나쳐가십니까? 마침 잘 오셨습니다! 오늘 저희 사부님의 90세 수연壽宴이 베풀어지는 날입니다. 바쁘신 일이 없으시다면 제가 모시고 올라갈 테니 함께 가셔서 축하주 한잔 드시는 게 어떠하실는지요?"

자못 은근하고도 겸손한 태도, 정성을 담아 간곡히 청하는 말씨에 도대금은 속으로 감탄하면서도 한편 아쉬운 생각이 들었다. 무당칠협 일곱 사람의 인품이 어쩌면 이렇듯 딴판일 수 있단 말인가? 앞서 만났던 여섯은 오만무례하기 짝이 없었는데, 장 오협은 이렇듯 겸손하고 온화한 것이 저도 모르게 친근감이 드니 말이다.

그는 마상에서 훌쩍 뛰어내리고는 웃으면서 이렇게 대꾸했다.

"하하! 고마우신 말씀이외다. 만약 형제분들에게도 장 오협처럼 벗을 아끼는 애틋한 마음씨가 계셨던들 우리 일행은 아마 지금쯤 무당산에 올라가 있었을 거외다."

이 말에 장취산의 두 눈이 휘둥그레졌다.

"무슨 말씀이신지요? 총표두님께서 우리 형제들을 만나보셨단 말씀입니까? 어느 형제를 보셨나요?"

상대방이 영문을 모르겠다는 표정으로 물어오자, 도대금은 일껏 가라앉혔던 부아가 다시 치밀어 올랐다. '이 무당칠협 일곱 녀석이 정말 사람을 희롱할 작정인가? 앞서 딴 녀석들이 문전박대를 하더니 이번에는 또 시치미를 뚝 떼고 나오다니! 오냐, 정 그렇게 나온다면 좋다! 이 자리에서 피차 모든 걸 다 밝혀보자꾸나!'

"소인이 오늘 운수가 사나워서 하루 반나절 만에 무당칠협 일곱 분을 몽땅 뵙게 되었소이다그려. 흥!"

"이런!"

장취산은 저도 모르게 외마디 소리를 지르더니, 어리둥절한 기색으로 재차 도대금에게 물었다.

"그러시다면 우리 셋째 형님까지도 만나보셨단 말씀입니까?"

"유대암, 유 삼협 말인가요? 글쎄…… 난 어느 분이 유 삼협인지는 모르겠소만, 장 오협은 여기 계시고 나머지 여섯 분은 아까 뵈었으니 유 삼협께서도 분명 그 안에 계셨겠지요."

"여섯 사람이라? 그것참 이상하다! 방금 분명히 여섯 사람이라고 하셨지요?"

얘기가 이쯤 되니, 도대금도 역정이 나는 것을 더 참을 수가 없었다. 그는 얼굴을 붉혀가며 거칠게 대꾸했다.

"당신네 형제들이 내게 통성명도 하지 않았으니 내가 어찌 알겠소? 귀하가 장 오협인 바에야 그 여섯 분은 자연 송 대협宋大俠부터 막 칠협莫七俠까지 여섯이 아니고 누구겠소?"

단번에 쏟아내는 대꾸 속에 '협' 자가 세 마디나 나왔다. 도대금이 그 '협' 자를 장타령하듯 길게 뽑아 비아냥거렸으나, 장취산은 뭔가 깊은 생각에 빠진 듯 눈치채지 못했다. 그는 보일 듯 말 듯 고개를 흔들더니 못내 못 미더운지 상대방에게 다짐을 받으려는 말투로 다시 물었다.

"도 총표두님께서 분명히 여섯 형제를 다 보셨단 말씀입니까? 정말 틀림없이 만나보셨습니까?"

두 번 세 번 다그쳐 묻는 말에 도대금은 그만 울화통이 폭발하고 말았다. 그래서 거칠게 쏘아붙였다.

"나 혼자서만 목격한 게 아니라, 여기 있는 우리 표국 사람들의 두 눈, 수십 쌍이 한꺼번에 목격했단 말이오!"

하나 장취산은 절레절레 고개를 내저었다.

"절대로 그럴 리가 없습니다. 방금 말씀드렸지만, 오늘은 사부님의 생신날이라 저희 송 사형은 아침부터 줄곧 자소궁紫霄宮에서 사부님의 시중을 들고 계시느라 단 한 발짝도 산을 내려오지 않으셨습니다. 사부님과 송 사형께선 오늘 정오가 되도록 지방에 내려간 셋째 형님이 돌아오지 않아 저더러 내려가 마중하라 하셨기에 저 혼자서만 분부를 받고 내려온 겁니다. 그런데 어떻게 해서 저희 송 사형까지 여섯 명을 다 만나실 수 있단 말입니까?"

"그렇다면 빰에 커다란 흑사마귀가 달리고, 또 그 사마귀에 긴 터럭이 세 가닥 난 그 사람이 송 대협이 아니란 말이오?"

장취산은 이 말에 또 한 번 멍해지더니, 이내 딱 부러지게 고개를 흔들었다.

"저희 일곱 형제 가운데 빰에 사마귀가 달린 사람은 없습니다. 사마귀에 털 난 사람도 없고요."

이 말을 듣는 순간, 도대금은 가슴속 밑바닥에서부터 한 줄기 써늘한 기운이 확 치밀어 올랐다. 이때껏 무언가 모르게 막연히 느껴왔던 불안감이 한꺼번에 솟구쳤던 것이다.

"그들 여섯 사람…… 자칭 무당육협이 무당산 아래 모습을 드러냈고, 또 그중 두 사람은 황관 도인이라 우리도 자연 무당파 제자인 줄로만 알고……."

장취산이 대뜸 끼어들었다.

"저희 사부님이 비록 도인이시긴 합니다만, 어르신이 받아들인 것은 모두 속가 제자들입니다. 그 여섯 사람이 자기 입으로 무당육협이라고 했단 말씀입니까?"

도대금은 재빨리 몇 시각 전의 기억 속으로 되돌아갔다. 그리고 이내 깨달았다. 처음부터 끝까지 그들 여섯 명을 무당육협이라고 단정한 것도 자신이었고, 또 그런 호칭으로 부른 것도 자신의 입이었다. 상대방은 자기네 신분에 대해서는 일언반구 내비친 적이 없었고, 그저 자기가 오해한 데 대해 굳이 시인도 부인도 하지 않았다.

그는 저도 모르게 동료들을 바라보았다. 아니나 다를까, 두 표두 역시 그 점을 생각하고 있었는지 자기 얼굴만 멀뚱멀뚱 바라보고 있는 게 아닌가?

도대금은 황급히 허리춤에 차고 있던 문제의 패검을 꺼내 두 손으로 떠받들어 장취산에게 넘겨주었다.

"이 칼은 사형 되시는 분 중 한 분이 손수 내게 주신 증거물입니다."

장취산이 장검을 받아 들더니 칼집에서 칼날을 쑥 잡아 뽑고 훑어보자마자 이내 도로 꽂아 넣었다.

"우리 형제들의 패검은 칼날에 모두 이름자가 새겨져 있습니다. 이 장검은 무당파의 것이 아닙니다."

결코 믿고 싶지 않은 일이 현실로 드러나자, 도대금은 등골에 오싹 소름이 돋아 목소리마저 떨려나왔다.

"그, 그렇다면…… 그 여섯 명이 악의를 품고 우리를 속여 넘겼단 말인가……? 아차, 안 되겠다! 여보게들, 우리 어서 뒤쫓아가세!"

말끝을 맺기가 무섭게 도대금은 훌쩍 마상에 뛰어올랐다. 그러고는 말 머리를 휘딱 낚아채어 온 길로 되돌리더니 가파른 산길을 따라 질풍같이 내달리기 시작했다. 두 표두 역시 일행을 이끌고 부지런히 뒤따랐다.

장취산은 서두르는 기색도 없이 천천히 안장 위에 올랐다. 청총마는 워낙 네 다리가 긴 터라 느리지도 빠르지도 않게 떨꺼덕떨꺼덕 여유 있게 걷는가 싶더니, 어느새 따라붙어 도대금의 말 머리와 나란히 달려가고 있었다.

"그들 여섯이 우리 무당칠협을 사칭했다고 해서 무슨 큰일이 나는 것도 아니니 도 형께선 그냥 내버려두시지요."

영문을 모르는 장취산이야 대수롭지 않게 만류했으나, 도대금은 이미 얼굴빛이 종잇장처럼 하얗게 질려 사색이 된 채 숨결마저 거칠게 헐떡거리고 있었다.

"그럼…… 그 사람은 어떻게 하란 말이오? 우리는 어떤 고객의 위탁을 받고 그 사람을 무당산까지 호송해 장 진인께 어김없이 인도해드리기로 약정했소. 그런데 그 가짜 놈들이 중간에 끼어들어 우리를 감쪽같이 속이고 그 사람을 넘겨받아 갔으니…… 아무래도, 아무래도 일이…… 낭패스럽게 되는 게 아닌가 모르겠소."

"누구를 호송해서 우리 사부님께 인계하시기로 했단 말씀인가요? 도 형, 그 여섯 명이 가로채 갔다는 사람이 누굽니까?"

그제야 장취산도 심각한 일인 줄 알아차렸는지 내처 물었다. 도대금은 말 궁둥이에 연신 채찍질을 먹여 급박하게 치달리면서, 자기네 일행이 어떻게 손님의 부탁을 받고 중독된 부상자 한 명을 무당산까지 호송해오게 되었는지 그 경위를 사실대로 낱낱이 설명해주었다.

사연을 듣는 동안 장취산의 얼굴에 부쩍 의혹이 떠올랐다. 뭔지 모를 불길한 예감이 뇌리를 스쳐 지나갔던 것이다.

"중독당한 부상자라니, 그게 누굽니까? 성함은 뭐라고 했습니까? 나이와 생김새는 또 어땠습니까?"

잇달아 던지는 질문 공세에 도대금은 그저 고개만 절레절레 내두를 따름이었다.

"성씨가 뭐며 이름이 무엇인지조차 모릅니다. 어디에서 어떻게 상처를 입었는지 말도 못 하고 움직이지도 못 했습니다. 그저 숨결 한 모금 붙어 있을 뿐이었으니까요. 나이는 어림잡아 서른 살쯤 되어 보이더군요. 두툼한 양 눈썹이 날아갈 듯 양쪽으로 치솟고 콧날은 우뚝하고……."

그는 환자의 생김새와 옷차림새를 보고 느낀 대로 일러주었다.

"앗! 그분은 우리 셋째 사형이오!"

장취산은 대경실색, 저도 모르게 큰 소리를 내고 말았다. 뜻밖의 얘기를 듣고 마음이 산란해졌으나 이내 침착성을 되찾은 듯 입을 꾹 다문 채 느닷없이 왼손을 뻗어 도대금이 탄 짐승의 굴레를 덥석 잡아당겨 끌었다.

"히히히힝!"

주인이 채찍질하는 대로 정신없이 치닫던 준마는 장취산의 손길이 잡아당기는 힘에 더는 달려 나가지 못하고 그 자리에 우뚝 서고 말았다. 치닫던 힘이 낚아챈 힘을 당해내지 못한 짐승은 재갈 물린 입이 찢겨 피를 줄줄 흘리면서 애처롭게 비명을 질렀다.

느닷없이 날벼락을 맞은 도대금이 안장에서 굴러떨어지듯 뛰어내리기가 무섭게 허리의 단도를 뽑아 들고 본능적으로 방어 태세를 취했다. 상대방의 의도를 알지 못하는 데다 또 저렇듯 허약해 보이는 체구 어느 구석에 이런 무서운 힘이 숨겨져 있는지 도무지 이해할 수 없다는 표정이었다.

장취산이 미안스러운 기색으로 변명을 했다.

"도형, 오해 마십시오. 저희 셋째 형님을 모시고 불원천리 머나먼 길을 찾아오신 데 대해 저는 그저 고맙기만 할 뿐 결코 딴 뜻은 없소이다."

"으음!"

도대금이 깊은 신음 소리를 냈다. 해명을 듣고 칼날은 도로 칼집에 꽂아 넣었으나 경계심은 풀리지 않은 듯 오른 손아귀가 여전히 칼자루를 잡고 있었다.

장취산의 질문이 또 쏟아졌다.

"우리 셋째 형님이 어떻게 해서 중독을 당하고 상처를 입었는지 아십니까? 원수는 누굽니까? 또 누가 도형에게 저희 형님을 맡겨 이리로 보냈는지 말씀해주십시오."

하나 도대금은 그저 꿀 먹은 벙어리, 잇단 질문에 한마디도 답변을 하지 못했다.

결국 장취산의 이마에 굵다란 주름살이 잡혔다.

"그럼 좋습니다! 우리 셋째 형님을 가로챈 자들의 생김새는 말씀해주실 수 있겠지요?"

이때가 되어서야 눈치 빠르고 입심 좋은 축 표두가 대신 나서서 자초지종을 설명했다.

축 표두의 설명을 묵묵히 귀담아듣고 나서 장취산은 도대금을 향해 두 주먹을 맞잡아 흔들어 인사를 차렸다.

"제가 한 걸음 앞서 가보겠습니다. 그럼!"

용문표국 일행에게 작별을 고한 장취산은 두 번 다시 뒤돌아보지 않고 청총마를 휘몰아 미친 듯이 질주해나가기 시작했다.

꺽다리 청총마는 가벼운 걸음걸이로 나아갈 때도 속력이 비상할 정도로 빠르던 놈인데, 이제 네 발굽에 힘을 모아 치닫기 시작하니 그 속도는 더 말할 나위도 없을 지경이었다. 그저 귓결에 들리는 것은 바람 소리뿐이었고 비탈진 산길 양편에서 뒤로 자빠지듯 휙휙 지나쳐가는 나무숲을 눈으로 돌아볼 겨를조차 없었다.

무당칠협은 어릴 적부터 동문 수학한 사이요, 죽마지우와 같은 의리로 맺어져 강호를 나란히 떠돌면서 의협을 행해온 터라 그 정분과 우애가 골육을 나눈 친형제보다 더 깊었다. 이제 사형이 중상을 입고 정체 모를 괴한들의 수중에 떨어졌다는 소식을 듣자, 장취산은 가슴속에 불이 붙은 듯 다급한 심사를 어떻게 주체할 길이 없었다. 그는 청총마를 채찍질해 정신없이 치달렸다. 애마가 그 자리에서 쓰러져 죽는다 할지라도 돌볼 마음의 여유조차 없었다.

단숨에 초점草店까지 달려간 장취산은 거기서 일단 말을 멈춰 세우고 궁리를 해야만 했다. 초점은 세 갈랫길이 엇갈리는 곳에 자리 잡은 촌락이었다. 한 갈래는 무당산으로 통하는 길이고, 다른 하나는 서북쪽으로 향해 곧바로 운양鄖陽까지 뻗은 길이었다. 이렇듯 앞길은 두 갈래, 이제 그 정체불명의 괴한들이 호의적으로 셋째 형님을 올려보내러 무당산 쪽으로 갔다면 방금 그 길로 산을 내려온 그와 마주쳤을 것이다. 하나 그들을 만난 적이 없지 않은가!

장취산은 두 다리로 말 배때기를 잔뜩 조이고 양손에 거머쥔 고삐를 다 풀어준 채 곧바로 서북쪽 길을 따라 추적해가기 시작했다.

반 시진 남짓 급박하게 치달리고 났을 때는 그 다부진 청총마도 견디지 못하고 갈수록 속력이 떨어졌다.

하늘은 점점 어두워지고 땅거미가 깔리는 시각이었다. 이 근방은 산악 지대라 인적이 드물어 그들의 행방을 물어볼 사람도 없었다.

장취산은 혼자서 끊임없이 떠오르는 의문과 싸웠다.

'참말 알 수 없는 노릇이다. 셋째 형님처럼 탁월한 무공을 지닌 분이 어쩌다가 중상을 입었단 말인가? 적수는 누구였을까? 어디를 어떻게 다쳤을까? 설마 불구자가 된 것은 아니겠지? 하나 도대금의 기색으로 보건대 허튼소리로 거짓말을 한 것 같지는 않다. 자, 형님을 어디로 가서 어떻게 찾아야 하나?'

극도로 혼란에 빠진 장취산이 터무니없는 상념에 잠긴 채 십언진十偃鎭 마을 가까이 갔을 때였다. 불현듯 한길 곁 우거진 수풀 속에 커다란 마차 한 대가 뒤집혀 나뒹굴고 있는 것을 발견했다. 가슴이 덜컥 내려앉은 그가 조심스레 몇 걸음 다가서고 보니, 마차를 끌던 말 한 마리가 두개골이 박살 난 채 죽어 넘어져 있었다. 얼마나 무서운 힘에 얻어맞았는지 끔찍스럽게도 뇌수가 온통 사면팔방에 흩뿌려져 있었다.

마상에서 후딱 뛰어내린 장취산이 마차 휘장을 들쳤다. 안에는 아무도 없었다. 근처 풀밭을 헤치고 나가던 그는 무성하게 우거진 수풀 속에 엎어져 있는 사람을 하나 발견했다. 이미 죽었는지 꼼짝도 하지 않았다. 장취산의 심장 고동이 두방망이질 치기 시작했다. 한달음에 뛰어가보니 바로 셋째 사형 유대암의 뒷모습이 아닌가! 그는 황급히 몸뚱이를 뒤채어 부여안았다.

저녁노을 빛이 아득한 가운데 유대암은 두 눈을 질끈 감은 채 그 멀끔하던 얼굴빛이 금빛으로 샛노랗게 바뀌어 실로 무서운 형국을 하고 있었다. 장취산은 놀랍고 비통스러운 심정을 억누르면서 그 얼굴에 자기 뺨을 갖다 대었다. 어렴풋이나마 체온이 느껴졌다.

'살아 계시구나!'

너무나 기뻐 이번에는 가슴을 헤쳐 더듬어보았다. 아직도 심장박동이 뛰고 있었다. 그러나 고르게 뛰는 것이 아니라 한동안 멎었다가 다시 툭툭 이어지곤 해서 언제 끊어질지 알 수가 없었다.

장취산의 두 뺨에 눈물이 주르르 흘러내렸다.

"셋째 형님…… 이게…… 어찌 된 거요? 나요…… 나, 다섯째요!"

가슴에 부여안고 천천히 일어서는데, 그의 양팔과 두 다리가 맥없이 축 늘어졌다. 늘어진 몸뚱이가 흐느적거릴 때마다 두 팔뚝과 두 발이 흔들거렸다. 누군가 그의 사지 뼈마디를 모조리 꺾어 으스러뜨렸던 것이다. 손가락, 손목, 팔꿈치, 넓적다리, 무릎, 발목뼈에 이르기까지 인체의 뼈마디에서 아직도 선지피가 쏟아져 나오고 있었다. 누군가 독수를 쓴 지 얼마 안 되었다는 증거였다. 그것도 한 군데 한 군데씩 차례차례 꺾어 부러뜨린 솜씨가 실로 차마 눈뜨고 보지 못할 만큼 악독하고 잔인했다.

"으와아아!"

장취산의 입에서 들짐승의 울부짖음과 같은 비명이 터져 나왔다. 분노의 불길이 가슴 위로 치밀고 부릅뜬 두 눈망울이 금방이라도 튀어나올 듯 시뻘겋게 충혈되었다.

상황을 보면 적들이 떠난 지 얼마 안 되었을 게 분명했다. 청총마의 다리 힘을 빌린다면 곧바로 따라잡을 수 있을 터였다. 미쳐버릴 듯 격한 노여움에 사로잡힌 그는 당장 적들을 뒤쫓아 사생결단을 내려 했다. 하지만 이내 생각이 바뀌었다. '셋째 형님의 목숨은 이제 경각頃刻에 달려 있다. 무엇보다 먼저 형님의 목숨부터 구해내는 일이 더 급하고 중요하다. 옛 말씀에 뭐랬더냐? 군자의 복수는 10년 뒤에 해도 늦지 않다君子報仇 十年未晩라고 하지 않았던가!'

하필이면 오늘따라 산을 내려오면서 금방 되돌아갈 생각에 병기와 구급약을 지니고 오지 않았다. 이제 셋째 형님의 위독한 상태로 보건대 말안장에 올려 태울 형편이 아니었다. 울퉁불퉁 고르지 못한 비탈길에 지칠 대로 지쳐버린 애마가 절뚝거릴 때마다 상처가 악화되고 또 그만큼 고통도 늘어날 것이 분명했기 때문이다. 그는 유대암을 두 팔로 조심스럽게 껴안고 일어섰다. 그러고는 경신술법을 펼쳐 무당산을 바라고 질풍같이 달리기 시작했다.

껑다리 청총마는 빈 안장을 털썩거리면서 뒤따라 달렸다. 주인이 어째서 자신을 타지 않고 두 다리로 뛰어가는지 이상하다는 듯 머리통을 내둘렀다.

이날은 무당파 개창 조사 장삼봉 진인의 90세 생신날이었다.

자소궁 사람들은 이른 새벽부터 명절 때처럼 축제 분위기에 들떠 부산을 떨었다. 사람들은 물론 무당산 전체가 온통 기쁨에 가득 차 있는 것 같았다.

여섯 제자는 맏제자 송원교宋遠橋를 필두로 스승 앞에 한 사람씩 차례차례 나아가 축수祝壽의 예를 올렸다. 일곱 제자 가운데 유대암 하나만이 돌아오지 않았다. 장삼봉은 생각이 깊고 매사에 신중한 유대암의 성품을 익히 아는 터라, 두 달 전 특별히 그를 지명해 강남 지방으로 파견했다. 그리고 남방의 악적惡賊이 제아무리 승천입지昇天入地하는 재간을 지녔다 하더라도 유대암의 무공 실력이면 간단히 처치해버리고 때맞춰 돌아와 이 축하 잔치를 함께 즐길 수 있으리라 예상했다.

그런데 이날 정오가 지나도록 그림자도 비치지 않으니 스승은 물론이요, 동문 제자들까지 조바심이 들기 시작했다. 그래서 기다리다 못한 장취산이 스승에게 자청해 셋째 형님을 마중하러 하산했던 것이다.

그러나 유대암을 마중하러 떠난 장취산마저 어인 일인지 한번 내려간 뒤로 감감무소식이었다. 그가 즐겨 타고 다니는 청총마로 말하자면 다리 힘이 무척 빨라 노하구까지 마중을 나갔다 하더라도 벌써 돌아왔어야 할 시각인데, 뜻밖에도 유시酉時(저녁 6시)가 다 되도록 돌아오는 기미가 보이지 않았다.

대청에는 벌써부터 수연壽宴의 잔칫상이 벌어져 있고, 촛대마다 높다랗게 꽂아놓은 붉은 초가 이미 절반쯤 타서 녹아내렸다. 사람들의 조바심은 차츰 불안감으로 바뀌기 시작했다. 누구보다 정이 많은 여섯째 제자 은리정殷梨亭•과 성미 급한 막내 제자 막성곡莫聲谷은 벌써 몇 차례나 자소궁 문턱을 들락거렸다.

장삼봉의 얼굴에도 그늘이 드리웠다. 그는 평소 이들 두 제자의 성격을 너무나 잘 알고 있었다. 유대암은 침착하고 매사 신중해 믿고 큰일을 떠맡길 수 있었다. 장취산은 총명하고 눈치가 빨라 무슨 일을 하든지 신속하게 처리하고 질질 끄는 법이 없었다. 그런데도 두 사람 모두 지금까지 돌아올 기미를 보이지 않으니 무슨 변고가 생겼음이 분명한 것이다.

스승의 심사를 눈치챈 송원교는 일부러 붉은 촛대에서 활활 타오르는 불꽃을 바라보며 위로의 말씀을 드렸다.

• 역사 기록에 보면 장삼봉의 일곱 제자는 송원교, 유연주, 유대암, 장송계, 장취산, 은리형, 막성곡이다. 그중 은리형의 이름은 《주역周易》의 '원형이정元亨利貞'에서 따온 것이나 다른 형제들의 이름과 어울리지 않고 또 적지 않은 독자들이 '은형리殷亨利'로 오인하기 때문에 비슷한 이름으로 고쳐 썼다. 별도로 호주국립대학교 류춘렌柳存仁 교수의 고증에 따르면, 명나라 때에 유명한 무인으로 장송계가 실존했다는 사실이 밝혀졌다. ― 원저자 주

"사부님, 셋째와 다섯째가 또 어디서 불공평한 일을 보고 참견하느라 늦는 모양입니다. 어르신께선 늘 저희더러 '덕을 쌓고 착한 일을 행하라' 가르치셨으니, 두 아우가 한 가지씩 의협을 실천에 옮기는 일이야말로 오늘같이 기쁜 날 어르신께 이보다 더 좋은 축수 예물이 어디 있겠습니까?"

장삼봉이 허연 수염을 쓰다듬으면서 껄껄대고 웃었다.

"으흠! 좋은 얘기구나. 내가 여든 살 나던 생일에는 네가 우물에 빠져 죽으려던 과부의 목숨을 구해주었으니, 그보다 더 좋은 선물이 없었지? 하하하! 그런데 원교야, 너희가 10년에 겨우 한 번씩만 착한 일을 베푼다면 고통받는 세상 사람들이 조바심이 나서 어떻게 살겠느냐?"

"아하하하!"

다섯 제자들이 한꺼번에 웃음보를 터뜨렸다. 장삼봉은 소림사 동자승 장군보 시절부터 활달한 성격이 몸에 밴 터라 스승과 제자들 사이에도 곧잘 우스갯소리를 나누곤 했다.

넷째 제자 장송계張松溪가 한마디 거들었다.

"어르신께선 적어도 200세는 장수하실 테고, 저희도 10년마다 좋은 일을 한 가지씩 하더라도 일곱이서 모두 합치면 적은 수는 아닐 겁니다."

그 뒤를 이어 일곱째 막성곡이 낄낄대면서 장송계를 조롱하며 말했다.

"아이고, 넷째 형님! 그 계산법은 아주 틀렸소. 우리 일곱 형제가 그토록 오래 살 수 있답디까? 우리는 기껏해야……."

말끝을 미처 다 맺기도 전이었다. 갑자기 송원교와 둘째 제자 유연주兪蓮舟가 벌떡 일어나더니 누가 먼저랄 것도 없이 한꺼번에 처마 끝 빗물받이 앞으로 뛰쳐나갔다.

"셋째냐?"

그러자 앞마당 쪽에서 장취산의 목소리가 들려왔다.

"접니다!"

목멘 소리에 울음이 섞여 있었다.

이윽고 장취산이 대청 문턱을 넘어섰다. 양팔로 사람을 하나 가로누여 안은 채 허겁지겁 뛰어들기가 무섭게 스승 앞에 털썩 무릎을 꿇었다. 얼굴과 옷가지는 온통 피와 땀으로 얼룩지고 벅찬 울음에 목소리마저 제대로 나오지 않았다.

"사부님……! 셋째…… 셋째 형님이 웬 놈들에게 암습을…… 당했습니다!"

"아니, 뭐라고?"

너무나 뜻밖의 일을 당한 스승과 제자들은 경악에 찬 외마디 소리만 지를 뿐 더는 말을 잇지 못했다. 갑자기 장취산의 몸뚱이가 휘청하더니 뒤로 벌렁 넘어졌다. 머나먼 산길을 쉬지 않고 달려온 데다 비통한 마음을 이기지 못한 뒤끝이라 스승과 동문 형제들 앞에서 긴장이 풀리자 그대로 까무러친 것이다.

송원교와 유연주가 동시에 손을 뻗어 유대암을 안아 일으켰다. 장취산이 혼절한 것을 보기는 했으나, 심신과 기력이 격탕해 있고 게다가 피로가 지나쳐 일어난 일시적인 증세임을 아는 터라 우선 위급한 부상자부터 살펴보기 위해서 그랬던 것이다.

대사형의 조심스러운 손길이 셋째 아우 코끝에 닿았다. 유대암의 숨결은 실낱같이 가늘고 미약했다.

장삼봉은 사랑하는 제자가 이 기쁜 생일날 이렇듯 처참한 몰골로 돌아온 것을 보자, 충격을 받은 나머지 가슴이 크게 흔들렸다. 그는 당장 사연을 캐묻지 않고 안채로 뛰어가더니 백호탈명단白虎脫命丹을 한 병 꺼내가지고 나왔다. 약병은 애당초 밀랍으로 마개를 봉한 것이었다. 하지만 그는 밀랍을 뜯어낼 마음의 여유조차 없어 왼손 두 손가락으로 찍어 눌러 도자기병을 바스러뜨리고 우선 백색 환약 세 알을 꺼내 제자의 입속에 넣어주었다. 그러나 유대암은 지각知覺을 잃어버린 지 오래인데, 환약을 삼킬 힘이 어디 있겠는가?

제자가 환약을 입술에 머금은 채 목구멍으로 넘기지 못하자 장삼봉은 양손 엄지와 검지로 학취경鶴嘴勁의 자세를 취한 다음, 집게손가락으로 유대암의 귀 끝 위쪽으로 3푼 되는 부위의 용약규龍躍竅를 찍고 내력을 운기하면서 조심스럽게 밀어주었다. 그 연륜에 이만한 공력으로 학취경 점용약규鶴嘴勁點龍躍竅를 구사할 경우 갓 숨이 끊어진 사람조차 즉시 되살려낼 수 있는 절기였으나, 연속해서 스무 차례를 밀어주었어도 유대암은 시종 옴짝달싹도 하지 못했다.

"아아, 어려운 노릇이로구나!"

가벼운 탄식 끝에 장삼봉은 다시 양손으로 검결劍訣을 맺은 다음 장심掌心을 아래로 향한 채 양손으로 유대암의 협거혈頰車穴을 잡았다. 협거혈은 두 뺨 아래 귀밑 부분과 좌우 양쪽 어금니가 꽉 물린 상태에서 아래턱뼈와 결합된 자리였다. 장삼봉은 일단 음수陰手로 찍어놓은 다음 재빨리 장심을 위로 향해 이번에는 양수陽手로 뒤집어 찍었다. 음수와 양수가 한 차례씩 엇갈리면서 뒤집기를 무려 열두 차례, 두 엄지로 양쪽 혈도를 찍고 두 손바닥이 턱을 받친 채 힘을 주자 드디어 유대암의 입이 쩍 벌어지더니 입술에 물려 있던 알약이 목구멍으로 들어갔다.

"아!"

곁에서 줄곧 조마조마하게 가슴을 죄던 은리정과 막성곡이 동시에 안도의 한숨을 내리쉬었다.

그러나 유대암의 목구멍 근육이 굳어진 상태라 환약은 인후咽喉에 걸린 채 배 속으로 내려가지 않았다. 곁에서 장송계가 손을 뻗쳐 목젖 부위 근육을 부드럽게 풀어주었다. 장삼봉은 다시 손가락으로 환자의 양 어깨 결분缺盆, 유부兪府 등 여러 혈도와 척추 꼬리 부위의 양관陽關, 명문命門 등의 혈도를 찍어 폐쇄시켰다. 환자가 깨어난 후 사지에 밀려들 온갖 극심한 고통을 견뎌내지 못하고 혼미 상태에 빠질까 우려했기 때문이다.

송원교와 유연주는 꿇어앉은 채 스승의 손을 거들었다. 평소 아무리 어렵고 놀라운 일을 당하더라도 시종 태연하게 침착성을 잃지 않던 스승이 지금은 손이 떨리고 두 눈에 당혹스러운 기색이 떠올랐던 것이다. 두 사람의 짐작은 똑같았다. 셋째 아우의 상처가 심상치 않았다.

얼마 안 있어 기절했던 장취산이 깨어났다.

"사부님! 셋째 형님을 살려내실 수 있겠습니까?"

정신이 들자 다시 울음을 터뜨리며 묻는 제자에게 장삼봉은 담담하게 한마디 건넸다.

"취산아, 세상에 죽지 않는 사람이 어디 있겠느냐?"

이때 대청 바깥에서 발걸음 소리가 요란하게 들려왔다. 이어서 도동道童 하나가 헐레벌떡 다급하게 뛰어들었다.

"도관 밖에 표국 손님들이 조사 어르신을 뵙겠다고 찾아오셨습니다."

스승 앞에 무릎 꿇고 울던 장취산이 동자의 말을 듣기가 무섭게 벌떡 일어섰다.

"바로 그놈이로구나!"

장취산은 휑하니 대청 바깥으로 뛰쳐나갔다. 뒤미처 병기들이 돌바닥에 떨어지는 소리가 "쨍그랑! 떨그렁, 쨍그랑!" 어지러이 들려왔다.

은리정과 막성곡은 다섯째 사형이 싸우는 줄 알고 힘을 보탤 요량으로 뒤따라 나가려 했으나, 장취산은 벌써 누군지 모를 장정 한 사람의 뒷덜미를 움켜잡고 번쩍 치켜든 채 되돌아오고 있었다.

"이 모두가 이놈이 일을 그르쳤기 때문에 일어난 겁니다!"

그는 버럭 고함을 지르면서 포로를 땅바닥에 거칠게 내동댕이쳤다.

막내 제자 막성곡은 이 포로가 셋째 사형에게 그토록 중상을 입혔다는 줄 알고 대뜸 발을 들어 냅다 걷어차려 했다.

"잠깐 멈춰라!"

대사형 송원교가 나지막하게 호통치자, 막내는 찔끔해서 발길질을 거둬들였다.

그때 문밖에서 누군가 고래고래 악을 쓰는 소리가 들려왔다.

"당신네 무당파는 사리도 따질 줄 모르오? 우리가 호의적으로 찾아뵈러 왔는데, 이렇듯 사람을 모욕하다니!"

송원교가 눈살을 찌푸리더니 쓰러진 도대금의 어깨 뒤와 등을 두세번 두드려서 방금 장취산에게 찍힌 혈도를 풀어주었다. 그리고는 바깥쪽을 향해 말을 건넸다.

"문밖의 손님께선 시끄럽게 굴지 마시오. 잠시만 기다려주시면 시비 흑백이 가려질 테니까!"

말투에 위엄이 서리고 내력이 넘쳐흘렀다.

대청 바깥에서 소란을 떨던 축 표두와 사 표두가 흠칫 놀라 입을 다물었다. 무당파 조사 어른 장삼봉이 직접 호통을 쳤다고 오인한 것이다.

안팎이 잠잠해지자, 송원교는 장취산을 돌아보고 물었다.

"다섯째 아우, 셋째가 어떻게 해서 상처를 입었는지 차근차근 설명해보게. 흥분하지 말고."

장취산은 우선 도대금 쪽을 사납게 흘겨본 다음, 용문표국이 어떻게 해서 유대암을 위탁받아 무당산까지 호송해오게 되었는지, 또 어떻게 산 밑에서 무당육협을 사칭한 괴한들에게 속아 넘겨주게 되었는지, 그리고 자신이 부서진 마차와 사형을 어디서 발견하고 구해 돌아왔는지 그 경위를 듣고 본 대로 자세히 설명했다.

송원교는 도대금을 처음 보았을 때부터 이미 그 정도 무공 실력으로는 유대암을 절대로 해칠 수 없다는 것을 알아차렸다. 게다가 이 사람들이 지금 스승을 만나러 제 발로 찾아왔다는 것은 스스로 거리낌이 없다는 증거가 아닌가? 그래서 안색을 부드럽게 고치고 도대금에게 눈길을 던졌다. 나름대로 사정을 해명하라는 눈빛이었다.

혈도가 풀린 도대금은 자기가 아는 대로, 겪은 대로 그간의 경위를 낱낱이 얘기했다. 그리고 자신의 참담한 심경까지 솔직히 털어놓았다.

"송 대협, 이 도대금이 일을 꼼꼼히 처리하지 못해 유 삼협께 이런 횡액을 당하게 만들었으니 물론 죽어 마땅한 놈이오. 하지만 임안부 표국에 남아 있는 우리 식구들의 목숨은 지금쯤 어떻게 되었는지 모르겠구려…….”

장삼봉은 이때껏 쌍장을 유대암의 신장神藏, 영대靈臺 두 혈도에 갖다 붙이고 유대암의 체내에 내력을 불어넣고 있다가, 도대금이 하소연하는 얘기를 듣자 곧바로 유연주를 불렀다.

“연주야, 네가 성곡을 데리고 당장 임안부로 떠나거라. 가서 용문표국 사람들을 보호해야 한다.”

“예!”

유연주는 대답은 했으나 마음속으로 흠칫 놀랐다. 스승의 의협심과 자비심이 발동한 것이다. 방금 도대금이 한 얘기대로라면, 그 은씨란 고객은 이번 ‘화물’ 호송에 반 푼이라도 어긋남이 있을 경우, 용문표국 안의 사람은 물론이고 개나 닭 한 마리까지 살려두지 않겠다고 했다. 비록 그 언사가 단순한 위협에 지나지 않을 수도 있겠으나, 만약 그게 진담이라면 도대금 이하 용문표국의 정예 고수들이 집을 비운 지금 표국 안의 일가족은 속수무책으로 그 엄청난 변고를 당할 것이 분명했다. 스승님은 셋째 제자의 치료에 몰두하면서도 그 점까지 생각하고 계셨던 것이다.

스승의 이런 배려에 누구보다 먼저 항의를 제기한 사람은 아직도 분이 풀리지 않은 장취산이었다.

“사부님! 이 멍청한 작자 때문에 저희 셋째 형님이 이런 꼴이 되었습니다. 우리가 더 책임 추궁을 하지 않는 것만으로도 다행일 텐데, 저 작자의 집안 식구들까지 보호해줘야 한단 말씀입니까?”

그러나 장삼봉은 고개만 내저을 뿐 아무 대꾸도 하지 않았다. 맏이인 송원교가 스승을 대신해서 흥분한 아우를 달랬다.

"이보게, 다섯째 아우. 자네 어찌 그리 도량이 좁은가? 경위야 어쨌든 간에 도 총표두께선 천 리 길을 마다 않고 허위단심 수고해오시지 않았는가? 그게 다 누구를 위해서였겠나?"

맏형의 얘기에 장취산은 도대금을 돌아보며 차갑게 비웃었다.

"황금 2,000냥! 저 작자가 그 돈이 아니었다면 셋째 형님을 호의적으로 떠맡아서 여기까지 데려왔겠습니까?"

도대금의 얼굴이 삽시간에 화끈 달아올랐다. 사실 말이지, 자기가 '화물' 탁송을 받아들인 것은 그 엄청난 보수에 욕심이 났기 때문 아닌가. 그러니 입이 10개라도 장취산의 모욕에 변명할 여지가 없었다.

맏형이 호통쳐 장취산을 꾸짖었다.

"이것 봐, 다섯째! 손님을 앞에 두고 무례하게 굴면 쓰나! 자네, 너무 지쳐서 그런 모양이니 어서 들어가 쉬도록 하게!"

무당파 문중에서 대사형의 권위는 엄청났다. 더구나 송원교는 평소 태도가 단정하고 점잖을뿐더러 인품 또한 엄정해 둘째인 유연주 이하 여섯 아우에게 가장 존경을 받아왔다. 그러니 다섯째 장취산이 맏형에게서 일갈一喝을 들었으니 무슨 수로 더 입을 열어 항의하겠는가? 그는 입을 꾹 다문 채 아무 소리도 하지 못했다. 그러나 셋째 형의 위독한 상태를 보니 차마 발길이 떨어지지 않아 쉬러 가지 못하고 한 곁에 묵묵히 서 있을 따름이었다.

대사형의 분부가 또 떨어졌다.

"여보게, 둘째. 사부님의 명이 계시니, 자넨 어서 일곱째를 데리고 즉시 떠나도록 하게. 일이 급박하네. 밤새워서라도 달려가 용문표국 사람들을 보호하는 데 차질이 없도록 하게!"

"예! 대사형 분부대로 곧 출발하겠습니다."

유연주와 막성곡은 응답 한마디 남겨놓고 제각기 방으로 돌아갔다. 그러고는 옷가지와 병기 등 여행에 필요한 물건을 챙겨 보따리를 꾸렸다.

도대금은 무당 제자들이 직접 나서서 자기네 표국 일가족마저 보호하러 떠나려는 것을 보자, 속으로 말로 형언하지 못할 야릇한 감정을 느꼈다. 그는 장삼봉에게 포권의 예를 올리면서 이렇게 여쭈었다.

"장 진인, 이 후배의 일에 유 이협, 막 칠협을 번거롭게 보내지 마십시오. 저희가 곧 떠나겠습니다."

그러나 송원교가 만류하고 나섰다.

"손님들께선 오늘 밤 누추하나마 이곳에서 묵으셨으면 합니다. 저희가 아직 몇 가지 더 여쭤볼 것도 있고 하니……."

담담한 표정에 차분한 말씨, 도대금은 그 목소리의 저변에 깔려 있는 위엄을 도저히 어길 수가 없어 더는 아무 소리도 못 하고 한 곁에 놓인 의자에 도로 주저앉았다.

이윽고 유연주와 막성곡이 스승 앞에 절하며 작별을 고했다. 그러나 차마 발길이 떨어지지 않는 듯 유대암을 몇 번이나 바라보고는 마침내 하산 길에 올랐다. 두 형제는 떠나면서도 이것이 살아 있는 유대암과 마지막 대면은 아닌가 싶어 마음이 납덩어리처럼 무겁기만 했다.

대청 안에는 또다시 정적이 감돌았다. 장삼봉이 침중하게 내뱉고 들이마시는 숨소리만 들렸다. 스승의 정수리에선 어느덧 뜨거운 솥에서 김이 솟듯 무럭무럭 증기가 피어올랐다.

약 반 시진쯤 지났을 때였다.

"아악!"

돌연 유대암의 입에서 외마디 비명이 터져 나왔다. 대청 안이 쩌렁쩌렁 메아리치고 지붕 위 기왓장이 들썩거릴 정도로 큰 비명 소리에 가슴을 죄고 앉아 있던 도대금이 기절초풍해서 펄쩍 뛰어 일어났다.

그는 곁눈질로 흘끗흘끗 장삼봉의 기색을 살폈다. 그러나 그의 얼굴에선 기쁨도 걱정스러움도 그 어떤 표정도 찾아볼 길이 없었다. 방금 유대암이 터뜨린 그 비명이 길조인지 흉조인지, 도대금으로선 전혀 가늠할 수가 없었다.

"송계와 이정은 너희 셋째 사형을 방으로 옮겨다 쉬게 해주어라."

장삼봉은 차분한 말씨로 제자들에게 명령했다. 장송계와 은리정은 셋째 사형의 몸뚱이를 조심스럽게 안아 방으로 데려가 누인 다음 이내 대청으로 나왔다.

"사부님, 말씀 좀 해주십시오! 셋째 형님의 무공이 온전히 회복되겠습니까?"

형제들 중 유달리 정이 깊은 은리정이 안타까움을 견디지 못해 여쭈었다. 장삼봉은 길게 탄식 한 모금을 토해내더니 한참 만에야 비로소 입을 열었다.

"목숨을 보전할 것인지 못할 것인지…… 한 달쯤 지나봐야 알겠구나. 팔다리 근육과 뼈마디가 모두 끊어져 다시 이을 수가 없으니 저 인생을…… 저렇게 한평생을……."

스승이 말끝을 맺지 못한 채 고개를 가로젓자, 은리정은 복받치는 설움을 참지 못하고 와락 울음보를 터뜨렸다.

장취산이 벌떡 일어나더니 도대금의 따귀를 후려갈겼다. 느닷없이 번개 벼락 치듯 후려갈기는 손길에 도대금은 미처 막아낼 틈도 없이 고스란히 한 대를 얻어맞았다. 그러고도 노기를 억제하지 못한 장취산이 이번에는 팔꿈치로 옆구리를 호되게 후려 찍었다. 그러나 곁에 있던 장송계가 불쑥 손을 내밀어 그의 어깻죽지를 툭 밀치는 바람에 팔꿈치 공격은 목표에서 빗나가 허방을 찔렀다. 그 틈에 도대금이 다음 공격을 피하느라 훌떡 몸을 뒤로 젖혀 한 바퀴 재주넘기를 했다.

"땅그랑……!"

다음 순간, 대청 벽돌 바닥에 상큼한 쇳소리가 울렸다. 품속에 넣고 있던 문제의 금원보 한 개가 뚝 떨어져 나온 것이다.

장취산이 왼쪽 발끝으로 그것을 툭 차올려 손바닥에 들었다. 입가에는 어느덧 차가운 비웃음이 감돌았다.

"흐흠, 이런 것이었군! 재물에 눈이 멀어 의리를 저버린 것들! 이따위 금덩어리 때문에 우리 형님을 넘겨주어 이 지경으로 만들어놓다니……."

다음 순간, 장취산의 입에서 외마디 경악성이 터져 나왔다.

"이크!"

손바닥 금화 겉면에 선명하게 찍혀 있는 다섯 손가락 자국을 발견한 것이다.

"대사형! 이건…… 이건 소림파의 금강지金剛指 공력이 아닙니까?"

송원교가 금화를 받아 들고 훑어보더니 그것을 말없이 스승에게 넘겨주었다.

장삼봉은 금원보를 앞뒤로 뒤집어가며 몇 차례나 살펴보고 나서 만제자와 눈짓을 교환했다. 그러나 스승과 제자 두 사람은 심각한 표정만 지을 뿐 모두 말이 없었다.

참다못한 장취산이 큰 소리로 외쳐 물었다.

"사부님! 그건 소림파의 금강지 공력입니다. 세상 천하에 이런 무공을 쓸 만한 문파는 소림사 말고 달리 없습니다. 제 말씀이 틀렸습니까? 사부님, 제 말씀이 틀렸으면 틀렸다고 말씀해주십시오!"

미친 듯이 악을 쓰는 다섯째 제자를 장삼봉은 물끄러미 바라볼 뿐 이렇다 할 말을 해주지 않았다. 지금 이 순간, 두 눈길은 제자에게 던지고 있으나 그의 상념은 어린 시절 소림사 장경각에서 스승인 각원선사를 봉양하던 시절을 떠올리고 있었다. 그리고 곤륜삼성 하족도와 장력으로 대결하던 기억과 소림사 원로 스님께 까닭 없이 매섭게 추궁을 당하고 각원선사의 도움을 받아 탈출하던 일, 승려들의 맹추격에 쫓기면서 방황하던 끝에 대오각성해 무당산으로 입산하던 정경…… 수십 년 전 과거사들이 한순간에 줄줄이 번개처럼 뇌리를 스쳐 지나갔다. 곽양, 곽 소저…… 그녀는 지금 어떻게 되었을까? 어느덧 그의 얼굴에는 미망의 빛이 피어올랐다.

금원보 겉면에 눌러 찍힌 다섯 손가락 자국은 분명 소림파의 금강지 법력, 장취산의 말처럼 당세에 이런 초인적 지공指功 수법을 구사할 문파는 소림사를 제외하고는 없을 듯싶었다. 자기 손으로 개창한 무당파 역시 깊고도 두터운 내공 수련에 중점을 두어왔지만, 이렇듯 손가락으로 쇠붙이를 바스러뜨리고 바윗돌을 쪼개는 군센 지력이나 파괴적인 경공은 수련하지 않았다. 외공을 전문으로 단련하는 다른 외가문파들도 무서운 위력을 지닌 장법이나 권법, 팔뚝치기, 다리로 걸어차기 따위부터 박치기, 팔꿈치로 내지르기, 무릎치기, 발뒤꿈치로 올려차기 등 강맹 일변도의 독특한 무공을 창안해서 절기로 쓰곤 있지만, 손가락으로 찍어 누르는 지력만큼은 이렇듯 금화 겉면에 손자국을 낼 정도의 경지에는 이르지 못했다.

그는 진상을 알고서도 입을 다문 채 말이 없었다. 이제 장취산의 추궁에 못 이겨 이런 내막을 알려준다면, 제자들은 소림파 측과 일전을 불사할 것이 분명했다. 또 그로 말미암아 강호 무림계의 영도자인 소림과 무당의 양대 문파가 상상조차 못할 풍파에 휩쓸리고 말 것은 불보듯 뻔한 일이었다.

하나 장취산은 깊은 생각에 잠긴 채 대꾸 없는 스승의 표정에서 이미 자신의 추측이 옳다는 것을 알았다. 그럼에도 스승의 입을 통해 직접 확인하고 싶은 욕심에서 재차 따져 물었다.

"사부님, 강호 무림계 인물 중에서 이 금강지력을 수련할 만한 기재奇才가 또 있습니까?"

제자의 성화에 장삼봉은 못내 말문을 열고 말았다.

"소림파는 1,000년 역사와 전통을 쌓아 비로소 금강지의 절기를 완성해냈다. 이것은 결코 하루아침에 달성할 수 없는 것이다. 제아무리 총명하기 짝이 없는 인물일지라도 이런 절기를 단시일에 창출해내지는 못한다."

그는 잠시 뜸을 들이더니 하던 말을 이었다.

"내 어린 시절 소림사에서 머무른 적이 있었지만 무공을 전해 받지는 않았다. 그래서 오늘날에 이르기까지 피와 살로 뭉쳐진 인간의 몸으로 어떻게 손가락 힘을 이런 경지에 이르도록 수련할 수 있는지 모르고 있다."

그때 송원교의 눈초리가 이상하게 번뜩이더니 평소 그답지 않게 큰 소리로 외쳤다.

"셋째의 수족 근육과 뼈가 바로 금강지력에 으스러지다니!"

"아아!"

은리정이 고통에 찬 비명을 질렀다. 두 눈에 그득 고인 눈물이 당장에라도 주르르 흘러내릴 듯 글썽거렸다.

한편에서 도대금은 유대암을 잔혹하게 해친 자가 소림파 제자라는 말을 듣자, 놀라움과 당혹스러움이 한꺼번에 겹쳐 딱 벌어진 입을 다물지 못했다. 한참이 지나서야 그는 떠듬떠듬 변명을 늘어놓기 시작했다.

"아닙니다! 결코…… 결코 그럴 리가 없습니다. 제가 소림사에서 10년 넘게 무공을 수련해왔지만, 뺨에 흑사마귀가 난 자를 본 적이 없습니다!"

송원교는 도대금의 두 눈을 한동안 응시하더니, 아무런 감정도 섞이지 않은 목소리로 은리정을 불렀다.

"여섯째 아우, 도 총표두님 일행을 뒤채로 모셔다 쉬시게 하고, 왕씨 영감더러 술과 음식에 각별히 신경을 써서 먼 길 오신 손님들께 조금도 불편을 드리지 않도록 단단히 당부해두게!"

은리정은 말없이 도대금 일행을 후원으로 인도했다. 도대금은 몇 마디 변명을 덧붙이고 싶었지만 워낙 분위기가 이렇게 되니 더 이상 말을 못한 채 어슬렁어슬렁 그 뒤를 따라갔다.

은리정은 용문표국 표사들을 여러 방에 나누어 편히 쉬도록 안배한 후, 나오는 길에 다시 셋째 사형의 방을 찾았다. 침대 위의 유대암은 두 눈을 부릅뜬 채 천장만 우러러볼 뿐 여전히 꼼짝달싹도 못 하고 누워 있었다. 두 달 전까지만 해도 그토록 용감무쌍하고 호탕했던 기상은 지금 어디로 사라졌는지 찾아볼 길이 없었다.

"셋째 형……!"

한마디 불러보았으나, 유대암은 백치가 되어버린 듯 대답은커녕 아무런 반응도 없었다. 그 참담한 몰골에 은리정은 복받치는 울음을 견디지 못해 두 손으로 얼굴을 감싸고 방을 뛰쳐나갔다.

대청으로 돌아와보니 송원교를 비롯한 세 사형이 스승 앞에 나란히 앉아 있었다. 그는 조용히 장취산의 어깨에 기대어 앉았다.

스승인 장삼봉은 넋이 빠진 기색으로 대청 앞마당에 우뚝 솟은 느티나무 고목을 바라보며 생각에 잠겨 있었다. 무슨 생각에서인지 이따금 고개를 내젓다가 마침내 무겁게 입을 열었다.

"이건 정말 너무나 잔혹한 수법이다. 송계야, 너는 어떻게 생각하느냐?"

무당파 일곱 제자 가운데 장송계의 지모智謀가 가장 뛰어났다. 그는 평소 생각이 무척 깊은 데다 과묵할 정도로 말을 아끼는 편이지만, 사고력이 치밀해 입 밖에 말을 냈다 하면 사물의 정곡을 찌르곤 했다. 장취산이 유대암을 안고 돌아왔을 때부터 그는 비록 가슴속에 비통과 울분이 가득했으나, 또 한편으로는 이번 사태의 경위와 인과관계를 냉정히 추리하고 있었다. 그는 스승에게 질문을 받자, 사건의 원인에 대해 느낀 바를 한마디로 짚어냈다.

"불초 제자의 생각으로는, 이 사건의 수괴首魁는 소림파가 아니라 도룡도인 것 같습니다."

"아아!"

장취산과 은리정이 동시에 놀란 외침을 토해냈다.

다음 순간, 송원교가 그를 다그쳤다.

"넷째 아우, 자네가 깊은 생각 끝에 그런 결론을 얻은 것으로 알겠네. 일단 추리한 바를 사부님 앞에 상세히 말씀드리게. 그리고 우리는 사부님의 지시에 따라 행동을 취하기로 하세."

"예, 우선 셋째 사형은 무슨 일을 하든지 행동이 신중하고 온건한 성격이므로 벗을 많이 사귀지만 경솔히 원수를 맺는 분이 아닙니다. 이번에 사형께서 처치하러 간 그 도적의 두목은 한낱 잔인한 하류 잡배에 속할 뿐, 강호 무림계의 인물이라 일컬을 만한 값어치도 없습니다. 따라서 소림파 측이 이런 자들을 위해 사형에게 손을 썼을 리가 만무하다고 봅니다."

장삼봉이 먼저 고개를 주억거렸다. 스승의 기색을 살피던 장송계는 추리한 바를 계속 토로했다.

"셋째 사형의 팔다리가 골절을 당하고 근육이 끊긴 것은 오늘 이 근처에서 받은 외상입니다. 그러나 열흘 이전 강남 땅 임안부에서 이미 극독에 중독되셨습니다. 이것을 어떻게 생각해야 좋을까요? 제 의견으로는 우선 임안부 현지에 가서 형님이 중독되신 연유와 경위, 그리고 하수인을 탐문하는 것이 옳겠습니다. 사부님 의향은 어떠하신지요?"

장삼봉이 고개를 끄덕였다.

"대암이 당한 독성은 기이하기 짝이 없는 것이라, 내 아직도 그 독약의 종류를 알아내지 못했다. 대암은 손바닥에 일곱 구멍이 뚫려 있고 명치와 넓적다리에도 아주 가느다란 바늘에 찔린 자국이 몇 군데 나 있다. 강호에 어느 고수가 이렇듯 무서운 극독을 정교한 암기에 발라 쓰는지 내 들어본 적이 없구나."

그는 넷째 제자의 추리에 수긍하면서도 자신의 무능을 탓하듯 말끝에 한숨을 내리쉬었다.

"이 사건은 정말 기괴합니다. 이치로 따져보아 셋째가 피하지 못할 만큼 재빠르게, 그런 정교한 암기를 발사할 수 있는 자라면 필시 진정한 일류 고수였을 텐데, 그렇다면 그런 일류급 고수가 어째서 굳이 암기에 극독을 발라 쓰지 않으면 안 되었을까요?"

송원교 역시 침통한 기색으로 한꺼번에 질문을 내놓았다.

다섯 사람은 모두 잠자코 침묵을 지켰다. 암기의 종류와 그것을 사용할 만한 문파, 일류급 고수가 될 만한 인물을 생각해내려고 온갖 추리를 다 해보았다. 그러나 시각이 한참 흘렀는데도 서로 얼굴만 멀뚱멀뚱 바라볼 뿐, 속 시원히 입을 여는 이가 없었다.

이윽고 장송계가 자신이 생각한 바를 마저 털어놓았다.

"얼굴에 흑사마귀가 달린 그자는 왜 셋째 사형의 근육과 뼈만 으스러뜨려놓았을까요? 원한을 품었다면 기동을 못 하는 사형 하나쯤은 일장에 격살할 수도 있었을 테고, 그보다 더 큰 고통을 주려 했다면 어째서 척추뼈나 갈비뼈는 부러뜨려놓지 않았을까요? 이런 상황으로 미루어보아 저들은 사형에게 무엇인가 자백을 받아내려고 고문을 한 게 분명합니다. 그렇다면 저들이 알아내려고 한 것이 과연 무엇일까요?"

스승과 제자들이 대답 대신에 약속이나 한 듯 고개를 주억거렸다.

그는 다시 말을 이었다.

"불초 제자의 추측으로는 틀림없이 도룡도와 관련이 있으리라 생각합니다. 도대금의 설명 가운데 그들 여섯 중 하나가 이렇게 물었다고 하지 않았습니까? '도룡도는? 그 도룡도가 누구 손에 있소?'라고 말입니다."

모두 충격 속에 잠겨 있는데, 은리정이 혼잣말하듯 중얼거렸다.

"허어, 도룡도라! '무림의 지존은 도룡보도라, 천하를 호령하니 감히 따르지 않을 자 없도다. 의천검이 나타나지 않는다면 그 누가 예봉을 다투랴?' 이 얘기가 수백 년 전부터 전해 내렸다 하더니 설마 오늘날 그게 정말 나타났단 말인가?"

장삼봉이 얼른 제자의 혼잣말을 고쳐주었다.

"그 얘기가 나온 것은 수백 년 전이 아니라, 기껏해야 70~80년밖에 안 된다. 내가 젊었을 때에도 그런 얘기를 들어본 적이 없으니 말이다."

장취산이 벌떡 일어섰다.

"넷째 형님 말씀이 옳습니다. 셋째 사형을 해친 원흉은 강남 지방에 있을 겁니다. 우리 모두 찾아나섭시다! 그리고 움직이지도 못 하는 형님에게 잔혹하게 고문을 가한 소림파 악당들 역시 내버려둬선 안 됩니다!"

"원교야, 네 생각으로는 어떻게 처리하는 것이 좋겠느냐?"

장삼봉은 맏제자를 돌아보고 물었다.

이 몇 해 이래 그는 무당파 문하 제자들 가운데 송원교를 지명해서 모든 사무를 일임해왔다. 수제자 송원교는 사무를 처리함에 있어 조리가 분명하고 공평무사해 따로 스승의 지시가 없더라도 그 의중에 부합되게 꼼꼼히 일을 처리해왔다.

스승의 질문이 떨어지자 그는 자리에서 일어나 공손히 응답했다.

"사부님, 이번 행동은 단순히 셋째의 원수를 갚는 데만 그칠 것이 아니라, 우리 무당파의 문호를 가름하는 명예와 관련된 중대사입니다. 그러므로 우리 행동에 추호라도 부당한 점이 있게 되면 자칫 강호 무림계에 일대 풍파가 일어날지도 모릅니다. 그러니 저희는 오로지 사부님의 지시에 따르겠습니다."

"그렇게 생각한다니, 좋다. 너와 송계, 이정 세 사람은 내가 써주는 서찰을 가지고 숭산 소림사를 찾아가 방장 스님이신 공문선사空聞禪師를 만나 뵙도록 해라. 그리고 이번 사건을 자세히 알려드려라. 금강지가 찍힌 금원보를 보여드리면 공문 방장께서도 무슨 의견을 내놓으실 것이다. 금강지 건은 우리가 참견할 수 없는 일이다. 소림사 문호가 매우 엄정하고 또 공문 방장께선 무림의 추앙을 받으시는 분이니 틀림없이 적절히 선처하시리라 믿는다."

송원교와 장송계, 은리정 세 사람은 엄숙한 자세로 명을 받았다. 특히 속이 깊은 장송계는 어째서 스승이 당신 제자를 셋씩이나 보내는지 그 심중을 헤아리고도 남음이 있었다. 편지 한 통 전하기만 하는 일이라면 여섯째 아우 하나만 보내도 충분할 것이다. 스승께서 굳이 대사형더러 직접 나서라 명하고, 게다가 자기까지 동행시키는 의도에는 필시 연유가 있었다. 아마도 소림파 측에서 문하 제자들의 잘못을 감싸고 인정하지 않을 때에는 우리들더러 상황에 따라 대응하라는 깊은 배려가 깔려 있는 것이리라.

아니나 다를까, 장삼봉이 다시 몇 마디를 덧붙였다.

"우리 문파와 소림파는 매우 특수한 관계로 맺어져 있다. 너희도 알다시피 내가 원래 소림사에서 탈주한 도제徒弟 출신이 아니냐? 근년에 이르기까지 소림사 측에서 내 나이가 이만하니까 차마 이 무당산으로 찾아와 과거지사를 추궁하지 못하고 잡아갈 엄두를 내지 못하지만, 그렇다고 애당초 두 문파 간에 앙금이 다 지워진 것은 아니다."

여기까지 말했을 때, 장삼봉의 얼굴에 희미한 웃음기가 떠올랐다.

"너희 셋이 소림사에 가거든 공문 방장 어른께 각별히 예를 갖추어야 한다. 그렇다고 우리 무당파의 명성을 떨어뜨려서도 안 된다. 내 말뜻을 알아듣겠느냐?"

"예에!"

세 제자에게서 다짐을 받아낸 스승이 이번에는 장취산을 돌아보며 말했다.

"취산아, 너는 내일 아침 일찍 강남으로 떠나거라. 가는 도중에 방도를 궁리해서 그 독 암기를 쓴 자를 찾아내도록 해라. 그리고 앞서 떠난 둘째 사형의 지시에 따라 행동해야 한다."

"예에!"

장취산이 두 손을 모으며 응답했다.

스승은 이제 더 말할 게 없다는 듯이 조용히 몸을 일으켰다.

"오늘 밤 생일 축하주는 더 마시지 않겠다. 한 달 후, 모두 예서 다시 만나자. 그때까지 대암이 소생하지 못하게 되거든 너희도 그와 작별인사를 나눠야 할 테니까."

여기까지 말했을 때, 장삼봉은 처참한 감정을 이기지 못하고 목소리가 떨려나왔다. 강호 무림에서 수십 년 동안 위명威名을 떨쳐온 그가 90세 생일 잔칫날 이렇듯 사랑하는 제자의 참혹한 불행을 보게 될 줄이야 꿈에나 생각해보았으랴.

은리정은 소맷자락으로 눈물을 훔치다가 끝내 목 놓아 대성통곡하고 말았다.

송원교가 스승을 위로했다.

"사부님, 셋째 아우는 평생을 두고 의로운 일을 실행해온 협객이었습니다. 그동안 쌓은 덕행도 자못 두터우니 옛사람의 말씀대로 '길상吉相을 띤 사람은 하늘이 돕는다' 했습니다. 절대로 셋째를 죽게 내버려두지…… 셋째를……."

여기까지 말하고 났을 때, 그 역시 눈물을 주르르 흘렸다. 더 이상 말해보았자 공연히 스승의 아픈 가슴만 덧나게 할 뿐 아무런 소용이 없음을 알고 있었던 것이다.

스승이 소맷자락을 휘두르며 한마디 던지고 돌아섰다.

"다들 가서 자거라!"

스승은 이 스물넉 자를 되풀이해서 쓰고 있었다. 한 차례 또 한 차례, 똑같은 스물넉 자를 써 내려가면 써 내려갈수록 필획이 길어지고 손놀림 역시 크고 느려졌다. 나중에 가서는 종횡무진으로 치달리면서 열렸다가는 닫히고, 닫혔는가 싶으면 다시 열렸다. 그 움직임이 마치 권법이나 각법을 펼쳐 보이는 것과 같았다.

정신을 집중해 유심히 바라보던 장취산은 이윽고 저도 모르게 놀라움과 기쁨이 가슴속으로부터 우러나기 시작했다. 스승이 써 내려가는 스물넉 자는 지금 종횡무진으로 어우러져 분명 하나의 오묘한 무공 초식을 이루어가고 있었던 것이다.

4. 글씨는 〈상란첩〉, 마음은 방황을 거듭하네

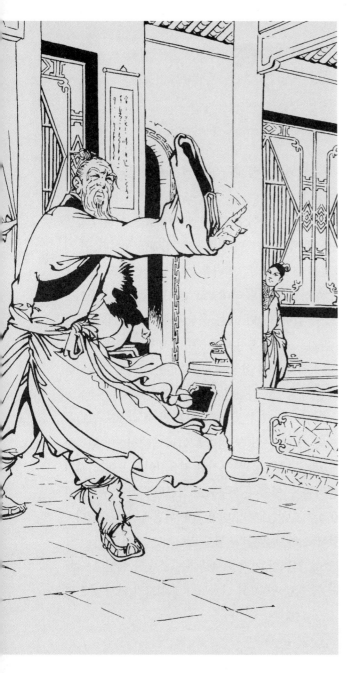

스승의 말씀 한마디에 제자들은 때늦은 저녁 인사를 올리고 흩어져 제각기 방으로 돌아갔다.

장취산은 가슴속 그득하게 끓어오르는 분노와 슬픔을 어디다 풀어버릴 데를 찾지 못한 채, 두 눈을 멀뚱멀뚱 뜨고 침대에 누웠다. 한 시진 남짓 시간이 흘렀을 때 그는 살그머니 일어나 방문을 열고 나섰다. 젊은 혈기에 도대금이라도 깨워 불러내놓고 한바탕 두들겨 분풀이를 해야 직성이 풀릴 것만 같아서였다. 그는 곧장 후원 쪽으로 향하지 않고 대청을 거쳐서 가기로 했다. 혹시 대사형이나 넷째 사형에게 들켰다가는 골치 아픈 잔소리나 듣기 십상이라 숨소리를 죽이고 도둑고양이 걸음으로 살금살금 대청으로 나갔다.

그런데 대청에는 사람이 있었다. 두 손을 뒷짐 진 채 잠시도 발길을 멈추지 않고 오락가락 서성대는 모습, 한밤중 어둠 속에서나마 훤칠하게 큰 키하며 펑퍼짐하게 너른 등판, 묵직한 걸음걸이만 보아도 자기 스승임을 한눈에 알아볼 수 있었다. 사부님도 심란한 나머지 주무시지 못하고 나오셨구나 싶어 그는 재빨리 대청 기둥 뒤편에 몸을 숨겼다.

그러고는 움쭉달싹도 하지 않았다. 생각 같아서는 즉시 자기 방으로 되돌아가고 싶었다. 하지만 기척을 냈다가는 스승의 예민한 귀에 당장 들통 날 테고, 왜 잠을 안 자고 나왔느냐 꼬치꼬치 따져 물으면 꼼짝없이 이실직고해야 할 터였다. 그랬다간 보나마나 한바탕 호된 꾸지람이나 들을 것이 뻔했다.

한참 동안 오락가락 서성거리던 장삼봉이 우뚝 멈춰 섰다. 그러곤 정원 앞뜰을 내다보다가는 홀연히 오른손을 내뻗어 허공에 한 획 한 획씩 보이지 않는 글씨를 쓰기 시작했다.

장삼봉은 문무를 겸전한 사람으로, 이따금 흥이 나면 시를 읊거나 서예를 즐겼다. 제자들도 늘 스승의 그런 모습을 보아온 터라 새삼스레 여기지 않았다.

장취산은 스승이 허공에 긋는 손가락 필획을 따라가며 유심히 눈여겨보았다. 첫 번째 쓴 두 글자는 '상란喪亂', 그다음 두 글자는 '도독荼毒'이었다.

상란이라면 천재지변이나 전쟁 전란으로 말미암아 숱한 사람이 죽어간 슬픔을 뜻하는 낱말이요, 도독은 '씀바귀의 독', 다시 말해서 이루 헤아릴 수 없이 쓰디쓴 고통을 의미하는 낱말이다. 스승은 하필이면 이 밤중에 그런 상서롭지 못한 낱말을 왜 허공에 그리고 있는 것일까?

하나 장취산은 이내 깨달을 수 있었다. '아하……! 사부님께선 지금 〈상란첩喪亂帖〉의 문장을 떠올리고 계시는구나.'

강호 무림계에서 장취산의 별호는 '은구철획銀鉤鐵劃'으로 통했다. 왼손으로 쓰는 병기가 은빛 찬란한 호랑이 머리 형태의 갈고리 호두구虎頭鉤요, 오른손으로 쓰는 병기가 강철로 두드려 만든 붓 모양의 판관필判官筆이었기 때문에 강호 친구들이 그렇게 불렀던 것이다. 이렇듯 멋들어진 별호를 얻은 뒤부터 남보다 유달리 자존심이 강한 장취산은 혹시나 그 명색에 솜씨가 어울리지 못해 글 짓는 선비들에게 웃음거리나 되지 않을까 은근히 걱정했다. 그래서 그 이름에 부끄럽지 않도록 이른바 진서眞書라고 일컫는 해서체楷書體부터 행서行書라고 부르는 초서체草書體, 그리고 예서체隸書體, 전서체篆書體에 이르기까지 모든 서체를 열심히 연구해 마침내 나름대로 일가견을 이룰 수 있었다.

그러하기에 지금 스승이 손가락으로 허공에 그려내는 글씨체가 드리워짐도 거두어짐도 없이 계속 잇따르면서 뻗어가는 길 내내 돌이킬 줄 모르는 궤적을 보자, 그는 이내 쌍구곽전雙鉤廓塡의 초서체, 바로 저 유명한 왕희지王羲之의 걸작 〈상란첩〉•에 담긴 뜻, 이른바 필의筆意를 읽어낼 수 있었다.

이 〈상란첩〉은 장취산도 붓으로 써본 적이 있었다. 왕희지의 대표작인 〈난정시서첩蘭亭詩書帖〉이나 〈십칠첩十七帖〉의 장엄한 기상에는 미치지 못했으나, 곧고도 호방한 필치의 움직임은 빼어나게 청아했다.

이제 그는 기둥 뒤에 몸을 숨긴 채, 스승이 손가락으로 허공에 그려내고 있는 〈상란첩〉을 따라 새삼스레 써보기 시작했다.

• 중국 최고의 서예가 왕희지가 쓴 〈상란첩〉 내용은 다음과 같다.
"불초 자손 희지는 머리 숙여 절하나이다. 전란으로 인하여 그 지극한 화를 피해 달아났음에 조상의 무덤이 거듭 참화를 입었사오니, 돌이켜 생각하옵건대 그 망극함이 더욱 심하여 그리움에 사무쳐 불러보아도 꺾이고 부서진 마음에 고통이 가슴을 꿰뚫사옵니다. 이 가슴 아픈 마음을 어찌하리까, 어찌 다하리까? 비록 이내 다시 고쳐 세웠다 하오나 때맞춰 달려오지 못하였음에 애통함만 더욱 깊어지니 이를 어찌하리까. 어찌하오리까! 종이를 마주 대하고 흐느껴 울 뿐, 무슨 말씀을 써 올려야 좋을지 모르오니 불초 자손 희지는 거듭 머리 숙여 절하옵고 절하올 따름이옵니다."
쌍구필법雙鉤筆法으로 쓰인 이 서첩은 1,600여 년이 지난 오늘날까지 세상에 가장 정교한 모사본 한 벌이 전해 내리는데, 현재 일본 왕실이 소장하고 있다.

불초 자손 희지는 머리 숙여 절하나이다. 羲之頓首

전란으로 인하여 그 지극한 화를 피해 달아났음에 喪亂至極

조상의 무덤이 거듭 참화를 입었사오니, 先墓再離荼毒

돌이켜 생각하옵건대 그 망극함이 더욱 심하옵니다. 追惟酷甚

이 한 구절의 열여덟 글자에는 한 필획마다 억울함과 비분이 가득해 글을 쓸 당시 왕희지의 심경을 1,000년 가까운 세월이 지난 오늘날에도 실감할 수 있었다.

중국 역사상 최고의 서예가 왕희지는 동진東晉(317~418) 때 사람이다. 그는 당시 중원 천지가 이민족에게 짓밟히자, 집을 떠나 남쪽 지방으로 피난했다. 이민족의 침입과 호족豪族들 간의 영토 분쟁이 그치지 않는 동안 조상의 무덤이 전란의 불길에 거듭 처참하게 유린당한 사실을 알게 된 그는 〈상란첩〉에 그 안타깝고도 비통한 심정을 고스란히 표현했다. 이때껏 글 속에 담긴 뜻을 미처 헤아리지 못했던 장취산은 셋째 사형 유대암이 참화를 입은 지금에 와서야 왕희지가 붓끝으로 표현했던 '상란'과 '도독'의 처절한 뜻을 새삼스레 실감할 수 있었다.

〈상란첩〉 가운데 열여덟 글자를 잇따라 몇 차례 써 내리던 스승이 문득 손길을 멈추고 기나긴 탄식을 토하더니, 정원 앞마당으로 걸어나가 또 한참 동안 사색에 잠겼다. 그러고는 다시 손가락으로 허공에 글씨를 쓰기 시작했다. 한데 이번에는 글자와 필체가 완연히 달라졌다. 기둥 뒤의 장취산 역시 스승의 손길 따라 글자를 써 내려갔다.

첫 글자는 '위엄스러울 무武', 그다음 글자는 '수풀 림林', 이어서 그려낸 글자 수는 도합 스물넉 자. 앞서 은리정이 혼잣말로 중얼거렸던 바로 그 몇 마디 말이었다.

무림의 지존은 도룡보도라, 武林至尊 寶刀屠龍
천하를 호령하니 감히 따르지 않을 자 없도다. 號令天下 莫敢不從
의천검이 나타나지 않는다면 그 누가 예봉을 다투랴? 倚天不出 誰與爭鋒

장취산이 가만 보니 스승은 지금 이 스물넉 자 가운데 담긴 뜻을 셋째 사형 유대암이 당한 일과 연관시켜 음미하고 있음이 분명했다. 전설처럼 허망한 도룡도와 의천검, 이 두 가지 신병이기와 이번 사건이 과연 어떤 관계가 있단 말인가?

스승은 이 스물넉 자를 되풀이해서 쓰고 있었다. 한 차례 또 한 차례, 똑같은 스물넉 자를 써 내려가면 써 내려갈수록 필획이 길어지고 손놀림 역시 크고 느려졌다. 나중에 가서는 종횡무진으로 치달리면서 열렸다가는 닫히고, 닫혔는가 싶으면 다시 열렸다. 그 움직임이 마치 권법이나 각법脚法을 펼쳐 보이는 것과 같았다.

정신을 집중해 유심히 바라보던 장취산은 이윽고 저도 모르게 놀라움과 기쁨이 가슴속으로부터 우러나기 시작했다. 스승이 써 내려가는 스물넉 자는 지금 종횡무진으로 어우러져 분명 하나의 오묘한 무공 초식을 이루어가고 있었던 것이다.

글자 하나에는 몇 가지 권초가 담겨 있고, 또 초식마다 몇 가지 변화가 있었다. 여덟 번째 '용龍' 자와 마지막 스물네 번째 '봉鋒' 자는 필획 수가 가장 많고, 여섯 번째 '도刀' 자와 열다섯 번째, 열여덟 번째 '불不' 자는 필획 수가 가장 적었다. 그러나 필획 수가 많다고 해서 초식이 복잡한 것이 아니며 적다고 해서 단순한 것도 아니었다. 구부려 응축된 필치의 힘은 비록 짧지만 자벌레가 기어가듯 촘촘하게 이어지고, 수직으로 내뻗을 때 감추어진 필치의 힘은 마치 교활한 토끼가 올무에서 벗어날 때처럼 날렵하면서도 호방한 기세를 남김없이 드러내고 있었다. 어디 그뿐이랴! 웅혼하고도 강건한 필치는 흡사 휘몰아치는 폭풍 속에 눈발이 흩날리듯 단 한 군데 멈추는 법 없이 그대로 펼쳐나갔다. 그리고 두껍게 응결된 부분은 마치 먹잇감을 눈앞에 둔 호랑이가 도사려 앉은 듯, 코끼리가 그 육중한 걸음을 옮겨 떼듯 장중하기 이를 데 없었다.

스물넉 자 가운데 '불不' 자와 '천天' 자가 두 번 나왔다. 그러나 두 글자의 형태가 같다고 해서 그 필의마저 똑같은 것은 결코 아니었다. 필치의 기세는 비슷해 보이지만 거기에 담긴 신의神意는 달랐다. 변화의 오묘함 또한 제각기 독특한 맛과 품격을 갖추고 있었다. 그 쓰임새가 상황에 따라서 얼마든지 변화할 수 있다는 증거였다.

이제 장취산은 그저 두 눈알이 어질어질 현기증을 일으킬 정도로 스승의 손길에 따라 정신없이 돌아가고 있었다. 그러나 집중된 정신력 하나만큼은 마치 날개 달린 독수리처럼 이제 끝없이 펼쳐나가는 새로운 무학 경지의 창공을 거칠 것 없이 훨훨 날아올랐다. 그리고 그 모든 것을 눈길 닿는 대로 전심전력으로 가슴속 깊숙이 담아두었다.

지난 몇 년 이래 장삼봉은 제자들 앞에서 무공 시범을 보인 적이 극히 드물었다. 은리정과 막성곡 두 어린 제자의 공부는 대부분 송원교,

유연주 같은 선배들이 스승을 대신해서 가르쳤다. 따라서 장취산은 비록 다섯째였지만 실제로 스승에게 직접 무공을 전수받은 마지막 관문제자關門弟子였다. 그가 무공을 처음 익히기 시작할 당시에는 스승이 손수 권법과 검법 시범을 보여주었어도 그 속에 담긴 심오한 뜻을 체험적으로 이해하기 어려운 경우가 이따금 있었다. 근래에 접어들어 그의 무학이 크게 진전을 보게 된 요체는 서도를 익히면서부터였다. 스승과 제자 둘이서 모두 서법書法에 심취해왔고, 그래서 오늘 밤처럼 두 사람이 의기투합해 '상란'과 '도독'에 담긴 비통함과 울분의 감정을 더불어 남김없이 공유할 수 있게 되었다. 결국 장삼봉은 셋째 제자의 처참한 화를 계기로 촉발된 감정을 발전시켜 스물넉 자의 허망한 전설을 무공으로 빚어내기에 이르렀으며, 기둥 뒤에 숨은 장취산은 저도 모르게 그 새로운 무공을 전수받는 기회를 잡아 마침내 스승과 제자 둘이 서법과 무공을 상호 결합시키는 데 몰두할 수 있었던 것이다.

사실 그가 처음 허공에 글씨를 쓰기 시작했을 때에는 새로운 무공을 창출하겠다는 욕심이 있었던 것은 아니다. 기둥 뒤에 숨은 장취산 역시 의도적으로 스승에게 무공을 배울 생각으로 대청에 나온 것이 아니었다. 절묘하게 맞아떨어진 우연의 기회가 그렇게 만들어주었고, 스승과 제자 둘이 심신을 집중해 무공과 서법을 연결시키는 데 침잠하다 보니 이른바 물아양망物我兩忘, 곧 사물과 자신을 구분 짓지 않고 하나로 융화시키는 경지에 빠져들었던 것이다.

"무無에서 유有를 창조한다"고 했던가. 스물넉 자로 된 새로운 권법 구상이 끝나자, 장삼봉은 그 한 벌의 권법 초식을 한 차례 한 차례 거듭해서 마침내 실전용으로 완성해냈다. 걸린 시각은 꼬박 두 시진(4시간), 달은 이미 중천에 떠 있었다. 그는 기합 소리를 길게 터뜨리면서 오른 손바닥을 수직으로 내리그었다. 그야말로 잔뜩 당겼던 활시위를 놓는 순간 쏘아져 날아가는 화살처럼 천둥 벼락 치듯 곧바로 그어내린 마지막 필획 '봉鋒' 자의 끝 획이 검광劍光으로 화해 '위아래로 통할 곤丨'으로 마무리된 것이다.

"취산아, 이 서법이 어떠하냐?"

이윽고 손을 내린 스승이 까마득하게 어두운 하늘을 우러르며 물었다.

장취산은 깜짝 놀랐다. 자기가 기둥 뒤에 숨어 있다는 사실을 스승이 모르리라 생각하고 그저 권법 요체만 기억하는 데 열중하고 있었던 것이다. 첫마디 질문을 던진 뒤에도 스승은 처음이나 다름없이 뒤돌아보지 않았다. 장취산은 도둑질하다 들킨 사람처럼 송구스러운 기색으로 대청 앞뜰로 걸어 나갔다.

"불초한 제자에게 안복眼福이 많아 사부님의 절기를 엿보고 포식하여 정말 새롭게 눈을 떴습니다."

"으음…… 그랬다니 다행이구나."

스승이 고개를 주억거렸다.

"형님들을 깨워서 오라고 할까요? 모두 함께 배우면 좋겠는데……."

그러자 스승은 고개를 저었다.

"아니다. 이제 내 흥이 다했구나. 다시 쓴다고 해도 제대로 될 리 없지. 더구나 원교와 송계는 서법을 배우지 않은 먹통이라 보여주어도 깨우치는 바가 얼마 안 될 거다."

말을 끝내자 그는 소맷자락을 휘두르면서 안채로 들어가버렸다.

장취산은 혹시 잊어버릴지도 모른다는 생각이 들어 잠자리에 돌아갈 엄두도 내지 못한 채, 그 자리에 단정한 자세로 가부좌를 틀고 앉았다. 그러고는 서법의 일필 일획, 권법의 일초 일식을 묵묵히 기억 속에서 끌어내어 다시 한번 융화시키기 시작했다. 신바람이 날 때는 저도 모르게 벌떡 일어나 몇 수 시연해보기도 했다.

시각이 얼마나 지났을까, 그는 마침내 스물넉 자 215필획의 변화무쌍한 권법 초식을 완전히 가슴속에 새겨 넣을 수 있었다. 스승은 이 권법에 이름을 붙이지 않았으나 그는 벌써 '의천도룡공倚天屠龍功'이란 명칭을 생각해내고 그 무공을 권법에서 자신의 애용 병기 은구철획에 고스란히 옮겨놓았다.

확연한 깨우침에 자신감이 붙자, 그는 자리를 박차고 일어났다. 처음부터 끝까지 215초식에 달하는 권법을 한차례 연습하는 동안 눈앞에 보이지 않는 가상의 적을 상대로 물결치듯 파상적波狀的으로 육박공격하는 전법을 펼쳤다. 그런가 하면 기러기 날 듯, 독수리 활개 치듯 목을 길게 뽑아 늘인 채 양팔로 날갯짓을 하자, 곧바로 구름 위로 솟구쳐 오르면서 마치 안개구름에 올라탄 것처럼 온 몸뚱이가 거뜬하고 날렵해진 것을 깨달았다. 마지막 일장을 수직으로 베어 내렸을 때 "훅!" 하는 소리와 함께 자신의 옷자락이 큼지막하게 한 조각 떨어져 나갔다.

뜻밖의 위력에 장취산은 놀라움과 기쁨이 엇갈려 자기도 모르게 환호성을 터뜨렸다.

"와아! 다 이루었다!"

흘끗 뒤돌아보았더니 해는 동쪽 담장 머리에 내리쬐고 있었다. 혹시 잘못 본 게 아닌가 싶어 눈을 비비고 정신을 차려 다시 보니, 어느

새 하루 낮 정오가 지나고 있었다. 무공 단련에 몰두하는 동안 벌써 한 나절을 보냈던 것이다.

장취산은 이마에 흐르는 땀을 소매 춤으로 닦아내면서 곧장 유대암의 방으로 달려갔다.

스승은 두 손바닥으로 유대암의 명치를 주무르고 있었다. 자신의 공력을 끌어내어 환자의 상처를 치료해주고 있었던 것이다.

송원교, 장송계, 은리정 세 형제는 벌써 아침 일찍 숭산 소림사로 떠나고 없었다. 장취산이 조용히 앉아 묵상에 잠겨 있는 것을 보고, 방해가 될까 싶어 알리지도 않고 훌쩍 떠나버린 것이다.

용문표국 호송대 표사들도 이미 하산했다.

장취산은 온몸과 겉옷 속옷이 땀으로 흠뻑 젖었다. 그러나 셋째 사형의 원수를 갚는 일이 워낙 다급한 터라 목욕할 생각도 하지 않은 채 서둘러 옷가지와 병기를 보따리에 챙긴 다음, 여비로 은화 20~30냥을 품속에 간직하고 다시 유대암의 방으로 건너갔다.

"사부님, 다녀오겠습니다."

스승은 고개를 돌리고 한두어 번 끄덕이면서 빙그레 웃어 보였다. 궂은일을 맡고 떠나는 제자에게 던지는 격려의 미소였다.

침대 곁에 다가서서 보니, 유대암은 얼굴이 온통 죽은 잿빛으로 시꺼멓게 변해 있었다. 툭 불거진 광대뼈, 움푹 파인 두 뺨, 굳게 감긴 채 뜰 줄 모르는 두 눈매, 코끝으로 미약하게 들이쉬고 내쉬는 숨결만 없다면 아예 죽은 시체나 다를 바 없었다. 장취산은 쓰라린 가슴을 억누르지 못하고 그만 울음을 터뜨렸다.

"셋째 형님, 이 다섯째의 뼈가 으스러져 가루가 되는 한이 있더라도 내 반드시 형님의 원수를 갚고 돌아오겠습니다!"

그는 스승 앞에 머리 조아려 하직 인사를 올리고, 복받치는 울음을 보이지 않으려 두 손으로 얼굴을 가랜 채 바깥으로 뛰쳐나갔다.

장취산은 꺽다리 청총마를 타고 질풍같이 무당산 아래로 치달아 내려갔다. 출발한 때는 벌써 저녁 무렵, 그날 중으로 겨우 50여 리쯤 나아가자 해가 저물고 날이 어두워졌다.

객점을 한 군데 찾아 들었을 때는 하늘에 먹구름이 짙게 깔리고 이어서 장대 같은 빗줄기가 쏟아졌다. 초저녁부터 내리기 시작한 비는 밤새도록 퍼붓고도 그칠 줄 모른 채 이튿날 아침에도 계속되었다. 이른 아침, 사면 천지에 안개가 자욱하게 드리웠는데도 억수같이 쏟아지는 빗소리가 쉴 새 없이 귀청을 때렸다. 그러나 갈 길 급한 장취산은 객점에서 갈댓잎으로 엮은 비옷 한 벌과 삿갓을 사서 걸친 다음, 장맛비를 무릅쓰고 여로에 올랐다. 꺽다리 청총마는 미끄럽게 진창이 되어버린 빗길도 마다 않고 힘차게 달렸다.

노하구를 지나 한수강 변에 다다르자 싯누런 황톳물이 세차게 굽이쳐 흘렀다. 사나운 물결은 양양과 번성 두 고을을 향해 도도하게 흘러가는데, 도중에 들려오는 소문에 의하면 하류 곳곳마다 제방이 무너져 내려 홍수를 이루고 탁류에 휩쓸려 빠져 죽은 이와 다친 사람이 숱하게 많았다고 한다.

의성宜城에 이르니 어린것을 들쳐 업은 남녀노소 수재민들이 길바닥을 가득 메워 좀처럼 헤집고 나갈 수 없을 지경이었다.

차마 눈뜨고 보지 못할 가련한 광경이었다. 장맛비는 좀처럼 그칠 줄 모르는데, 입은 옷가지며 보따리마저 후줄근하니 젖어버린 피난민들의 끝없는 행렬이 낭패스럽기 짝이 없었다.

한창 길을 재촉하고 있으려니, 앞쪽에 한 패거리의 기마대가 진흙탕을 튀기면서 정신없이 치닫는 것이 보였다. 선두 길잡이가 높이 쳐든 잉어 깃발을 보건대, 바로 용문표국 호송대 일행이었다.

장취산은 두말없이 그들 곁으로 스쳐 지나간 다음, 앞질러 길을 딱 가로막았다.

"여어, 도 형께서 여기까지 오셨군!"

인사말인지 조롱인지 모를 수작 한마디를 건네자, 도대금은 속이 뜨끔해져서 사뭇 당혹스러운 기색으로 말을 더듬거렸다.

"장…… 장 오협이셨군요……. 한데 저희에게 무슨 분부라도 있으신지……?"

장취산의 손가락이 길가에 줄줄이 늘어선 수재민들을 가리켰다.

"수해를 입은 저 난민들, 도 총표두님도 보셨지요?"

도대금은 그가 무슨 뜻으로 이런 질문을 던지는지 알아듣지 못하고 어리둥절한 기색으로 되물었다.

"무슨 말씀이십니까?"

"선행을 베푸는 어른 노릇 좀 하시라는 거요. 불명예스럽게 얻은 황금으로 수재민들을 구제하면 오죽 좋겠소?"

이 말에 도대금의 안색이 싹 바뀌었다.

"우리 표국 사람들은 칼 한 자루에 목숨 걸고 밥벌이하며 살아가고 있소. 그런 우리한테 무슨 힘이 있다고 수재민을 구제하라는 거요?"

얘기가 이쯤 되자, 장취산의 말투가 거칠어졌다.

"당신, 포대 자루에 황금 2,000냥이 들어 있다는 걸 내가 모르는 줄 아시오? 어서 그 돈을 이리 내놓으시오!"

그러자 도대금의 손이 칼자루로 향했다.

"장 오협, 당신 지금 나하고 한판 붙자고 따라온 거요?"

"그렇소. 내 당신들을 그냥두지 않겠소."

딱 부러지게 의사 표시를 하는 장취산의 말에, 축 표두와 사 표두가 저마다 병기를 꺼내 들고 도대금과 나란히 섰다. 장취산은 여전히 빈손으로 팔짱을 낀 채 끌끌대며 차가운 비웃음을 내던졌다.

"총표두 나리, 당신이 남의 녹을 먹었으면 그만큼 위탁받은 일에 충실했어야 옳은 일 아닌가? 도대체 그 황금 2,000냥을 무슨 면목으로 꿀꺽 삼키겠다는 거요?"

그 말을 듣는 순간, 도대금의 얼굴빛이 시뻘겋다 못해 시퍼래졌다.

"유 삼협은 정확히 무당산에 도착했지 않소? 우리가 유 삼협을 위탁받았을 때는 이미 중상을 입은 몸으로 넘겨졌고, 지금도 죽지 않았을 텐데, 무슨 시비를 거는 거요?"

낯짝 두껍게 사리를 따지는 도대금을 보자, 장취산은 화가 치밀어 큰 소리로 호통을 쳤다.

"터무니없는 소리! 그따위 억지떼가 내게 통할 듯싶은가? 우리 셋째 사형이 임안부에서 출발했을 때에도 사지 팔다리뼈가 으스러져 있었단 말이냐?"

장취산이 날카롭게 힐문하자, 도대금은 입이 10개라도 대꾸할 말이 없었다.

사 표두가 중간에 끼어들었다.

"장 오협! 도대체 어쩌시겠다는 거요? 분명히 선을 딱 긋고 얘기합시다!"

"당신네 사지 팔다리뼈도 마디마디 으스러뜨려야겠소!"

그 말을 입 밖에 내기가 무섭게 장취산의 몸뚱이가 훌쩍 뛰어오르더니 벌써 그들 앞으로 날아가고 있었다.

"앗, 조심해!"

사 표두가 곤봉을 들어 후려치는 순간, 장취산의 왼손이 번득하는가 싶더니 이내 곤봉을 훑고 지나갔다. 새로 배운 의천도룡의 무공 초식 가운데 아홉 번째 글자 '천天' 자 결의 세 번째, 가로 필획 상단 중앙에서 왼쪽으로 비스듬히 내리긋는 삐침이었다. 사 표두의 곤봉이 손아귀에서 벗어나 허공으로 휙 뜨더니 거꾸로 제 주인을 후려쳐 말안장 밑으로 굴러 떨어뜨렸다.

깜짝 놀란 축 표두가 주춤하고 물러서려 했으나 그럴 틈이 어디 있겠는가. 장취산의 나머지 오른손이 역시 '천' 자 결 상단 중앙으로부터 오른쪽으로 툭 내리찍는가 싶었을 때, 그 손가락은 이미 옆구리 갈빗대를 휩쓸고 지나간 뒤였다.

"꽈당!"

축 표두의 육중한 몸뚱어리가 안장을 가로타고 앉은 채 붕 떠오르더니 10여 척이나 날아가 진흙탕 길바닥에 곤두박질쳤다. 그는 애당초 두 발끝을 등자에 꽉 끼워 넣은 자세로 버텨 앉아 있었다. 그러나 장취산이 내지른 힘이 워낙 강한 터라 말안장을 고정시켰던 뱃대끈마저 끊기는 바람에 미처 등자에서 발을 뽑지 못하고 통째로 날아가버린 것이다.

기어서 일어나지도 못하고 넘어진 자리에서 끙끙 앓는 부하들의 신음 소리를 들으며, 도대금은 입이 딱 벌어진 채 어떻게 처신해야 좋을지 모르고 당황했다. 세상천지에 이토록 민첩한 공격 수법이 있다니 그로서는 정말 꿈도 꿔보지 못한 절기였다. 하나 놀라고만 있을 수야 없는 터, 재빨리 정신을 가다듬은 도대금은 말고삐를 번쩍 낚아채면서 장취산의 정면으로 돌진했다.

그러자 장취산이 재빨리 돌아서더니 진기를 한 모금 토해내며 왼 주먹을 불쑥 내질렀다. '아래 하下'자 결의 세 번째 필획인 점찍기였다. "퍽!" 하는 둔탁한 소리와 함께 도대금은 등 쪽 심장 부위를 정통으로 얻어맞았다. 무서운 직격 강타에 몸뚱이가 일순 휘청했으나 역시 아우뻘 되는 두 표두보다 버텨내는 기운이 세서 안장 밑으로 굴러떨어지는 수모만큼은 겨우 모면했다.

분노가 치밀 대로 치민 도대금은 즉각 안장에서 내려섰다. 권법으로 반격할 생각에 두 주먹을 불끈 움켜쥐는 찰나, 갑자기 목구멍 속에서 무언가 들쩍지근한 것이 울컥 치밀어 오르더니 끝내 참지 못하고 왈칵 토해냈다. 입에서 뿜어져 나온 것은 시뻘건 선지피였다. 핏덩어리를 토해내고 나자 또다시 두 다리가 맥 풀린 듯 휘청거렸다. 숨 한 모금 깊숙이 들이켜는 순간, 이번에는 가슴 한복판에서 뜨거운 피가 용솟음치는 것을 느꼈다. 억지로 버텨 서려고 했으나 소용없는 짓이었다. 두 다리가 제 몸뚱이를 지탱하지 못하고 털썩 꺾이더니 질척거리는 땅바닥에 물 먹은 소금가마처럼 스르르 주저앉았다.

호송대 일행 가운데 남은 것은 애당초 떠날 때 무예 솜씨 좋고 혈기 방장한 젊은 표사 네 사람, 그리고 길잡이와 마부, 잡일꾼 10여 명이었다. 그러나 이들은 모두 장취산 같은 강적에게 덤벼들기는커녕 부상당한 총표두 이하 세 표두를 부축해 일으켜줄 엄두조차 내지 못하고 그저 놀란 입만 딱 벌린 채 두 눈 멀뚱멀뚱 뜨고 바라볼 따름이었다.

노기등등한 장취산은 당초 이들 도대금 일행의 팔다리뼈를 모조리 분질러 분풀이를 할 생각이었다. 그러나 자신의 손이 나가는 대로 일권일장을 휘두른 것이 결국 세 표두를 이토록 낭패스러운 꼬락서니로 만들어놓을 줄이야 미처 예상도 못한 데다 도대금마저 중상을 입힌 터라 그만 마음이 여려지고 말았다. 새로 익힌 스물넉 자의 의천도룡 무공이 이렇듯 엄청난 위력을 지녔을 줄은 자신도 전혀 모르고 있었던 것이다. 그는 호된 맛 보여주기를 단념하고 대신 이렇게 엄포를 놓았다.

"도 형, 오늘은 내가 손속에 사정을 두었기에 이 정도로 끝난 줄이나 아시오. 하나 딴 주머니에 꿍쳐놓은 그 황금 2,000냥일랑 모조리 꺼내다 저들 수재민을 구제하는 데 쓰셔야 할 거요. 내가 몰래 뒤따라가면서 엿보고 있을 테니 단 한 푼이라도 남겨뒀다가는 내 손으로 용문표국을 깡그리 무너뜨려 평지로 만들 것이고, 일가족을 몰살해 버리고, 개 한 마리 닭 한 마리도 살려두지 않을 거요!"

"일가족을 몰살해버리고, 닭 한 마리 개 한 마리도 살려두지 않겠다"는 말은 그가 도대금에게서 들었던 것인데, 불현듯 자신도 모르게 입에서 나오는 대로 내뱉은 것이었다.

도대금이 비척비척 몸뚱이를 일으켰다. 등 쪽 심장 부위를 격타당한 뒤끝이라 가슴이 뜨끔하고 결리더니 또 한 차례 시뻘건 피를 토해냈다. 사 표두는 그나마 외상만 입었을 뿐 도대금의 처지보다는 한결 나았다. 그렇다고 장취산의 적수가 되지 못한다는 사실을 빤히 아는 터라 공연히 거친 말투로 대거리를 했다가는 목숨을 부지하기 어려울 듯싶어 사뭇 정중한 말을 골라가며 이렇게 항변했다.

"장 오협, 우리가 황금 2,000냥을 수고비 조로 받은 것은 사실이오. 그러나 호송 도중에 차질이 생긴 만큼 그 보수를 고객에게 되돌려주는 것이 도리가 아니겠소? 게다가 그 황금 덩어리는 애당초 표국에 두고 왔으니 지금 이 자리에서 어떻게 수재민을 구제할 수 있겠소?"

이 말에 장취산의 얼굴에 차가운 미소가 피어올랐다.

"당신, 나를 철부지 어린애로 아시는가? 당신네 용문표국의 정예 고수들이 송두리째 집을 비우고 쏟아져 나온 마당에 그 황금 덩어리들을 집 안에 남겨두었다는 말을 나더러 믿으라는 거요? 임안부 표국 집안 식구들 중 어떤 고수가 남아 그것을 지키고 있겠소? 내 분명히 말하지만, 그 황금은 총표두 나리께서 이 호송대 어딘가에 숨겨 가져왔을 게 틀림없소!"

말을 건네면서 호송대 일행에게 몇 차례 눈길을 던지던 장취산이 커다란 마차 앞으로 뚜벅뚜벅 걸어갔다. 손을 번쩍 들어 일장을 후려치자 "우지끈!" 하고 널판 조각 부서지는 소리가 나더니 차체가 박살 났다. 이어 그 안에 쌓아놓은 포대 자루에서 황금 덩어리 10여 개가 진흙 바닥에 후드득 떨어져 내렸다.

다음 순간, 표사들의 안색이 핼쑥하게 질렸다. 그들은 아연실색한 표정으로 동료끼리 서로 얼굴만 멀뚱멀뚱 바라보았다. 황금 덩어리가 마차 안에 감춰져 있다는 사실을 어떻게 알아냈는지 그야말로 귀신이 곡할 노릇 아닌가?

하나 장취산은 비록 나이는 젊었어도 여러 사형들과 함께 세상 천하를 떠돌아다니면서 의협을 행하는 동안 강호에서 보고 들은 식견이 무척 많았다. 그는 문제의 마차 바퀴 자국이 진흙탕으로 수렁이 된 길 바닥에서 유달리 깊숙하게 찍힌 것을 눈여겨보았다. 그뿐만 아니라, 네 명의 청년 표사 역시 총표두 어른이 주먹질에 얻어맞아 나가떨어지는 것을 빤히 보면서도 구하러 달려갈 생각은 않고 오히려 마차 곁에 요지부동 자세로 지켜 서 있는 것을 보았다. 그로써 마차 안에 필시 귀중한 물건이 감춰져 있음을 직감적으로 눈치챌 수 있었던 것이다.

"흐흠, 흐흐흐!"

진흙 바닥에 나뒹구는 황금 덩어리를 흘끗 내려다본 장취산은 몇 차례 냉소를 흘리더니, 훌쩍 몸을 날려 마상에 올랐다. 그러고는 두 번 다시 뒤돌아보지 않고 길을 떠났다.

생각하면 할수록 통쾌한 처사였다. 이제 도대금은 집안 일가족의 안위를 생각해서라도 그 2,000냥어치나 되는 황금으로 수재민을 구제하지 않을 수 없으리라.

홀가분한 마음으로 길을 재촉하면서 장취산은 그 스물넉 자에 담긴 무공 초식의 변화를 하나씩 떠올리며 새김질을 거듭했다. 그날 밤 스승이 〈상란첩〉을 통해 가르쳐준 초식의 오묘한 이치를 터득하기는 했으나, 단 한 번 시험적으로 구사해본 것이 이렇듯 신통한 위력을 나타낼 줄이야 뉘 알았단 말인가? 그야말로 값어치를 따질 수 없는 보배를 얻은 것보다 열 배 백 배나 더 통쾌한 노릇이 아닐 수 없었다. 하지만 뿌듯한 기쁨 속에서도 셋째 사형 유대암의 처지를 생각하자니 또다시 마음이 울적해지고 눈물이 글썽글썽 맺혀왔다.

무섭게 퍼붓는 세찬 장맛비를 맞으며 그는 며칠을 계속 쉬지 않고 치달렸다. 꺽다리 청총마가 제아무리 건각健脚을 뽐낸다 하더라도 안휘성安徽省 경내에 접어들었을 때는 끝끝내 버티지 못하고 흰 거품을 토해내면서 온몸에 열이 솟기 시작했다.

장취산은 이 애마를 무척 아끼고 사랑하는 터라 할 수 없이 객점에 찾아들어 며칠 동안 꺽다리를 쉬게 해주었다. 그리고 다시 떠날 때에도 말을 천천히 몰았다. 이렇듯 지체하다 보니 임안부에 도착했을 때는 이미 4월도 마지막 날인 30일 늦저녁 무렵이었다. 객점에 투숙한 장취산은 이것저것 궁리할 일이 많았다.

'병든 꺽다리 녀석을 돌봐주느라 도중에 날짜를 너무 많이 잡아먹었구나. 그동안 도대금 일행은 표국에 돌아와 있을까? 둘째 형님과 막내 아우는 어디다 거처를 잡았는지 모르겠군. 내가 용문표국 패거리와 다툼을 벌인 마당에 이제 점잖게 예의를 갖춰 방문하기는 다 틀린 노릇 아닌가? 어차피 벌인 춤판이니 오늘 밤에 몰래 잠입해서 그쪽 동태나 살펴봐야겠다.'

저녁을 마친 후 객점 심부름꾼에게 알아보니 용문표국은 서호西湖 호반에 있었다. 그는 길거리 장터에서 의건衣巾 한 벌과 쥘부채를 한 자루 샀다. 그리고 목욕탕에 들어가 여로에 지친 몸을 말끔히 씻은 다음 머리손질을 하고 새 옷으로 갈아입었다. 거울에 비친 모습은 무림협객이 아니라 속세를 벗어난 귀공자의 자태가 완연했다.

주인더러 필묵을 빌려달라고 해서 쥘부채를 활짝 펼쳐놓고 붓을 잡았다. 무엇을 쓸까 궁리하려는 순간, 붓은 자연스럽게 일필휘지로 써내려갔다. 그것은 의천도룡의 무공이 담긴 스물넉 자였다. 일필 일획을 한 자씩 정성 들여 쓰다 보니 필력은 어느덧 부챗살 사이사이 기름 먹인 종잇장에 번져 스물네 글자가 부채 뒷면까지 선명하게 드러났다. 스승에게서 권법을 배운 이후 서법마저 크게 진전을 보았구나 싶어 흐뭇한 마음으로 가볍게 부채질을 하면서 객점 문을 나섰다. 발길은 저절로 서호 호반 쪽으로 향했다.

이 무렵, 송나라 황실은 멸망한 지 오래고 남송의 도읍지였던 임안부는 몽골군에게 함락되어 한족 백성들만 옛 이름대로 부를 뿐 그 공식 지명은 강절행성江浙行省 소속 항주부杭州府로 바뀌어 있었다.

중원 천지를 정복한 몽골족은 임안부 백성들이 잃어버린 나라를 그리워하고 혹시 변란이라도 일으킬까 봐 특별히 중무장한 병력을 현지에 주둔시켜 무자비하게 탄압했다. 더구나 정복지에서 잔인하기로 이름난 몽골군은 위엄을 세우기 위해 다른 지역보다 더 혹독하게 임안부 주민들을 다스렸다. 그 바람에 도성 안은 열 집 가운데 아홉 집이 텅텅 비고, 그 포악한 탄압에 견디지 못한 거주민들의 태반이 다른 곳으로 옮겨갔다. 이리하여 100년 전의 그 아름답고도 평화로웠던 임안성의 흔적은 이제 어디에서도 찾아볼 길이 없었다. 집집마다 늘어섰던 수양버들하며 곳곳마다 생황 부는 소리 울리고 노랫가락 넘쳐나던 흥성함도 다시 찾아볼 수 없게 되었다.

장취산은 쓸쓸하고 삭막한 거리를 걸었다. 무너진 담과 기왓장, 벽돌 더미가 도처에 쌓여 있었다. 강남 제일의 으뜸가는 도시라 일컫던 그 휘황찬란한 명성도 이제는 폐허 속에서 한낱 꿈같은 이름일 따름이었다.

아직 날이 어두워지지 않았는데 집집마다 문이 닫히고 길거리에는 인적이 드물었다. 이따금 순찰 도는 몽골 기병대만이 말발굽 소리도 요란하게 지나쳐 가곤 했다. 장취산은 공연히 소란을 피우고 싶지 않아 순찰 기병대의 기척이 들리면 이내 담장 모퉁이나 골목으로 피해 숨었다.

그는 천하의 절경이라는 서호에 와본 적이 없었다. 그저 지난날에는 밤만 되면 호반이 온통 놀잇배의 등롱불로 가득 차서 대낮같이 밝았다는 얘기만 전해 들었을 뿐이다. 그는 당나라 때 대시인 백거이白居易가 이곳 원님으로 있을 때 쌓았다 하여 '백제白堤'라고 부르는 둑길을 따라 걸었다. 이제 장취산이 보는 서호에는 그저 칠흑 같은 어둠만 뒤덮였을 뿐 뱃놀이하는 유람객이라곤 한 사람도 찾아볼 수 없었다.

장취산은 객점 심부름꾼이 일러준 지름길로 목적지를 찾아갔다.

용문표국은 과연 강남 제일이라는 명성에 어울리게 서호 호반을 끼고 들어앉아 있었다. 네 채의 건물과 정원 마당으로 이루어진 사합원四合院이 잇따라 다섯 군데나 자리 잡고, 그 외곽에 높은 담장을 둘러친 으리으리한 대저택이 호반을 정면으로 마주 바라보고 있었다. 대문 앞 좌우에는 대리석으로 깎아 만든 돌사자 한 쌍이 도사려 앉은 채 자못 늠름한 기상을 돋보이면서 위풍당당한 용문표국 총표두 나리의 명성을 여실히 보여주었다. 대저택을 멀찌감치 서서 바라보던 장취산은 느긋한 걸음걸이로 접근해갔다.

표국 정문 앞 호숫가에는 놀잇배 한 척이 정박해 있었다. 뱃머리에는 벽사등롱碧紗燈籠 한 쌍이 걸렸는데, 그 희미한 불빛 아래 탁자를 마주 대하고 홀로 앉아 술잔을 기울이는 사람의 뒷모습이 눈길에 들어왔다. 제법 흥취를 아는 풍류객이다 싶었지만, 그는 더 신경을 쓰지 않고 무심코 뱃전 곁을 지나 표국 정문 앞으로 다가섰다.

대문 앞에도 커다란 등롱이 걸려 있었으나 촛불을 밝히지 않아 주변이 어두컴컴했다. 붉은 칠을 입힌 대문에는 방문객이 두드리라고 큼지막한 놋쇠 장식 문고리가 달렸는데, 양 문짝은 굳게 닫힌 채 손님 맞을 준비가 되어 있지 않았다.

그 대문짝을 바라보면서 장취산은 새삼스러운 감회에 빠져들었다. 한 달 전 셋째 형님과 그분을 데리고 온 사람도 이 문턱을 넘나들었을 거다. 도대금의 얘기로는 남장 여인이라던데, 도대체 어떤 여자일까?

불현듯 등 뒤에서 가냘프게 탄식하는 소리가 들려왔다. 적막강산 어둠 속에서 들려온 그 한숨 소리는 마치 귀기鬼氣가 서린 듯 소름이 오싹 끼쳤다. 후딱 돌아선 장취산의 두 눈길이 사방을 헤맸으나, 호수에 떠 있는 일엽편주 갑판에는 홀로 술잔을 기울이는 풍류객 한 사람뿐 사람의 그림자라곤 아무 데도 보이지 않았다.

의아스러운 느낌이 든 장취산은 곁눈질로 놀잇배 위의 유람객을 훔쳐보았다. 순간 속으로 흠칫 놀랐다. 우연의 일치라는 게 이런 경우를 두고 하는 말일까? 짙푸른 장삼에 네모반듯한 방건方巾을 쓴 점잖은 선비 차림새가 어쩌면 자신과 이렇듯 똑같을 수 있단 말인가? 그 옷과 방건은 장취산이 저녁 무렵 임안부에 갓 도착했을 때 길거리 장터에서 무심코 사들여 갈아입은 것이었다.

수면의 초록색 물빛에 비쳐서인가, 아니면 벽사등롱 불빛에 비쳐서 그런 것일까, 유람객의 옆 얼굴빛은 창백하다 못해 푸른 기운마저 띠고 있었다. 차디찬 호수의 물결이 일렁거리는 대로 외로운 조각배 한 척만 썰렁한데, 선상에서 홀로 술을 마시는 그 모습이 마치 속세를 벗어나 천지간을 외로이 떠도는 신선의 자태처럼 냉막하기만 했다. 간간이 불어오는 찬 바람결에 옷자락이 나부끼는데도 그는 꼼짝 않고 앉아 있었다.

장취산은 애당초 담장을 뛰어넘을 작정이었으나 놀잇배에 유람객이 있고, 아무리 생각해도 한밤중에 남의 집 담장을 뛰어넘는 것은 떳떳치 못하다는 느낌이 들었다. 그래서 정정당당하게 대문을 거쳐 들어가기로 생각을 고쳐먹었다. 그는 대문짝에 달린 놋쇠 문고리를 잡고 세 차례 연속 두드렸다.

"텅! 텅! 텅!"

고요한 밤중에 문고리로 대문을 두드리는 소리가 무척 크게 울렸다. 그러나 한참을 기다려도 저택 안에서는 응답하는 기척이 없었다.

장취산은 다시 문짝을 세차게 두드렸다.

"텅! 텅! 텅!"

문고리로 두드리는 소리가 조금 전보다 더 크게 울렸으나, 아무리 귀를 기울여봐도 집 안에서는 발걸음 소리가 들려오지 않았다.

그는 이것 봐라 싶어 두 손으로 대문짝을 슬며시 밀어보았다. 지도리와 돌쩌귀에 기름칠을 잘 먹였는지 뜻밖에도 육중한 대문이 소리 없이 스르르 열렸다. 안에서 빗장을 걸어놓지 않은 게 분명했다.

문턱을 넘어서면서 장취산은 낭랑한 목청으로 크게 외쳐 주인을 찾았다.

"도 총표두님, 댁에 계시오?"

수인사를 건네면서도 걸음걸이는 사합원 첫 번째 대청 쪽을 향해 옮겨갔다. 대청 안은 등잔이나 촛불이 밝혀져 있지 않은 탓에 사방이 우중충하다 못해 캄캄절벽에 가까웠다. 그가 다시 대청 문턱을 넘어서려 할 때였다.

"꽈당!"

느닷없이 요란한 굉음에 대저택 안팎이 들썩거리는 가운데 방금 소리 없이 열렸던 대문 두 짝이 등 뒤에서 덜컥 닫혔다.

담보가 어지간하다고 자부하던 장취산도 그 소리에 소스라치게 놀라 엉겁결에 발길을 되돌려 대청 바깥으로 후닥닥 달려 나왔다. 대문 쪽으로 달려가보니 굳게 닫혀버린 문짝에 벌써 빗장까지 걸려 있었다. 집 안에 누군가 사람이 있다는 증거였다.

놀란 가슴을 이내 가라앉힌 장취산이 끌끌대고 냉소를 터뜨렸다.

"이게 무슨 도깨비놀음인지 모르겠군!"

여느 사람 같으면 대문 빗장을 끄르고 집 바깥으로 뛰쳐나갔겠지만, 장취산은 반대로 발길을 되돌려 다시 대청 쪽으로 향했다.

발길이 막 대청 문턱을 넘어섰을 때였다. 갑자기 어둠 속 앞뒤 좌우에서 바람 소리가 "쏴아!" 하고 울리더니 언제부터 숨어 있었는지 괴한 넷이 뛰쳐나와 그를 에워싸고 무작정 들이치기 시작했다. 캄캄절벽 어둠 속에서 허연 서슬이 번뜩이는 것으로 보건대, 하나같이 병기를 잡고 있는 게 분명했다.

장취산은 본능적으로 왼발을 틀어 바로 서쪽에서 공격하던 괴한에게 다가서기가 무섭게 오른손으로 일장을 후려쳤다. 힘껏 후려친 일장이 괴한의 태양혈太陽穴에 들어맞았다. 관자놀이를 강타당한 괴한은 당장 까무러쳐서 그 자리에 털썩 나자빠졌다.

이어서 내지른 왼 주먹이 또 다른 괴한의 옆구리 갈빗대를 강타했다. 순식간에 펼친 일장 일권의 수법은 '불不' 자 결 첫 필획, 수평으로 쓸어 치는 일초와 상단에서 좌측 아래쪽으로 비스듬히 삐치는 두 번째 필획이었다. 두 가지 수법이 성공을 거두자, 그는 재빨리 왼손으로 갈고리 형태를 만들고 오른손으로 한 점을 콱 내질렀다. '불' 자 결 마지막 한 점으로 매듭지은 것이다.

"어흑!"

갈고리 공격에 얻어맞은 괴한과 오른손 주먹질에 터진 괴한이 동시에 숨 답답한 신음 소리를 내면서 나가떨어졌다. 네 필획으로 그어진 '불' 자 결 4초식으로 단숨에 네 명의 적을 보기 좋게 격퇴한 것이다. 장취산은 그들 네 명의 괴한이 누군지 정체를 모르기에 손 씀씀이를 무겁게 하지 않았다. 초식 하나하나를 쓸 때마다 겨우 10분의 3 정도의 공력만 실었을 따름이다.

네 번째 초식을 끝낸 손을 거두는 순간, 마지막 네 번째 괴한이 엉덩방아로 의자를 부서뜨린 채 털썩 주저앉으면서 냅다 고함쳐 꾸짖었다.

"정말 지독한 놈이로구나. 그토록 악랄한 수단을 쓰다니! 네놈도 사내대장부라면 떳떳이 성명을 밝혀라!"

"하하하하!"

장취산이 소리 내어 웃었다.

"내가 진짜 악랄하게 손찌검을 했다면 당신네 목숨이 지금쯤 붙어 있을 듯싶소? 성명을 밝히라 하셨으니 밝힐 수밖에……. 소생은 무당파 장취산이오."

"어엇?"

외마디 소리가 적지 않게 놀란 기색이었다.

"그대가 진정 무당파의 은구철획 장취산이란 말인가? 설마 엉뚱한 사람의 이름을 끌어다 대는 것은 아니겠지?"

장취산은 보일 듯 말 듯 미소 지으며 허리춤에 차고 있던 병기를 꺼내 들었다. 왼손에는 은빛 찬란한 호두구를, 오른손에는 강철 판관필을 잡았다. 두 병기를 마주치자 "쨍그랑!" 하는 상큼한 쇳소리와 함께 불티가 번쩍 튀었다. 이어서 재빨리 병기를 도로 허리춤에 꾹 질러 넣었다.

불티가 번쩍 튀는 순간, 그는 벌써 눈앞에 쓰러진 괴한 넷이 누른빛 승복을 걸친 것을 또렷이 발견했다. 모두 승려였던 것이다.

승려 넷 가운데 두 사람이 눈을 부릅뜨고 정면으로 쏘아보았다. 과연 장취산이 어떻게 생겨먹었는지 그 모습을 기억에 담아두려는 듯 표독한 눈초리였다. 장취산도 마주 바라보았다. 얼굴에는 온통 핏자국으로 얼룩지고 두 눈에는 승려답지 않게 독기가 서려 있었다. 정말 장취산의 살을 씹어 삼키고 생사람 껍질을 벗겨 이불 삼아 덮고 자지 못하는 게 한스럽다는 듯 원한에 가득 찬 눈초리였다.

장취산은 이들이 어째서 자신을 이토록 미워하는지 그 까닭을 알 수 없었다.

"대사님들은 뉘시오?"

승려 가운데 한 사람이 버럭 고함쳐 응수했다.

"이 피맺힌 원수, 바다보다 깊은 줄 모르느냐!"

그러고는 동료들을 향해 소리쳤다.

"분하지만, 이 원수를 오늘 갚기는 다 틀렸네. 어서 떠나세!"

이윽고 네 승려가 꿈지럭꿈지럭 몸을 일으키더니 대청 바깥으로 걸어 나갔다. 그중 한 명은 비틀거리다가 몇 걸음 못 가서 땅바닥에 쓰러졌다. 아무래도 장취산의 주먹질에 옆구리를 호되게 얻어맞은 장본인이었던 모양이다. 두 동료가 돌아서서 그를 부축해 일으키기 무섭게 바깥으로 뛰쳐나갔다.

"대사님들, 잠깐만……! 피맺힌 원수라니, 그게 무슨 소리요……?"

말을 다 끝내기도 전에 그들은 벌써 담장을 뛰어넘어 사라졌다.

홀로 남은 장취산은 고개를 숙인 채 깊은 생각에 잠겼다. '정말 이상야릇한 일이다. 도대체 무슨 까닭일까? 피맺힌 원수가 바다보다 깊다니, 처음 본 나를 보고 어째서 그런 말을 던질까?' 아무리 생각해도 도무지 그 이유를 알 수가 없었다. 용문표국에 승려들이 사면으로 매복해 있다는 사실도 그렇고, 자기가 문턱에 들어서자마자 돌발적으로 기습을 가한 것도 그랬다. '피맺힌 원수, 바다보다 깊다니 도대체 누굴 보고 하는 말이었을까? 안 되겠다. 우선 이 표국 사람들을 찾아서 물어보는 길밖에 없겠다. 그럼 이 모든 의문이 풀리겠지!'

결심이 서자 그는 다시 목청을 드높여 소리쳤다.

"도 총표두 계시오? 도 총표두! 어디 있는 거요?"

그러나 텅 빈 대청 안에는 그의 목소리만 쩌렁쩌렁 메아리쳐 울릴 뿐 표국 사람의 응답 소리는 어디에서도 들려오지 않았다.

'이럴 수가! 표국 사람들이 몇인데 모두 어디로 갔단 말인가? 설마 내가 두려워서 숨어버린 것은 아닐까? 모두 바깥으로 피신해서 이 표국 안에 아무도 없단 말인가?'

그는 우선 비상용으로 지니고 있던 화접자를 흔들어 켜서 다탁茶卓 위에 놓인 촛대에 불을 밝혀 들고 이번에는 뒤채로 건너갔다. 몇 걸음 못 가서 땅바닥에 쓰러진 여인 하나를 발견했다. 뻣뻣하게 엎드린 자세로 꼼짝달싹도 하지 않았다.

"아주머니, 어떻게 된 겁니까?"

여인은 대꾸는커녕 미동도 하지 않았다. 그녀의 어깨를 바로잡아 돌려놓고 촛불을 비춰보던 장취산은 기겁을 해서 외마디 소리가 절로 나왔다.

"이크!"

여인은 얼굴에 미소를 띤 채로 숨이 끊어져 있었다. 죽은 지 벌써 오래인지 근육이 뻣뻣하게 굳어 있었다. 손가락 끝이 어깨에 닿았을 때 혹시 죽었을지도 모른다는 예감이 들긴 했다. 하지만 웃음기를 띤 죽은 자의 얼굴 모습을, 그것도 캄캄한 어둠 속에서 느닷없이 보았으니 제아무리 배짱이 두둑한 사람일지라도 놀랄 수밖에 없었다.

여인의 시체를 내려놓고 일어섰을 때, 왼쪽 기둥 뒤편에 또 다른 사람 하나가 뻣뻣이 누워 있는 것을 발견했다. 다가서서 굽어보았더니 하인 옷차림새를 한 늙은이가 역시 얼굴에 멍청한 웃음기를 띤 채 죽어 있었다.

아무리 생각해봐도 기괴한 노릇이었다. 비로소 경계심을 불러일으킨 장취산은 왼손으로 허리춤에서 슬그머니 호두구를 뽑아 잡고 오른손으로 촛대를 높이 쳐든 채 한 걸음 한 걸음씩 조심스럽게 다가가며 사방을 비춰보았다. 아니나 다를까, 불길한 예상은 들어맞았다. 여기 한 사람, 저기 한 사람, 뒤채 안팎으로 죽어 널브러진 사람이 도합 수십 명. 그야말로 지상은 온통 시체투성이요, 어딜 돌아보나 숨결이 붙어 있는 사람은 하나도 없었다.

강호를 넘나들면서 참혹한 광경을 적지 않게 봐왔지만, 이렇듯 온 집안이 몰살당한 처참한 광경은 난생처음이었다. 저도 모르게 가슴이 두방망이질 치고 벽면에 어른거리는 그림자를 보기만 해도 깜짝깜짝 놀라기까지 했다. 영문 모를 공포 탓일까 아니면 흥분해서였을까, 촛대를 잡은 팔뚝이 와들와들 떨리고, 그 불빛을 따라 벽에 비친 그림자마저 떨리고 있었다.

그는 호두구를 가로잡은 채 우두커니 서 있기만 했다. 문득 도대금에게서 들은 말이 생각났다. 그 은씨란 고객이 뭐랬던가?

'만약 호송 도중에 기한이나 화물에 반 푼이라도 차질이 생길 경우, 총표두님 당신의 생명을 부지할 수 없는 것은 물론, 당신네 용문표국의 일가족은 말할 것도 없고 하다못해 개나 닭까지도 살려두지 않을 겁니다!'

기억이 여기에 미쳤을 때, 장취산의 뇌리에는 온갖 의혹과 상상이 어지러이 떠올랐다.

이제 눈앞에 용문표국 사람들은 그 엄포대로 몰살당했다. 도대금이 셋째 사형을 호송하는 데 힘쓰지 않은 탓이었다. '그렇다면 그녀가 이처럼 독수를 쓴 것은 순전히 셋째 사형 때문이었단 말인가? 셋째 사형을 그토록 생각했다면 무척 절친한 사이였던 모양인데, 어째서 자기가 직접 무당산까지 호송하지 않고 그 많은 돈을 들여 남한테 위탁했을까? 가느다란 은침으로 큰 도자기병을 박살낸 솜씨라면 도대금보다 수완이 한결 높은 고수였을 텐데, 도중에 맞닥뜨릴 위험이 적지 않으리라 뻔히 예상하면서 왜 하필 도대금에게 호송을 떠맡겼을까? 셋째 사형은 의롭고 어진 협객이라 악한 자를 제 원수처럼 미워하는데, 그런 분이 어떻게 해서 독사 전갈보다 더 악독한 여인과 교분을 맺고 친구가 될 수 있었을까?'

생각할수록 의문은 커져만 갔다.

걸음을 옮겨 이번에는 서쪽 사합원 쪽으로 나가보니 희미한 촛불 아래 두 명의 승려가 담장 벽에 등을 기댄 채 앉아 있었다. 이빨을 드러내고 웃으며 딱 부릅뜬 두 눈으로 자기를 바라보고 있었다. 기절초풍을 한 장취산은 급히 두어 발짝 뒷걸음질 쳤다. 그러고는 호두구로 앞가슴을 보호한 채 냅다 호통쳐 물었다.

"두 분 대사님들! 여기서 무얼 하고 계시오?"

그러나 자세히 바라보니 그들 역시 꼼짝달싹하지 않는 것이 이미 산 사람이 아니었다.

'죽었구나!'

웃음 띤 채로 죽은 승려들을 보자, 그는 가슴이 써늘해져서 저도 모르게 큰 소리를 지르고 말았다.

"아뿔싸! 잘못됐다! '피맺힌 원수, 바다보다 깊다'는 말뜻이, 그게 바로 이것 때문이었구나!"

느닷없이 혼잣말로 큰 소리를 치고 보니 이 거대한 저택 안에 쩌렁쩌렁 메아리가 울렸다.

조금 전 그 네 명의 스님이 뭐라 했던가?

"정말 지독한 놈이로구나. 그토록 악랄한 수단을 쓰다니! 네놈도 사내대장부라면 떳떳이 성명을 밝혀라!"

"이 피맺힌 원수, 바다보다 깊은 줄 모르느냐? ……분하지만, 이 원수를 오늘 갚기는 다 틀렸다……."

결국 네 명의 승려는 자기네 동료 두 사람과 용문표국 일가족이 몰살당한 모든 누명을 자기 머리 위에 덮어씌워놓은 셈이었다. 그것도 모르고 장취산은 제 입으로 이름 석 자를 밝혔을 뿐만 아니라 강호에 명성을 떨쳐오던 은구철획의 병기마저 꺼내 보여주지 않았던가?

여기서 의문이 또 늘어났다. '그렇다면 이 터무니없는 오해를 한 승려 네 사람은 도대체 어떤 내력을 지닌 이들일까? 황색 승복을 걸친 것으로 보면 여기 죽어 나자빠진 두 사람과 똑같은 절간 출신인 모양인데…….'

장취산은 이제 와서 후회를 했다. 물론 느닷없이 습격을 받아 그런 것이었지만, 자신의 반격이 너무 빨라서 단지 '불' 자 결 네 필획 만에 승려 네 사람을 낱낱이 쳐서 쓰러뜨리는 데만 급급했을 뿐 상대방의 무공 내력을 살펴볼 여유가 없었던 것이다. 그는 가만히 기억을 더듬어보았다. 저들이 자기를 덮쳐들 때의 힘은 처음부터 끝까지 굳세고 사나운 강맹 일변도였다. 그것은 소림파의 외가 공력이 분명했다. 만약 그게 사실이라면 이 용문표국의 주인 도대금이 소림파 속가 제자였던 만큼 도망친 넷과 여기 죽어버린 두 사람 역시 모두 소림사에서 용문표국을 도와주러 달려온 승려들이었을 가능성이 다분했다.

추리가 여기에 이르렀을 때 장취산의 머릿속에는 또 하나의 의문이 떠올랐다. '그렇다면 둘째 형님 유연주와 막내 아우 막성곡은 지금 어디 있단 말인가? 사부님의 명을 받아 이 용문표국 남녀노소 일가족을 보호하러 불철주야로 달려왔을 텐데, 그들 두 사람의 능력으로 어떻게 놈들이 이런 끔찍한 짓을 저지르도록 그냥 내버려두었단 말인가?'

아무리 깊이 생각하고 추리를 거듭했으나, 장취산의 의문은 점점 더 커지기만 할 뿐 풀리는 것은 털끝만큼도 없었다. 여기에 또 걱정거리가 늘었다. '이제 소림사 승려들이 오해하고 돌아갔으니, 소림파 측에서는 날 범인으로 지목하고 찾아와서 귀찮게 따져 물을 게 분명하

다. 그럼 난 어찌해야 좋을까?'

다음 순간, 그는 결단을 내렸다. '오냐, 누가 찾아와서 따져 물어도 좋다! 어차피 이 사건은 종국에 가서 진범이 누구인지 밝혀질 날이 있을 터, 무당과 소림 두 문파가 손을 맞잡고 조사하지 말라는 법도 없지 않은가? 우리 양대 문파의 능력이라면 범인을 가려내기란 그리 어렵지 않을 것이다. 우선 여기는 이대로 내버려두자꾸나. 지금 긴급히 해야 할 것은 둘째 형님과 막내 아우를 찾는 일이다.'

생각이 정해지자, 그는 촛불을 훅 불어 끄고 담장 곁으로 가서 훌쩍 몸을 뒤채어 담장 머리를 뛰어넘었다. 발이 미처 땅바닥에 닿기 직전 느닷없이 "휙!" 하는 소리와 함께 묵직한 병기가 허리께를 겨냥하고 수평으로 후려쳐왔다. 이어서 누군가 호통치는 소리가 들렸다.

"이놈 장취산, 거꾸러져라!"

장취산의 몸뚱이는 반공중에 떠 있는 상태라 피할 도리가 없었다. 적의 공격은 사나웠고 힘이 무척 강했다. 그는 급히 적의 병기 쪽으로 왼손을 쭉 내뻗는 동시에 병기가 손에 닿으려는 순간 휩쓸어오는 힘줄기를 역이용해 날렵하게 공중제비를 한 바퀴 돌아 담장 머리 위로 솟구쳐 올랐다. 이 절묘한 동작은 스물넉 자 의천도룡 무공 가운데 첫 번째 '무武' 자 결의 부수 '창 과戈' 필획을 응용한 초식으로, 이른바 '물 찬 제비가 수면으로 떠오르듯, 거대한 독수리가 날개를 떨치고 단번에 허공으로 솟구쳐 오르듯, 급작스레 위기가 닥쳤을 때 자신의 행동을 제어해 위험에서 벗어나는 것과 동시에 상대방으로부터 기선을 빼앗는差池燕起 振迅鴻飛 臨危制節 中險騰機' 수법이었다. 결국 네 가지 동작을 한꺼번에 펼치며 위기일발의 순간에서 벗어난 셈이다.

사실 장취산은 막다른 골목에 몰린 처지라 어쩔 수 없이 요행을 바라고 이 절초를 시도했다. 그런데 새로 익힌 이 무공의 기세가 바윗덩이 굴러내리듯 무거울 뿐만 아니라 아침 안개 흐르듯 날렵해 자신의 힘을 전혀 쓰지 않고서도 번개 벼락 치듯 무서운 적의 기습 일격을 거뜬히 풀어버렸던 것이다.

왼쪽 발끝 하나로 담장 머리를 딛고 올라섰을 때 그의 오른 손아귀는 이미 강철 판관필마저 뽑아 잡고 있었다. 적이 방금 수평으로 후려친 일격의 굳셈과 사나움으로 보건대 선불리 얕잡아볼 적수가 아님을 깨달았기 때문이다.

일격 필살의 의지로 기습을 가했던 괴한이 너무나 뜻밖의 결과에 놀란 나머지 "이크!" 하고 외마디 경악성을 터뜨렸다. 자기가 시도한 회심의 일격에서 이렇듯 상대방이 침착하게, 또 안전하게 위기를 벗어날 줄이야 꿈에도 생각지 못했던 것이다.

뒤미처 괴한의 일갈이 들려왔다.

"요 녀석, 제법 한두 가지 솜씨는 있구나!"

이 말을 듣는 순간, 장취산은 왼손의 갈고리, 오른손의 판관필을 가슴 앞에 가로세워 심장 부위를 보호했다. 그러나 갈고리 끄트머리와 붓끝은 모두 아래쪽으로 늘어뜨렸다. 이른바 공령교회恭聆敎誨 초식으로, 무림계 선배들과 적으로 맞설 경우 일단 겸양과 존경의 뜻을 보이는 예법이었다. 상대방이 이렇듯 급작스레 공격해왔을 때 만약 무의식중에 스승에게 배운 무공을 펼치지 않았던들 아마도 장취산은 허리뼈가 두 동강 나는 중상을 입었을 터였다. 그는 비록 분노에 이를 갈면서도 스승의 엄한 교훈을 삼가 지켜 무림 선배에 대한 결례를 범하지 않았다.

어둠 속 담장 밑에는 좌우로 한 사람씩 누른빛 승복을 걸친 승려가 저마다 굵다란 선장禪杖을 한 자루씩 꼬나 잡고 서 있었다. 뒤미처 좌측방의 승려가 선장으로 땅바닥을 쿵 내리찍으면서 호통쳐 꾸짖었다.

"장취산! 강호에 제법 명성 떨치는 무당칠협이 어찌하여 그렇듯 악독한 일을 저질렀는가?"

장취산은 상대방이 건방지게 자기 이름 석 자를 그대로 부르자, 속으로 은근히 부아가 치밀었다. 생각해보라. 강호 사람들이 그를 뭐라 부르던가? 통상 '장 오협' 아니면 '무당칠협 다섯째 나리'라고 존칭을 붙여 부르는 것이 관례인데, 이 땡추 영감들은 맞대놓고 이름을 부르다니 이런 실례가 어디 또 있단 말인가? 이러니 대꾸하는 소리도 냉랭해질 수밖에.

"대사님들께선 까닭을 물어서 시비를 가리지는 않고, 좀도둑 모양으로 남의 집 담장 밑에 숨어서 느닷없이 기습을 가하다니 이것도 영웅호걸이 하는 짓이라 할 수 있겠소? 떳떳한 무공으로 천하에 명성을 떨치는 소림파가 이렇듯 남몰래 암습하는 수단을 독문 비전절기로 지니고 계실 줄이야 미처 생각 못 했소이다."

비웃음 섞어 던진 말에 호통쳤던 스님이 어지간히 성이 났는지, 담장 머리로 뛰어오르면서 들짐승처럼 으르렁대며 냅다 선장을 가로 휩쓸어 쳤다. 사람 몸뚱이가 미처 올라서기도 전에 선장 끝이 먼저 허공을 가르며 들이닥쳤다.

장취산은 공기를 가르며 들이쳐오는 거센 바람이 앞가슴 요혈을 찍는 순간, 호두구 갈고리를 비스듬히 이끌어 선장의 공세를 정면으로 막아섰다. 다음 순간, 오른손에 잡혀 있던 판관필의 붓끝이 질풍노도처럼 선장 끄트머리를 찍어갔다.

"땅!"

요란한 쇳소리를 울리며 판관필은 정확하게 선장 끝을 타격했다.

성질 급한 스님은 팔뚝이 찌릿하고 마비되는 느낌이 들었다. 결국 담장 머리에 발을 붙여보지도 못한 채 다시 떨어지고 말았다.

엄청난 충격에 장취산 역시 양 팔뚝이 저리는 느낌을 받고 생각을 고쳐먹었다. 이 스님의 뚝심이 예상외로 엄청나다는 사실을 깨달은 것이다. 그는 경각심을 한껏 북돋우면서 고함쳐 물었다.

"두 분은 뉘시오? 어서 법호를 대시오!"

오른쪽에서 사태를 관망하던 승려가 낮은 목소리로 대꾸했다.

"빈승의 법호는 원음圓音, 이 사람은 내 사제 원업圓業이외다."

이 대답을 듣자, 장취산은 호두구와 판관필 끝을 아래로 늘어뜨리고 두 손 모아 공경의 예를 취했다.

"그러고 보니 소림사 '원圓' 자 항렬의 대사님들이셨군요. 소생도 일찍이 그 청명淸名을 전해 듣고 흠모해왔습니다. 하온데 무슨 일로 저를 공격하시는지요?"

존경의 예는 깍듯이 차리면서도 날카롭게 질문을 던졌다.

어인 일인지 원음대사는 기력을 잃은 듯 숨 가쁘게 헐떡거리며 대꾸했다.

"이 일은 소림과 무당, 양대 문파와 관련한 중대 사건이라 우리 사형제 같은 소림파 후배들의 입장으론 별달리 할 말이 없소만, 기왕 오늘 이 사건에 맞닥뜨린 바에야 장 시주에게 한마디 묻고 싶소."

"말씀하시지요."

"이 용문표국 일가족 수십 명, 그리고 우리 사질師姪 두 사람까지 모조리 장 오협의 손에 목숨을 잃었소. 인명은 하늘이 돌아본다 할 만큼 중대한 일인데, 이처럼 숱한 목숨을 해친 까닭이 무엇이며 또 사후 책임을 어떻게 질 것인지, 내 오늘 기필코 장 오협께 가르침을 받아야겠소!"

말투나 억양은 제법 겸손했으나, 실상 조목조목 따져 사람을 몰아세우는 기세만큼은 방금 선장으로 기습 공격을 퍼붓던 원업보다 더 지독스러웠다. 영문을 모르는 장취산이야 기가 막혀 비웃음이 나올 수밖에 없었다.

"용문표국 살인 사건이 누구의 소행인지, 소생도 지금 무척 이상하게 여기고 있소이다. 한데 대사께선 한마디로 소생이 독수를 펼쳤다고 단정하시는데, 대사님의 두 눈으로 직접 목격이라도 하셨단 말씀인가요?"

원음대사는 자신 있다는 듯 갑작스레 큰 목소리로 누구를 외쳐 불렀다.

"혜풍慧風은 어디 있느냐? 이리 썩 나와서 장 오협과 대질하라!"

그 부름을 신호로 나무 뒤에서 네 명의 승려가 걸어 나왔다. 곧이어 혜풍이란 법명의 스님이 원음대사 앞에 허리 굽혀 읍례를 올렸다.

"사백 어른께 여쭙습니다. 용문표국 일가족 수십 명과 저희 혜통慧通, 혜광慧光 두 사형은 모두…… 이 장가 놈의 모진 손에 죽임을 당했습니다."

"너희들 눈으로 직접 목격했느냐?"

원음대사가 따져 묻는 말에, 혜풍 스님은 단호하게 고개를 끄덕였다.

"확실히 저희 두 눈으로 직접 보았습니다. 만약 재빨리 도망치지 않았던들 저희 넷 역시 꼼짝없이 이 장가 놈의 손에 맞아 죽었을 것입니다."

"불문의 제자가 거짓말을 할 수 없는 법. 이 사건은 소림과 무당 양대 문파와 관련 있는 중대사이니 절대로 허튼소리를 지껄여서는 안 된다!"

그러자 혜풍 스님이 두 무릎을 털썩 꿇고 합장했다.

"우리 부처님께서 굽어보고 계십니다. 제자 혜풍이 아뢴 말씀은 진정이오며, 결코 사백 어른을 기망하는 일이 없사옵니다."

"네가 본 상황을 낱낱이 설명해보거라."

이 말을 듣자, 장취산은 담장 머리에서 훌쩍 뛰어내렸다. 좀 더 가까이서 자세히 듣기 위해서였다. 그러나 원음대사는 그가 혜풍에게 해를 끼치려는 줄로 오해하고, 선뜻 선장을 휘둘러 장취산의 머리통과 목덜미를 한꺼번에 후려쳐왔다. 장취산은 슬쩍 자라목을 움츠려 일격을 피하더니 어느 틈엔가 혜풍 스님 뒤쪽으로 돌아가 섰다.

일격이 빗나가자, 원음대사는 복마장伏魔杖 초식으로 일단 휘둘렀던 기세에 따라 선장을 되돌려쳤다. 목표는 장취산의 어깻죽지. 그러나 표적은 이미 혜풍의 뒤쪽에 서 있었기 때문에 자칫 잘못했다가는 혜풍을 먼저 칠 기세였다. 기겁을 한 원음대사는 순식간에 억지로 선장을 거두어들이려고 무진 애를 써야 했다.

"장취산! 어쩔 셈이냐?"

장취산은 천연덕스레 대꾸했다.

"내가 어떻게 용문표국 사람들을 몰살했다는 얘긴지, 더 자세히 들어보려고 이리 옮겨왔을 뿐 절대로 딴 뜻은 없소이다."

장취산이 자신 곁에서 불과 2척도 못 되게 붙어 서 있자, 혜풍은 온

몸이 바싹 긴장되었다. 장취산이 수중에 잡고 있는 병기를 한 번 꿈쩍이라도 했다가는 자기 목숨은 그 자리에서 날아갈 판국이었다. 그렇다고 어디로 도망칠 구석도 없었다. 두 분 사백이 가까이 있다 한들 장취산이 손을 쓰는 순간에 구원해주고 싶어도 시간적으로나 거리상 전혀 미칠 수가 없을 터였다. 그는 두려움 대신 분노가 치밀어 올랐다. 어차피 죽고 못 살 바에야 오기가 발동해 목청을 가다듬고 사건의 전말을 아는 대로 낭랑하게 외쳐대기 시작했다.

"원심圓心 사숙께서 강남에 계시는 동안 이곳 용문표국의 도대금 사형에게 긴급 구원 요청을 받고, 즉시 혜통·혜광 두 사형을 파견하셨습니다! 두 분 사형은 밤낮을 가리지 않고 도 사형을 구원하러 이리로 달려왔습니다! 그 직후 다시 불초 제자더러 세 명의 사제를 이끌고 용문표국으로 달려가 두 분 사형을 지원하라는 명령을 내리셨습니다. 저희 일행이 표국에 당도하자, 혜광 사형은 '오늘 밤 강적이 나타날지 모르니 너희 네 사람은 동쪽 담장 모퉁이에 매복하고 있다가 적을 맞아 싸우라'고 하셨습니다. 그리고 혹시 조호이산지계調虎離山之計•에 걸리지 않도록 단단히 조심하고, 함부로 돌아다니지 말라는 말씀까지 남기셨습니다!"

설명까지 덧붙여 단숨에 여기까지 얘기하고 나자, 혜풍은 숨이 차는지 잠깐 뜸을 들이려다 원음대사에게 호통을 듣고 말았다.

"그 뒤에는 어떻게 됐느냐? 어서 얘기를 계속해라!"

• 산중의 왕 호랑이를 소굴에서 들판으로 끌어내어 공격한다는 뜻. 적과 싸울 때 교묘한 계략을 써서 상대방을 공격하기 쉽도록 원래 유리한 지형이나 거점에서 유인해내는 전술 또는 계략을 일컫는다.

"날이 어두워진 지 얼마 안 되어 혜통 사형이 질타하는 목소리, 호통치는 소리, 꾸짖는 소리가 잇따라 들려왔습니다. 누군가와 뒤채 대청에서 싸우는 것이 분명했습니다. 이어서 그분이 몸에 중상을 입은 듯 참담한 비명을 길게 지르는 소리가 들렸습니다. 제자가 황망히 그리로 달려가 보았더니, 그분은…… 이미 원적하시고, 이 장가란 놈이……."

여기까지 얘기한 혜풍 스님이 엎드려 있던 자리에서 벌떡 일어나더니 손가락을 장취산의 코끝에 닿도록 지목하면서 소리쳤다.

"네놈이 일장으로 혜광 사형을 담장 벽에다 밀어붙여놓고 부딪쳐 죽였지? 이놈아, 내 두 눈으로 직접 보았다! 나는 네놈과 맞설 적수가 못 되는 줄 뻔히 알기 때문에 창문 아래 숨어서 다 지켜보기만 했지! 네놈이 뒤채 마당으로 달려가서 사람들을 죽이고 표국 식구 여덟 명이 도망쳐나오니까 뒤쫓아와서 손가락으로 하나하나씩 찍어 죽였어! 표국 안의 남녀노소 온 집안 식구들이 네놈의 손에 모조리 맞아 죽은 다음에야 너는 담장을 뛰어넘어 바깥으로 사라졌다!"

장취산은 꼼짝도 않고 그 자리에 선 채 귀담아듣고 있었다. 흥분에 들뜬 혜풍이 입에 거품을 물고 마구 튀겨내는 바람에 얼굴에 침방울이 적지 않게 뿌려졌는데도 피할 생각을 하지 않았다. 그렇다고 손찌검할 생각도 않은 채 그저 냉랭한 말투로 이렇게 물었다.

"그다음에는 어찌 됐소?"

"어찌 되다니!"

혜풍은 분을 삭이지 못한 듯 한마디로 되묻고 다시 할 말을 이었다.

"그런 다음, 나는 동쪽 담장 모퉁이로 돌아와 세 사제들과 의논했지! 결론은 딱 하나뿐! 모두 네놈의 무공이 너무 강해서 우리 넷 실력으로는 적수가 못 되니까 그저 형편 돌아가는 걸 보고서 다시 대책을 상의하기로 했다. 한데 뜻밖에도 얼마 안 있어 네놈이 또다시 어엿하게 대문짝을 때려 부수고 들어섰지! 이번에는 무슨 속셈에서인지 이름 석 자까지 거명하면서 '도 총표두님, 댁에 계시오?' 하지 않았더냐? 우리 네 사람은 죽을 줄 뻔히 알면서도 네놈과 사생결단을 내려고 했지! 내가 너더러 이름이 뭐냐고 물었을 때, 너는 네 입으로 자기 이름과 별호를 분명히 댔다. '은구철획 장취산'이라고! 처음에는 나도 믿을 수가 없었다. 무당칠협의 한 사람이란 작자가 어떻게 그처럼 외눈 하나 깜짝 않고 사악한 짓을 저지를 수 있는지 나로서는 도무지 이해가 되지 않았던 것이다. 하나 네놈은 네 손으로 자신의 병기까지 드러내 보였지! 자, 이래도 내가 거짓말을 한다고 잡아뗄 셈이냐?"

그제야 장취산도 으르렁대며 입을 열었다.

"내가 내 입으로 내 이름 석 자를 밝히고, 병기를 보여준 것은 틀림없는 사실이오. 당신네 일행 네 사람이 날 습격했다가 도리어 내 손에 얻어맞고 거꾸러진 일도 확실하오. 그러나 다시 한번 분명히 말해보시오! 이 표국 안의 일가족 수십 명을 죽인 사람이 분명 나였는가?"

다음 순간, 원음대사가 소맷자락을 휘둘러 혜풍 사질의 몸뚱이를 감아올리더니 2~3척 바깥으로 밀어 보냈다. 장취산의 목소리가 거칠어지자 혹시라도 분김에 그를 해칠까 봐 예방책으로 선수를 쳐 격리시킨 것이다. 그러고는 삼엄한 말투로 혜풍에게 다시 질문을 던졌다.

"다시 한번 얘기해봐라. 여기 계신 장 오협, 천하에 위명을 떨치는 분께서 발뺌하지 못하도록 분명히 말해라!"

"좋습니다, 사백 어른. 제가 다시 한번 말씀드리지요……. 장취산!

네놈이 일장으로 우리 혜광, 혜통, 두 분 사형을 하나씩 때려죽이는 것을 내 두 눈으로 똑똑히 보았다! 네놈이 일지로 표국 사람 여덟 명을 하나씩 찍어 죽이는 것을 내 두 눈으로 똑똑히 보았다! 자, 이만하면 속이 시원하냐?"

그래도 장취산은 소림승에게 계속 존댓말을 했다.

"내 모습, 내 얼굴을 똑똑히 보았소? 내가 지금 입고 있는 이 옷을 그때에도 분명히 보았단 말이오?"

말을 하면서 그는 화접자를 켜 들고 자기 얼굴을 비춰 보였다.

혜풍은 두 눈을 딱 부릅뜨고 원한이 가득 찬 목소리로 대꾸했다.

"바로 그 옷! 질푸른 장포에 유생들이나 쓰는 방건! 네놈은 그 옷에 건을 쓰고 왼손에 쥘부채 한 자루를 잡았었지! 봐라, 지금 네 목덜미 뒤에 꽂혀 있는 것이 바로 그 부채가 아니냐?"

장취산은 불같이 화가 났다. 혜풍 스님에게가 아니라 누군가 자신을 모함하고 있다는 생각이 들어 더 미칠 지경이었다. 그는 혜풍 스님 앞으로 두어 발짝 다가서면서 화접자를 번쩍 치켜든 채 다그쳐 물었다.

"똑똑히 보고 다시 말해보시오! 살인범이 딴 자가 아니라, 이 장취산! 바로 나였단 말이오?"

높이 쳐 들린 화접자 불빛 아래 비친 장취산의 얼굴 모습을 찬찬히 뜯어보던 혜풍의 두 눈에 갑작스레 이상야릇한 기색이 떠올랐다. 그러고는 장취산을 손가락질하며 소리쳤다.

"너…… 너는…… 당신…… 아니…… 당신은……."

흥분에 들떠 몇 마디 말을 더듬는가 싶더니, 말끝을 다 맺기도 전에 갑자기 몸뚱이가 뒤로 벌렁 넘어갔다. 그런 뒤 땅바닥에 가로누운 채 두 번 다시 일어날 줄 몰랐다.

"아앗!"

원음과 원업이 이구동성으로 경악성을 터뜨렸다. 그러고는 둘이서 댓바람에 달려들어 사질을 부축해 일으키려 했다.

혜풍은 두 눈을 부릅뜨고 얼굴에는 온통 당혹스러움과 공포의 기색이 떠오른 채 숨이 끊어져 있었다.

원음대사가 비통에 찬 목소리로 고함쳤다.

"네가…… 네가 또 사람을 죽였구나!"

일은 창졸간에 벌어졌다. 어느 누구도 사태를 파악할 겨를조차 없었다. 원음과 원업대사의 놀라움 그리고 분노가 엇갈렸을 때, 장취산 역시 너무나 뜻밖의 일이라 어떻게 대처할 방도를 모른 채 그저 본능적으로 고개를 돌려 황급히 뒤돌아보았을 따름이었다.

등 뒤 나무숲이 가볍게 흔들렸다.

"거기 서라!"

장취산이 냅다 호통치더니 훌쩍 몸을 솟구쳤다. 나무숲 속에 누군가 숨어 있는 것이 분명했다. 물론 정면으로 덮치는 것이 극도로 무모한 행동인 줄 뻔히 알면서도 혜풍 스님의 암살범을 잡지 못했다가는 끝끝내 이 골치 아픈 책임에서 벗어날 길이 없으므로 위험을 무릅써 가며 몸을 날렸던 것이다.

그러나 뜻밖에도 장취산의 몸뚱이가 반공중에 떠오르는 순간, 등 뒤에서 "푸르릇! 푸르르!" 하고 바람 가르는 소리가 들리더니 두 자루 선장이 좌우 양편에서 엇갈리게 들이쳐왔다.

"이 못된 놈, 어딜 도망치려고!"

두 승려가 이구동성으로 꾸짖는 소리가 귀청을 때렸다.

장취산은 판관필과 호두구를 잡은 채 동시에 하단으로 휩쓸어 쳤다. 훌떡 뒤집힌 양 손아귀가 의천도룡 스물넉 자 무공 가운데 여섯 번째 '도刀' 자 결의 단 두 필획만으로 반격을 시도한 것이다.

"쨍그렁, 쨍!"

강철과 무쇠 덩어리 마주치는 소리가 울렸다. 은빛 찬란한 갈고리가 원업대사의 선장 끄트머리를 얽어 잡아당기는 찰나, 붓끝처럼 날카로운 판관필 끝이 원음대사의 선장 중턱을 정면으로 쳐서 떨어뜨렸다. 이어서 그 반탄력에 힘입은 몸뚱이가 곧바로 담장 머리 위까지 솟구쳐 올랐다. 온 신경을 두 눈에 모아 나무숲을 응시했으나, 보이는 것이라곤 아직도 가늘게 흔들리는 나뭇가지뿐이었다. 잠복했던 범인은 이미 종적을 감추고 그림자조차 보이지 않았다.

"게 섰거랏!"

원업대사가 연거푸 노성을 지르더니 선장을 휘두르면서 뒤따라 도약 자세로 담장 머리에 올라서려 했다.

장취산은 안타까운 나머지 존칭마저 생략하고 냅다 소리쳤다.

"왜들 이러는 거요? 지금 살인범을 뒤쫓는 게 급하니까 막지 말란 말이오!"

담장 아래서 원음대사가 숨 가쁘게 헐떡거리며 호통을 쳤다.

"네놈이…… 네놈이 내 눈앞에서 사람을 죽여놓고도 잡아뗄 작정이냐!"

원업대사는 장취산이 잇따라 휘두르는 갈고리 후림질에 몰려 좀처럼 담장 위에 뛰어오르지 못했다.

원음대사가 다시 말투를 고쳐 회유했다.

"장 오협, 우리가 오늘 그대의 목숨을 빼앗자는 게 아니오. 그러니 병기를 내려놓고 우리와 함께 소림사로 갑시다."

이 말에 장취산은 화가 나서 으르렁댔다.

"이런 바보 멍텅구리 같은 스님을 봤나! 갈 길 바쁜 사람 발목 잡아놓고 진범을 놓치게 하다니! 그러고도 뭘 잘했다고 이러쿵저러쿵 딴청을 부리는 거요? 그래, 내가 뭣 하러 당신들하고 소림사엘 간단 말이오?"

"소림사에 가서 본 사찰 방장 어른의 처분을 받아야 하오. 그대는 우리 사찰의 제자 목숨을 셋이나 해쳤소. 이처럼 중대한 사건은 내가 단독으로 처리할 문제가 아니오."

이 말에 장취산은 코웃음을 쳤다.

"흥, 소림사 '원' 자 항렬은 공연히 달고 계시는군! 그렇듯 지체 높으신 고승께서 눈앞에 있는 진범을 놓치고도 까맣게 모른 채 큰소리만 치시는 거요?"

"좋은 말씀이오, 좋은 말씀이야. 아무튼 그대는 인명을 해쳤으니 절대로 도망치게 놔두지는 않겠소."

상대방이 말끝마다 자신을 범인으로 지목하니, 장취산은 복장이 터져 죽을 노릇이었다. 그는 지금 원음대사와 입씨름을 벌이면서도 한편으로 원업대사의 공격을 막아내느라 손길이 바빴다. 입으로나 손찌검으로나 싸움은 갈수록 치열해졌다.

얘기가 막바지에 다다르자, 그는 싸느랗게 웃음 지었다.

"두 분 대사님들, 재주가 있으시거든 어디 날 한번 잡아보시구려!"

원업대사가 선장으로 땅바닥을 “쿵!” 찍더니 그 버티는 힘을 빌려 담장 머리로 뛰어올랐다. 뒤미처 담장 위에 있던 장취산이 도약 자세로 공중에 뛰어올랐다. 경공신법이 원업대사보다 한 수 위라 허공 높이 날아오른 자세에서도 바람을 타고 아래를 굽어보며 결정타를 먹일 수 있었다. 아니나 다를까, 원업대사가 두 손으로 선장을 가로 떠받든 채 막아내려 했다. 그러나 그럴 줄 알고 있었다는 듯이 장취산의 갈고리가 한 바퀴 빙그르 돌더니 방향을 바꿔 원업대사의 어깻죽지를 호되게 내리찍었다.

“찌익!”

옷자락이 길게 찢겨나가는 소리와 함께 핏줄기 한 가닥이 쭉 뻗쳐 나왔다.

“어이쿠!”

고통에 겨워 비명을 지른 원업대사가 담장 머리에서 곤두박질쳐 떨어져 내렸다. 그나마 갈고리가 사정을 봐주었기에 망정이지, 조금만 겨냥이 틀어졌더라면 목줄기를 훑어 당장 즉사했을 터였다.

“원업 사제! 많이 다쳤는가?”

담장 밑에서 원음대사가 걱정스러운 듯이 물었으나 원업대사는 진작부터 그가 ‘살인범’과 싸우지는 않고 입씨름이나 벌이는 소행을 야속하게 여기고 있던 터라 대뜸 성질부터 부렸다.

“난 괜찮소만 사형은 공격하지 않고 뭘 그리 주절대기만 하는 거요?”

사제한테 무안을 당한 원음대사가 “어흠!” 하고 헛기침 한 번 하더니, 선장을 휘두르면서 허공에 뜬 적수를 올려치기 시작했다. 원업대사는 사형보다 한결 사납고 용맹스러웠다. 어깨에 큰 상처를 입고서도 싸맬 생각은 않고 선장으로 "휙! 휙!" 바람 가르는 소리를 내며 멧돼지처럼 무섭게 돌진해왔다. 두 사형 사제는 손발이 척척 맞아 양면 협공으로 재차 담장 머리에 내려선 적을 인정사정없이 몰아붙였다.

장취산은 이들 두 고승의 뚝심이 어지간히 강한 데다 병장기마저 엄청나게 무거운 터라 만약 그들이 담장 머리에 올라서게 내버려두었다가는 1 대 2로 싸워서 이겨내기가 쉽지 않다는 것을 깨달았다. 생각이 정해지자 그는 당장 문호門戶를 엄밀하게 지키면서 제고점制高點을 장악한 상태에서 아래를 굽어보며 연신 병기를 휘둘러 적들이 뛰어오르지 못하게 막는 데 진력했다. 이러니 두 고승들은 시종 담장 머리라는 유리한 고지에 올라설 재간이 없었다. '혜慧' 자 항렬의 스님 세 사람은 현장에 있기는 했지만 무공 실력이 워낙 뒤처지는 터라 두 사백이 오래도록 전과를 올리지 못하는 걸 빤히 보고만 있으려니 애가 탔다. 도와주고 싶은 마음이야 굴뚝같았으나 도대체 어디서부터 어떻게 끼어들어야 좋을지 엄두가 나지 않았던 것이다.

장취산은 속셈을 해보았다. 지금 무엇보다 급한 일은 진범의 정체를 파악하는 것인데, 승려들하고 이렇게 뒤엉켜 싸우느라 발목이 붙잡혀서야 되겠는가? 생각을 바꾸기로 결심이 서자 강철 붓과 갈고리를 가로 엇갈려 일단 적의 공세를 봉쇄한 다음, 맑은 휘파람 소리 한 번에 도약 자세로 허공 높이 솟구쳐 올랐다. 그런데 담장 안쪽에서 누군가 기합 소리를 길게 터뜨렸다.

"이여업!"

뇌성벽력 같은 기염에 뒤이어 배후에서 거대한 힘줄기가 밀려들었다.

담장 아래 사뿐히 내려앉은 장취산이 뒤돌아보았을 때 몸집이 엄청나게 큰 승려 하나가 훌떡 재주넘기로 담장 머리를 넘어오더니 양손을 불쑥 내밀어 다짜고짜 그의 수중에 거머쥐고 있던 병장기를 강제로 빼앗으려 들었다.

어둠 속에서 그 얼굴 모습은 똑똑히 보이지 않았으나 갈고리처럼 구부린 열 손가락이 호랑이 발톱처럼 강맹한 힘줄기로 호두구와 판관필을 한꺼번에 움켜잡아왔다. 바로 소림파 무공 가운데서도 가장 지독하기로 이름난 호조공虎爪功이었다.

원업대사가 반가움에 겨워 고함을 질렀다.

"원심圓心 사형! 그놈 절대로 놓치지 마십시오!"

장취산은 스무날 전 스승에게서 전수받은 의천도룡 무공을 완성한 이후 무예 수준이 한층 더 높아졌으면서도 이날 이때껏 적수다운 적수를 만나보지 못했다. 그런데 이제 소림사 승려들 중에서도 가장 뛰어난 호적수와 맞닥뜨리자 비로소 적개심이 불타올랐다. 그는 호두구와 판관필을 허리춤에 꾹 질러 넣고 양팔을 활짝 벌리면서 호기만만하게 큰 소리로 외쳐 도전했다.

"자아, 내가 상대해드릴 테니 대사님들 세 분이 한꺼번에 덤벼보시지! 이 무당칠협의 다섯째, 장취산에게 두려운 게 있는 줄 아시오?"

원심대사는 아무 대꾸도 없이 왼 손아귀로 움켜들었다. 장취산은 오른 손바닥을 질풍같이 내뻗어 그 손아귀 밑으로 더듬어 들어갔다. 이윽고 "찌익!" 하는 소리가 들리더니 원심대사의 승포 소맷자락이 길게 찢겨나갔다. 그 순간 원심대사의 손가락도 어깻죽지에 와닿았다. 장취산은 기다렸다는 듯이 발길질을 날려 그의 무릎뼈를 걷어찼다. 그러나 원심대사는 하반신 단련이 워낙 잘되어 있었는지 그 호된 발길질에 얻어맞고서도 그저 몸뚱이 한 번 휘청거렸을 뿐 끄떡도 하지 않은 채 선불 맞은 호랑이처럼 으르렁대며 오른손으로 잇따라 움켜왔다. 그와 때를 같이해서 기회를 엿보고 있던 원음과 원업의 선장 두 자루가 한꺼번에 들이닥쳤다. 한 자루가 옆구리 갈빗대를 찍는 순간, 또 한 자루는 무지막지하게도 두개골을 강타했다.

원음대사는 방금 장취산과 입씨름을 벌일 때 마치 중병 환자처럼 헐떡헐떡 숨 가쁘게 입을 열었으나, 사실 알고 보면 '원' 자 항렬 세 사람 가운데 무공 실력이 가장 뛰어난 고수였다. 따라서 구리로 다듬어 만든 20~30근이나 되는 육중한 선장을 흡사 도검 따위로 칼부림하듯 민첩한 솜씨로 후려 찍고, 수직으로 내리치고, 하단에서 상단으로 올려치고 퉁겨내기까지 뭐든 자유자재였고 동작 또한 날렵했다.

소림파 세 고수를 상대하면서도 장취산은 호기가 치솟았다. 손발은 손발대로 움직이고 생각은 생각대로 치달았다. '우리 무당파와 소림파가 근년 이래 무림계의 쌍벽으로 명성을 떨쳐왔지만, 어느 쪽 무공 실력이 높고 낮은지 시종 겨뤄본 적이 없었는데 오늘에야 소림 고수들의 솜씨를 시험해보게 되었구나. 어디 진짜 실력으로 맞붙어보자!'

속으로 각오를 다진 장취산은 병장기를 거둔 채 육장肉掌 한 쌍만으로 두 자루 선장과 저 무시무시한 호조공 틈서리를 요리조리 종횡무진 누비면서 가로 베고, 끊고, 움켜가고, 손가락으로 찍고, 손바닥을 칼날처럼 곧추세워 수직으로 쪼갰다. 비록 숫자로는 1 대 3의 절대적 열세였으나 승부는 오히려 점점 우세를 차지하고 있었다.

무당과 소림 양대 문파의 무공은 제각기 장단점이 있었다. 무당파가 장삼봉이라는 절세기인을 배출했다면, 소림사 측은 장장 1,000여 년에 걸쳐 갈고닦고 침잠해온 무학의 전통이 있었다. 따라서 쌍방 어느 것이나 상대방을 얕잡아볼 수준이 아니었다. 한 가지 다른 점이 있기는 했다. 장취산 같은 청년이 이 무렵 무당파의 일류 고수급 반열에 올라 있는 반면, '원' 자 항렬의 세 고승은 비록 무공 실력이 대단하기는 해도 소림사 측에서 보면 역시 이류급 배역밖에 맡지 못하고 있다는 점이었다.

장취산은 시간이 지나면 지날수록 정신이 더 맑아지고 기운이 솟았다. 느닷없이 뻗어나간 것은 의천도룡 무공의 여덟 번째 '용龍' 자 결열여섯 필획 가운데 첫 번째 한 점 찍기였다. 갈고리처럼 뻗어나간 손아귀가 원업대사의 선장을 움켜 손길 나가는 대로 끌어당기는가 싶더니 어느새 그것으로 원음대사의 선장에 부딪쳐가고 있었다. 이른바 차력타력借力打力, 상대방의 힘을 끌어다가 또 다른 적에게 타격을 가하는 절묘한 수법이었다.

"텅!"

선장과 선장이 맞부딪는 순간, 흡사 절간의 동종銅鐘이 울리듯 요란한 굉음이 귀청을 때려 고막까지 "윙윙!" 울렸다. 원음과 원업의 뚝심도 하나같이 어지간한 데다 여기에 장취산의 공력까지 보태졌으니 그 막강한 힘을 무슨 수로 당해내겠는가.

"어이쿠!"

두 스님이 약속이나 한 듯 이구동성으로 외마디 비명을 터뜨렸다. 두 사람 모두 그 육중한 탄력에 충격을 받고 손아귀가 터져 삽시간에 피투성이가 되어버린 것이다.

원심대사가 대경실색, 황급히 달려들어 구원하려 했으나 이미 엎질러진 물이었다. 한데 어디 그뿐이랴, 기다리고 있던 장취산의 발끝이 교묘하게 구부러지더니 호미걸이로 원심대사의 발목을 걸어 당기는 것과 동시에 훌떡 뒤집힌 손바닥이 등줄기를 "퍽!" 소리가 나도록 호되게 후려쳤다. 그 또한 차력타력 수법, 자신에게 덤벼들던 상대방의 힘을 역이용해 씨름판에서 메다꽂듯 단번에 고꾸라뜨린 것이다. 장취산이 코웃음을 쳤다.

"날 소림사로 잡아가려면 아마 몇 년쯤 더 수련하셔야겠소!"

한마디 툭 던져놓고 돌아서서 어슬렁어슬렁 걷기 시작했다.

원심대사가 훌쩍 솟구쳐 오르더니 냅다 호통쳤다.

"이놈, 도망치지 마라!"

이어서 원음대사와 원업대사도 따라붙었다.

장취산은 고개를 절레절레 내둘렀다. 두 스님이 세상 물정 돌아가는 것도 모르고 그저 물귀신처럼 달라붙은 채 떨어질 줄 모르니 이거야말로 정말 딱한 노릇이 아닐 수 없다.

생각다 못한 그는 숨 한모금 끌어올리기가 무섭게 경공신법을 펼쳐 쏜살같이 내뛰기 시작했다.

원심과 원업이 고래고래 악을 쓰면서 뒤따라왔다. 하나 경공신법이야 장취산에게 미치지 못하는 터라 그저 목이 터져라 고함만 지를 따름이었다.

"저놈 잡아라! 살인범을 잡아라!"

"이놈 어딜 도망치려고! 게 섰거라!"

그야말로 말이 씨가 된다더니, 진짜 물귀신처럼 따라붙으면서 그

넓은 서호 기슭을 꼬리를 물어뜯을 듯이 끝까지 추격하고 있었다.

헐레벌떡 숨차게 뒤쫓아오는 스님들을 보면서 장취산은 속으로 웃음이 나왔다. '그따위 솜씨로 날 따라잡겠다고? 어림 반 푼어치도 없지!'

그때 갑자기 등 뒤에서 원심과 원업이 약속이나 한 것처럼 동시에 목청이 터져라 비명을 질렀다.

"으와앗!"

"어이쿠!"

뒤미처 원음대사도 무엇엔가 상처를 입은 듯 "어흑!" 하고 신음 소리를 냈다. 장취산이 흠칫 놀라 뒤돌아보았을 때 세 스님은 마치 암기에 눈알을 얻어맞은 듯 저마다 손으로 오른쪽 눈을 가리고 있었다. 아니나 다를까, 성질이 불같은 원업대사가 고래고래 악을 쓰며 욕설을 퍼부었다.

"장가 놈아! 배짱이 있거든 내 왼쪽 눈알마저 장님으로 만들어봐라!"

이번에는 장취산이 어리둥절해졌다. '나더러 장님으로 만들어달라니? 그렇다면 지금 누구한테 오른쪽 눈을 얻어맞아 애꾸가 되었단 말인가? 도대체 누가 어둠 속에 숨어서 날 도와주는 것일까?'

다음 순간, 머리에 퍼뜩 떠오르는 사람이 하나 있었다.

"일곱째! 일곱째 아우! 자네 지금 어디 있나?"

무당칠협 가운데 암기 발사 솜씨는 막내 막성곡이 누구보다 으뜸인 줄 아는 터라, 장취산은 그가 와서 도와주고 있는 줄로 지레짐작했던 것이다.

"일곱째! 어디 있나? 이리 나오게!"

두세 차례 연거푸 고함쳤으나 응답하는 이는 없었다. 장취산은 급속도로 호숫가를 맴돌던 끝에 버드나무 몇 그루가 서 있는 곳까지 달려갔다. 그러나 사람은커녕 그림자도 보이지 않았다.

정체 모를 암기에 맞아 애꾸눈이 되어버린 원업대사가 끈덕지게 따라붙더니 미쳐 날뛰는 맹수처럼 으르렁대며 장취산에게 달려들었다. 목숨조차 돌아볼 생각도 않은 채 그와 사생결판을 내고야 말겠다는 각오였다.

"여보게, 원업 사제! 그만두게! 다 틀렸네!"

원음대사가 뒤쫓으며 고함쳤다. 설령 두 눈이 멀쩡하더라도 자기네 세 사람 실력으론 장취산의 적수가 못 된다는 사실을 뻔히 아는 터라 원업대사를 따라잡기가 무섭게 팔뚝을 끌어당기면서 타일렀다.

"여보게, 원수 갚느라 서두를 것 없네. 자네와 내가 이쯤에서 그만두더라도, 방장 어르신과 두 분 사숙께서 저놈을 이대로 놓아둘 리가 있겠나?"

결국 '원' 자 항렬 세 스님은 그 자리를 떠나 어디론가 사라졌다.

이제 물귀신처럼 따라붙던 추격자들도 없었다. 장취산은 한가롭게 호숫가를 서성거리면서도 마음속에는 온갖 의혹으로 가득 차 있었다. '어둠 속에서 날 도와준 이가 도대체 누구였을까?' 아무리 생각해도 선뜻 머리에 떠오르는 이가 없었다.

한참이 지나서 그는 호반에 더는 머무를 엄두를 내지 못하고 급히 발길을 돌렸다. 객점으로 돌아가 그동안 벌어진 상황을 다시 한번 곰곰이 분석해볼 생각이었다. 200여 보도 채 못 갔을 때였다. 그는 갑자기 호숫가 갈대밭이 거칠게 흔들리는 것을 발견했다. 이 무렵 호수에는 바람도 없어 수면이 잔잔하기만 했다. 그런데 갈대밭만이 저절로 흔들리고 있다면 그곳에 누군가 숨어 있다는 증거였다.

장취산은 대뜸 경각심을 높이고 살금살금 그쪽으로 다가가기 시작했다. 그리고 이제 막 호통쳐 물으려는 순간, 갈대숲 속에서 맹수처럼 뛰어나오는 사람이 하나 있었다.

번쩍 들린 칼날이 당장 목줄기를 끊을 듯 무서운 기세로 떨어져 내리면서 악을 쓰는 고함 소리가 들렸다.

"오늘 네놈이 죽지 않으면 내가 죽는 날이다!"

느닷없이 들이닥치는 칼날에 장취산은 슬쩍 몸을 비틀어 피하면서 발길질로 괴한의 오른 손목을 툭 걷어찼다. 괴한의 손아귀를 벗어난 강철 단도가 허연빛을 번뜩이면서 날아오르다가 "풍덩!" 소리와 함께 맥없이 서호 물속에 빠져버렸다.

자세히 바라보니 승복 차림에 박박 밀어버린 대머리, 보나마나 또 소림사 스님인 듯했다.

"예서 뭘 하고 있는 거요?"

호통쳐 묻던 장취산의 경계 어린 눈길이 다시 한번 갈대밭 주변을 휘둘러보았다. 키가 넘게 웃자란 갈대밭 속에 세 사람이 누워 있었는데, 죽었는지 다쳤는지 알 길이 없었다. 방금 칼부림을 하던 소림사 스님은 어차피 솜씨가 별것 아니어서 그는 아예 개의치 않고 갈대숲 진흙 바닥에 쓰러진 세 사람부터 살펴볼 작정으로 몇 걸음 다가갔다. 세 사람은 뜻밖에도 용문표국의 총표두 도대금과 축 표두, 사 표두였다.

"이런! 도 총표두, 당신이…… 당신이 어떻게 이런 데 누워 있는 거요?"

장취산이 외마디 소리를 지르면서 허리를 굽혀 살펴보는 순간, 죽은 듯이 누워 있던 도대금이 갑자기 벌떡 일어나더니 두 손으로 장취산의 멱살을 바싹 움켜 조이면서 고함쳤다.

"이 원수 놈아! 난 기껏해야 황금 300냥…… 300냥밖에…… 남겨두지 않았다! 그런데 네놈…… 네놈이…… 잔인하게 그런 독수를 쓰다니!"

"무슨 소릴 하는 거요?"

영문을 모르는 장취산이 되물으면서 금나수법으로 뿌리치려 했다. 하나 다음 순간, 도대금의 눈언저리와 입가에서 온통 선지피가 흘러나오고 있는 것을 발견했다. 비록 어둠 속이기는 했지만, 거리가 불과 반 척밖에 안 되는 터라 그 처참한 몰골을 똑똑히 볼 수 있었다. 장취산이 깜짝 놀라 다시 고쳐 물었다.

"당신, 내상을 입었구려? 어쩌다 이렇게 다쳤소?"

그러나 도대금은 여전히 장취산의 멱살을 잔뜩 움켜잡은 채 소림사 스님 쪽을 향해 큰 소리로 외쳤다.

"사제! 똑똑히 보았지? 바로 이놈이 은구철획 장취산이야! 우리 집안 식구를 몰살한 범인이야! 내가 붙잡고 있을 테니까, 어서…… 어서 도망치게! 이놈한테 붙잡히면 안 돼!"

고함을 다 지르기도 전에 그는 두 손아귀를 바싹 조여 당기더니 이마로 장취산의 머리통을 냅다 들이받았다. 이판사판 박치기로 두개골을 박살내고 저승 행차에 길동무를 삼겠다는 심사였다.

다 죽어가는 자가 마지막 수단으로 동귀어진의 길을 택하니 장취산도 다급했다. 그는 급히 양 팔뚝을 번뜩 뒤집어 멱살 잡은 손아귀를 뿌리쳤다. 그러자 "부욱!" 하고 앞가슴 옷섶이 그대로 찢겨나갔다. 내친 김에 어깨를 떠밀자, 도대금은 엉덩방아를 찧고 뒤로 벌렁 나자빠졌다. 그러고는 두 번 다시 꼼짝달싹도 하지 않았다.

오늘 밤은 겪는 일마다 괴상야릇했다. 도대금의 기색은 너무나 끔찍했다. 제아무리 담보가 두둑하다고 자부하던 장취산도 짧은 시간에 이런 경우를 잇달아 겪고 나니 겁이 더럭 날 수밖에 없었다. 저도 모르게 쿵쾅쿵쾅 두방망이질 치는 가슴을 부여안고 머리 숙여 굽어보았을 때 도대금은 이미 두 눈을 허옇게 치뜬 채 숨이 끊어져 있었다. 언제 누구한테 당했는지 모르나 치명적인 내상을 입은 몸이라, 그저 슬쩍 떠밀었을 뿐인데도 그대로 맥없이 죽어버린 것이다.

가까이서 그 과정을 지켜보던 소림사 스님이 갑자기 발광하듯 고래고래 악을 쓰기 시작했다.

"네놈이…… 네놈이 또 사람을 죽였구나! 우리 도 사형마저 죽여버렸어!"

공포에 질린 기색으로 돌아서기가 무섭게 미친 듯이 도망치면서도 여전히 악을 썼다.

"사람 살려! 저놈이 우리 도 사형을 죽였다……!"

얼마나 다급했는지 몇 걸음 못 가서 허방을 딛고 제 발길에 걸려 곤두박질치더니 이번에는 엉금엉금 기어서 도망치기 시작했다.

장취산은 절레절레 고개를 내저으면서 축 표두와 사 표두를 살펴보았다. 그들 역시 얕은 물에 두 발을 담근 채 죽은 지 오래였다.

세 구의 시체를 굽어보면서 장취산은 처연한 생각을 금할 길이 없었다. 도대금과는 비록 아무런 교분도 없는 사이였고, 또 용문표국이 셋째 사형을 호송하다 차질이 생겨 줄곧 미워해온 것만은 사실이나, 그가 이렇듯 까닭 모르게 참담한 몰골로 죽어버린 것을 보니 어딘지 모르게 측은한 느낌이 들었던 것이다. 망연자실한 그는 호숫가에 우두커니 서서 한참 동안이나 깊은 생각에 잠겼다.

'나는 도대금더러 황금 2,000냥을 모조리 풀어 수재민을 구제하는 데 쓰라고 윽박질렀다. 그런데 이 사람은 황금이 아까워 나 몰래 300냥을 훔쳐 넣었다. 겨우 300냥……. 그것만 남겨놓고 나머지 1,700냥이나 되는 거금을 수재민에게 풀어주었다. 그 내막을 몰랐다고 해도 할 수 없는 노릇이지만 설혹 알았다손 치더라도 그저 웃고 말았을 테지, 설마 내가 그걸 트집 잡아 이토록 끔찍한 살인을 저질렀겠는가?'

도대금의 시체 곁에 나뒹구는 짐 보따리를 집어 들고 보니 과연 묵직했다. 보따리를 찢었을 때 금원보 몇 덩어리가 굴러나와 주인의 머리 위에 떨어진 채 싯누런 광채를 번쩍거렸다.

측은한 눈길로 시신을 내려다보는 동안 장취산은 문득 인생의 무상함을 느꼈다. '용문표국의 주인 도대금, 이 사람은 평생토록 일가족을 먹여 살리기 위해 중원 천지를 헤집고 돌아다녔으며, 돈 되는 일이라면 천 리 길도 마다 않고 무진 고생해가며 칼 한 자루에 목숨 걸고 분주다사하게 살아왔다. 무엇 때문이었을까? 고작 황금 덩어리 몇 개를 위해 목숨까지 내놓아야 했단 말인가? 지금 그 황금 덩어리는 제 곁에 얌전히 놓여 있지만, 그게 무슨 소용 있으랴? 도대금, 당신은 이제 이 돈을 다시는 쓸 수 없는데…….'

그는 자신을 돌아보았다. 공연히 허망한 생각이 머릿속을 엄습했다. '나는 조금 전까지만 해도 소림사 고승 세 사람과 힘써 싸웠다. 그리고 완승을 거두었다. 이만하면 일세의 영웅호걸이라 자처할 수 있지 않겠는가? 하나 영웅이란 역시 한때의 명성일 뿐 100년이 지난 뒤에는 나 자신도 여기 누워 있는 도대금과 다를 바가 무엇이랴?' 결국 자기 자신도 마찬가지란 결론에 도달했을 때 입에서는 저도 모르게 장탄식이 흘러나왔다.

불현듯 호수 저편에서 차가운 거문고 소리가 들려와 장취산의 서글픈 심경을 더욱 아프게 건드렸다.

"띵뚱 띵동동, 딩댕댕, 딩댕!"

감상에 젖어 있던 장취산이 고개를 번쩍 들고 바라보니, 앞서 표국 대문 앞에 닻을 내리고 정박해 있던 놀잇배가 자리를 옮겨와 있었다. 갑판에는 예의 젊은 선비가 단정한 자세로 앉아서 거문고를 뜯고 있었다.

이제 장취산의 발치 밑에는 시체가 세 구나 널려 있었다. 만약 놀잇배가 이쪽으로 노를 저어오기만 하면 사공이든 선비든 저들의 눈에 뜨일 것이 분명했다. 죽은 사람의 시체를, 그것도 셋씩이나 발견하면 놀라서 고함을 지를 터였다. 그러면 그 고함 소리를 듣고 이곳 어디쯤 순찰을 돌고 있을 몽골 기병대가 한꺼번에 들이닥칠 것이다. 그랬다가는 보통 골치 아픈 일이 아니다.

장취산은 귀찮은 일이 벌어지기 전에 이 자리를 뜨기로 했다. 그래서 막 걸음을 옮겨놓으려는데, 놀잇배 위의 젊은 선비가 거문고 줄을 "딩동, 딩동" 두세 번 가볍게 퉁기더니, 고개 들고 말을 던져왔다.

"형씨도 서호의 야경을 즐기시는 걸 보니 취미가 고상하신 모양이로군요. 어떻소이까. 이 배로 옮겨와 우리 함께 즐겨보심이?"

그러면서 뱃사공에게 손짓 신호를 보냈다. 뱃고물에 앉아 있던 사공이 천천히 일어서더니 두 손으로 삐거덕삐거덕 노를 저어 물가에 갖다 댔다.

한밤중 귀기 서린 저택 안 어둠 속에서 살벌한 시체 더미를 헤집으며 연거푸 목숨 던져 싸움판을 벌여온 그에게 호수의 야경을 감상할 정취 따위가 어디 있으랴. 장취산은 재빨리 속셈을 해보았다. '이 젊은 선비는 줄곧 호반에 떠 있었다. 그렇다면 혹시 무언가 발견했을지도 모르는 일 아닌가? 한번 가서 알아보는 것도 무방하리라.'

그는 도대금 일행의 시체 곁을 떠나 천천히 물가로 걸어갔다. 작은 배는 물결에 찰랑찰랑 뱃전을 적시며 기다리고 있었다. 그는 가볍게 뱃머리에 뛰어올랐다.

그가 배에 오르자, 선비도 조용히 일어서더니 웃음 띤 얼굴로 두 손 모아 첫 대면의 인사를 건넸다. 그러고는 한 손을 펼쳐 손님에게 윗자리를 권했다. 벽사등롱 불빛 아래 선비의 팔뚝이 유난히도 창백해 보였다. 갸름한 얼굴, 곱게 구부러진 두 눈썹, 오뚝한 콧날, 그리고 미소 지을 때마다 왼뺨에 파이는 보조개……. 멀리서 보았을 때는 준수한 풍류 공자인 줄 알았는데, 가까이서 마주 바라보니 영락없는 묘령의 남장 여인이 분명했다.

장취산은 성격이 소탈하고 호방했으나, 사문의 규율이 남녀 관계에 대해 워낙 근엄한 터라 강호에 의협을 행하러 돌아다닐 때도 여색 하나만큼은 가까이해본 적이 없었다. 그런데 이제 상대가 여성인 것을 알게 되자, 장취산의 놀라움과 당혹스러움은 이루 말할 수 없이 컸다. 그는 저도 모르게 얼굴이 화끈 달아오르는 것을 느끼며 이내 앉았던 자리에서 다시 일어나 뭍으로 뛰어내렸다. 그러고는 물가에 서서 두 손 모아 정중히 사과했다.

"소생이 남장하신 규수를 몰라뵙고 실례가 많았소이다."

그녀는 대꾸하지 않았다.

어느덧 사공의 노 젓는 소리가 삐거덕삐거덕 나더니, 작은 놀잇배는 서서히 물가를 떠나 호수 한복판으로 흘러가기 시작했다.

이윽고 젊은 여인이 거문고를 뜯으며 시 한 수를 읊었다.

오늘 밤 흥이 다했으나 내일 밤은 길지. 今夕興盡 來宵悠悠

육화탑 아래 드리운 버드나무 숲, 일엽편주 기다리니,

六和塔下 垂柳片舟

그대 군자여, 어찌 아니 오시려나? 彼君子兮 寧當來游

배는 점점 멀리 사라지고 노랫가락도 점차 낮아졌다. 이윽고 밤물결 그림자만 둥실둥실 떠다닐 뿐, 콩알만 하던 등롱 불빛마저 가물가물 호수의 물빛 속으로 자취를 감추었다.

어지러운 칼바람 속에 피비린내 나는 격렬한 싸움을 겪고 나서 이렇듯 여운이 길게 남는 정겨운 풍광을 마주 대하니 장취산은 한결 기분이 나아졌다. 그는 한동안 호반에 우두커니 서 있기만 했다. 저도 모르게 온갖 상념이 조수처럼 밀려들었다. 그렇듯 반 시진 남짓을 보내고 나서야 미련을 남겨둔 채 객점으로 돌아왔다.

다음 날 이른 아침부터 임안성 내는 용문표국 일족 수십 명이 몰살당한 대사건으로 흉흉한 소문이 들끓었고, 범인을 잡으려는 몽골군의 수색이 곳곳에서 벌어졌다. 그러나 장취산은 외모가 번듯한 선비 차림새에 몸가짐이 점잖고 온화한 터라 그를 두고 의심하는 이는 아무도 없었다. 오전부터 오후 늦게까지, 그는 유람객 행세를 하고 길거리 장터, 사찰, 도관을 두루 돌아다니며 둘째 사형 유연주와 일곱째 아우 막성곡의 행방을 수소문했다. 그러나 어찌 된 노릇인지 하루가 다 지나도록 무당칠협끼리 서로 연락을 주고받는 비밀 기호를 반 획도 찾아내지 못했다.

신시申時 무렵이 되었을 때, 이상하게도 장취산의 마음속에는 그 처녀가 흥얼거리던 노랫가락이 피어오르기 시작했다.

> 오늘 밤 흥이 다했으나, 내일 밤은 길지.
> 육화탑 아래 드리운 버드나무숲, 일엽편주 기다리니
> 그대 군자여, 어찌 아니 오시려나?

처녀의 아리따운 모습이 가슴속에 박혀 아무리 씻어내도 스러지지 않았다. 그는 생각했다. '내가 예의범절을 깍듯이 차린다면 그녀와 한번 만나본들 안 될 것도 없겠지. 둘째 사형과 막내 아우까지 만나서 함께 갈 수만 있다면 오죽이나 좋으랴. 내가 단순히 그녀를 보고 싶어 이러는 게 아니다. 어차피 그녀 말고는 간밤에 벌어진 살인 사건의 진상을 알아볼 만한 데가 없지 않은가?'

서둘러 저녁 식사를 마치고 나서, 그는 천천히 발걸음을 옮겨 육화탑이 있는 전당강 변으로 나갔다.

이윽고 왼발이 허방을 내딛는 바람에 몸뚱이가 휘청했다. 보통 사람 같았으면 그대로 넘어졌을 터인데, 워낙 감각이 예민한 그는 초식 변화가 기막히게 빨라 오른발이 앞을 걷어차는 순간 몸뚱이가 날렵하게 솟구쳐 오르더니 도랑 맞은편에 사뿐히 내려섰다. 그런 뒤 발걸음을 멈추지 않고 계속 앞으로 걸어 나갔다.

"멋지군요!"

돛단배 쪽에서 갈채 한마디가 건너왔다. 흘끗 고개를 돌려 바라보니 어느새 그녀는 삿갓을 쓰고 뱃머리에 우뚝 서 있었다. 비바람에 옷자락 펄럭이는 모습이 한마디로 전설 속 바다 물결 위로 날아다닌다는 능파선자凌波仙子를 마주 보고 있는 듯 아리땁기 그지없었다.

5.

하얀 팔뚝에 찍힌 상처 옥매화로 꾸민 듯한데

전당강은 육화탑 아래 이르러 크게 만곡彎曲을 그리며 구부러져 다시 동쪽으로 흘렀다. 임안부성에서 그곳까지의 거리는 무척이나 멀어 장취산의 빠른 걸음걸이로도 육화탑 아래 도착했을 때에는 하늘빛이 어둑어둑해지고 있었다.

육화탑 동쪽 버드나무 세 그루 그늘 밑에는 과연 어젯밤 그녀가 노래한 대로 유람선 한 척이 닻을 내리고 일렁거리는 물결에 잔잔히 흔들리고 있었다. 전당강을 오르내리는 배는 화물선이나 여객선, 유람선에 이르기까지 서호의 놀잇배와는 달리 선체도 크고 돛까지 달린 범선帆船이었다. 하지만 버드나무 아래 강변에 묶인 이 유람선 뱃머리에는 간밤 서호에서 보았던 것과 똑같은 벽사등롱 두 개가 나란히 걸려 있었다.

눈에 익은 등불 빛을 보자 장취산의 가슴이 쿵쿵 뛰기 시작했다. 정신을 가다듬고 버드나무 밑을 지나 물가로 내려가니, 짙푸른 등롱 불빛이 비쳐 나오는 뱃머리에 그 처녀가 홀로 앉아 있었다. 연둣빛 고운 적삼에 치마로 갈아입은 것이 어젯밤의 남장을 벗어버리고 어느새 어엿한 여인의 차림새였다.

장취산은 더는 다가들지 못하고 잠시 망설였다. 지금 이곳까지 달려온 목적은 남장 여인에게서 간밤의 사건 내막을 될 수 있는 대로 알아보기 위해서였다. 그런데 이제 남장을 벗고 묘령의 규수로 바뀌어 있으니 함부로 말을 걸기가 쑥스러워진 것이다.

그가 망설이는 기색을 눈치챘는지, 여인이 하늘을 우러른 채 시 한 구절을 노랫가락으로 읊조렸다.

뱃머리에 무릎 안고 그리운 임 생각할 제,	抱膝船頭 思見嘉賓
미풍에 물결치니 수심愁心마저 깨는 듯.	微風動波 惘焉若醒

어떻게 말을 붙일까 망설이던 장취산이 그 노랫소리를 듣고 용기를 냈다.

"소생은 장취산입니다. 여쭤볼 것이 있어 실례를 무릅쓰고 찾아왔습니다."

"배에 오르시지요."

처녀의 응낙이 떨어졌다.

장취산은 가볍게 뱃머리에 뛰어올랐다.

"어젯밤에는 먹구름이 하늘을 가려 달빛마저 보이지 않더니, 오늘 저녁은 구름이 흩어져 맑은 하늘이 한결 좋군요."

깔끔하고도 가녀린 목소리, 어딘가 모르게 교태가 서렸다. 그러나 말을 건네면서도 시선은 하늘가에 던진 채 이쪽을 향해서는 눈길 한 번 던지지 않았다.

"소저의 존함은 어찌 되시는지?"

장취산이 어렵게 묻자, 그녀는 돌연 고개를 돌려 바라보았다. 눈동자 속까지 들여다보일 정도로 깊숙한 눈망울이 한두어 번 그의 얼굴을 응시했을 뿐 대꾸는 하지 않았다. 해말간 이마, 고운 두 눈썹 아래

갸름한 얼굴의 윤곽을 무어라 어떻게 형용할 길이 없었다. 그 화사한 용모에 질린 장취산은 문득 공연한 질문을 던졌구나 싶어 쑥스러운 생각이 들었다. '이런 분위기에서 어젯밤의 그 처참했던 일을 어떻게 묻는단 말인가?' 이렇듯 아리따운 아가씨의 한가로운 자태를 마주 대하고 보니 그녀에게 차마 피비린내 나는 질문을 던질 수가 없었다.

그는 공연히 마음이 산란해져 더는 말도 붙이지 못하고 훌쩍 발길을 돌려 강변으로 뛰어내렸다. 그리고 오던 길로 내뛰기 시작했다.

정신없이 한 100척쯤 달리고 났을 때 그는 발걸음을 우뚝 멈추었다. '내가 왜 이러는 걸까? 장취산, 네가 지금 무슨 일로 이곳까지 왔는지 그 목적조차 잊었구나! 7척 장신의 사내대장부 장취산이 강호를 종횡무진 누비면서 두려울 것이 없었는데, 오늘 젊은 묘령의 처녀를 보고서 어쩔 바를 모르다니! 저 처녀는 어젯밤 그 참극이 벌어진 현장에 있던 유일한 목격자가 아니던가?'

흘낏 고개를 돌려 바라보니, 처녀가 탄 배는 어느새 닻을 걷어 올리고 전당강 물결 흐름 따라 하류 쪽으로 천천히 떠내려가고 있었다. 벽사등롱 불빛이 희부옇게 강물에 비치고, 푸른 불빛 그림자가 일렁일렁 수면을 따라 천천히 움직였다.

'이 자리를 그냥 훌쩍 떠나버릴까, 아니면 뱃머리로 다시 뛰어오를까.' 이러지도 저러지도 못한 채 망설이던 그는 주저하던 발길을 다시 돌려 강변을 따라 하류 쪽으로 걷기 시작했다.

강변 기슭에 한 사람, 강물 위에는 배 한 척. 이렇듯 한 사람과 배 한 척이 이상한 동반자가 되어 나란히 평행선을 그리면서 동쪽으로 향했다. 그 처녀는 여전히 무릎을 안고 뱃머리에 다소곳이 앉은 채 이제 하늘가에 갓 떠오르기 시작한 초승달을 바라보고 있었다.

얼마쯤 걸었을까, 장취산은 자신도 모르게 그녀의 눈길을 따라 하늘가를 뒤쫓아 헤맸다.

하늘의 풍운風雲은 진정 헤아릴 수 없다 했던가. 동북쪽 하늘 한 귀퉁이 수평선 위로 시꺼먼 먹구름 한 조각이 솟구치는가 싶더니 잠깐 사이에 뭉게구름으로 바뀌어 동편 하늘을 뒤덮다가, 얼마 안 있어 그나마 가느다랗게 빛을 뿌리던 초승달마저 가리고 말았다.

이윽고 세찬 강바람이 몰아치고 난 뒤에 빗방울이 "후드득!" 떨어졌다. 그것도 잠시뿐, 어느 결에 부슬비가 흩뿌려지면서 온 천지를 뽀얗게 뒤덮기 시작했다.

강변 일대는 어디를 돌아보나 온통 벌판이었다. 아무 생각 없이 묵묵히 발걸음을 옮겨 떼는 장취산은 비를 피할 만한 곳도 없으려니와 굳이 피할 생각도 없었다. 빗발은 그리 굵지 않았으나 한참 맞고 났더니 어느새 옷가지가 흠뻑 젖어버리고 말았다. 어인 일인지 뱃머리에 앉아 있는 그 처녀 역시 온몸에 비를 흠씬 맞은 채 여전히 움직일 줄 몰랐다.

"아가씨, 선실로 들어가 비를 피하시지요!"

장취산이 퍼뜩 생각나서 목청을 돋우어 일깨우자, 그녀도 비로소 자신이 비를 맞고 있는 줄 깨달은 듯 "아!" 하고 소리를 지르며 일어나다가 상대방을 바라보고 주춤했다.

"당신은 그렇게 비를 맞아도 되나요?"

그러고는 조용히 선실 안으로 사라졌다.

얼마 안 있어 다시 나왔을 때 수중에는 우산 한 자루가 들려 있었다. 그녀의 손이 번쩍 쳐들리는가 싶더니, 우산은 강변 기슭을 따라 걷고 있는 장취산에게로 날아왔다.

장취산은 손을 내뻗어 그것을 받았다. 기름 먹인 종이로 만든 자그만 지우산紙雨傘이었다. 우산대를 잡고 활짝 펼치자, 산수화 한 폭이 눈에 꽉 차게 들어왔다. 담묵淡墨으로 친 그림 폭은 아련하게 먼 산 그림자 아래 시냇물이 흐르고, 몇 그루 해묵은 수양버들이 하느작하느작 여린 나뭇가지를 늘어뜨리고 있었다. 바로 전당강 육화탑의 경치를 옮겨 그린 것이었다.

그림에는 화제畵題 일곱 자가 한 줄로 쓰여 있었다.

가랑비 바람결에 빗겨 내리는데,	斜風細雨
저 임은 발걸음 돌이킬 줄 모르네.	不須歸

항주杭州 특산품은 종이 우산이다. 우산에는 대부분 글씨나 그림이 그려져 있어 별로 희한할 것도 없었다. 글씨나 그림 역시 우산을 만드는 장인의 솜씨라, 강서江西 지방 특산의 도자기와 마찬가지로 역시 투박하고 속된 맛을 벗어나지 못한 것이 대부분이었다. 그런데 이 자그만 우산에 그려진 서화만큼은 장인의 솜씨답지 않게 정교하고도 운치가 돋보였다. 다만 화제로 쓰인 일곱 글자의 필력이 좀 모자란 게 명문대가 규방에서 나온 솜씨가 분명한데, 나름대로 사뭇 속된 맛을 떨쳐버려 맑고 개운한 느낌을 안겨주었다.

우산 속 그림 폭에 눈길을 던진 채 강변을 따라 하염없이 걸어가는 장취산은 그 앞길에 자그만 도랑이 흐르는 줄도 모른 채 쉬지 않고 발걸음을 옮겨 떼고 있었다. 이윽고 왼발이 허방을 내딛는 바람에 몸뚱이가 휘청했다. 보통 사람 같았으면 그대로 넘어졌을 터인데, 워낙 감각이 예민한 그는 초식 변화가 기막히게 빨라 오른발이 앞을 걷어차는 순간 몸뚱이가 날렵하게 솟구쳐 오르더니 도랑 맞은편에 사뿐히 내려섰다. 그런 뒤 발걸음을 멈추지 않고 계속 앞으로 걸어 나갔다.

"멋지군요!"

돛단배 쪽에서 갈채 한마디가 건너왔다. 흘끗 고개를 돌려 바라보니 어느새 그녀는 삿갓을 쓰고 뱃머리에 우뚝 서 있었다. 비바람에 옷자락 펄럭이는 모습이 한마디로 전설 속 바다 물결 위로 날아다닌다는 능파선자凌波仙子를 마주 보고 있는 듯 아리땁기 그지없었다.

"우산의 그림과 글씨가 장 상공張相公 님의 눈에 드시는지 모르겠군요?"

장취산은 회화에 별로 관심을 두어본 적이 없고 마음이 그저 서법에만 쏠려 있는 사람이라, 대답도 그 방면을 언급했다.

"이것은 위 부인衛夫人의 〈명희첩名姬帖〉•을 본뜬 필법이군요. 필치는 끊겨도 필의가 이어지고, 쓰인 글귀는 짧지만 의미심장한 것이 잠화사운簪花寫韻의 묘미가 깃들어 있습니다."

그가 자신의 서체를 한눈에 알아맞히자, 처녀는 속으로 흐뭇한 감을 금치 못하고 내처 말을 걸어왔다.

"일곱 글자 가운데 '불不' 자를 제일 못 썼죠?"

• 위 부인은 진晉나라 때 최고의 명필이며 서법의 대가인 위삭衛鑠을 가리킨다. 자는 무의茂猗이고 이구李矩의 아내여서 '이 부인'이라고도 부른다. 당대의 서화가 종요鍾繇에게 사사하여 예서隸書와 해서楷書에 정통했다. 왕희지도 모든 서법을 그녀에게서 전수받았다고 한다. 〈명희첩〉은 그녀가 써서 남긴 서첩을 가리킨다.

질문을 받은 장취산이 다시 한번 화제書題의 글씨를 세심하게 뜯어보았다.

"이 '불' 자는 아주 자연스럽게 쓰셨습니다. 함축미가 좀 모자란 듯하지만 나머지 여섯 글자와 달리 필치의 여운이 끝없어, 보는 사람에게 지루함을 잊도록 해주는군요."

"역시 그렇군요. 화제를 써넣고도 뭔가 썩 개운치 못한 느낌이 들었지만 어디가 어떻게 잘못되었는지 알아보지 못했는데, 이제 장 상공께서 말씀해주시니 비로소 확연히 깨달을 수 있겠네요."

처녀가 탄 배는 물결 따라 유유히 떠내려가고, 장취산 역시 강변 따라 하염없이 걸어가고 있었다. 대화의 주제가 서법에 이르자 서로 묻고 대답하며 부지불식간에 벌써 반 리 남짓이나 나아갔다.

날은 더욱 어두워져 이제 상대방의 얼굴 윤곽조차 또렷이 알아볼 수 없었다. 세찬 바람결에 빗줄기만 흩뿌려지는데 강물 위에서 건너오는 목소리와 강변 둔덕 위에서 건너가는 목소리만 들려올 따름이었다. 이윽고 처녀가 무슨 생각이 났는지 갑자기 손을 흔들었다.

"그대와 한자리에서 나눈 대화가 10년 책을 읽는 것보다 더 나은 듯싶군요. 장 상공께서 지적해주신 점, 여러모로 고맙습니다. 여기서 이만 헤어져야겠군요."

번쩍 들어 흔드는 손길이 신호였는지, 뱃고물에서 키를 잡고 있던 사공이 돛 줄을 잡아당기기 시작했다. 갑판 위 돛대에 축 늘어져 있던 돛폭이 슬금슬금 올라가면서 삽시간에 강바람을 안고 북처럼 팽팽하게 부풀어 오르더니 수면 위를 쏜살같이 미끄러져 나갔다.

시야에서 점점 멀어져가는 돛단배를 바라보면서 장취산은 갑자기 무엇인가 소중한 것을 잃어버린 듯한 서운함과 미련이 솟구쳤다.

"제 성은 은殷씨예요……. 언젠가 연분이 닿으면 장 상공께 다시 가르침을 청하겠어요!"

"제 성은 은씨……"란 첫마디에 정취산은 정신이 번쩍 들었다. '도대금이 뭐라고 했던가? 셋째 형님 유대암의 호송을 부탁한 사람은 서생 차림에 용모가 준수하고 아리따운 여자라고 했다. 그가 스스로 은씨라고 일컬었다고 했는데, 혹시 저 처녀가 변장을 하고 나타났던 것은 아닐까?'

생각이 여기에 미치자, 그는 더 이상 남녀지간을 따질 것 없이 한 모금 진기를 끌어올려 질풍같이 배를 뒤쫓기 시작했다. 돛단배가 비록 바람과 물결을 타고 빠르게 달린다고는 하지만, 경공신법을 한껏 펼친 그는 얼마 안 가서 이내 배를 따라잡았다.

"은 소저! 우리 셋째 사형 유대암을 아십니까?"

장취산은 다시 돛단배와 평행선을 이루고 강변 둔덕을 나란히 달려가며 목청을 드높여 외쳐 불렀다. 처녀는 고개를 돌리고 외면한 채 대답하지 않았다. 그는 얼핏 탄식 소리를 들은 것 같았다. 그러나 한 사람은 강변에, 또 한 사람은 배 안에 있었기 때문에 그것이 한숨짓는 소리였는지 아니면 바람결에 물결치는 소리였는지 구분할 수가 없었다. 그는 또 소리쳐 물었다.

"내게 의문이 숱하게 많소. 은 소저, 속 시원히 해명해주시오!"

처녀가 대꾸했다.

"꼭 물어보셔야만 하나요?"

"용문표국에 셋째 사형을 호송해달라고 위탁한 사람이 바로 은 소저였습니까? 그 은덕은 내 반드시 갚으리다."

"강호의 은원恩怨 관계는 말로 설명하기 어려운 것이랍니다."

"은 소저, 우리 셋째 사형을 어디서 만났습니까? 또 어떻게 구해주신 겁니까?"

"전당강 변에서 유 삼협이 누워 계신 것을 발견했어요. 그래서 본 김에 구원해드린 거죠."

"셋째 사형은 무당산 아래 도착해서 또다시 어떤 자들의 독수에 걸렸소! 은 소저는 이 사실을 아십니까?"

"저도 몹시 난감했어요. 죄송스러운 마음뿐이에요."

둘이서 묻고 대답하는 사이에 강바람은 더욱 거세게 불기 시작했다. 바람을 잔뜩 안은 돛단배의 속력이 갈수록 빨라졌다. 내공이 심후한 장취산 역시 반 걸음도 뒤처지지 않고 그녀가 탄 배와 시종 나란히 달렸다. 그녀의 내력은 장취산에게 미치지 못했으나 한 글자 한마디를 또렷이 알아들을 수는 있었다.

하류로 내려갈수록 전당강의 수면은 더욱 넓어졌고 바람결에 빗겨 가늘게 내리던 빗줄기는 미친 듯이 불어오는 강풍 속에 차츰 폭우로 변해갔다.

"어젯밤 용문표국 일가족 수십 명이 몰살당했소. 누가 그런 끔찍한 짓을 저질렀는지, 은 소저는 범인을 알고 계십니까?"

"내가 도대금에게 한 말이 있어요. 유 삼협을 조심해서 무당산까지 호송하라고…… 만약 도중에 반 푼이라도 차질이 있을 때에는……."

"차질이 있을 때에는 표국 안의 개 한 마리 닭 한 마리도 남겨두지 않을 것이다……?"

"네, 그랬지요. 그자는 유 삼협을 끝까지 무사히 보호하지 못했어요. 그건 자업자득인데 누굴 또 원망하겠어요?"

이 말을 듣는 순간, 장취산은 가슴이 써늘해졌다.

"그렇다면 표국 안의 그 숱한 목숨은 모두…… 모두……?"

"모두 내가 죽였어요!"

장취산은 귓속에서 "위잉!" 하는 이명耳鳴이 울렸다. 저 꽃같이 아리따운 처녀가 외눈 하나 깜짝하지 않고 그 숱한 사람의 목숨을 빼앗은 범인이었다니, 도저히 믿을 수 없었다. '그럴 리가 없다, 그럴 리가 없어!'

두 사람 사이에는 대화가 끊기고 한동안 침묵이 흘렀다. 광풍 폭우가 어우러지는 미친 듯한 자연의 아우성만이 천지에 가득했다.

"그렇다면…… 소림사 승려 두 사람은?"

"역시 내가 죽였죠. 나도 처음에는 소림파와 원수를 맺고 싶진 않았어요. 하지만 저들이 먼저 극독을 먹인 암기로 내게 상처를 입혔기 때문에 용서할 수가 없었어요."

"그런데 어째서…… 어째서 저들이 날 미워하는 거요?"

장취산이 억울하다는 듯 소리쳐 따져 묻자, 그녀는 까르르 하고 웃음보를 터뜨렸다.

"그건 내가 꾸민 일이에요."

이 말 한마디에 장취산은 가슴속에서 분노가 치밀어 버럭 호통을 쳤다.

"당신이 꾸며서 저들이 날 원망하게 만들었다고?"

"그래요, 내가 그렇게 하도록 꾸민 거예요."

웃음 끝에 처녀가 천연덕스레 대꾸했다.

이윽고 장취산의 입에서 으르렁대는 야수의 노성이 터져 나왔다.

"나는 아가씨와 아무런 원한도 없는데…… 어쩌자고 그런 짓을 저질렀소?"

호통 소리를 들었는지 못 들었는지, 뱃머리 위의 처녀는 소맷자락 한 번 휘두르더니 선실로 냉큼 들어가버렸다.

일이 이쯤 되자 장취산도 참을 수가 없었다. 진상이 밝혀지다 말았으니 어찌 분명한 내막을 끝까지 캐묻지 않고 그만둘 수 있겠는가? 배는 강변 기슭에서 20~30척 남짓한 거리를 둔 채 떠내려가고 있었다. 도약을 해서는 도저히 배에 다다를 수 없는 거리였다. 그러나 미칠 듯이 성난 장취산은 포기하지 않았다. 우산을 접어 간직한 그는 손바닥을 칼날처럼 곧추세워 강변 둔덕에 우뚝 서 있는 단풍나무 가장귀를 사납게 후려치기 시작했다. "우지직, 우지직!" 소리가 두세 번 울리고 났을 때, 단풍나무는 이내 가장귀를 다 떨쳐버린 채 삽시간에 굵다란 나무토막 두 개로 바뀌었다. 나뭇가지 두 개를 꺾어 든 그는 우선 한 토막을 강물 위에 던져놓은 다음, 오른발 끝으로 지면을 걷어차기가 무섭게 강물 위로 몸을 날렸다. 앞으로 내뻗은 왼발이 굵다란 나무토막을 톡 찍어 순간적으로 얻은 부력浮力을 타고 재도약했다. 왼손에 들려 있던 나머지 한 토막을 돛단배 쪽으로 내던지면서 다시 한번 오른발 끝으로 나무토막을 톡 찍었다. 수면의 탄력이 발끝에 느껴지기 무섭게 솟구쳐 오른 몸뚱이가 허공에서 빙그르르 회전하더니 마침내 뱃머리 위에 거뜬히 올라섰다. 두 발이 갑판에 닿자, 그는 목청을 한껏 높여 고함쳐 물었다.

"왜 그런 일을 꾸몄소!"

하나 어두컴컴한 선실 안에서는 쥐 죽은 듯 아무 소리도 흘러나오지 않았다. 장취산은 선실 문턱으로 발을 내밀었다. 그러나 머리끝까지 분노가 치밀어 오른 상태에서도 자제력은 살아 있었다. 남녀가 유별한데 처녀 혼자 있는 선실에 사내 녀석이 함부로 들어가다니, 이건 너무 무례한 짓이 아닌가? 주춤주춤 망설이고 있는데 불빛이 반짝하더니 선실 안에 촛불이 켜졌다.

"들어오세요!"

처녀의 목소리가 들려왔다. 장취산은 옷매무새를 단정히 가다듬고 우산대를 거꾸로 잡은 채 선실 안으로 들어섰다. 그다음 순간 장취산은 흠칫 놀라 발걸음이 저절로 멈춰 섰다.

선실 한가운데에는 청년 서생이 한 사람 앉아 있었다. 짙푸른 장삼에 방건을 쓰고 가볍게 부채질하는 모습이 무척 깔끔하고 소탈해 보였다. 어느새 처녀는 또다시 남장 여인으로 옷을 갈아입고 있었던 것이다.

장취산은 그녀의 차림새가 자신과 아주 흡사하다는 것을 한눈에 알아볼 수 있었다. 어젯밤 소림사 승려들이 어째서 자기를 살인범으로 오인했는지 이제 더 묻지 않아도 알 만했다. 그녀는 옷차림을 바꿔 입음으로써 답변을 한 셈이었다. 어둠 속에서 경황이 없을 때 소림승 혜풍과 총표두 도대금이 한마디로 장취산 자신을 범인이라고 단정한 것도 무리는 아니었다. 이래서 장취산은 꼼짝없이 흉악무도한 집단 살인범으로 지목될 수밖에 없었던 것이다.

"장 오협 님, 이리 앉으시죠."

남장의 처녀가 부채 끝으로 맞은편 자리를 가리켰다. 그러고는 탁자 위에 놓인, 세공細工으로 다듬은 도자기 찻주전자를 들어 한 잔 따르더니 조심스레 그 앞에 내밀었다.

"이런 쌀쌀한 날씨엔 손님에게 술을 권해드려야 좋으련만, 배 안에 술이 없어 장 오협 님의 맑은 흥취를 돋워드리지 못하는군요."

상대방이 예의를 깍듯이 차려 고상하게 차 한잔까지 대접하는 데야 사내대장부가 분노를 터뜨릴 수는 없는 노릇이라, 장취산은 속에서 부글부글 끓어오르는 울화통을 꾹꾹 눌러 참았다.

"고맙소."

장취산은 허리 굽혀 인사치레를 건넸다. 온몸이 빗물에 흠뻑 젖은 모습을 보자 그녀는 안쓰러운 표정을 지었다.

"장 오협 님, 비에 온통 젖으셨군요. 배 안에 여벌 옷이 있으니 뒤쪽 고물로 건너가서 갈아입으시죠. 봄 추위가 아직은 맵습니다."

"괜찮소."

장취산은 고개를 내저었다. 그리고 암암리에 내력을 운기하자, 아랫배 단전에서 한 줄기 따뜻한 기운이 솟구쳐 오르더니 전신이 후끈 달아올랐다. 잠시 뒤 흠뻑 젖은 옷에 수증기가 무럭무럭 피어오르기 시작했다.

"무당파 내공이 과연 무림의 으뜸이군요. 그런 줄 모르고 소녀가 장 오협 님더러 옷을 갈아입으시라 했으니 정말 우물 안 개구리였네요."

장취산은 그런 찬사에는 대꾸도 않고 단도직입으로 질문을 던졌다.

"아가씨는 어느 문파에 계신지 일러주실 수 있겠소?"

그러나 처녀는 아무런 대답 없이 창밖으로 흐르는 강물만 내다보았다. 주름진 이마에 깊은 수심이 서렸다.

장취산은 그녀의 표정에 우울한 기색이 겹쳐 나오는 것을 보자 각박하게 다그치기가 어려워 한참 동안 뜸을 들였다. 그러나 더는 조바심을 참지 못하고 또 물었다.

"우리 셋째 사형이 대체 어떤 자의 손에 중상을 입었는지 말씀해주시오."

"도대금만 잘못 보고 오해한 게 아니라, 저까지도 크게 당했지 뭐예요. 전 일찍이 무당칠협이 모두 예의 바르고 멋진 영웅들인 줄로만 알았더니, 과연 그렇군요."

장취산은 그녀가 묻는 말에는 대꾸를 않고 엉뚱하게 "예의 바르고 멋진 영웅"이니 뭐니 하고 치켜세우는 말을 하자, 저도 모르게 가슴이 덜컥 내려앉고 얼굴이 화끈 달아올랐다. 자신의 풍채를 맞대놓고 찬사를 보내는 것이 분명한데, 무슨 뜻으로 그런 말을 하는지 알 수 없었기 때문이다.

그녀가 한숨을 푸욱 내리쉬더니 하는 수 없다는 듯이 갑자기 왼손 소맷자락을 걷어 올렸다. 느닷없이 눈앞에 백옥처럼 하얀 팔뚝이 드러나자, 장취산은 규수의 살결을 마주 바라볼 수 없어 얼른 고개를 숙이고 두 눈을 내리깔았다.

"이게 무슨 암기인지 알아보시겠어요?"

'암기'라는 말 한마디에 장취산이 그제야 고개를 후딱 쳐들었다. 그녀의 팔뚝에는 검은빛 강철 표창 세 자루가 박혀 있었다. 백설처럼 뽀얀 살결에 강철 표창이 박힌 부위만 먹물로 찍은 듯 시커멓게 변색되었다. 강철 표창은 석 대 모두 꼬리 부분이 매화꽃처럼 갈라져 드러나고 길이는 한 치 반 남짓 되어 보였는데, 그중 한 치 정도가 살 속에 박혀 들어가 있었다. 너무나 뜻밖의 광경에 깜짝 놀란 장취산이 자기도 모르게 벌떡 일어났다.

"이건…… 소림파 매화표梅花鏢 아닌가요? 그런데 어째서 검은빛일까……?"

"옳아요, 이건 소림파에서 쓰는 매화표예요. 독약을 발라서 검은 빛깔이 나죠."

촛불 아래 드러난 백설같이 하얀 살결, 수정처럼 해맑고 투명하도록 깨끗한 팔뚝에 박힌 검은빛 강철 표창 석 대는 마치 눈처럼 하얀 옥판선화지玉板宣花紙•에 먹물 세 방울이 튀긴 듯 요염할 정도로 눈부시고 아름답게 반짝거렸다. 그러나 검은 빛깔만큼은 죽음의 상징인 듯 보는 눈앞에서 으스스한 공포감을 안겨주었다.

"소림파는 명문 정파로 암기에 절대 독약을 바르지 않소. 그런데 이게 어찌 된 일이요? 소림 제자 말고 매화표를 쓰는 사람이 또 있다는 말을 들어본 적이 없는데……. 아무튼 이 표창을 맞은 지 얼마나 되셨소? 어서 빨리 해독할 방법을 찾아내는 게 급하오."

그녀는 대답 대신 장취산이 허둥지둥 걱정스러워하는 기색을 물끄러미 바라보고만 있었다. 조금 전까지만 해도 불같이 성을 내던 사람이 그 분노는 어디로 사라졌는지, 이제는 마치 자신의 팔뚝에 독을 먹인 표창이 박힌 것처럼 당황하고 있는 것이다.

채근하는 장취산의 눈길과 마주치자 그녀는 비로소 입을 열었다.

"벌써 스무 날 이상 지났어요. 제가 약을 써서 독기가 더 번지지 않

• 글씨를 쓰거나 그림을 그릴 때 쓰는 종이. 폭이 좁고 두꺼운 최고급 화선지.

게 막아놓았지만 두려워서 뽑아내지 못하고 있었어요. 한 대라도 잘못 뽑았다가 독기가 핏줄을 따라서 전신으로 퍼질까 봐……."

"중독된 지 스무 날이 지나도록 그냥 두었단 말이오? 이걸 뽑지 않고 내버려두었다가는 어쩌면 치료가 된 뒤에도…… 어쩌면 살갗에 흉터가 크게 남을 텐데……."

장취산은 중간에서 말을 더듬었다. 사실은 '독성이 체내에 그대로 남으면 팔을 못 쓰게 될 것'이라고 하려다가 너무 가혹한 듯싶어 흉터 얘기로 완곡하게 돌려서 표현했던 것이다. 하나 그녀의 두 눈에는 이미 눈물이 글썽글썽 맺혔다.

"저도 벌써 할 만큼은 다 해봤어요. 어젯밤에 그 소림사 승려들의 몸까지 다 뒤져봤지만 해독제를 못 찾았어요……. 이제 이 팔은 영영 못 쓰게 되나 봐요."

그러고는 걷어 올렸던 소맷자락을 힘없이 내려놓았다. 그 애처로운 모습을 보자 장취산은 가슴이 뭉클해졌다.

"은 소저, 나를 믿어주시겠소? 소생의 내공력이 비록 얕지만 소저의 팔뚝에서 독기를 뽑아내는 걸 도와드릴 자신은 있소."

그녀는 무척이나 기쁜 듯 눈물을 흘리면서도 방긋 웃음 지었다. 두 뺨에 보조개가 파이면서 발그레하니 물들었다.

"장 오협 님, 마음속에 의문이 숱하게 많죠? 제가 그걸 다 말씀드리고 나면 절 도와주신 걸 후회하실 거예요."

이 말에 장취산은 딱 부러지게 대꾸했다.

"다치고 병든 사람을 구하는 것은 우리가 마땅히 해야 할 본분인데, 무슨 후회가 있겠소?"

“벌써 한 달 가까이 고통을 참아왔으니 오늘 몇 시간쯤이야 급할 것도 없겠죠. 제가 먼저 해명해드리겠어요. 그날 용문표국에 유 삼협의 호송을 부탁하고 나서, 저도 변장하고 호송대 뒤를 따라붙었어요. 도중에 과연 유 삼협을 노리는 무리가 적지 않게 있었지만, 모두 제가 암암리에 손을 써서 처치해버렸죠. 그런데 우습게도 도대금 일행은 전혀 낌새를 못 채고 꿈속에 빠진 채 여행길이 순조롭다며 좋아하더군요.”

이 말을 듣고 장취산은 새삼 두 손 모아 치사했다.

“소저께서 베풀어주신 그 큰 은덕, 저희 무당 제자들을 대신해 진심으로 감사드립니다.”

그러자 처녀는 싸늘한 말투로 이렇게 대꾸했다.

“고마워하실 것 없어요. 좀 있으면 도리어 절 원망하게 되실 테니까요.”

장취산은 그녀가 무슨 뜻으로 이런 말을 하는지 영문을 모른 채 어리둥절한 표정을 지었다. 하나 그녀는 모른 척하고 자기 할 말을 계속했다.

“저는 도중에 여러 차례 변장을 했습니다. 어느 때는 농사꾼으로 또 어떤 날은 장사꾼 차림으로 바꿔 입고 멀찌감치 떨어져서 호송대의 뒤를 따라갔지요. 그런데 무당산 아래 이르러 그만 차질이 생길 줄이야 누가 알았겠어요.”

“그 여섯 놈, 아가씨는 그놈들을 직접 보셨습니까? 안타깝게도 도대금이란 작자는 흐리멍덩해서 그 여섯 놈의 정체를 설명하지 못하던데…….”

장취산이 이를 악물고 내처 묻자, 그녀는 한숨을 쉬면서 고개를 내저었다.

"저도 그자들을 보았어요. 그뿐만 아니라 싸우기까지 했죠. 하지만 저 역시 흐리멍덩해서 그들의 정체를 말씀드릴 수가 없군요."

처녀는 찻잔을 들어 한 모금 마시고 나서 다시 말을 이었다.

"그날, 그 여섯 놈은 무당산에서 마중하러 내려온 듯 나타났습니다. 도대금이 인사를 나누면서 그들을 무당육협이라 불렀는데, 그들 역시 천연덕스레 부인하지 않기에 의심할 수가 없었죠. 멀찌감치 숨어서 지켜보자니까, 그들은 유 삼협이 타고 있는 마차를 넘겨받아 끌고 가더군요……."

그녀의 설명은 이러했다.

여섯 괴한이 마차를 인수해 그 자리를 떠나자, 그녀도 일이 잘 끝났구나 싶어 산길 한 곁에 말을 세우고 도대금 일행이 앞서 지나갈 때까지 기다렸다. 한데 그때 한 가지 의문이 퍼뜩 떠올랐다. 무당칠협이라면 동문 사형제이면서도 골육을 나눈 친형제보다 우애가 더 깊다고 들었는데, 유대암이 그토록 중상을 입었다면 그 '형제들' 역시 우르르 달려들어 상처가 어떤지부터 살펴보는 게 도리 아닌가? 하지만 그들 중 한 사람만이 마차로 가서 슬쩍 훑어보기만 했을 뿐, 나머지 다섯은 환자를 돌아보기는커녕 오히려 흡족한 듯이 큰 소리로 환호성을 외치고 휘파람까지 불어가며 마차를 몰고 가버렸다. 그런 행위는 인정상 결코 걸맞지 않은 몰염치한 행동이었다. 여기서 그녀는 무엇인가 일이 잘못되었다는 느낌이 들었다.

"소저의 성품이 세심하셔서 그런 의혹을 품으셨군요."

장취산이 고개를 주억거리며 감탄했으나, 처녀는 어쩔 수 없었다는 듯이 절레절레 고개를 내저으며 설명을 계속했다.

그녀는 아무리 좋게 생각하려 해도 그럴수록 일이 잘못되었다는 느낌만 점점 더해갔다. 그래서 말을 휘몰아 여섯 괴한의 뒤를 쫓아갔다. 얼마 안 가서 그들을 따라잡은 그녀는 다짜고짜 성명을 대라고 따져 물었다. 괴한들 역시 눈썰미가 여간 좋지 않아 첫눈에 그녀가 남장 여인이라는 것을 알아보았다.

그녀는 대담하게도 여섯 명의 괴한을 상대로 호되게 꾸짖었다.

"무당산 아래에서 염치없이 무당 제자를 사칭하고 유 삼협을 납치해가다니, 못된 짓을 꾸미려는 게 분명하구나!"

그러자 괴한들 중에서 조롱 섞인 야유가 터져 나왔다.

"하하! 유 삼협이 네 서방님이라도 된단 말이냐?"

"뭐라고? 이 괘씸한 놈들!"

두세 마디 입씨름 끝에 드디어 싸움이 벌어졌다. 모욕적인 언사에 노발대발한 그녀가 말을 몰아 돌진하자, 그들 여섯 가운데 나이 서른쯤 들어 보이는 말라깽이 한 녀석이 뛰쳐나와 맞싸우기 시작했다. 황관 도사 차림의 한 사람은 곁에서 그녀가 도망치지 못하도록 퇴로를 차단하고 경계하면서 협공할 틈을 엿보았다. 그리고 나머지 괴한 넷은 마차를 몰고 휑하니 떠나버렸다.

말라깽이 중년의 무공 실력은 대단했다. 그녀는 30여 합을 겨루고도 끝내 승세를 잡지 못했다. 하나 괴한들도 조바심이 들었는지, 한 곁에서 경계하던 도사가 느닷없이 왼손을 번쩍 휘둘러 쳤다. 그다음 순간 그녀는 팔뚝에 뜨끔한 느낌을 받았다. 소리 없이 날아들어 팔뚝에 박힌 것이 바로 매화표 석 대였던 것이다. 근질거리던 팔뚝은 싸움이 격해질

수록 점점 마비되어 손을 쓰기가 어려웠다. 형세는 갈수록 불리해졌다. 승기를 잡았다고 자신한 말라깽이가 그녀를 잡으려고 달려들었다.

"서방님은 벌써 멀찌감치 가버렸으니 우리하고 재미나 좀 보자! 자, 이리 오라니까. 하하하!"

한 곁에서 황관 도사는 빙글빙글 웃고만 서 있었다.

사세가 다급해지자, 그녀는 저들이 눈치 못 채게 오른손으로 은침을 꺼내 들었다.

"저는 그자가 입에 담지 못할 무례한 말을 하면서 달려들기에 은침 석 대로 답례를 보내고 나서야 가까스로 그 자리를 빠져나와 도망쳤습니다. 그러나 저들이 유 삼협을 어디로 데려갔는지 끝내 찾을 수 없었습니다."

여기까지 얘기하고 났을 때 그녀의 얼굴에는 발갛게 달무리가 졌다. 구체적으로 말은 하지 않았어도, 장취산은 그 말라깽이가 홀몸으로 나타난 은 소저의 미모를 보고 음탕한 욕심을 품었다는 것을 충분히 짐작할 수 있었다.

"으음…… 황관 도사가 이 매화표 석 대를 왼손으로 쏘아 날렸다? 그것참 이상한 노릇이군! 소림 문하에서 어떻게 도사가 나올 수 있단 말인가요? 혹시 도사로 변장한 것은 아닌지 모르겠습니다."

"그럴지도 모르죠. 도사가 스님으로 변장하려면 머리를 박박 밀어야 하겠지만, 승려가 도사로 변장할 경우에는 도관 하나만 쓰면 그만이니까요."

웃음 섞어 대꾸하는 말에, 장취산도 끄덕끄덕 수긍을 했다.

그녀는 설명을 계속했다.

"저는 속으로 일이 재미적게 돌아간다고 판단했습니다. 그 황관 도사는 아무리 봐도 저와 싸운 말라깽이보다 더 지독한 솜씨를 지닌 것이 분명했습니다. 더구나 괴한 일당은 여섯 명씩이나 되니 저 혼자 몸으로 어떻게 당해낼 수 있겠습니까? 제게는 아무런 대응 방법이 생각나지 않았습니다."

이때 장취산이 무슨 말인가 하려고 입을 열다가 도로 다물었다.

"무슨 말씀을 하시려는지 알 만해요. '왜 무당산에 올라와서 얘기하지 않았느냐' 그거죠? 하지만 저는 무당산으로 찾아갈 입장이 못 되었습니다. 또 만약 제가 공개적으로 나설 형편이었다면, 무엇 하러 용문표국에 찾아가서 큰돈 들여가며 도대금에게 호송을 맡겼겠습니까? 아무리 곰곰이 생각해봐도 뾰족한 수가 없어 저는 임안부 쪽으로 발길을 돌렸습니다. 울적한 마음으로 터벅터벅 돌아오는 도중에 공교롭게도 당신이 도대금과 만나 주고받는 대화를 엿들었습니다. 그리고 당신이 나중에 유 삼협을 찾아서 구해냈다는 사실을 비로소 알게 되었죠. 그때 저는 '무당칠협의 손에 넘겨진 이상 내가 더 끼어들 일도 없겠다. 또 내 보잘것없는 재간으로 도와드리려 해봤자 무슨 소용이 있겠는가?' 이렇게 생각했지요. 더구나 저는 매화표에 얻어맞은 독을 풀어야 할 일이 급해서 부리나케 임안부로 돌아오고 말았습니다. 그것이 벌써 스무 날 전의 일이지요. 그런데 유 삼협께선 그 후 어찌 되셨나요?"

기나긴 설명 끝에 그녀가 유대암의 안부를 묻자, 장취산은 셋째 사형이 그들 여섯 괴한의 손에 잔혹하게 사지 팔다리뼈가 부러진 참상을 일러주었다. 처녀는 길게 탄식하면서 안타까움에 못 이겨 눈썹이 파르르 떨렸다.

"유 삼협께선 길상吉相을 타고나셨으니 하늘이 도와 종국에는 완치되실 거예요. 그러지 않으면…… 그러지 않으면 저는……."

"고맙소, 아가씨가 그렇게 걱정해주시니……."

장취산은 그녀가 애타는 심정으로 진정 유대암의 치유를 간절히 비는 말에 감동한 나머지 눈시울이 뜨거워졌다. 하지만 처녀는 고개를 살래살래 내저으면서 두 눈을 내리깔았다.

"저는 강남 땅으로 돌아와 아는 사람에게 이 매화표를 보였어요. 그 분도 한눈에 소림파의 독문암기라는 것을 알아보더군요. 그런데 이 암기를 발사한 자의 본문 해독제가 아니고선 독성을 풀기 어렵다는 거예요. 임안부에서 소림파 출신이라면 용문표국 사람들 말고 또 누가 있겠어요? 그래서 밤중에 표국으로 들어가 그들에게 해독제를 내놓으라고 윽박질렀죠. 한데 그들이 해독제를 주기는커녕 집 안 구석구석에 칼잡이들을 매복시켜놓고 제가 문턱에 들어서자마자 사정없이 기습공격을 가하는 게 아니겠어요?"

"으음……."

장취산의 입에서 깊은 신음 소리가 배어나왔다.

"그런데 좀 전에 소저가 고의적으로 일을 꾸며 저들이 나를 범인으로 오인하도록 만들었다고 하지 않았소?"

장취산의 추궁을 받자, 그녀는 염치없다는 듯이 얄궂은 표정을 짓더니 고개를 수그리며 다 기어들어가는 목소리로 변명을 했다.

"당신이 옷 가게에서…… 그 의건衣巾을 사는 걸 보았어요. 그렇게 차려입으면 아주 멋있을 것처럼 보이기에 저도 똑같은 걸로 한 벌 사입었죠……."

떠듬떠듬 대꾸하는 그녀의 두 뺨에 발그레하니 홍조가 떠올랐다.

"그렇다면 됐소. 하지만 한꺼번에 수십 명이나 되는 사람을 몰살하다니 너무 악랄한 짓 아니오? 표국 사람들이라고 해서 모두 당신과 원수지간이 아닐 텐데 말이오."

상대방에게서 맞대놓고 질책을 받자, 그녀는 얼굴빛이 싹 변했다.

"흥, 지금 날 훈계하시는 거예요? 내 나이 열아홉 살 되는 오늘날까지 남한테 꾸지람이나 훈계를 들어본 적이 없어요! 의롭고 인자하신 장 오협 님, 이제 그만 돌아가시죠! 저같이 심보가 모질고 잔인한 계집아이 따위가 당신 같은 성인군자하고 어울리기를 바랄 수야 없는 노릇이죠!"

갑작스레 변덕이 나서 암팡지게 쏘아붙이는 말을 듣자, 장취산은 면구스럽다 못해 저도 모르게 얼굴이 확 붉어져서 자리를 박차고 벌떡 일어섰다. 도대체 누가 잘못하고 누가 누구를 꾸짖는 건지 알다가도 모를 일이었다. 그는 선실 문턱을 넘어서려다 문득 이 처녀의 독상을 치료해주겠노라고 약속한 말이 생각나 다시 발길을 돌렸다.

"소매를 걷어 올리시오."

처녀가 고운 이마를 찌푸리면서 툭 쏘아붙였다.

"당신같이 남을 욕하는 사람의 치료는 안 받겠어요!"

"상처가 너무 오래되었소. 더 이상 지체했다가는 독기가…… 독기가 퍼져서 치료하지 못할 지경에 이를 거요."

"아예 죽어버리면 속 시원하겠죠, 뭐! 어차피 당신 때문에 죽는 거니까!"

처녀의 말투는 진짜 죽지 못하는 것이 한스럽다는 투였다. 장취산은 두 눈이 휘둥그레졌다. 처녀가 자기 때문에 죽는다니 말이나 되는 소린가?

"이런, 무슨 말씀을! 독을 먹인 표창을 쏜 자는 소림파 악당인데, 그게 나하고 무슨 상관이 있어 나 때문에 죽는다는 거요?"

"만약 제가 무당산까지 불원천리하고 유 삼협을 호송하지 않았던들 그 여섯 놈과 마주치기나 했겠어요? 그놈들이 당신 사형을 가로채가는 것을 내가 못 본 척했다면 내 팔뚝에 표창을 얻어맞기나 했겠어요? 또 당신이 한 걸음만 일찍 그곳에 나타나서 절 도와주었더라면 제가 독상을 입고 이 고생을 했겠느냔 말이에요! 안 그래요?"

맨 마지막 두 마디는 순전히 억지떼를 쓰는 말이었으나, 앞의 몇 마디는 그래도 이치에 어느 정도 맞는지라 조목조목 따질 수가 없었다.

"딴은 그렇기도 하군요. 그러니까 내가 소저의 상처를 치료해서 그 은덕을 조금이나마 갚아드리겠다는 거 아니오? 자, 어서 그 소매를 걷어 올리시구려."

그러자 처녀는 고개를 홱 돌리고 외면하면서 다그쳐 물었다.

"그럼 당신이 잘못했다는 걸 인정하시는 거죠?"

"내가 무슨 잘못을 했고 또 뭘 인정하라는 거요?"

"나더러 심보가 모질고 악랄하다는 그 말은 틀린 거고, 소림사 승려 둘과 도대금을 비롯한 표국 안의 일가족 모두 내 손에 죽어 마땅하다는 사실을 인정하시겠죠? 당신이 그걸 인정하신다면 내 기꺼이 치료를 받겠어요."

이 말을 듣고 장취산은 어처구니가 없어 절레절레 도리질을 했다.

"소저가 독을 바른 표창에 맞기는 했으나, 그래도 아직 치료할 수 있는 상처요. 그리고 우리 셋째 사형도 중상을 입었다고는 하지만 돌아가신 것은 아니오. 설령 끝내 치료할 수 없어 회복이 안 된다면, 우리가 찾아서 복수할 대상은 그 몇몇 원흉이지 용문표국 사람들이 아니오. 그런데 그렇게 한꺼번에 수십 명씩이나 마구 죽여서야 되겠소? 그것은 아무래도 사리에 맞지 않는 행위요."

그러자 처녀의 눈꼬리가 솟구쳤다.

"그러니까 끝내 제가 사람을 잘못 죽였단 말이군요? 이 매화표를 쏜 자는 소림파가 아닌가요? 설마 용문표국이 소림파 출신의 속가 제자가 개업한 게 아니란 말인가요?"

"소림파 문하 제자는 세상천지 어디에나 깔려 있소. 수천수만이나 되오. 아가씨가 매화표 석 대를 맞았다고 해서 소림의 문하 제자를 모조리 죽여 없앨 수는 없지 않소?"

아무리 억지떼를 잘 쓰는 처녀였지만, 이 말에는 답변이 군색해질 수밖에 없었다. 할 말을 잃어버린 그녀가 느닷없이 오른손을 번쩍 들더니 자기 왼쪽 팔뚝을 "철썩!" 내리쳤다. 팔뚝에 박혀 있던 매화표 석 대가 단번에 꼬리 부분까지 살 속 깊숙이 파묻혀 들어갔다.

그녀의 성미가 이토록 고집 세고 괴팍스러울 줄은 꿈에도 몰랐던 장취산은 엉겁결에 손을 내밀어 막으려 했으나 이미 때는 늦었다. 그는 기가 막혀 쓴 입맛을 쩝쩝 다셨다. '아무리 이쪽 말이 제 성깔에 맞지 않는다고 자기 손으로 제 몸에 상처를 덧나게 하다니 이럴 수가 있단 말인가? 하기야 제 몸에도 저러니 남을 죽이는 것쯤이야 아무렇지도 않겠지.' 너무나 갑작스레 저지른 일이라 제지할 틈을 잃은 그가 버럭 소리쳤다.

"아니, 어쩌자고 이렇게까지 한단 말이오?"

그녀의 소맷자락에 먹물처럼 시꺼먼 피가 배어나왔다. 이미 죽기로 작심한 듯 지금껏 상처 부위의 독기를 억누르고 있던 공력마저 풀어 버린 모양이었다. 장취산은 내력으로 독기가 핏줄을 타고 심장부에까지 치밀어 오르는 날이면 그녀의 목숨은 끝장이라는 것을 알고 있었다. 지금 당장 촌각을 다투어 급히 구해주지 않는다면 그 즉시 목숨이 위태로워지는 것이다. 그는 이것저것 생각해볼 여지도 없이 그녀의 팔뚝을 덥석 부여잡고 소맷자락을 부욱 찢어냈다.

그때, 갑자기 등 뒤에서 누군가 호통을 쳤다.

"네 이놈! 우리 아가씨한테 무례하게 굴지 말거라!"

호통치는 소리와 함께 "휙!" 하고 칼바람이 날아들었다. 세차게 칼을 휘둘러 그의 등줄기를 내리찍는 소리였다. 장취산은 그것이 뱃사공의 목소리인 줄 알아차렸으나 일일이 해명할 틈이 없었다. 그는 뒷발길질로 사공을 걷어차 단번에 선실 바깥으로 내동댕이쳤다. 그러나 장취산은 그와 동시에 어처구니없이 따귀를 한 대 얻어맞았다.

"누가 당신더러 구해달라고 했어요? 당신 도움은 필요 없다니까! 내가 죽겠다는데, 당신이 웬 참견이에요!"

그녀는 악을 바락바락 쓰며 대들었다. 장취산은 얼떨결에 그녀의 팔목을 놓아버렸다.

"어서 썩 뭍으로 건너가세요! 이제 당신은 꼴도 보기 싫으니까!"

후려친 손바닥 기세도 빠르거니와 전혀 경계하지 않고 방심한 상태에서 느닷없이 따귀를 얻어맞자, 장취산은 수치심과 노염이 한꺼번에 불끈 치밀었다.

"좋소! 나도 이날 이때껏 아가씨처럼 제멋대로 구는 여자를 본 적이 없소!"

선실 문턱을 넘어서 성큼성큼 뱃머리까지 걸어 나가는데, 등 뒤에서 그녀의 비웃는 소리가 들려왔다.

"본 적도 없는 사람을 오늘 보게 되었으니 잘된 일이지 뭐예요!"

장취산은 두말 않고 갑판 위에서 널판 조각을 하나 주워 들었다. 앞서 나무토막처럼 강물에 던져 띄우고 디딜판 삼아 강변으로 건너뛸 참이었다. 그러나 막상 널판 조각을 던지려는 순간 생각이 다시 바뀌었다. '내가 이대로 떠나버리면 저 처녀는 끝내 목숨을 보전하지 못할 게 아닌가?' 그래서 부글부글 끓어오르는 노기를 억누르고 선실로 발길을 되돌렸다.

"따귀는 한 대 얻어맞았지만, 본디 억지떼를 잘 쓰는 아가씨라 나도 탓하지는 않겠소. 자, 어서 소매를 걷어 올리고 팔뚝을 이리 내미시오. 목숨이 아깝지도 않소?"

처녀가 또 암팡지게 쏘아붙였다.

"내 목숨 내가 버리겠다는데, 당신하고 무슨 상관이죠?"

"천 리 길을 마다 않고 우리 셋째 사형을 호송해주었는데, 그 은혜를 갚지 않으면 도리가 아니지요."

"흥! 그럼 당신은 사형 대신 빚을 갚으러 되돌아오셨군요. 가령 내가 당신의 셋째 사형을 호송해주지 않았더라면, 내가 이보다 더 큰 상처를 입어 죽을 지경에 이르렀다 해도 구해주지 않았겠죠!"

이 말에 장취산은 일순 멍해졌다. '사실 그럴지도 모르는 일 아닌가? 이 처녀는 외눈 하나 깜짝하지 않고 숱한 사람을 죽인 독종이니까…….' 하나 이내 속으로 고개를 가로저었다.

"꼭 그렇지만도 않을 거요."

장취산이 부인하려는데, 갑작스레 그녀의 몸뚱이가 진저리를 치더니 오들오들 떨리기 시작했다. 독기가 치밀어 오르는 모양이었다.

"어서 소매를 걷어 올리시오. 지금 이렇게 목숨 가지고 장난칠 때가 아니오!"

"당신이 잘못했다고 인정할 때까지 치료는 받지 않겠어요!"

처녀가 이를 악물고 대꾸했다. 가뜩이나 새하얀 얼굴이 더욱 창백해지더니 겁먹은 기색에 어리광까지 곁들인 모습이 한층 애절해 보였다.

장취산은 할 수 없이 길게 한숨을 내리쉬면서 항복하고 말았다.

"좋소, 내가 잘못한 셈 칩시다. 아가씨가 사람을 죽인 것은 잘못한 짓이 아니라고 인정한 것으로 합시다."

"안 돼요! 잘못했으면 잘못한 거지, 뭐가 잘못한 셈 치자는 거예요? 게다가 한숨까지 푹푹 내쉬고 나서 인정하다니, 그건 성심성의로 하는 사과가 아니에요."

장취산은 정말 큰일이구나 싶었다. 사람의 목숨 구하는 일이 다급한데 여자와 입씨름이나 하고 있다니. 그는 내친김에 손가락으로 하늘을 가리키면서 큰 소리로 맹세를 했다.

"하늘 위에 계신 황천후토皇天后土, 하늘 아래 계신 강물의 신령이시여, 나 장취산은 이제 성심성의로 은 소저……은 소저에게……."

세상에 은씨 성을 가진 여자가 어디 한둘이랴? 천지신명 앞에 이름 석 자를 밝히지 못하는 그는 말더듬이가 될 수밖에 없었다.

"성은 은씨, 이름은 소소素素예요."

그녀가 눈치채고 얼른 제 이름을 밝혔다.

"흐음…… 은소소 아가씨에게 잘못을 인정하고 사과드리나이다!"

은소소는 이제 이겼다고 생각했는지 얼굴이 활짝 펴지면서 방그레 웃어 보였다. 그러더니 갑작스레 의자에서 굴러떨어졌다.

그것을 본 장취산은 황급히 품속에서 약병을 꺼내 천심해독단 한 알을 쏟아 그녀에게 먹였다. 그러고는 부랴부랴 소맷자락을 걷어 올렸다. 팔뚝은 이미 절반 남짓이나 짙은 보랏빛으로 변색되어 있었다. 바야흐로 검정 독기가 신속하게 위로 치밀어 오르고 있었다.

"느낌이 어떻소?"

"가슴이 답답해 견딜 수가 없어요. 왜 일찌감치 잘못을 인정하지 않아 날 죽게 만드는 거죠? 만일 내가 죽으면 당신이 죽인 거예요!"

장취산은 기가 막혔지만, 그저 부드러운 말씨로 위로해줄 수밖에 없었다.

"별일 없을 테니 마음 놓으시오. 잠자는 것처럼 전신에 힘을 다 빼고 가만 계시오. 절대로 운기運氣하면 안 되오. 알아듣겠소?"

"아주 죽은 것처럼 말이죠?"

앙큼스레 눈을 흘기는 그녀를 보고 장취산은 고개를 절레절레 내둘렀다. '세상에 이렇게 교활하고 제멋대로 구는 외고집 말괄량이가 다 있다니……. 훗날 어떤 녀석이 남편 노릇을 하게 될지는 몰라도 이런 여자와 한평생 같이 살게 되면 골머리깨나 썩겠구나.' 무심코 여기까지 생각한 그는 저도 모르게 가슴이 덜컥 내려앉고 얼굴이 화끈 달아올랐다. 눈치 빠른 처녀가 그새 또 자기 심중을 꿰뚫어보지나 않았을까 두려워 흘낏 바라보니, 그녀 역시 어인 일인지 두 뺨이 발갛게 상기된 채 수줍은 표정을 짓고 있었다. '도대체 무슨 생각을 하고 있는 걸까?' 순간 두 사람의 눈길이 마주쳤다. 그러나 두 사람은 약속이나 한 듯이 고개를 돌려 서로를 외면했다.

"장 오라버니, 제가 말을 함부로 한 거…… 또 당신 빰을 때린 거 용서해주시고 너무 야단치지 마세요……."

이 말에 장취산은 가슴이 뜨끔해졌다. 어느새 그녀의 말투가 바뀐 것이다. 처음에는 '장 상공' '장 오협 님' 하더니, 이제는 아예 '장 오라버니'로 부르는 게 아닌가? 그는 가슴속 고동이 쿵쾅쿵쾅 두방망이질 치기 시작했다. 그는 천천히 고개를 끄덕이면서 미소를 지었다. 그러고는 숨 한 모금 깊숙하게 들이마시고 정신을 가다듬은 다음, 조용히 진기를 끌어올렸다. 한 가닥 따뜻한 기운이 단전에서 떠오르더니 곧바로 양 팔뚝 깊숙이 스며들었다. 그는 두 손아귀로 그녀의 팔뚝 상처 부위를 중심으로 위아래를 나눠 잡았다. 그런 뒤 지그시 힘을 쏟기 시작했다.

한동안 침묵이 흘렀다. 장취산의 정수리에 하얀 기운이 자욱하게 덮이고 더운 김이 무럭무럭 일었다. 혼신의 기력을 다 쏟아붓고 있는 것이다. 머리와 얼굴, 목덜미에 배어나온 땀방울마저 수증기로 변해 하얗게 피어올랐다. 가까이서 그를 바라보고 있는 은소소의 얼굴에 격한 감동의 빛이 서렸다. 독기를 상처 부위로 다시 끌어내리는 긴박한 고비인 줄 빤히 아는 터라, 혹시나 그의 집중력이 분산될까 봐 그녀는 위로의 말 한마디 하지 못한 채 아예 두 눈을 꼭 감아버렸다.

"팟!"

갑자기 그녀의 팔뚝에 박혀 있던 매화 표창 석 대 중 한 개가 불쑥 빠져나오더니 10여 척 가까이나 튕겨 날아갔다. 뒤미처 한 줄기 시커먼 피가 솟구쳤다. 상처에서 뿜어져 나오는 피가 검은빛에서 차츰 붉은빛으로 바뀌었다.

"팟!"

이어서 두 번째 매화 표창이 장취산의 내력에 떠밀려 빠져나오고, 또 핏줄기가 솟구쳤다.

바로 그때였다. 불현듯 강물 쪽에서 배 한 척이 물살을 가르고 다가오면서 누군가 목청을 돋우어 크게 외쳐대는 소리가 들려왔다.

"어이, 거기! 아가씨 계신가? 주작단朱雀壇의 단주壇主가 뵈러 왔다고 전해라!"

장취산은 누구인가 하고 의아한 생각이 들었으나, 바야흐로 전력을 다해 운기하는 중이라 집중력을 흐트러뜨릴 수 없어 모르는 척 무시했다.

"어이! 거기 누구 없나?"

또 한 차례 부르는 소리가 들리자, 이쪽 돛단배의 사공이 고함쳐 응답했다.

"상常 단주님! 빨리 좀 오시오! 여기 어떤 놈이 아가씨를 해치려 들고 있소!"

"어떤 놈이 무례한 짓을 저지른다는 거냐? 우리 아가씨의 털끝 하나만이라도 건드렸단 봐라. 내가 육시처참을 해버릴 테다!"

저쪽 배에서 고함치는 우렁찬 목소리가 마치 절간의 동종을 두드리듯 강물 위에 쩌렁쩌렁 울려오는데, 보통 사납고 용맹스러운 기세가 아니었다. 은소소가 눈을 반짝 뜨더니 장취산을 향해 미안하다는 듯이 웃음을 지어 보였다.

세 번째 강철 표창은 조금 전 그녀가 손바닥으로 후려쳤을 때 살 속 깊숙이 박혀 들어가, 장취산이 벌써 세 차례나 힘을 썼어도 좀처럼 빠져나오지 않았다.

이윽고 노 젓는 소리가 급박하게 들리더니, "쿵!" 하는 소리와 함께 저쪽 배가 돛단배에 와서 거칠게 닿았다. 뱃전이 기우뚱 흔들리는 바람에 장취산의 몸뚱이 역시 휘청거렸다. 누군가 이쪽 배로 뛰어오르는 기척이 들려왔으나 그는 잔뜩 힘을 쏟고 있는 터라 돌아볼 겨를조차 없었다.

"이놈! 그 손 놓지 못하겠느냐!"

선실에 뛰어든 사내가 대뜸 장취산의 등 쪽 심장 부위를 겨냥해 "휙!" 하고 일장을 후려갈겼다. 첫눈에 뜨인 것이 남녀가 마주 앉아 실랑이하듯 웬 젊은 녀석이 두 손으로 아가씨의 팔목을 잔뜩 움켜잡고 있는 장면이었으니, 그게 내력을 써서 상처를 치료하는 모습으로 보일 턱이 있겠는가?

장취산은 긴박한 고비에 도저히 손을 뽑아 가로막을 틈이 없었다. 그는 숨 한 모금 깊숙이 들이마신 다음, 무섭게 날아드는 그 일장을 고스란히 얻어맞았다.

"퍽!" 하는 소리가 울렸다. 사내의 무지막지한 장력은 실로 거세기 짝이 없어 그의 등판을 정확히 강타했다. 그러나 장취산은 무당파 내공의 정수를 깊이 터득한 몸이라, 이른바 상대방의 힘을 내 것으로 만들어 융화시키는 차력사력借力卸力의 심법으로 등 쪽 심장 부위에 무거운 장력이 부딪치는 순간, 요지부동한 자세로 그 힘을 자신의 양 손바닥 장심掌心에 끌어내리는 데 성공했다.

"팟!"

두 사람의 공력이 배가된 힘으로 마지막 세 번째 매화표가 드디어 은소소의 팔뚝에서 빠져나왔다. 엄청난 여력餘力에 튕겨나온 강철 표창이 선실 벽면으로 날아가더니 "탁!" 소리를 내며 들이박혔다. 표창은 벽에 꽂히고서도 그 힘을 이기지 못한 채 매화꽃 모양으로 벌어진 꼬리를 부르르 떨었다.

이제 막 두 번째 장력을 후려치던 사내가 두 남녀 사이에서 느닷없이 암기가 뽑혀 날아가는 것을 발견하자, 기절초풍해서 그 장력을 억지로 끌어들이느라 무진 애를 썼다.

"아가씨, 어디…… 다친 데 없습니까?"

그 눈길이 은소소의 팔뚝에 가서 멎었다. 그러고는 독혈이 뿜어져 나오는 것을 보고 다급하게 소리쳤다. 이 사내 역시 강호에서 내로라하는 고수인 터라 자기가 오해하고 사람을 잘못 때렸다는 것을 이내 알아차렸다. 그리고 속으로 겁이 더럭 났다. 자신이 방금 후려친 일장으로 말하자면 바윗돌을 부서뜨리고 비석을 쪼갤 만큼 강력한 힘줄기인데, 이걸 고스란히 얻어맞았으니 오장육부가 홀떡 뒤집혀 목숨을 부지하기 어려울 게 아닌가!

그는 덜덜 떨리는 손으로 황급히 내상약內傷藥을 꺼내 부상자에게 먹이려 했다. 하나 장취산은 고개를 내저었다. 은소소의 상처에서 흘러나오는 검정 피가 붉은빛으로 바뀌자, 그제야 두 손을 풀고 뒤돌아보면서 빙그레 웃어 보였다.

"당신의 그 장력, 정말 대단하더군요."

사내는 대경실색했다. 이날 이때껏 강호 무림계에서 이름깨나 드날리던 고수들이 이 장력 아래 얼마나 많은 목숨을 빼앗겼는지 모른다.

그런데 이 젊은 녀석은 그 무시무시한 일장을 고스란히 얻어맞고도 거꾸러지기는커녕 오히려 아무 일도 없다는 듯이 태평스레 자기 칭찬을 늘어놓고 있으니, 도대체 이자가 사람인가 귀신인가?

"다……당신은……."

그는 말더듬이가 되어 장취산의 안색을 살펴보면서 맥박을 짚으려고 손길을 뻗었다. 장취산은 기왕지사 내친김에 장난이나 쳐볼까 생각하고 슬그머니 공력을 끌어올려 가슴속 횡격막橫隔膜 위로 솟구쳤다. 그러자 삽시간에 심장박동이 뚝 멈춰버렸다. 사내가 그 손목을 짚어보았을 때 진짜 맥박이 딱 끊겨 있는 터라, 이번에는 놀랄 정도가 아니라 기절초풍을 하고 말았다.

장취산은 은소소가 건네주는 손수건으로 그녀의 상처를 조심스레 싸매주었다.

"독기가 피를 따라 흘러나왔으니, 이제 은 소저께선 보통 해독제를 조금 드시면 아무런 일이 없을 겁니다."

"고맙습니다."

은소소는 다소곳이 머리 숙여 고맙다는 인사를 건넸다. 그러고는 고개를 돌려 사나이를 돌아보고 엄한 말투로 꾸짖었다.

"상 단주, 무례하게 굴지 마시오! 어서 무당파 장 오협 님께 인사를 드리시오!"

그러자 사내가 한 걸음 뒤로 물러나더니, 장취산을 향해 허리 굽혀 예를 올렸다.

"어이구, 무당칠협 장 오협이셨군요! 어쩐지 내공이 그처럼 깊고 두터우시나 했더니……. 소인 상금붕常金鵬이 크게 실례를 저질렀습니다.

부디 용서하시기를…….”

상금붕이란 사내는 나이가 오십 가까이 들어 보였다. 얼굴하며 손등에 근육이 고목의 뿌리와 줄기처럼 이리 휘감기고 저리 뒤얽히고 울퉁불퉁 튀어나온 것이 외공으로 단련된 고수임을 첫눈에 알아볼 수 있었다. 장취산도 그 즉시 두 손 맞잡아 흔들면서 답례했다.

“소생 장취산, 상 단주를 뵙습니다.”

장취산과 첫 대면 인사를 마치자, 상금붕은 곧바로 은소소에게 공손히 문안의 예를 올렸다. 그녀는 고갯짓 한 번 끄덕였을 뿐 더는 거들떠보지 않았다.

상금붕은 사뭇 이상한 표정을 짓는 장취산에게 흘끗 눈길 한 번 던지고 나서 은소소에게 차분히 입을 열었다.

“현무단玄武壇 백白 단주가 내일 아침 전당강 하구에 있는 왕반산도王盤山島•에서 해사파, 거경방巨鯨幫, 신권문神拳門의 수뇌 인물들과 만나 ‘양도입위揚刀立威’ 대회를 개최하기로 약속했습니다. 아가씨께선 몸이 불편하시니 제가 임안부로 모시고 돌아가겠습니다. 왕반산도의 일은 백 단주 혼자서 넉넉히 처리할 수 있을 겁니다.”

이 말을 듣고 은소소는 코웃음을 치면서 다시 물었다.

“해사파, 거경방, 신권문이라……. 그래, 신권문의 장문인 과삼권過三拳도 참석한답디까?”

“알아보았더니, 그자는 신권문의 열두 고수를 데리고 앞서 왕반산도로 떠났다고 합니다.”

• 지금의 항저우만杭州灣 앞바다 왕반양王盤洋 근해에 산재해 있는 주산열도舟山列島 가운데 하나.

은소소는 또 한 번 싸느랗게 웃었다.

"과삼권이란 자가 이름깨나 날린다고는 하지만, 백 단주의 일격을 당해내기엔 힘이 부칠 텐데……. 그 밖에 또 다른 고수는요?"

상금붕은 잠시 머뭇거리더니 쭈뼛거리면서 어렵게 입을 열었다.

"얘기를 듣자니 곤륜파崑崙派에서 온 두 청년 검객도 참석한다는군요. 그들 역시 도, 도……."

그러고는 곁눈질로 흘낏 장취산의 눈치를 살피면서 말끝을 흐렸다.

은소소가 대뜸 냉랭하게 쏘아붙였다.

"그 작자들이 도룡도를 보러 온다고? 혹시 눈독을 들이고 딴생각을 품으면 어쩐다지?"

한 곁에서 이들의 대화를 듣던 장취산은 '도룡도'란 말 한마디에 속으로 찔끔 놀랐다. '도룡도라, 아닌 밤중에 홍두깨라더니 갑자기 웬 도룡도 얘기가 나올까?'

은소소의 목소리가 계속 들려왔다.

"흠, 곤륜파 인물이라면 얕잡아볼 수가 없겠지! 내 팔목 상처가 원래 지독스럽게 나기는 했으나, 장 오협께서 잘 치료해주셔서 좋아졌어요. 이렇게 합시다. 우리 함께 가서 신나는 구경거리를 보도록 하죠. 혹시 백 단주에게 한 팔 힘을 거들어줘야 할지도 모르니까."

그러면서 장취산 쪽을 돌아보았다.

"장 오협 님, 정말 여러모로 고마웠어요! 우리 여기서 이만 헤어져야겠군요. 저는 상 단주의 배를 타고 갈 테니, 당신은 이 배를 타고 임안부로 돌아가세요. 무당파를 이런 일에 끌어들일 수는 없으니까요."

"우리 셋째 사형이 다친 것은 그 도룡도와 연관이 있는 듯한데, 은소저께서 자세히 설명해주지 않겠소?"

"그간의 속사정은 저도 자세히 몰라요. 그러니 훗날 유 삼협께서 회복되시거든 직접 알아보시는 게 좋을 듯싶군요."

장취산은 그녀가 알고 있으면서도 회피한다는 것을 눈치챘다. 하나 더 추궁해봤자 부질없는 일 같았다. '셋째 사형을 해친 자는 분명 도룡도가 목적이었을 것이다. 방금 상 단주는 왕반산도에서 '양도입위' 대회가 열린다고 말했다. 과연 어떤 칼을 내세워놓고 자기네들의 위신을 돋보이려 한단 말인가? 그 칼이 바로 도룡도라면 앞서 셋째 사형에게 모진 고문을 가했던 여섯 놈도 그 섬에 나타나지 말라는 법이 없을 터, 그렇다면 이 장취산도 왕반산도에 가야 마땅하지 않겠는가?'

마음을 굳힌 장취산은 더 생각해볼 것도 없이 내처 대꾸했다.

"혹시 은 소저에게 매화표를 쏜 그 황관 도사도 왕반산도에 오지 않을까요?"

장취산이 동행할 뜻을 보이자, 그녀는 이내 그 속셈을 알아차리고 대답 대신 입술을 비죽 내밀면서 웃었다.

"기어코 가보시겠단 말씀이군요. 좋아요! 그럼 우리 함께 가기로 하죠."

그러고는 상금봉 쪽으로 고개를 돌렸다.

"상 단주, 얘기 들었죠? 당신 배가 앞장서서 물길을 인도하세요."

"예!"

상금봉은 허리를 구부려 응답한 뒤 뒷걸음질로 조용히 물러갔다. 머슴이 주인을 모시는 듯한 공손한 태도였다.

은소소는 그저 고갯짓만 까딱했을 뿐이었다. 장취산은 상금봉의 무공 실력이 뛰어난 것을 아는 터라, 선배를 예우하는 뜻에서 일어나 선실 문턱까지 배웅했다. 그가 상금봉을 선실 문턱으로 나가 배웅하느라 등을 보이자, 은소소는 그 장포 자락이 큼지막하게 찢겨진 것을 발견했다. 상금붕의 장력에 터져 나간 자국이었다.

"그 겉옷을 벗어주세요. 꿰매드릴 테니까."

"그럴 필요 없소."

"제 바느질 솜씨를 믿지 못하시겠다는 건가요?"

"천만의 말씀!"

단 한마디 끝에 장취산은 입을 다물었다. 다시 이 처녀가 어제 하룻밤 새 용문표국 일가족 수십 명의 남녀노소를 살해한 간악하기 짝이 없는 살인범이라는 데 생각이 미쳤다. 자기가 어째서 마땅히 죽여 없애야 할 인물을 아직 처치하지 못하고 오히려 다정하게 같은 배를 타고 동행할 뿐만 아니라 상처까지 치료해주었는지, 아무리 생각해도 이해할 수가 없었다. 비록 부상당한 셋째 사형을 호송해준 은덕을 갚는다는 명분을 내세우기는 했지만, 이처럼 선과 악이 불분명한 인물과 한자리에 있다는 것은 역시 꺼림칙한 일이었다. 그는 속으로 자신에게 다짐했다. '왕반산도에서 일을 매듭짓는 대로 헤어져 두 번 다시 이 여인과 만나지 않으리라.'

영리한 은소소는 그의 얼굴에 어두운 그늘이 진 것을 보고 이내 그 심중을 꿰뚫어보았다. 그녀는 얼굴빛을 찡그리고 냉랭하게 말했다.

"도대금과 축 표두, 사 표두뿐만 아니라 용문표국 일가족, 소림사 승려 두 사람, 그리고 혜풍화상까지 모두 내 손으로 죽였어요."

"그 얘기는 아까 들었소. 진작부터 그랬으리라 의심은 하고 있었지만, 내가 소림사 승려들과 얘기할 때 무슨 수단으로 그들을 해쳤는지 알 수가 없구려."

"이상할 게 뭐 있어요? 저는 호숫가 얕은 물속에 숨어서 당신들의 대화를 엿들었죠. 그런데 혜풍 화상이 결국은 나하고 당신이 다른 인물이라는 것을 알아차리고 진상을 말하려 하기에 입을 여는 순간 내가 은침을 그 입속에 쏘아 넣었어요. 그래서 당신이 아무리 길바닥, 나무숲, 수풀 속을 뒤졌어도 날 끝내 찾아내지 못했던 거죠."

"으음…… 그러니 소림사 승려들이 내가 독수를 썼다고 믿을 수밖에! 은 소저, 당신은 정말 영리하오. 정말 기막힌 솜씨였소!"

그 몇 마디 말 속에는 분노와 격한 감정이 가득 찼으나, 은소소는 짐짓 모른 체하고 몸을 일으켜 천연덕스레 답례를 했다.

"천만의 말씀을! 칭찬이 지나치십니다."

"그런데 이 장취산이 당신과 무슨 원수를 졌기에 날 그토록 함정에 빠뜨린 거요?"

장취산이 분노로 가슴이 꽉 메어져 큰 소리로 고함을 지르자, 은소소는 빙그레 웃으면서 응수했다.

"저 역시 당신을 함정에 몰아넣고 싶은 생각은 없었어요. 다만 소림파와 무당파, 소위 당세 무학의 양대 종파라고 일컫는 두 세력이 충돌한다면, 과연 어느 편이 이기고 질 것인지 보고 싶어서 싸움을 붙여보려는 거였죠."

이 말에 흠칫 놀란 장취산은 가슴속 그득히 들끓던 분노의 불길이 단번에 수그러들고 그 대신 두려움과 경계심이 부쩍 늘었다. '이 여인의 계략에는 나 한 사람만 해치려는 의도가 아니라 또 다른 목적이 감춰져 있었구나. 만약 우리 무당파와 소림파가 이 여인이 꾸민 음모대로 진짜 맞싸우게 된다면 틀림없이 양패구상을 당할 테고, 그 결과 강호 무림계에는 일대 살겁殺劫이 벌어지게 될 것이 아닌가!'

장취산의 얼굴에 드리운 표정을 보면서 은소소는 쥘부채를 활짝 펼쳐 가볍게 부치면서 천연덕스레 물었다.

"장 오협 님, 당신 부채에 그려진 서화를 저한테 보여주시지 않겠어요? 저도 안목 좀 크게 넓혀보고 싶군요."

장취산이 막 대꾸하려고 입을 열 때였다. 갑자기 앞장서서 물길을 인도하던 상금붕의 배 쪽에서 누군가 크게 호통치는 소리가 들려왔다.

"어이! 거경방 선박인가? 어떤 분이 타고 계신가?"

그러자 오른편 강물 위에서 응답하는 소리가 들려왔다.

"거경방의 소방주小幫主께서 왕반산도에 행차하시는 길일세!"

"여기에는 천응교 은소저와 주작단의 상 단주가 계시네! 그리고 또 명문의 귀한 손님도 한 분 계시니 거경방 선박은 우리 뒤로 물러나시게!"

"하하! 천응교 교주님이 왕림하신다면 우리 배가 양보해서 물러나겠지만, 그 밖의 친구들에게는 그럴 수야 없지!"

능청스레 이죽거리는 말대꾸가 여유만만했다. 선실 안에서 장취산은 흠칫 놀랐다.

'천응교라니, 이게 무슨 교파일까? 이들의 기세를 보아하니 보통 역량이 아닌 듯싶은데, 언제 이 강남 땅에 불쑥 나타났는지 모르겠군. 거경방 해적들의 명성은 오래전부터 익히 들어왔지만, 천응교란 집단은 전혀 못 들어봤지 않은가?'

그는 선실 창문을 열고 바깥을 내다보았다. 오른편 강물 위에 거대한 배 한 척이 눈에 들어왔다. '거경巨鯨'이란 방회 이름 그대로 선체가 고래처럼 생긴 돛단배였다. 뱃머리에는 수십 자루 날카로운 칼이 가지런히 꽂혀 있고, 그 모습이 마치 상어 이빨처럼 번쩍거렸다. 타원형으로 길게 뻗은 뱃전이 선미 쪽에 가서 고래 꼬리처럼 양 갈래로 높이 치솟아 있었다. 갑판에는 돛대가 세 개씩이나 세워져 그 육중한 선체가 상금붕의 배보다 더 빠르게 미끄러져 나아갔다.

상금붕이 뱃머리에 우뚝 서서 고함을 질렀다.

"맥麥 소방주! 은소저가 여기 타고 계신데, 체면 좀 안 봐주시겠소?"

그러자 거경선 갑판 위에 누른빛 옷을 걸친 젊은이가 모습을 드러냈다.

"하하! 육지에선 자네들 천응교가 어른 행세를 하겠지만, 바다에서야 우리 거경방이 으뜸 아닌가? 그런데 우리가 왜 이 강물 위에서까지 자네들한테 순순히 길을 양보해야 한단 말인가?"

장취산은 이들의 입씨름을 들으면서 속으로 이상한 생각이 들었다. '이 너르디너른 전당강 하구에는 배가 한두 척 정도가 아니라 수백 척이라도 나란히 떠다닐 수 있을 텐데, 어쩌자고 선두 다툼을 벌인단 말인가?' 아무리 생각해도 이 천응교 패거리가 하는 짓들이 너무 한심하기 짝이 없다.

거경선의 돛대 하나에 또 다른 돛폭이 활짝 펼쳐지더니 순풍을 가득 안은 채 급작스레 속력을 내어 쏜살같이 상금붕의 배를 앞질러 나갔다. 잠깐 사이에 두 배의 거리는 갈수록 멀어졌다. 천응교 측 배가 따라잡기에는 이미 틀린 노릇이었다. 그러자 상금붕이 한차례 코웃음치더니 거경선 쪽을 향해 큰 소리로 외쳤다.

"거경방……! 도룡도…… 역시 도룡도가……."

큰 강물 위에서 바람도 세차고 파도 역시 높은데, 저렇게 멀리 떨어진 배에다 대고 무슨 소리를 하는지 도통 알아들을 수 없었다.

이윽고 거경선 쪽에서 반응을 보였다. 맥 소방주란 청년이 상금붕의 외침 가운데 '도룡도'란 말을 듣기가 무섭게 배를 모는 선원에게 뭐라고 명령을 내렸다. 선체가 주춤하는 것으로 보건대 속력을 줄이라고 한 것 같았다. 아니나 다를까, 잠시 후 거경선과 상금붕의 배는 서로 대화를 나눌 수 있을 만큼 가까워졌다.

"상 단주! 방금 뭐라고 했소?"

맥 청년이 묻는 말에 상금붕이 대꾸를 하는데, 목소리가 이상하게 가늘고 약해졌다.

"맥 소방주…… 우리 현무단 백 단주가…… 그 도룡도를……."

그 목소리는 가까이에서 듣는 장취산의 귀에도 잘 들리지 않을 정도로 가늘었다. 그 우렁차던 목소리가 왜 갑자기 실낱처럼 가늘고 약해졌는지 알 수 없었다. 끊어졌다가 이어지고, 이어졌다 또 끊어지고……. '어째서 말투가 저렇게 달라지는 걸까?'

그동안 거경선은 이쪽으로 더욱 가까이 다가왔다. 두 뱃전의 간격은 불과 20~30척 남짓이었다. 갑자기 상금붕의 손아귀에 커다란 쇠뭉치가 하나 들리더니, "휙!" 하는 소리와 함께 거경선 갑판을 향해 날아갔다. 언제 집어 들었는지 엄청나게 크고 육중한 무쇠 닻을 한 개 날려 보낸 것이다. 쇠사슬이 좌르르 풀리면서 닻 뭉치에 끌려나갔다.

"으아악!"

거경선에서 처절한 비명 소리가 터져 나왔다. 선원 두 명이 무지막지한 쇠닻에 얻어맞고 즉사한 것이다. 거대한 닻은 두 사람을 쳐 죽이고도 여세를 몰아 갑판에 곤두박질치듯 내리꽂혔다.

"무슨 짓이야!"

맥 소방주가 호통을 지르는 사이 상금붕은 재빠른 솜씨로 왼편에 놓여 있던 닻 한 개를 마저 집어 들더니 또다시 거경선 쪽으로 던져 보냈다. 이번 닻도 선원 세 명을 들이쳐 즉사시키고 갑판에 들이박혔다.

"꽈다당!"

갑판의 널조각이 사면팔방으로 튀어 날았다. 삽시간에 배 두 척은 사슬 닻줄에 앞뒤 쪽으로 단단히 연결되었다.

맥 소방주가 허겁지겁 뱃전으로 다가들었다. 손을 뻗쳐서 갑판에 들이박힌 쇠닻을 뽑아내려는데, 상금붕의 오른손이 다시 한번 번쩍 휘둘렀다. 좌르르 사슬 풀려나가는 소리가 들렸다. 이번에는 둥글둥글 커다란 수박 한 덩어리가 날아가더니 거경선의 주 돛대를 후려쳤다.

"꽈당!"

귀청을 때리는 굉음과 더불어 돛대가 부르르 몸을 떨었다.

장취산은 비로소 그 거대한 수박 덩어리가 상금붕이 애용하는 병기로, 순수한 강철을 주조해서 만든 쇠공이라는 것을 알아차렸다. 쇠공에는 수박처럼 알록달록하게 초록빛 무늬가 칠해져 있었다. 어둠 속이라 뚜렷하게 보이지는 않았으나, 굵다란 쇠사슬 양끝에 하나씩 한 쌍으로 매달려 유성추流星鎚와 마찬가지로 번갈아 휘둘러가며 적을 연속으로 후려칠 수 있게 만든 병기였다. 강철 수박은 유별나게 무거워 한 덩어리마다 줄잡아 50~60근이 넘어 보였는데, 초인적 뚝심을 가진 사람이 아니고선 도저히 휘두를 수 없을 듯했다.

상금붕은 첫 번째 수박 덩어리를 거둬들이는 것과 동시에 또 한 개의 수박 덩어리를 날려 보냈다. 목표는 오직 하나, 거경선의 주 돛대였다. 왼손과 오른손이 번갈아 움직였다. 세 번째 강철 수박 덩어리가 들이치기 직전, 드디어 주 돛대가 "우지직, 우지직!" 소리를 내더니 중턱부터 우지끈 부러져 나갔다.

"으와아, 돛대가 부러졌다!"

기절초풍한 거경선의 해적들이 아우성치며 갈팡질팡 날뛰는 동안, 상금붕의 강철 수박 덩어리 두 개가 한꺼번에 날아가더니 뱃고물 쪽 갑판에 서 있던 보조 돛대마저 들이쳤다. 보조 돛대는 주 돛대보다 가늘어 수박 덩어리 한 쌍의 일격을 받고 당장 맥없이 꺾여나갔다.

두 눈 멀뚱멀뚱 뜬 채 소중한 돛대를 두 개씩이나 꺾인 거경방의 맥소방주는 고래고래 악만 쓸 뿐 어떻게 해야 좋을지 모르겠다는 표정이었다.

상금붕이 그제야 목청을 드높여 우렁차게 고함쳤다.

"천응교가 있는 한 강물 위든 바다에서든 거경방의 조무래기들은 터줏대감이라고 뽐내지 못한다는 걸 모르는가!"

오른 팔뚝이 번쩍 휘둘리더니, 강철 수박 덩어리가 또다시 "훽!" 하고 날아갔다. 이번 목표는 거경선의 뱃전, 무서운 기세로 날아든 수박 덩어리가 우현右舷을 들이쳤다.

"꽈당!"

뱃전의 널판 조각이 박살 나면서 큼지막한 구멍이 뻥 뚫리더니 바닷물이 그리로 한꺼번에 쏟아져 들어가기 시작했다. 엄청난 충격에 떠밀린 선체가 기우뚱하자, 갑판 위의 선원들이 아우성치며 허둥지둥 반대편 뱃전으로 우르르 몰려갔다.

맥 소방주가 허리춤에서 분수아미자分水蛾眉刺를 뽑아 들었다. 그러고는 다시 발끝으로 갑판 바닥을 툭 찍더니 몸뚱이를 솟구쳐 상금붕의 뱃머리로 덮쳐왔다.

상금붕은 그의 몸뚱이가 최고 높이에 도달할 때까지 기다렸다가 왼손에 거머쥐고 있던 수박 덩어리를 정면으로 날려 보냈다. 실로 지독스럽고 악랄하기 짝이 없는 수법이었다. 강철 수박이 들이닥치는 순간, 맥 소방주의 몸뚱이는 도약해 오른 기세가 거의 고갈된 상태라 이제 곧 추락 직전에 있었다.

"어이쿠!"

무게만도 50~60근이나 되는 육중한 강철 덩어리가 무서운 기세로 눈앞에 들이닥치자, 맥 소방주는 외마디 소리를 지르면서 엉겁결에 분수아미자를 내뻗어 강철공을 찔러 막았다. 그 병기는 물속에서 자맥질할 때 쓰는 강철 작살로, 끄트머리가 불나방의 더듬이처럼 양쪽으로 날카롭게 갈라져 적을 찌르는 데 쓰기도 하고 물건을 낚아채는 용도로 쓰기도 했다. 작살 끝은 정통으로 수박 덩어리를 찍었다. 그리고 반탄력을 이용해 재빨리 허공에서 공중제비를 돌아 피하려 했다. 하나 '차력번회借力飜回'의 솜씨를 다 펼쳐 보이기도 전에 가슴의 숨통이 꽉 막히면서 그만 눈앞이 캄캄해졌다. 강철 수박 덩어리를 날려 보낸 상금붕의 눈에 보이지 않는 여력이 강철공보다 앞질러 들이친 것이다. 맥 소방주는 공중제비를 다 돌아보지도 못한 채 자기 배 갑판 위로 튕겨 날아가 곤두박질쳤다.

뒤쫓아온 강철공이 갑판을 내리쳤다.

"꽈당!"

맥 소방주는 정신없이 몸을 뒹굴어 선실 안으로 도망쳐 들어갔다. 그가 서 있던 자리에는 커다란 구멍이 뻥 뚫렸다.

상금붕의 두 손이 오르락내리락하는 동안 강철 수박 덩어리들이 번갈아 날아가면서 사정없이 뱃전을 후려쳤다. 삽시간에 거경선 뱃전에는 큼지막한 구멍이 일고여덟 개나 뚫리고 바닷물이 용솟음치며 쏟아져 들어갔다. 상금붕은 이어서 쇠사슬 닻줄을 잡아당겼다. "우지끈!" 하는 소리와 함께 뱃전과 갑판 널조각이 한꺼번에 뜯겨나가면서 무쇠 닻 두 덩어리는 고스란히 상금붕의 뱃머리로 돌아왔다.

천응교 선상의 수부들은 단주의 분부를 기다리지 않은 채 돛을 올리고 키를 잡아 돌려 곧바로 전진해 나갔다.

장취산은 이 광경을 끝까지 지켜보았다. 그러고는 거경선을 깨뜨려 부수는 상금붕의 엄청난 괴력에 속으로 혀를 내둘렀다. 만약 스승에게서 차력사력의 무공을 전수받지 못했던들 아까 상금붕의 저 무서운 장력에 전신의 뼈마디가 산산조각으로 으스러졌으리라 생각하니 가슴살이 떨려왔다. 약하고 가늘게 단속적인 목소리로 적선을 유인해 순식간에 격파해버리는 상금붕의 수법 또한 놀랄 만큼 잔인하고 음험했다.

거경방 무리의 아우성을 뒤로하고 상금붕을 선두로, 천응교 소속의 돛단배 두 척은 거침없이 앞으로 나아갔다.

장취산은 흘낏 은소소를 바라보았다. 그녀는 태연자약하게 앉은 채 늘 봐온 일이라는 듯 눈길 한 번 그쪽으로 돌리지 않았다.

멀리서 뇌성벽력 치는 소리가 어렴풋이 들려왔다. 전당강의 밤 조수가 밀려드는 소리였다. 강물과 바다가 교차하는 하구에 도달한 것이다.

거경방 해적은 모두 물질에 익숙한 솜씨를 지닌 자들이었으나, 이곳 하류의 강폭은 너비만도 수십 리에 이르는 터라 남북 양안兩岸이 까마득하게 떨어져 맞은편이 보이지도 않았다. 밤 조수가 밀려드는 소리를 듣자, 거경방 무리는 침몰 직전의 갑판 위에서 큰 소리로 구원을 요청했다. 그러나 상금봉과 은소소가 탄 배 두 척은 그저 동쪽으로 치닫기만 할 뿐 그들을 거들떠보지도 않았다.

장취산은 선실 창문 바깥으로 머리를 내밀고 뒤쪽을 바라보았다. 거경선은 이미 절반 남짓이나 물에 잠긴 채 한쪽으로 기울어져 있었다. 이제 밀물의 파도에 부딪히는 날이면 삽시간에 산산조각 나서 침몰하고 말 터였다. 처절하게 구원을 요청하는 애절한 고함 소리를 듣다못해 그는 귀를 막고 싶을 지경이었다. 하나 은소소와 상금봉의 무리는 하나같이 모질고 난폭했다. 그런데 손님인 자신이 공연히 참견했다가 거절이라도 당하면 그 또한 스스로 무안을 사서 당하는 격이라 그저 묵묵히 도로 앉은 채 이맛살만 찌푸렸다.

눈치 빠른 은소소가 슬그머니 그 기색을 살펴보고서 미소 짓더니, 목청을 돋우어 상금봉의 배 쪽을 향해 소리쳤다.

"상 단주! 우리 귀한 손님 장 오협께서 자비심이 발동하신 모양이에요. 그러니 거경선 패거리를 구해주도록 하세요!"

이것은 정말 뜻밖이었다. 장취산이 어리둥절해하는 동안 앞서 달려가는 배에서 상금봉의 호쾌한 목소리가 들려왔다.

"귀하신 손님의 분부, 삼가 받들겠습니다!"

다음 순간, 선체가 기우뚱하더니 비스듬히 방향을 돌려 다시 상류 쪽으로 미끄러져갔다. 이윽고 뒤쪽에서 상금붕이 목청껏 큰 소리로 외치는 소리가 들려왔다.

"거경방 미꾸라지들은 들어라! 무당파 장 오협께서 네놈들의 목숨을 구해주라 분부하셨다. 목숨이 아까운 녀석들은 이리로 헤엄쳐 오너라!"

난파선 갑판 위에서 우왕좌왕하던 미꾸라지들이 물속으로 풍덩풍덩 뛰어들더니 물살을 타고 하류 쪽으로 헤엄쳐 떠내려오기 시작했다. 상금붕의 배는 역류를 거슬러 올라가면서 부랴부랴 미꾸라지들을 건져 올렸다. 거센 조수가 밀려들기 직전 상금붕의 배에 구출된 사람들은 맥 소방주를 비롯해서 20여 명, 그러나 자맥질 솜씨가 형편없는 여덟아홉 명은 끝내 파도에 휩쓸리고 말았다. 결국 거경방 해적들은 거의 목숨을 건진 셈이었다.

장취산은 그제야 마음이 다소 놓여 얼굴빛이 밝아졌다.

"고맙소!"

이 말을 듣고 은소소가 야멸차게 핀잔을 주었다.

"거경방 해적은 살인과 약탈이 본업이에요. 어느 작자든 그 손에 피비린내를 풍기지 않는 놈이 없는데, 그런 자들의 목숨을 건져주어서 어쩌자는 거죠?"

면전에서 핀잔을 듣고 보니, 장취산은 대꾸할 말이 없었다. 거경방 해적의 악명은 일찍부터 들어 알고 있었기 때문이다. 그들은 장강長江과 전당강, 그리고 황해 연안을 무대로 날뛰는 사대 해적단 중 하나였다. 그런 악당들을 오늘 자기 손으로 구해주게 될 줄은 정말 뜻밖이었다.

"만일 제가 저자들을 구해주지 않았더라면 속으로 절 욕하셨겠죠? '젊은 처녀 심보가 독사나 전갈보다 더 악랄하고 매정하구나! 이 장취산이 괜히 강철 표창을 뽑아주고 독상을 치료해줬구나.' 이렇게 후회하셨겠죠?"

그 말은 과연 장취산의 심중을 꿰뚫어본 것이기도 했다. 장취산은 대꾸할 말을 찾지 못하고 얼굴이 화끈 달아올랐다. 할 수 없이 너털웃음으로 얼버무렸다.

"은 소저는 영리한 줄만 알았더니 눈치도 어지간히 빠르시구려. 불초 소생이 정말 못 당하겠소. 하지만 저들의 목숨을 구해준 것은 결국 은 소저 자신의 공덕을 쌓는 일이니, 나하고는 상관이 없소이다. 하하하!"

바로 그때였다.

"우르르르!"

밀려드는 조수의 굉음이 뇌성벽력처럼 고막을 찢듯 울려오더니, 산더미 같은 파도가 밀어닥쳐 두 사람이 탄 배를 기우뚱하니 떠밀어 올렸다. 파도와 물보라가 소용돌이치는 소리에 대화를 나누던 두 사람의 목소리마저 파묻혀 들리지 않았다. 창밖을 내다보니 엄청난 파도가 마치 투명 장벽처럼 밀려가고 있는데, 거경선은 그 파도에 휩쓸려 순식간에 자취를 감추고 말았다. 만약 제때에 건져 올리지 않았던들 거경방 미꾸라지들은 모조리 저 무시무시한 파도에 휘말린 채 단 한 사람도 살아남지 못했을 것이다.

은소소가 조용히 일어나더니 선실 뒷방으로 들어가 문을 닫았다. 그러고는 잠시 후 다시 나왔을 때에는 또다시 여인의 차림새였다. 그녀는 말없이 손짓으로 장취산더러 겉옷을 벗으라는 시늉을 했다. 장취산도 더는 거절하기 어려워 장포를 벗어주었다. 그는 은소소가 터진 옷을 꿰매주는 줄로만 알았다. 한데 뜻밖에도 그녀는 자신이 방금까지 입고 있던 남장의 장포를 건네주면서 갈아입으라는 시늉을 하는 것이 아닌가! 그러고는 등 쪽이 갈기갈기 찢어진 장포를 챙겨서 다시 뒷방으로 쑥 들어가버렸다.

장취산은 홑저고리 차림으로 서 있기가 민망스러워 하는 수 없이 은소소가 건네준 장포를 걸쳐 입었다. 두루마기 폭이 워낙 헐렁헐렁해서 그녀보다 키와 몸집이 큰데도 그리 좁은 느낌이 들지 않았다. 옷깃에서는 그윽하고도 옅은 향내가 담담하게 풍겨나와 코끝을 찔렀다. 여인의 체취인지 향료인지 모를 그 향내에 장취산은 마음이 산란해져 그녀가 사라진 뒷방 쪽마저 감히 바라볼 수가 없었다.

옷을 갈아입고 났을 때 그녀가 다시 선실로 나와 조용히 자리 잡고 앉았다.

장취산은 단정한 자세로 앉아서 선실 널판 벽에 걸린 서화를 감상하는 척했다. 그러나 밀물과 썰물처럼 번갈아가며 들이닥치는 혼란스러운 상념에 시달리느라 그림 한 폭 제대로 볼 수가 없었다.

말 한마디 없이 앉아 있는 은소소 역시 선체 밑바닥에 철썩이는 물결처럼 마음이 울렁거려 감히 장취산 쪽을 바라보지 못했다.

갑자기 또 한 차례 거대한 파도가 밀어닥쳐 두 사람이 탄 뱃전을 뒤덮었다. 파도의 충격에 떠밀린 선체가 기우뚱하고 흔들리면서 그 바람에 선실 안의 촛불이 꺼져버렸다.

칠흑 같은 어둠 속에서 두 남녀가 묵묵히 앉아 있었다.

장취산은 생각했다. '캄캄한 선실 안에 두 젊은 남녀가 마주 앉아 있다니……. 나야 어둠 속이라도 거리낄 것 없이 떳떳한 몸이지만, 은 소저의 청렴결백한 명성에 혹시 누를 끼칠지도 모르는 일 아닌가?'

그는 더 마주 앉아 있기가 면구스러워 조용히 선실 뒷문을 열고 뱃고물 쪽으로 나갔다. 그러고는 키잡이 곁에 우뚝 서서 파도를 뚫고 익숙하게 헤쳐나가는 그의 솜씨를 지켜보기 시작했다.

반 시진 남짓 후, 전당강으로 거슬러 오르던 조수가 썰물로 바뀌어 황해 바다 쪽으로 다시 빠져나가기 시작했다. 썰물의 급류에 순풍까지 겹쳐 배의 속도는 갈수록 빨라져 하구를 향해 쏜살같이 내려갔다. 동틀 무렵, 일행은 전당강 하구를 벗어나 이제 왕반산도에 접근하고 있었다.

왕반산도는 중원 대륙 동쪽 황해 바다 근해에 자리 잡은 조그맣고도 황량한 무인도였다. 섬 전체가 울퉁불퉁 치솟은 바위산으로 이루어진 데다 예전부터 사람이 살고 있지 않아 바윗덩이와 몇 군데 우거진 숲으로 뒤덮여 있을 뿐 야생동물조차 드문 곳이었다.

이윽고 일행을 태운 배 두 척은 무인도 남쪽 기슭을 한 바퀴 빙 돌아 포구 쪽으로 접근하기 시작했다. 해안까지 거리는 아직도 2~3리 정도 떨어져 있는데, 뭍에서는 벌써 소라고둥 부는 소리가 "뿌우, 뿌우!" 요란하게 들리는가 하면, 해안 모래밭에는 두 사람이 저마다 거대한 깃발을 하나씩 치켜들고 춤추듯이 휘둘러 보이고 있었다.

섬에 점차 접근할수록 깃발 두 폭에 한 마리씩 수놓은 거대한 독수리의 모습이 눈길에 잡히고, 양 날개를 활짝 펼친 모습이 자못 위풍당당해 보였다. 깃발 두 폭 사이에는 나이 지긋한 늙은이 하나가 서 있었다. 뒷짐 진 자세로 우뚝 서서 카랑카랑한 목소리로 이제 막 포구에 접근하는 배를 향해 외쳐대는 중이었다.

"현무단玄武壇의 백귀수白龜壽, 삼가 은 소저를 영접하오!"

음성은 그리 크지 않았으나 길게 여운을 끌면서 바다 위 수면을 꽉 차게 울리는 품이 실로 순후醇厚하기 이를 데 없는 내력의 소유자가 분명했다.

잠깐 사이에 배 두 척은 차례로 선창에 닻을 내렸다. 백귀수 단주가 손수 디딤판을 깔아놓자, 은소소는 귀빈을 대하는 예우로 장취산을 앞세워 디딤판을 딛고 상륙했다. 그리고 뭍에 내려서자 곧바로 그를 백귀수에게 소개했다.

"백 단주, 이분은 무당파의 장 오협 님이에요. 인사드리세요."

"하하! 무당칠협 영웅들의 명성을 들어온 지 오래였는데, 오늘 이렇듯 뵙게 되다니 정말 영광스럽소이다!"

생각지도 못한 손님을 맞아 백귀수는 속이 뜨끔하면서도 호탕하게 웃으면서 인사말을 건넸다. 은소소가 이 청년을 극히 정중하게 대하는 태도도 그렇거니와 무당칠협 가운데 무공 실력이 가장 뛰어나다는 '장 오협'이란 설명에 은근히 놀라지 않을 수 없었던 것이다.

백귀수의 허풍 섞인 치켜세움에 장취산은 그저 담담한 말투로 답례를 건넸다.

"소생은 무당파의 장취산입니다."

곁에서 두 사람의 눈치를 살피던 은소소가 까르르 웃으면서 비아냥거렸다.

"두 분 얼굴 표정을 보아하니 진심으로 반겨 맞는 기색이 아니로군요. 호호호! 한 분은 속으로 '이크, 이것 큰일 났군! 무당파 인물까지 나타났으니, 도룡도를 다투는 경쟁자가 또 하나 늘었구나!' 하고 속이 뜨끔해지셨을 테고, 또 한 분은 '너희 같은 사교의 무리와 내가 교분을 맺을 듯싶으냐?' 하는 생각이시겠죠? 어쨌든 마음에도 없는 인사말은 하지 않으시는 게 좋겠군요."

백귀수는 정곡을 찌르는 그녀의 말에 너털웃음으로 얼버무리고, 장취산은 설레설레 도리질을 하면서 변명을 했다.

"그럴 리가 있겠소? 방금 배 위에서 들으니, 백 단주의 '격해전성隔海傳聲' 솜씨야말로 탄복할 만한 정통 무공인데, 내 어찌 감히 얕잡아본단 말이오? 그리고 내가 이 왕반산도에 온 뜻은 그저 은 소저를 모시고 흥겹게 구경이나 하기 위해서일 뿐 보도를 넘볼 생각은 결코 없소이다."

장취산의 해명을 들으면서 은소소의 얼굴에는 활짝 핀 봄꽃처럼 발그레하니 화사한 기운이 넘쳐흘렀다.

백귀수는 속으로 또 한 번 놀랐다. 평소 은 소저의 냉정하고 독살스러운 기질을 익히 알고 있을뿐더러 제아무리 멋지게 생긴 젊은이라 할지라도 사내한테는 눈길 한 번 던져본 적이 없는데, 어찌하여 이렇게 전혀 딴판으로 변했는지 알다가도 모를 일이었다. 아무튼 은 소저가 이 젊은이에게 흠뻑 정을 쏟고 있는 것만은 틀림없었다. 게다가 장취산에게 자신의 내공 실력을 인정받으니 방금까지 품었던 적대감이 눈 녹듯 사라졌다.

"아가씨, 해사파와 거경방, 신권문 패거리는 벌써 오래전부터 도착해 있습니다. 또 곤륜파 청년 검객 두 사람도 왔는데, 요 녀석들은 어인 까닭인지 사사건건 트집을 잡고 시끄럽게 굴고 있습니다. 그런데 명성을 만천하에 떨치시는 장 오협을 이 자리에서 뵈오니, 과연 명문 자제답게 그 실력만큼이나 겸손하실 줄도 아는 수양도 갖추셨군요."

백귀수의 말끝이 미처 다 떨어지기도 전에 언덕 위에서 누군가 버럭 고함을 지르는 자가 있었다.

"뒷전에서 도깨비처럼 남을 헐뜯다니, 이게 무슨 돼먹지 못한 수작들인가!"

호통 소리와 함께 바위산 뒤쪽에서 두 사람이 걸어 나왔다. 모두 하나같이 청색 장포를 걸치고 등에는 장검 한 자루씩 비스듬히 메고 있었다. 나이는 스물여덟아홉쯤 되었을까. 한데 얼굴 가득 서릿발이 맺힌 품이 영락없이 시비를 걸어올 기세였다.

백귀수가 그들을 흘낏 보더니 빙그레 웃었다.

"호랑이도 제 말하면 온다더니 주인공들이 나타나셨군. 자, 이리 와서 인사들이나 하시지요."

그들은 곤륜파 청년 검객들이었다. 그들은 백귀수가 자기네 험담을 하는 줄 알고 한바탕 야료를 부릴 심산으로 부리나케 달려오다가, 은소소의 모습을 발견하고 발걸음을 멈칫했다. 손을 가슴에 얹는 것을 보아하니 심장이 두근거리는 모양이었다. 아침 햇살을 받아 눈부시게 빛나는 그녀의 범상치 않은 용모와 가녀린 몸매에서 보는 이의 마음을 단번에 사로잡는 교태와 매력이 풍겨나왔던 것이다.

청년 검객 두 사람 중 하나는 눈동자 한 번 돌리지 않고 멍청하니 그녀를 바라보았고, 다른 하나는 곁눈질로 한 번 바라보았다가 이내 도둑질하다 들킨 사람처럼 고개를 홱 돌리고는 못내 아쉬워 또 핼금

핼금 훔쳐보았다.

갑자기 바보라도 된 듯 멍청하게 은소소를 바라보는 청년 검객을 백귀수가 손가락질로 가리키며 일행에게 소개했다.

"이분은 대검객 고칙성高則成이시고……."

그리고 또 한 사람을 가리키면서 이렇게 소개했다.

"이분 역시 대검객 장립도蔣立濤이십니다. 두 분 모두 곤륜파의 무학 고수들이지요. 곤륜파로 말씀드리자면 서역 일대에 위엄과 명성을 떨치는 문파로, 무학상 비전의 절기를 지니고 있지요. 그뿐 아니라 여기 계신 고칙성, 장립도 두 분 검객께선 곤륜파 문하 제자 중에서도 가장 뛰어난 분들로서, 발군의 실력자이시며 용맹과 지혜를 두루 갖춘 대영웅이십니다. 이번에 모처럼 우리 중원 땅에 오셨으니 필경 그 위대한 솜씨를 드러내셔서 우리의 안목을 크게 열어주시리라 믿는 바입니다. 핫핫핫!"

백귀수의 소개에는 조롱기가 다분히 섞여 있어, 곁에 있던 장취산이 듣기에도 두 청년이 당장 칼을 뽑지 않고는 배겨나지 못할 만큼 민망한 말투였다. 그런데 어찌 된 셈인지 그들 두 사람은 알아듣지 못한 듯 대꾸 한마디 없이 깎아놓은 말뚝처럼 멍하니 서 있기만 했다. 웬일인가 싶어 그 기색을 살펴보던 장취산은 이내 실소를 금치 못했다. 그도 그럴 것이 두 청년 모두 은소소의 얼굴과 몸매에서 한순간도 눈을 떼지 못하고 있었다. 하나는 멀뚱멀뚱 염치없이 정면으로 바라보고, 또 하나는 여우처럼 핼금핼금 훔쳐보느라 옆에서 천둥 벼락을 때려도 모를 만큼 넋이 빠져 있었다. 곤륜파라면 검술이 신의 경지에 이르렀다고 자타가 공인하는 명문대파였다. 한데 그런 명문의 제자 가운데 이렇듯 한심한 작자들이 나왔다니 참으로 우스운 노릇 아니겠는가.

이번에는 장취산과 은소소를 그들에게 소개할 차례였다.

"이분은 무당파의 장 상공이시고, 이분은 은소소 아가씨, 그리고 또 이분은 우리 천응교의 주작단 상금붕 단주이외다."

그는 세 사람의 성씨와 이름자를 방금 곤륜파 청년들을 소개할 때와는 달리 거창한 꾸밈새 하나 붙이지 않고 가볍게 소개해 넘겼다. 장취산에 대해서도 그저 '장 상공'이라고만 일컬었을 뿐 명성이 쟁쟁한 '무당칠협' 가운데 다섯째 '장 오협'이라는 존칭마저 쓰지 않았다. 일부러 '상공'이라 부른 것은 그만큼 자기네들과 아주 친숙한 '어르신, 서방님'이라는 점을 부각시키기 위해서였다.

장취산을 소개하는 백귀수의 말투에 은소소는 속으로 흐뭇한 느낌을 억제하지 못했다. 장취산의 얼굴로 향한 그녀의 눈빛에 추파가 일렁거리고 미소 띤 두 뺨에 보조개가 옅게 파였다.

청년 검객 고칙성이란 자가 그 꼴을 보고 두 남녀가 친밀한 사이로 알았던지, 슬그머니 부아가 치밀어서 장취산을 향해 두 눈알을 사납게 부라렸다. 그러고는 동료에게 한마디 건넸다.

"여보게, 장 사제. 우리가 서역에 있을 때 무당파라는 명문 정파가 중원 땅에 있단 소문을 들어본 것 같지 않던가?"

장립도 역시 동료의 말뜻을 알아듣고 냉큼 맞장구를 치고 나왔다.

"딴은 들어본 것 같기도 하군요."

"그런데 역시 '백문이불여일견'이로군! 길바닥에 떠도는 소문이란 믿을 게 못 되는 모양이야."

"아무렴, 그렇고말고요! 강호에 떠도는 소문이란 게 십중팔구는 허튼소리뿐이니까 믿을 만한 게 못 되지요. 한데 고 사형은 무당파를 어떻게 생각하십니까?"

"흥, 보나 마나지 뭐! 소위 명문 정파 제자란 사람이 이런 사교 집단의 무리들과 어울리다니, 이거야말로 명문 정파의 위신을 떨어뜨리는 짓이 아니고 뭔가?"

둘이서 장구 치고 북 치고 주거니 받거니 하는 투가 장취산에게 시비를 걸겠다는 수작이었다. 그러나 은소소가 '사교 집단' 천응교 인물이라는 사실을 까맣게 모른 채 지껄여대고 있었으니, 그 업보를 나중에 어떻게 받을지 모를 일이었다.

아무튼 장취산은 초면의 두 사람이 자기네 무당파까지 들먹이면서 무례하게 나오자, 그 즉시 화가 치밀어 상대하려 했다. 하나 다음 순간에 울화통을 꾹 눌러 참았다. 자기가 이 섬에 온 목적은 셋째 사형 유대암을 해친 범인이 누군지 찾아내기 위해서가 아닌가? 이 곤륜파의 문하생들은 자기보다 나이가 몇 살 위이기는 해도 이제 막 젖 뗀 송아지들에 지나지 않았다. 이런 무명 졸개들하고 같이 논다는 것 자체가 자신의 체면을 깎아내리는 짓이었다. 하물며 고칙성의 말대로 천응교가 하는 짓거리는 확실히 사악하기 짝이 없었다. 은소소나 상금붕이 저질러온 짓거리만 보더라도 하루 세끼 밥 먹듯 제멋대로 사람을 마구 죽이지 않았던가? 결국 장취산은 절대로 이런 부류와 어울릴 수 없을뿐더러, 또 그런 행위야말로 무당파의 위신을 떨어뜨리는 짓이 분명하다고 생각했다. 그래서 그는 곤륜파 제자들의 도발적인 언사에도 빙그레하니 미소로 응수할 수 있었다.

"소인 역시 두 분 형씨들과 마찬가지로, 여기 계신 천응교 여러분과는 초면이외다."

이 두 마디 말은 뭇 사람들 모두에게 뜻밖이 아닐 수 없었다. 백귀수나 상금봉 두 단주는 은소저가 그와 깊은 정분을 나누고 있는 줄 알았는데 초면이란 말에 놀랐고, 그녀는 슬그머니 약이 올라 입술을 잘근잘근 씹었다. 장취산이 그런 말을 한 데에는 분명 자기네 천응교를 멸시하는 투가 다분했기 때문이다. 고칙성과 장립도 두 청년은 회심의 미소를 지으며 서로 눈짓을 주고받았다. 아무려면 요 명문 정파의 풋내기 녀석이 곤륜파의 위명을 듣고 우리 두 사람한테 겁을 집어먹었구나 싶었던 것이다.

어색해진 분위기를 바꾸려는 듯 백귀수가 네 사람에게 선언했다.

"자아, 귀하신 손님들은 다 도착하신 셈이군요. 거경방의 맥 소방주만 아직껏 못 오셨는데, 우리가 그 사람까지 기다릴 필요는 없겠소이다. 이제 여러분은 마음 편하신 대로 이 근방을 산책하면서 구경이나 하시다가, 정오에 모여서 박주나마 한 잔씩 드시며 도룡도를 감상하시지요."

"하하하! 맥 소방주는 배가 침몰해서 죽을 뻔했습니다. 여기 계신 장 오협께서 구해주라고 분부하시기에 물에 빠진 걸 건져서 모두 지금 우리 배 안에 있습니다. 이따가 잔치 때나 모시도록 하지요."

간밤의 일이 생각나는지 상금봉이 껄껄대고 웃으며 해명을 했다.

장취산은 백 단주와 상 단주 두 사람이 시종 자기한테 예의를 갖춰 공경스럽게 대하는 것이 꺼림칙스러웠다. 그리고 자신을 바라보는 은소소의 눈빛이나 기색이 갈수록 정겨워지는 것을 보고 한순간이라도 이들과 멀리 떨어져 있는 것이 좋겠다고 생각했다.

"저는 혼자서 산책이나 하겠습니다. 그럼 여러분은 편하실 대로 하시지요."

그는 여러 사람들의 대꾸도 듣지 않고 손 한 번 흔들어 보이면서 훌쩍 그 자리를 떠났다. 그러고는 동쪽 숲속을 향해 휘적휘적 걸어갔다.

왕반산도는 그리 크지 않았다. 산이나 바위, 나무숲조차 볼만한 것이 없었다. 이 섬 동남쪽 모퉁이 굴곡진 만灣에 아담하게 들어앉은 포구에는 높다란 돛대 수십 개가 돛폭을 접은 채로 울타리처럼 줄줄이 치솟아 있었다. 천응교, 해사파, 신권문, 그리고 거경방의 노 방주老幫主 일행이 타고 온 배가 분명했다.

장취산은 해변을 따라 발길 닿는 대로 정처 없이 걸었다. 생각은 어제오늘 만난 사람에게 쏠려 있었다. 무엇보다 제멋대로 살인을 저지르는 은소소의 난폭하고도 잔혹한 행위가 마음에 들지 않았다. 한데 이상하게도 마음속 한구석에는 그녀가 화사하게 미소 짓는 모습과 두 뺨의 볼우물, 뾰로통하니 토라진 모습이 영 지워지지 않고 남아 있었다. 아무리 떨쳐버리려 해도 상념은 어느새 또다시 그녀에게 얽매였다. 자기도 혹시 곤륜파 젊은이들처럼 그녀에게 반해버린 것은 아닐까 하는 생각이 들었지만, 이내 머리를 흔들어 부정했다. 그는 재빨리 생각을 바꾸었다.

'은소소는 천응교 인물이 분명하다. 천응교 안에서도 아주 존귀한 지위에 있는 신분이다. 그렇지 않고서야 백 단주나 상 단주가 그녀를 공주처럼 떠받들어 모실 까닭이 없지 않은가? 간밤에 거경방 맥 소방주가 하는 말투로 보건대 천응교의 교주가 아닌 것만은 틀림없는데, 그렇다면 이 처녀의 정체는 과연 무엇일까?'

생각은 계속 치달았다.

'천응교가 이 섬에서 양도입위 대회를 연다고 했다. 양도입위라면 도룡도를 내세워 다른 문파들을 초청해 쟁탈전을 벌이게 해놓고 그들을 제압해 천응교의 위신을 세우겠다는 의도다. 그렇다면 해사파 소금 밀매꾼들과 신권문, 거경방 해적단 우두머리들을 초청해놓고 자기네 쪽에서는 고작 단주급 인물 두 사람만 달랑 보내 대회를 주관하게 했으니, 이것은 초청한 무리의 세력 따위는 전혀 무섭지 않다는 의미다. 저 현무단 백 단주의 기세를 보건대 어젯밤 전당강 하구에서 위력을 떨쳤던 주작단 상 단주보다 공력이 한 수 위인 것은 분명한데, 그렇다면 천응교 내부에는 도대체 얼마나 많은 고수가 있단 말인가? 이들 천응교 세력은 이미 강호 무림계에서 잠재적인 우환거리가 되어 있는 것은 아닐까? 오늘 이 기회에 저들의 실력과 내막을 탐지해야겠다. 아무리 속담에 "강물이 우물물을 침범하지 않는다河水不犯井水"고 했지만, 훗날 우리 무당파와 저들 사이에 세불양립勢不兩立의 대결이 벌어질지도 모르니까.'

한참 이런저런 생각을 하며 걷고 있는데, 갑자기 저편 숲속에서 "쨍그랑, 쨍! 쨍!" 하고 병기가 맞부딪는 소리가 요란하게 들려와 그는 정신이 번쩍 들었다. 무슨 일이 벌어졌나 호기심이 생겨 소리 나는 쪽으로 발길을 옮겼다.

숲속 나무 그늘 아래서 고칙성과 장립도가 장검을 뽑아 들고 한창 검술 대련에 열중하고 있는데, 그 한 곁에서는 은소소가 미소를 머금은 채 서서 관전을 하고 있었다.

장취산은 스승에게서 곤륜파 제자들이 아주 독특한 쾌속 검법을 쓴다는 말을 들은 적이 있었다. 스승 장삼봉은 소년 시절 본의 아니게나마 소림사에서 곤륜삼성 하족도와 대결을 벌인 경험이 있었다. 그리고 이 곤륜파의 창시자가 '검성'을 자처할 만큼 쾌속하고도 절묘한 검술을 구사했다는 사실을 제자들에게 일러주었던 것이다. 따라서 장취산은 오늘 이 곤륜삼성의 후계자들이 과연 스승이 찬탄할 정도로 절묘한 쾌검을 구사하는지 알아볼 기회를 맞은 셈이었다. 그러나 무림계 인사들은 자신이 무공 수련을 할 때 다른 사람이 엿보는 것을 가장 꺼리기 때문에 어느 누구든 남의 수련 장면을 우연히 목격했다 하더라도 즉시 그 자리를 피해주는 것이 관례였다. 장취산 역시 호기심을 억누르고 그 자리를 피해 물러갈 생각으로 조용히 발길을 돌렸다.

"장 오라버니, 이리 오세요!"

어느 틈에 발견했는지, 은소소가 손짓해 불렀다.

장취산은 그냥 물러갔다가는 남의 무공 수련을 훔쳐보다가 들켰다는 혐의를 받기 십상이라, 차라리 정정당당하게 나서는 것이 떳떳하겠다고 생각했다. 그래서 은소소가 부르는 대로 그 곁에 걸어가 섰다.

"두 형씨께서 검술 대련을 하시는 모양인데 남이 보는 걸 싫어하실지 모르니 우리 저 바닷가로 나가서 산책이나 합시다."

은소소가 미처 대꾸하기도 전이었다. 돌연 흰 빛줄기가 번뜩하더니 "찌익!" 소리와 함께 장립도가 뒤집어 훑은 장검 끝이 고칙성의 왼 팔뚝에 푹 꽂히는 것이 아닌가. 그다음 순간, 칼끝이 뽑혀 나온 자리에서 피가 확 뿜어져 나왔다.

장취산은 속으로 깜짝 놀랐다. 그는 장립도가 대련 도중 실수를 저지른 줄로 알았다. 한데 뜻밖에도 고칙성은 "앗!" 소리 하나 내지 않고 얼굴빛이 시퍼렇게 바뀌더니 장검을 휘둘러 즉각 반격에 나섰다. "쏴악 쏵, 쏵!" 연속 3초를 찔러드는 공격 수법이 절묘하거니와 하나같이 상대방의 치명적인 급소를 노리는 무서운 검초였다. 장취산은 그제야 이들이 검법 연습을 하는 것이 아니라 진검 대결을 벌이고 있음을 깨달았다. 세상에 이럴 수가 있나! 동문 사형제끼리 타향에서 진짜 칼싸움을 벌여 피를 보고 있다니.

"아무래도 형님이 아우만 못하시네요! 그것 봐, 장립도 님의 검법이 훨씬 정교하잖아요?"

은소소가 깔깔대며 소리 질렀다.

이 말을 듣자, 고칙성은 이를 악물고 몸뚱이를 훌떡 뒤채어 허공으로 솟구쳐 오르더니, 비스듬히 끌어올린 칼날을 회전시키면서 반공중에서 곤두박질쳐 곧바로 상대방을 찔러들었다. 이른바 '백장비폭百丈飛瀑', 즉 천 길 낭떠러지에서 폭포수가 쏟아지듯 수직으로 내리 찌르는 검초였다.

"호오, 멋진 검법이군!"

장취산의 입에서 자기도 모르게 탄성이 흘러나왔다.

장립도가 제 목덜미로 내리꽂히는 칼끝을 피하느라 몸뚱이를 움츠리는 순간, 고칙성은 그럴 줄 알았다는 듯이 중도에서 칼끝의 방향을 수평으로 바꿔 곧바로 상대방의 왼쪽 넓적다리를 푹 찔러버렸다. 수직 공격에서 수평 공격으로 전환하는 과정이 마치 자로 잰 듯 흐트러짐 없이 깔끔하고도 정확했다.

"어이쿠!"

넓적다리를 깊숙이 찔린 장립도가 외마디 비명을 지르면서 휘청거렸다.

"역시 형님이 아우보다는 한 수 높군요! 장립도 님! 이번에는 당신이 졌네요."

은소소가 손뼉까지 쳐가며 판정을 내렸다.

"흥, 그렇게는 안 될걸!"

노성을 지른 장립도가 즉시 몸을 가누더니 검초를 급격하게 변화시켰다. 이리 비뚤 저리 비뚤, 눈에 보이지 않게 빠른 솜씨로 바뀌는 칼끝이 자기 사형인 고칙성을 향해 무섭게 공격을 퍼붓기 시작했다. 허공을 찢는 날카로운 칼바람 소리가 어지럽게 울렸다. 장립도의 공격 초식은 변화무쌍한 우타비화雨打飛花, 즉 모진 비바람에 꽃잎 어지러이 흩날리듯 순전히 사각斜角으로만 찔러드는 수법이었다. 정면이나 측면, 또는 상하로 공격하는 것이 아니라 측사側斜, 좌상, 우하 방향에서 찔러드는가 하면 어느새 우상, 좌하로 바뀌어 장검을 비스듬히 누인 상태에서 베고 찌르는 속공법이었다. 이 검법은 7~8초식 가운데 어느 하나가 정공正攻이 된다. 따라서 상대방은 일단 당하고 나서야 그것이 실초였음을 깨닫게 되는 것이다.

그러나 동문 사형인 고칙성이 그 수를 모를 까닭이 없었다. 우타비화의 검초가 정신없이 날아들자, 그는 침착하게 상대방의 공세를 하나씩 끊어내면서 인정사정없이 역습으로 마주쳐 후려 베고 찌르고, 훑어 올렸다 내리치고, 정신 못 차리게 반격해나갔다. 어느덧 두 사람 모두 팔다리에 상처를 입고 있었다. 비록 요해要害를 다치지는 않았어도 움직일 때마다 피가 튀어 두 사람은 얼굴과 옷자락, 손등 할 것 없이 온통 선혈로 얼룩졌다. 그래도 아랑곳하지 않고 싸움은 점점 더 거칠고 사나워졌다.

곁에서 은소소는 쉴 새 없이 입을 놀려 두 사람을 부추겼다. 어느 때는 고칙성의 솜씨를 칭찬하는가 하면 어느새 장립도의 검초에 찬사를 보냈다. 그녀의 충동질에 홀린 것처럼 두 사형 사제는 미친 듯이 싸웠다. 서로 단칼에 상대방을 찔러 거꾸러뜨리지 못하는 것이 한스러운 듯 무서운 살초를 거침없이 썼다. 어떻게 해서든지 상대방의 숨통을 끊어 자신의 검술 실력이 뛰어나다는 것을 증명해서 이 아리따운 여인의 환심을 사지 못해 안달이 나 있는 것이다.

그제야 장취산은 이들 동문 사형제들이 어째서 목숨을 걸고 악전고투를 벌이게 되었는지 그 사연을 알 수 있었다. 순전히 은소소가 중간에서 부추겨 싸움을 붙인 것이었다. 아까 첫 대면했을 때 이들 두 형제가 천응교를 '사교 집단'이라고 모욕한 말에 앙심을 품은 은소소가 둘을 충동질해서 싸움을 붙여놓고 앙갚음하고 있는 것이었다.

당초 두 형제는 그저 은소소의 마음에 들기 위해 상대방을 이겨놓기만 할 심산이었으나, 피를 보고 나서부터는 자제력을 잃고 결국은 상대방을 죽이기 위해 살수까지 펼치기에 이르렀다. 아마 이대로 나가다가는 어느 쪽이든 불구가 되거나 목숨까지 잃어버릴지 모르는 참사를 빚어낼 것이 분명했다.

아무튼 이들 곤륜파의 검법은 정교하고도 절묘했다. 하나 장취산이 보기에는 지금 이들이 펼쳐 보이는 솜씨는 고지식한 검법 원리에만 얽매여 임기응변의 묘수가 별로 없는 데다 공력도 빈약해 곤륜검법의 위력을 10분의 1~2도 발휘하지 못하는 듯싶었다.

"장 오라버니, 곤륜파의 검법이 어때요?"

한창 신이 나서 손뼉까지 쳐가며 두 사람을 충동질하던 은소소가 장취산에게 불쑥 물어왔다. 아무런 대꾸가 없자 흘낏 돌아보니, 장취산은 이맛살을 잔뜩 찌푸리고 불쾌해하는 기색이 역력했다. 그녀가 하는 짓에 대해서 무언의 질책을 하는 셈이었다. 은소소는 찔끔해져서 당장 충동질하던 손짓을 그치고 말을 바꾸었다.

"주거니 받거니 그저 별 볼일 없는 검법이네요. 우리 저쪽으로 가서 바다 경치나 구경해요."

그러고는 장취산의 손을 잡아당기면서 바닷가 쪽으로 걸어갔다.

장취산은 느닷없이 매끄럽고도 따스한 손길이 자기 손에 와닿자 그만 가슴이 철렁 내려앉았다. 속으로는 두 젊은이를 충동질해서 싸움을 붙인 행위가 괘씸하기 짝이 없었으나, 어찌 된 셈인지 그 손길을 뿌리치지 못했다. 그는 은소소의 손길에 이끌려 저도 모르게 바닷가 쪽으로 걸음을 옮겨 떼기 시작했다.

두 남녀는 손을 맞잡고 묵묵히 해변의 모래밭을 걸었다. 그녀의 눈길은 일망무제一望無際로 탁 트인 너른 바다 수평선 끝에 가닿은 채 좀처럼 그에게로 향하지 않았다. 넋을 잃고 수평선을 바라보던 그녀의 입에서 불쑥 한마디가 나왔다.

"《장자》 〈추수秋水〉 편에 이런 대목이 있죠.

하늘 아래 바다보다 더 큰 물은 없다.	天下之水 莫大於海
온갖 하천이 그칠 새 없이	萬川歸之
흘러들어도 넘치지 않고,	不知何時止而不盈
바다 밑구멍으로 새어나가도	尾閭泄之

물이 비는 법은 없다. 不知何時已而不虛•

그렇지만 큰 바다는 결코 교만하지 않지요. 그저 이렇게 말할 따름이죠.

나 스스로 천지간에 형체를 받고 自以比形於天地
음양에서 생명을 얻었으니, 而受氣於陰陽
천지간에 나의 존재를 비유하건대 吾在於天地之間
거대한 산 위의 돌멩이 한 조각이나
보잘것없는 나무 한 그루에 지나지 않는다. 猶小石小木之在大山也
이렇듯 미미한 나의 존재를 알면서 方存乎見少
내 어찌 위대하다고 자부할 수 있겠는가? 又奚以自多••

《장자》를 지은 장주莊周는 정말 대단한 분이에요. 흉금이 그토록 너르고 크니 말씀이죠."

장취산은 본디 그녀가 곤륜파 제자 고칙성과 장럽도 두 사람 사이를 이간질시켜 서로 싸우게 만들어놓고 즐거워하는 모습을 보곤 적지 않게 불만이 쌓여 있었다. 그러나 이 나찰羅刹 같은 악녀의 입에서 느닷없이 이런 심오한 말이 나오자 저도 모르게 흠칫 놀라고 말았다. 《장자》는 도가道家에서 수행하는 선비라면 누구나 반드시 읽어야 할

• 《장자》 외편外篇 제17편 〈추수〉 '추수(가을철의 물)'에서 인용.

•• 위와 같음.

필독서였다. 장취산이 무당산에 있을 때, 스승 장삼봉 역시 틈만 나면 이 책을 가져다놓고 제자들에게 풀이해주곤 했다. 그런데 외눈 하나 깜짝이지 않고 마구 살인을 저질러온 여마女魔가 지금 이런 자리에서 《장자》의 문구를 인용해가며 감회를 드러내다니, 장취산에게는 실로 뜻밖이 아닐 수 없었던 것이다. 그는 멍청한 기색으로 있다가 문득 생각나는 구절이 있어 이렇게 대꾸했다.

"그렇지요. 이런 말도 있소.

무릇 천 리 길이 멀다 하나	夫千里之遠
장부의 그 큰 뜻에는 미치지 못하고,	不足以擧其大
천 길 낭떠러지가 높다 하나	千仞之高
장부의 깊은 뜻에는 이르지 못한다.	不足以極其深

어떠하오, 그 말씀에 대구가 될 수 있겠소?"

은소소는 그가 《장자》 〈추수〉 편에 바다를 형용하는 말로 화답하는 것을 듣고 속으로 무척 흐뭇한 느낌이 들었다. 그녀는 그의 얼굴에 흠모와 존경을 이기지 못하는 기색이 나타나자 이내 그 심사를 알아차렸다.

"지금 사부님을 생각하고 계시죠?"

심사를 꿰뚫어 보인 장취산은 깜짝 놀라 저도 모르게 그녀의 손을 덥석 부여잡았다.

"그, 그걸 어떻게 아셨소?"

장취산이 무당산에 있을 때, 하루는 대사형 송원교, 셋째 사형 유대암과 함께 《장자》를 읽고 있었다. 그런데 "천 리 길이 멀다 하나 장부의 그 큰 뜻에는 미치지 못하고, 천 길 낭떠러지가 높다 하나 장부의 깊은 뜻에는 이르지 못한다"는 구절에 이르자, 유대암이 이런 소감을 토로한 적이 있었다.

"우리가 비록 사부님을 따라서 학문과 무예를 익히고는 있지만, 배우면 배울수록 그 어르신과 수준 차이가 더욱 벌어져 날마다 퇴보하고 있다는 느낌이 드네. 《장자》의 이 구절처럼 그 어르신의 학문과 무공 수준의 깊이는 헤아릴 수가 없고, 끝 간 데가 없을 만큼 높다고 해야 옳은 표현일세."

이 말에 장취산은 물론 사형인 송원교까지 고개를 끄덕이며 동감을 표한 적이 있는데, 지금 그 두 구절이 떠올라 읊조리다 보니 저도 모르게 스승 장삼봉이 그리워졌던 것이고, 또 영리한 은소소에게 대뜸 그 심사를 간파당하고 말았던 것이다.

"당신 얼굴에 그렇게 쓰여 있는걸요. 부모님 생각이 나지 않았으면 사부님 생각이 났을 거라고 봤어요. 하지만 '천 길 낭떠러지가 높다 하나 장부의 깊은 뜻에는 이르지 못한다'라는 대목을 인용하신 걸 보니, 당세에 장삼봉 도장道長을 제외하면 그 표현에 어울릴 만한 분이 어디 또 있겠어요? 그래서 사부님을 생각하고 계신 줄 알아차렸죠."

장취산은 얼굴에 환한 미소를 띠면서 찬사를 보냈다.

"정말 영리한 아가씨군요."

그는 이렇듯 남의 속마음까지 읽어낼 정도로 눈치 빠르고 총명한 여자를 이때껏 본 적이 없었다. 감탄 섞어 고개를 절레절레 흔들다가 문득 그녀의 두 손을 잡고 있다는 것을 깨닫고 얼굴이 화끈 달아올라

슬며시 손을 놓았다.

은소소가 얘깃거리를 계속 풀어냈다.

"당신 사부님의 무공이 출신입화出神入化의 경지에 드셨다는데, 얼마나 높은지 좀 들려주시지 않을래요?"

이 물음에 장취산은 한참이나 생각하다가 겨우 입을 열었다.

"무공이란 보잘것없이 작은 도에 지나지 않소. 그 어르신의 학문 경지는 무공에만 그치는 것이 아니라 그보다 훨씬 초월하셔서…… 음, 너르고 크고 정밀하고 깊으셔서……."

그러고는 말문이 뚝 끊겨서 절레절레 고개를 흔들었다.

"안 되겠군. 그 심오한 경지를 어디서부터 어떻게 설명해야 좋을지 모르겠소."

그러자 은소소가 또 미소를 지으면서 한마디 읊조렸다.

"안연顏淵이 스승이신 공자님께 이런 찬사를 올린 적이 있다죠?

스승님께서 걸으시면 저도 따라 걷고 夫子步亦步
스승님께서 달음박질치시면 저도 달음박질치고
夫子趨亦趨
스승님께서 말 타고 달리시면 저도 말 타고 달리나,
夫子馳亦馳
스승님께서 먼지를 뽀얗게
일으키시도록 치달리실 때, 夫子奔逸絶塵
이 안회는 그저 두 눈 휘둥그레 뜬 채
스승님의 뒤만 바라볼 따름입니다. 而回瞠若乎後矣

지금 당신의 심경이 바로 안연과 똑같다고 할 수 있을 거예요."

안회顔回는 곧 안연, 공자가 사랑하고 아끼는 제자 가운데 한 사람이었다.

장취산은 은소소가 또《장자》외편의〈전자방田子方〉가운데 안연이 스승과 대화를 나누는 대목까지 인용하는 것을 보자 새삼 경이로운 눈빛으로 그녀를 바라보았다. 확실히 지금의 자기 심정은 안연만큼이나 스승에 대해서 오체투지五體投地할 정도로 깊은 존경심을 품고 있기 때문이었다. 그는 쑥스러운 기색으로 이렇게 대꾸했다.

"우리 사부님은 먼지를 뽀얗게 일으키시도록 치달리실 것도 없을 게요. 그 어르신이 달음박질치거나 말 타고 달리시기만 해도, 나는 그분을 따라잡겠다는 엄두도 못 내고 그저 두 눈 휘둥그레 뜬 채 뒷모습만 바라봐야 하니까 말이오."

말을 하면서도 장취산은 이 여마두女魔頭의 실로 보기 드물게 너르고 깊은 학문적 조예와 재치에 속으로 혀를 내둘렀다.

은소소는 확실히 영리하고 총명한 여인이었다. 그녀는 어떻게 해서든지 장취산의 환심을 사려고 온갖 꾀를 다 짜내어 그와의 대화를 이끌어갔다. 마침내 장취산도 마음이 흥겨워져 어느덧 그녀와 주고받는 대화에 열중하게 되었다. 이렇듯 의기투합한 두 남녀는 바위에 나란히 걸터앉은 채 오래도록 지루한 줄 모르고 이야기를 나누었다.

"어흠!"

시각이 얼마나 지났을까, 멀리서 무거운 발걸음 소리가 들리더니 누군가 두어 번 헛기침을 했다.

"어흠! 장 상공, 은 소저. 벌써 정오가 되었습니다. 준비가 다 되었으니 이제 가보시지요."

후딱 고개를 돌려보니, 상금붕이 멀찌감치 10여 장 거리를 두고 서 있었다. 기색은 비록 정중하고 공손해 보였으나 입가에 보일 듯 말 듯 미소를 띠고 있는 품이 마치 자상한 집안 어른이 젊은 연인 한 쌍을 바라보고 즐거워하는 듯싶었다. 평소에는 그에게 하인 대하듯 오만무례하던 은소소도 이때만큼은 얼굴 가득 수줍음을 머금고 부끄러운 듯 얌전히 고개를 숙이고 있었다. 장취산은 마음에 거리낄 게 없는 떳떳한 심정이었으나 이들 두 사람의 신색을 보고 있노라니 저도 모르게 얼굴이 붉어졌다. 두 사람이 바위에서 일어나자, 상금붕은 발길을 돌려 앞장서서 성큼성큼 걸어 인도했다.

이때 은소소가 재빨리 작은 목소리로 속삭였다.

"저 먼저 가겠어요. 저하고 같이 가시면 안 돼요."

장취산이 무슨 뜻인지 몰라 어리둥절해하고 있는데, 그녀는 벌써 앞장서 가는 상금붕을 뒤쫓아 나란히 걸어가고 있었다.

"곤륜파 멍청이들의 싸움은 어찌 되었나요?"

상금붕에게 묻는 그녀의 목소리가 들려왔다. 뭐라고 대꾸하는 말을 듣고 그녀는 까르르 웃어젖혔다.

홀로 뒤떨어진 장취산은 갑자기 쓸쓸해진 느낌이 들었다. 아니, 그보다는 무엇인가 소중한 것을 손에 쥐고 기뻐하다가 금방 잃어버린 것처럼 허전하고 서운했다. 그는 줄곧 두 사람의 뒷모습이 숲속으로 사라질 때까지 멍하니 지켜보다가 천천히 발걸음을 옮겨 '양도입위대회'가 열린다는 골짜기로 향했다.

계곡 어귀에 들어서자, 우선 널따란 풀밭에 일고여덟 개의 네모난 탁자가 배열된 것이 눈에 들어왔다. 동편 상석上席 한 자리만 비어 있을 뿐 나머지 탁자마다 모두 사람들이 둘러앉아 대회가 열리길 기다리고 있었다.

상금붕은 장취산이 어귀에 나타나는 것을 발견하기 무섭게 일행을 향해 골짜기가 쩌렁쩌렁 울리도록 큰 소리로 외쳤다.

"무당파 장 오협께서 왕림하시오!"

그러고는 백귀수와 함께 잰걸음으로 영접하러 다가왔다. 주작단, 현무단 소속 타주舵主들이 각각 다섯 명씩, 두 단주까지 합쳐 도합 열두 명이 계곡 입구에서부터 두 줄로 나뉘어 늘어서서 장취산이 그들 앞을 지나쳐 갈 때마다 공손히 허리 굽혀 맞아들였다.

이윽고 백귀수의 카랑카랑한 목소리가 골짜기 안에 메아리쳤다.

"천응교 은 교주 휘하의 현무단 백귀수, 주작단 상금붕이 교주님을 대신해 장 오협의 왕림을 삼가 영접합니다!"

은소소는 골짜기 어귀까지 마중하러 나오지는 않았으나, 역시 그 자리에서 일어나 예우를 표했다.

"불초 소생 장취산, 과분한 접대에 몸 둘 바를 모르겠습니다!"

뭇사람들이 주시하는 가운데 겸손히 답례를 건네면서도 장취산은 속으로 '은 교주'란 말에 가슴이 또 한 번 철렁했다. '저 영리한 여마두의 성이 은씨라더니, 과연 천응교 교주 역시 은씨 성을 가졌구나!'

영접하는 대열이 뻗어간 대로 따라가다 보니, 좌우 양쪽 좌석에 앉아 있는 사람들마다 얼굴에 불평불만이 가득 서려 있었다. 그도 그럴 것이 장취산은 까맣게 모르고 있었으나 해사파, 거경방, 신권문의 우두머리가 도착했을 때에 천응교 측은 고작 타주 한 명만 달랑 내보내

좌석으로 인도했을 뿐, 지금 장취산에게처럼 예우를 깍듯이 차려 정중하게 맞아들이지 않았던 것이다. 피차 대우에 차별을 크게 두었으니, 위신과 체면을 목숨처럼 소중히 여기는 그들로서야 불만이 생길 수밖에 더 있겠는가.

백귀수는 그를 동편 앞머리 상석으로 안내하더니 엄숙한 기색으로 자리에 앉기를 권했다. 탁자 곁에 놓인 의자는 달랑 한 개뿐 여러 좌석 가운데에서도 가장 존귀한 으뜸 자리가 분명했다.

장취산은 흘끗 좌중을 둘러보았다. 나머지 일고여덟 개의 탁자에는 각각 한 군데마다 일고여덟 명씩 둘러앉았고, 다만 여섯 번째 탁자에만 고칙성과 장립도 두 사람이 차지하고 있을 뿐이었다. 이것을 본 그는 목청을 돋우어 낭랑한 목소리로 사양했다.

"소생은 말학 후배라, 감히 이 상석을 차지할 수 없겠습니다. 백형께선 저를 다른 자리로 옮겨주시기 바랍니다."

하나 백귀수는 절레절레 고개를 내둘렀다.

"하하! 무당파로 말씀드리자면, 당세 무림계의 태산북두泰山北斗• 요, 장 오협의 위명이 천하에 떨치고 계신데, 이런 분이 앉지 않으신다면 감히 이 자리에 앉으실 분은 없을 것입니다."

그러나 장취산은 스승이 평소 말씀하신 두 가지 훈계를 잊지 않고 있었다. 마음의 평정, 겸손과 자기 억제가 바로 그것이었다. 그는 생각

• 지상에서 가장 높다는 태산과 하늘 위에 가장 빛나는 별 북두칠성. 덕망이 높고 두텁거나 탁월한 업적을 이룩해 뭇사람들의 추앙을 받는 인물을 비유하는 말이다. 《신당서新唐書》 〈한유전韓愈傳〉에 "한유가 죽은 후 그의 학설이 크게 시행되니, 배우는 자들이 그를 추앙하여 태산과 북두에 견주었다自愈沒 其言大行 學者仰之如泰山 北斗云"에서 유래되었다.

했다. '만약 스승님이나 대사형이 여기 계시다면 이 자리에 앉으실 수 있겠지만 내게는 그럴 자격이 없다.' 그래서 그는 한사코 사양하고 상석에 앉으려 하지 않았다.

고칙성과 장립도 두 사형제가 의미심장한 눈짓을 주고받더니, 갑자기 장립도가 벌떡 일어서기 무섭게 자신이 앉았던 의자를 번쩍 들어 허공으로 날려 보냈다. 그들이 앉았던 자리는 상석과 나머지 다섯 탁자 사이에 배치되어 있었기 때문에 장립도가 던진 의자는 "휙!" 소리와 함께 여러 사람의 머리 위로 날아가 상석에 놓인 의자 곁에 털썩 떨어져 내렸다. 던져 보낸 뚝심도 대단할뿐더러 가늠 또한 정확한 솜씨였다.

"으흐흐! 태산북두라니, 누가 무당파를 태산북두에 책봉하셨는가? 저 장씨 성을 가진 녀석이 앉지 못하겠거든 우리 형제가 앉아드리지! 저 멍청한 녀석보다 우리가 못할 게 없지 않겠나?"

고칙성이 큰 소리로 악을 쓰더니 둘이서 돌개바람같이 상석으로 달려들었다.

두 사람은 아침나절 은소소의 교활한 충동질에 넘어가 한바탕 피투성이 싸움을 벌였다. 은소소가 "곤륜검법을 몇 수 배워보고 싶은데 두 형제 중 누구의 검법이 더 높으냐? 그 사람한테서 가르침을 받아야겠다"고 부추기자, 그녀의 환심을 사지 못해 애태우던 이 두 멍청이들은 서슴지 않고 장검을 뽑아 검술 대련을 벌이기 시작했다. 처음에는 그래도 곤륜파의 고명한 검법을 자랑하면서 상대방을 이길 생각만 했는데, 싸우면 싸울수록 수법이 모질어지고 약이 오르자 점점 칼부림을 거둘 수 없게 되었다. 게다가 곁에서 은소소가 자꾸 이쪽저쪽 번갈아가며 도발적인 언사로 부추기는 바람에 질투와 시기심이 복받친 이들 형제는 결국 이성을 잃고 형제간에 피를 뿌려가며 호되게 싸우기에 이르렀던 것이다. 그런데 장취산이 나타나자, 그녀는 자기들끼리 싸우게 내버려둔 채 그와 정답게 손을 맞잡고 결투장을 떠나버렸다. 그제야 두 형제는 그녀의 속임수에 깜빡 넘어갔다는 것을 깨닫고 즉시 칼싸움을 중지했다.

제각기 온몸에 난 상처를 싸매고 났더니 그저 남은 것은 질투심과 분통이었다. 그렇다고 은소소를 찾아가 앙갚음할 엄두는 내지 못했다. 그들은 분을 삭이며 기다리다가 시각이 다 되자 어슬렁어슬렁 대회 장소에 나타났다. 그런데 저 밉살맞은 장취산이란 녀석이 또다시 귀빈 대접을 받으며 상석으로 안내받자, 그동안 참고 참았던 울분과 시샘이 한꺼번에 터져 나왔던 것이다. 그래서 이들 두 형제는 장취산에게 모욕을 안겨주기로 결심했다. 사람들 앞에서 그를 거꾸러뜨려 곤륜파의 쾌속검법을 한껏 과시하고 싶었던 것이다.

"잠깐만!"

고칙성과 장립도 두 형제가 상석 의자에 앉으려는 순간, 상금붕이 손을 내밀어 가로막았다. 고칙성은 반사적으로 손가락을 뻗어 그의 팔꿈치 혈도를 찍으려는 자세를 취했다. 쌍방의 분위기가 험악해지자, 장취산은 황급히 세 사람을 만류하고 나섰다.

"두 형씨께서 이 자리에 앉는 것이 타당할 듯싶소이다. 나는 저쪽 의자로 갈 테니 편하신 대로 앉도록 하시오."

그러고는 자진해서 두 형제가 앉았던 여섯 번째 탁자 쪽으로 걸어갔다.

"장 오라버니, 이리 오세요!"

갑자기 은소소가 손짓해 불렀다. 장취산은 그녀가 무슨 할 말이 있는가 싶어 그쪽으로 다가갔다. 그러자 은소소는 손길 닿는 대로 의자 한 개를 끌어다 자기 곁에 놓더니 방그레 미소를 지었다.

"여기 앉으세요."

그녀가 여러 사람이 주시하는 가운데 이렇듯 노골적으로 자신과 친숙한 사이라는 것을 과시할 줄이야 꿈에도 생각 못 한 장취산은 당황하지 않을 수 없었다. 그는 그 자리에 엉거주춤 서서 이러지도 저러지도 못하고 망설였다. 이제 만약 은소소와 나란히 자리 잡고 앉았다가는 그녀의 의도대로 보통 사이가 아니라는 걸 시인하는 결과가 될 테고, 거절했다가는 여러 손님 앞에서 그녀에게 무안을 안겨주는 격이 되고 말 것이었기 때문이다.

"제가 드릴 말씀이 있어서 그래요."

주저하는 장취산에게 그녀는 목소리를 낮춰 다시 부탁했다. 흘끗 돌아보니, 그녀의 얼굴 표정에는 간절한 애원이 깃들어 있었다. 그 표정을 보는 순간, 장취산은 더 거절할 수 없어 의자에 털썩 주저앉았다. 조마조마하게 가슴을 죄던 은소소의 얼굴이 활짝 펴졌다. 그녀는 기쁨에 못 이겨 방글방글 웃으면서 술을 한 잔 따라 권했다.

한편, 고칙성과 장립도는 비록 상석을 빼앗는 데는 성공했으나 이런 광경을 보자, 시샘과 분노가 더욱 들끓어올라 견딜 수가 없었다. 이때 백귀수가 슬그머니 다가오더니 손으로 의자 먼지를 툭툭 털어내면서 겸연쩍게 웃었다.

"곤륜파의 대검객 두 분께서 상석에 앉으시겠다……. 그야 물론 안 될 것도 없겠지요. 자아, 그럼 이리 앉으시죠, 앉으세요!"

말을 하면서 그는 상금붕을 비롯해 열 명의 타주를 데리고 주인자리로 돌아가 천연덕스레 앉았다.

고칙성과 장립도는 의기양양해졌다. '똥자루 같은 장가 녀석이 상석에 앉지 못했으니, 무당파의 위세는 이제 우리 곤륜파에 코가 납작해지도록 눌린 셈이다!' 두 사람은 서로 눈짓을 주고받더니, 거드름을 한껏 부리면서 의자에 털썩 주저앉았다.

그다음 순간, "우지직, 딱!" 하고 느닷없이 의자 다리가 힘없이 부러지면서 두 사람이 동시에 뒤로 벌렁 나자빠졌다. 그나마 무공이 약하지 않은 터라 바닥에 닿기 전 얼른 두 손으로 땅을 짚고 퉁겨 일어나 몸뚱이를 추스르기는 했으나 얼굴에는 이미 낭패스러운 기색이 역력했다. 두 형제가 우거지상을 지으면서 서로 얼굴을 바라보는 동안 좌중에서는 와르르 웃음보가 터져 나왔다.

본디 자부심이 대단한 이들 두 형제는 천응교를 삼류도 못 되는 하류 잡배의 좌도방문 패거리로 여기고 애당초 안중에도 두지 않았다. 그래서 오늘 왕반산도에 나타나 제멋대로 건방지게 굴고 있다가, 이제 백귀수가 드러낸 이 놀라운 공력에 골탕을 먹고 나자 그만 콧대가 보기 좋게 꺾이고 말았다.

백귀수의 차가운 목소리가 들려왔다.

"곤륜파의 무공이 얼마나 높은지 모두 잘 알고 있는 마당에 두 분께서 애꿎은 의자에 분풀이하실 것까지는 없지 않소? 그까짓 썩은 나무토막쯤이야 여기 모인 사람들 가운데 어느 누가 못 부수겠는가? 흥!"

콧방귀 한 번 뀌고 나서 그는 오른손을 번쩍 휘두르며 말석에 앉은 자기 타주들에게 명령을 내렸다.

"너희도 한번 해보려무나!"

"예에!"

응답 끝에 열 명의 타주가 앉은 자리에서 일제히 하반신에 내공을 쏟아붓자, 걸상 10개가 "우지끈 뚝딱!" 소리를 내며 한꺼번에 부서졌다. 타주들은 의자가 산산조각 나기가 무섭게 뒤로 훌쩍 뛰어 단정한 자세로 나란히 서서 천연덕스럽게 미소를 지어 보였다. 물론 사전에 만반의 준비를 하고 의도적으로 한 짓이었으나, 그래도 앉았던 의자를 박살 내고 뒤로 도약해 정렬하는 자세야말로 곤륜파 제자들이 보였던 낭패스러운 꼬락서니와는 사뭇 경우가 달랐다. 좌중의 군웅은 대부분 식견이 너른 강호의 능구렁이들이라 백귀수가 일부러 두 사람에게 골탕 먹인 내막을 꿰뚫어볼 수 있었고, 또 이 장면이 그렇게 재미있을 수 없어 마침내는 허리가 끊어져라 웃음보를 터뜨렸다.

"으하하하! 으하하핫!"

웃음바다 속에서 천응교의 타주 두 명이 두 팔로 거대한 바윗덩이를 하나씩 안고 나타나더니 첫 번째 상석 곁으로 다가갔다. 그러고는 부서진 의자를 발끝으로 툭 걷어차버리고는 고칙성과 장립도에게 한마디 건넸다.

"나무 의자가 너무 약해빠져서 귀하신 두 분의 몸을 지탱하지 못하는군요. 이 바위라면 부서질 염려가 없을 겁니다. 자, 이걸 받아놓고 편히 앉으시죠."

이들 두 사람은 천응교 무리 중에서 이름난 역사力士로 무공은 평범하지만 체구가 우람한 데다 초인적인 뚝심을 타고난 터라 어림잡아

400근에 가까운 바윗덩이를 안고도 끄떡하지 않았다. 그들이 곤륜파 제자들에게 바위 더미를 받으라고 불쑥 내민 것이다.

고칙성과 장립도 두 형제는 비록 검법 하나만큼은 신묘했지만 외공이야 보잘것없는 터라 이 거대한 바윗덩이를 결코 받아낼 수 없었다. 고칙성은 이맛살을 찌푸리면서 고갯짓만 끄덕해 보였다.

"거기 내려놓으시게!"

그러자 두 타주는 못 들은 척 일제히 "끙!" 하고 용을 쓰더니 양 팔뚝을 곧추세워 그 엄청난 바윗덩이를 머리 위로 번쩍 들었다. 그러고는 두 청년 검객에게 버럭 고함을 질렀다.

"자, 받으시오!"

사세가 이쯤 되니, 고칙성과 장립도 두 사람은 저도 모르게 자라목을 움츠리고 후딱 뒷걸음질쳐 물러났다. 만약 이 두 장사가 바윗덩이를 놓치기라도 하는 날이면 황소 뒷다리에 밟힌 개구리 짝이 되어 뼈도 못 추리게 될 판국이었다. 뭇사람들이 보는 앞에서 창피를 당하게 된 두 사람은 속에서 울화통이 치밀었다. 하나 그렇다고 바위 더미를 넘겨받을 수도 없고 홧김에 칼을 뽑아 찔러 죽일 수도 없어 몸뚱이를 잔뜩 도사린 채 엉거주춤 서 있을 수밖에 없었다.

두 역사가 여전히 바윗덩이를 들고 서 있자, 백귀수가 카랑카랑한 목소리로 한마디 건넸다.

"곤륜파 두 분 검객들께선 상석에 앉고 싶지 않은 모양이군요. 아무래도 그 자리에는 장 상공이 앉으셔야겠습니다."

이때 은소소 곁에 앉아 있던 장취산은 은은히 풍겨나오는 그녀의 체취에 도취되어 절반쯤 눈을 감은 채 황홀한 상상에 빠져 있었다. 그런데 느닷없이 일갈을 터뜨리는 백귀수의 목소리에 그만 정신이 번쩍 들었다.

'아뿔싸, 내가 또 마장魔障에 떨어졌구나! 이 사교의 여마에게 홀려 정신을 못 차리다니, 이래서는 안 된다. 어서 이 곁을 벗어나야 한다!'

그는 자리에서 벌떡 일어나 성큼성큼 그쪽으로 걸어갔다.

백귀수는 상 단주에게서 장취산의 무공이 대단하다는 얘기를 들었으나, 자기 눈으로 직접 보지 않은 이상 믿을 수가 없었다. 그래서 한 번 시험해볼 요량으로 아직껏 바윗덩이를 들고 있는 대력타주大力舵主들에게 눈짓으로 신호를 보냈다. 두 명의 타주는 단주 어른의 뜻을 눈치채고 장취산이 가까이 다가올 때까지 기다렸다가 이구동성으로 목소리를 맞춰 호통을 질렀다.

"장 상공, 조심해서 받으시오! 에잇!"

말끝에 큰 소리로 기합을 넣는 순간, 두 사람이 쳐들고 있던 바윗덩어리가 한꺼번에 장취산의 머리 위로 날아들었다.

"아앗!"

좌중의 사람들이 일제히 경악을 터뜨리면서 자리를 박차고 일어났다. 백귀수 역시 몸을 일으킨 채 입만 딱 벌렸다.

'아차! 이게 아닌데…… 저 녀석들이 내 신호를 잘못 알아보았구나!'

그는 가슴이 덜컥 내려앉아 저도 모르게 아가씨 눈치부터 살폈다. 장취산의 공력이 어느 정도인지 시험해볼 속셈으로 바윗덩어리를 넘겨주라고 했을 뿐인데, 저 무지막지한 녀석들이 공중으로 던져 보낼 줄이야 누가 생각이나 했겠는가.

그것은 결코 악의가 있어서 시킨 일은 아니었다. 눈앞에 서 있는 온

화하고도 행동거지 점잖은 청년 서생이 저 유명한 천하의 무당칠협 가운데 한 사람이라니, 너무나 뜻밖이라 한번 그래본 것뿐이었다. 게다가 은 소저가 잔뜩 정을 쏟고 있는 눈치인데, 장차 이 젊은이가 천응교 안에서 어떤 비중을 차지할지 아무도 모르는 일 아닌가? 물론 무당파 제자이니만큼 어수룩하게 바윗덩이에 짓눌리지는 않겠으나 만약 뒷걸음질 쳐 물러나기라도 했다가는 몸뚱이는 성히 남아나겠지만, 곤륜파 녀석들이나 다를 바 없이 낭패스러운 꼬락서니가 될 터였다. 그때 가서 성깔 사나운 아가씨의 노여움을 무슨 수로 감당해내겠는가?

'그렇다. 만약 일이 잘못되면 두 타주 녀석에게 책임을 덮어씌워서 당장 때려죽이고 내가 대신 사과하면 되겠구나!'

백귀수의 머릿속에는 순간적으로 천만 가지 생각이 전광석화처럼 스쳐 지나갔다. 그리고 생각이 정해지자, 그는 천연덕스러운 기색으로 젊은이의 거동을 지켜보기 시작했다.

장취산 역시 느닷없이 허공에서 내리 덮치는 바윗덩어리들을 보고 깜짝 놀랐다. 만약 한 발짝이라도 뒷걸음질 쳐 피했다가는 곤륜파의 제자 고칙성, 장립도 두 사람처럼 사문의 명망과 위세에 먹칠하고 말 터였다. 하나 지금은 이것저것 꼼꼼히 따져볼 겨를이 없었다. 그는 더 생각해볼 것도 없이 본능적으로 전신에 축적된 공력을 한껏 끌어올린 다음, 오른손으로는 스물넉 자 의천도룡 무공의 첫 번째 '무武' 자결 우측 갈고리 '주살 익弋' 필획을 길게 그으면서 오른쪽으로 떨어져 내리는 바윗덩어리를 확 밀어내는 것과 동시에 왼손으로 여섯 번째 '도刀' 자 결의 좌측 삐침 '별丿' 획을 그어 왼쪽으로 찍어 누르는 바윗덩어리마저 슬쩍 허공으로 밀어냈다.

사실 그에게는 한 개에 400근 남짓 되는 바윗덩이를 집어 들 기력조차 없었다. 그러나 스승 장삼봉에게서 전수받은 서법의 무공 초식이야말로 천지교탈조화天地巧脫造化의 신기에 가까운 것이었다. 무당파의 무공은 그저 뚝심만을 키우거나 초식의 빠름만을 추구하는 것이 아니었다. 가장 깊고 오묘한 요체는 공력을 삼키거나 쏟아낼 때 순간적으로 그 시간과 방위에 털끝만 한 오차도 용납하지 않고 정확하게 토납吐納을 완성하는 데 있었다. 그렇게 함으로써 속담에 이른바 "불과 넉 냥의 힘으로 천 근 무게를 돌려놓는다四兩之力 可撥千斤"는 말처럼 상대방의 무게와 힘의 방향을 자기 뜻대로 안배하는 것인데, 이제 장취산은 사문에서 전수받은 가장 심오하고도 정교한 무공으로 방금 두 타주가 던져 보낸 뚝심과 바윗덩어리들이 낙하하는 힘을 역이용해 추락 방향을 절묘하게 전환시킬 수 있었던 것이다.

장취산의 손바닥 힘에 밀려난 바윗덩어리 두 개는 뒹굴뒹굴 한차례 구르면서 떨어지던 방향을 바꾸어 다시 공중으로 솟구쳐 올랐다. 그의 두 손바닥은 헐렁한 소맷자락 속에 감춰진 채 움직였다. 다른 사람들의 눈에는 그 장면이 마치 바윗덩어리가 장취산의 소맷자락에 휘감겼다 허공에 던져 올려진 것처럼 보였다.

순간적으로 허공에 솟구쳤던 바윗덩어리 두 개가 힘의 한계점에 도달하자 다시 급속히 추락하기 시작했다. 한 개는 높게 한 개는 낮게, 앞뒤 차례로 떨어져 내리기 시작한 것이다. 장취산은 제운종의 경공신법으로 날렵하게 몸을 솟구쳐 오르더니, 거의 겹치다시피 떨어지는 두 개 중 더 높은 바윗덩어리 윗면에 선뜻 뛰어올라 두 다리로 가부좌를 틀고 앉았다.

"텅!"

첫 번째 바윗덩어리가 추락하자 땅바닥이 지진을 일으키듯 우르르 뒤흔들렸다. 뒤미처 두 번째 바위가 첫 번째 것 위에 포개지듯 수직으로 떨어져 내렸다.

"꽈당!"

거대한 바윗돌끼리 맞부딪는 순간, 불티가 사방으로 튀어 날고 그 진동에 흔들린 탁자 위의 요리 접시와 술잔들이 요란하게 소리를 내며 풀밭에 떨어져 나뒹굴었다.

"두 분 타주의 신력이 과연 놀랍소이다. 정말 탄복했소."

바윗덩어리 위에 천연덕스레 앉은 장취산이 차분한 말씨로 한두 마디 칭찬을 던졌다. 두 타주는 놀라다 못해 두 눈을 휘둥그레 뜨고 딱 벌어진 입으로 한마디 대꾸도 못한 채 멀뚱멀뚱 그 자리에 서 있었다.

골짜기 안에는 한동안 정적이 흘렀다. 그리고 잠시 후에야 우레와 같은 박수갈채가 한꺼번에 터져 나오더니 오래도록 그칠 줄 몰랐다.

은소소가 백귀수를 향해 눈을 흘겼다. 얼굴에는 의기양양한 함박웃음이 가득 담겨 있었다. '그것 봐라, 내 안목이 어떤가……' 하는 표정이 역력했다.

백귀수의 기쁨도 이루 말할 수 없이 컸다. 자기 실수로 하마터면 여러 목숨 죽고 크게 낭패를 당할 뻔했는데, 천만다행히도 이 무당파 젊은 제자 녀석이 초인적인 무공을 선보여 이 사태를 전화위복으로 돌려놓은 것이다. 이번 일은 분명 자신이 은 소저의 환심을 사기에 더없이 좋은 결과를 가져왔다. 그는 두 손으로 의자 한 개를 떠받들고 발걸음도 가볍게 장취산에게 다가갔다.

"장 오협, 이리 앉으시지요. 오래전부터 무당칠협의 위명을 들어왔으나, 오늘에야 장 오협의 신공을 뵙게 되었구려. 참말 이 백귀수가 오체투지할 정도로 탄복했소이다. 자아, 소인이 장 오협께 존경하는 뜻으로 술 한 잔 들겠소이다."

그러고는 술을 한 잔 따라 단숨에 비웠다.

"과찬의 말씀을!"

장취산이 바윗돌에서 훌쩍 뛰어내리더니 대작하는 예우로 자신도 술 한 잔을 따라 비웠다.

어느덧 정오가 지났다. 백귀수가 천천히 자리에서 일어나 카랑카랑 위엄 있는 목소리로 선포했다.

"여러분! 우리 천응교가 얼마 전에 새로 보도를 한 자루 얻었소이다. 이름은 도룡도! 무림의 지존은 도룡보도라, 천하를 호령하니 감히 따르지 않을 자 없도다!"

여기까지 말하고 나서 잠시 뜸을 들이더니, 번뜩거리는 눈초리로 좌중을 한차례 휩쓸어 보았다. 체구는 그리 우람하지 않아도 목소리가 우렁찬 데다 눈빛 또한 예리하기 짝이 없어 그 기세만으로 뭇사람을 위압하고도 남았다.

"우리 은 교주께서 본래 천하의 영웅호걸들을 천응산天鷹山에 모셔 놓고 도룡도를 전시할 계획이었으나, 그 준비 기간이 너무 오래 걸리고 또한 이 보도가 이미 우리 교단의 소유가 되었다는 사실을 천하 영웅들 중에 모르는 분이 계실까 우려되어, 우선 강남 지역에 계신 여러 방회 친구들을 초청해서 도룡도의 참된 면모를 보여드리기로 했소이다."

말을 끝낸 그는 손을 내저어 부하들에게 신호를 보냈다.

무언의 분부를 받든 부하 여덟 명이 큰 소리로 응답하더니, 선뜻 돌아서서 서쪽에 있는 커다란 동굴 안으로 들어갔다. 뭇사람의 눈길이 동굴 쪽으로 쏠렸다. 이제 곧 문제의 도룡도를 가지고 나오려니 싶어 잔뜩 기대에 찬 눈빛들이었다.

한데 뜻밖에도 이들 여덟 명의 제자가 다시 동굴 밖에 모습을 드러냈을 때는 하나같이 웃통을 벗어 붙인 채 알몸뚱이로 거대한 세발솥을 떠메고 나오는 것이 아닌가. 세 발 달린 무쇠 솥에서는 뜨거운 불길이 이글이글 타오르고 화염이 10여 척 높이까지 솟구쳐 오르고 있었다. 웃통을 벗어 붙인 여덟 명은 불길을 멀찌감치 피해 굵고 기다란 강철 멜대로 세발솥을 어깨에 떠멘 채 일제히 우렁찬 기합 소리로 외쳐 보조를 맞추면서 절도 있게 손님들 앞으로 걸어 나왔다.

이윽고 세발솥이 광장 한복판에 놓였다. 바람결에 불길이 확 끼치자, 근처에 있던 사람들은 살갗이 델 것 같은 후끈한 열기에 숨이 막혀 왔다. 여덟 제자 뒤에 다시 네 사람이 나타났다. 두 사람은 대장간에서 쓰는 강철 모루를 떠메고, 또 다른 두 사람의 손에는 각자 커다란 철추鐵錘(쇠망치)가 하나씩 들려 있었다. 강철 모루와 쇠망치가 세발솥 한 곁에 놓이자 백귀수가 명령을 내렸다.

"상 단주, 양도입위의 예식을 거행하시오!"

"삼가 명을 받들리다!"

상금붕은 이내 돌아서서 큰 소리로 호령했다.

"보도를 가져오너라!"

지명된 부하 두 사람은 조금 전에 거대한 바윗덩어리를 들고 나왔던 체구가 우람한 타주들이었다. 동굴 안으로 사라진 후 그들이 다시 나타났을 때, 한 사람은 황색 비단 보자기로 싼 물건을 두 손으로 떠받들고 다른 한 명은 곁에서 호위하듯 따라붙고 있었다. 비단 보따리를 들고 나온 역사는 그것을 공손히 상금붕에게 건넸다. 그런 뒤 두 역사는 좌우로 갈라서서 다음 명령을 기다렸다. 상금붕이 보따리를 풀자 육중한 단도 한 자루가 모습을 드러냈다. 그는 칼을 누여 다시 두 손 높이 떠받든 자세로 우뚝 선 채 좌중을 한 바퀴 돌아보았다. 사람들의 눈길이 도룡도에 쏠리자, 그는 손잡이를 잡고 칼집에서 "쏴악!" 소리가 나도록 칼을 힘차게 뽑아 들었다.

"여러분, 자세히 보시오. 이것이 바로 무림의 지존 도룡보도요!"

사람들은 오래전부터 도룡도의 이름을 들어왔으나 실물을 보기는 처음이었다. 한데 이 보도란 칼이 그저 거무튀튀한 빛깔에 광채도 나지 않고 날카로운 맛도 없어 보였다. 칼을 목격하는 순간, 그들은 하나같이 의혹에 휩싸였다. 이것이 과연 진짜 도룡도란 말인가? 혹시 천응교 패거리가 가짜를 만들어놓고 공연히 사기를 치려고 연극하는 것은 아닐까?

사람들의 기색을 살피던 상금붕이 빙그레 웃더니 곁에 있던 타주에게 도룡도를 건네주었다.

"철추로 시험해보게!"

칼을 건네받은 타주가 강철 모루 위에 도룡도를 올려놓았다. 칼날을 하늘로 향한 채 모로 세워놓은 것이다. 그러고는 육중한 철추를 번쩍 들어 칼날을 내리쳤다.

"버석!"

잘 익은 수박 갈라지는 소리가 났다. 어느새 둥근 철추 머리가 두 토막이 나서 한 토막은 자루를 매단 채로 타주의 손아귀에 잡혀 있고, 나머지 반 토막은 땅바닥에 툭 떨어져 뒹굴고 있었다.

"앗, 저런!"

대경실색한 사람들이 외마디 소리를 지르면서 자리를 박차고 벌떡 일어났다. 보통 놀란 표정들이 아니었다. 아무리 단금절옥斷金切玉하는 희한한 보검 보도가 있다 하더라도 이렇듯 강철 덩어리를 두부 썰듯 단번에 베어내면서 "쨍그랑" 하는 쇳소리 하나 내지 않는 칼은 난생처음 보았던 것이다.

신권문과 거경방 무리 가운데 한 사람씩 나와서 강철 모루 곁에 떨어진 철추를 주워 들고 살펴보았다. 베어져 나간 자리가 거울처럼 매끈할뿐더러 새파란 빛이 반짝반짝 광채를 내고 있었다. 틀림없이 방금 쪼개진 자국이었다.

또 다른 타주가 나머지 한 자루 철추를 마저 집어 들고 다시 한번 도룡도의 칼날을 세게 내리쳤다. "버석!" 하는 소리가 나더니 철추 자루를 잡은 손에 탄력도 느끼지 못했는데, 말끔히 잘려 두 토막이 났다. 이번에는 군웅들이 큰 소리로 환성을 지르며 박수갈채를 터뜨렸다.

"우와아! 희대의 보도로구나!"

장취산 역시 아낌없는 갈채를 보냈다. 그로서도 이렇듯 예리한 칼을 본 적이 없었던 것이다.

상금붕이 여유만만하게 광장 한복판으로 걸어 나오더니 도룡도를 집어 들고 상보벽산上步劈山 일초로 한 걸음 성큼 내디디며 태산 쪼개듯 강철 모루를 내리쳤다.

"치잇!"

금속성도 아니고 나무토막 쪼개는 것도 아닌 이상야릇한 소리가 나더니, 두께가 한 자 남짓 되는 육중한 강철 모루가 중턱부터 맥없이 쩍 갈라져 두 동강이 났다.

도룡도를 든 그가 주변 나무숲으로 달려가더니 아름드리 소나무들 앞에서 덩실덩실 칼춤을 추기 시작했다. 도룡도의 칼날은 제일 좌측 소나무 줄기를 허리 베듯 슬쩍 스치고 두 번째 소나무 쪽으로 옮겨갔다. 이따금 햇볕을 받은 칼날이 거무튀튀한 광채를 번쩍일 뿐 그것이 스쳐 지나간 뒤의 소나무는 흔들리기는커녕 바늘 같은 잎새 하나 떨어뜨리지 않았다.

또 무슨 일이 벌어지려나 싶어 궁금해하던 사람들은 상 단주가 외공 뚝심을 자랑하는 줄 알고 흥분을 가라앉히면서 조용히 지켜보기 시작했다.

상금붕의 칼춤은 왼쪽에서 오른쪽으로 소나무 앞을 차례차례 지나갔다. 잇따라 열여덟 그루째 스쳐 지나갔어도 나무들은 멀쩡하게 그 자리에 서 있었다.

군웅들은 웬 살풀이 춤판인가 싶어 의아스레 생각했다

바로 그때 상금붕이 칼춤을 뚝 그치더니 껄껄대고 큰 소리로 웃음보를 길게 터뜨렸다.

"으하하하! 으하하하핫!"

느닷없는 웃음소리와 더불어 상금붕이 첫 번째 소나무 곁으로 달려가더니 소맷자락을 휘둘러 나무 중턱을 슬쩍 후려갈겼다.

"우지직!"

소맷자락 바람에 휩쓸린 아름드리 소나무 줄기가 중턱부터 바깥쪽으로 맥없이 넘어가면서 요란하게 부러지는 소리를 냈다.

"으하하핫!"

상금붕은 웃음을 그치지 않은 채 지금까지 칼춤을 추며 왔던 길을 되돌아 달려가면서 연거푸 소매 바람을 일으켰다.

"우지직, 우지직! 털썩, 털썩!"

소나무 열여덟 그루가 잇따라 힘없이 넘어갔다. 애당초 상금붕의 칼춤이 스쳐 지나가는 순간, 이들 소나무 줄기는 하나같이 도룡도의 칼날에 허리께가 썽둥 베어졌던 것이다. 그러나 도룡도의 칼날이 워낙 예리한 데다 상금붕이 힘을 준 기세 또한 절묘하게 균형을 맞추었기 때문에 허리께를 베인 직후에도 위의 줄기 반 토막이 아래 토막에 천연덕스레 얹힌 채 그대로 서 있다가 비록 소맷자락 바람에 지나지 않았으나 외부에서 밀어붙이는 힘을 받고서야 차례차례 넘어가기 시작했던 것이다.

"우하하하!"

상금붕은 소나무가 쓰러지는 것을 뒤로하고 여전히 너털웃음을 터뜨리면서 의기양양하게 동료들이 있는 자리로 돌아갔다. 그러고는 도룡도를 세발솥 불길 속에 푹 찔러 넣었다.

소나무 열여덟 그루가 미처 다 넘어가기도 전이었다. 갑자기 멀리서 "우지직, 우지직! 꽈당, 꽈당!" 하고 나무줄기 부러지는 소리가 연거푸 들려왔다. 그것 역시 누군가 도끼 같은 연장으로 큰 나무를 베어 넘어뜨리는 소리였다.

흠칫 놀란 백귀수와 상금붕이 한꺼번에 소리 나는 쪽을 바라보았다. 군웅의 눈길도 일제히 그쪽으로 쏠렸다.

포구 안에 닻을 내린 선박들의 돛대가 하나둘씩 차례로 꺾여 넘어가고 있었다. 천응교, 거경방, 해사파, 신권문의 우두머리들이 타고 온 배의 돛대가 넘어가는 대로, 돛대 끝에 울긋불긋 기세 좋게 나부끼던 방회의 깃발들이 갑작스레 날개 잃은 새처럼 모조리 후드득후드득 떨어져 내렸다.

"앗, 저게 웬일이냐!"

아연실색한 각 문파의 두목들이 놀라움과 분노에 못 이겨 온몸을 와들와들 떨면서 황급히 부하들을 하나씩 포구 쪽으로 달려 보냈다. 저마다 자기네 배에 무슨 일이 벌어지고 있는지 상황을 알아보기 위해서였다.

"와지끈, 콰당, 콰당!"

도끼로 나무를 찍어 넘어뜨리는 듯한 소리가 그치지 않았다. 돛대는 계속 내려앉고 있었다. 난데없이 불어닥친 난폭한 돌풍에 배가 파선하는 것인지, 그게 아니면 바다 괴물이 습격해서 깨뜨리는 것인지 알 길은 없으나, 선박이 한 척 한 척 침몰하고 있는 것만큼은 틀림없었다.

푸른 풀밭에 모여 천하태평으로 희한한 구경거리를 보고 있던 사람들은 느닷없이 떨어진 날벼락에 한동안 할 말을 잊은 채 멍하니 앉아 있기만 했다. 처음에는 혹시 천응교 측에서 꾸며낸 음모가 아닐까 생각했다. 그러나 눈앞에서 천응교의 위풍당당한 검정 독수리 깃발마저 꺾여 떨어지는 상황을 보니 반드시 그런 것만도 아닌 듯싶었다.

포구로 달려간 각 문파의 부하들은 좀처럼 돌아올 기미를 보이지 않았다. 우두머리들은 다시 한번 부하들을 달려 보냈다. 그러나 어찌 된 노릇인지 그들이 있는 곳에서 포구까지의 거리가 그다지 멀지 않은데도 두 번째로 파견한 10여 명의 부하들마저 돌아오지 않았다.

긴장된 시간이 자꾸 흘러갔다. 놀라움과 의혹에 사로잡힌 사람들은 이 일을 어떻게 처리해야 좋을지 모른 채 서로 눈치만 살폈다.

이윽고 참다못한 백귀수가 현무단의 타주 한 사람을 지명해서 달려 보냈다.

"무슨 일이 일어났는지, 네가 가서 보고 오너라!"

"예에!"

타주가 한마디로 응답하고 떠나자, 그는 억지로 태연한 척 술잔을 들어 좌중의 손님들에게 두루 권했다.

"포구에서 무슨 일이 일어난 모양입니다. 하나 여러분은 너무 염려하실 거 없습니다. 타고 오신 배가 모두 부서졌기로서니 설마 돌아가지 못하겠습니까? 뗏목이라도 엮어서 타고 가면 되지요. 자, 어서 술이나 한 잔씩 드십시다!"

모두 조바심이 나서 안절부절못하는 상태였으나 그렇다고 무림의 고수들이 남들 보는 앞에서 불안감을 드러내 보인대서야 되겠는가. 사람들은 일제히 술잔을 들어 입으로 가져갔다.

"으아악!"

술잔이 입술을 적시려는 순간, 갑자기 포구 쪽에서 생사람의 폐부를 찢어내듯 처절한 비명 소리가 장공長空을 가로 긋고 이쪽까지 들려왔다. 사람들의 손에서 술잔이 떨어졌다. 백귀수와 상금붕은 비명을 지른 장본인이 조금 전에 달려 보냈던 타주라는 것을 이내 알아차렸다. 뭔지 모를 불길한 예감이 들어 두 사람은 가슴이 덜컥 내려앉았다.

멀뚱멀뚱 두 눈만 껌벅거리고 있을 때, 털썩털썩 무겁게 땅바닥을 내딛는 발걸음 소리와 함께 누군가 비틀비틀 두 손으로 앞쪽을 허우적거리며 달려왔다. 모든 이의 시선이 그리로 쏠렸다. 아니나 다를까, 과연 백귀수가 세 번째로 달려 보냈던 타주였다.

"금모사왕金毛獅王……! 금모사왕이 나타났다……!"

이윽고 동료들 앞에까지 달려온 타주가 고래고래 악을 쓰며 외쳐댔다. 얼굴을 감싼 그의 두 손 사이로 선지피가 질펀하게 흘러나오고 있었다. 무엇에 다쳤는지 정수리에 머리 가죽이 손바닥만큼이나 벗겨져 시뻘겋게 피투성이가 된 채 뼈가 드러났고, 앞가슴에서부터 아랫배와 넓적다리에 이르기까지 옷자락이 길게 찢겨 너덜거렸다. 그리고 그 속살에 아주 기다란 상처 자국이 얼마나 깊게 찔렸는지 선지피와 살덩어리를 분간할 수 없을 정도로 처참하기 이를 데 없었다.

"금모사왕! 금모사왕!"

두 마디를 내뱉던 그는 더는 버텨 서 있지 못하고 힘없이 앞으로 털썩 넘어졌다. 그러고는 이내 숨이 끊겼다.

은소소와 백귀수는 놀라다 못해 얼굴빛이 하얗게 질린 채 서로 눈짓을 주고받았다. '금모사왕'의 내력에 대해 무엇인가 알고 있는 눈치였다. 물정 모르는 손님들은 웅성대면서 저들끼리 쑥덕거리기 시작했다. 금모사왕이라니, 금빛 갈기털을 가진 사자 임금이 나타났다는 거냐? 제아무리 사나운 맹수라도 사자는 한낱 동물이 아닌가? 군웅들이 자기네 실력을 믿고 안심하는 기미를 보이자, 백귀수가 거칠게 고개를 흔들며 말했다.

"사자가 아니라 사람이오! 어떤 사람이 우리 부하들을 모조리 죽이고, 배를 깨뜨려 부순 모양이오!"

손님들은 그 말뜻을 이해하지 못하고 두 눈만 휘둥그레 뜰 뿐이었다. 백귀수는 아무래도 안 되겠는지 자리를 털고 일어섰다.

"내가 직접 가봐야겠군!"

상금봉이 덩달아 일어났다.

"나도 함께 가겠소."

"안 돼! 자넨 여기서 은 소저를 보호하고 있게."

"알았소이다!"

상금봉을 도로 주저앉힌 백귀수가 서둘러 포구 쪽으로 달려가려는데 갑자기 누군가 헛기침을 하며 나무 뒤쪽에서 모습을 드러냈다.

"가볼 것 없네! 금모사왕은 진작 여기 와 있으니까."

착 가라앉으면서도 무게가 있는 우렁찬 목소리였다. 백귀수는 고막에서 "윙윙!" 하고 귀울음까지 들리는 느낌을 받았다.

뭇사람들이 깜짝 놀라 바라보는 동안, 나무 뒤에서 나타난 사람은 어슬렁어슬렁 광장 한복판으로 걸어 나왔다. 보통 사람보다 두 배는 되어 보일 만큼 거대한 체구에 어깨까지 늘어지도록 흐트러진 머리카락은 누른빛 일색이었다. 게다가 눈동자는 기이하게도 짙푸른 초록빛으로 번쩍거렸다. 손에 잡힌 것은 자루의 길이만도 13~14척 가까운 낭아봉狼牙棒 한 자루였다. 타원형 강철 덩어리에 늑대 이빨 같은 날카로운 송곳이 듬성듬성 박힌 무시무시한 병기였다. 늠름하고도 위풍당당한 기세로 남의 잔치 자리 앞에 우뚝 선 모습이 마치 이제 막 하늘에서 내려온 신장神將과도 같아 보였다.

그 위압적인 자태를 보면서 장취산은 속으로 고개를 갸우뚱했다. '금모사왕이라?' 처음 듣는 이름이었다. 분명 저 사자의 갈기처럼 누런 머리카락에서 얻은 별명일 것이다. '도대체 누구일까?' 스승님에게서도 들어보지 못한 이름이었다.

"귀하께선 사법왕謝法王이 아니신지?"

겨우 마음을 가라앉힌 백귀수가 그 앞으로 두세 걸음 나서면서 두 손 모아 공손히 물었다.

"법왕이라니 지나친 말씀이오. 소인의 성은 사謝씨, 이름은 외자로 손遜, 자字를 퇴사退思라 부르오. 그리고 친구들이 보잘것없는 내게 금모사왕이란 별호를 붙여주었기에 그대로 쓰고 있소."

그 대답을 들은 장취산이 또 고개를 주억거렸다. 사납고 거칠게 생긴 외모에 비해 '사양한다'는 뜻의 성씨와 '겸손하다'는 뜻의 이름, 게다가 '한 걸음 물러나 자신을 돌이켜 생각해본다'는 자의 뜻이 너무나 어울리지 않게 점잖고 우아했기 때문이다. 물론 '금빛 갈기털을 지닌 사자왕'이란 별호만큼은 그 생김새에 딱 어울려 보였다.

백귀수는 상대방이 예의 바르게 신분을 밝히는 것을 보자, 마음이 한결 누그러져 다시 정중하게 물었다.

"사법왕의 크신 이름은 오래전부터 귀에 못이 박이도록 들어왔고 또 흠모해왔습니다. 사법왕께서는 명교明教의 호교법왕護教法王으로서 저희 천응교 은 교주님과도 평소 연분이 있으실 터인데, 어찌하여 이 섬에 왕림하시자마자 배를 부서뜨리고 살인을 저지르셨습니까?"

정중한 말씨에는 날카로운 힐문이 담겨 있었다.

그러자 금모사왕이 씨익 웃어 보였다. 벌어진 입술 사이로 하얀 이가 드러나면서 반짝반짝 빛났다.

"그럼 여기 모이신 여러분은 무엇 때문에 오셨소?"

단도직입으로 되묻는 상대방의 말에 백귀수는 금방 대꾸할 말을 찾지 못하고 망설였다. '어떻게 할까? 사실대로 밝혀야 하는가, 말아야 하는가?' 하나 이내 결단을 내렸다. '어차피 벌여놓은 일을 가지고 금모사왕을 속일 수야 없을 터, 무공은 비록 대단하다 하더라도 혈혈단신 홀몸으로 나타났으니 상 단주와 함께 힘을 합쳐 공격한다면 승산이 없는 것도 아니다. 더구나 무당파의 장 오협과 은 소저가 곁에서 도와준다면 금모사왕을 처치할 가능성이 더 클 것 아닌가?'

생각을 마친 그는 목청을 돋우어 솔직하게 응답했다.

"저희 천응교에서 최근에 희세의 보도 한 자루를 새로 얻었기에 강호 친구분들을 이 자리에 초청해서 함께 감상하는 중이었습니다."

금모사왕 사손은 그 소리를 귓결에 건성으로 들었다. 그러나 딱 부릅뜬 두 눈은 이미 거대한 세발솥의 활활 타오르는 불길 속에 꽂힌 도룡도를 노려보고 있었다. 치열한 불꽃 속에서 털끝만치도 달아오르거나 변색되지 않는 거무튀튀한 칼 빛, 첫눈에 보기만 해도 신병이기임이 틀림없었다. 그는 두말 않고 그쪽으로 휘적휘적 걸어갔다. 그가 손길을 내뻗어 칼자루를 잡으려 하자, 멀찌감치 서서 지켜보고 있던 상금붕이 버럭 고함쳐 제지했다.

"그 손 멈추시오!"

사손은 뒤돌아보며 담담하게 웃었다.

"무슨 일이 있소?"

"그 칼은 우리 천응교의 소유물이니 사법왕은 멀리서 구경이나 하고 건드리지는 마시오!"

"이 칼을 당신네가 주조한 거요? 아니면 돈을 주고 사셨소?"

이 물음에 상금붕은 대꾸할 말을 잃은 채 벙어리가 되고 말았다.

사손은 빙글빙글 웃으면서 한마디 더 건넸다.

"생각해보시오. 이치가 안 그렇소? 당신네는 이 칼을 남의 손에서 강탈했소. 그러니까 나도 당신네들에게서 이 칼을 빼앗겠다는 거요. 그야말로 천지간에 가장 공평한 거래인데, 되고 안 될 게 뭐 있단 말이오?"

그러고는 돌아서서 칼자루를 다시 잡았다.

"철그렁, 철그렁!"

쇠사슬이 풀리는 소리가 났다. 상금붕은 어느새 허리춤에 차고 있던 강철 수박 덩어리 유성추를 끌러 양손에 갈라 잡고 있었다.

"사법왕! 그 손 멈추지 않으면 내 무례함을 탓하지 마시오!"

경고의 말 한마디가 나오고 있었으나, 유성추는 그보다 더 빨리 들이닥치고 있었다. 왼손에 잡힌 강철 수박 덩어리가 사손의 등 쪽 심장 부위를 노리고 무서운 속도로 날아들었다.

사손은 고개 한 번 돌리지 않은 채 그저 손길 나가는 대로 낭아봉을 뒤편으로 휘둘렀다. 그다음 순간 "땅!" 하는 쇳소리가 울리더니 메아리가 되어 골짜기 안을 쩌렁쩌렁 크게 진동시켰다. 육중한 강철 수박 덩어리는 낭아봉 쇳덩어리와 충돌하기가 무섭게 방향을 되돌려 왔던 길로 질풍같이 날아갔다. 실로 믿을 수 없을 만큼 재빠르고 정확한 손놀림에 도로 튕겨 날아가는 강철공의 속도가 급작스레 두 배로 늘어났다.

상금붕은 자신에게 날아오는 유성추를 보고 깜짝 놀라 다급하게 오른손에 잡고 있던 유성추마저 힘껏 던져 보냈다. 예상대로 두 개의 강철 덩어리 유성추는 중간에서 무서운 기세로 맞부딪쳤다.

"꽝!"

고막이 터져나갈 듯 엄청난 굉음이 또 한차례 골짜기에 쩌렁쩌렁 메아리쳤다. 상금붕은 이제 됐구나 싶었다. 자기 뚝심으로 던져 보냈으니 두 개의 유성추는 분명 상대방을 향해 날아가야 옳았다. 하나 예상은 빗나갔다. 어찌 된 노릇인지 두 개의 유성추가 상대방에게 날아가는 것이 아니라 반대 방향으로 꺾여서 주인을 향해 도로 날아오고 있는 것 아닌가!

"퍽!"

사손의 초인적인 신력에 튕겨 날아간 유성추 두 개는 거의 동시에 상금붕의 앞가슴에 들어박혔다. 상금붕은 "앗!" 소리도 질러보지 못한 채 몸뚱이를 한두 번 휘청거리다가 그 자리에 털썩 쓰러지고 말았다. 어젯밤 전당강 하구에서 거경방 해적선 한 척을 산산조각 내던 그 무시무시한 괴력이 금모사왕의 낭아봉에서 튕겨나온 힘을 당해내지 못하고, 어이없게도 자신의 애용 병기에 얻어맞아 숨통이 끊어지고 만 것이다.

"으와아! 죽여라!"

주작단의 타주 다섯 명이 아우성을 지르면서 한꺼번에 뛰쳐나왔다. 둘은 상 단주의 시체를 부여잡아 끌어들이고, 나머지 셋은 제각각 병기를 뽑아 잡은 채 필사적으로 사손에게 공격을 퍼붓기 시작했다.

불더미 속에 파묻힌 도룡도를 뽑아 들려던 금모사왕의 손길이 우뚝 멈추더니 낭아봉 자루로 세발솥 다리를 툭 찍어 올렸다. 무게만도 수백 근이나 되는 육중한 무쇠솥이 화염에 벌겋게 달아오른 채 지면에서 번쩍 쳐들리기 무섭게 곧바로 세 명의 타주를 덮쳐 깔아뭉갰다.

"으와앗!"

육중한 무쇠솥은 사람의 몸뚱이와 비명을 한꺼번에 깔아뭉개버리고 나서도 멈추지 않고 불덩어리를 사면팔방으로 쏟아내며 풀밭에 뒹굴더니, 이제 막 상 단주의 시체를 거두어가던 타주 두 명마저 덮쳤다.

"끼약!"

그것은 사람의 목소리가 아니라 들짐승이 터뜨리는 단말마의 비명이었다. 상금붕의 시체까지 합쳐 다섯 명에게 옮겨붙은 불길이 삽시간에 옷과 몸뚱이를 태우기 시작했다. 다섯 타주 가운데 넷은 세발솥에 깔리는 순간 즉사하고, 나머지 한 사람만 애처롭게 비명을 지르면서 땅바닥에 뒹굴고 있었으나, 그 역시 살아날 가망은 없었다.

뭇사람들은 이런 기세를 보고 공포에 질린 나머지 부들부들 떨고만 있었다. 사손이 단 일격에 솜씨 좋은 고수 다섯 명을 순식간에 해치우고 나머지 타주 한 명은 중상을 입어 살아나기는 이미 글렀으니, 보기만 해도 가슴살이 떨렸다. 장취산 역시 강호를 넘나들면서 마주친 고수들이 적지 않았으나, 사손과 같이 초인적인 신력과 무공은 여태껏 본 적이 없었다. 그는 아무리 생각해도 자신의 무공 실력으로는 도저히 적수가 못 된다는 사실을 인정하지 않을 수 없었다. 대사형 송원교나 둘째 사형 유연주가 나서더라도 그만 못할 것이요, 스승인 장삼봉이 하산하지 않고서는 이 세상에서 그를 이겨낼 사람은 아무도 없으리라는 생각이 들었다.

한동안 장중에는 숨 막힐 듯이 무거운 침묵만 흘렀다.

사손은 땅바닥에 떨어진 도룡도의 열기가 흩어질 때까지 느긋이 기다렸다가 칼자루를 집어 들었다. 그러고는 손가락으로 칼날을 퉁겨보았다. 금속성도 아니고 통나무를 두드리는 소리도 아닌, 이상야릇한 울림이 들려나왔다. 그는 고개를 끄덕끄덕하면서 혼잣말로 탄성을 내뱉었다.

"소리도 빛깔도 없으니 신물神物이 스스로 모습을 감추었네. 과연 명도로구나, 훌륭한 칼이야!"

고개를 들고 백귀수를 바라보다가 그 곁탁자에 놓인 칼집을 발견했다.

"그것이 도룡도의 칼집인가? 이리 가져오시오."

백귀수는 그 눈길과 마주치는 순간 자기 차례가 왔음을 직감했다. 이제 십중팔구 살아날 가망성은 없었다. 만약 칼집을 순순히 가져다 바친다면 수십 년 동안 쌓아온 명성이 하루아침에 물거품으로 돌아가게 될 뿐 아니라, 설령 목숨을 부지한다 하더라도 훗날 은 교주에게 죄를 추궁받고 죽기보다 더 참혹한 고문을 받게 될 것은 불을 보듯 뻔한 노릇이었다. 그렇다고 지금 이 자리에서 사내대장부답게 맞서 싸운다? 그래봤자 오로지 죽음만 있을 뿐 살아남기는 아예 글렀다. 그러나 백귀수는 그 길밖에 없다고 생각했다. 그래서 꿋꿋이 버텨 선 채 카랑카랑한 목소리로 대거리를 했다.

"죽이려거든 죽이시오! 이 백귀수가 목숨 따위가 아까워 죽기를 두려워는 사람인 줄 아시오?"

사손은 놀랐다는 듯이 미소를 지었다.

"호오, 배짱이 있는 사람이군! 기백이 대단한 사람이야! 천응교 안에도 이런 경골한硬骨漢이 있다니……."

말끝을 흐리는 순간, 돌연 손에 쥐고 있던 도룡도가 백귀수에게 날아갔다. 100근에 가까운 칼이 공기를 가르고 맹렬한 기세로 날아들자, 백귀수는 엉겁결에 몸을 뒤틀어 도룡도를 피했다. 진작부터 미리 방어 태세를 잡고는 있었으나 사손이 그 칼을 던져 보낼 줄은 미처 몰랐을 뿐 아니라, 일반 병기로도 막지 못할 신병이기를 맨손으로 받아낸다는 것은 애당초 엄두도 못 낼 일이었다. 도룡도는 아슬아슬하게 그의 몸을 비켜나가더니 눈이라도 달린 것처럼 탁자 위에 놓은 제 칼집 속으로 쑥 들어갔다. 그러고도 칼집에 꽂힌 채 기세를 잃지 않고 계속 뻗어나가다 어느 한순간에 방향을 틀어 빙그르르 돌기가 무섭게 왔던 길로 다시 날아갔다. 사손은 기다리고 있었다는 듯이 낭아봉을 쳐들어 칼집 한가운데를 툭 치더니, 바람개비 돌리듯 공중에서 한두 바퀴 맴을 돌린 다음 교묘한 솜씨로 잡아 끌어내렸다. 그런 뒤 자기 허리띠에 꾹 질러 넣었다.

그는 좌우의 사람들을 한차례 훑어보며 이렇게 물었다.

"소인이 도룡도를 차지했는데, 여러분 중에 이의가 있는 분이 계시는지?"

연거푸 두 번 물었으나 아무도 대꾸하는 이가 없었다.

그때 갑자기 해사파 올빼미들 가운데 하나가 대담하게도 의자에서 벌떡 일어섰다.

"사 선배님께서는 덕망이 높으시고 명성이 사해四海에 떨치시는 분이시니, 그 도룡도는 마땅히 사 선배님의 소유가 되어야 옳습니다. 우리 모두 찬성해마지않는 바입니다."

사손의 날카로운 눈길이 그쪽으로 향했다.

"귀하는 해사파의 총타주總舵主 원광파元廣波 어른이 아니신지?"

"그렇소이다."

원광파는 일세의 괴걸이 자기 이름을 알아맞히자 기쁘기도 하려니와 자랑스러워 기분이 한껏 좋아졌다. 그러나 사손이 다시 물었다.

"귀하께서는 내 사부가 누구이며, 내가 어느 문파에 속하는지 아시오? 또 내가 무슨 덕망을 쌓고 얼마나 선행을 베풀었는지 말씀해 보시오."

사손에게서 엉뚱한 질문을 받은 원광파는 말문이 막혔다. 사실 그는 사손이 속한 문파나 그의 내력에 대해서 아무것도 아는 바가 없었다. 그저 입에 발린 말 몇 마디로 치켜세웠을 따름이었다.

"그건…… 사 선배님, 당신이……."

원광파가 말을 더듬자, 사손은 냉랭하게 쏘아붙였다.

"나에 대해서 아는 것이 하나도 없으면서, 어떻게 내 덕망이 높고 명성이 사해에 떨친다고 말씀하셨소? 나는 당신처럼 허튼수작으로 남의 비위나 맞추고 아첨 떠는 자를 평생토록 멸시해왔소. 정말 염치없는 인간이로군! 내 앞으로 당장 나오시오!"

사손의 서릿발 같은 호통에 기가 질린 원광파는 그 위세에 질려 감히 어기지 못하고 자라목을 잔뜩 움츠린 채 주춤주춤 앞으로 나섰다. 아무리 억제하려 해도 온몸이 저절로 와들와들 떨려왔다.

"당신네 해사파는 무공이 보잘것없으면서도 전문적으로 독 소금을 써서 남을 해치는 데 명수라고 들었소. 작년 해문현海門縣에서 장등운張登雲 일가족이 하룻밤 새에 몰살당하고, 최근 여요현餘姚縣에서 장백삼금 세 늙은이가 죽은 것도 모두 당신네 해사파가 베푼 선행이렷다?"

이 말에 원광파는 마치 벼락이라도 맞은 듯 펄쩍 뛰다시피 놀라고 말았다. '그 두 사건은 쥐도 새도 모르게 저지른 비밀이었는데, 이 사손이란 작자가 도대체 어떻게 알아냈단 말인가?' 그는 입안이 바싹바싹 타들어가면서 등줄기에 식은땀이 주르르 흘러내리는 것을 느꼈다.

뒤미처 사손의 호통이 다시 터져 나왔다.

"당신 부하들더러 그 독 소금을 두 대접 듬뿍 담아 내오라고 하시오! 그게 얼마나 지독한 물건인지 맛 좀 봅시다."

해사파 올빼미들은 제각기 독 소금을 몸에 지니고 다녔다. 원광파가 감히 그 분부를 어기지 못하고 눈짓을 보내자, 부하들이 즉시 큼지막한 대접 두 개에 독 소금을 가득 담아 대령했다.

사손은 소금 대접을 받아 들고 코끝으로 두어 번 냄새를 맡아보더니, 원광파를 돌아보고 이렇게 말했다.

"우리, 한 사람 앞에 한 대접씩 사이 좋게 나눠 먹어봅시다."

그러고는 낭아봉을 땅바닥에 푹 꽂아놓더니 원광파가 피할 틈도 주지 않고 단숨에 멱살을 움켜잡은 다음, "으직!" 소리가 나게 아래턱뼈를 어겨서 두 번 다시 입을 다물지 못하도록 쩍 벌려놓고는 독 소금 한 대접을 모조리 입안에 쏟아부었다.

해문현 장등운 일가족이 하룻밤 새에 몰살당한 사건은 최근 몇 년 이래 무림계에서 의혹을 사고 있으면서도 아직껏 풀리지 않은 채 남아 있었다. 장등운은 강호에 명성이 그리 나쁘지 않은 명문 정파의 인물이었는데, 어떻게 해서 그토록 처참한 죽임을 당했는지 알 수 없었다. 무림계 인사들 중 어느 누구도 그런 일을 저지른 범인이 해사파 일당이라고 생각하지 못한 까닭은 올빼미들의 무공 실력이 장등운을 당해내지 못한다는 사실을 익히 알고 있었기 때문이다. 한데 역시 독 소금으로 남몰래 독살했을 줄이야 누가 꿈에나 생각해보았겠는가!

무고한 목숨을 마구 살상한 범인의 우두머리가 그 흉기인 독 소금을 한 대접 삼키는 광경을 지켜보면서 장취산은 가슴이 후련해지도록 통쾌한 느낌을 받았다.

사손이 나머지 한 대접을 마저 집어 들었다.

"나 사손은 일을 공평하게 처리하는 위인이오. 당신이 한 대접 자셨으니 나도 한 대접 먹으리다."

그러고는 입을 쩍 벌리더니 독 소금 한 대접을 모조리 쏟아부었다.

너무나 갑작스레 벌어진 일이라, 사람들은 입도 열지 못하고 침을 꿀꺽 삼켰다.

장취산은 그 수단이 비록 잔인하고 무지막지하나, 그의 양미간에 늠름한 정기가 서려 있는 것을 보았다. 더구나 그의 손아래 거꾸러지는 자들은 상금붕이든 원광파든, 하다못해 천응교 다섯 명의 타주든 하나같이 극악무도한 위인들이 아니었던가? 어느덧 그의 마음 한구석에는 사손이란 인물에 대해 호감이 움트기 시작했다. 한데 사손이 자청해서 독 소금을 들이켜는 것을 보자, 자기도 모르게 큰 소리가 나왔다.

"사 선배님! 저런 간악한 무리는 죽어도 아까울 것이 없지만, 어쩌자고 사 선배님께서 그들과 똑같이 개죽음을 당하려고 하시는 겁니까?"

사손이 곁눈질로 장취산을 흘겨보았다. 두려운 기색도 없이 미소 짓는 젊은이가 눈길에 잡혔다.

"귀하는 또 뉘신가?"

"후배는 무당파의 장취산입니다."

"호오, 무당파 장 오협이셨군! 당신도 도룡도를 쟁탈하러 오셨는가?"

말씨는 정중하나 여전히 험악스럽기 짝이 없었다. 무당파 제자들 중에도 아첨 떠는 소인배가 있는가 싶어 경멸하는 기색이 역력했다.

그러나 장취산은 담담하게 고개를 내저었다.

"후배가 왕반산도에 온 목적은 저희 셋째 사형 유대암을 해친 범인을 찾기 위해서입니다. 혹시 사 선배님께서 그 사건 내막에 대해 아시는 바가 있으시거든 말씀해주시지 않겠습니까?"

사손이 미처 대꾸하기도 전이었다.

"으아아! 으악!"

처절한 비명 소리와 함께 원광파가 아랫배를 움켜쥐고 땅바닥에 털썩 쓰러지더니 데굴데굴 정신없이 구르기 시작했다. 하나 그것도 잠시뿐, 몇 차례 뒹굴던 그는 잠시 몸부림치다가 이내 콩벌레처럼 등을 잔뜩 구부린 채 숨이 끊어졌다.

"사 선배님, 어서 해독제를 드십시오!"

원광파의 급작스러운 죽음을 보고 놀란 장취산이 다급하게 외쳤다.

"해독제는 무슨 해독제? 술이나 가져오게!"

본디 잔치 자리였으니 술이 없을 리 없었다. 천응교 패거리 중에서 손님 접대를 맡은 자가 횅하니 달려가더니 급히 술을 한 잔 따라 사손에게 바쳤다.

"천응교가 이토록 속이 좁고 인색하다니, 큰 항아리를 통째로 가져오시게!"

사손의 호통에 찔끔 놀란 그는 냉큼 가서 해묵은 명주名酒를 항아리째 안고 와서 그 앞에 공손히 내려놓았다. 뒷걸음질로 물러나는 얼굴 표정에 '독 소금을 먹고 중독된 자가 술까지 마시다니, 죽지 못해 명 재촉을 하는구나' 싶어 비웃는 기색이 역력했다.

사손이 술 항아리를 번쩍 들더니 꿀꺽꿀꺽 들이마시기 시작했다. 20근에 가까운 독한 술이 삽시간에 그의 배 속으로 말끔히 흘러 들어갔다. 그는 빈 항아리를 내려놓고 불룩해진 배를 두세 차례 두드렸다. 그러고는 입을 딱 벌리자, 느닷없이 은빛 사슬 같은 술 줄기가 기둥처럼 격렬한 기세로 뿜어져 나오더니 곧바로 백귀수의 앞가슴을 강타했다. 백귀수는 놀랄 겨를도 피할 틈도 없이 술 기둥에 정통으로 얻어맞고 말았다. 그것은 마치 200~300근짜리 무게의 거대한 철퇴로 연속 후려친 것과 같은 충격을 안겨주었다. 일신의 내공에 조예가 깊다고 자부하던 백귀수도 그 연속적인 충격에 몸을 가누지 못하고 비틀거리다가 끝내 땅바닥에 쓰러져 혼절하고 말았다.

사손이 고개를 돌리더니 이번에는 하늘 쪽으로 술을 뿜어냈다. 허공으로 솟구쳤던 술 줄기는 소나기의 빗발처럼 사면팔방으로 흩뿌려지면서 거경방 해적들의 몸뚱이를 삽시간에 흠뻑 적셨다. 거경방의 노방주 맥경을 비롯해 모든 방도幫徒들은 얼굴하며 머리통하며 전신에 온통 질펀하게 독주를 뒤집어썼다. 참을 수 없을 정도로 역겨운 술 냄새가 삽시간에 풍겨나오고, 다소 공력이 뒤처진 자들부터 하나하나씩 차례로 기절해 쓰러지기 시작했다.

알고 보면 사연은 간단했다. 사손의 배 속으로 들어간 술이 독 소금을 말끔히 녹여 독주毒酒로 바뀐 다음, 그 내력에 떠밀려 다시 입 밖으로 쏟아져 나온 것이다. 위장에 다소간의 독기가 남아 있겠지만, 그의 깊고 두터운 내공으로 보건대 신체에 치명적인 영향을 줄 정도는 아닌 것이 분명했다.

거경방의 해적 두목 맥경은 이렇듯 희롱을 당하자 분김에 자리를 박차고 벌떡 일어섰다. 하나 다음 순간 생각이 바뀌어 도로 제자리에 털썩 주저앉았다. 사손의 추궁이 곧 시작되었다.

"맥 방주, 금년 2월 어느 날 민강閩江 하구에서 원양 상선 한 척을 습격해 약탈한 적이 있었지요?"

이 말을 듣는 순간, 해적 두목의 안색이 죽은 잿빛으로 변했다.

"그렇소."

"귀하는 애당초 해적 두목이시니까, 남의 배를 약탈하지 않고는 살아갈 도리가 없겠지요. 나 역시 그 행위를 탓하자는 게 아니외다. 하나 이것만큼은 용납할 수 없소. 귀하는 무고한 객상客商을 수십 명씩이나 바닷물에 던져 죽였고, 게다가 당신 부하들이 부녀자 일곱을 번갈아 윤간해서 죽게 했으니, 이것이 천리를 저버린 행위가 아니고 무엇이오? 그렇듯 잔혹한 짓을 저지르고도 하늘이 무심하리라 생각하셨소?"

해적 두목 맥경은 다급하게 두 손을 홰홰 내저으면서 변명을 늘어놓았다.

"그…… 그건…… 우리 방회의 아우들이 저지른 짓이었소! 나…… 나는 아무 일도 하지 않았소! 나하고는 아무 상관이 없는 일이오!"

"호오, 부하들의 짓이라? 당신 부하들이 그토록 극악무도한데도 우두머리가 올바로 단속하지 못했으니, 당신이 저지른 것이나 다를 바가 뭐 있겠소? 그래, 누구누구가 그런 짓을 저질렀다는 거요?"

사세가 이 지경이 되었으니 맥경 자신부터 살고 볼 일이었다. 그는 당장 허리에 차고 있던 칼을 뽑아 들어 부하들 가운데 몇몇을 지명했다.

"채사蔡四! 화청산花青山! 해마호륙海馬胡六! 이 앞으로 나오너라! 그날 일은 네놈들이 책임져야겠다!"

부하들이 주춤주춤 나서자, 그는 번개같이 칼을 휘둘러 하나씩 베어버렸다. 세 사람은 뭐라고 변명할 여지도 없이 두목의 솜씨 좋은 칼질에 맞아 순식간에 황천객이 되고 말았다.

"잘하셨소! 하지만 때가 너무 늦었소이다. 또 귀하의 본심으로 처리한 것도 아니고…… 만약 귀하께서 그 당시에 저들 세 사람을 처벌하셨더라면 오늘 같은 일이 생기지는 않았을 거요."

"무…… 무슨…… 일이 생긴단 말이오?"

"나도 당신과 겨루는 일이 생기지 않았으리라는 거요. 그나저나 맥 방주, 귀하께서 장기로 삼는 것이 무엇이오? 나와 한번 겨뤄봅시다."

맥경은 일이 좋게 끝나지 않으리란 것을 직감했다. 가장 아끼던 부하를 셋씩이나 죽여가면서까지 그의 비위를 맞춰보려 했지만 여전히 상황이 달라지는 낌새가 보이지 않자 정면으로 대결하는 길밖에 없다고 생각했다. 그렇다면 어떻게 겨뤄야만 승산이 있겠는가? 땅 위에서 맞서봤자 단 3초도 버텨내지 못할 것이다. '그렇다면 넓은 바다 물속이라면 어떨까? 거기는 내 세상이 아닌가? 물속에서 겨뤄보다가 여차하면 그대로 도망칠 수도 있다. 설마 저 괴물 같은 놈이 나보다 자맥질을 더 잘할 리 있겠는가!

"소인의 생각으로는 잠수 실력으로 사 선배님과 겨뤄보고 싶은데, 어떠신지?"

그러자 뜻밖에도 사손이 그 제안을 흔쾌히 받아들였다.

"좋소! 우리 바닷속에서 한번 솜씨를 겨뤄봅시다."

사손은 해적 두목과 함께 바다 쪽으로 걸어갔다. 한데 몇 발짝 못 가서 무슨 생각이 났는지 돌연 발걸음을 멈추고 고개를 갸우뚱했다.

"잠깐만! 가만있자…… 우리가 잠수 시합을 하려면 바닷물 속에 들어가서 겨뤄야 하는데, 일이 너무 번거롭겠구먼! 그리고 또…… 내가 이 자리를 뜨고 나면 여기에 있는 사람들이 모조리 도망쳐버릴 게 아닌가?"

사손이 혼잣말로 중얼거리는 소리를 듣자, 사람들은 속으로 찔끔했다. 우리가 도망칠까 봐 걱정하다니, 그렇다면 이 사손이란 자는 여기에 있는 사람들을 모조리 죽여버리겠다는 심산이란 말인가!

한데 해적 두목 맥경은 그 말을 달리 받아들였다. 사손이 잠수에 자신이 없어서 핑계를 대고 회피하는 것이라 오해한 것이다. 그래서 선심을 베푸는 셈치고 시합을 그만둘 생각으로 성급하게 말했다.

"사실 말씀이지, 바닷물 속에서 잠수 시합을 해보아도 저는 사 선배님의 적수가 못 될 줄 압니다. 제가 진 셈칠 테니 그만두기로 하지요."

"호오! 그래요? 그렇다면 번거로운 일을 좀 덜겠군. 귀하께서 패배를 자인하시겠다니, 좋소. 그럼 그 칼로 귀하의 목줄기를 그어 자결하시오."

이 말에 맥경은 가슴이 덜컥 내려앉았다.

"아니, 이건 그냥 시합이 아닙니까? 무공 대결의 승부야 어느 쪽으로 나든지 당연히 있는 법인데, 그때마다 패배한 사람이 죽어야 한다면 누가 겨루겠습니까?"

"허튼소리! 감히 그대가 나하고 무공 시합을 하겠다니……. 오늘 소생은 귀하에게 목숨 빚을 받아내려는 거요. 우리처럼 무공을 배운 사람치고 손에 피를 묻히지 않는 자가 어디 있겠소이까? 하지만 나 사손이 평생토록 죽여온 대상은 오로지 무공을 익힌 자였소. 또 내가 가장 미워한 자는 선량하고 약한 사람을 해쳐온 자, 무공을 배우지 못한 부녀자와 어린것을 용서 없이 살해한 자들이었소! 이런 짓을 저지른 분은 내 오늘 단 한 사람도 살려 보내지 않을 것이오!"

사손의 목소리가 갈수록 높아졌다.

여기까지 듣고 났을 때, 장취산은 자기도 모르는 사이에 흘끗 은 소소를 훔쳐보았다. 이 처녀는 용문표국 일가족 남녀노소 수십 명을 죽였다. 희생자들 중에는 무공이라곤 손톱만치도 할 줄 모르는 이들도 적지 않았을 것이다. 사손이 그 사실을 안다면 당연히 이 처녀에게 목숨 빚을 받아내려 할 게 아닌가?

은소소도 그 사실을 생각하고 있는지, 얼굴빛이 핏기를 잃고 종잇장처럼 창백해졌다. 입술이 파르르 떨리고 있었다.

장취산은 슬며시 고민에 빠져들었다. '만약 사손이 은 소저를 죽이려 든다면 나는 어떻게 처신해야 하는가? 구해준답시고 손을 써봤자 내 한목숨 헛되이 날려 보내기 십상이다. 더구나 이 여자는 사손의 말대로 업보를 받아 마땅한 죄악을 저지르지 않았던가? 하지만…… 하지만 내 어찌 두 눈 멀거니 뜬 채 목전에서 사람이 죽어가는 것을 보고 모른 척할 수 있으랴?'

사손의 목소리가 다시 들려왔다.

"그렇겠지! 여러분더러 그냥 죽으라고 하면 억울해서 죽을 때까지 불복하실 거요. 내 여러분께 한 가지 제안을 하리다. 여러분이 각자 평생토록 갈고닦아온 절기를 내 앞에 펼쳐보도록 하시오. 만에 하나, 그 장기로 나를 이길 수만 있다면 그분의 목숨만큼은 살려드리리다."

사손은 여러 사람들 앞에 이렇게 말하면서 땅바닥의 흙을 두어 줌 움켜쥐더니 술을 부어 진흙 덩어리 두 개를 빚었다. 그러고는 양손에 하나씩 갈라 들고서 노방주 맥경을 바라보았다.

"우리, 잠수 실력으로 우열을 가리기로 했지요? 보아하니 귀하는 바다 밑에서 호흡을 끊고 오래 견디는 재간이 있으신 모양인데, 우리 이 진흙으로 입과 코를 틀어막고 내기해봅시다. 누구든지 숨이 막혀 견디지 못해서 진흙을 먼저 떼는 사람이 진 것으로 하고 스스로 목을 그어 죽기로 하면 되는 거요."

그러고는 늙은 해적 두목이 동의하든 안 하든 물어볼 것도 없이 왼손에 들고 있던 진흙 덩어리를 우선 자기 입과 코에 붙여 틀어막은 다음, 오른손을 휘둘러 나머지 한 덩어리를 날려 보내 맥경의 입과 코를 철썩 틀어막았다.

사람들은 이 우스꽝스러운 광경을 보았으나, 한 사람의 목숨이 왔다 갔다 하는 문제라 어느 누구도 웃지 않았다.

노방주 맥경은 벌써부터 각오를 한 몸이라, 진흙 덩어리가 날아와 얼굴에 달라붙기 직전에 심호흡으로 숨을 깊숙이 들이마셨다. 그리고 코와 입이 막히자 그 자리에 두 다리를 틀고 앉아 호흡을 멎은 채 꼼짝달싹하지 않았다. 이 해적 두목은 어린 시절부터 바다 물속에 헤엄쳐 들어가 해저의 물고기와 게를 잡으면서 자라온 위인이라, 누구보다 이런 시합에는 자신이 있었다. 잠수 실력도 아주 뛰어나 굵다란 향 한 대가

다 타들어가도록 수면 위에 얼굴을 내밀지 않아도 질식해 죽지 않았다. 그렇기 때문에 자신이 패배하리라곤 꿈에도 생각지 않았다. 이제 초조감은 사라졌다. 고요히 정신을 집중하면서 마음의 잡념을 없앴다.

똑같이 진흙 덩어리로 코와 입을 틀어막았으면서도, 사손은 해적 두목처럼 가부좌를 틀고 앉아 꼼짝달싹 않는 것이 아니라, 큰 걸음걸이로 뚜벅뚜벅 신권문 패거리가 앉은 좌석 쪽으로 걸어갔다. 그러고는 곁눈질로 신권문의 장문인 과삼권을 묵묵히 노려보았다. 과삼권은 그 눈초리와 마주치자 소름이 오싹 끼쳐 자기도 모르게 슬그머니 의자에서 일어섰다.

"어서 오시지요, 사 선배님. 소인 과삼권입니다."

사손은 그가 포권의 예를 취하는 것은 거들떠보지도 않고 손가락으로 술잔의 술을 찍어 탁자 위에 무엇인가 세 글자를 써 보였다. 과삼권은 그 세 글자를 보자, 얼굴빛이 삽시간에 죽은 잿빛으로 바뀌었다. 마치 지옥에서 자기 목숨을 빼앗으러 나타난 무서운 저승사자와 맞닥뜨린 것처럼 공포에 질린 기색이었다. 그와 같은 자리에 앉아 있던 제자들은 장문인의 표정이 급작스레 일그러지자 의아한 나머지 자기네들도 덩달아 탁자 위에 쓰인 글씨를 굽어보았다.

사손이 쓴 것은 '최비연崔飛燕' 세 글자였다. 신권문의 제자들은 일순 어리둥절해졌다. '최비연이라……. 아무리 봐도 여자 이름 같은데, 사부님께서 왜 이 세 글자를 보고 이토록 두려워하신단 말인가?'

과삼권은 물론 잘 알고 있었다. 최비연은 몇 해 전에 죽은 아들의 아내, 즉 자신의 며느리 이름이었다. 과삼권은 청상과부가 된 며느리의 미색에 음욕을 품고 간음하려다 그녀가 필사적으로 저항하자 뜻을 이루지 못하고 결국 뒷일이 두려워 남몰래 죽여버렸다. 당시 쥐도 새도 모르게 처치해버리고 남편의 뒤를 따라 자결한 것으로 꾸며서 아무 탈 없이 장사까지 치렀는데, 그날 밤중의 일을 이 사손이란 자가 어떻게 알아냈는지 그야말로 귀신이 곡할 노릇이었다. 혹시 며느리의 원혼이 꿈에 나타나서 알려주지 않았다면 어느 누가 이 일을 알 수 있겠는가?

그는 속으로 두려움을 삭이면서 재빨리 머리를 굴렸다. '기왕지사 일이 이렇게 된 바에야 이 무서운 괴걸에게 용서받기는 다 틀려먹은 노릇이다. 그렇다면 어떻게 해야 할까? 옳거니, 지금 이자는 진흙으로 입과 코를 틀어막아 호흡을 끊고 있는 상태다. 이 틈에 전심전력을 다해 일격 필살로 들이치면 거꾸러뜨릴 수도 있을 것이다. 설령 죽이지 못한다 하더라도, 이자가 내 주먹질에 맞서느라 진기를 운용하는 날이면 진흙 덩어리가 떨어져 결국은 맥 방주에게 진 셈이 될 테고, 그렇다면 공언한 대로 자기 목숨을 끊을 게 아닌가?'

생각이 정해지자, 과삼권은 목청을 가다듬고 낭랑하게 외쳤다.

"소인은 신권문의 장문인 직분을 맡고 있소! 평생 배운 것이라곤 권법 몇 수밖에 없으니 사 선배님께 권법 몇 초식 배워볼까 하오!"

과삼권은 말끝을 맺기도 전에 벌써 사손의 아랫배를 겨냥해 일격을 내지르고 있었다. 그리고 숨 돌릴 틈도 없이 두 번째 주먹을 내질렀다. '과삼권過三拳'이란 이름은 본명이 아니라 별명이었다. 그 별명 그대로 그는 상대방을 공격하는 데 주먹질 세 번을 넘겨본 적이 없을 만큼 강력한 권법의 소유자였다. 일격에 황소를 쓰러뜨려본 적도 있었다. 따라서 평범한 무술 사범 따위는 그 주먹질 세 차례면 나가떨어지지 않는 자가 없었다. 그래서 본명은 슬그머니 사라져 아는 사람이 없게 되었고, 별명만이 강호에 널리 알려져 있었던 것이다.

그는 속공이 절대 유리하다고 판단했다. 조금이라도 시간을 지체했다가는 맥경이 질식 상태를 견디지 못하고 사손보다 먼저 진흙 덩어리를 떼어버릴 수 있으니 말이다. 그러기 전에 자신이 선제공격으로 무섭게 들이치면 제아무리 대단한 뚝심과 무공을 지닌 자라 할지라도 호흡이 끊긴 상태에서 내력을 운기하지 못할 테고, 무공 실력 또한 크게 약화될 것이 분명했다. 그렇다면 결정적인 우세는 확실히 이쪽에서 잡고 일방적인 공격을 펼칠 수가 있게 될 터였다.

사손은 그의 연속 두 차례 공격을 손길 나가는 대로 일일이 풀어버렸다. 하나 과삼권은 상대방의 방어력이 생각했던 것보다 훨씬 연약하다는 느낌을 받았다. 조금 전 상금붕과 백귀수를 거꾸러뜨릴 때의 위력에 비해 아주 크게 달라 보였다. 그래서 자신감이 부쩍 늘었다.

"자아, 세 번째 공격이오!"

자신감에 들떠 큰 소리로 외쳐댄 과삼권은 평생을 두고 자신의 특기로 자부해온 가장 무서운 절기인 횡소천군 직최만마橫掃千軍 直摧萬馬 일초로 곧장 사손의 아랫배를 다시 한번 들이쳐갔다. 그 이름 그대로 전쟁터에서 천군만마를 휩쓸어 치고 두들겨 부순다는 무서운 이 마지막 권법 초식 아래 강호에서 이름깨나 드날렸던 영웅호걸의 목숨이 과연 몇이나 다쳤던가!

이 무렵, 거경방의 노방주 맥경은 얼굴에서부터 귓불까지 시뻘겋게 변하고 이마에서 콩알만 한 땀방울이 비 오듯 줄줄 흘러내리고 있었다. 사세를 보아하니 더 이상 견뎌내기 어려울 것 같았다. 마침내 절체절명의 순간이 온 것이다. 그 아들 맥 소방주는 아비의 상태가 위급한 것을 깨달았다. 그는 흘낏 사손 쪽을 바라보았다. 바야흐로 과삼권의 주먹질을 막아내느라 이쪽에는 신경 쓸 겨를도 없어 보였다. 퍼뜩 떠오른 영감이 하나 있었다. 맥 소방주는 자기 곁에 앉아 있던 거경방 여타주女舵主의 머리채에서 은비녀를 냉큼 뽑아 들었다. 그러고는 비녀의 양 끄트머리를 분질러 속이 텅 빈 대롱을 만들었다. 길이는 고작 한 치 남짓, 그것을 손가락 사이에 끼고 아비 맥경의 입을 겨냥해 튕겨 날렸다. 반 토막짜리 은 대롱이 진흙 덩어리를 뚫고 입안으로 들어가기만 하면 비록 앞니나 혀, 목구멍에 상처를 줄지는 몰라도 자그만 구멍을 뚫어놓아 다소나마 숨길이 트일 수 있을 테고, 따라서 이번 시합에서 맥경은 즉각 불패의 자리에 서게 될 터였다.

해적 두목의 면전으로 날아가던 반 토막짜리 은 대롱이 아직 10여 척 가까이 거리를 남겨둔 찰나, 사손이 곁눈질로 그것을 발견했다. 그는 발끝으로 땅바닥의 돌멩이 한 개를 툭 걷어차 날렸다. 돌멩이는 곧바로 은 대롱 끄트머리에 명중했고, 중도에 충격을 받은 은 대롱은 "딱!" 하는 소리와 함께 방향을 되돌려 자신을 쏘아 날린 주인 쪽을 향해 다시 날아갔다. 손가락으로 튕겼을 때와 달리 되돌아가는 속도가 무섭게 빨라져 맥 소방주는 미처 그것을 발견할 틈도 없었다.

"악!"

맥 소방주가 처참하게 외마디 비명을 지르면서 두 손으로 오른쪽 눈을 감싸 안았다. 손가락 사이로 선지피가 꾸역꾸역 쏟아져 나왔다. 반 토막으로 부러진 은비녀가 그를 애꾸눈으로 만들어버린 것이다.

코와 입이 막혔어도 두 눈만큼은 멀뚱멀뚱 뜨고 있던 해적 두목이 그 광경을 보고 당황한 나머지 엉겁결에 손을 뻗쳐 진흙 덩어리를 뜯어내려 했다. 하나 그 순간 또다시 돌멩이 두 개가 날아들더니 맥경의 양쪽 어깨뼈를 한꺼번에 으스러뜨렸다. 얼굴로 올라가던 두 손이 축 늘어져 두 번 다시 움직일 수 없게 되었다.

바로 그때 과삼권이 세 번째로 내지른 주먹질이 사손의 아랫배에 정타正打로 들어맞고 있었다. 권법 초식의 기세가 질풍신뢰疾風迅雷와 같이 빨라 주먹 힘이 미처 닿기도 전에 강력하기 짝이 없는 권풍拳風의 위력이 먼저 들이닥쳤다. 과삼권은 상대방이 그 무서운 결정타 앞에 맞설 엄두를 못 내고 어느 쪽으로든지 몸을 뒤틀어 피해갈 것이라고 예측했다. 하나 그가 좌우 어느 방향으로 피하든, 위로 솟구쳐 오르든 아래로 움츠리든, 과삼권은 거기에 대비한 후속타를 감춰놓고 있었다.

그런데 사손은 그 결정타를 피하지 않고 우뚝 선 채 정면으로 받았다. 세 번째로 들이친 일격이 아랫배에 고스란히 명중한 것이다. 과삼권은 옳다 됐구나 싶었다. 인체 가운데 아랫배는 가장 부드럽고 연한 부위에 속한다. 그곳을 얻어맞으면 오장육부가 제자리에서 이탈해 훌떡 뒤집히거나 장 파열 상태에 빠지게 마련이었다.

그러나 예상은 빗나갔다. 과삼권은 기뻐할 틈도 없이 자신의 주먹이 강철 벽을 들이친 것과 같은 충격을 받았다. 아차, 뭔가 잘못됐구나 싶었을 때 도로 튕겨나온 반탄력은 이미 그의 양 팔목뼈와 어깨뼈, 갈빗대를 삽시간에 산산조각으로 으스러뜨려놓았다. 과삼권은 미친 듯이 선지피를 쏟아내며 그 자리에 쓰러져 죽고 말았다.

사손이 고개를 돌려 해적 두목을 보았다. 거경방의 노방주 맥경 역시 두 눈을 허옇게 치뜬 채 숨이 끊어져 있었다. 그는 우선 죽은 자의 코와 입에서 진흙 덩어리를 뜯어주었다. 손끝으로 숨결을 더듬어보고 나서야 비로소 자기 얼굴에 붙였던 진흙을 떼어냈다. 그러고는 하늘을 우러러 앙천대소를 터뜨렸다.

"으하하하! 으하하하! 평생토록 온갖 악행을 저질러온 자들이 오늘에 와서 업보를 받았구나! 하지만 이것도 늦은 편 아닌가!"

별안간 사손의 번갯불 같은 눈초리가 곤륜파 출신 두 청년 검객에게 옮아갔다. 날카롭기 짝이 없는 시선이 고칙성에게서 장립도에게로, 그리고 다시 장립도에게서 고칙성에게 옮겨가며 한동안 말이 없었다.

고칙성과 장립도 두 사람은 얼굴빛이 창백하게 질린 채 장검을 지팡이 삼아 짚고 꿋꿋이 서서 이 무서운 괴걸을 마주 노려보았다.

"사 선배님!"

장취산이 버럭 고함쳐 불렀다. 금모사왕 사손은 지금까지 사대 방회의 수뇌급 인물들을 잇달아 죽였다. 그리고 이제는 곤륜파의 두 젊은이에게 손찌검을 하려는 기미가 보이자 더는 보고만 있을 수 없어 자리를 박차고 일어선 것이다.

"선배님께서는 방금 죽은 자들은 모두 백번 죽어도 그 죄를 다 씻을 수 없고, 죄를 지은 만큼 그 업보를 받아 마땅하다고 하셨습니다. 하지만 선배님께서도 시비 흑백을 가리지 않고 마구잡이로 살인을 하신다면 저 죽은 자들이 평생 저질러온 소행과 다를 바가 뭐 있겠습니까?"

사손이 곁눈질로 흘겨보더니 싸느랗게 웃었다.

"다를 게 뭐 있느냐고? 물론 있지! 내 무공은 높고 저들 무공은 낮다, 강자는 이기고 약자는 패한다, 이게 바로 다른 점이지!"

그러자 장취산이 고개를 가로저으면서 항변했다.

"사람이 짐승과 다른 점은 시비 흑백을 분별하는 능력이 있다는 것입니다. 만약 외곬으로 강한 힘만 믿고 약한 자를 해치려 든다면 사람과 짐승에 무슨 구별이 있겠습니까?"

장취산의 간곡한 말에 사손은 껄껄대고 웃으면서 반박했다.

"인간 세상에서 진정으로 시비 흑백이 가려지고 있단 말인가? 오늘날 이 세상을 보게. 몽골인들이 중원 땅에 들어와 황제 노릇을 하면서 우리 한족을 죽이고 싶으면 얼마든지 죽이는 판국일세. 그들이 시비를 가려 살육하던가? 몽골군 병사들이 한족 출신 아녀자나 재물을 손길 닿는 대로 약탈해가고 한족 사람들이 불복하면 칼을 휘둘러 죽여버리는 세상일세. 그들이 무력으로 빼앗지 않고 시비 흑백을 가려서 빼앗는 것을 보았나?"

장취산은 한동안 대꾸할 말을 찾지 못하고 침묵을 지키다가 이렇게 말했다.

"몽골족의 잔학무도한 행위는 짐승과 다를 바 없습니다. 그러기에 뜻있는 사람들이 저 야만적인 오랑캐들을 몰아내고 우리 강토를 되찾기 위해 불철주야로 애쓰고 있지 않습니까?"

"몽골족은 그렇다고 치세. 그럼 우리 한족은 시비 흑백을 분명히 가리던가? 악비岳飛• 장군은 대충신이었는데, 송나라 고종高宗은 어째서

• 악비(1103~1142): 금金나라 침공 세력에 저항한 남송의 명장. 1129년 금나라 태자 우추兀朮군이 장강을 건너 남진하자, 약 4년에 걸쳐 교묘한 전술로 적 후방을 교란시키고 청원군 절도사가 되었으며, 언성鄢城에서 금나라 군을 크게 격파하고 정주鄭州 낙양洛陽 일대를 수복했다. 1140년 남송 고종과 간신 진회가 금나라 측과 화친을 추진하자, 이에 반대했다가 1141년 병권을 박탈당하고 이듬해 모반죄로 억울하게 죽임을 당했다. 저서에 문집《무목유문武穆遺文》이 있는데, 이 소설 후반부에서 의천검 도룡도의 비밀을 푸는 중요한 열쇠가 된다.

그를 죽였는가? 진회秦檜•는 천하에 둘도 없는 간신인데, 어째서 부귀영화를 누리고 제 명대로 장수를 했는가?"

"남송 시대 황제들은 간악하고 요사스러운 소인배들을 등용해 충신과 명장들을 죽이거나 배척했기 때문에 결국 이민족의 손아귀에 이 멀쩡한 금수강산을 빼앗기고 말았습니다. 악인惡因을 심은 결과 악한 업보를 받은 셈이지요. 이게 바로 시비를 분별하는 것 아니겠습니까?"

"어리석고 무도한 폭군은 남송의 황제였는데, 여진족의 금나라, 몽골족의 원나라 사람들이 살육한 것은 우리 한족 백성들이었어. 장 오협, 내 한마디 물어봄세. 저들 한족 백성이 도대체 무슨 악행을 그토록 저질렀기에 지금처럼 끝없는 재앙을 겪고 있는가?"

이 물음에 장취산은 아무런 대꾸도 할 수가 없었다. 묵묵히 고개를 수그리고 있으려니, 은소소가 불쑥 끼어들었다.

"우리네 백성들은 주먹질할 힘도 용기도 없으니까 남에게 죽임을 당할밖에요. 옛말에 '남이 칼과 도마를 갖추어놓게 하면, 나는 어육이 될 수밖에 없다人爲刀俎 我爲魚肉'•• 하지 않았습니까?"

그 말에 용기를 얻은 장취산이 다시 사손을 설득했다.

• 진회(1090~1155): 남송 멸망 시기 금나라에 투항할 것을 주장한 대표적 인물. 1127년 금나라군에게 사로잡혀 금 태종의 아우 탈라이撻懶의 심복 부하가 되었다. 탈출을 위장하여 남송 조정에 복귀하자 고종의 총애를 받아 재상이 되었으며, 이후 집권 19년 동안 줄곧 투항을 주장하면서 명장 악비를 모함하여 죽이고 충신들을 몰아낸 후 금나라에 신하로 일컫고 조공을 바치는 등 남송의 멸망을 촉구한 대간신이다.

•• 자신의 운명이 온전히 남의 손에 맡겨져 죽임을 당하거나 말거나 피동적인 처지에 놓인 경우를 비유하는 말. 《사기史記》〈항우본기項羽本紀〉에 "이제 적이 칼과 도마를 갖추어놓았으니, 아군은 그저 생선이나 고기 신세가 될 수밖에 없다如今人方爲刀俎 我爲魚肉"에서 유래한 말이다.

"우리가 피땀 흘려 고생해가며 무학을 익힌 목적은 바로 백성의 억울함을 풀어주고 분풀이를 해주기 위해서 아닙니까? 강포한 자를 뿌리 뽑고 약한 자를 부축해 일으켜주는 일이야말로 우리 무림계에 몸담고 있는 인사들이 해야 할 본분이라고 생각합니다. 사 선배님께서는 무적의 영웅이시니 그 절세의 무공으로 세상 천하에 의협을 행하신다면 실로 창생의 큰 복이요, 음덕이 아닐 수 없을 것입니다."

"의협을 행하면 무슨 좋은 일이 있는가? 어째서 내가 의협의 도리를 실천해야 하는가?"

사손의 반문을 듣고서, 장취산은 그만 어리둥절해졌다. 어릴 적부터 스승에게 가르침을 받아온 그로서는 무도武道의 근본 목적이 오로지 의협의 도리를 실행하는 데 있다고 믿었다. 협의도俠義道가 근본이요, 무도는 지엽적인 것이라고 배워왔다. 그런데 이제 사손에게 "어째서 내가 의협의 도리를 실천해야 하는가?"라는 추궁을 받고 보니, 이 당연한 도리에 혼란이 일어났던 것이다. 그는 마음을 가다듬고 조용히 대답했다.

"의협을 왜 실행해야 하느냐고요? 그것은 바로 정의로움을 이 세상에 널리 펴기 위해서입니다. 착한 행위는 좋은 보답을, 악한 행위는 악업을 받게 되는 것이지요."

그러자 사손이 너털웃음을 터뜨렸다.

"착한 행위에는 좋은 보답이 있고, 악한 행위에는 악업이 있다? 하하, 장 오협, 허튼소리 말게. 강호 무림계에서 진정 그 말씀대로 지켜지는 것이 있던가? 선행에는 선한 보답이, 악행에는 악업이 뒤따르던가?"

"방금 해사파, 거경방, 신권문의 우두머리들은 극악무도한 짓을 숱하게 저질러왔습니다. 제 손으로 직접 양민을 학살하거나 부하들을 제멋대로 풀어놓아 무고한 인명을 살상하게 했습니다. 그렇기 때문에 사선배님께서 하나하나씩 공평하게 처리하신 것이 아닙니까? 제 명대로 살지 못한 저들의 죽음이 바로 '악한 행위는 악업을 받는다'는 말씀에 부합하는 것이지요."

그는 은소소의 낯을 보아, 차마 천응교까지 들먹일 수 없었다.

사손이 무겁게 가라앉은 목소리로 다시 물었다.

"그렇다면 '선행에는 선한 보답'이 있던가?"

이 질문을 받는 순간, 장취산의 뇌리에는 셋째 사형 유대암이 떠올랐다. 평생을 두고 선행과 음덕을 무수히 쌓아온 그가 어째서 아무런 까닭 없이 그토록 참혹한 화를 당해야만 했는가? 지금에 와서는 '선행에는 선한 보답'이라는 이 말을 더 이상 믿기 어려웠다. 사손의 말에도 부인하지 못할 현실이 담겨 있는 것이다. 그는 참담한 기색으로 길게 탄식을 토해냈다.

"격언에 '하늘의 도리는 말로 다하기 어렵고, 사람의 일 역시 모두 다 알 수는 없다天道難言 人事難知'고 했습니다. 우리는 오로지 양심에 거리낌 없이 의로움에 바탕을 두고 할 바를 다하는 수밖에 없습지요. 그 결과로 화가 닥쳐올 것인지 복이 올 것인지, 미리 따져볼 일은 아니라고 생각합니다."

사손은 그를 뚫어져라 응시하더니, 끝에 가서 툭 내뱉듯이 한마디 던졌다.

"소문에 듣자니, 무당파 장삼봉 선생의 무공이 당세에 으뜸이라 하기에 아직껏 만나보지 못한 것을 안타깝게 여겼는데, 자네처럼 나약한 인물이 그 제자라니 구태여 만나볼 필요도 없겠군!"

장취산은 그 말 속에 스승을 멸시하는 뜻이 담겨 있음을 보고 저도 모르게 불끈 화가 치밀었다.

"우리 사부님은 천지의 도리를 깨우치신 분이오! 범부속자凡夫俗子들이 어찌 그 뜻을 꿰뚫어볼 수 있겠소이까? 사 선배님의 무공이 제 능력으로선 미치지 못할 만큼 높고 강한 것은 사실이오만, 우리 사부님께서 보시기에는 한낱 용맹만을 갖춘 무부武夫에 지나지 않을 것이외다!"

은소소가 곁에서 다급하게 그의 옷자락을 잡아당겼다. 한때 모욕을 참고 사손의 트집에 넘어가지 말라는 눈치였다. 그러나 장취산은 막무가내로 설레설레 고개를 흔들었다. 사내대장부가 죽으면 죽었지, 절대로 스승에게 욕이 돌아가게 할 수는 없다는 뜻이었다.

뜻밖에도 사손은 성을 내지 않았다. 그는 담담한 어조로 이렇게 말했다.

"장삼봉 선생은 무당 종파를 창건하신 분이니 무공에 독특한 조예가 있으리라 믿네. 무학의 도리는 무궁무진하니, 내가 그대의 스승에게 미치지 못하더라도 이상할 것은 없겠지. 언젠가는 내 반드시 무당산으로 찾아가 뵙고 가르침을 받아볼 생각일세. 그건 그렇고…… 장오협, 그대가 제일 자랑할 만한 장기는 무엇인가? 이 사손이 그대의 솜씨를 보고 견식을 좀 넓혀야겠네."

〈2권에서 계속〉

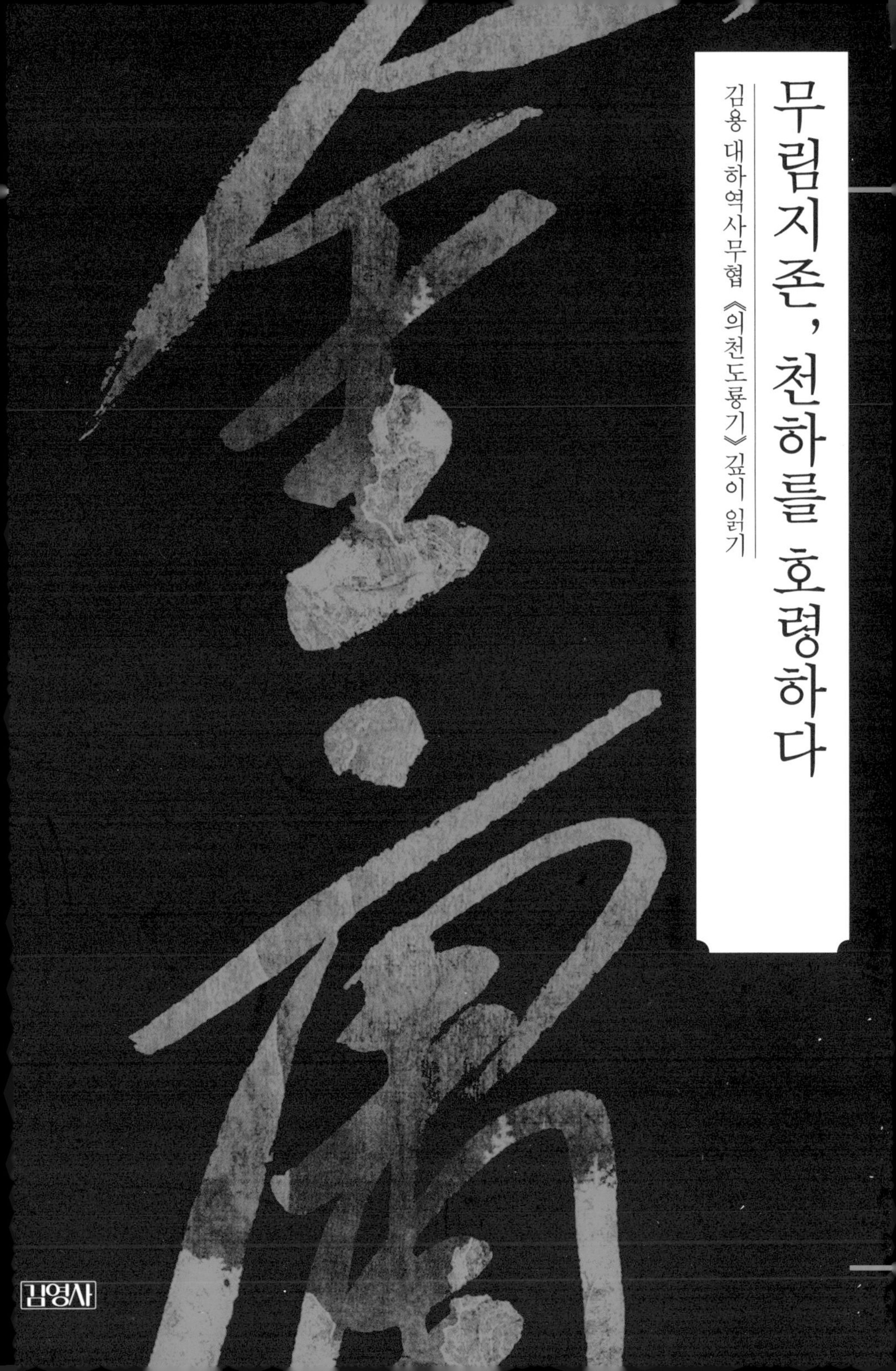

무림지존, 천하를 호령하다

김용 대하역사무협 《의천도룡기》 깊이 읽기

김영사

무림지존, 천하를 호령하다

김용 대하역사무협 《의천도룡기》 깊이 읽기

무림지존, 천하를 호령하다

김용 대하역사무협《의천도룡기》깊이 읽기

발행인 고세규
발행처 김영사
등록 1979년 5월 17일 (제406-2003-036호)
주소 경기도 파주시 문발로 197(문발동) 우편번호 10881
전화 마케팅부 031)955-3100, 편집부 031)955-3200 | 팩스 031)955-3111

홈페이지 www.gimmyoung.com 블로그 blog.naver.com/gybook
인스타그램 instagram.com/gimmyoung 이메일 bestbook@gimmyoung.com

차례

의천도룡기 깊이 읽기

倚天屠龍記

중국의 영산,
숭산과 무당산

김영수

천하 무학의 정종正宗, 숭산 소림사

숭산

소림 무술로 천하에 이름을 떨쳐온 소림사少林寺는 숭산嵩山 자락에 위치한다. 숭산은 중국 산악을 대표하는 오악五嶽 중 중악中嶽에 해당하는 성스러운 곳이다. 숭산은 오늘날 지명으로 하남성 등봉현에 속한다. 북으로는 황하를 기대고, 남으로는 영수潁水가 흘러 동서로 길게 누운 모습이다. 이 때문에 "중악은 누워 있다"는 말까지 나왔다.

중악 숭산의 자연 풍광은 예로부터 절경으로 이름나 있다. 태실산太室山과 소실산少室山에는 각각 36봉, 총 72봉이 있다. 이외에도 계곡, 동굴, 호수, 폭포 등 다양한 경치를 자랑한다. 여름에는 울창한 숲이 산 전체를 덮어 첩첩이 병풍처럼 솟은 봉우리들이 한결 돋보인다. 겨

소림사가 위치한 숭산은 길게 누워 있는 형상이다. ©瑛

울이면 은빛으로 덮인 봉우리들이 깔끔한 모습으로 보는 눈을 시원하게 한다. 등봉현의 8경, 12승 중에는 '중추절 보름달로 가득 찬 숭산'을 비롯하여 숭산 곳곳의 풍경들이 포함되어 있다.

불교 성지

숭산은 세계적으로 이름난 불교의 성지로 종교와 관련한 인문 경관이 두루두루 퍼져 있다. 숭산이 유명해진 이유이기도 하다. 그중에서도 가장 유명한 곳으로는 선종의 메카 소림사를 비롯하여 현존하는 최대 규모의 '소림사 탑림塔林', 현존하는 가장 오래된 탑인 북위 '숭악사탑

중악묘에서 바라본 중악 숭산의 모습. ©瑛

嵩岳寺塔', 현존하는 가장 오래된 석궐인 '한삼궐漢三闕', 수령이 가장 많은 측백나무이자 한나라 때 장군벼슬을 받은 '장군백將軍柏', 현존하는 가장 오래된 천문 관측대인 원나라 때의 '관성대觀星臺' 등을 꼽는다.

태실산 황개봉 아래의 중악묘中嶽廟는 진나라 때 창건되어 당·송 때 크게 번창한 하남성에 있는 현존하는 규모가 가장 큰 사묘寺廟 건축이다. 숭양서원嵩陽書院은 소박하고 단아하면서도 씩씩한 기세를 자랑하는 서원건축으로 수양睢陽, 악록岳麓, 백록동白鹿洞 서원과 함께 송대 4대 서원의 하나다. 이밖에도 법왕사法王寺, 헌원관軒轅關, 선종의 2조 혜가가 팔을 끊어 법을 구했다는 입설정立雪亭 등이 뜻있는 이의 마음을 끈다.

숭양서원의 장군백. ⓒ瑛

장군백

숭양서원에 남은 주요한 문물로는 2,000년이 훨씬 넘은 서한 시대의 장군백을 비롯하여 당나라 때의 '대당비大唐碑'가 가장 유명하다. 이런 이야기가 전해온다. 서한 시대 무제가 숭산의 서원에 놀러왔다가 문을 들어서는 순간 무성한 잎과 위풍당당한 측백나무의 자태에 넋이 나가 한참을 올려본 다음 '대장군'의 직함을 내렸다. 그런데 안쪽으로 들어서니 방금 전 대장군에 임명한 나무보다 더욱 웅장한 측백나무가 나타났다. 그러나 천자의 몸으로 자신이 한 말을 번복할 수 없는 노릇. 무제는 하는 수 없이 이 나무를 '이장군'에 임명했다. 그리고 나머지

한 그루는 '삼장군'에 봉했다. 대장군에 임명된 나무는 너무 기쁜 나머지 깔깔대고 웃다가 허리가 그만 굽어 허리 굽은 나무가 되었다. 화가 난 이장군은 몸을 쭉 하늘까지 뻗쳐 마치 사람과 싸우는 듯한 모습이 되었다. 그러나 이장군은 안타깝게 명나라 말기 화재로 타버렸다.

법왕사

법왕사는 등봉현 북쪽으로 5km 정도 떨어진 태실산 남쪽 기슭 옥주봉 아래에 있으며, 71년(동한 명제 영평 14년)에 창건된 중국에서 가장 이른 사찰의 하나다. 절 안에는 40여 칸의 건축물이 남아 있고 전체 면적 5,000m^2 규모다. 남아 있는 문물로는 사리탑과 고목, 석각 등이다. 절 동쪽의 협곡에는 반원의 대문이 있는데 숭산의 정상이고 이 때문에 '숭문嵩門'으로 불린다. 숭산의 명승 '숭산대월嵩山待月'이 바로 이곳이다.

중악묘

중악묘는 태실산 동남 기슭 황개봉 아래, 등봉현 시내에서 동쪽 4km 지점이다. 중악묘의 원래 이름은 '태실사太室祠'이고 진나라 때 창건되었다. 한나라 무제가 숭악에 놀러왔을 때 담당 관리에게 확충을 명령한 이래 대대로 확장되어 당·송 때 가장 볼 만한 규모를 자랑했다. 송나라 말기에서 청나라 초기까지 번영과 쇠퇴를 거듭하다가 건륭제 때 대규모 중수가 이루어졌다. 지금 중악묘는 기본적으로 이때 중수된 모습과 규모이다. 전체 둘레는 6.5km에 면적은 10만m^2가 넘는다. 현존하는 사묘 건축 중에서 가장 큰 규모이며 보존 또한 온전한 편이다.

숭산에 위치한 웅장한 규모의 중악묘 입구. ⓒ瑛

소실산 탑림

소실산은 소림사 역대 고승들의 묘지다. 불교 장례법에 따라 주지가 열반하면 불도들은 주지의 생전 수학 정도, 불교계에서의 위치와 명성 및 경제, 불덕 등의 상황에 따라 크기가 다른 묘탑을 만들어 공덕을 나타냈다. 그러나 일부 승려들은 시신을 그대로 안장한 탑이나 의발을 넣은 탑을 만들기도 했다. 이곳의 탑림은 현존하는 중국 최대의 탑림이다. 당나라 정원 7년인 791년부터 청나라 가경 8년인 1803년에 이르기까지 당·송·원·명·청대의 전탑 243기가 남아 있다.

중국 최대·최고의 탑림인 소림사 탑림. ©瑛

소림사

천하에 명성이 자자한 소림사는 하남성 등봉시 서북 13km 지점 태실산 남쪽 기슭에 위치한다. 소실산을 마주보고 오유봉을 등지고 있는데 면적은 43,000m² 규모다. 중국 불교 선종의 메카이자 소림권의 발상지다. 북위 태화 20년인 496년 서역의 사문 발타가 소림사를 창건하고 소승불교를 전파하기 시작했다. 북위 효창 3년인 527년에는 석가모니의 제자 가섭의 28대 제자인 보리달마가 소림사에 와서 머무르며 대승불교를 전파하니 후세 사람들은 '선종의 초조'라 부른다.

소림사는 역사와 더불어 흥쇠를 거듭했으며, 당나라 초기에는 '13명

선종의 메카이자 소림 무술의 발상지인 소림사. ©瑛

의 소림사 승려가 당 황제를 구한' 공으로 당태종으로부터 상을 받으면서 전성기를 맞이했고, 그 후로도 여러 차례 수리를 거쳤다. 1928년 군벌 석우삼石友三이 소림사에 불을 지르는 통에 대웅보전, 천왕전, 장경각, 종루, 고루 등이 모두 잿더미로 변했다. 1949년 중국 해방 이후 파괴된 건축들이 하나둘 재건되고 있다.

소림 무술

소림 무술의 역사는 아주 오래되었다. 《조야첨록朝野僉錄》이란 기록에 따르면 발타가 소림사에 머물 때 신체가 허약한 제자가 하나 있었는

소림사 주변 무술학교에서 무술을 배우고 있는 어린 학생들. ⓒ瑛

데, 늘 힘깨나 쓰는 다른 승려들에게 놀림감이 되었다. 이 제자는 분발하여 신체를 단련하고 힘을 길러 빠르고 강한 손발을 갖추어 훗날 소림권 창시자의 한 사람이 되었다. 이어 소림사에 온 보리달마는 달마 18수를 창조했고, 이것이 바로 소림권의 원조가 되었다. 그로부터 역대 소림사 승려들은 민간에서 유행한 중국의 전통적 무술들을 흡수하여 소림사만의 소림 쿵푸를 창제했다.

오랜 세월을 거치면서 소림 쿵푸는 더욱 발전하고 정비되었으며 내용과 자세 및 형식도 풍부해졌다. 소림 무술은 그 성질에 따라 내공內功, 외공外功, 경공硬功, 경공輕功, 기공氣功 등으로 나누어진다. 내공은

몸을 단련하고 있는 소림사 승려. 발목에 매단 물병이 인상적이다. ©瑛

주로 정기精氣를 연마하는 것이고, 외공과 경공硬功은 신체의 일부분을 강하게 단련하는 것을 가리킨다.

경공輕功은 높이뛰기와 빨리뛰기를 가리킨다. 기공은 연기練氣와 양기養氣를 포함한다. 기술에 따라서는 권술, 곤봉술, 창술, 도술, 검술, 타격, 기계 대련 등 모두 100종이 넘는다. 이 중에서도 소림권은 무예의 뿌리로서 나한권, 소홍권, 대홍권, 노홍권, 소림오권, 공력권, 오전권, 소양권, 담퇴, 유권, 육합권, 원공권, 지당권, 소림권, 매화권, 통배권, 금강권, 복호권, 취팔선, 후권, 심의권, 응조권, 대통비 등 40여 종에 이른다. 이밖에 소림 쿵푸의 곤봉술, 창술, 도술, 검술, 편술, 차술,

산술, 극술, 추술, 부술, 권술, 표술 등 100종이 넘는 기술과 수십 종에 이르는 무기와 기계는 모두 나름대로의 특징과 절기를 자랑한다.

숭산은 중국 문화 융합의 상징이기도 하다. 불교, 도교, 유교의 3교가 이곳에서 함께 숨 쉬고 있다. 소림사 천불전의 서쪽 지장전에는 남북 양쪽으로 도교의 18염라대왕의 신위가 있다. 뒷벽에는 유가의 24효도화가 그려져 있다. 석가, 공자, 노자가 모두 성인으로 추앙되고, 모든 사상과 유파가 길과 방법은 다르지만 한결같이 선행을 베푼다. 소실산 안양궁의 주전인 삼황궁 문 위에는 하늘과 땅과 사람이 하나의 이치에 속하며 유불도가 끝내는 하나로 귀착된다는 뜻의 글이 있다. 3교가 중악 숭산에서 어떤 모습으로 합류하고 있는지 알 만하다.

김용 무협소설 속의 숭산과 소림사

《소오강호》에 보면 숭산파가 나온다. 숭산파의 장문인 좌냉선은 김용이 그려낸 인물 중에서 비교적 지명도가 높은 주인공의 하나다. 7권의 32회에는 숭산의 풍광을 직접 묘사한 대목이 나온다.

> 좀 더 걷자 천둥이라도 치는 것 같은 물소리가 귀를 때렸다. 절벽 꼭대기에서 새하얀 물보라 두 줄기가 아래로 쏟아지는 소리였다. 폭포수는 굽이굽이 소용돌이를 이루며 달음질치듯 아래로 쏟아지고 있었다. 일행은 폭포 옆으로 난 길을 따라 봉우리로 올라갔다.
> 높고도 널찍한 숭산 꼭대기에 올라오자 하객들은 가슴이 뻥 뚫리는 것 같았다. 이 봉우리는 세상의 중심에 우뚝 서서 봉우리들을 두루 내려다보고 있었다. 마침 구름 한 점 없는 맑은 날씨여서 시야를 가리는 것도

없었다.

영호충은 북쪽을 바라보았다. 멀리 성고成皐(황하를 낀 낙양 부근 지명)의 옥문 너머로 황하가 실낱같이 가느다란 선을 그리며 흐르고 있었다. 서쪽으로는 낙양 이궐伊闕(낙양 남쪽의 지명)이 희미하게 보이고, 동쪽과 남쪽은 산봉우리가 첩첩이 장벽을 쌓아올리고 있었다.

"저것이 대웅봉大熊峯이고 저것은 소웅봉小熊峯일세. 서로 마주보고 서 있는 저 봉우리 두 개는 쌍규봉雙圭峯이고, 구름을 뚫고 솟은 세 봉우리는 삼첨봉三尖峯이라네."

《천룡팔부》에서는 교봉이 어릴 때 숭산 소림사에서 현고대사에게 공부한 것으로 나온다. 《의천도룡기》에는 첫회(1권)부터 숭산과 소림사가 등장하는데, 소동사 곽양이 소실산을 걸어 올라가며 구처기가 소용녀를 위해 지은 〈무속념〉이란 시구를 중얼거리며 상사의 고통을 풀려는 대목이 볼만하다.

봄놀이 한창,
해마다 한식이면 배꽃 피는 시절일세.
무늬 없는 흰 비단결, 향기만 무르익어
옥 같은 가장귀에 눈 더미 쌓였네.

고요한 밤 무겁게 드리운 정적 속에
달빛 아련히 떠오르니,
차갑게 스미던 밤기운마저 그 빛 속에 녹아든다.

인간세계 천상에
은빛 노을 구천하늘 꿰뚫어 흐르는구나.

그대는 고야산의 진인이런가,
타고난 성품 뛰어나고 빼어난 자태에
장한 뜻 기상은 더욱 고결하여라.
꽃봉오리 한결같지 못하다고 누가 알아주랴.
온갖 꽃 향기롭다 한들 한자리에 모아 견줄 바 아니라네.

호방한 기백, 해맑간 지혜,
신선의 자태 돋보이니,
아래 세상 진토에서 분별하기 어렵구나.
아름다운 천상 세계로 돌아가니,
동천복지가 비로소 청정한 모습 보인다네.

이 대목은 수많은 독자의 심금을 울리며 깊은 인상을 남겼다. 소림사에 도착한 곽양은 우물 난간 위에 앉아 사방의 풍경을 둘러본다.

어느 결에 이 높은 꼭대기까지 올라왔을까. 소림사 건물이란 건물은 모두 발치 아래 놓여 있었다. 우러러보이는 것이라곤 소실산 층층절벽이 하늘을 찌르고 병풍처럼 가로 늘어섰는데, 절벽 아래쪽은 바람결에 흩어지는 안개 연기가 아련히 감돌고, 이따금 바람 따라 들려오는 사원의 종소리가 나그네의 가슴속 번뇌와 속된 잡념을 상큼하게 덜어주었다.

김용은 서로 다른 인물들의 시야를 통해 숭산의 풍광과 경관을 묘사하는데 독자들은 그 멋에 감탄하지 않을 수 없다.

무당산정송백장武當山頂松柏長, 무당산

무당산의 역사

무당산武當山은 태화산, 현악산이라고도 부른다. 호북성 십언시 남쪽에 위치하는데 북으로는 진령과 통하고 남으로는 파산과 이어지면서 종횡 400km 이상 뻗어나간다. 송나라 때의 서예가이자 화가인 미불은 무당산을 위해 '제일산第一山'이라는 힘이 넘치고 씩씩한 세 글자를 남겼다. 무당산은 중국에서 알아주는 도교의 성지다. 도교에서 신봉하는 '진무대재眞武大帝'가 이곳에서 신선술을 수련하여 득도하고 승천했다고 하며, 무당권술의 발원지이기도 하다. '무당'은 '진무대제가 아니면 당해낼 수 없다'는 뜻이라 한다.

무당산에서 가장 오래된 사관은 오룡사五龍祠로 7세기 당 정관 연간에 창건되었다. 송나라 때 진무제군을 받들고 제사지내면서 황실의 안녕과 복을 비는 무당 도교가 기본적으로 형성되었다. 원나라 말기 무당산의 건축들은 대부분 전쟁으로 훼손되었고 현재 산에 남은 궁관은 대부분 명나라 때 지은 것들이다. 명나라 영락 연간에 성조成祖 주체朱棣는 무당산을 '대악大岳'에 봉하면서 대대적인 토목건축 공사를 벌여 균현(지금의 단강구시) 성내의 정락궁에서 천주봉 금정에 이르는 70km의 도로 옆에다 9궁, 12정, 36암자, 39교량, 72암묘 등 서로서로 연관

무당산 절경의 하나인 남암궁의 모습. ⓒ瑛

된 웅장한 규모의 건축들을 조성했다. 총 33군데의 주요 건축을 중심으로 400군데가 넘는 건축들이 은색 실에 꿴 구슬처럼 늘어서 있었다. 넓이는 160만m^2를 넘는데, 이는 북경 고궁의 2배가 넘는 방대한 규모의 도교 건축들이다. 현존하는 주요 건축으로는 금전金殿, 자소궁紫霄宮, 우진궁遇眞宮, 복진궁復眞宮 등이다.

무당산의 주요 건축물

금전은 무당산의 주봉인 천주봉 위에 자리한 중국 최대의 금을 입힌 금동 건축물이다. 금전 외부는 옥돌로 만든 난간이고 난간 아래로는

운무에 싸여 신비함을 드러내고 있는 무당산. ©瑛

무당산의 대표적 건축물이자 도교의 성지인 자소궁. ©瑛

무당산 정상에 빛나는 모습으로 서 있는 금전. ©瑛

길이 약 1,500m의 자금성인데 성 담장은 거대한 장방형 돌을 이용하여 산세를 따라 쌓아서 만들었다. 정말이지 웅장한 돌담장과 옥난간에 금빛 찬란한 궁궐이라는 말이 실감난다.

자소궁은 무당산의 주요 궁전이자 보존이 가장 완전한 건축의 하나다. 총 29동이 남아 있고 건축 면적은 6,854m^2다. 중축선 위로 다섯 층으로 된 많은 계단을 따라 내려가면서 용호전, 비정, 시방당, 자소대전, 성문모상이 있고, 양옆으로는 기타 부속 건물들이 늘어서 있는데, 전체 세 구역에 등급이 분명한 전당들이 물고기 비늘처럼 이어지고 있다. 자소궁의 중앙 부분 양옆에는 도사들이 거주하는 사합원식 주거

무당산 도사의 모습. ©瑛

구역이다.

명 왕조는 설계 당시 무당산의 지세를 충분히 이용하여 봉우리, 비탈, 암석, 계곡, 절벽 사이사이에 절묘하게 건축들을 배치했는데, 건축들의 간격과 건축 전체의 배치 등이 황제 권력의 권위와 신권을 충분히 융합하여 고대 건축예술의 정수를 집중적으로 표현하고 있다. 유네스코는 자연미와 인공미를 고도로 융합하여 명산의 경관을 창조해낸 점을 높이 평가하여 무당산 고건축을 세계문화유산으로 지정했다.

무당 무술

무당 무술의 역사는 유구하다. 무술은 운신의 폭이 넓으면서도 깊이를 갖고 있다. 원말명초 무당산 도사 장삼봉張三丰은 무당 무술을 집대성하여 무당 무술의 개산조사로 추앙받았다. 장삼봉이 창시한 무당권은 중국은 물론 세계에 널리 알려져 있으며, 후대에 여러 무술가의 끊임없는 개발과 보완을 거쳐 중국 무술의 일대 유파가 되었고, 이로써 '북종소림北宗少林, 남존무당南尊武當', 즉 '북소림, 남무당'이란 이름이 정착되었다.

무당권의 온전한 명칭은 '무당태을오행권武當太乙五行拳'이며, 권술은 정靜과 동動을 결합한 '태극십삼식太極十三式'이라 부른다. 명나라 때 자소궁 제8대 종사 장수성張守性은 장삼봉의 태극 13식과 화타華佗의 '기공오금희氣功五禽戲'를 결합하여 무당산 도사들이 대대로 전수하는 독특한 권술을 창안했다.

무당권은 힘보다는 뜻을 강조하며 강함보다는 부드러움을 앞세운다. 나이가 들어서도 수련할 수 있으며 오랫동안 수련하면 질병을 치유할 수도 있다. 또한 지혜를 증진시키는 장점과 효능이 있다고 하는데, 이를 '내가권파內家拳派'라 부른다.

김용 무협소설 속의 무당산

《비호외전》 17회를 보면 무당파의 위세와 명성이 묘사되어 있는데 무당은 내가권과 내가검의 종주가 되었다. 《의천도룡기》 1권의 2회를 보면 소년 장삼봉이 무당산에서 수련하여 끝내 중국 무술사의 불세출의 기재가 되는 장면이 나오는데, 김용은 이 회의 제목을 '무당산 최고봉에 송백은 길이 푸르네'라고 붙였다. 이 대목을 보면 다음과 같다.

각원 스님에게서 가르침을 오랫동안 전수받은 그는 〈구양진경〉의 내용을 절반 이상 기억하고 있었다. 처음 배운 지 10여 년 세월이 흐르는 동안 내력이 크게 증진했다. 이후 또다시 도가의 경전을 집대성한 《도장道藏》에서 많은 지식을 습득한 끝에 드디어 연기지술鍊氣之術의 깊숙한 경지에까지 들어갈 수 있었다.

어느 날, 한가로이 산골짜기를 거닐면서 하늘에 뜬 구름을 우러러보고 계곡에 굽이쳐 흘러가는 냇물을 굽어보다가, 그는 불현듯 노자의 가르침을 머릿속에 떠올렸다. (…) 그는 다시 동굴 속에 틀어박혀 노자의 《도덕경》 가운데 아래 구절을 놓고 무학의 도리에 응용하는 데 꼬박 이레 낮과 이레 밤을 골똘히 생각했다. (…) 이레 낮밤을 보내고 났을 때 장군보는 돌연 머릿속이 탁 트여 무학 중에 음양이 서로 돕는 지고무상至高無上한 이치를 깨칠 수 있었다.

그는 기쁨을 이기지 못하고 하늘을 우러러 길게 웃음을 터뜨렸다.

"으하하하! 으하하하하!"

이 한바탕 앙천대소야말로 선인先人의 뜻을 이어받아 후대에 발전시키고, 지난날의 업적을 계승해 앞길을 개척해나갈 무학 대종사의 탄생을 세상에 알리는 고고성呱呱聲이었다.

그는 스스로 깨친 권법의 원리로 도가의 충허원통沖虛圓通 사상과 〈구양진경〉에 기재된 상생상극相生相剋의 내공 원리를 융화시켜 후세에 길이 빛날 절세 무공, 천고에 두루 비치는 무당파武當派 고유의 무학을 창출해내는 데 성공했다.

장군보는 도가의 학문에 전념한 탓으로 무당산 정상에 진무대제의 도관道觀을 세우고 마침내 도사가 되었다.

훗날 북방을 유람하던 중 보명寶鳴에 이르러 산봉우리 셋이 빼어난 자태로 구름바다 한가운데 우뚝 솟구친 기상을 보고 무학의 또 다른 깨달음을 얻은 나머지 스스로 '삼봉三丰'이란 호를 쓰기 시작했다. 이 사람이 바로 중국 무학 사상 불세출의 기인이요, 태극권의 창시자인 장삼봉張三丰이다.

《의천도룡기》의 고사는 장삼봉이 개창한 무당파를 근거로 삼아 이야기를 풀어나간다.《의천도룡기》에는 장삼봉이 '무당칠협'으로 불리는 7대 제자를 거두는데, 소설 속 주요 인물인 장무기가 바로 칠협의 한 사람인 장취산의 아들이다.《의천도룡기》의 스토리는 무당산을 배경으로 하고 있기에 더욱 흥미롭다.

김영수 | 홍익대학교 역사교육학과를 졸업하고 한국정신문화연구원 박사과정을 수료했다. 현재 한 · 중의 역사와 문화를 거시적 안목으로 연구하고 있다. 주요 저서로는 《사마천 사기 100문 100답》《오십에 읽는 사기》《제왕의 사람들》《리더의 망치》《역사의 경고》《삼십육계》 등이 있고, 번역서로는 《막료학》《백전백승 경영전략 백전기략》《완역 사기》(2권) 외 다수가 있다.

참고문헌

김영수 역, 《강호를 건너 무협의 숲을 거닐다》, 김영사, 2004.
祝笋, 《武當山》, 中國水利水電出版社, 2006.
耿廣恩 외, 《武當山古建築群》, 廣東旅游出版社, 2001.
王躍進 외, 《河南風情》, 燕海出版社, 1999.
彌今, 《金庸文化旅游地圖》, 山東畫報出版社, 2006.

신선인가, 너털 도사인가:
기인奇人 무당파 조사 장삼봉

임홍빈

《의천도룡기》 도입부에 소년 장군보張君寶로 처음 등장한 이후 스토리의 극적인 전환점마다 주인공 장취산과 무기 부자에게 강한 카리스마로 영향을 끼치는 인물이 있다. 바로 무당파를 창설한 초대 장문 장삼봉이다. 전편에 걸쳐 등장하는 횟수는 별로 많지 않으나 독자에게 주인공보다 더 크고 깊은 인상을 남긴다.

장삼봉은 역사상 실존인물이면서도 '신선'이라 불릴 만큼 전설적인 인물이기도 하다. 그러기에 픽션 소설이 아니라 실제 그의 생애와 행적을 몇 가지 따로 살펴보는 것도 흥미로울 것이다.

선견지명으로 경각심을 일깨웠던 신선

사실 장삼봉은 중국 학술계에서 지금껏 뚜렷이 밝혀진 것이 없는 신비로운 인물이다. 출생지, 이름자, 도호뿐 아니라 어느 시대 사람인지조차 정확하지 않다.

우선 이름부터 보자. 그가 평생 동안 써왔던 이름은 '전일全一' '삼봉三丰' '군보君寶' 등 줄잡아 9개였고, 자字 역시 '현현玄玄' '원일元一' '군실君實' 등 9개였다. 도호는 '초철소고樵憀素古' '현위자玄爲子' '보화용인保和容忍' 등 무려 12개나 됐다. 또 괴상야릇한 별명으로 자신이 '워낙 칠칠치 못하고 지저분한 도사'란 뜻에서 '장랍탑張邋遢'이라고까지 불렀다. 왜 이렇듯 많은 이름자를 가졌느냐고 물었더니, 자기 이름이 고금의 여러 유명인과 같다는 사실을 알게 될 때마다 다른 이름으로 고쳤고, 그래서 딱히 정해진 이름자가 없노라고 껄껄대더라는 것이다.

그가 어느 시대 인물인지는 견해가 다양하다. 역사상 문헌에는 송나라 때 격투기로 유명한 무당파 조사라는 이도 있고, 또 '삼봉채전三峰採戰'이란 남녀 방중술房中術의 대가로 하늘의 미움까지 받았다는 장삼봉을 꼽는가 하면, 금나라 또는 원나라 초엽에서 말엽까지 살다 간 사람으로 꼽는 이가 있었으나, 최근 중국학자 우루신烏魯莘은 그가 지은 시의 내용을 유추하여 몽골 점령시대 정종正宗(원나라 제3대 황제) 즉위 2년(1247)에 태어난 사실을 밝혀냈다. 세상을 떠난 시기는 대략 명나라 건국 이후 제3대 성조成祖 영락永樂 14년(1416)으로 추정되는데, 그렇다면 생존 연한이 무려 169세에 달한다. 곧 생의 대부분을 몽골 점령 시기에 보내고, 명나라가 들어서고 난 뒤 40여 년을 더 살았다고 볼 수 있다. 이 소설에서도 100세 생일잔치를 받는 대목이 나오는 만큼 실제로 장수한 것은 틀림없다.

출생은 당시 거란, 여진, 몽골족이 대를 이어 통치해온 지역인 동북방 요양遼陽 의주懿州, 곧 지금의 랴오닝성 푸신시 동북 타잉즈촌塔營子村에서 은둔선비 장창張昌과 임씨林氏 사이에 다섯째 아들로 태어난 사실이 밝혀졌다.

장삼봉의 조상은 기원전 200년 즈음, 초한전쟁楚漢戰爭 때 한나라 유방을 도와 전국을 통일하는 데 큰 역할을 맡았던 개국공신 장량張良 곧 장자방張子房이고, 그 9대손이 바로 장도릉張道陵 천사天師이다. 학자들은 장량이 만년에 도교를 신봉하여 신선이 되어 사라졌다는 전설과 그 후손 가운데 장도릉 같은 저명한 도교의 중흥 인물이 배출된 것으로 보건대, 장삼봉도 이에 깊은 영향을 받았을 것으로 보고 있다. 무당산의 내력을 기록한 문헌《대악태화산지大岳太和山志》에 따르면 그의 외모와 성격, 행동거지는 대략 이러했다.

> 장삼봉은 몸집이 우람하고 딱 벌어진 골격에 허리가 두루미같이 매끄럽다. 큼지막한 두 귀, 부리부리한 두 눈망울, 텁석부리 수염이 창끝처럼 돋아나고, 정수리에 상투를 틀어 올렸다. 한여름 무더위나 한겨울 추위에도 늘 검은빛 승복 한 벌에 도롱이를 걸치고 깊은 산골짜기에 은둔하다가 시끌벅적한 장터 길거리에 나타나 사람들과 시시덕대기를 즐겼다. 복을 빌어달라고 청탁하는 이가 있으면 하루 종일 대꾸 한마디 없이 시무룩하다가, 말문이 열리면 유불선儒佛仙 삼교 경전을 청산유수와 같이 쏟아내곤 했다. 그는 사람들에게 늘 도덕과 인의, 충효를 근본

으로 삼아야 한다고 당부했다. 허황된 길흉화복을 점쳐주는 일이 없으면서도 아주 뛰어난 선견지명으로 예언하여 사람들의 경각심을 일깨웠다. 사나흘에 한 끼, 혹은 서너 달에 한 끼니를 먹는데, 됫밥이나 말밥을 거뜬히 해치웠다. 흥이 나면 까마득히 높은 산등성이를 넘나들고, 고단할 때는 하늘 위 구름을 이부자리로 삼거나 눈밭에 벌렁 누워 자곤 했다. 행동거지도 무상할뿐더러 일정한 거처 없이 떠돌아다녀 모두 기이하게 여기고 신선이라 부르는 이도 있었다.

30여 년 동안 떠돌다 도를 깨닫다

장삼봉은 5세 때 백운선로白雲禪老 장운암張雲庵의 제자가 되어 벽락궁碧落宮이란 도관에서 경전을 익혔다. 어떤 내용의 책이든 눈으로 읽었다 하면 그대로 뜻을 깨치고 암기할 정도로 기억력과 총기가 뛰어났다. 그리고 틈이 날 때마다 유가와 불교 경전까지 두루 익혔다. 7년 공부를 마치고 귀향해서는 유가의 학업에 몰두하여 14세 나이로 무재이茂才異 시험에 합격, 신동이란 칭송을 들었다.

소설에서는 그가 한족으로서 몽골 오랑캐를 극도로 증오하는 인물로 묘사되었으나 그것은 저자가 그렇게 꾸몄을 뿐, 실상 그가 태어나고 자란 곳이 몽골족의 통치 지역이었기 때문에 중원 천하를 차지한 원나라 조정에 대해선 그리 큰 거부감이 없었으리라 본다. 따라서 18세 나이로 고향을 떠나 유랑하던 그는 당시 원 세조 쿠빌라이가 천도한 연경燕京(북경)에서 몇 년을 보내다 우연히 조정의 평장사平章事 염희

헌廉希憲의 눈에 들어 20대 젊은 나이로 중산中山 박릉령博陵令이란 지방관으로 부임하게 되었다.

그러나 부귀공명은 평소 품은 뜻이 아니어서 틈만 나면 여행을 하기 시작했다. 지원至元 13년(1276), 남송의 수도 임안부臨安府가 함락되자, 그는 원나라 영토가 된 남부지방을 유람하던 도중, 서호 북쪽 갈령葛嶺에 들어갔다. 갈령은 1천여 년 전 서진西晉 때의 저명한 도사 갈현葛玄이 수도한 터전이요, 갈현은 도교의 중시조中始祖로 손꼽히는 인물이다. 장삼봉은 이곳에서 깨닫는 바가 있어 도를 닦기로 뜻을 굳혔다. 2년 후(1278), 부모가 잇달아 세상을 떠나자, 그는 복상服喪을 구실로 사직하고 고향으로 돌아가 전 재산을 정리하여 친척들에게 맡기고 처자식을 돌보게 한 다음, 정처 없는 여행길에 올랐다. 떠날 때 읊은 〈하늘사다리에 오르며上天梯〉라는 자작시처럼, 거리낄 것 없이 홀가분한 심경이었다.

처자식과 고향을 버린 것은 34~35세 때였다. 이후 30여 년 동안 중원 천하 명산고찰을 두루 방문하며 떠돌아다녔다. 운유 목적은 '참된 도'를 찾는 길이었으나 온갖 신산고초를 다 겪고 발바닥이 닳아빠지도록 천애天涯를 누볐어도 결국 얻는 바가 없었다. 어느 해 섬서성 보계寶鷄에 다다른 그는 산천의 그윽함이 마음에 들어 삼첨산三尖山 아래 정착하게 되었다. 그리고 울창한 숲속, 곧고 빼어나게 아름다운 세 봉우리에서 영감을 얻어 자신의 호를 '삼봉三丰'이라 지었다. '丰' 자는 곧 '산봉우리 봉峰'자와 같은 뜻인데, 오랜 옛날 남녀 방중술의 대가인 '장삼봉張三峰'과 동명인 것이 싫어 '丰'으로 바꿔 쓴 것이다.

연우延祐 원년(1314), 67세가 된 그는 방랑벽이 또 발작하여 보계를 떠나 종남산終南山에 이르렀다. 그리고 당시 '은선隱仙'이라 일컫던 화룡선생火龍先生을 만나 제자가 되고 그의 문하에서 수련하기 시작했다. '진리의 도'를 찾아다닌 지 수십 년 만에 처음으로 스승의 가르침을 받게 되어 숙원을 이루고 나서 얼마나 기뻤는지 "하늘이 나를 가련히 보셨구나! 화룡선생이 어떤 분이신가"라고 찬탄했다. 그러나 종남산에서 4년이나 도를 익히고도 깨치는 것이 없어 공허한 심정이 들었다. 고식적인 '타좌공부打坐功夫'만으로는 인생의 참된 도리를 터득할 수 없다는 사실을 깨달았던 것이다. 그는 평생 천하를 운유하며 움직임 속에 실천적인 도를 찾기로 결심했다. 그는 도롱이 한 벌에 삿갓을 쓰고 미련 없이 종남산에서 내려왔다.

태정제泰定帝(원나라 제6대 황제) 즉위년(1324) 봄, 정처 없이 떠돌던 발길이 무당산에 멈춰 섰을 때 그의 나이 77세였다. 무당산은 균현均縣 곧 지금의 후베이성 단장커우시 남쪽 산악으로, 당시에도 저명한 도교 승지였다. 일명 태화산太和山, 또는 대악大岳, 선실산仙室山이라고도 불렸으나, 둘레가 600리에 72봉, 36암벽에 동굴이 스물네 군데나 있고 지세가 웅장하고 위엄 있어 '현무가 아니고는 감당하기 어렵다非玄武不足以當'는 뜻에서 주로 무당산武當山이라 일컬었다고 한다. 아무튼 그곳에 정착한 장삼봉은 무려 9년 만에 큰 깨달음을 얻을 수 있었다.

장삼봉의 이른바 '단도이론丹道理論'은 대략 다음 세 가지로 나눠볼 수 있다.

첫째, 성정性情과 신명身命을 아울러 닦는 성명쌍수性命雙修다. 그는 벼슬을 버리고 운유할 당시 전진도사全眞道士 구처기邱處機와 사귀어 "육신단련에 3할의 공을 들이고 성정을 수양하는 데 7할의 노력을 기울여야 한다"는 그의 영향을 적지 않게 받았다. 성명쌍수의 주된 뜻은 계율과 안정된 마음가짐, 지혜로 심성을 허탄하게 비우는 한편, 정신력과 기력을 단련하여 육신을 보전한다는 것이다. 그의 유명한 말이 곧 '인심절 도심견人心絶 道心見' 즉, '인간으로서 마음을 끊어야 도심이 우러난다'였다. 또 "들창 밖을 내다보지 않고 대문 밖에 나서지 않아도 천하가 어떻게 돌아가는지 알 수 있다"는 말을 남겼다. 세상을 인식하는 색다른 방식 중의 하나다.

둘째, 유불선의 삼교합일 사상이다. 유가의 교리가 도에서 멀어지면 유자가 될 수 없고, 불가의 교리가 도에서 벗어나면 성불할 수 없으며, 도가의 교리가 참됨에서 떠나면 신선이 되지 못한다는 것이다. 유가는 세상 사람을 구제하기 위해 도를 행하고, 불가는 도를 깨쳐 어리석은 세상을 각성시키며, 도가는 세상 사람을 위난에서 구해주기 위해 참된 도를 항상 지켜야 한다는 것이다. 불가의 좌선 역시 도가의 심성수련 방법으로 삼아야 하며, '진충효 입대절盡忠孝 立大節'을 양성의 목적으로 삼아야 한다고 했다. 그는 이런 말을 남겼다. "신선이 부처요, 부처가 신선이다. 일성원명一性圓明은 둘이 아니다. 삼교는 본디 한 집안이니, 시장하면 밥을 먹고 고단하면 자는 것이나 다를 바 없다."

셋째, 생명의 생성론生成論이다. 장삼봉은 성정을 기르는 바탕인 내단內丹이론을 우주생성론에 두고 거기서 인간 생명의 원천을 탐구한다고 했다. 그는 도를 우주의 본체로 인식하고 이렇게 설파했다. "도란 천지와 인간 생물의 생성을 하나로 연계시키니, 그 명칭에는 음양동정지기陰陽動靜之機가 포함되었으며, 조화의 현묘한 원리를 갖추어 무극無極을 통섭하고 태극을 지어낸다."

독특한 무공을 창안한 무학 대종사

이른바 '생명쌍수론'의 후자를 위해, 그는 육체단련에도 심혈을 기울였다. 문헌 기록에 따르면, 그는 타고난 체력도 무척 강인한데다 달리기의 명수이자 걸출한 무술가로서 검법을 비롯하여 독창적인 무공을 개발했다. 《도통원류道統源流》 기록에는 그가 "탑을 옮겨놓을 만큼 힘이 셌다多力 能移禪塔", 또 금태관金台觀 비문에는 "진선眞仙(장삼봉의 존칭)이 달음박질할 때 발바닥이 땅에 닿지 않았다"고 되어 있다. 영락 10년(1412), 황제의 칙명에 따라 무당산에 도관을 세울 때 감독관으로 왔던 황제의 호위장수 융평후隆平侯 장신張信이 일곱 번이나 철추를 휘둘러 바윗돌을 깨뜨렸으나, 장삼봉은 철추를 한두 번 두드리는 시늉만으로 거대한 바위더미를 깨부쉈다는 일화가 전한다. 그뿐만 아니라 장삼봉은 말 타고 활쏘기에도 능통했다는 기록도 남아 있다. 조원曹元이 편찬한 《국술國術》 총론에, "장삼봉은 달마술達摩術에 정통하고, 당대의 도사 풍일원馮一元의 '혈도술穴道術 삼십육수'를 참조하여 '칠십이 로路 무당장권武當長拳'을 창안했는데, 이것이 후대에 유전되어 현재 형의권법形意拳法이 되었다. 그는 또 소림사 유공柔功을 바탕으로, 여기에 음양陰陽과 동정動靜의 원리를 배합시켜 태극권을 만들어냈다"고 했다.

아무튼 그는 여러 가지 독특한 무공을 창안해내어 무학의 대종사가 된 것만큼은 틀림없다. 그러나 그의 격투기는 방어 위주로 '이정제동以靜制動'의 원칙을 벗어나지 않고, 또 순전히 내공만을 쓰기 때문에 '내가권법內家拳法'이라 일컫는다. 전설에 따르면 한번은 상경 도중에 습격을 받았는데, 맨주먹 하나만으로 100여 명이나 되는 적과 싸워 물리치고, 그때부터 권법 절기의 명수로 세상에 이름을 떨쳤다고 한다.

추측이기는 하지만, 장삼봉은 '성명쌍수론'에 입각해서 문하제자를 두 부류로 나누어 받아들인 것으로 보인다. 성정을 닦는 분야에 따로 제자를 두어 도통道統을 이어받게 했는데, 그중 유명한 사람이 심만삼沈萬三, 구현청丘玄淸, 노추운盧秋雲, 주진득周眞得, 유고천劉古泉, 양선징楊善澄, 왕종도王宗道, 명옥明玉, 장고산張古山이다. 그 밖에 또 장삼봉의 제자로 자처하는 유명인 셋이 있는데, 훗날《삼봉전서三丰全書》(일명 장삼봉 선생 전집) 8권을 편찬한 왕석령汪錫齡, 이서월李西月, 이성지李性之라는 인물도 있었다.

무학을 계승하는 제자들로 이 소설에 등장하는 이른바 '무당칠협武當七俠'이 있다. 송원교宋遠橋, 유연주兪蓮舟, 유대암兪岱巖, 장송계張松溪, 장취산張翠山, 그리고 이 소설에서 '은리정殷梨亭'으로 이름이 바뀌어 나오는 은리형殷利亨과 막성곡莫聲谷이 바로 그들이다. 장삼봉의 무술은 100년 이후 주로 섬서 지방에 유전되었는데, 가장 저명한 후계자가 왕종王宗이며, 명 세종 가정嘉靖 연간(1522~1566)에는 장송계가 문하에 제자 3, 4명을 받아들여 스승의 무학을 전수했다. 그로부터 장삼봉의 무공절학은 오곤산吳昆山, 주운천周雲泉, 단사남單思南, 진정석陳貞石, 공계사孔繼槎 등이 대를 이었다.

장삼봉은 학식이 여러 방면으로 통달하고 다재다능한 선비이기도 했다. 시를 잘 짓고 서법과 회화에도 고르게 깊은 조예를 보였다고 한다. 특히 서법만 해도《삼봉전서》〈회기匯記〉에 "용사초서체龍蛇草書體에 능통하여, 촉 지방 사람들이 오늘에 이르기까지 보배로 삼는다"는 기록이 전하고, 또 "삼봉 선옹은 당시唐詩를 즐기고, 시 한 수 쓸 때마다 용사체로 휘둘러 써서 글씨를 한 폭 얻은 사람들의 대다수가 질 좋은 돌에 새겨 석각으로 만들고 대를 이어 가보로 삼았다"는 《동천기洞天記》의 기록도 있다. 따라서 이 소설에서도 장삼봉이 일곱 제자들 가운데 '은구철획銀鉤鐵劃'의 명수 장취산을 가장 아끼고 사랑했는지 모른다.

그는 평생 시문을 잘 지어 원고가 만들어질 때마다 나무껍질이나 이끼, 찻잔, 숟가락 틈에 끼워두고 몇십 년이 지나도 외워 읊을 정도로 기억력이 좋았으나, 원고를 남에게 보여준 적이 없어 아는 이가 없었다고 한다. 따라서 실전된 작품들이 많았던 셈이다. 그의 저술로 《명사明史》〈예문지藝文志〉에는 《전단직지全丹直指》《금단비지金丹秘旨》 2권만이 수록되었으나, 정사가 아닌 다른 문헌에 남은 것으로 《장삼봉 금단절요》《수양보신비법》《정도가丁道歌》《무근수無根樹》《대도가大道歌》 등 17종 20여 편이 더 있다. 노랫가락이나 민요를 많이 지어 도가사상을 민간에 전파하는 재주가 있어, 〈요도가了道歌〉나 〈타좌가打坐歌〉 등은 이미 통속적인 도교 경전에 수록되고 그밖에도 아주 훌륭한 민간작품으로 전해오기도 한다.

내 마음대로 떠돌게 내버려두시오

무당산에서 도를 깨친 장삼봉은 사해천하를 유람하기 좋아하는 천성을 이기지 못하고 또다시 94세의 노령으로 10여 년을 방랑생활로 보냈다. 지정至正 초년(1341)에는 고향으로 돌아가 성묘하고 대도 연경의 옛 친구들을 찾아갔으나 거의 모두가 이 세상 사람이 아니어서 상전벽해桑田碧海의 서글픔을 안고 발길을 돌려야 했다.

지정 26년(1366), 119세가 된 그는 보계 삼첨산 금태관으로 돌아왔다. 그리고 9월 22일, "내 수명이 거의 다하여 귀천할 날이 머지않았노라"며 유언을 남기더니 숨이 끊기고 말았다. 양궤산楊軌山이란 토박이가 돈을 내어 관곽을 사고 장사를 치러주었는데, 매장하기 직전 느닷없이 관 속에서 벼락 치는 소리와 함께 죽은 장삼봉이 벌떡 일어났다고 한다. 그리고 "오늘 나의 대단大丹이 완성되어 천해天海를 신유神遊하고 돌아왔다"면서 멀쩡히 살아났다는 것이다. 죽은 사람이 살아났다는 이야기는 현대과학으로 믿을 수 없겠으나, 세 가지 가능성은 있다. 하나는 장삼봉이 고의적으로 죽은 척 눈속임을 하여 자신을 신격화시켰다는 점, 또 하나는 혼절하여 가사상태에 빠졌다가 소생했을 가능성, 또 하나는 도가 연와공煉臥功의 칩룡법蟄龍法을 수련하던 과정에서 다른 사람이 죽은 것으로 오인했을 가능성이다. 하지만 어느 것이 사실인지 아무도 알 수 없다.

1368년, 원나라 세력을 북방으로 몰아내고 명을 건국한 태조 주원장은 그로부터 20여 년에 걸쳐 남정북벌을 단행하고 중원 천하를 통일했다. 그해 장삼봉이 다시 무당산으로 돌아왔을 때는 이미 120세였다. 그는 망선대望仙臺 정상에 '회선관會仙館'이란 오두막을 짓고 은둔했으나, 홍무洪武 23년(1390)에 갑자기 소매를 떨치고 143세의 나이로 하산하여 촉蜀 지방에 들어갔다. 주원장의 아들인 촉왕 주춘朱椿을 설득하여 도가에 입문시킬 목적에서였다. 설득이 주효했는지는 알 수 없으나, 2년 후에는 또 운남雲南 지방으로 내려가, 당시 황제에게 죄를 짓고 변방 수비군으로 귀양 왔던 제자 심만삼과 해후하여 둘이서 단약을 구웠다는 기록이 있다.

명나라 역대 제왕들은 거의 광적으로 방술方術을 신봉하고 조정에 술사術士와 도인들을 받아들였다. 그 까닭은, 주원장의 조부가 도사의 지시대로 '제왕이 나올 명당'을 얻어서 묻혔기 때문이라는 얘기다. 아무튼 주원장은 홍무 17년(1384)부터 24년(1391)까지 네 차례에 걸쳐 장삼봉을 불러들이려 했으나, 번번이 실패했다. 장삼봉의 제자들을 중용하여 파견하기까지 했으나 소용없었다. 세 번째 명을 받은 제자가 찾아왔을 때, 그는 칠언절구 한 수를 지어 황제에게 전하라 이르고 사라졌다.

행운유수, 나 스스로 거두지 못할 괴벽인데,	流水行雲不自收
조정에서 어찌하여 굳이 불러들이려 하시오?	朝廷何必苦徵求
오늘부터는 더욱 이름 석 자 감출 터이니,	從今更要藏名姓
남산북산 내 마음대로 떠돌게 내버려두소.	由南山北任我遊

제3대 성조成祖 주체朱棣역시 방술을 돈독히 신봉하는 황제였다. 그는 "장진인이 도법에 깊은 조예가 있고 신통력이 너르다"는 말을 듣고 지극정성으로 만나보기를 바랐다. 그러나 장삼봉은 이리저리 피해 다니기만 할 뿐 끝내 칙명을 받아들이지 않았다. 이와 관련해 전설이 하나 전해지고 있다.

한번은 장삼봉이 경사에 나타났다. 그 소식을 들은 성조가 불러 장삼봉은 궁궐로 들어갔다. 성조가 물었다.

"짐이 도를 배우고 싶은데, 어떻게 하면 가장 큰 즐거움을 얻겠는가?"

장삼봉은 한마디로 대답했다.

"맛있는 음식을 즐겨 드시고 배설만 잘하시면, 그것이 세상의 가장 큰 낙입니다."

그러고는 홀연히 떠나갔다. 성조는 일개 도사가 황제를 무시하는 줄로 여기고 당장 불러들여 죽이려 했다. 그런데 갑자기 몸이 불편해지면서 그 시각부터 식사를 못하고 대변도 보지 못하는 병에 걸렸다. 성조는 황급히 의원을 찾았으나 이때 누군가 지푸라기 몇 줄기를 가져와 달여 먹으라고 청하기에 그대로 했더니 병이 씻은 듯이 나았다. 후에 알고 보니 그 지푸라기는 장삼봉이 걸치고 있던 도롱이에서 뽑아낸 것이었다는 얘기다.

이런 일이 있어서였는지, 황제는 더욱 장삼봉을 그리워하여 밤낮으로 잠을 이루지 못하고 영락 4년부터 10년에 이르기까지 전국에 사신들을 파견하여 찾아내게 했다. 그러나 사신들이 가는 곳마다 장삼봉은 피해 다니고 깊숙이 은둔하여 세상에 나오지 않았다. 영락 10년(1412), 성조는 장삼봉의 환심을 사기 위해 자기 사위인 부마도위를 포함한 공경대신들에게 군사와 인부, 건축기술자 30만 명을 주어 무당산에 궁궐과 도관, 암자를 세워 장삼봉의 명성을 크게 떨치게 했다. 궁궐만 여덟 군데, 거대한 도관이 두 군데, 동서남북 산봉우리마다 세운 암자가 108군데, 도합 6,266칸에 달하는 거대한 공사를 7년에 걸쳐 완성했던 것이다. 이때부터 무당산에 상주하는 인원이 도관道官, 도사, 수비대 병력, 기술자를 합쳐 1만여 명에 이르렀다고 하니 다른 명산이 필적하지 못할 대규모였다. 그래도 장삼봉을 만나지 못했으니 얄궂은 일이다.

역대 황제들은 경쟁적으로 장삼봉에게 영예로운 작위를 내렸다. 천순天順 3년(1469)에는 '통미현화진인通微玄化眞人', 성화成化 22년(1485)에는 '도광상지진선韜光尙志眞仙', 가정 42년(1563)에는 '청허현묘진군淸虛玄妙眞君', 천계天啓 3년(1623)에는 '비룡현화굉인제세진군飛龍玄化宏仁濟世眞君'으로 추봉되었다. 장삼봉은 '진인'에서 '진선', '진군'으로 작위가 올라갈 때마다 명망이 높아지고 끝내 신격화되었다.

인간이든 신선이든, 장삼봉은 인간세상 보통사람들을 사랑하고 또 그들에게 사랑받는 도사였다. 그는 제세구민의 정신을 실천에 옮겨 위험과 어려움에 빠진 보통사람들을 구해주었다. 권세 있는 귀족과 지방 토호들을 희롱하고 권선징악을 하다보니 그 신기한 행적들이 전설로 바뀌어 장강 남북에서 변방요새에 이르기까지 두루 퍼지게 되었다.

영락 14년(1416) 춘정월, 장삼봉은 169세의 고령으로 살아 있었다. 이는 문헌상에도 나타나 있는 사실이다. 그 이후의 생사는 알 수 없으나, 우화등선羽化登仙했다는 전설이 알려지고 있다. 신선으로 하늘에 올랐다는 장소도 학명산鶴鳴山 영선각迎仙閣이라는 설, 감주甘州 평월위지휘平越衛指揮 장신張信의 후원이라는 설, 계현桂縣 요계산了髻山이라는 설, 오랜 거처였던 보계 금태관이라는 설, 노산 북부 삼표산三標山 서쪽 기슭 팔선돈八仙墩이라는 설 등 무려 다섯 군데나 된다. 그리고 혈육을 지닌 인간이 아니라 신령이 되어 이후에 세 차례나 현성했다고 한다.

의천도룡기 작품 해설

倚天屠龍記

'정'이란 무엇인가:
김용 무협소설의 심리세계

임홍빈

'정'이란 인간사회를 구성하는 중요한 원소元素다. 인류에게 무한한 힘을 부여하는 반면, 어떤 이에게는 압박을 가하여 멸망과 파탄의 나락으로 몰아넣기도 한다.

'정'은 일반적으로 애정을 뜻하지만 그 범위는 당연히 넓다. 설령 남녀 간의 감정이라 해도 연애감정에 국한되는 것만은 아니다. 부모와 자식 간의 정, 피붙이 형제자매 간의 우애도 모두 '정'에 속한다. 친구 사이, 심지어 주인과 손님 간에도 정은 존재한다.

김용은 인간의 심리상태를 묘사하는 데 특기를 지닌 작가다. 그 작품 속에서 등장인물이 펼쳐 보이는 각양각색의 감정표현과 인간관계가 독자의 눈앞에 드러날 때 그것들은 독자의 마음을 단단히 얽어 잡아 감미로운 맛, 쓴맛, 시큼한 맛, 매운맛을 지닌 온갖 감정의 세계로 휩쓸려 들게 만든다. 이렇듯 기이하고도 환상적인 스토리의 자극이 독자로 하여금 그 소설의 결말이 나는 원인까지 추적하도록 이끌어가는 매력을 주는 것이다.

《사조영웅전》에서 주인공 곽정과 황용 사이의 정리情理는 가장 순결하고도 단일한 '남녀상열지사'로 나타나지만, 양강과 목염자 두 남녀 간에는 사랑과 미움이 엇갈리고 영적인 사랑과 육욕肉慾이 뒤섞여 달콤하면서도 씁쓰레한 맛으로 가득 차 있다.

《신조협려》는 '정'으로 충만해 있다. 양과와 소용녀가 삶과 죽음을 넘나들며 연정을 나누는가 하면, 육전원을 짝사랑하는 이막수의 한 맺힌 복수심, 양녀 이완군에 대한 기형적인 애정을 품은 무삼통도 빠뜨릴 수 없다. 김용 소설 속의 단순한 남녀 간의 연정만으로도 이 책 한 권을 다 채우고 있는 셈이다.

《의천도룡기》에서 저자가 술회했던 것처럼, 이 소설은 남녀 간의 애정에만 국한된 것이 아니라 남자 대 남자 간의 의리와 정분으로 점철되었다. 장취산에 대한 장삼봉의 정리는 부자간보다 더 깊고, '무당칠협' 일곱 사형사제들의 우애는 피를 나눈 형제보다 더 진하게 감동을 준다.

김용의 무협에 드러난 '정'을 특징적으로 요약한다면 아마 이럴 것이다. 《서검은구록》에 돋보인 것은 우정, 《사조영웅전》은 순정純情, 《신조협려》는 격정激情, 《의천도룡기》는 온정溫情, 《천룡팔부》는 슬픈 우정 곧 비정悲情, 《소오강호》는 분별없는 치정癡情, 《녹정기》는 인정人情, 《벽혈검》은 애국지정, 《설산비호》는 당연히 주인공 호일도胡一刀와 그 아내가 보인 부부의 정리, 《협객행》은 자식에 대한 어버이의 정, 그리고 《비호외전》은 얻지 못할 사랑이었다고 말할 수 있다.

강호세계의 복수심

《의천도룡기》는 애당초 보복을 테마로 구성된 작품이다. 그러나 결과적으로 주인공 장무기는 단 한 사람의 '원수'도 죽이지 않았다. 사손은 무수한 사람들과 원수를 맺었으나 결과적으로 원한을 품었던 사람들은 그에게 상징적인 복수를 선택했을 따름이다. 진정으로 은원恩怨관계를 맺었던 사람은 성곤이었다. 하지만 바다보다 깊은 사제지간의 그 피어린 '혈채血債' 역시 목숨으로 갚지 않으면 안 될 것도 아니었다.

일반 무협소설이 '복수', 또는 '보복심리'를 묘사할 때 치중한 것은 그 '복수'를 사회규범의 일면으로 삼았다는 점이다. 사회규범으로 삼았던 만큼, 그 복수의 행태는 상당히 원시적이다. 피붙이와 같이 절친한 사람이 죽임을 당하면 으레 복수를 하지 않으면 안 된다는 식으로 말이다. 그러나 일반 무협에 주제가 된 '복수'는 필연적으로 비극으로 끝난다는 점이 김용 무협과 다르다.

남녀 간의 사랑

피투성이 연적 – 주지약과 조민

장무기 한 사람을 두고 주지약이 조민과 쟁탈전을 벌인 것은 김용 무협소설 중에서 가장 피를 튀기는 삼각연애다. 쟁탈의 대상이 된 장무기는 완전히 피동에 몰리고 이들 두 여인이 주도권을 장악한 셈이다. 하나는 난초처럼 수려한 미모의 소유자요 또 하나는 장미꽃처럼 화려

한 미녀였으나, 둘 다 지혜와 모략과 도검을 아울러 써서 연적의 목숨을 해치려 했다. 조민은 연적의 얼굴을 칼로 그어 망가뜨리려 했고, 주지약은 무시무시한 구음백골조 다섯 손가락으로 연적의 머리통에 구멍을 뚫어 죽이려 했다. 그것도 두 번씩이나. 이런 행위들은 두 여인의 사랑에 한 청년을 독차지하겠다는 욕심이 무겁게 자리 잡았기 때문에 가능했다. 장무기를 자신들의 목숨, 명예, 가문, 국가민족보다 더 중요시한 이런 강렬한 애정은 어디에서 우러나온 것일까?

주지약과 장무기는 어린 시절에 만난 사이다. 그녀는 어린 철부지 소년이 생사의 갈림길에서 고통스러워하는 것을 보고 연민의 정을 느껴 밥도 먹이고 알뜰살뜰 돌봐주었다. 장무기는 환난 속에 이 따사롭고 부드러운 어린 아가씨의 온정을 평생 잊지 못할 정도로 고마워했다. 그렇다면 이런 동정심과 고마워하던 관계가 언제부터 남녀 간의 애정으로 발전했을까? 주지약의 입장에서 말하자면, 그 전환점은 그녀가 스승 멸절사태의 명을 어기지 못하고 장무기의 가슴에 치명상을 입힌 직후였을 것이다. 당초 그녀는 장무기에 대해 스스로 다정다감한 사랑의 감정을 싹틔우지 않았다. 어떻게 보면 상대방이 가슴을 찔렸을 때 막거나 피하지 않고 기꺼이 상처를 입는 것을 보고 자기에 대한 애정이 있는 줄 알았는지도 모른다. 장무기의 인정과 호의를 애정으로 오해한 것이다. 상대방이 자신을 사랑한다고 오인한 것이야말로 주지약이 장무기에게 사랑을 쏟게 된 가장 중요한 요인이라 할 수 있다.

그녀에게 예상치 못한 두 가지 돌발사태가 그녀의 소망을 깨뜨려 부쉈다. 하나는 스승이 그녀더러 장무기를 영원히 사랑하지 말라는 독한 맹세를 시킨 것이고, 또 하나는 조민의 등장이었다. 아미파 장문으로서 이미지와 체통을 지키려면 두 눈 멀거니 뜨고 조민에게 사랑하는 이를 빼앗겨야 하고, 장무기를 차지하려면 문파의 명예와 야망을 다 저버리고 저주스러운 맹세까지 감수해야 했다. 결국 그녀는 수단방법을 가리지 않고 후자를 택하여 장무기와의 결혼을 성사시켰다. 그러나 혼례식장에서 뜻밖의 상황이 다시 벌어져 신랑은 연적을 따라 훨훨 떠나버리고, 그녀는 치욕에 이를 갈면서 신부의 면사포를 찢어 던졌다.

조민의 경우는 한결 단순하다. 그녀의 핏줄에는 몽골족 유목민의 야성이 흐르고 있다. 들짐승이 한번 본 먹잇감을 놓치지 않듯, 순간적으로 첫눈에 들어 사랑하게 된 장무기를 끝내 놓치지 않았다. 그녀는 온갖 오해와 음모에 희생을 당하고 죽음의 고비를 숱하게 넘겼다. 왕족으로서 부귀영화를 헌신짝처럼 내던져버리고 조정을 배반했으며, 부모형제 피붙이들과 의절하면서까지 사랑을 좇았다. 이 같은 희생적 순애보 앞에 장무기도 감복하고 그녀를 평생 반려자로 받아들이기에 이르렀던 것이다.

장무기는 누구보다 쉽사리 남을 믿는 청년이다. 숙적으로서 또는 오해 때문에 조민을 극도로 미워하고 사랑했으며 주지약이 바치는 사랑에 격한 감동을 느끼면서도 그녀들의 애정에 부담을 느낀 적이 한두 번이 아니었다. 더구나 주지약의 처지를 가련히 여기고 그녀와 서로 사랑할 수 있으리라 생각한 나머지 결혼까지 약속했다. 하지만 세상에 남녀 간의 결혼이란 '농가성진弄假成眞'으로 우연히 이루어지는 경우가 많은 것처럼, 잘못된 줄 알면서도 계속 잘못된 길로 나간 끝에 결국 일생을 망치는 경우도 허다하다. 만일 조민이 혼례식장에 나타나

신랑을 보쌈질해가지 않았던들, 장무기와 주지약이 백년해로하며 행복하게 살아가리라고 누가 장담할 수 있겠는가? 그러기에 훗날 주지약이 〈구음진경〉을 고심참담 수련하고 소림사 광장에서 악전고투를 벌여 아미파의 문호를 크게 빛냈으며, 심지어 사손마저 죽여 입막음하려 했던 것도 한낱 명분이었을 뿐이다. 그다음 중요한 목적은 연적 조민을 죽여 혼례식장에서 버림받은 치욕을 설분雪憤하려는 데 있었다고 해도 지나친 말은 아니다.

뼈에 사무치는 애정 — 황용과 조민

장무기는 김용 무협 시리즈에 등장한 남주인공 가운데 가장 피동적인 인물이다. 이에 반해 조민은 여주인공 가운데 가장 능동적인 인물로서, 무엇을 원하든지 망설이거나 의심을 품어본 적 없이 전심전력을 다 쏟아 기어코 쟁취하고야 마는 성격이다. 감정상으로 피동적인 남자가 사사건건 주도적으로 행동하는 여인에게 사로잡혀갔다면 어떤 기막힌 일이 벌어질까?

그러나 사실 장무기가 수동적이긴 해도 사랑과 미움에 대한 감정의 발로만큼은 역시 자발적이다. 언젠가 주지약에게 말했던 것처럼 "조민을 뼛속에 사무치도록 사랑한다"는 심경의 토로는 거짓이 아니다. 조민은 확실히 그에게 아주 커다란 흡인력을 지니고 있었으니까. 장무기에게 주지약이 하늘의 선녀라든가 누나와 같은 '정태적靜態的 미美'의 소유자로 비쳤다면, 조민이 그에게 준 감각은 처음 만났을 때부터 자극과 도발로 가득 찬 것이었다.

처음 만났을 때부터 조민과 장무기는 욕정의 자극을 느끼고 있었다. 입맞춤 한 번에 그녀는 거의 까무러칠 정도로 황홀감을 느꼈다. 원수에게 온화한 태도를 보이던 장무기가 그녀에게 손찌검을 하고 심지어 목 졸라 죽이려고 했던 것도 어떻게 보면 그녀를 심상치 않게 대했다는 사실을 반영한다. 장무기는 조민과의 관계에서 분명 서로 상대방의 몸을 차지해보려는 욕망이 있었지만, 주지약에게서는 그런 육욕 같은 것을 느껴본 적이 없다.

조민과 황용은 애당초 여러 가지 면에서 닮은 점이 많다. 이를테면 두 여인 모두 얄미울 만큼 영리하고 총명할뿐더러 남성들 빰치게 지혜롭고 계략이 백출하는 모사꾼이다. 입담도 매서울 뿐 아니라 남들이 자기를 사랑하게도 미워하게도 만들 줄 안다. 그 재간이야말로 자기네들이 사랑하는 남성의 능력을 뛰어넘고도 남는다.

그렇다면 어떤 점에서 다를까? 황용과 곽정 사이에는 온전히 서로 사랑함으로써 기뻐하는 마음씨, 천진난만하고 순결한 애정관계로 맺어져 아무도 그 틈에 개입할 여지가 없다. 따라서 황용에게는 투쟁할 상대가 없는 셈이었다. 곽정에게 약혼녀가 있다는 사실을 알았을 때 그녀는 남몰래 눈물 흘리고 부친 황약사에게 "자신이 오래 살지 못할 것"이라고 하소연이나 했을 따름이지, 조민처럼 혼례식장에 쳐들어가 난장판으로 만들고 피투성이 싸움을 벌이지는 않았다. 더구나 조민처럼 사랑하는 남자의 위기를 보고 페르시아 사절 셋을 상대로 옥쇄곤강, 인귀동도, 천지동수와 같은 '너 죽고 나 죽기'식의 장렬하고도 처절을 극한 동귀어진의 살초를 구사하지도 않았다. 왜냐하면 황용은 곽정보다 총명하고 영리하기는 해도 처음부터 끝까지 인격상으로 곽정에게 감탄하고 굴복해온 반면, 몽골족의 야성녀 조민은 장무기에 대해서 한낱 패도적覇道的인 애정만을 품었기 때문이다.

미련과 집념 – 거미 아리

김용 무협에 등장하는 여인들 가운데 거미 아리와 장무기의 관계가 가장 독특하고 감동적이다. 엄격히 말해 이들 두 남녀는 서로 연모의 정을 품어본 적이 없다. 장무기는 거미를 사랑하지 않았거니와, 거미가 미련과 치정을 품었던 대상도 어른으로 성장한 청년 장무기가 아니라 어린 시절 호접곡에서 만났던 악다구니 소년 장무기에 대한 환상이었을 따름이다. 하지만 이들 사이에는 따사롭고도 부드러운 세밀한 감정이 존재한다. 그럼 점에서 독특하고 값진 것이다. 그녀는 장무기의 외사촌 누이이다. 피는 물보다 진한 법, 이 세상 어떤 연애대상들도 그녀의 지위를 대신할 수가 없다(중국 고대풍습은 사촌 남녀들끼리도 결혼했다).

그들은 똑같이 천애고아로 세상 사람들에게 버림받은 영락한 신세다. 그러기에 서로 연민의 정을 느끼고 돌봐줄 수 있었다. 거미는 음식을 가져다 먹이고 장무기가 쓸쓸하고 외로운 처지에 있을 때 가장 친근한 벗이 되어 울적한 심사를 풀어주고 자신의 심사를 털어놓았다. 심지어 장무기를 위해 분풀이하려고 언질도 없이 가서 주구진을 죽이기까지 했다. 장무기는 마음속 깊이 그녀를 세상에서 가장 친근한 사람으로 들어앉혀놓고 그녀의 치기어린 사랑과 고달픈 운명을 위로했다. 그렇기 때문에 생각지도 않았던 결혼문제를 끄집어내고 사람들이 듣는 앞에서 그녀를 아내로 맞아들여 평생토록 돌봐주겠다고 다짐했다. 그녀더러 지난날의 모든 괴로움을 다 잊어버리고 즐겁고도 행복한 삶을 살아가게 해주겠노라고 다짐했을 때, 장무기는 오로지 한마음 한뜻이었으며 성실하고 진지했다. 이렇듯 두 사람이 서로 친근하게 아끼고 위해주었는데, 애정이 있든 없든 그게 뭐 그리 중요한 일이었겠는가?

꿈속의 사랑 – 장무기와 증송아지

장무기와 은리 두 사람은 각각 두 가지 신분을 지녔다. 그는 장무기였고 증송아지였으며, 그녀는 은씨 성을 가진 아리였고 거미였다. 장무기는 오래지 않아 거미가 바로 은리임을 알았으나, 거미가 치정을 품고 미련을 버리지 못한 상대가 바로 자신이란 걸 알아차린 것은 한참 뒤의 일이었다. 아리는 '죽음'을 겪은 후 무덤 속에서 기어나왔을 때 비로소 증송아지가 바로 장무기라는 것을 알아차렸다.

장무기에게 아리와 거미는 밉든 곱든 구별할 필요가 없었다. 사랑스럽고 친근한 외사촌 누이라는 것으로 만족했으니까. 하지만 아리의 입장에서 본다면, 그녀를 애틋하게 아껴주고 끔찍이 위해주는 증송아지가 외사촌 오라버니였다. 증송아지에 대해서 그녀는 때리기도 하고 욕설을 퍼붓고 조롱했다. 마주 앉아서 우스갯소리도 주고받았으며 자신의 신세타령도 늘어놓았지만 결국 증송아지는 진정한 장무기가 아니었다. 그녀가 마음속 깊이 연정을 품고 하늘 끝까지 찾아 헤매던 장무기는 소녀시절 호접곡에서 마주쳤던 고집쟁이, 모질게 피가 철철 나도록 손등을 깨물었던 소년이었다. 마지막에 가서 그녀도 이런 속마음을 주지약과 조민이 보는 앞에서 장무기를 향해 분명히 털어놓았다.

어떻게 보면 황당할 듯싶지만 거미 아리의 감정은 진실된 것이었다. 그녀는 자기 자신을 너무나 잘 알고 이해했다. 저자 김용은 "진정한 사람, 진정한 사실은 이따금 마음속으로 상상하는 것만큼 그리 좋은 것이 아닐지도 모른다"고 변명했지만 결코 그렇지도 않다. 심보 모질고 명 짧은 철부지 장무기가 뭐 그리 좋단 말인가? 증송아지가 그보다 못한 점이 뭐 있겠는가? 아니다. 거미 아리에게 필요한 것은 주도면밀하게 알뜰살뜰 돌봐주는 온유한 남편이 아니라, 그녀가 평생토록 사랑할 수 있는 남자, 끝없이 부드러운 애정을 바치고 봉사 헌신할 수 있는 대상이었다. 그녀는 자신의 한없는 애정과 연민의 정을 절반쯤은 진짜인 장무기에게 쏟아부었다. 그는 실제로 존재하지 않았다. 그렇기 때문에 거미 아리는 영원히 그를 잃어버리지 않아도 되었다. 또 그렇기 때문에 그녀는 영원토록 꿈속에서 한평생 죽을 때까지 그를 사랑할 수가 있는 것이다.

사랑하는 이가 죽었다면 – 거미 아리, 그리고 황용

친애하던 사람이 죽었다면 일생에 가장 견디기 어려운 고통이 될 것이다. 이런 고통은 글로 형용하기조차 어렵다.《사조영웅전》에서 동사 황약사는 사랑하는 딸 용아蓉兒가 '죽었다'는 소식을 들었을 때 상심이 극도에 달한 나머지 아주 감동적인 행동을 취했다.

"가슴이 얼음같이 차갑다가 끓는 물처럼 뜨거워져 마치 사랑하는 아내가 세상을 떠날 때처럼 견딜 수가 없구나!"

그는 하늘을 우러러 미치광이의 웃음보를 터뜨리더니 웃음소리가 차츰 통곡성으로 바뀌어 한바탕 목을 놓아 울었다. 그리고 애지중지하던 옥퉁소를 번쩍 들어 뱃전에 내리쳐 부러뜨리고 말았다. '탁!' 하는 부러지는 소리, 그는 동강 난 옥통소를 돌아보지도 않고 휑하니 떠나갔다.

황약사와 딸 황용 사이의 감정은 어떻게 보면 부녀지간의 정리라기보다 교분이 아주 두터운 지기지우知己之友나 다를 바 없었다.

반면, 곽정이 '죽었다'는 소식을 들었을 때, 황용은 목을 놓아 대성통곡하지 않았다. 뒤따라 죽을 둥 살 둥 소란을 부리지도 않았다. 피곤에 지쳐 까무러쳤다가 이내 깨어났을 때 제일 먼저 사랑하던 이가 죽었다는 사실을 떠올리고 가슴 아파했으나 죽을 자리를 찾아 나서지는 않았다. 스승 구지신개 홍칠공을 돌봐야 했기에 한동안 바쁜 시간을 보냈다가 조용해지자 또 이 세상에 없는 곽정을 생각하고 음식이 목에 넘어가지 않아 눈물만 뚝뚝 흘렸다.

장무기가 '죽었다'는 갑작스런 소식에 거미 아리가 즉각적으로 보인 반응은 "하늘을 우러른 채 벌렁 나자빠져 끝내 까무러치고 말았다". 돌발적으로 찾아든 충격에 견디지 못하고 인사불성이 된 것이다. 깨어난 후, 계속 따져 물어 틀림없는 사실이라고 밝혀지자, 그녀의 반응은 "기나긴 장탄식 한 모금에, 무너지듯 주저앉아 일어날 줄 몰랐다". 충격을 현실로 받아들이면서 절망한 것이다. 이어서 그녀는 멍하니 눈물만 흘리다가 돌연 모래바닥에 엎드려 대성통곡하기 시작했다. 그것은 절망에서 서글픔, 비분으로 바뀌어가는 과정이었다. 사랑하던 이를 다시는 만나볼 수 없게 되면서 자신의 일생은 아무런 의미도 없는 것이 되어버렸기 때문이다.

영사도에서 그녀가 사손을 처음 보았을 때 차마 그 사실을 감추지 못하고 솔직히 털어놓았다. 오매불망 잊지 못하던 양아들 장무기가

'죽었다'는 흉보에 사손은 "하늘을 우러러 길게 울부짖더니 주름살 투성이의 두 뺨에 눈물이 방울방울 떨어져 내리기 시작했다". 이것도 애상哀傷이 극에 달했을 때 사람이 즉각적으로 보일 수 있는 반응이었다.

혼례식장에서 – 주지약과 장무기, 소용녀와 양과

애정은 처녀를 혼례의 온갖 성대한 상황을 꿈꾸게 만든다. 김용 소설도 사랑으로 가득 찬 만큼 혼례의 묘사가 적지 않다.

《소오강호》에서 주인공 영호충令狐沖과 임영영任盈盈의 혼례 장면은 너무 점잖고 우아한 것이 탈이다. 신랑신부가 거문고 퉁소를 나눠 들고 마교 장로 곡양曲洋과 형산파 원로검객 유정풍劉正風 두 벗이 목숨 바쳐 지은 〈소오강호지곡笑傲江湖之曲〉을 합주하며 예식을 치렀으니까. 물론 예술적인 맛이 너무 짙기는 하다만 첫날밤에 그리 썩 어울리는 것은 아니다. 오죽하면 도곡육선桃谷六仙 개망나니 여섯 늙은이가 화촉을 밝혀놓은 신방 침대 밑에서 뛰쳐나와 "천추만세, 영원한 부부로다!" 하고 외쳐대며 일대소동을 부렸는데도 웃음이 나오지 않으니 말이다.

가장 슬프고 괴로운 결혼 장면은 《신조협려》에서 양과와 혼례식을 거행하는 소용녀가 어두운 고묘古墓 무덤 석실 안에서 기쁜 낯을 억지로 짓고 스승 임조영이 남겨놓은 진주 박힌 족두리와 신부예복을 갈아입는 장면일 것이다. 애당초 임조영은 시집갈 예복을 마련해놓고도 끝내 숫처녀로 늙어 죽었으니, 그 처량한 심정과 적막감은 뭐라 형언하기 어려울 것이다.

장무기와 주지약의 혼례식은 정말 보기 드물게 정중하고 성대한 잔치였다. 무림의 태두로 손꼽히는 장삼봉이 애지중지하는 도손徒孫과 아미파 장문 여협女俠의 혼례식이었으니, 일대 성황을 이룬 것은 당연한 노릇이다. 하지만 이 성대한 잔치 역시 김용 소설 가운데 제일 무시무시한 공포의 연출무대이기도 했다. 으리으리하게 꾸며진 결혼 예식장이 순식간에 살벌한 싸움터로 바뀌고 선지피가 사면팔방 흩뿌려지는 가운데 신랑은 제 발로 걸어서 훌쩍 떠나버리는가 하면, 신부는 하객들 면전에서 진주보관眞珠寶冠을 바스러뜨리고 면사포와 신부 예복을 갈기갈기 찢어발긴 다음, 노발대발하여 선전포고를 던져놓고 사라졌으니 말이다.

형제 · 친구 간의 우애

무협세계의 우정

김용의 '신파무협소설'이 공전의 대성공을 얻게 된 것은 의식적이거나 무의식적으로 저자와 독자의 갈망과 이상을 충족시켰기 때문이다. 이런 갈망은 어떻게 보면 바로 우정이라 표현할 수 있을 것이다. 김용은 두세 번 거듭 지적했다. 자기가 쓴 소설의 중심은 남녀 간의 애정 위주가 아니라 '사나이 대 사나이 간의 우정'이었노라고.

사람은 누구나 벗을 필요로 한다. 결핍된 가정에서 살아가는 사람일수록 친구가 더 필요하다. 그런 점에서 무협소설 속의 우정은 확실히 부러움을 살 만한 값어치가 있다. 김용의 소설 가운데 《천룡팔부》

의 주인공 단예段譽와 교봉喬峯은, 하나는 대리국 왕자요 다른 하나는 초야의 영웅이지만 주루에서 술내기를 하던 도중 서로 의기투합하여 즉석에서 의형제를 맺는다. 그리고 위험과 어려움에 부닥칠 때마다 서로 힘써 돕고 함께 죽을망정 홀로 살아남지 않으려 했다. 두 사람뿐 아니라, 생전에 교봉을 알지 못하던 소림사의 풋내기 스님 허죽虛竹마저 단예와 의형제를 맺었다는 이유 하나만으로 서슴없이 기꺼운 마음으로 의형제의 반열에 동참시켜 죽음조차 불사하는 생사지교를 맺게 된다.

김용의 작품에서 이런 우정관계는 교봉-단예-허죽뿐 아니라 이루 헤아릴 수 없이 많이 등장한다.《소오강호》의 영호충과 풍청양風淸陽,《의천도룡기》의 장무기와 악질 의선醫仙 호청우 사이에 맺어진 망년지교忘年之交,《신조협려》에서 양과와 구양봉歐陽鋒이 맺은 의부義父, 의자義子 관계는 김용 소설 가운데 우정을 묘사한 몇 가지에 지나지 않는다. 또 하나 중요한 우정관계가 있다면, 오랜 세월 공동생활하며 환난에 공동으로 대처하는 동안 배양된 이해와 신임을 바탕으로 맺어진 형제애다. '무당칠협'의 경우처럼 동문 사형제들은 저마다 다른 가정환경에서 태어났지만 동문수학을 하고 강호에 함께 나아가 의협을 실행하면서 차츰 피를 나눈 형제보다 더 절친한 우애로 결속되어가는 경우도 적지 않다.

김용의 무협소설은 벗을 사귀기 좋아하는 사람들의 이야기다. 우정이 김용 소설의 뼈대요 애정은 한낱 점철點綴에 지나지 않는다. 신세대 독자들이 김용 소설의 관점을 애정으로 보는 것은, 어쩌면 독자들이 처한 사회 환경이 이제는 단계적으로 안정되어가기 때문인지 모른다. 우정에 대한 갈망과 수요가 옛날처럼 그리 절박하지 않게 되어가기 때문이라고 본다. 그러나 우정은 우리 인생에 가장 큰 위안이며 온 세상 천하에 뜻을 같이하는 사람을 찾아서 널리 사귀며 성의와 존경심을 품고 각양각색의 새로운 벗과 교분을 맺는 일이야말로 무엇보다 기쁘고 즐거운 일이 아닐 수 없다.

무당칠협 – 은소소와 장취산, 그리고 장무기

장취산이 북극 빙화도에서 10년 만에 귀환했을 때 스승과 사문의 형제들은 이루 헤아릴 수 없을 만큼 기뻐했다. 그러나 유대암에게 중상을 입혔다는 은소소의 고백 한마디가 마른하늘의 날벼락이 되고 장취산은 경악과 분노에 겨워 아내를 손가락질한 채 거의 말을 하지 못했다. 은소소는 절망한 기색으로 장검을 뽑아 남편의 손에 쥐여주었다.

무당칠협의 우애는 사실 골육을 나눈 친형제만큼이나 진솔하다. 일신의 편안함과 근심걱정이 서로 연관되고 자나 깨나 동고동락하는 사이다. 누구든지 하나가 상처를 입으면 나머지 여섯들도 똑같은 상처의 고통을 느꼈다. 실종된 장취산이 10년 만에 다시 나타났을 때 나머지 '오협'이 여러 차례 적을 맞아 싸워준 경위만 해도 그렇다. 김용은 기회가 있을 때마다 무당칠협의 깊은 우애와 의리에 대한 인상을 심화시켜, 그것이 얼마나 고귀한 우정인지 독자들이 느끼게 해주었다.

그렇기는 해도 이런 우애와 의리 역시 대가를 치러야 하고 감당하기 어려운 모순을 조성해야만 했다. 장취산이 무당칠협의 의리를 온전히 세우기 위해서는 단칼에 아내 은소소를 찔러 죽이는 길밖에 없었다. 왜냐하면 아내는 남편에게 종속되어야 한다는 당시 사회 관념에 따라 그녀가 유대암을 해친 행위는 곧 장취산 자신이 셋째 사형에게 죄를 지은 것과 똑같았기 때문이다. 그는 차마 사랑하는 아내를 죽이지 못하고 스스로 목숨을 끊어 사죄하는 길을 택했다.

김용은 현대사회를 살아오고 대학에서 국제법학을 전공했다. 하지만 그의 소설에 묘사된 것은 중국 전통사회요, 소설 가운데 도덕적인 책임감 역시 전통적인 사회 관념이다.《사조영웅전》에서 황용은 양강을 제 손으로 직접 죽이지 않았다. 하지만 그녀는 양강이 '결국 자기 때문에 죽었다'는 죄책감을 버리지 못하고 그 아들 양과를 대할 때마다 줄곧 마음이 쓰였다. 은소소가 남편 장취산더러 자기를 죽여서 무당칠협의 우애와 의를 온전히 세우라고 요청했지만, 과연 그녀의 죄상은 무엇이었을까?

그녀 입장에서 말하자면 그녀는 단지 문수침으로 유대암을 암습했고, 오라버니 은야왕이 칠성정으로 독상을 입혔을 따름이다. 유대암이 평생 불구자가 된 것은 문수침 탓도 아니고 칠성정에 손바닥을 찔린 탓도 아니다. 더구나 칠성정은 애당초 은야왕이 발사한 것이다. 유대암이 불구자가 된 직접적인 원인은 여양왕 차칸테무르의 부하들이 끼어들어 모진 고문을 가하고 대력금강지로 전신의 뼈마디를 으스러뜨린 결과였다. 그런데 어째서 모든 책임을 은소소의 신변에 덮어씌워야 했던가? 당시 전통사회의 사고방식으로 볼 때 만일 그들 남매가 유대암에게 상처를 입히지 않았다면, 또 은소소가 도대금을 고용하여 무당산까지 호송하지 않았다면, 유대암은 도중에 기회를 틈탄 악당들에게 붙잡혀 고문당하고 불구자가 되지 않았으리라는 것이다. 은야왕과 은소소는 한집안 식구로 누가 독수를 썼든지 마찬가지다. 은소소는 장취산과 아내로서, 부부는 일심동체다. 아내가 저지른 간접적인 죄상이 뜻밖의 결과를 낳게 됨으로써 남편인 장취산은 그 소행이 자기 손으로 직접 저지른 것과 똑같은 책임을 져야만 했다. 훗날 그 아들 장무기도 조민을 받아들임으로써 조민과 여양왕이 과거에 저질렀던 모든 행위와 모든 결과 역시 장무기 자신이 미룰 수 없는 책임으로 바뀌게 되었고, 그래서 아버지 장취산이 스스로 목숨을 끊었을 때의 심경을 뼈저리게 이해할 수 있었던 것이다.

지기지우 – 유정풍과 곡양, 장무기와 호청우

남이 자기를 이해하면 벗으로 맺어져 사귈 수 있다. 마찬가지로 남이 자신의 기호와 취미에 호감을 품고 짙은 흥미를 느낀다면 그것이야말로 기분 좋은 일이고 친구로 사귈 수도 있는 것이다. 더더구나 둘이서 공동의 기호와 취미를 놓고 대화를 나눈다면 그 즐거움에 지루한 줄도 모르게 된다.

《소오강호》에서 형산파 원로검객 유정풍과 마교의 장로 곡양은 비록 정파와 사파로 갈려 있었으나 음률이라는 취미가 같고 의기투합한 지음知音으로 깊은 교분을 나눈 끝에 살신지화殺身之禍를 함께 당했다.

장무기와 호접곡의 악질 명의 호청우 역시 좋아하는 바가 똑같아 교분을 맺게 된 사례로 꼽힌다. 사실 호청우는 당초 장무기에 대한 흥미가 전혀 없었다. 그는 명교에 충성을 바치는 사람이고 장무기는 태사부 장삼봉에게서 마교 인물과는 절대로 상종하지 말라는 가르침을 받아왔다. 호청우는 중년 나이에 접어든 반면 장무기는 10대의 소년이다. 하나는 무공이 뛰어난 고수요 다른 하나는 중상을 입어 언제 목숨이 끊어질지 모르는 만큼, 두 사람의 처지가 현격히 다르다. 하지만 호청우는 의술 연구에 깊이 빠져들어 헤어날 줄 모르고, 장무기는 상우춘을 구해주기 위해 마지못해 이따금 의학을 배워, 결국 두 사람은 공통적인 취미생활을 갖게 되었다. 호청우는 그 병약한 철부지 소년을 거들떠보고 싶지 않았으나 어린 녀석의 상처가 치유되기 어려운 것을 보자 근질거리는 성벽性癖을 참지 못하고 도전을 받아들여 성심성의껏 치료해주고 싶은 욕심이 들었다. 하나는 인명을 구하려는 마음에 의도적으로 비전의학을 훔쳐 배우고, 하나는 자신이 평생 쌓아올린 성취의 자부심 때문에 지도를 아끼지 않았다.

우정관계란 이렇게 해서 세워지는 것이다. 본래 환자와 의원이 치료법을 놓고 토론한다는 자체가 크게 환영받지 못할 일이었으나, 총명하고 배우기를 즐겨하는 장무기는 확실히 예외였다.

사실 장무기는 호청우에게서 더 많은 은혜를 입었다. 그에게 호청우는 절반은 스승이요 절반은 벗이었다. 위급한 환난이 닥쳤을 때 그를 위해 여러모로 배려해주었고 자신의 가장 큰 사사로운 비밀까지 털어놓았다. 호청우가 없었다면 장무기는 벌써 오래전에 죽었을 테고 또 훗날 숱한 어려움에 부닥칠 때마다 고명한 의술에 힘입어 위기에서 벗어나지 못했을 것이다. 하지만 베풂은 똑같이 행복을 누릴 수 있게 해준다. 어린 소년을 그렇듯 잘 위해준 만큼 호청우 자신도 장무기와 의학을 놓고 대화를 나눔으로써 크나큰 즐거움과 보람, 취미생활을 누릴 수 있었으며 결과적으로 죽어서나마 장무기가 원수를 갚아줌으로써 한풀이를 하는 기쁨도 덤으로 받았던 것이다.

스승과 제자의 참된 정

사제 간의 정리 – 장삼봉과 장취산

김용의 소설에는 평범한 부자간의 정리를 초월하는 사제지정이 곧잘 서술되곤 한다. 그중에서도 가장 감동적인 것은 바로 무당파 장문 장삼봉과 장취산의 사제관계다.

장취산은 《장자莊子》〈추수편秋水篇〉에 바다를 형용하는 말로 스승인 장삼봉의 위대성을 표현했다.

"무릇 천 리 길이 멀다 하나, 장부의 그 큰 뜻에는 미치지 못하고, 천 길 낭떠러지가 높다 하나, 장부의 깊은 뜻에는 이르지 못한다."

스승에 대한 경모와 감복을 표현하는 말로 이보다 더한 것은 없으리라. 그는 사문의 형제들과 스승의 인품을 놓고 대화를 나누었을 때 자신이 '날마다 퇴보하는' 느낌을 받는다고 했다. 스승의 무예가 뛰어나고 심오할수록 자신은 훨씬 미칠 수 없다는 느낌이 든다는 것이다.

그러나 '날마다 퇴보한다는 것'은 절대로 소극적인 감각이 아니다. 그런 느낌이야말로 자신에게 날마다 새로운 깨침이 생겼다는 결과이기 때문이다. 배우기를 좋아하는 사람에게 이보다 더 큰 만족감을 주는 것은 없다는 얘기다. 때로는 스승에 대한 감격의 정리라는 것이 반드시 자기한테 어떤 솜씨나 학예를 가르쳐주어서 고마운 게 아니라, 자신의 안목을 크게 넓혀주고 새로운 경지를 발견하여 무궁한 즐거움과 희열을 느낄 수 있게 이끌어준 스승의 은덕이 더 고마울 수도 있는 것이다.

장삼봉과 장취산, 이들 사제 간의 심령이 상통한 장면은《의천도룡기》 초반부터 깊숙이 각인되었다. 유대암이 중상을 입고 무당산에 호송되어 오던 날, 무당파 사람들은 하나같이 영문 모를 비분에 들떴다. 장취산도 근심 걱정에 사로잡혀 잠을 이루지 못하고 한밤중에 대청까지 나왔다가 스승마저 잠을 자지 않고 서성대는 모습을 발견했다. 장삼봉은 손가락으로 허공에 왕희지王羲之의 명필 〈상란첩喪亂帖〉을 쓰고 있었다.

스승이 손가락으로 허공에 쓴 무형의 글씨를 보았을 때, 장무기는 스승이 〈상란첩〉의 글 내용을 빌려 당신의 억울한 심사를 쏟아내고 있음을 깨달았을 뿐 아니라, 왕희지가 그 글씨 첩을 썼던 800여 년 전 당시의 심정마저 이해할 수가 있었다.

"전란을 피해 달아났음에 조상의 무덤이 거듭 참화를 입었사오니, 그 망극한 심사를 어찌 다하리까……."

그는 사실 이전까지만 해도 고난이란 것을 겪어보지 않았고 체험으로 터득하지도 않았다. 그러나 셋째 사형이 중상을 입었는데도 불구하고 어떻게 힘써볼 여지가 없는 자신의 무능함에 비통과 번민이 가슴 한구석에 응어리져 풀리지 않게 되자, 비로소 스승의 글씨를 보는 순간 그 심사를 뼈저리게 느낄 수 있었던 것이다.

〈상란첩〉을 써서 울분을 쏟아내고 심경의 평정을 얻은 스승이 다시 강호의 전설처럼 전해내린 "무림의 지존은 도룡보도라, 천하를 호령하니 감히 따르지 않을 자 없도다. 의천검이 나타나지 않는다면 그 누가 예봉을 다투랴"를 쓰기 시작하자, 기둥 뒤에 숨어서 몰래 훔쳐보던 장취산은 스승이 심혈을 다 모아 위대한 무공을 창안해냈음을 깨닫고 곧바로 뒤따라 익히기 시작했다.

이 장면에서 시종 두 사람은 말 한마디 서로 나누지 않았다. 그러나 장삼봉의 뜻과 생각이 세 차례 바뀔 때마다 장취산은 고스란히 깨칠 수 있었다. 장삼봉은 그저 시범만 보였을 뿐 단 한 글자의 해석도 가하지 않았으나 장취산은 이미 확실하고 분명히 깨칠 수 있었던 것이다.

이 제자에게 쏟아붓는 장삼봉의 사랑은 진심만을 여실히 드러낸 것이었다. 그가 100세 생일을 맞던 날, 폐관정수를 깨뜨리고 나왔다가 10여 년 전에 실종되었던 애제자가 느닷없이 살아서 돌아온 것을 보았을 때 그가 보인 반응은 "혹시 잘못 본 것이 아닌가 하여 두 눈을 비비고 다시 바라보았다"였다. 장취산 역시 스승을 보자 무릎 꿇어 절하는 예절마저 잊은 채 그 품 안에 달려들어 울음부터 터뜨렸다. 장삼봉도 잃었던 제자를 또 잃어버릴까 봐 단단히 부여안은 채 환희의 눈물만을 흘릴 따름이었다.

사제 간의 은원 – 성곤과 사손

성곤과 사손, 이들 사제 간의 정리는 은혜와 원한으로 뒤죽박죽 얽혔다. 그만큼 스토리가 처참한 상태를 넘어 장렬하기까지 하다. 스승이면서도 원수인 성곤에 대한 사손의 엇갈린 애증을, 김용은 아주 힘차게 감동적으로 묘사하여《의천도룡기》를 읽는 독자들의 가슴속에 깊은 인상을 새겨놓았다. 그러나 별로 주목을 받지 못하는 점이 한 가지 있다. 과연 성곤은 사손이란 '애제자'에게 도대체 어떤 감정을 품고 있었을까?

우선 스토리의 전말부터 대략 정리해보자. 사손은 혼원벽력수 성곤을 스승으로 모시고 초인적인 무학을 배웠다. 그 후 멀리 서역 땅으로 가서 명교 고수들과 사귀던 끝에 입교하여 호법護法이 되었다. 거의 같은 시기에 사손은 아내를 얻고 자식을 낳았다. 아기가 태어난 지 얼마 안 되어 스승인 성곤이 불쑥 제자를 찾아왔다. 그리고 제자의 아내를 겁탈하려다 미수에 그치자 사손의 부모와 처자식을 몰살하는 참극을 빚었다. 사건이 벌어진 후 성곤은 소리 없이 종적을 감추고, 발광한 사손은 하늘 끝까지 스승을 추적하며 격분에 들뜬 나날을 보내기 시작했다.

성곤은 비록 용서받지 못한 죄를 저질렀으나, 그 행위는 '술 취한 김에 저지른 짓'이었을 뿐 본성에서 우러나온 것이 아니라고 변명했다. 사손이 강호에서 날뛰며 무차별하게 대량 살인을 저지른 행위 역시 원통하고도 기막힌 한을 품은 결과였으니 그 정상情狀도 가련했다. 결국 애정으로 융화를 이루었던 사제지간이 불행히도 바다보다 깊은 피맺힌 원수지간이 되고 말았던 것이다.

하지만 나중에 와서 성곤 스스로 인정한 말에 따르면, 그가 사손 일가족을 몰살한 행위가 결코 '술 취한 김에 저지른' 재앙이 아니라 치밀하게 계획된 행동이었다. 곧 명교 측에 보복하기 위하여 제자 사손을 고의적으로 격분시켜 살인도구로 이용했던 것이다. 명교 교주 양정천이 자신이 사랑하는 여인을 빼앗아 영원히 잃게 만든 원수였기 때문이다.

성곤이 명교 측과 풀지 못할 깊은 원수를 맺게 된 동기는 자기 사매였던 양부인이 광명정 지하 비밀통로에서 자결했을 때 비롯되었다. 그 사건이 일어나기 전, 성곤과 사손 간에는 어떤 갈등이나 원혐怨嫌 따위도 없었다. 그렇다면 성곤은 어째서 이런 수법으로 간접적인 방식을 택하여 명교에 맞서려 했을까?

여기서 분명해진 사실은, 처음부터 끝까지 성곤은 자기를 하늘의 신령처럼 떠받들고 존경하던 이 제자에게 털끝만 한 애정도 품지 않았다는 점이다. 실제로 그는 소림사로 도망쳐 은둔하면서 공견신승을 속여 그 제자가 되고, 다시 스승에게 사기 쳐서 사손을 만나러 내보낸 끝에 사손의 '칠상권' 아래 목숨을 잃게 만듦으로써 제자 사손의 악명을 더욱 가중시켰다. 그가 사손을 미워했다고 보기에는 제자의 능력을 너무 과대평가한 감이 없지 않으나, 사실 그는 사손이란 제자를 아예 대수롭지 않게 여기고 있었다. 심지어 살인도구로 써먹으면서도 사손은 그의 안중에 없는 인물이었다. 왜냐하면 사손이 없다 하더라도 여양왕의 세력에 도움을 받아 자신의 개인적인 목적을 얼마든지 달성할 수 있었으니까. 결국 사손은 자신의 인생을 송두리째 냉혹하기 그지없는 비열한 인간에게 헛되이 낭비한 셈이었다.

양부와 양자 – 장무기와 사손

진정으로 친근한 애정이란, 결코 혈연관계로 맺어진 사람들 사이에만 존재하는 것이 아니다. 사손과 장무기처럼 비록 양부 양자 관계이기는 해도 그 친근한 정리만큼은 낳아준 부자지간보다 넘치면 넘쳤지 모자라지 않을 수도 있다.

사손이 장취산 일가족 셋을 중원 대륙으로 돌려보내고 자기 홀로 황막한 무인도에 외롭게 남아 한없이 길고 지루한 세월을 마주 대한 것도 장무기의 행복한 일생을 위해서였다. 장취산 부부가 그 뜻에 따르려 하지 않았을 때 그는 죽음으로 위협해서 떠나보내기까지 했다.

훗날 중원 땅에 발을 내딛는 순간부터 숱하게 많은 원수들과 도룡도를 넘보는 무리들이 찾아오리라는 사실을 뻔히 알면서, 금화파파의 꾐에 빠져 안전한 빙화도를 떠나 영사도까지 오게 된 사유도 그렇다. 장무기가 도처에서 수모를 당하고 있다는 금화파파의 말에 속아 넘어갔기 때문이다. 금모사왕 사손이 언제 누굴 무서워해본 적이 있는 사람이었던가? 자기 자신을 위해서라면 차라리 싸우다 죽을망정 구차스레 숨어 살지는 않았으리라. 그러나 양자 무기를 위해서라면 망설일 것도 고려해볼 여지도 없었다. 거미 아리가 죽음을 무릅쓰고 울면서 그에게 장무기의 '죽음'을 알려주었을 때, 사손은 비탄에 빠져 하늘을 우러러 울부짖으며 뜨거운 눈물을 흘렸다. 그리고 즉석에서 이른바 '할포단의割袍斷義'로 사매였던 금화파파에게 의절을 선언했다.

영사도에서 장무기는 신분을 감추고 양부를 도와 적을 막아냈다. 적을 물리치고 나서야 자신이 장무기라는 사실을 밝혔다. 그 말에 놀란 사손은 꿈을 꾸듯 아무 말도 하지 못했다.

그저 "하늘도 눈을 뜰 때가 있구나……! 하늘이 눈을 떴어……!"라고 반응했을 따름이다. 평생을 두고 불합리한 세상에 분개하고 증오하며 '빌어먹을 놈의 하늘'에 악담 저주를 퍼붓던 그가 이렇듯 유별난 반응을 보였던 것이다.

사손은 진정으로 장무기를 사랑했다. 그에게 장무기는 자신의 모든 걸 초월한 존재였다. 은소소의 말처럼 갓난아기가 첫 울음을 터뜨리던 그 순간에 '제멋대로 악한 짓을 일삼던 살인마 사손은 이미 죽은 셈'이었다. 인간세상을 향해 쏟아내던 적개심이 장무기를 사랑함으로써 완전히 소실되고 장무기와 다시 상봉하게 됨으로써 생명에 대한 고마운 정이 더할 나위 없이 넘쳐났던 것이다. 그리하여 '빌어먹을 놈의 하늘'조차 '눈을 뜨고 무심치 않은 하늘'로 바뀌었으니 이런 위대한 사랑이야말로 독자를 숙연하게 만들고 존경심이 우러나게 만든다고 본다.

모녀와도 같은 사제지간 – 멸절사태와 그 제자들

남성의 스승과 제자는 흡사 부자지간을 닮았지만, 여스승과 여제자는 모녀지간을 그리 썩 닮지 않았다. 아마도 부모들이 각자 책임지는 업무 분담이 이른바 '엄부자모嚴父慈母', 엄격한 부친과 자애로운 모친으로 나뉘었기 때문일 것이다. 그래도 스승은 필연적으로 가르치고 깨우치는 역할을 맡아야 하기 때문에 '엄친嚴親'의 성격을 띠지 않을 수 없다. 그러기에 여스승은 부모의 직분을 한 몸에 집중시켜야 하는 묘한 신분이 된다. 이런 이중적인 역할의 효과가 어떻게 나타나는지, 그것은 스승 된 몸으로서 여자의 개성과 아주 밀접한 관계가 있다.

《소오강호》에서 정일사태定逸師太와 비구니 의림은 사제지간이다. 《의천도룡기》에서 멸절사태와 기효부, 주지약도 사제지간이다. 그러나 양자 간의 차이는 아주 크다.

정일사태는 성미가 불같이 조급하고 억센 기질의 개성을 지닌 인물이다. 더구나 몸집이 우람한 꺽다리 여승이라 위엄과 기상이 한결 돋보인다. 하지만 의림에 대해서만큼은 자애로운 모친처럼 늘 비호하고 역성을 들어준다. 의림은 이런 스승에 대해 효도하고 사랑하고 분부대로 순종했으나 스승을 두려워하는 맛이라곤 털끝만치도 없었다. 위기를 겪고 도망쳐 나온 그녀는 정일사태를 보기가 무섭게 마치 동네 개구쟁이들한테 놀림을 당하다 어버이를 만난 것처럼 대뜸 달려들어 울음보부터 터뜨렸다.

"사부님, 제가 하마터면 살아 돌아와서 어르신네를 뵙지 못할 뻔했단 말이에요!"

정일사태는 항상 제자들에게 절대적으로 단정한 품행을 지니도록 엄히 요구하면서도 한편으로 비호해주느라 무진 애를 다 쓰고 심지어 편애하기까지 했다. 그러니 의림처럼 천진난만하고 귀여운 제자에게 엄격하고 자애로운 태도로 대하기란 별로 어렵지 않았을 것이다.

이와 반대로 멸절사태와 그 제자들의 경우는 어떠했을까? 멸절사태 역시 개성이 굳센 인물이다. 하지만 굳센 강도가 정일사태보다 더 심했다. 정일사태는 성미가 조급하고 불같이 울화통을 곧잘 터뜨려 독자들의 기분을 언짢게도 우스꽝스럽게도 만드는 반면, 멸절사태는 자신을 완전히 통제할 줄도 알고 무공 실력 또한 초인적으로 뛰어났다. 그러기에 정일사태보다 훨씬 냉혹하고 인정미라곤 반 톨도 찾아볼 수가 없다.

제자들을 대하는 멸절사태의 태도에서는 자애로운 모친의 기질을 찾아보기 어렵다. 그녀는 완전히 엄격하고도 사나운 부친의 모습을 닮아 제자들에 대한 기대감이 극도로 높았다. 그녀는 제자들에게 늘 완전복종을 요구했다. 가장 중요시한 것은 사문의 체통을 떨어뜨리지 않는 일이었다. 그녀의 각도에서 본다면 그녀는 제자를 지극정성으로 아끼고 사랑했다. 제자들을 위해주고 잘못이나 단점을 감싸주는 정도가 정일사태보다 좀 더 심했다. 주지약과 기효부를 포함해서, 아미파 제자들은 이런 스승에 대해서 애정보다 경외심을 더 많이 품었다. 주지약의 성격은 극히 내성적이고 부드러워 스승에게 반항할 엄두를 내지 못했으나, 기효부는 외유내강한 성격이라 엄격한 스승 앞에 강경한 태도를 보였다가 끝내 스승의 손에 목숨을 잃고 말았다. 사실 이들 두 제자의 말로는 비극적이다. 독자들의 입장에서 본다면, 멸절사태는 제자를 죽게 만들었다고 공론을 하겠지만, 수많은 엄부嚴父들이 그랬던 것처럼 멸절사태도 자신의 행위가 옳다고 여겼다. 그리고 제자들이 잘되기를 바라는 마음에서 당연한 일을 했다고 여길 따름이었다. 송원교가 아들 송청서를 단칼에 찔러 죽이려 했던 까닭이 '없느니만 못한 자식'이라고 생각했던 것처럼, 멸절사태 역시 그런 눈으로 기효부를 보았고 스승의 말을 듣지 않는 제자라면 '십악대죄'를 저질러 용서받지 못할 제자나 다름없다고 보았던 것이다.

이 글은 1989년 5월부터 10월 말까지 홍콩의 일간지 〈명보明報〉에 연재된 것을, 신문 발행인이자 저자였던 우아이이吳靄儀 여사가 1991년 단행본으로 엮은 《김용 소설의 정金庸小說的情》에서 발췌, 요약한 것이다.

문파 및 주요 등장인물 소개

곽양郭襄 | 곽정 대협과 황용의 둘째 딸. 별명은 소동사小東邪. 신조대협 양과를 남몰래 짝사랑한 나머지 온 세상을 방황하며 찾아다닌다. 소림사에서 각원 스님과 장군보 소년을 도와주려다 쫓긴 끝에 우연히 〈구양진경〉의 일부를 얻어 훗날 아미파를 세우고 의천보검과 도룡도에 감춰진 비밀을 추적한다.

각원覺遠 | 소림사 장경각을 지키던 말단 제자. 불경을 관리하며 무의식중에 《능가경》에 숨겨진 〈구양진경〉을 익혀 절세 내공의 소유자가 되었으나 자신은 알지 못한다. 윤극서와 소상자에게 《능가경》을 도둑맞은 죄로 벌을 받던 중, 어린 제자 장군보가 소림사의 계율을 어겼다는 죄목으로 처벌당하게 되자, 그를 구해 쫓기다 탈진한 상태에서 〈구양진경〉을 암송하여 훗날 소림파, 무당파, 아미파의 독특한 무공을 이룩하게 만든다.

장군보張君寶 | 각원의 제자로 장경각에서 잔심부름하던 10대 소년. 곽양이 선물로 준 철나한상으로 열흘 만에 나한권법을 익히고 스승 각원과 함께 곤륜삼성과 대결했으나, 허락 없이 소림무공을 익혔다는 죄로 처벌받게 되자 소림사를 떠난다. 스승 각원이 가르쳐준 〈구양진경〉의 일부와 노장老莊 사상을 결부시켜 깨친 무공으로 중국 역사상 불세출의 고수가 되었으며 무당파를 창건한다.

무색선사無色禪師 | 소림사 나한당 수좌. 신조대협 양과 부부와 망년지교를 맺은 고승. 곽양에게 생일선물로 나한권법이 비장된 철나한상을 주었다. 각원을 추격하다 〈구양진경〉의 일부를 얻어 마침내 소림파 특유의 구양공九陽功을 창안했다.

하족도何足道 | 서역 곤륜산 일대에서 거문고, 바둑, 검법 세 방면의 일인자로 손꼽혀 '곤륜삼성崑崙三聖'이라 일컫는 미치광이 선비. 《능가경》을 훔쳐간 윤극서의 유언을 전해주러 소림사를 방문했다가 오해를 불러일으켜 각원과 장군보에 패해 돌아간다. 그 사형이 곤륜파를 세운 영보도장靈寶道長이다.

화공두타火工頭陀 | 소림파의 반역도. 70여 년 전, 소림사 주방에서 불목하니 노릇을 하며 어깨너머로 소림무공을 배워 익힌 고수. 소림사에서 무차별로 살상을 저지르고 당시 달마당의 수좌마저 죽인 끝에 서역으로 달아나 금강문金剛門을 창설했다.

무당파

장삼봉張三丰 | 소년 시절 장군보. 역사상 실존인물이다. 소림파를 이탈하여 절세무학을 이룩하고 무당파를 세워 제1대 제자로 '무당칠협武當七俠'을 양성했다. 100세 되던 날, 태극권과 태극검법을 완성하여 장무기와 다른 제자들에게 전수하고 무당파의 기반을 다져놓았다. (실제 행적은 앞서 서술한 '기인 무당파 조사 장삼봉' 참조.)

송원교宋遠橋 | 장삼봉의 제1대 수제자로 무당칠협의 맏형. 성품이 후덕하고 무공이 뛰어난 정인군자다. 본파 제2대 장문인의 후계자로 지목되었으나, 아들의 배역 행위로 깊은 절망에 빠져든다.

유연주兪蓮舟 | 무당칠협의 둘째. 실종된 장취산을 10년 동안 찾아다닌 끝에 해상에서 상봉한다. 그 아내 은소소에게 거부감을 품었으나 곧 이해하고, 훗날 소림파 영웅대회에서 사문의 반역도를 응징한다.

유대암兪岱巖 | 무당칠협의 셋째. 현허도법玄虛刀法의 명수. 강남을 여행하던 중 우연히 소금밀수꾼을 추격하다 '무림지존'이라 일컫는 도룡도를 얻게 되고 그 전설적인 칼 때문에 여러 차례 습격을 받아 평생 불구자가 되는 비운을 겪는다.

장송계張松溪 | 무당칠협의 넷째. 일곱 형제 가운데 제일 심지 깊고 과묵하며 계략이 풍부하여 스승의 신망을 받고 자문 역할까지 하는 제자다.

장취산張翠山 | 무당칠협의 다섯째. 문무를 겸비하고 서법에 능통하다. 스승이 가장 아끼고 사랑하는 제자로, 별명이 '은구철획銀鉤鐵劃'이다. 스승에게 암시적으로 전수받아 터득한 '의천도룡공倚天屠龍功'으로 위기를 곧잘 모면한다. 은소소와 결혼하여 아들 장무기를 낳고 10년 만에 중원으로 귀환했으나, 뒤미처 아내의 비밀을 알게 되고 격분한 나머지 스승이 보는 앞에서 목숨을 끊어 속죄한다.

은리정殷梨亭 | 무당칠협의 여섯째. 역사 기록에는 '은리형殷利亨'으로 되어 있다. 스승에게서 무당검법의 진수를 이어받아 일곱 형제들 중에 검법이 가장 뛰어나다. 낙천적이고 유쾌한 청년 협사였으나, 약혼녀 기효부의 죽음으로 실의에 빠진다. 금강문 고수들의 습격을 받아 중상을 입고 혼수상태에 빠져 있을 때 기효부의 딸을 약혼녀로 착각하여 의지하려 든다.

막성곡莫聲谷 | 무당칠협의 일곱째. 무당장권武當長拳과 무당검법 내공에 조예가 깊고, 외가고수外家高手로도 명성을 떨친다. 성미가 조급해서 불의를 보면 참지 못하고 반드시 해결해야만 직성이 풀리는 고지식한 청년.

장무기張無忌 | 명교 제34대 교주. 북극 빙화도에서 태어났고, 금모사왕 사손의 양자가 되어 무공구결을 익힌다. 10세가 되던 해 부모를 따라 중원에 돌아왔으나, 부모가 동반 자결하는 바람에 졸지에 고아가 된다. 현명신장玄冥神掌을 얻어맞고 사경을 헤매다 호청우를 찾아가 은연중 망년지교를 맺어 희대의 의술을 배운다. 서역으로 가는 도중 온갖 위험과 배신을 당한 끝에 외톨이로 유랑하다 절벽 중턱 동굴 속에 감춰진 〈구양진경〉을 찾아내고 수련한다. 또

한 건곤대나이 심법을 수련해 명실공히 절세신공의 소유자가 되었다.

사손謝遜 | 명교 '사대 호교법왕' 중 셋째. 강호 별명은 금모사왕金毛獅王. 문무를 겸비한 영웅이었으나, 스승의 손에 일가족이 몰살당하자 평생토록 스승을 찾아 헤매며 30여 건의 엄청난 살인사건을 저지른다. 무림지존의 전설적인 도룡도마저 손에 넣었으나 그때부터 강호 무림계의 공적으로 몰려 쫓기는 신세가 된다.

금화파파金花婆婆 | 원래 명교 '사대 호교법왕' 중 한 명인 자삼용왕紫衫龍王이다. 과거 페르시아 명교 총단 교주의 물망에 오른 성처녀로 본명은 다이치스黛奇絲. 페르시아 본토에서 실종된 비전절기를 찾으려 중원 명교에 잠입, 큰 공을 세워 호교법왕이 되었으나, 원수의 아들과 결혼하고 스스로 파문한다. 남편이 피살된 후 모질고도 악랄한 성격으로 변하여 무림계 인사들을 가차없이 살상하기 시작한다. 후에 페르시아에서 파견된 사자들에 의해 정체가 탄로난다.

송청서宋青書 | 무당파 송원교의 아들. 준수한 용모에 뛰어난 무공 실력의 소유자로 차세대 무당파 장문직을 계승할 전도유망한 청년이었으나, 주지약의 미모에 빠져 이성을 잃고 장무기를 질투한 끝에 사문을 배반한다. 개방과 아미파 문하에 번갈아 투신하여 온갖 패역을 저지른다.

아미파

멸절사태滅絶師太 | 아미파 제3대 장문인. 친오빠가 명교 고수와의 결투에서 패하여 울분 끝에 죽고 나서부터 명교를 철천지원수로 증오한다. 전설적인 의천보검의 주인으로 애제자를 때려죽일 만큼 사납고 몰인정한 비구니다. 임종 직전, 도룡도와 의천보검에 감춰진 비밀을 후임 장문인 주지약에게 일러주고 장무기와 결혼하지 못하도록 저주 담긴 맹세를 시킨다.

'정靜' 자 항렬의 원로 제자들 | 우람한 몸집에 성질 사나운 정현靜玄, 명교 흡혈박쥐왕에게 죽임을 당하는 정허靜虛, 서역 명교 원정대 후발대 인솔자인 정공靜空, 그리고 후배 주지약을 아끼는 인자한 정혜靜慧, '뇌화벽력탄'의 명수 정가靜迦, 입으로 대추씨만 한 강철못을 발사하는 정조靜照 등, 규중처녀로 출가한 12명의 비구니들이다.

기효부紀曉芙 | 무당파 은리정의 약혼녀. 명교 광명좌사 양소에게 몸을 잃고 사생아를 낳았다. 양소를 죽이라는 스승의 명을 거역한 끝에 비참하게 죽는다.

주지약周芷若 | 아미파 제4대 장문인. 나루터 뱃사공의 딸로 어린 시절 장삼봉의 구원을 받고 그의 천거로 아미파에 입문해 멸절사태의 애제자로 성장한다. 기효부가 죽은 후, 장문인의 후계자로 촉망받으면서 정민군에게 질투와 핍박을 받는다. 스승의 유언으로 후임 장문직에 오른 뒤 의천검과 도룡도의 비밀을 캐내고 은밀히 〈구음진경〉을 익힌다.

정민군丁敏君 | 기효부의 사저, 질투와 시샘의 악녀. 못생긴 용모에 심보가 모질다고 해서 별명이 '독수무염毒手無鹽'이다. 재능은 없으면서도 사매 기효부를 질투, 모함하여 죽게 만들고, 나중에는 장문이 된 후배 주지약마저 시기하여 온갖 훼방을 놓고 핍박한다.

원나라 조정

조민趙敏 | 몽골 황실의 왕족 소민군주紹敏群主. 본명은 민민테무르敏敏特穆爾. 부친 여양왕의 지시에 따라 심복무사들을 이끌고 강호 무림계를 정복하기 위해 온갖 계략을 다 쓴다. 육대 문파 정예고수들을 기습, 생포한 다음 소림사를 초토화시키고 무당파마저 습격한다. 청년 교주 장무기에게 미움과 사랑을 동시에 느끼고 마음이 기울기 시작한다. 영리하고 총명할뿐더러 두뇌회전이 빠른 모사꾼이며 입담이 야무진 매력적인 여자다.

현명이로玄冥二老 | 조민의 심복무사 녹장객鹿杖客과 학필옹鶴筆翁. 원나라 조정의 앞잡이가 되어 수십 년간 중원 무림계를 와해하는 공작에 참여한 최정상급 고수들이다. 두 사람 모두 천하에 악명 높은 현명신장의 보유자로 어린 소년 장무기를 납치, 고문하여 사경을 헤매게 만들었다.

아대阿大, **아이**阿二, **아삼**阿三 | 조민의 측근 부하들. 아대는 과거 개방의 수석장로였던 '팔비신검八臂神劍'이란 검법의 명수. 아이와 아삼은 서역 금강문의 후예. 금강반야장金剛般若掌으로 무당칠협 가운데 두 사람의 사지 뼈마디를

으스러뜨렸던 무서운 외가고수들이다.

소림파

공견空見 | 어질고 자애로운 대덕고승으로, 교활한 제자 원진의 꾐에 넘어가 사손의 은원을 풀어주려 애쓰던 끝에 금강불괴金剛不壞의 신공을 지녔으면서도 칠상권七傷拳에 맞아 죽고 만다.

공문空聞 | 소림파 장문이며 방장 스님. 원만한 성격이면서도 장삼봉을 용납하지 않는 편협성을 지녔다.

공지空智 | 단명할 상이면서 장수를 누리는 스님. 신승神僧이란 명예를 지니고도 결투에서 패한 치욕을 잊지 못하는 집요한 성격의 소유자.

공성空性 | 육대 문파의 광명정 포위섬멸전을 지휘한 스님. 불같이 성급한 기질의 소유자였으나 적에게 솔직히 패배를 자인하고 존경을 표할 만큼 너그러운 일면도 지녔다. 소림파 비전절기 용조수龍爪手 36초의 명수로 강호 무림계에 위엄을 떨친다.

삼대 원로 고승 | 도액渡厄, 도겁渡劫, 도난渡難 대사. 난공불락의 '금강복마권金剛伏魔圈'으로 지하 뇌옥을 지키는 소림파 최고 원로 스님. 도액은 명교 제33대 교주 양정천과 싸워 한쪽 눈을 잃고 보복의 날을 손꼽으며 두 사제들과

30여 년간 고된 수련을 쌓아 심령상통心靈相通의 경지에 올랐으나 적수가 이미 세상을 떠났다는 소식에 낙담한다.

성곤成崑 | 일명 원진圓眞. 사손의 스승이다. 별호는 혼원벽력수混元霹靂手. 간계가 백출하는 모략의 명수이다. 청년 시절 연인을 명교 교주에게 빼앗기자, 원한에 사무쳐 평생을 명교 세력 타도에만 몰두한다.

명교

좌우 광명사자光明使者

양소楊逍 | 광명좌사자. 교주 양정천이 실종된 직후 쇠퇴한 명교 세력을 근근이 유지하며 실질적으로 교주의 직무를 대행하지만 야심을 품은 수뇌부들의 집중 표적이 된다.

범요范遙 | 광명우사자. 일명 고두타苦頭陀. 미남자였으나 준수한 용모를 스스로 훼손하고 여양왕 부중에 심복으로 침투해 조정의 비밀을 염탐한다. 교주 장무기와 함께 육대 문파 고수들을 구출하는 데 결정적인 역할을 한다.

사대 호교법왕護教法王

자삼용왕紫衫龍王 | '금화파파' 참조.

백미응왕白眉鷹王 | 천응교 '은천정' 참조.

금모사왕金毛獅王 | '사손' 참조.

청익복왕靑翼蝠王 | 사대 호교법왕의 막내. 푸른 날개 박쥐왕이란 뜻. 이름

은 위일소韋一笑. 절세기공 한빙면장寒冰綿掌의 소유자이자 무림 최고의 경공신법을 자랑하는 고수였지만, 일단 무공을 쓰고 나면 반드시 산 사람의 더운 피를 마셔야 했던 악명 높은 흡혈괴인이다.

오산인五散人

설부득說不得 | 중국 민간신앙의 전설적 인물인 포대화상布袋和尙. 200년 전 배불뚝이 미륵불로 추앙받아 사원에 모셔진 계차契此란 승려인데, 여기서는 '말도 안 된다'는 뜻의 설부득이란 명칭으로 등장한다.

팽형옥彭瑩玉 | 의리 있고 충직한 명교 고수로 일명 '팽화상'이다. 상황판단을 잘하여 청년 교주 장무기의 신임을 받는다. 아미파의 정민군의 칼에 찔려 애꾸가 되었다.

주전周顚 | 무공 실력이 대단하지만, 이름 그대로 뒤죽박죽 터무니없는 소리로 남에게 시비를 걸고 다투기를 좋아하는 주책바가지 영감이다.

냉겸冷謙 | 일명 냉면선생冷面先生. 이름처럼 거의 입을 열지 않을 정도로 과묵하고 냉철한 성격이어서 흑백과 시비를 엄격히 가려내는 공평무사한 인물로, 적과 동료들에게 늘 두려움과 존경의 대상이다.

장중張中 | 평생 무쇠로 만든 관을 쓰고 다녀 강호의 별칭이 '철관도인鐵冠道人'이다. (이들 '오산인' 다섯 사람의 실제 행적에 대하여는 4권 본문 p.298~299, 역주 참조.)

주원장朱元璋 | 봉양부 황각사皇覺寺 파계승 출신으로 훗날의 명 태조. 이 소설에서는 명교 홍수기洪水旗 소속 제자로 의병을 규합, 원나라 관군을 상대로 연전연승하는 장수로 등장한다. 세력이 커지자 명교 의병의 상징적 통수권자

이던 용봉황제를 죽이고 스스로 왕위에 오른 다음, 장무기를 협박해 명교 교주의 자리마저 탈취하려 애쓴다. 그의 부하장수로, 장삼봉에게 구함을 받았던 상우춘常遇春, 봉양 일대에서 장무기를 구해준 서달徐達, 주원장과 더불어 의병을 일으키고 훗날 명나라 개국공신이 되는 탕화湯和, 오량吳良 · 오정吳禎 형제, 화운花雲, 등유鄧愈 같은 영웅들이 등장한다. (이들의 실제 행적에 대해서는 3권 본문 p.277, 284~286, 역주 참조.)

호청우胡青牛 | '나비의 골짜기'에 은둔한 괴팍한 명의. 강호 무림계에서 접곡의선蝶谷醫仙이라 불릴 만큼 뛰어난 의술을 지녔으나 명교 신도가 아니면 눈앞에서 사람이 죽어가는데도 구해주지 않는 악질 의원이다. 소년 장무기와 스승 겸 벗으로서 은연중 망년지교를 맺고 모든 의술을 전수했다.

왕난고王難姑 | 호청우의 아내. 독술毒術로 악명을 떨쳤다. 남편을 이겨보려고 남편이 고치지 못할 극독만 연구하여 숱한 사람을 중독시켰다. 장무기가 이들 부부의 평생 역작 〈의경醫經〉과 〈독경毒經〉을 얻어 크게 활용한다.

양불회楊不悔 | 양소와 기효부 사이의 사생아. 호접곡에서 소년 장무기를 처음 만나 먼 서역으로 혈육을 찾아 떠나면서 오누이 간의 정이 싹튼다. 그러나 중상을 입은 어머니의 전 약혼자 은리정에게 연민을 느끼고 모친 대신 평생을 같이하기로 결심한다.

페르시아 명교

아소阿昭 | 금화파파와 은엽선생 사이에 태어난 딸. 명교 총단에서 노예 신분으로 사슬에 결박당한 채 양소 부녀의 시중을 들던 몸종. 원래 어머니의 밀명을 받아 추녀로 변장하고 명교 비전절기 심법을 훔치러 침투했다. 청년 장무기를 연모하여 평생토록 그를 따르며 시중들기로 결심했으나 장무기 일행이 위험에 빠져들자, 결국 자신을 희생한다.

천응교

은천정殷天正 | 천응교 교주. 강호의 별호가 백미응왕白眉鷹王이다. 명교 사대 호교법왕 가운데 둘째로 명교 세력이 내분에 휩싸일 때 천응교天鷹敎를 세워 스스로 교주가 되었다. 응조금나수鷹爪擒拿手 타법의 명수이며, 강호 무림계 흑백양도를 상대로 10여 년간 대소 혈전을 무수히 겪으면서도 결코 무너지지 않았다.

은소소殷素素 | 천응교주의 딸. 영리하고 모략이 백출하는 재녀. 약속을 어긴 용문표국 일가족 70여 명을 몰살해버릴 만큼 잔혹한 성격이었으나, 장취산을 만나 그에게 감화되기 시작한다. 둘이서 금모사왕 사손에게 납치되어 해외로 끌려나가 표류하던 끝에 북방 극한지대 무인도에 상륙, 장취산과 결혼해 장무기를 낳는다. 10년 만에 중원으로 돌아왔으나, 유대암을 습격한 사실이 발각되자, 남편을 따라 목숨을 끊는다.

은리殷離 | 일명 '거미' 아리阿離. 은야왕의 딸이며 금화파파의 제자이다. 거미의 독을 흡수하는 사악한 무공 천주만독수千蛛萬毒手를 익히느라 부종浮腫이 생겨 추악한 모습으로 바뀌었다. 호접곡에서 처음 만난 악다구니 소년 장무기를 잊지 못하고 온 세상을 떠돌며 찾아다녔다.

개방

구대장로九袋長老 | 방주 사화룡史火龍이 은거한 후 10여 년간 개방을 다스려온 4명의 원로들. 어깨에 개방 최고 권위를 상징하는 작은 보따리 9개를 메고 있어 '구대장로'라 불린다. 손에 깨어진 바리때를 든 장발용두掌鉢龍頭, 한 자루 철봉을 든 장봉용두掌棒龍頭, 개방의 계율을 집행하는 집법장로執法長老, 제자들에게 무공을 가르치는 최고사범 전공장로傳功長老이다.

황삼黃衫 **미녀** | 정체가 신비스러운 여인. 혼란과 미궁에 빠진 개방 사태를 해결하여 바로잡고 나중에는 주지약의 음모를 깨뜨린 후 장무기가 의천검과 도룡도의 비밀을 찾아내게 해준다. '양楊 언니'라 불리고 장무기에 던진 수수께끼 같은 몇 마디로 옛날 고묘파古墓派 소용녀와 신조대협 양과의 후예임을 암시한다.

진우량陳友諒 | 개방의 팔대장로八袋長老. 음험하고도 교활하기 짝이 없는 모략가. 스승이 혼원벽력수 성곤, 즉 원진이다. 가짜 방주를 허수아비로 내세워 개방을 장악하고 송청서의 약점을 잡아 무당파 수뇌부까지 독살, 전복하려는

음모를 꾸몄으나, 황삼 여인의 출현으로 실패하자 소림사로 달려가 원진과 함께 소림파를 장악하려다 끝내 스승을 버리고 도주하여 훗날 서부지역 홍건적紅巾賊을 거느리고 주원장 세력과 맞선 끝에 파양호 결전에서 참패당한다. (실존인물로 행적은 6권 p.255, 역주 참조.)

곤륜파

하태충何太沖 | 곤륜파의 장문인. 별호가 철검선생鐵劍先生이다. 명문정파의 일대 종주로서 곤륜산에 거점을 두고 서역 일대의 패자로 군림했다. 장무기에게 큰 도움을 받았으나 반대로 죽이려 든다. 연상의 아내에게 꼼짝 못 하는 공처가이며, 아내와 함께 쌍검으로 펼치는 곤륜 양의검법兩儀劍法은 천하일품이다.

반숙한班淑嫻 | 하태충의 정실부인이며 2년 연상의 사저. 못생긴 꺽다리에 성질 사나운 여장부로 남편의 머리 위에 올라앉아 제자들에게 '태상장문太上掌門'이란 별칭을 얻었다.

서화자西華子 | 곤륜파의 도사. 경망스럽고 야박한 위인으로 반숙한의 직계 제자이다. 광명정 섬멸전에서 장무기의 손에 걸려 큰 곤욕을 치른다.

공동파

종유협宗維俠 | 공동파 다섯 원로 가운데 둘째. 육대 문파의 명교 광명정 섬멸전에 참전, 과거 은천정에게 패배당한 수모를 갚으려 도전한다.

당문량唐文亮 | 공동파 원로 가운데 셋째. 사손에게 탈취당한 진산절기《칠상권》을 되찾고 복수하려는 일념으로 평생을 보낸다. 장무기와 결투 끝에 오히려 고질병을 치료받고 감화된다.

상경지常敬之 | 공동파 원로 가운데 넷째. 커다란 머리통에 홀쭉한 몸매를 지녔고, 한 주먹에 산악을 깨부순다는 일권단악一拳斷嶽의 명수.

화산파

선우통鮮于通 | 화산파 장문인. 지혜와 모략이 백출하는 모사꾼으로 강호의 존경을 한몸에 받는 '신기자神機子 선생'이다. 그러나 뭇사람에게 은혜를 입고도 번번이 배신하는 위군자僞君子다. 화산파 진산절기 응사생사박鷹蛇生死搏 72수로 명성을 떨치면서 쥘부채 자루 속에 극독을 감춰 공격하는 비열함도 지녔다.

왜로자矮老子, **고로자**高老子 | 선우통의 사숙 되는 원로 형제. 두 사람이 단짝으로 반양의도법反兩儀刀法을 펼친다. 왜로자는 최선을 다하고 솔직히 패배

를 인정할 줄 아는 위인이다. 꺽다리 고로자는 고집 세고 당치도 않은 입담으로 상대방의 기를 꺾는 데 명수다. 그러나 터무니없는 말속에 치밀한 계략을 깔아 패배를 승리로 바꿔놓는 재간을 지녔다.

주장령朱長齡 | 주가장朱家莊의 장주. 강호 별칭은 경천일필驚天一筆. 대리국 남제 일등대사의 제자였던 주자류朱子柳의 후예. 도룡도의 행방을 추적하려고 의형제 무열과 결탁해 소년 장무기를 속이려다 오히려 비극적인 최후를 맞는다.

주구진朱九眞 | 주장령의 무남독녀. 아름답고 매력적인 처녀였으나 성격이 오만하고 독살스럽다. 사나운 맹견 수십 마리를 사육하여 인명을 해치는 취미가 있다. 무청영과 함께 서역 일대에서 설령쌍매雪嶺雙妹로 불린다. 장무기의 첫사랑이기도 하다.

무열武烈, **무청영**武青嬰 | 무열은 무가장武家莊의 장주. 무청영은 그의 딸. 일등대사의 제자였던 무삼통武三通, 무수문武修文의 후손이다. 장무기에게 도룡도의 비밀을 캐내려고 곤경에 몰아넣었으나, 실패하고 만다. 부녀 모두 훗날 금화파파의 손에 납치되어 혹독한 고문을 받는다.

김용 연보

1924년 절강성 해녕현 원화진 명문 사査씨 가문의 혁산방에서 출생.

1931년 사촌형 서지마 사망. 고명도의 《황강여협》 등 여러 무협소설 탐독.

1935년 용산소학당 5학년 때 학급 간행물 〈악악제〉 편집.

1936년 용산소학당 졸업. 가흥중학 입학.

1937년 상해 8·13 동란 발발. 일본군 항주만 상륙. 피란길에 오름. 어머니 사망.

1938년 절강성 전시 청년훈련단에서 군사 훈련을 받음. 9월 초 연합중학 초중부에 진학.

1939년 친구들과 입시 참고서 편찬. 절강성 연합고중에 진학. 벽보에 《규염객전》을 고증한 글 발표.

1940년 훈육주임을 풍자한 글을 발표해 퇴학당함. 7월 교장과 동창의 도움으로 석량에 있는 구주중학으로 전학.

1942년 〈동남일보〉 부간 〈필루〉에 〈천 사람 중 한 사람〉 연재.

1943년 중경의 중앙정치학교 외교학과에 입학.

1944년 단편소설 〈백상지연〉으로 중경 시정부 문예경진 2등상 수상. 중앙도서관에서 일함.

1946년 〈동남일보〉 영어 전보 번역.

1947년 〈동남일보〉 사직. 상해 동오대학 법학원에서 국제법 전공. 상해 〈대공보〉 국제 전보 번역.

1948년 홍콩 〈대공보〉에서 국제 전신 번역.

1949년 〈대공보〉에서 〈국제법으로 본 해외 중국인의 재산권〉 논문 발표.

1951년 아버지 사추경이 고향 가흥 해녕에서 총살당함.

1952년 〈하오다담〉 편집을 맡아 요복란, 임환 등의 필명으로 영화평을 쓰기 시작.

1953년 시나리오 〈절대가인〉 발표.

1955년 필명 김용으로 〈신만보〉에 무협소설《서검은구록》연재.

1956년 홍콩의 신문 〈상보〉에《벽혈검》연재. 두 번째 아내 주매와 결혼. 〈대공보〉로 복귀해 부간 〈대공원〉 편집을 책임지며 영화평 발표.

1957년 〈상보〉에《사조영웅전》연재. 영화 〈유녀회춘〉 제작.

1959년 호소봉과 영화 〈왕노호창친〉 공동 감독. 〈신만보〉에《설산비호》연재. 〈명보〉 창간. 〈명보〉에《신조협려》연재.

1960년 잡지 〈무협과 역사〉 창간.《비호외전》연재.

1961년 〈명보〉에《의천도룡기》연재.

1963년 〈동남아주간〉에《연성결》연재. 〈명보〉에《천룡팔부》연재.

1967년 홍콩에 '67폭동'이 일어나 〈명보〉가 좌파의 중점 공격 목표가 됨. 〈명보〉에《소오강호》연재.

1969년 〈명보〉에《녹정기》연재.

1970년 〈명보만보〉에 《월녀검》과 《삼십삼검객도》 연재. 지금까지 발표한 무협소설을 조금씩 수정하기 시작.

1972년 《녹정기》 연재를 끝내고 절필 선언.

1976년 세 번째 결혼. 미국 콜롬비아대학에 유학 중이던 큰아들 사전협이 자살함.

1979년 대만 원경출판사에서 〈김용작품집〉 출간.

1980년 중국 광주의 〈무림〉에서 《사조영웅전》 연재. 처음으로 김용의 작품을 대륙에 소개함.

1981년 등소평 만남.

1984년 《홍콩의 앞날-명보 사론의 하나》 출간.

1985년 중국 정부 정식 요청으로 중화인민공화국 홍콩 특별행정구 기본법 기초위원회 위원 위촉.

1986년 기본법 기초위원회 '정치체제' 소조 홍콩 쪽 책임자에 임명됨.

1989년 〈명보〉 사장직 사퇴.

1992년 프랑스 정부 최고 권위의 훈장 '레지옹 도뇌르'를 받음. 프랑스 주재 홍콩 총영사가 김용을 프랑스의 알렉상드르 뒤마에 비유함. 캐나다 UBC에서 박사 학위 받음.

1993년 베이징에서 강택민과 회견.

1994년 명보그룹 명예회장직 사퇴. 홍콩 중문대학에서 최초 영역본인 《설산비호 Fox Volant of the Snowy Mountain》 출간. 베이징 삼련서점과의 정식 판권 계약을 통해 〈김용작품집〉 출간. 왕일천이 편집한 《20세기 중국문학대사문고》에서 김용을 '금세기를 대표하는 중국 소설가 4위' 서열에 올림. 베이징대학 명예교수 직위 받음.

1995년 최초의 전기인 《김용전》이 대만 원경출판사, 명보출판사, 광동인민출판사에서 동시 출간됨. 중화인민공화국 홍콩 특별행정구

주위원회 위원에 임명됨.

1997년 영국이 홍콩을 중국에 반환. 〈명보〉에 사설 〈강물과 우물은 서로 침범하지 않는다-반환 첫날에 쓰다〉 발표. 홍콩 옥스퍼드대학출판사가 영역본《녹정기The Deer and the Cauldron》 출간.

1998년 절강대학 인문학원 원장 취임.

2000년 홍콩 특별행정구가 최고 명예훈장을 수여함. 베이징대학에서 '김용소설 국제연구토론회' 개최.

2002년 상해에서 세계적 베스트셀러 작가 파울로 코엘료와 대담을 함.

2004년 프랑스 문예공로훈장 수상.

2007년 홍콩을 대표하는 작가로 선정됨. 영국 케임브리지대학 역사학 석사 학위 수여.

2009년 중국작가협회 명예부주석 위촉.

2010년 영국 케임브리지 세인트존스대학에서 박사 학위 수여.

2011년 마카오대학 '김용과 중국어 신문학' 국제 학술 세미나 개최. 대만 칭화대학에서 명예박사 학위 수여.

2017년 김용의 성과와 공헌을 표창하기 위해 홍콩 문화박물관에 상설 김용관金庸館 설치.

2018년 10월 30일 94세의 일기로 타계.

倚天屠龍記